HEYNE BÜCHER

W0210981

SCIENCE FICTION

Herausgegeben
von Wolfgang Jeschke

Von Philip José Farmer erschienen in der Reihe
HEYNE SCIENCE FICTION & FANTASY:

Die Irrfahrten des Mr. Green · 06/3127, auch ↗ 06/1004
Das Tor der Zeit · 06/3144, auch ↗ 06/1006
Als die Zeit stillstand · 06/3173, auch ↗ 06/1011
Der Sonnenheld · 06/3265, auch ↗ 06/3975
Der Mondkrieg · 06/3302
Die synthetische Seele · 06/3326
Der Steingott erwacht · 06/3376, auch ↗ 06/1005
Lord Tyger · 06/3450
Das echte Log des Phileas Fogg · 06/3494, auch ↗ 06/3980
Die Flußwelt der Zeit · 06/3639
Auf dem Zeitstrom · 06/3653
Das dunkle Muster · 06/3693
Das magische Labyrinth · 06/3836
Die Götter der Flußwelt · 06/4256
Jenseits von Raum und Zeit · 06/4387
Fleisch · 06/4558
Die Irrfahrten des Mr. Green
(3 Romane in einem Band: ›Die Irrfahrten des Mr. Green‹, ›Der Steingott erwacht‹, ›Lord Tyger‹) · 06/4854
Bizarre Beziehungen
(3 Romane in einem Band: ›Die Liebenden‹, ›Eine Frau pro Tag‹, ›Bizarre Beziehungen‹) · 06/4935

Das Dungeon:

1. Roman: *Der schwarze Turm*
(von Richard A. Lupoff) · 06/4750
2. Roman: *Der dunkle Abgrund*
(von Bruce Coville) · 06/4751
3. Roman: *Das Tal des Donners*
(von Charles de Lint) · 06/4752
4. Roman: *Der See aus Feuer*
(von Robin W. Bailey) · 06/4753
5. Roman: *Die verborgene Stadt*
(von Charles de Lint) · 06/4754
6. Roman: *Das letzte Gefecht*
(von Richard A. Lupoff) · 06/4755

Diese Liste ist eine Bibliographie erschienener Titel
KEIN VERZEICHNIS LIEFERBARER BÜCHER!

PHILIP JOSÉ FARMER

Bizarre Beziehungen

Sonderausgabe

2 Romane und 5 Erzählungen
in einem Band
mit einem Interview des Autors

Herausgegeben von
WOLFGANG JESCHKE

WILHELM HEYNE VERLAG
MÜNCHEN

HEYNE SCIENCE FICTION & FANTASY
Band 06/4935

Titel der amerikanischen Originalausgaben
THE LOVERS
A WOMAN A DAY
STRANGE RELATIONS
Das Umschlagbild malte Boris Vallejo

Redaktion: Wolfgang Jeschke

Printed in Germany 1992
Umschlaggestaltung: Atelier Ingrid Schütz, München
Technische Betreuung: Manfred Spinola
Satz: Schaber Datentechnik, Wels
Druck und Bindung: Elsnerdruck, Berlin

ISBN 3-453-05854-2

INHALT

INHALT

Die Liebenden

DIE LIEBENDEN:
Originaltitel: THE LOVERS

(Knaur Science Fiction 703)
Aus dem Amerikanischen übersetzt von
Jürgen Inhoff

1

»Ich will hier raus«, hörte Hal Yarrow jemanden aus großer Entfernung murmeln. »Es muß doch einen Ausweg geben.«

Er erwachte mit einem Ruck und wurde sich bewußt, daß er selbst diese Worte gesprochen hatte. Aber sie standen in keinem Zusammenhang mit seinem Traum. Die im halbwachen Zustand hervorgestoßenen Worte und der Traum waren zwei völlig verschiedene Ereignisse.

Was konnte er nur mit diesen hingemurmelten Sätzen gemeint haben? Und wo war er? Hatte er tatsächlich ein längst vergangenes Erlebnis aus dem Unterbewußtsein zutage gefördert — oder nur einen subjektiven Traum erlebt?

Es war ihm so echt erschienen, daß er nur langsam in die Wirklichkeit zurückfand.

Ein Blick auf den neben ihm sitzenden Mann ließ den Nebel aus seinem Kopf verschwinden. Er saß im Airbus nach Sigmen City, und es war das Jahr 550 BS (nach alter Rechnung 3050 n. Chr., wie er es von der Schule her im Gedächtnis hatte). Er befand sich keineswegs auf einem fremden Planeten, viele Lichtjahre von der Erde entfernt, in ferner Zukunft. Auch sah er sich nicht Auge in Auge mit dem glorreichen Isaac Sigmen, dem Vorboten, wirklich sei sein Name.

Der Mann schaute Hal von der Seite an. Es war ein magerer Bursche mit hohen Wangenknochen, glattem schwarzen Haar und braunen, leicht geschlitzten Augen. Er trug die hellblaue Uniform der Ingenieursklasse. An der linken Brust war ein Aluminiumemblem befestigt, das seine Zugehörigkeit zu einer höheren Klasse anzeigte. Wahrscheinlich ein Elektronikingenieur mit dem Abschluß einer renommierten Schule.

Der Mann räusperte sich und sagte auf amerikanisch: »Ich bitte tausendmal um Verzeihung, *Abba.* Ich weiß, ich wollte Sie eigentlich nicht ohne Erlaubnis ansprechen. Aber Sie sagten etwas zu mir, als Sie aufwachten. Und durch Ihre Anwesenheit in diesem Abteil haben Sie sich vorübergehend mit mir gleichgestellt. Jedenfalls hat es mir auf der Zunge gebrannt, das Wort an Sie zu richten. Man nennt mich nicht umsonst Sam Naseweis.«

Er lachte nervös und sagte: »Ich kam nicht umhin mitzuhören, was Sie zu der Stewardeß sagten, als diese Ihr Recht auf diesen Sitzplatz anzweifelte. Habe ich richtig verstanden, daß Sie ihr erzählten, Sie seien ein — Inder?«

Lächelnd erwiderte Hal: »Nein, ich bin kein Inder, sondern ein *Inter.* Das ist ein Kürzel für eine nichtspezialisierte, übergreifende Berufsqualifikation.«

Seufzend dachte er daran, welche Demütigungen er hatte hinnehmen müssen, weil er sich dagegen entschieden hatte, lediglich ein beschränkter Spezialist zu sein. Um seinen Nachbarn nicht zu weiteren Fragen zu ermutigen, schaute er zum Fenster hinaus. Hoch droben, in weiter Ferne, sah er ein helles Glühen. Zweifellos ein militärisches Raumschiff beim Eintritt in die Atmosphäre. Die wenigen existierenden zivilen Schiffe vollzogen in der Regel langsamere und unaufdringlichere Landemanöver.

Aus sechzigtausend Meter Höhe konnte er die Krümmung des nordamerikanischen Kontinents erkennen. Er glich einer Lichtflamme, die hier und da von kleinen, gelegentlich auch von einem breiteren Streifen Dunkelheit durchzogen wurde. Bei den letzteren handelte es sich um die wenigen Gebirgszüge oder Wasserflächen, die der Mensch bislang noch nicht dem Bau von Wohnhäusern oder Industrieanlagen geopfert hatte. Die große Stadt Megalopolis. Hal dachte daran, daß vor dreihundert Jahren der gesamte Kontinent nur eine Bevölkerung von zwei Millionen Menschen hatte. In weiteren fünfzig Jahren — sofern sich nicht eine Katastrophe ereignete, etwa ein Krieg zwischen der Haijac-Union und den Israelirepubliken — würde die Bevölkerungszahl Nordamerikas vierzehn, vielleicht sogar fünfzehn Milliarden erreichen!

Die einzige Zone, die man den Menschen als Lebensraum bewußt verweigerte, war das Hudson-Bay-Naturschutzgebiet. Hal hatte es erst vor fünfzehn Minuten verlassen, und doch war ihm schon jetzt elend zumute, weil er wußte, daß er für sehr lange Zeit nicht mehr dorthin zurückkehren konnte.

Er seufzte erneut. Das Hudson-Bay-Naturschutzgebiet. Dort gab es Bäume zu Tausenden, Berge, breite blaue Seen, Vögel, Füchse, Kaninchen. Und sogar, wie er von den Wildhütern erfahren hatte, Rotluchse. Sie waren jedoch selten, und in zehn Jahren würden wohl auch sie auf der Liste der ausgestorbenen Tierarten stehen.

Im Naturschutzgebiet hatte Hal voll durchatmen können, sich völlig unbeengt und frei gefühlt. Obwohl es auch Stunden oder Tage der Einsamkeit und Unbehaglichkeit gegeben hatte. An all dies hatte er sich gerade gewöhnt, als seine Forschungsarbeit unter den zwanzig französischsprachigen Bewohnern des Gebiets auch schon beendet war.

Der neben ihm sitzende Mann druckste herum, als wollte er sich Mut machen, Hal erneut anzusprechen. Nach einem einleitenden nervösen Hüsteln sagte er schließlich: »Sigmen stehe mir bei! Ich habe Sie hoffentlich nicht beleidigt? Aber ich fragte mich ...«

Hal Yarrow fühlte plötzlich Verärgerung. Der Mann nahm sich entschieden zuviel heraus. Aber er erinnerte sich auch an das, was der Vorbote gesagt hatte. *Alle Menschen sind Brüder, obgleich der Vater die einen mehr begünstigt als die anderen.* Und schließlich konnte er es nicht diesem Mann anlasten, daß man das Erste-Klasse-Abteil mit Leuten höherer Priorität belegt hatte und Hal gezwungen war, zwischen einem später startenden

Airbus und einem Sitzplatz der niedrigeren Kategorie zu wählen.

»Es ist *shib* mit mir«, sagte Yarrow. Das sagte alles.

Der Mann sagte erleichtert: »Ah! Sie haben also nichts gegen eine weitere Frage? Nicht ohne Grund nennt man mich Sam Naseweis, wie ich schon erwähnte. Haha!«

»Ich habe nichts dagegen«, erwiderte Hal Yarrow. »Ein *Inter* betätigt sich nicht in allen Wissenschaften. Natürlich ist er auf eine besondere Disziplin beschränkt, aber er versucht, soviel wie möglich von all ihren spezialisierten Zweigen zu verstehen. Ich zum Beispiel bin ein linguistischer *Inter.* Anstatt mich nur mit einem der vielen Gebiete der Linguistik zu beschäftigen, besitze ich fundierte Allgemeinkenntnisse dieser Wissenschaft. Sie befähigen mich, Vorgänge in allen Bereichen zu korrelieren, somit Erkenntnisse in einem Spezialgebiet ausfindig zu machen, die für den Spezialisten eines anderen Gebiets von Interesse sind, und ihn dann über diese Punkte zu informieren. Wenn es Leute wie mich nicht gäbe, würde dem Spezialisten, dem es an Zeit mangelt, alle Journale seines Fachs zu lesen, manches Nützliche entgehen. Jeder Studienbereich verfügt über einen eigenen *Inter,* der sich um diese Dinge kümmert. Ich kann dabei wirklich von Glück reden, gerade in diesem Wissenschaftsbereich tätig zu sein. Wäre ich beispielsweise ein medizinischer *Inter,* würde ich völlig überrollt und müßte mit einem Team von *Inters* zusammenarbeiten, was zur Folge hätte, daß ich kein echter Intermediziner wäre, da ich mich auf ein bestimmtes Gebiet der Medizin zu beschränken hätte. Die Zahl der Veröffentlichungen jedes medizinischen Spezialfachs ist so riesig — und ähnliches gilt für die Elektronik, die Physik und fast jede Wissenschaft, die man anführen wollte —, daß weder ein einzelner noch ein Team die gesamte Disziplin erfassen oder korrelieren könnte. Zum Glück galt mein Interesse schon immer der Linguistik. Das verschafft mir gewisse Vorteile. Mir bleibt sogar die Zeit, ein wenig private Forschung zu betreiben und zu einer Lawine von Abhandlungen beizutragen.«

»Natürlich geht das«, fügte er hinzu, »zu Lasten meiner persönlichen Ruhezeit. Meine Arbeitszeit zum Ruhm und Nutzen der Stirche beträgt zehn Stunden am Tag.«

Die letzte Bemerkung sollte sicherstellen, daß der Bursche, falls er zufällig ein Uzzite oder einer ihrer Spitzel war, nicht auf die Idee kam, er würde die Stirche betrügen. Es war zwar wenig wahrscheinlich, daß der Mann etwas anderes war als das, was er zu sein schien, aber Hal wollte es nicht darauf ankommen lassen.

An der Wand über dem Kabineneingang flammte ein rotes Licht auf, und per Tonbandstimme wurden die Passagiere gebeten, die Sicherheitsgurte anzulegen. Zehn Sekunden später wurde der Airbus spürbar langsamer; eine Minute später neigte sich das Fahrzeug scharf nach vorn und begann, mit einer Geschwindigkeit von tausend Metern pro Minute — wie Hal in Erfahrung gebracht hatte — zu sinken. Als sie sich dem Boden näherten, stellte sich heraus, daß Sigmen City (die bis vor zehn Jahren, bevor die Haijac-Union ihre Hauptstadt von Rek auf Island nach hierher verlegte, noch Montreal geheißen hatte) durchaus kein homogenes Lichtermeer war. Hier und da ließen sich dunkle Flecken — wahrscheinlich Parks — ausmachen, und das dünne schwarze Band, welches sich darum herumwand, war der *Prophet* — der frühere Sankt-Lorenz-Strom. Die *Palis* von Sigmen City reckten sich fünfhundert Meter hoch; jedes beherbergte mindestens hunderttausend Personen, und es gab dreihundert Gebäude dieser Größe im Stadtgebiet.

Im Zentrum der Metropole befand sich ein von Bäumen und Regierungsgebäuden — keines mehr als fünfzig Stockwerke hoch — umsäumter Platz. Dieses Areal stellte die Universität von Sigmen City dar. Hier war Hal Yarrow beschäftigt.

Seine private Unterkunft befand sich jedoch in dem nahegelegenen *Pali,* und ehe er sich recht versah, stand Hal schon auf dem Band, das ihn dorthin transportieren würde. Ein starkes Gefühl, wie er es noch nie in seinem Leben so bewußt erlebt hatte, befiel ihn plötzlich. Vor seiner Forschungsreise zum Hudson-Bay-Naturschutzgebiet hatte es dieses Gefühl nicht gegeben. Es war die Menge, diese dichtgedrängte, rempelnde Menschenmasse. Sie stürmte vorbei, ohne von ihm Kenntnis zu nehmen, sah ihn lediglich als einen anderen *Körper,* als gesichtslosen Mann, als kleines Hindernis auf dem Weg zum Ziel.

»Großer Sigmen«, murmelte Hal. »Ich muß blind, taub und stumm gewesen sein! Daß mir das nicht aufgefallen ist! Ich *hasse* sie!«

Er fühlte, wie ihm im gleichen Moment die Schamröte ins Gesicht stieg. Er musterte die Leute, als fürchtete er, sie könnten seinen Haß, sein Schuldgefühl und seine Zerknirschung von seinem Gesicht ablesen. Aber das taten sie nicht, sie waren dazu nicht fähig. Für diese Leute war er lediglich ein Mann, dem man Respekt zollte, wenn man ihm vorgestellt wurde — weil er ein Fachmann war. Aber hier auf dem Band, das die Flut von Leibern die Hauptverkehrsstraße entlangtrug, war er nur eine von vielen Gestalten aus Blut und Knochen, durch Gewebe gekittet und mit Haut eingehüllt. Einer von ihnen — und deshalb ein Niemand. Von dieser plötzlichen Erkenntnis taumelnd, sprang Hal von dem Laufband ab. Er wollte fort von ihnen. Einmal glaubte er ihnen eine Erklärung schuldig zu sein, und zugleich spürte er den Drang, auf sie einschlagen zu müssen.

Er machte ein paar Schritte vom Band weg, und schon war die Plastikklippe des *Pali* Nr. 30 über ihm. Das Wohnhaus der Universitätsgemeinschaft.

Innerhalb des Gebäudes wurde ihm keineswegs wohler, obschon das Gefühl der Verantwortlichkeit gegenüber den Leuten draußen auf dem Band sich verflüchtigte. Es gab keinen Grund, ihnen zu erklären, wie abstoßend er sie plötzlich gefunden hatte. Zum Glück hatten sie das verräterische Erröten seines Gesichts nicht gesehen.

Und außerdem war das alles Unsinn, redete er sich ein und biß auf seine Unterlippe. Die Leute konnten sein Gefühl kaum erraten haben. Es sei denn, sie verspürten untereinander ebenfalls Bedrückung und Abscheu. Aber würden sie dann mit den Fingern auf ihn zeigen?

Nun war Hal unter seinesgleichen, unter Männern und Frauen, die mit der sackartigen Kunststoffuniform der Fachleute — mit dem Plaidmuster und dem geflügelten Fuß auf der linken Brustseite — bekleidet waren. Der einzige Unterschied zwischen Männern und Frauen bestand darin, daß die Frauen über ihren Hosen bodenlange Röcke und außerdem Netze über den Haaren trugen. Einige gingen verschleiert, was zwar kein ungewöhnlicher, aber doch ein langsam aussterbender Brauch war, herübergerettet von älteren und konservativen Leuten, die von Jugend an nichts anderes kannten. Einst ein Symbol für Tugend und Ehre, war der Schleier heute nur noch das Merkmal einer altmodischen Frau. Und dies ungeachtet der Tatsache, daß der Wahrheitsverkünder den Schleier gelegentlich pries und sein Dahinschwinden beklagte.

Im Vorübergehen sprach Hal mit mehreren Leuten, blieb aber für keine längere Unterhaltung stehen. In einiger Entfernung machte er Dr. Olvegssen, seinen Abteilungschef, aus und verhielt den Schritt, um zu sehen, ob er ihn zu sprechen wünschte. Der Grund dafür war, daß Olvegssen als einziger über die Autorität verfügte, ihn eine Respektlosigkeit bereuen zu lassen.

Aber Olvegssen war offensichtlich in Eile. Er winkte

Hal nur zu, rief »Aloha« und ging weiter. Ein alter Mann, der Grüße und Phrasen aus seiner Jugendzeit benutzte und sie wahrscheinlich für immer noch populär hielt.

Yarrow atmete erleichtert auf. Hatte er noch vor kurzem geglaubt, ihm sei sehr an einer Diskussion über seinen Aufenthalt bei den französischsprachigen Eingeborenen des Naturschutzgebiets gelegen, so stellte er nun fest, daß er mit überhaupt niemandem reden wollte. Jetzt nicht. Vielleicht morgen. Aber jetzt nicht.

Hal Yarrow wartete an der Lifttür, während der Wächter die Fahrgäste auf ihre Vorrechte hin überprüfte. Als sich die Türen des Aufzugs öffneten, gab der Wächter Hal seinen Schlüssel zurück und sagte: »Sie sind der erste, *Abba.*«

»Sigmens Segen«, erwiderte Hal. Er betrat den Lift und lehnte sich an die Wand, während die anderen identifiziert und eingestuft wurden.

Lange mußte er nicht warten, denn der Wächter hatte diesen Posten schon seit Jahren und kannte fast jeden seiner Passagiere vom Sehen her. Trotzdem mußten die Formalitäten eingehalten werden. Schließlich kam es vor, daß ein Bewohner befördert oder degradiert wurde. Wenn dem Wächter der Fehler unterlief, eine Statusveränderung zu ignorieren, konnte er angezeigt werden. Die vielen Jahre auf diesem Posten bewiesen, daß er sich in seinem Geschäft auskannte.

Vierzig Leute preßten sich in der Kabine zusammen. Der Wächter klapperte mit den Kastagnetten. Die Tür schloß sich, und der Lift schoß so schnell empor, daß jedem die Knie weich wurden. Er beschleunigte noch mehr, denn dies war ein Expreß-Aufzug. Im dreißigsten Stock hielt er automatisch an, und die Türen öffneten sich. Niemand stieg aus, was die Lichtschranke des Lifts sofort registrierte. Die Türen schlossen sich wieder, und der Lift setzte sich erneut in Bewegung.

Es gab drei weitere Unterbrechungen, ohne daß jemand die Kabine verließ. Dann ging die Hälfte der Fahrgäste. Hal holte tief Luft. Wenn die Straßen und das Erdgeschoß ihm schon überfüllt vorgekommen waren — innerhalb der Liftkabine war es erdrückend. Noch zehn Stockwerke. Es war eine Fahrt in der gleichen Stille wie zuvor, da Männer und Frauen gleichermaßen gespannt die Stimme des Wahrheitsverkünders, die aus dem Deckenlautsprecher ertönte, zu lauschen schienen. Schließlich öffneten sich die Türen zu Hals Stockwerk.

Die Gänge waren fünf Meter breit, was zu dieser Tageszeit ausreichend war. Hal nahm erleichtert zur Kenntnis, daß sich niemand hier aufhielt. Hätte er sich geweigert, ein paar Minuten mit entgegenkommenden Nachbarn zu plaudern, wäre sein Verhalten als merkwürdig eingestuft worden. Das hätte ihn ins Gerede gebracht, und Gerede zog Unannehmlichkeiten nach sich. Mindestens wäre aber eine Erklärung an den *Sept* seines Stockwerks fällig gewesen. Ein eingehendes Gespräch, eine Strafpredigt, und allein der Vorbote mochte wissen, was sonst noch.

Er ging etwa hundert Meter. Dann, die Tür zu seiner *Puka* vor Augen, hielt er an.

Sein Herz begann wild zu schlagen, und seine Hände zitterten. Er wollte sich umdrehen und zum Lift zurücklaufen.

Das wäre *unwirkliches* Verhalten, sagte er sich, und eigentlich sollte er gar nicht so denken.

Außerdem würde Mary frühestens in fünfzehn Minuten daheim sein.

Er stieß die Tür auf (natürlich gab es in der Gemeinschaft der Fachleute keine Schlösser) und trat ein. Die Wände begannen zu glühen und waren innerhalb von zehn Sekunden voll erleuchtet. Gleichzeitig aktivierte sich der *Tridi* an der ihm gegenüberliegenden Wand. Die Stimmen der lebensgroßen Akteure erklangen und ließen Hal zusammenzucken. »Großer Sigmen!« keuchte er, hastete vorwärts und schaltete die Wand ab. Er wußte, daß Mary sie angelassen hatte, damit sie sich bei seinem Eintreten von selbst auf volle Leistung schaltete. Und er wußte auch, daß er ihr schon so viele Male gesagt hatte, wie sehr ihn das erschreckte, daß sie es nicht hätte vergessen dürfen. Dies bedeutete natürlich, daß sie es vorsätzlich tat, bewußt oder unbewußt.

Achselzuckend nahm er sich vor, von nun an nicht mehr über die Angelegenheit zu reden. Möglicherweise unterließ es Mary, die Wand anzulassen, wenn sie glaubte, er würde sich nicht mehr darüber ärgern.

Allerdings mochte sie sich dann auch fragen, warum er zu ihrer vermeintlichen Vergeßlichkeit schwieg. Vielleicht hoffte sie, daß er entnervt und unbeherrscht damit begann, sie anzuschreien. Damit hätte sie wieder eine Runde gewonnen, denn natürlich würde Mary sich weigern, ihm etwas zu entgegnen und ihn statt dessen mit ihrem Märtyrerblick noch rasender machen.

Zuletzt würde sie dann ihrer Pflicht nachkommen, so schmerzlich es auch für sie war, und am Ende des Monats den *Sept* des Blocks aufsuchen und Meldung erstatten. Und das würde ein weiteres zu den vielen schwarzen Kreuzen auf seinem MR ergeben, das nur durch eine besondere Leistung zu tilgen wäre. Und diese Leistungen, wenn er sie erbrachte — er wurde ihrer allmählich überdrüssig —, bedeuteten Zeitverschwendung für ein anderes (wagte er überhaupt, es sich selbst einzugestehen?) lohnendes Projekt.

Würde er ihr vorhalten, ihre Meldung hindere ihn am Fortkommen im Beruf, am besseren Einkommen, am Umzug in eine größere *Puka,* dann mußte er sich ihre traurige, vorwurfsvolle Stimme anhören, die ihn fragte, ob er denn tatsächlich eine *unwirkliche* Tat begehen wolle? Ob er ihr etwa vorschlagen wolle, nicht die Wahrheit zu sagen, sondern durch Unterlassung oder eigene Worte zu lügen? Und das könne er auf keinen Fall, denn damit sei sowohl ihr wie auch sein Selbst in schwerer Gefahr. Niemals würden sie das wunderbare Antlitz des Vorboten sehen, und niemals ... und so weiter. Und er würde darauf nichts erwidern können.

Trotz alledem fragte sie ihn ständig, warum er sie nicht liebte. Und wenn Hal ihr seine Liebe beteuerte, beharrte sie weiterhin auf dem Gegenteil. Dann war er an der Reihe, Mary zu fragen, ob sie ihn für einen Lügner hielt. Hätte sie ihn als solchen bezeichnet, wäre er verpflichtet gewesen, sie beim *Sept* des Blocks anzuzeigen. Also begann sie, völlig unlogisch, zu weinen und behauptete, sie wüßte eben, daß er sie nicht liebte. Würde er sie nämlich wirklich lieben, könnte es ihm nicht im Traum einfallen, sie beim *Sept* zu melden. Machte er dagegen geltend, daß sie es doch war, die es als *shib* für sich ansah, ihn anzuzeigen, bestand die Antwort aus noch mehr Tränen.

Ja, so würde es ausgehen, wenn er ihr nochmals in die Falle lief. Aber Hal schwor sich erneut, dies nicht zu tun.

Er ging durch das fünf mal drei Meter große Wohnzimmer in den einzigen (außer dem Unaussprechlichen) ihm zur Verfügung stehenden Raum: die Küche. In dem Drei-mal-zweieinhalb-Meter-Raum schwang er den Herd von der Decke, speiste einen Code ein und kehrte ins Wohnzimmer zurück. Dort zog er sein Jakkett aus, knautschte es zu einem Ball zusammen und stopfte es unter einen Stuhl. Er wußte, daß Mary es finden und deswegen mit ihm schimpfen würde, aber es kümmerte ihn nicht. Im Moment war er einfach zu müde, um an die Decke zu langen und einen Haken herunterzuziehen. Aus der Küche erklang ein leiser Pfeifton. Das Abendessen war fertig.

Hal beschloß, die Korrespondenz für nach dem Essen aufzuheben. Er ging in das Unaussprechliche, um sich Gesicht und Hände zu waschen. Automatisch murmelte er das Reinheitsgebet: »Möge ich die Unwirklichkeit ebenso leicht abwaschen, wie das Wasser diesen Schmutz entfernt — so Sigmen es will.«

Nachdem er sich gereinigt hatte, betätigte er den Knopf neben dem Porträt Sigmens, das über dem Waschbecken hing. Eine Sekunde lang starrte ihn das lange, schmale Gesicht des Vorboten an; er sah den hellroten Haarschopf, die großen, abstehenden Ohren und die strohblonden, buschigen Augenbrauen. Der Vorbote hatte blaßblaue Augen, einen langen orangeroten Bart und Lippen, die so dünn waren wie eine Messerschneide. Dann wurde das Gesicht matter und verschwand. Ein Spiegel nahm seine Stelle ein.

Es war Hal nicht erlaubt, länger in den Spiegel zu schauen, als nötig war, um sich zu vergewissern, daß sein Gesicht rein war, und um sich zu kämmen. Es gab natürlich nichts, das ihn davon abhalten konnte, sich über die zugestandene Zeit hinaus anzuschauen, aber dennoch hatte er dieses Gebot freiwillig nie überschritten. Was für Fehler ihm auch anhafteten: Eitelkeit gehörte bestimmt nicht dazu. Zumindest redete er sich das ein.

Diesmal verweilte er vielleicht doch ein bißchen zu lange. Er sah die breiten Schultern eines großen Mannes und das Gesicht eines Dreißigjährigen. Seine Haare waren, wie die des Vorboten, rot, aber dunkler, fast bronzefarben. Hals und Stirn waren hoch und breit. Seine Augenbrauen schimmerten dunkelbraun, während seine weitgeöffneten Augen dunkelgrau waren. Die Nase war gerade und von normaler Größe, die Oberlippe schien eine Idee zu lang zu sein. Er besaß volle Lippen, und das Kinn stand eine Spur zu weit vor.

Hal drückte erneut auf den Knopf. Das Silber des Spiegels verdunkelte sich und zerrann in hellen Streifen. Dann wurde es wieder finster, und das Porträt Sigmens stabilisierte sich. Für einen winzigen Augenblick sah Hal, wie sein Abbild das Sigmens überlagerte, dann verschwanden seine Züge, wurden vom Vorboten absorbiert. Der Spiegel war fort und das Porträt zurückgekehrt.

Hal verließ das Unaussprechliche, ging in die Küche und vergewisserte sich, daß die Tür verriegelt war (die Küche und das Unaussprechliche waren die einzigen verschließbaren Räume), denn er wollte während des Essens nicht von Mary überrascht werden. Er öffnete die Herdklappe, entnahm die warme Schachtel und stellte sie auf einen aus der Wand schnellenden Tisch. Dann schob er den Herd zur Decke zurück, öffnete die Schachtel und aß. Als er fertig war, warf er den Plastikbehälter in den Müllschlucker, ging wieder zum Unaussprechlichen zurück und wusch sich erneut die Hände.

Dabei hörte er, wie Mary seinen Namen rief.

2

Ohne den Grund zu kennen, zögerte Hal, ihr eine Antwort zu geben. Dann sagte er: »Hier bin ich, Mary.«

»Natürlich«, erwiderte sie. »Es war mir klar, daß du, falls du zu Hause bist, nirgendwo anders steckst!«

Mit unbewegtem Gesicht trat er ins Wohnzimmer. »Mußt du so sarkastisch sein, nachdem ich so lange fort war?«

Mary war eine große Frau und nur einen halben Kopf kleiner als Hal. Ihr blaßblondes Haar hatte sie straff aus der Stirn in eine wuchtige Nackenrolle gekämmt. Ihre Augenfarbe war hellblau, und ihre Züge wirkten regelmäßig und anmutig, wurden allerdings durch sehr dünne Lippen beeinträchtigt. Ihr bauschiges Hemd mit dem hohen Kragen und der bodenlange weite Rock verbargen ihre Formen vor jedem Betrachter. Nicht einmal Hal kannte sie.

Mary sagte: »Ich wollte nicht sarkastisch sein, Hal. Nur *wirklich.* Wo konntest du denn sonst sein? Außerdem hätte es genügt, wenn du ja gesagt hättest. Mir war klar, daß du dort drin warst.« Sie deutete auf die Tür zum Unaussprechlichen. »Offenbar verbringst du deine ganze Zeit dort oder bei deinen Studien. Es sieht fast so aus, als versuchtest du, dich vor mir zu verstekken.«

»Das ist wirklich genau die Begrüßung, die ich erwartet habe«, sagte Hal zynisch.

»Geküßt hast du mich auch nicht«, beklagte sie sich.

»Entschuldige«, erwiderte er. »Wie konnte ich das nur vergessen? Wo es doch meine Pflicht ist!«

»Es sollte keine Pflicht für dich sein«, sagte sie, »sondern eine Freude.«

»Ich finde es nicht gerade erfreulich, mürrisch verzogene Lippen zu küssen«, entgegnete er.

Zu seiner Überraschung begann Mary — statt ärgerlich zu reagieren — zu weinen.

Er schämte sich plötzlich für seine Worte.

»Es tut mir leid«, sagte er. »Aber du mußt zugeben, daß du nicht die allerbeste Laune hattest, als du hereinkamst.«

Als er die Arme um sie legen wollte, wandte sie sich von ihm ab. Seine Lippen trafen ihren Mundwinkel, weil sie den Kopf drehte.

»Ich möchte nicht, daß du es machst, weil ich dir leid tue oder weil es deine Pflicht ist«, führte sie aus. »Ich möchte, daß es aus Liebe zu mir geschieht.«

Wohl zum tausendsten Male, seit sie verheiratet waren, wiederholte er: »Aber ich liebe dich doch!« Aber auch in seinen eigenen Ohren klang das wenig überzeugend. Doch — so redete er sich ein —, er liebte sie. Mußte sie lieben.

»Du hast eine sehr nette Art, mir das zu zeigen«, erwiderte Mary sarkastisch.

»Laß uns vergessen, was war und noch einmal von vorn beginnen«, schlug er vor. »Jetzt gleich.«

Er begann sie zu küssen, aber wieder entzog sie sich ihm.

»Was ist los mit dir?« fragte er.

»Du hast mir den Begrüßungskuß gegeben«, stellte sie fest. »Du darfst nun nicht sinnlich werden. Dies ist weder die rechte Zeit noch der rechte Ort.«

Aufgebracht gestikulierte Hal mit den Händen. »Wer wird denn sinnlich? Ich wollte mich nur so verhalten, als wärest du gerade zur Tür hereingekommen. Ist denn ein Kuß mehr, als es die Vorschrift verlangt, schlimmer als Streiterei? Das Unangenehme an dir, Mary, ist, daß du so absolut buchstabengläubig bist. Hast du nie davon gehört, daß der Vorbote überhaupt nicht verlangt, daß man seine Vorschriften wörtlich nimmt? Er hat selbst gesagt, daß Umstände durchaus zu Abänderungen berechtigen können!«

»Ja, aber er hat auch gesagt, wir sollten uns hüten, durch Vereinfachungen von seinem Gesetz abzuweichen. Wir sollten uns zuerst mit einem *Sept* über die *Wirklichkeit* unseres Verhaltens beraten.«

»Aber natürlich!« rief Hal aus. »Ich werde unseren lieben *Schutzengel pro tempore* anrufen und ihn fragen, ob es in Ordnung geht, wenn ich dich noch einmal küsse!«

»Nur so kann man sichergehen«, sagte Mary.

»Großer Sigmen!« entfuhr es Hal. »Ich weiß nicht, ob ich lachen oder weinen soll! Es ist mir unmöglich, dich zu begreifen! Ich werde es wohl nie können!«

»Sprich ein Gebet zu Sigmen«, riet sie ihm. »Bitte ihn, dir Wirklichkeit zu verleihen. Dann wird es auch für uns keine Schwierigkeiten mehr geben.«

»Sprich doch selbst ein Gebet«, antwortete Hal. »Zu einem Streit gehören immer zwei. Du bist dafür genauso verantwortlich wie ich.«

»Ich werde später mit dir reden, wenn du nicht mehr so wütend bist«, entgegnete Mary. »Ich muß mich waschen und will essen.«

»Laß dich durch mich nicht stören«, erwiderte Hal. »Bis zum Schlafengehen werde ich sowieso noch zu tun haben. Ich muß mich noch mit einer Stirchensache auseinandersetzen, ehe ich Olvegssen meinen Bericht übergebe.«

»Ich wette, daß du ganz froh darüber bist«, vermutete sie. »Wie hatte ich mich darauf gefreut, eine nette Unterhaltung mit dir zu führen! Aber du hältst es noch nicht einmal für nötig, auch nur mit einem Wort deine Reise in das Naturschutzgebiet zu erwähnen.«

Da er keine Antwort gab, fügte sie hinzu: »Du brauchst dir meinetwegen nicht die Lippen zu zerbeißen.«

Hal nahm ein Porträt Sigmens von der Wand und breitete es über einem Stuhl aus. Er klappte den Vergrößerungsprojekter von der Wand, legte den Brief ein und nahm die Steuerung in Betrieb. Nachdem er seine Entzifferungsbrille aufgesetzt und den Hörer ins Ohr gesteckt hatte, setzte er sich auf den Stuhl. Er mußte grinsen. Falls Mary es bemerkt hatte, würde sie sich wahrscheinlich fragen, welchen Anlaß er dazu hatte. Aber sie fragte nicht und hätte auch keine Antwort bekommen. Hal konnte ihr schwerlich erzählen, daß es ihm ein gewisses Vergnügen bereitete, auf dem Porträt des Vorboten zu sitzen. Sie wäre schockiert gewesen oder hätte es zumindest vorgetäuscht; ihre Reaktionen konnte man nie genau vorhersagen. Jedenfalls besaß sie keinen ausgeprägten Sinn für Humor, und er hatte nicht die Absicht, ihr irgend etwas zu erzählen, was ihr die Chance bot, seinen MR herabsetzen zu lassen.

Hal setzte durch Knopfdruck den Projektor in Gang und lehnte sich zurück, obwohl auch das ihn nicht sehr entspannte. Sofort sprang die Vergrößerung des Films auf die gegenüberliegende Wand, die für Mary, die keine Brille trug, weiterhin kahl blieb. Die Tonspur hörte Hal synchron.

Zuerst, wie stets bei einem offiziellen Brief, erschien das Gesicht des Vorboten an der Wand. Eine Stimme ertönte: »Preiset Isaac Sigmen, in dem die Wirklichkeit wohnt und aus dem alle Wahrheit fließt! Möge er uns, seine Jünger, segnen! Möge er seine Feinde, die Schüler des *unshib* Nachboten, verdammen!«

Die Stimme schwieg jetzt, und ebenso verblaßte die Projektion, um dem Betrachter Gelegenheit zu einem eigenen Gebet zu geben. Dann blitzte ein einzelnes Wort — *woggel* — an der Wand auf, und der Sprecher fuhr fort: »Andächtiger Gläubiger Hal Yarrow! Hier ist das erste aus einer Liste von Wörtern, die kürzlich im Vokabular der amerikanischsprechenden Bevölkerung der Union aufgetaucht sind. Dieses Wort — *woggel* — entstand im Bezirk Polynesien und verbreitete sich sternförmig auf alle amerikanischsprechenden Völker der Bezirke Nordamerika, Australien, Japan und China aus. Seltsamerweise ist es noch nicht im Bezirk Südamerika aufgetaucht, der ja, wie Sie zweifellos wissen, Nordamerika benachbart ist.«

Hal Yarrow lächelte, obwohl er sich an Zeiten erinnerte, wo ihn Erklärungen dieser Art in Rage gebracht hatten. Wann würden die Absender dieser Briefe jemals einsehen, daß er nicht nur ein Hochgebildeter, sondern auch ein Mann mit Allgemeinbildung war? In diesem besonderen Fall würden sogar die Halbgebildeten der niedrigen Klassen wissen, wo Südamerika lag, weil nämlich der Vorbote diese Kontinente viele Male im *Westlichen Talmud* und in *Die wirkliche Welt und Zeit* erwähnt hatte. Allerdings traf es möglicherweise auch zu, daß die Lehrer der Nichtfachleute nie daran gedacht hatten, ihren Schülern die Lage Südamerikas zu zeigen — auch wenn sie es selbst wußten.

»Das Wort *woggel*«, fuhr der Sprecher fort, »wurde zuerst auf der Insel Tahiti gehört. Diese Insel liegt im Zentrum des polynesischen Bezirks und wird von Nachkommen derjenigen Australier bewohnt, die Tahiti nach dem Apokalyptischen Krieg besiedelten. Derzeit wird die Insel als Basis für militärische Raumschiffe benutzt. Es breitete sich offensichtlich von dorther aus, aber der Gebrauch dieses Wortes ist hauptsächlich auf Nichtfachleute begrenzt geblieben. Eine Ausnahme bildet das fachmännische Raumpersonal. Wir haben den Eindruck, daß es einen Zusammenhang zwischen dem Erscheinen des Wortes und der Tatsache gibt, daß Raumreisende, so weit wir wissen, es als erste benutzten.

Wahrheitsverkünder haben um Erlaubnis gebeten, dieses Wort im Rundfunk zu verwenden, was aber bis zum Ergebnis einer eingehenden Analyse abgelehnt wurde. Das Wort selbst, soweit man das zu diesem Zeitpunkt bestimmen kann, wird als Adjektiv, Substantiv und Verb gebraucht. Es enthält eine grundlegend abwertende Bedeutung und ist angenähert — ohne genau dies zu meinen — an linguistisch akzeptable Wörter wie *geschwürig* und *unglücksrabig*. Außerdem beinhaltet es die Bedeutung von etwas Fremdem, Außerweltlichem; kurz gesagt, etwas Unwirklichem.

Sie werden hiermit beauftragt, das Wort *woggel* zu analysieren, indem Sie nach Plan Nr. ST-LIN-476 vorgehen, es sei denn, Sie hätten inzwischen einen Auftrag mit höherer Prioritätsnummer erhalten. In jedem Fall werden Sie auf diesen Brief nicht später als bis zur 12. Fruchtbarkeit 550 BS antworten.«

Hal las den Brief bis zu Ende. Glücklicherweise waren die drei anderen Wörter von geringerer Priorität. Es war nicht nötig, das Unmögliche zu vollbringen: alle vier auf einmal zu erforschen.

Aber er würde am nächsten Morgen, nach der Berichterstattung bei Olvegssen, wieder abreisen müssen. Was bedeutete, daß er sein Zeug gar nicht erst auszupacken brauchte. Er würde tagelang in den Sachen zu leben haben, die er auf dem Leibe trug. Vielleicht hatte er nicht einmal genügend Zeit, um sie reinigen zu lassen.

Nicht, daß er etwas dagegen hatte, von hier wegzukommen. Aber im Moment war er einfach erschöpft und wollte sich vor dem Antritt der nächsten Reise ausruhen.

Welch herrliche Ruhe, sagte er sich, nachdem er die Brille abgenommen hatte und Mary ansah.

Nachdem sie den *Tridi* abgeschaltet hatte, erhob sie sich aus ihrem Sessel und beugte sich vor, um eine Schublade aus der Wand zu ziehen. Hal sah, daß sie die Nachtwäsche für sie beide herausnahm. Und wie in vielen vorherigen Nächten hatte er plötzlich ein unangenehmes Gefühl im Magen.

Mary drehte sich um und sah ihn an.

»Ist etwas?« fragte sie.

»Nein.«

Sie kam auf ihn zu. (Man mußte nur wenige Schritte machen, um den Raum der Länge nach zu durchqueren. Es wurde Hal plötzlich bewußt, wie viele Schritte er im Naturschutzgebiet hatte machen können.) Sie reichte ihm eine zerknüllte Masse dünner Kleider. »Ich glaube, Olaf hat sie nicht gereinigt. Aber es war nicht seine Schuld, denn der Desionisierer funktioniert nicht. Er hinterließ eine Notiz, daß er einen Techniker gerufen habe. Aber du weißt ja, wie lange die brauchen, um etwas in Ordnung zu bringen.«

»Ich werde es selbst machen, wenn ich die Zeit dazu habe«, erwiderte Hal. Er schnüffelte an der Nachtwäsche. »Großer Sigmen! Wie lange ist der Reiniger schon defekt?«

»Seit deiner Abreise«, antwortete Mary.

»So wie dieser Mann schwitzt«, erläuterte Hal, »muß er sich in einem dauernden Angstzustand befinden. Und das ist auch kein Wunder! Der alte Olvegssen jagt auch mir so manchen Schrecken ein.«

Mary errötete. »Wie oft habe ich nun schon darum gebetet, daß du mit deinen Flüchen aufhörst«, klagte sie. »Wann wirst du endlich dieses unwirkliche Laster aufgeben? Weißt du denn nicht ...?«

»Sicher«, unterbrach Hal schroff. »Ich weiß, daß ich

jedesmal, wenn ich den Namen des Vorboten unangemessen in Anspruch nehme, den Zeitstillstand um so mehr hinauszögere. Na und?«

Mary erschrak sowohl über die Lautstärke als auch die Verachtung, die in seiner Stimme lag.

»Na und?« wiederholte sie ungläubig. »Hal, das ist doch nicht dein Ernst?«

»Nein, natürlich nicht!« erwiderte er, nach Luft schnappend. »Natürlich meine ich es nicht so! Wie könnte ich das? Aber die Art, wie du mir ständig meine Fehler vorhältst, macht mich einfach rasend.«

»Der Vorbote selbst hat gesagt, daß wir unseren Nächsten stets auf sein unwirkliches Verhalten aufmerksam machen sollen.«

»Ich bin nicht dein Nächster, sondern dein Ehemann«, sagte Hal. »Obwohl ich oft genug, wie auch in diesem Moment, wünschte, ich wäre es nicht.«

Marys steifer, tadelnder Gesichtsausdruck zerfloß. Ihre Augen füllten sich mit Tränen. Ihr Kinn begann zu zittern.

»Um Sigmens willen«, bat er. »Hör doch auf zu weinen!«

»Wie soll ich mich dagegen wehren?« jammerte sie. »Wenn mein eigener Mann mich so schändlich behandelt! Er, der mit mir durch die Wirkliche Stirche vereint worden ist! Und dabei habe ich doch nichts getan, womit ich das verdient hätte!«

»Nichts, außer mich bei jeder Gelegenheit beim *Sept* anzuschwärzen«, entgegnete Hal. Er ging zur Wand und zog das Bett herunter.

»Ich nehme an, die Bettwäsche stinkt auch nach Olaf und seinem fetten Weib«, sagte er.

Er nahm ein Laken hoch, roch daran und war entsetzt. Sofort zog er die anderen Leinentücher ab und warf sie auf den Boden. Und seine Schlafsachen gleich hinterher.

»Zum Henker damit! Ich werde in meiner Wäsche

schlafen! Du willst eine Ehefrau sein? Warum hast du unser Zeug nicht mal zu den Nachbarn gebracht und es dort reinigen lassen?«

»Du weißt schon, warum«, erwiderte sie. »Wir haben kein Geld, um ihnen die Benutzung ihres Reinigers zu bezahlen. Hättest du einen höheren MR, könnten wir uns so etwas leisten.«

»Wie soll ich je einen höheren MR erreichen, wenn du jede meiner kleinen Unachtsamkeiten dem *Sept* vorplapperst?«

»Dies ist ja wohl nicht *mein* Fehler!« rief sie aus. »Was für eine Sigmenitin wäre ich? Den guten *Abba* zu belügen und ihm zu erzählen, du verdientest einen besseren MR! Ich könnte nicht in dem Bewußtsein leben, so grob unwirklich gehandelt zu haben und dabei vom Vorboten beobachtet worden zu sein. Wenn ich nämlich beim *Sept* bin, kann ich die unsichtbaren Augen Isaac Sigmens fühlen, wie ihre Blicke in mich hineinbrennen, jeden meiner Gedanken lesen. Ich könnte nicht lügen! Und du solltest dich schämen, es von mir zu verlangen!«

»Zum H mit dir!« sagte Hal. Er drehte sich um und ging in das Unaussprechliche.

Innerhalb dieses winzigen Raumes streifte er seine Kleidung ab und stellte sich für die erlaubten dreißig Sekunden unter die Dusche. Dann schaltete er ein Gebläse ein, um sich zu trocknen. Nun putzte er sich so kräftig die Zähne, als wollte er die schrecklichen Worte, die er geäußert hatte, herausscheuern. Wie gewöhnlich begann er sich für das, was er gesagt hatte, zu schämen. Hinzu kam die Furcht — was Mary dem *Sept* meldete, was er darauf dem *Sept* erzählen sollte und was dann passieren würde. Es war durchaus möglich, daß sein MR so sehr herabgesetzt wurde, daß eine Geldstrafe fällig war. Dann würde sein ohnehin schon stark belastetes Budget zusammenbrechen, und er wäre so verschuldet wie nie zuvor. Nicht davon zu reden, daß man ihn beim nächsten Beförderungstermin übergehen würde.

Mit den Gedanken bei diesen Problemen, zog er sich wieder an und verließ den kleinen Raum. Mary wollte sich an ihm vorbeidrücken, um das Unaussprechliche zu erreichen, blieb aber überrascht stehen, als sie sah, daß er bekleidet war. »Oh! So ist es richtig! Die Schlafsachen hast du auf den Boden geworfen! Das kann doch nicht dein Ernst sein, Hal!«

»Aber ja«, erwiderte er. »Ich schlafe nicht in Olafs verschwitzten Sachen!«

»Hal, ich bitte dich!« sagte sie. »Gebrauche nicht dieses Wort. Du weißt, daß ich keine vulgären Dinge ausstehen kann.«

»Ich bitte vielmals um Vergebung«, entgegnete er ironisch. »Wäre es dir lieber, ich würde das entsprechende isländische oder hebräische Wort benutzen? Egal in welche Sprache, das Wort steht immer für die gleiche widerliche menschliche Absonderung: Schweiß!«

Mary hielt sich krampfhaft die Ohren zu, rannte in das Unaussprechliche und ließ die Tür hinter sich zuknallen.

Hal warf sich auf die dünne Matratze und hielt, um das Licht fernzuhalten, einen Arm vor die Augen. Es vergingen fünf Minuten, und dann hörte er, wie sich die Tür öffnete (sie mußte dringend mal wieder geölt werden; es würde aber wohl einige Zeit dauern, bis er und Olaf Marconi finanziell in der Lage waren, ein Schmiermittel zu kaufen). Und falls sein MR sank, konnten die Marconis ein Gesuch auf Umzug in ein anderes Apartment einreichen. Hatten sie damit Erfolg, dann würde womöglich ein anderes, noch viel unangenehmeres Paar (wahrscheinlich eines, das gerade aus einer niedrigeren Klasse aufgestiegen war) zu ihnen ziehen.

O Sigmen! dachte er. Warum kann ich mich nicht mit

den Dingen, so wie sie sind, zufriedengeben? Warum kann ich die Wirklichkeit nicht akzeptieren, wie sie ist? Warum muß ich soviel vom Nachboten in mir haben? Sag mir doch, warum?

Mary sprach ihn an, als sie sich neben ihn ins Bett legte. »Hal, du wirst doch wohl nicht auf diesem *Unshib* bestehen?«

»Welchem *Unshib?*« fragte er zurück, obwohl er genau wußte, was sie meinte.

»Dem Schlafen in deinen Tageskleidern!«

»Warum sollte ich nicht?«

»Hal!« rief sie empört. »Du weißt sehr wohl, warum!«

»Nein, das weiß ich nicht«, beharrte er. Er nahm den Arm von den Augen herab und starrte in völlige Finsternis. Mary hatte — vorschriftsmäßig — das Licht ausgemacht, ehe sie ins Bett kam.

Ihr unbekleideter Körper würde im Lampen- oder Mondlicht weiß schimmern, stellte Hal sich vor. Noch nie habe ich ihren Körper gesehen, nicht einmal halbentkleidet. Niemals habe ich den Körper einer Frau betrachten können, bis auf damals in Berlin. Als mir jener Mann dieses Bild zeigte, und ich, nach einem halb hungrigen, halb entsetzten Blick darauf, so schnell ich konnte davonlief. Was mochte mit dem Mann passiert sein? Wenn die Uzziten ihn gefaßt hatten ... Die stellten einiges an mit denen, die es wagten, die Wirklichkeit so abscheulich umzukehren.

So abscheulich ... Er hatte das Bild so klar vor Augen, als stünde er soeben im hellerleuchteten Berlin. Und er konnte auch den Mann sehen, der versucht hatte, es ihm zu verkaufen. Ein großer, gutaussehender junger Mann mit blonden Haaren und breiten Schultern, der den Berliner Dialekt des Isländischen sprach.

Weiß schimmerndes Fleisch ...

Seit einigen Minuten hatte Mary geschwiegen, aber Hal konnte sie atmen hören. Dann plötzlich: »Hal, hast du nicht schon genug angerichtet, seit du zurück bist? Muß ich dem *Sept* denn noch mehr berichten?«

»Was gibt es nun schon wieder?« fragte er grimmig. Dennoch konnte er sich ein kleines Lächeln nicht verkneifen. Er war entschlossen, Mary deutlich werden zu lassen. Sie sollte aus sich herausgehen und ihren Wunsch artikulieren. Obwohl es eigentlich unwahrscheinlich war, daß sie es tun würde, wollte er sie trotzdem dazu bringen, so nahe zum Kern der Sache zu kommen, wie es nur eben möglich war.

»Nun — es geschieht nichts«, flüsterte sie.

»Wie soll ich das verstehen?«

»Du weißt schon, wie«, versicherte sie.

»Nein, weiß ich nicht.«

»In der Nacht, bevor du zum Naturschutzgebiet abgereist bist, sagtest du, du wärest zu müde. Das war zwar keine wirkliche Entschuldigung, aber ich meldete dem *Sept* nichts davon, weil du deine wöchentliche Pflicht bereits erfüllt hattest. Aber du warst zwei Wochen fort ...«

»Wöchentliche Pflicht«, wiederholte Hal laut. Er richtete sich auf und stützte sich auf einen Ellbogen. »Wöchentliche Pflicht! Als *das* siehst du es an?«

»Wieso, Hal?« Sie schien überrascht zu sein. »Als was sollte ich es denn sonst ansehen?«

Mit einem Seufzer legte er sich wieder hin und starrte ins Dunkel.

»Es ist zwecklos!« stellte er fest. »Wie könnte es auch anders sein? Wir sind seit neun Jahren verheiratet; wir haben keine Kinder — wir werden nie welche haben. Ich habe sogar schon um die Scheidung gebeten. Warum sollten wir uns also weiterhin aufführen wie ein Roboterpaar im *Tridi?*«

Mary hielt merklich den Atem an, und Hal konnte sich das Entsetzen in ihrem Gesicht ausmalen.

Nach einem Moment, er von ihrem Schock ausgefüllt wurde, sagte sie: »Wir müssen, weil wir eben müssen.

Was bleibt uns denn übrig? Oder wolltest du vorschlagen, daß ...?«

»Nein, nein«, erwiderte er rasch, denn er stellte sich vor, was passieren würde, wenn sie dem *Sept* Bericht erstattete. Mit anderen Dingen wurde er noch fertig, aber eine Andeutung von ihr, daß ihr Ehemann sich weigerte, den besonderen Befehl des Vorboten auszuführen ... er wagte nicht, darüber nachzudenken. Immerhin besaß er das Prestige eines Universitätslehrers, nannte eine *Puka* mit einer gewissen Geräumigkeit sein eigen und hatte zudem noch die Chance aufzusteigen. Aber nicht, wenn ...

»Natürlich nicht«, fügte Hal hinzu. »Ich weiß, daß wir versuchen müssen, Kinder zu bekommen. Auch wenn es den Anschein hat, als seien wir zum Gegenteil verdammt.«

»Die Ärzte bestätigen, daß in physischer Hinsicht keinem von uns beiden etwas fehlt«, erklärte Mary nun wohl schon zum tausendsten Mal in den vergangenen fünf Jahren. »Deshalb muß sich also einer von uns konträr zur Wirklichkeit verhalten, mit seinem Körper die wirkliche Zukunft verleugnen. Und ich weiß, daß ich es nicht sein kann. Das ist ganz ausgeschlossen!«

»Das dunkle Ich verbirgt zuviel vor dem hellen Ich«, zitierte Hal aus dem *Westlichen Talmud. »Der Nachbote in uns leitet uns, und wir merken es nicht.«*

Es gab nichts, das Mary so aus der Fassung bringen konnte wie Hals Zitate, obgleich sie selbst auch ständig welche benutzte. Aber anstatt in eine ihrer üblichen Tiraden auszubrechen, sagte sie: »Hal, ich habe Angst! Ist dir klar, daß unsere Zeit in einem Jahr abgelaufen sein wird? Daß wir zur neuerlichen Prüfung vor die Uzziten treten müssen? Und falls wir durchfallen, falls sie herausfinden, daß einer von uns die Zukunft unserer Kinder verhindert ... Man hat uns oft gesagt, was dann passieren wird!«

Zum ersten Mal an diesem Abend empfand Hal

Sympathie für Mary. Auch er verspürte den Schrecken, der ihren Körper beben ließ und das Bett zum Zittern brachte.

Aber das durfte er sie nicht wissen lassen, denn dann würde sie völlig zusammenbrechen — wie es in der Vergangenheit schon geschehen war. Er würde dann die ganze Nacht dazu benötigen, um das ›zerbrochene Porzellan‹ wieder zusammenzufügen.

»Ich glaube nicht, daß wir uns allzu große Sorgen machen müssen«, sagte er. »Wir sind schließlich hochangesehene und gefragte Fachleute. Es kann ihnen nichts daran liegen, unsere Ausbildungen und Fähigkeiten zu verschwenden und uns zum H zu schicken. Vielmehr nehme ich an, daß sie uns eine Verlängerung gewähren werden, wenn du nicht schwanger bist. Die Möglichkeit, dies zu tun, haben sie. Der Vorbote selbst hat gesagt, daß jeder Fall im Zusammenhang gesehen und nicht nach einem abstrakten Gesetz beurteilt werden sollte. Und wir ...«

»Und wie oft wird ein Fall nach dem Zusammenhang beurteilt?« fragte sie mit schriller Stimme. »Wie oft? Du weißt so gut wie ich, daß das Gesetz stets buchstabengetreu angewendet wird!«

»Davon ist mir nichts bekannt!« versuchte Hal zu beschwichtigen. »Wie naiv man doch werden kann, wenn man allem Glauben schenkt, was die Wahrheitsverkünder verbreiten! Mir ist so einiges über die Hierarchie zu Ohren gekommen. Ich weiß, daß zum Beispiel Blutsverwandtschaft, Freundschaft, Ansehen und Wohlstand, aber auch Nützlichkeit für die Stirche eine Lockerung der strengen Vorschriften bewirken können.«

Mary saß aufrecht im Bett. »Willst du damit sagen, die Urieliten seien bestechlich?« fragte sie entsetzt.

»Das würde ich niemals sagen«, erwiderte Hal. »Und ich schwöre bei Sigmens verlorener Hand, daß ich nicht einmal im Traum daran dachte, auf solch eine unwirkliche Niedertracht anspielen zu wollen. Ich betone lediglich, daß sich Nützlichkeit für die Stirche gelegentlich in Milde oder in einer Bewährungschance auszahlen kann.«

»Kennst du jemand, der uns helfen könnte?«

Hal lächelte unbemerkt in der Dunkelheit. Mary mochte wohl über seine Freimütigkeit schockiert sein, aber sie war auch praktisch veranlagt und würde nicht zögern, jedes erdenkliche Mittel zu gebrauchen, um sie beide aus ihrer mißlichen Lage zu befreien.

Ein paar Minuten lang herrschte Schweigen. Mary atmete keuchend wie ein in die Enge getriebenes Tier.

Schließlich sagte Hal: »Ich kenne wirklich keine einflußreiche Person, abgesehen von Olvegssen. Und der hat schon Bemerkungen über meinen MR fallenlassen, obwohl er gleichzeitig meine Arbeit lobend anerkennt.«

»Siehst du!« sagte Mary. »Der MR! Wenn du dich nur ein wenig anstrengen würdest, Hal ...«

»Wenn du dich nur nicht so eifrig um meine Abwertung bemühen würdest«, entgegnete er verbittert.

»Hal, ich kann einfach nicht anders, wenn du so leichtfertig mit unwirklichen Dingen umgehst! Es ist sogar ein Vergehen, mich deswegen zur Rede zu stellen. Eine weitere schwarze Bewertung ...«

»Und du siehst dich gezwungen, alles vor dem *Sept* zu wiederholen. Ich weiß es ja. Laß uns nicht schon wieder — zum zehntausendsten Mal — davon anfangen.«

»Du hast es angesprochen«, erwiderte sie.

»Dies scheint das einzige Thema zu sein, über das wir miteinander reden können«, bemerkte Hal.

Mary holte tief Luft, dann sagte sie: »Das war nicht immer so.«

»Nein, nicht im ersten Jahr unserer Ehe. Aber seither ...«

»Wessen Schuld ist das wohl?« rief sie aus.

»Das ist eine gute Frage«, erwiderte er. »Aber lassen wir es lieber. Es könnte gefährlich werden.«

»Wie meinst du das?«

»Ich möchte nicht mit dir darüber diskutieren«, sagte Hal. Seine Worte hatten ihn selbst überrascht. Was hatte er gemeint? Er wußte keine Antwort; nicht mit dem Verstand, sondern aus seinem ganzen Wesen heraus hatte er gesprochen. War es der Nachbote in ihm, der ihn dies sagen ließ?

»Laß uns schlafengehen!« schlug er Mary vor. *»Morgen verändert sich das Gesicht der Wirklichkeit.«*

»Nicht, ehe ...«, antwortete sie.

»Ehe was?« fragte er müde.

»Spiel nicht *Shib* mit mir!« sagte sie. »Damit hat doch alles angefangen. Weil du ... dich ... vor der ... Pflicht ... drücken willst.«

»Meine Pflicht«, höhnte Hal. »Dieser Shib!«

»Du darfst nicht so sprechen«, hielt sie ihm vor. »Ich möchte nicht, daß du es nur tust, weil es deine Pflicht ist. Ich möchte vielmehr, daß es aus Liebe zu mir geschieht, so wie es dir auferlegt ist. Und auch deshalb, weil du mich lieben *willst.*«

»Ich bin gehalten, die ganze Menschheit zu lieben«, sagte Hal. »Aber ich stelle fest, daß es mir ausdrücklich verboten ist, meine Pflicht mit jemand anderem als meiner wirklichkeitsgetreu verbundenen Ehefrau zu vollziehen.«

Dies verschlug Mary die Sprache, und sie wandte ihm den Rücken zu. Weil er jedoch einsah, daß er sie und sich selbst gleichermaßen strafte, streckte er die Hand nach ihr aus. Von da an, eingeleitet durch diese formelle Eröffnungserklärung, verlief alles nach dem Ritual. Diesmal aber, im Gegensatz zu früher, führten sie alles Schritt für Schritt aus: Worte und Handlungen, wie sie vom Vorboten im *Westlichen Talmud* beschrieben wurden. Ein Detail ausgenommen: Hal trug noch seine Tageskleider. Das, so hatte er sich entschieden, war wohl verzeihlich, denn auf den Geist und nicht auf die Buchstaben kam es an. Machte es da einen Unterschied, ob er die dicke Straßenkleidung oder die sperrigen Schlafsachen trug? Mary, falls sie sich überhaupt noch daran erinnerte, hatte zu diesem Umstand nichts mehr gesagt.

3

Danach starrte Hal, auf dem Rücken liegend, gedankenverloren in den dunklen Raum wie so viele Male zuvor. Was mochte es sein, das seinen Unterleib wie eine breite, dicke Stahlplatte zu durchschneiden und seinen Körper von der Hüfte an abzutrennen schien? Anfangs war er erregt. Dessen war er sich sicher, denn sein Herz schlug schneller und sein Atem ging schwerer. Dennoch konnte er — wirklich — nichts empfinden. Und wenn der Moment kam — den der Vorbote die Zeit der Erzeugung von Potentialität, der Erfüllung und Aktualisierung der Wirklichkeit nannte —, war Hals einzige Erfahrung die einer rein mechanischen Reaktion. Sein Körper führte zwar die vorgeschriebene Funktion aus, aber Hal erlebte nichts von jener Ekstase, die der Vorbote so lebendig geschildert hatte. Eine Zone der Gefühllosigkeit, eine Fläche erstarrter Nerven durchschnitt ihn. Er fühlte nichts außer den Zuckungen seines Körpers — als würde eine elektrische Nadel seine Nerven stimulieren und gleichzeitig betäuben. Das konnte so nicht in Ordnung sein, sagte er sich. Oder doch? War es möglich, daß der Vorbote sich irrte? Ein Mann, der dem Rest der Menschheit weit überlegen war? Vielleicht hatte nur der Vorbote die Fähigkeit gehabt, jene köstlichen Reaktionen zu erleben, und war sich nicht darüber im klaren, daß die übrige Menschheit sein Glück nicht nachvollziehen konnte. Aber nein, das konnte nicht zutreffen, wenn es stimmte — Hal verscheuchte seine zweifelhaften Gedanken —, daß der Vorbote einem jeden Menschen hinter die Stirn sehen konnte. Lag also der Fehler bei ihm? Bei Hal als einzigem von allen Schülern der Wirklichen Stirche? Über seine Gefühle hatte er nie mit jemandem gesprochen. Was auch, wenn nicht undenkbar, so doch unmöglich gewesen wäre, ja sogar obszön und unwirklich. Seine Lehrer hatten es ihm niemals ausdrücklich untersagt, aber das war auch nicht nötig gewesen. Hal wußte es auch so.

Trotz allem, der Vorbote hatte beschrieben, wie seine Reaktionen ausfallen mußten.

Aber wie genau hatte er dies getan? Als sich Hal jenen Abschnitt des *Westlichen Talmud* ins Gedächtnis rief, der für verlobte und verheiratete Paare vorbehalten war, wurde ihm bewußt, daß der Vorbote eigentlich keinen physischen Zustand beschrieben hatte. Seine Sprache war sehr poetisch (Hal kannte sich damit aus, denn als Linguist hatte er Zugang zu verschiedenen Werken der Literatur, die anderen verboten waren), metaphorisch und sogar metaphysisch. Dies kam in Begriffen zum Ausdruck, die bei einer Analyse nur geringen Realitätsbezug erkennen ließen.

Vorbote, vergib mir! dachte Hal. Ich meinte damit, daß deine Worte keine exakte wissenschaftliche Beschreibung des tatsächlichen elektrochemischen Prozesses im menschlichen Nervensystem sind. Selbstverständlich gelten sie auf einer höheren Ebene, denn die Wirklichkeit ist vielschichtig: subrealistisch, realistisch, pseudorealistisch, surrealistisch, superrealistisch und retrorealistisch.

Aber jetzt ist nicht die Zeit für Theologie, dachte Hal. Ich will nicht schon wieder die ganze Nacht hindurch meinen Verstand mit dem Unlösbaren und Unbeantwortbaren verwirren. Beim Vorboten, nur das nicht!

Über eines war er sich im klaren: Er befand sich nicht in Einklang mit dem Weltplan; diesen Einklang hatte es für ihn noch nie gegeben und würde es wohl auch kaum jemals geben. Jeden wachen Moment wankte er am Abgrund der Unwirklichkeit entlang. Und das war wenig verheißungsvoll ... der Nachbote konnte nach ihm greifen, oder er würde dem bösen Bruder des Vorboten in die Hände fallen ...

Hal Yarrow wachte auf, als plötzlich das Morgensignal durch die Wohnung schallte. Einen Augenblick lang war er verwirrt, als sich Traumwelt und Realität vermischten.

Dann rollte er sich zur Seite des Bettes und stand auf. Er schaute auf Mary hinab, die wie gewöhnlich nach dem ersten Weckruf weiterschlief, so laut dieser auch sein mochte. Ihr galt er ja auch nicht. In fünfzehn Minuten würde der zweite Hörnerschall über den *Tridi* kommen: das Signal für die Frauen. Bis dahin mußte Hal sich gewaschen, rasiert, angezogen und auf den Weg gemacht haben. Mary würde ebenfalls fünfzehn Minuten zur Verfügung haben, um auf die Straße zu kommen; zehn Minuten später würden die Marconis von ihrer Nachtarbeit heimkehren und sich daranmachen, in dieser engen Welt zu schlafen und zu leben, bis die Yarrows zurückkehrten.

Diesmal war Hal noch schneller fertig als sonst, weil er bereits in seiner Tageskleidung steckte. Er erleichterte sich, wusch Gesicht und Hände, verrieb eine Creme auf den Bartstoppeln im Gesicht, wischte die sich lösenden Haare ab (sollte er dereinst in den Rang eines Hierarchen aufsteigen, dann würde er, wie Sigmen, einen Bart tragen), kämmte sich und trat schon wieder aus dem Unaussprechlichen heraus.

Nachdem er die am vorausgegangenen Abend erhaltenen Briefe in seine Reisetasche gestopft hatte, schritt er auf die Tür zu. Dann jedoch, von einem plötzlichen, unbestimmbaren Gefühl geleitet, wandte er sich um und ging noch mal zum Bett zurück. Er beugte sich über Mary und küßte sie. Sie erwachte nicht, und eine Sekunde lang bedauerte er, daß sie sein Tun nicht bemerkt hatte, denn es war weder aus Pflichterfüllung noch aus Verlangen geschehen. Der Antrieb dazu war aus unergründlichen Tiefen gekommen. Warum hatte er es getan? In der vergangenen Nacht noch hatte er geglaubt, sie zu hassen. Und nun ...

Wie Hal konnte auch Mary nicht aus ihrer Haut. Was natürlich keine Entschuldigung sein konnte. Jedes Individuum war für sein eigenes Geschick verantwortlich und hatte es selbst in der Hand, ob ihm Gutes oder Schlechtes widerfuhr.

Hal spann den Gedanken weiter: Mary und er waren die Wegbereiter ihres eigenen Elends. Unbewußt natürlich. Die Sonnenseite ihrer Persönlichkeiten kämpfte gegen die Zerstörung ihrer Liebe, aber ihr dunkles Ich — der tief im Innersten schlummernde scheußliche Nachbote, von dem alles Übel ausging — arbeitete zielstrebig an ihrem Untergang.

Dann sah Hal, schon in der Tür stehend, wie Mary die Augen aufschlug und ihn leicht verwirrt anschaute. Aber anstatt noch einmal zurückzugehen und ihr einen Kuß zu geben, hastete er auf den Flur hinaus. Ihn befiel panische Angst, sie könnte ihn zurückrufen, und die ganze klägliche und nervenaufreibende Szene würde von vorn beginnen. Erst viel später wurde Hal klar, daß er gar keine Gelegenheit gehabt hatte, Mary von seiner Reise nach Tahiti zu erzählen. Eigentlich gar nicht so schlimm, dachte er. So blieb ihm eine neuerliche Szene erspart.

Die Flurhalle war bereits mit Männern überfüllt, die auf dem Weg zu ihrer Arbeit waren. Wie Hal trugen sie die lockeren Plaids der Fachleute, mehrere auch die grünen und scharlachroten Umhänge der Universitätslehrer.

Wie immer wechselte Hal mit jedem ein paar Worte.

»Wünsche dir eine gute Zukunft, Ericssen!«

»Sigmens Lächeln, Yarrow!«

»Hast du gut geträumt, Chang?«

»*Shib,* Yarrow! Direkt von der Wahrheit.«

»Shalom, Kazimuru!«

»Sigmens Lächeln, Yarrow!«

Dann war Hal vor den Aufzugtüren angelangt. Ein Wächter, der wegen des morgendlichen Andrangs auf dieser Ebene Dienst tat, legte die Reihenfolge für das Betreten des Lifts fest. Als Hal schließlich den Turm verließ, betrat er eine Reihe zunehmend schnellerer Bänder, bis er auf dem mittleren, dem Expreßband, angekommen war. Dort stand er, eingezwängt in eine Traube von Männer- und Frauenleibern, aber es behagte ihm, denn alle gehörten seiner Klasse an. Zehn Minuten Fahrt, dann mußte er sich erneut seinen Weg durch die Menge von Band zu Band bahnen. Weitere fünf Minuten später wechselte er vom Band auf den Gehweg und betrat den höhlenartigen Eingang des *Pali* Nr. 16, der Universität von Sigmen City.

Drinnen mußte er kurze Zeit warten und erhielt dann vom Wächter seinen Platz im Lift zugewiesen. Mit dem Expreß fuhr Hal direkt bis zur dreizehnten Ebene. Gewöhnlich ging er nach Verlassen des Aufzugs schnurstracks zu seinem Büro, um die erste Vorlesung des Tages, einen Studentenkurs, über *Tridi* zu halten. Doch heute morgen steuerte Hal auf das Büro des Dekans zu.

Unterwegs befiel ihn urplötzlich heftiges Verlangen nach einer Zigarette. Und weil er wußte, daß er in Olvegssens Gegenwart nicht rauchen durfte, blieb er stehen und steckte sich eine an. Zufällig stand er vor der Tür einer Grundklasse in Linguistik und konnte Teile aus Keoni Jerahmeel Rasmussens Vortrag mithören.

»*Puka* und *Pali* waren ursprünglich Wörter der primitiven polynesischen Einwohner der Hawaii-Inseln. Die englischsprechenden Siedler, die später auf die Inseln kamen, eigneten sich viele Begriffe aus der hawaiischen Sprache an. *Puka,* was Loch, Tunnel oder Höhle bedeutet, und *Pali,* was soviel wie Klippe heißt, zählten zu den gebräuchlichsten Wörtern.

Als die Hawaiiamerikaner nach dem Apokalyptischen Krieg Nordamerika neu besiedelten, wurden diese beiden Begriffe noch in der ursprünglichen Bedeutung verwendet. Aber etwa fünfzig Jahre danach hatte sich der Sinn der Wörter verändert. *Puka* gebrauchte man nun abschätzig für die kleinen, den niederen Klassen zugeteilten Apartments. Später wurde der Begriff auch von den Angehörigen der höheren Klassen benutzt. Ist man ein Hierarch, so wohnt man in einem Apartment; gehört man hingegen einer niedrigeren Klasse an, so wohnt man in einer *Puka*.

Mit *Pali*, was Klippe bedeutete, bezeichnete man auch die Wolkenkratzer und die anderen riesigen Gebäude. Und im Gegensatz zu *Puka* blieb diese Urbedeutung erhalten.«

Hal drückte seine Zigarette in einem Aschenbecher aus und setzte seinen Weg durch die Halle zum Dekansbüro fort. Dort traf er Dr. Bob Kafziel Olvegssen hinter dem Schreibtisch sitzend an.

Weil er der ältere war, sprach Olvegssen natürlich zuerst. Er hatte einen leichten isländischen Akzent.

»Aloha, Yarrow. Was führt Sie zu mir?«

»Shalom, *Abba!* Verzeihen Sie mir, daß ich ohne Aufforderung vor Ihnen erscheine. Aber ich habe einige Angelegenheiten zu regeln, bevor ich abreise.«

»Abreise?«

Hal nahm den Brief aus seinem Handkoffer und reichte ihn Olvegssen.

»Sie können ihn selbstverständlich gern selbst durchsehen, aber ich erspare Ihnen wertvolle Zeit, wenn ich Ihnen sage, daß es sich um einen neuen Auftrag für linguistische Nachforschungen handelt.«

»Sie kommen doch eben erst von einem zurück!« sagte Olvegssen. »Wie kann man von mir noch erwarten, daß ich diese Fakultät effizient und zum Ruhme der Stirche leite, wenn man dauernd Teile des Lehrkörpers für wilde Wortjagden abberuft?«

»Sie wollen doch wohl nicht die Urieliten kritisieren?« fragte Hal boshaft. Er konnte seinen Vorgesetzten nicht ausstehen, obwohl er sich bemühte, dieses unwirkliche Denken zu überwinden.

»*Harumph!* Natürlich nicht! Dazu wäre ich niemals fähig, und ich bin sehr bestürzt über Ihre Anschuldigung!«

»Ich bitte um Entschuldigung, *Abba*«, erwiderte Hal. »Ich dachte nicht im Traum daran, so etwas anzudeuten.«

»Wann müssen Sie fort?« erkundigte sich Olvegssen.

»Mit dem ersten Bus. Ich glaube, er geht in einer Stunde.«

»Und wann kommen Sie zurück?«

»Das weiß nur Sigmen. Wenn die Untersuchung abgeschlossen ist.«

»Melden Sie sich sofort bei mir, wenn Sie zurück sind!«

»Ich muß Sie erneut um Vergebung bitten, aber das kann ich einfach nicht. Bis dahin ist nämlich mein MR längst überfällig, und ich werde gezwungen sein, diese Angelegenheit aus der Welt zu schaffen, ehe ich mich wieder anderen Dingen zuwenden kann. Das wird einige Stunden dauern.«

Olvegssens Blick verdüsterte sich, und er sagte: »Ja, ihr MR. Auch ihr letzter war nicht der allerbeste, Yarrow. Aber ich will doch hoffen, daß der nächste gewisse Verbesserungen aufweist. Andernfalls ...«

Hal fühlte plötzlich Hitze in seinem Körper aufwallen und unterdrückte nur mühsam ein Zittern seiner Beine.

»Ja, *Abba?*«

Seine Stimme klang schwach und wie aus weiter Ferne.

Olvegssen faltete die Hände und sah Yarrow über die Fingerkuppen hinweg an.

»So sehr ich es auch bedauern würde, aber ich wäre zum Handeln gezwungen. Ein Mann mit niedrigem MR ist unter meinem Personal nicht tragbar. Ich fürchte, daß ich ...«

Eine längere Stille trat ein. Hal spürte, wie ihm der Schweiß aus den Achselhöhlen rann und wie sich auf Stirn und Oberlippe Tropfen ansammelten. Er war sich darüber im klaren, daß Olvegssen ihn absichtlich in der Ungewißheit schweben ließ, aber es widerstrebte ihm einfach, ihn zu fragen. Er wollte diesem selbstgefälligen grauhaarigen *Gimel* nicht die Genugtuung geben, ihn betteln zu hören. Aber Hal wagte auch nicht, sich einen uninteressierten Anschein zu geben. Falls er überhaupt nichts sagte, würde Olvegssen ihn mit einem Lächeln entlassen, daran gab es keinen Zweifel.

»Was, *Abba?*« fragte Hal und versuchte, den erstickten Klang aus seiner Stimme herauszuhalten.

»Ich fürchte sehr, daß ich mir nicht einmal die Milde leisten könnte, Sie zum Unterricht an höheren Schulen zurückzuversetzen. Wie gern würde ich nachsichtig sein! Aber Gnade in Ihrem Fall würde nur eine Stärkung der Unwirklichkeit bedeuten. Und das könnte ich nicht ertragen. Nein, ich ...«

Hal verwünschte sich selbst, weil es ihm nicht gelang, das Zittern zu unterdrücken.

»Ja, *Abba?*«

»Es täte mir sehr leid, aber ich müßte die Uzziten um Einsichtnahme in Ihren Fall bitten.«

»Nein!« schrie Hal.

»Doch«, sagte Olvegssen, der noch immer die Hände gefaltet hielt. »Es wäre sehr schmerzlich für mich, aber es wäre *unshib,* es nicht zu tun. Nur wenn ich um ihre Hilfe ersuchen würde, könnte ich ruhig schlafen.«

Nun legte er die Hände auseinander, drehte sich mit seinem Stuhl so herum, daß sich ihm Hal im Profil darbot, und sagte: »Aber es gibt ja gar keinen Grund, daß ich solche Schritte unternehmen müßte, nicht wahr? Schließlich sind Sie — und nur Sie allein — verantwortlich dafür, was immer mit Ihnen passieren mag.

Daher können Sie niemand anders als sich selbst die Schuld zuschieben.«

»So hat es der Vorbote offenbart«, bemerkte Hal. »Ich werde mich anstrengen, Ihnen den Kummer zu ersparen, *Abba*. Ich werde sicherstellen, daß mein *Sept* keinen Grund hat, mir einen niedrigen MR zu geben.«

»Das ist sehr gut«, sagte Olvegssen, mit einem skeptischen Unterton, als würde er nicht daran glauben. »Ich möchte Sie nicht mit der Prüfung Ihres Briefes aufhalten, denn ich werde sicherlich mit der heutigen Post ein Duplikat erhalten. Aloha, mein Sohn, und angenehmes Träumen!«

»Erhalten Sie sich Ihre Wirklichkeit, *Abba!*« erwiderte Hal, drehte sich um und ging hinaus. Durch den Schreck fühlte er sich benommen und wußte kaum, was er tat. Ganz automatisch fuhr er zum Flughafen und unterzog sich dort der notwendigen Prozedur, um die Priorität für seine Reise zu erhalten. Als er den Airbus bestieg, war er immer noch nicht bei klarem Verstand.

Eine halbe Stunde später stieg er im Hafen von Los Angeles aus und begab sich zum Fahrkartenschalter, um seinen Platz im Airbus nach Tahiti bestätigen zu lassen.

Als er in der Schlange stand, merkte er, wie ihm jemand leicht auf die Schulter tippte.

Er erschrak und wandte sich dann zu der Person hinter ihm um.

Er fühlte sein Herz klopfen, als wollte es die Brust zerreißen.

Der Mann war ein untersetzter, breitschultriger Bursche mit Schmerbauch und trug eine weite pechschwarze Uniform, dazu einen großen kegelförmigen und glänzendschwarzen Hut. Auf seiner Brust war die silberne Figur des Engels Uzza zu erkennen. Der Offizier beugte sich vor, um die hebräischen Zahlen am unteren Rand des geflügelten Fußes zu überprüfen, den Hal auf der Brust trug. Dann sah er auf ein Papier in seiner Hand.

»Sie sind Hal Yarrow, *shib*«, sagte der Uzzite. »Folgen Sie mir!«

Hinterher kam Hal zu dem Schluß, daß einer der seltsamsten Aspekte dieser Begebenheit seine Unerschrockenheit war. Nicht, daß er ohne die geringste Angst gewesen wäre. Es war nur so, daß er die Furcht so sehr zurückgedrängt hatte, daß sich sein Verstand völlig mit der Einschätzung der Situation und der Suche nach einem Ausweg beschäftigen konnte. Die Unsicherheit und die Konfusion, die ihn während seiner Unterredung mit Olvegssen befallen und noch lange nachgewirkt hatten, schienen sich aufzulösen. Zurück blieb ein kühler und scharfer Verstand; so konnte man der Welt entgegentreten.

Vielleicht lag es daran, daß Olvegssens Drohung zurückhaltender und unbestimmter war, die Verhaftung durch die Uzziten dagegen unmittelbar und mit Sicherheit gefährlicher.

Der Offizier brachte ihn zu einem kleinen Luftwagen, der auf einem Streifen beim Fahrkartengebäude stand, und befahl ihm, darin Platz zu nehmen. Der Uzzite stieg ebenfalls ein und bediente die Zielsteuerung. Der Wagen startete senkrecht bis zu einer Höhe von etwa fünfhundert Metern und schoß dann mit Sirenengeheul auf sein Ziel zu. Hal stand der Sinn gewiß nicht nach Humor, aber dennoch drängte sich ihm der Gedanke auf, daß sich die Polizisten in den letzten tausend Jahren kein bißchen geändert hatten. Auch wenn kein Notfall vorlag, ließen sich die Hüter des Gesetzes keine Gelegenheit entgehen, um gehörig Krach zu machen.

Innerhalb von zwei Minuten hatte der Wagen den Landeplatz im zwanzigsten Stock eines Gebäudes erreicht. Der Uzzite, der seit dem anfänglichen Gespräch kein Wort mehr mit Hal gewechselt hatte, bedeutete ihm durch Gesten, auszusteigen. Auch Hal hatte keinen Ton von sich gegeben, weil er wußte, daß er damit doch nichts erreichte.

Die beiden Männer gingen eine Rampe hinauf und passierten anschließend eine Reihe von Korridoren, die mit dahineilenden Leuten vollgestopft waren. Hal versuchte, für den Fall einer Flucht die Route im Gedächtnis zu behalten. Obwohl er natürlich wußte, daß ein Entkommen so gut wie unmöglich war. Zudem hatte er bis jetzt keinen Grund, an Situationen zu denken, in denen Davonlaufen der einzige Ausweg war.

Wenigstens hoffte er das.

Endlich hielt der Uzzite vor einer nichtssagenden Bürotür an. Er stieß sie mit dem Daumen auf und ließ Hal den Vortritt. Sie befanden sich in einem Vorzimmer; eine Sekretärin saß hinter einem Schreibtisch.

»Engel Patterson meldet sich zurück«, sagte der Uzzite. »Ich habe Hal Yarrow, Fachmann LIN-56327.«

Die Sekretärin gab die Information durch ein Sprechgerät weiter, und aus der Wand ertönte eine Stimme, die zum Eintreten aufforderte.

Die Sekretärin betätigte einen Knopf, und die Tür öffnete sich.

Hal ging wiederum voran.

Er trat in einen Raum mit großzügigen Dimensionen, größer noch als sein Klassenzimmer oder seine ganze *Puka* in Sigmen City. Am gegenüberliegenden Ende stand ein mächtiges Pult, das halbmondförmig gebogen war. Dahinter saß ein Mann, und der Anblick dieses Mannes erschütterte Hals Gelassenheit. Er hatte einen *Sept* von hohem Rang erwartet, einen schwarzgekleideten Mann, der den kegelförmigen Hut trug.

Aber dieser Mann war kein Uzzite. Er war in ein fließendes purpurnes Gewand mit einer Kapuze über dem Kopf gehüllt, und auf seiner Brust sah man das große, goldene hebräische L, das *Lamech*. Und er trug einen Bart.

Er war einer der allerhöchsten, ein Urielit. Männer dieses Ranges hatte Hal erst ein Dutzend Mal in seinem Leben gesehen und nur einmal zuvor aus nächster Nähe.

Großer Sigmen, dachte er, *was habe ich nur getan? Ich bin verdammt!*

Der Urielit war ein sehr großer Mann, fast einen halben Kopf größer als Hal. Er hatte ein ovales Gesicht, hervorstehende Wangenknochen und eine lange, schmale und gebogene Nase. Seine Lippen waren dünn, die Augen blaßblau und am Lidrand mit einer Hautfalte versehen.

Hinter Hals Rücken sagte der Uzzite mit sehr leiser Stimme: »Halt, Yarrow! Stillgestanden! Tun Sie alles, was der Sandalphon Macneff Ihnen sagt, ohne zu zögern und ohne eine falsche Bewegung!«

Hal, dem der Gedanke an Ungehorsam überhaupt nicht in den Sinn gekommen wäre, nickte.

Macneff schaute Hal mindestens eine Minute lang an, während er sich über den buschigen braunen Bart strich.

Dann, als Hal bereits schwitzte und innerlich bebte, sprach Macneff endlich. Seine Stimme klang überraschend tief für einen so mageren Mann.

»Yarrow, was würden Sie davon halten, dieses Leben zu beenden?«

4

Im nachhinein dankte er Sigmen dafür, daß er nicht seinem ersten Impuls gefolgt war.

Denn, anstatt vor Schreck wie gelähmt zu sein, hatte er sich überlegt, ob er nicht blitzschnell herumwirbeln und den Uzziten angreifen sollte. Der Offizier trug zwar keine sichtbaren Waffen, hatte aber mit Sicherheit einen Revolver in einem Halfter unter der Uniform stecken. Wenn Hal ihn überrumpelte und an die Waffe herankam, konnte er Macneff als Geisel nehmen. Mit ihm als Schild hatte er eine Chance zu fliehen.

Aber wohin?

Er hatte keine genaue Vorstellung. Nach Israel oder in die Malaiische Föderation? Zu beiden war es ein weiter Weg, obgleich Entfernung eigentlich keine Rolle spielte, wenn es ihm gelang, ein Schiff zu stehlen oder unter sein Kommando zu bringen. Aber selbst wenn er damit Erfolg hatte, bestand nur minimale Aussicht, an den Raketenabwehrstellungen vorbeizugelangen. Es sei denn, es gelang ihm, die Wachen zum Narren zu halten — aber dafür kannte er sich zu wenig in militärischen Gepflogenheiten und Codes aus.

Während er diese Möglichkeiten durchspielte, war der Impuls verpufft. Es war klüger, erst einmal abzuwarten, wessen man ihn anklagte. Vielleicht konnte er seine Unschuld beweisen.

Macneffs dünne Lippen verzogen sich zu einem leichten Lächeln, das Hal genau sehen sollte.

»Das ist gut, Yarrow.«

Hal war sich nicht im klaren, ob er damit zum Sprechen aufgefordert war, aber er nahm einfach die Gelegenheit wahr, um den Urieliten nicht zu beleidigen.

»Was ist gut, Sandalphon?«

»Daß Sie rot wurden — und nicht etwa bleich. Ich bin ein Menschenkenner, Yarrow. Schon nach wenigen Sekunden durchschaue ich jeden Mann, dem ich begegne. Und ich sah, daß Sie nicht vor Schreck ohnmächtig wurden, wie es wohl so manchem nach meinen ersten Worten ergangen wäre. Sie hingegen erröteten vor heißblütiger Kampfeslust. Sie waren bereit zu leugnen, Ihren Standpunkt zu verteidigen und alles anzufechten, was ich Ihnen vorwerfen würde. Nun, man könnte einwenden, daß dies keine empfehlenswerte Reaktion sei, daß Ihr Verhalten eine falsche Gesinnung, eine Neigung zum Unwirklichen offenbare. Ich aber sage: *Was ist Wirklichkeit?* Das ist genau die Frage, die der böse Bruder des Vorboten in der großen Debatte aufwarf. Die Antwort ist dieselbe: Daß allein der wirkliche Mensch dies beurteilen kann. Ich bin wirklich, sonst wäre ich nicht Sandalphon. *Shib?*«

Hal, der bemüht war, ruhig zu atmen, nickte nur. Er überlegte sich, daß Macneff wohl doch nicht so gründlich Gedanken lesen konnte, wie er vorgab. Denn er hatte sich nicht zu Hals Plan geäußert, sein Heil in der Gewalt zu suchen. Oder war Macneff doch im Bilde und hatte gute Gründe, ihm zu verzeihen?

»Als ich Sie vorhin fragte, was Sie davon halten würden, dieses Leben zu beenden«, räumte Macneff ein, »wollte ich damit keineswegs andeuten, daß Sie ein Kandidat für das H seien.« Er runzelte die Stirn und fuhr fort: »Obwohl der gegenwärtige Stand ihres MR den Schluß nahelegt, daß Sie bald dorthin kommen könnten. Ich bin mir jedoch sicher, daß Sie — vorausgesetzt, Sie stellen sich für meinen Vorschlag freiwillig zur Verfügung — dieses kleine Problem bald aus der Welt geschafft haben. Dann nämlich wären Sie mit vielen *shib*-Männern in Kontakt, deren Einfluß Sie sich nicht entziehen könnten. *Wirklichkeit* erzeugt *Wirklichkeit*. So sagte Sigmen. Aber ich bin zu voreilig. Zuerst müssen Sie auf dieses Buch schwören« — er griff nach einem Exemplar des *Westlichen Talmud* — »daß nichts von dem, was in diesem Büro besprochen wird, an irgend jemand, unter welchen Umständen auch immer, ausgeplaudert wird. Und daß Sie eher sterben oder Folterungen ertragen werden, als die Stirche zu verraten.«

Hal legte die linke Hand auf das Buch (Sigmen benutzte die linke, weil er schon frühzeitig die rechte verloren hatte) und schwor beim Vorboten und allen Ebenen der Wirklichkeit, daß seine Lippen für immer verschlossen bleiben würden. Wenn er den Schwur brach, verlor er auf ewig die Hoffnung, glorreich vor das Angesicht des Vorboten zu treten und dereinst Herrscher eines eigenen Universums zu werden.

Noch bevor er den Schwur beendete, begann er sich schuldig zu fühlen, weil er erwogen hatte, einen Uzziten niederzuschlagen und einen Sandalphon in seine Gewalt zu bringen. Wie konnte er seinem dunklen Ich nur so plötzlich nachgeben? Macneff war der lebende Stellvertreter Sigmens, während Sigmen durch Zeit und Raum reiste, um die Zukunft seiner Anhänger vorzubereiten. Macneff in irgendeiner Form den Gehorsam zu verweigern, bedeutete, dem Vorboten ins Gesicht zu schlagen — und das war so ungeheuerlich, daß Hal nicht einmal den Gedanken daran ertragen konnte.

Macneff legte das Buch auf das Pult zurück und sagte: »Zunächst muß ich Ihnen gestehen, daß Sie versehentlich diesen Auftrag erhielten, das Wort *woggel* auf Tahiti zu erforschen. Es lag wahrscheinlich daran, daß bestimmte Abteilungen der Uzziten nicht so eng zusammenarbeiteten, wie sie es sollten. Dem Grund dieses Irrtums wird nachgegangen, und wir werden wirksame Maßnahmen ergreifen, um ähnliche Fehler für die Zukunft zu verhindern.«

Der Uzzite hinter Hals Rücken seufzte tief, und Hal wurde bewußt, daß auch andere in diesem Raum Gründe hatten, sich zu fürchten.

»Einer der Hierarchen bemerkte beim Durchsehen der Meldungen, daß Sie die Genehmigung beantragt hatten, nach Tahiti zu reisen. Da er um die hohe Sicherheitsstufe dieser Insel wußte, stellte er Nachforschungen an. Das Ergebnis war, daß wir Sie abfangen konnten. Und ich kam nach Prüfung Ihrer Akte zu dem Schluß, daß Sie genau der Richtige sind, um eine bestimmte Position auf dem Schiff einzunehmen.«

Mittlerweile war Macneff hinter dem Pult hervorgekommen und schritt auf und ab, die Hände auf dem Rücken verschränkt und den Körper nach vorn gebeugt. Hal konnte erkennen, wie fahlgelb Macneffs

Haut war. Sie hatte fast genau die gleiche Farbe wie jener Elefantenstoßzahn, den er einmal im Museum der Ausgestorbenen Tiere gesehen hatte. Das Purpurrot der Kapuze über dem Kopf betonte noch die Blässe des Mannes.

»Sie werden gebeten, sich freiwillig zur Verfügung zu stellen«, erklärte Macneff, »weil wir nur Männer an Bord haben wollen, die sich voll und ganz ihrer Aufgabe widmen. Dennoch bin ich zuversichtlich, daß Sie meiner Bitte entsprechen werden, denn es wäre mir nicht wohl bei dem Gedanken, auf der Erde einen Zivilisten zurückzulassen, der über die Existenz und das Ziel der *Gabriel* Bescheid weiß. Nicht, daß ich Ihre Loyalität anzweifeln möchte, aber die Spione der Israelis sind sehr gerissen und könnten Sie durch Tricks dazu verleiten, Ihr Wissen zu enthüllen. Oder Sie entführen und Sie mit Drogen zum Reden bringen. Sie sind ergebene Anhänger des Nachboten, diese Israelis.«

Hal wunderte sich, wieso der Gebrauch von Drogen durch die Israelis als unwirklich, durch die Haijac-Union dagegen als *shib* galt. Aber er vergaß es wieder, als er Macneffs weitere Worte vernahm.

»Vor hundert Jahren verließ das erste interstellare Raumschiff der Union mit dem Ziel Alpha Centauri die Erde. Etwa zur gleichen Zeit startete ein israelisches Schiff. Beide Schiffe kehrten nach zwanzig Jahren mit der Nachricht zurück, keine bewohnbaren Planeten gefunden zu haben. Eine zweite Haijac-Expedition kehrte zehn Jahre später zurück, ein zweites israelisches Schiff weitere zwölf Jahre danach. Nicht eine der Expeditionen fand eine Sonne mit Planeten, die von menschlichen Wesen hätten besiedelt werden können.«

»Davon habe ich niemals etwas gehört«, murmelte Hal Yarrow.

»Beide Regierungen haben das Geheimnis sorgsam vor ihren Völkern gehütet, nicht aber untereinander«, sagte Macneff. »Soweit wir wissen, haben die Israelis nach dem zweiten Schiff keine interstellare Expedition mehr ausgeschickt. Die Kosten und der Zeitaufwand sind astronomisch. Wir jedoch haben ein drittes Schiff gestartet, ein viel kleineres und schnelleres als die beiden ersten. Wir haben seit damals eine Menge über interstellare Reisen dazugelernt; das ist alles, was ich dazu sagen möchte. Die dritte Expedition kam vor einigen Jahren zurück und berichtete ...«

»Daß sie einen Planeten gefunden hat, auf dem menschliche Wesen leben können, und der bereits von empfindenden Wesen bewohnt wird!« ergänzte Hal, der in seinem Enthusiasmus ganz vergessen hatte, daß man ihn nicht gebeten hatte zu sprechen.

Macneff verhielt den Schritt und blickte Hal mit seinen blaßblauen Augen an.

»Woher wissen Sie das?« fragte er in scharfem Ton.

»Vergeben Sie mir, Sandalphon«, erwiderte Hal, »aber es war unvermeidlich! Sagte nicht der Vorbote in seinem Werk *Zeit und der Weltplan* voraus, daß solch ein Planet gefunden wird? Ich glaube, es war auf Seite 573!«

Macneff lächelte und sagte: »Ich freue mich, daß Ihre Religionsstunden einen solch tiefen Eindruck hinterlassen haben.«

War denn überhaupt etwas anderes möglich? dachte Hal. *Außerdem waren das nicht die einzigen Eindrücke dieser Art. Ich trage immer noch Narben auf dem Rücken, wo Pornsen, mein Sept, mich mit der Peitsche schlug, weil ich meine Lektionen nicht ausreichend gelernt hatte. Er war schon ein guter Eindrücker, dieser Pornsen. War? Ist noch! Als ich älter wurde und meine Beförderung erhielt, wurde er ebenfalls befördert und war immer da, wo ich war. Er war mein Sept im Kinderhort. Er war der Wohnheim-Sept, als ich aufs College ging und schon geglaubt hatte, ich sei ihn los. Und jetzt ist er mein Block-Sept. Er ist dafür verantwortlich, daß ich immer so einen niedrigen MR bekomme.*

Doch rasch regte sich Widerspruch in ihm. Nein —

nicht er, sondern ich, und nur ich, bin für alles verantwortlich, was auch immer mit mir geschehen mag. Erhalte ich einen niedrigen MR, dann ist es deswegen, weil mein dunkles Ich es so will. Sterbe ich, geschieht es, weil ich es selbst so wollte. Sigmen, vergib mir meine unwirklichen Gedanken!

»Verzeihen Sie bitte, Sandalphon«, sagte Hal. »Entdeckte die Expedition irgendwelche Anzeichen dafür, daß der Vorbote auf diesem Planeten gewesen ist? Oder traf sie sogar — es wäre wohl zu schön, um wahr zu sein — den Vorboten persönlich an?«

»Nein«, erwiderte Macneff. »Obwohl das nicht heißen soll, daß es dort nicht solche Anzeichen geben könnte. Die Expedition hatte den Befehl, sich einen raschen Überblick über die Bedingungen dort zu verschaffen und dann sofort zur Erde zurückzukehren. Ich möchte Ihnen jetzt nicht genau sagen, wie viele Lichtjahre dieser Stern entfernt ist und wie er heißt. Man kann ihn jedoch mit bloßem Auge nachts in dieser Hemisphäre sehen. Falls Sie an der Expedition teilnehmen, wird man Ihnen nach dem Start des Schiffes sagen, wohin die Reise geht. Und es geht schon sehr bald los.«

»Sie benötigen einen Linguisten?« fragte Hal.

»Das Schiff ist riesengroß«, erklärte Macneff, »aber durch die große Anzahl von Militär und Spezialisten, die wir mitnehmen, mußte die Zahl der Linguisten auf einen begrenzt werden. Wir haben mehrere Fachleute in Betracht gezogen, weil sie *Lamechianer* und damit über jeden Verdacht erhaben waren. Leider ...«

Hal wartete. Macneff machte ein paar Schritte und runzelte nachdenklich die Stirn. Schließlich fuhr er fort: »Leider gibt es nur einen *Lamech*-Linguisten, und der ist für diese Expedition zu alt. Deshalb ...«

»Ich bitte tausendmal um Vergebung«, wandte Hal ein, »aber mir fällt eben etwas ein. Ich bin verheiratet.«

»Kein Problem«, sagte Macneff. »An Bord der *Gabriel* wird es keine Frauen geben. Falls ein Mann verheiratet ist, wird ihm automatisch eine Scheidung gewährt.«

Hal schnappte nach Luft. »Eine Scheidung?«

Macneff hob entschuldigend die Hände und sagte: »Sie sind natürlich entsetzt. Aber aus unserer Lektüre des *Westlichen Talmud* glauben wir Urieliten zu entnehmen, daß der Vorbote eine solche Situation vorausgesehen hat, und damit auf die Scheidung einging und entsprechende Vorkehrungen traf. Die Scheidung ist in diesem Fall unvermeidlich, denn das Paar wird für mindestens vierzig Jahre getrennt sein. Natürlich verkleidete der Vorbote seine Vorsorge in einer rätselhaften Sprache. Dank seiner großen und wunderbaren Weisheit wußte er es zu verhindern, daß unsere Feinde, die Israeliten, seinen Worten entnehmen konnten, was wir planten.«

»Ich werde dabeisein«, erklärte Hal. »Erzählen Sie mir weitere Einzelheiten, Sandalphon.«

Sechs Monate später stand Hal in der Beobachtungskuppel der *Gabriel* und verfolgte, wie der Erdball über ihm zusammenschrumpfte. Es war Nacht in dieser Hemisphäre, aber von den Ballungsgebieten Australiens, Japans, Chinas, Südostasiens, Indiens und Sibiriens her leuchtete es herauf. Der Linguist Hal Yarrow sah diese glitzernden Scheiben und flimmernden Halsketten der Kontinente und Inseln in Begriffen aus den Sprachen, die darin gesprochen wurden: Australien, die Philippinen, Japan und Nordchina wurden von denjenigen Angehörigen der Haijac-Union bewohnt, die Amerikanisch sprachen; Südchina, ganz Südostasien, Südindien und Ceylon waren Staaten der Malaiischen Föderation. Dort sprach man Basar. In Sibirien wurde Isländisch gesprochen.

Im Geiste drehte er schnell den Globus und sah Afrika, wo südlich des Saharameeres Suaheli gesprochen wurde. Rings um das Mittelmeer, in Kleinasien, Nordindien und Tibet, war Hebräisch die Muttersprache. In Südeuropa, zwischen den Israeli-Republiken und den isländischsprechenden Völkern Nordeuropas, befand sich ein langer, schmaler Landstrich, den man die Mark nannte. Es war Niemandsland, um das die Haijac-Union und die Israelische Republik heftig stritten — seit zweihundert Jahren eine potentielle Kriegsursache. Keine Macht wollte auf ihren Anspruch verzichten, aber es wollte auch keine irgendeine Maßnahme ergreifen, die zu einem zweiten Apokalyptischen Krieg führen konnte. Daher war die Mark unter den gegebenen Umständen ein unabhängiger Staat und hatte eine eigene, selbständige Regierung (die aber außerhalb der Landesgrenzen nicht anerkannt wurde). Seine Bürger sprachen verschiedene Sprachen der Vorkriegswelt, die hier überlebt hatten, ferner Lingo, eine Mischform, deren Vokabular von den anderen sechs Sprachen abstammte und deren Syntax so einfach war, daß man sie auf einem halben Blatt Papier unterbringen konnte.

Vor seinem geistigen Auge sah Hal den Rest der Erde: Island, Grönland, die Karibischen Inseln und die östliche Hälfte Südamerikas. Hier sprachen die Völker in der Sprache Islands, denn diese Insel war den Hawaiiamerikanern zuvorgekommen, als diese nach dem Apokalyptischen Krieg mit der Wiederbesiedelung Nordamerikas und der westlichen Hälfte Südamerikas beschäftigt waren.

Dann gab es noch Nordamerika mit Amerikanisch als Muttersprache aller Einwohner, ausgenommen die zwanzig Nachkommen der Frankokanadier im Hudson-Bay-Naturschutzgebiet.

Hal wartete gespannt darauf, daß diese Erdseite in die Nachtzone rotierte und Sigmen City zu sehen war, deren Lichtermeer in den Raum strahlen würde. Und irgendwo mitten drin lag sein Apartment. Allerdings wohnte Mary bald nicht mehr dort, denn schon in wenigen Tagen würde sie die Nachricht erhalten, daß ihr Ehemann bei einem Unfall während des Flugs nach Tahiti ums Leben gekommen sei. Obwohl sie in der Öffentlichkeit sehr gefaßt auftreten würde, würde sie daheim sicher um ihn weinen, denn auf ihre frigide Art liebte sie ihn. Der Sympathie ihrer Freunde und Kollegen konnte sie sicher sein. Nicht nur deshalb, weil sie den geliebten Ehemann verloren hatte, sondern mehr noch, weil sie mit einem Mann verheiratet gewesen war, der unwirklich gedacht hatte. Denn wenn Hal Yarrow bei einem Zusammenstoß getötet wurde, mußte er es so gewollt haben. So etwas wie einen ›Unfall‹ gab es nicht. Irgendwie hatten alle Passagiere (die alle zur Besatzung der *Gabriel* gehörten und laut diesem geschickt gesponnenen Lügengewebe ›umgekommen‹ waren) gleichzeitig ihrem Tod ›zugestimmt‹. Sie waren somit in Ungnade gefallen. Man würde ihre ›Leichname‹ nicht bei einer öffentlichen Trauerfeier verbrennen und ihre Asche auch nicht in alle Winde verstreuen. Vielmehr waren die ›toten‹ Körper angeblich den Fischen zugedacht. Die Stirche sorgte für alle.

Hal war sehr traurig wegen Mary und mußte geraume Zeit gegen seine Tränen ankämpfen, als er inmitten der Menge in der Beobachtungskuppel stand.

Doch er sagte sich, daß es so am besten war. Mary und er brauchten nun nicht mehr wie reißende Wölfe aufeinander losgehen; ihr gegenseitiges Quälen hatte ein Ende. Mary war wieder frei für eine andere Ehe. Natürlich in dem Glauben, daß der Tod ihre Bande gelöst hatte, denn von der heimlichen Scheidung durch die Stirche wußte sie ja nichts. Es blieb ihr ein Jahr Zeit, sich zu entscheiden und einen Partner auszuwählen. Von einer Liste, die ihr *Sept* zusammengestellt hatte. Vielleicht würden die psychologischen Hemmnisse, die sie daran hinderten, von Hal ein Kind zu empfangen, nun nicht mehr bestehen. Vielleicht. Hal bezweifelte, daß solch ein freudiges Ereignis eintreten könnte. Unterhalb des Bauchnabels war Mary ebenso gefühllos wie er. Gleichgültig, welcher Ehekandidat des *Sept* auserkoren wurde …

Der *Sept*. Pornsen. Niemals wieder brauchte Hal dieses feiste Gesicht zu sehen und diese weinerliche Stimme zu hören …

»Hal Yarrow!« sagte die weinerliche Stimme.

Heiß und kalt lief es ihm über den Rücken. Dann drehte Hal sich langsam um.

Dort stand der untersetzte, pausbäckige Mann und lächelte ihn an.

»Mein geliebter Schützling! Mein ewiges Sorgenkind!« sagte die weinerliche Stimme. »Ich hatte ja keine Ahnung, daß auch du an diesem ruhmreichen Unternehmen teilnimmst. Aber ich hätte es mir denken können! So, wie wir in Liebe verbunden sind! Sigmen selbst muß dies vorgesehen haben. Liebe sei mit dir, mein Schützling!«

»Sigmens Liebe sei auch mit dir, mein Wächter«, erwiderte Hal mit erstickter Stimme. »Wie wundervoll, deine geschätzte Person hier zu sehen! Ich habe schon geglaubt, wir würden niemals mehr miteinander reden.«

5

Die *Gabriel* hielt Kurs auf ihr Ziel und tastete sich mit einer Beschleunigung an ihre Höchstgeschwindigkeit von 99,1 Prozent der Lichtgeschwindigkeit heran. Inzwischen begab sich die gesamte Besatzung in den Suspensionsraum, abgesehen von einigen wenigen, die noch für die Kontrollfunktionen benötigt wurden. Dort würden sie nun viele Jahre im Kälteschlaf verbringen. Auch das technische Personal ließ sich kurze Zeit später einfrieren, nachdem es die automatischen Vorrichtungen sorgfältig überprüft hatte. Alle schliefen, während die Triebwerke der *Gabriel* die Beschleunigung auf einen Punkt steigerten, den die Körper der Besatzungsmitglieder wach nicht überstanden hätten. Beim Erreichen der gewünschten Geschwindigkeit würde die Automatik den Antrieb abschalten, und ein stilles, aber nicht leeres Schiff schnellte dem Stern entgegen, der das Ziel der Reise sein sollte.

Viele Jahre später bestimmte der Photonenzähler in der Schiffsnase, daß der Stern nun nahe genug war, um den Bremsvorgang einzuleiten. Wiederum wurde eine für Körper im Normalzustand nicht erträgliche Verzögerungskraft aufgewendet. Bald hatte das Schiff beträchtlich an Geschwindigkeit verloren und wurde auf eine Verzögerung von 1 g justiert. Die Automatik weckte zunächst das technische Personal aus dem Kälteschlaf, um dann mit deren Hilfe den Rest der Besatzung aufzutauen. In dem bis zur Ankunft verbleibenden halben Jahr trafen die Männer alle nötigen Vorbereitungen.

Hal Yarrow war als einer der letzten in den Suspensionsraum gegangen, gehörte aber nun zu den ersten, die herauskamen. Er mußte sich eingehend mit den Aufzeichnungen über die Sprache der wichtigsten Nation auf Ozagen beschäftigen. Die Sprache hieß Siddo, und die Beschäftigung mit ihr erwies sich von Anfang an als schwierig. Der Expedition, die den Planeten Ozagen entdeckt hatte, war es zwar gelungen, zweitausend Siddowörter einer gleichen Zahl amerikanischer Begriffe gegenüberzustellen, doch die Beschreibung der Syntax erwies sich als mangelhaft. Es gab nicht nur viele Lücken, sondern auch Fehler, wie Hal feststellen mußte.

Diese Entdeckung jagte Hal ziemliche Angst ein, denn er sollte einen Schulungstext schreiben und die gesamte Besatzung der *Gabriel* in der Sprache Ozagens unterrichten. Benutzte er dabei die Feinheiten des Siddo, dann lehrte er seine Schüler etwas Falsches. Und selbst dies war mit kaum überwindbaren Schwierigkeiten verbunden.

Zunächst einmal unterschieden sich die Sprechwerkzeuge der Ozagenbewohner ziemlich von denen der Menschen. Kein Wunder also, wenn die so hervorgebrachten Laute entsprechend ungewöhnlich klangen. Eine annähernde Nachahmung ließ sich durchaus bewerkstelligen — aber ob die Ozagenianer dies auch verstehen würden, war ungewiß.

Die grammatische Konstruktion des Siddo stellte ein weiteres Hindernis dar. Bei einer Betrachtung der Zeitformen zeigte sich, daß im Siddo statt einer Beugung des Verbs zur Kennzeichnung von Vergangenheit oder Zukunft ein völlig anderes Wort benutzt wurde. So wurde aus dem maskulinen Infinitiv *dabhumaksanigalu'ahai* (was *leben* bedeutete) im Perfekt *ksu'u'peli'afo* und im Futur *mai'teipa.* Für alle weiteren Zeiten tauchte ebenfalls ein ganz anderes Wort auf. Hinzu kam noch, daß Siddo nicht nur über die drei (für Erdenmenschen) normalen Geschlechter Maskulinum, Femininum und Neutrum verfügte, sondern noch zusätzlich ein ›lebloses‹ und ein ›geistiges‹ Geschlecht kannte. Zum Glück wurde dies jeweils durch eine Beugung kenntlich gemacht, aber jemand mit einer anderen Muttersprache als Siddo würde damit erhebliche Schwierigkeiten haben. Das System der Geschlechtskennzeichnung variierte entsprechend den Zeiten.

Alle anderen Wortarten wie Substantive, Pronomen, Adjektive, Adverben und Konjunktionen wurden nach dem gleichen System behandelt wie die Verben. Um die Konfusion des Sprachgebrauchs komplett zu machen, benutzten verschiedene gesellschaftliche Klassen häufig verschiedene Wörter, um das gleiche auszudrücken.

Die Siddoschrift war allenfalls mit dem alten Japanisch zu vergleichen. Ein Alphabet gab es nicht; statt dessen verwendete man Schriftzeichen, deren Linien, Form und Winkelbeziehung zueinander die Bedeutung ausmachten. Durch nachfolgende kleine Zeichen wurde die korrekte Beugung des Geschlechts angegeben.

In der Abgeschiedenheit seines Studienraumes fluchte Hal laut vor sich hin. Warum mußten ausgerechnet die Siddos das dominierende Volk des Planeten sein? Sie beherrschten einen der zwei Kontinente Ozagens; in der anderen Hemisphäre verteilte sich die Landmasse auf zwanzig verschiedene Nationen. Und jede dieser Nationen besaß eine Sprache, die sich vom Siddo genauso unterschied wie Siddo vom Isländischen oder von Suaheli. In einer jedoch hatte sich schon vor längerer Zeit ein phonetisches Alphabet entwickelt, das früher oder später wohl die schwierigen, im Siddo gebräuchlichen Schriftzeichen ersetzen würde. Außerdem hatte diese Sprache den Vorteil, relativ einfach zu sein, auch für Menschen von der Erde.

Aber die Haijac-Expedition, die Ozagen erkundet hatte, war zu dem Schluß gekommen, Siddo zum Kontaktpunkt zu machen, weil dieser Staat am größten und mächtigsten zu sein schien. Selbst wenn der Leiter der Expedition später diesen Entschluß als Fehler eingesehen hätte, würde er dies wohl kaum zugegeben haben.

Hal mußte sich also wohl oder übel seiner Aufgabe zuwenden. Er studierte die Wellenlinien des Siddo auf dem Oszilloskop und versuchte die Muskelbewegungen zu ergründen, welche die Erdenmenschen machen mußten, um die Siddolaute wenigstens annähernd zu simulieren. Er begann ein Wörterbuch Siddo-Amerikanisch anzulegen, und hoffte, daß es die Haijacs befähigen würde, simple Aussagen zu machen. Und er kam gehörig ins Schwitzen, denn es war seine Pflicht, selbst fließend Siddo zu sprechen. Was natürlich eigentlich nur durch einen jahrelangen Aufenthalt bei den Eingeborenen zu erreichen war.

Bedauerlicherweise würde es dazu kaum kommen. Denn wenn alles nach Plan verlief, waren in einigen Jahren alle Ozagenianer tot.

Hal nutzte die sechs Monate zwischen dem Einfrieren der ersten Expeditionsmitglieder bis zur Suspension des technischen Personals für die Arbeit. Was ihn bei diesem Projekt am meisten ärgerte, war Pornsens ständige Anwesenheit. Der *Sept* fühlte sich dazu verpflichtet, Hal zu beobachten und ging erst mit diesem zusammen in den Tiefschlaf. Der einzige entschädigende Aspekt für Hal war, daß er nicht mit Pornsen sprechen mußte, wenn er nicht wollte, denn die Dringlichkeit seiner Arbeit war eine ausreichende Entschuldigung. Nach einiger Zeit jedoch wurde er seiner Einsamkeit überdrüssig und unterhielt sich mit dem *Sept*, da dieser weit und breit das einzige verfügbare menschliche Wesen war.

Hal Yarrow gehörte zu den ersten, die den Suspensionsraum vierzig Jahre später verließen. Sein Verstand akzeptierte die Feststellung, daß so viel Zeit vergangen war, aber gefühlsmäßig konnte er dies nur schwer verarbeiten. Es gab überhaupt keine Veränderungen an seiner äußeren Erscheinung oder denen der anderen Männer. Und das einzige, was sich außerhalb des Schiffes verändert zu haben schien, war die gesteigerte Helligkeit des Sterns, dem sie entgegentrieben.

Schließlich wurde der Stern für sie zum hellsten Objekt im All. Dann konnten sie die ihn umkreisenden Planeten erkennen. Ozagen, der vierte Planet von der Sonne aus, zeichnete sich ab. Annähernd so groß wie die Erde, sah er — aus der Entfernung — genau wie diese aus. Nachdem mehrere Wochen lang die Computer mit Daten gefüttert worden waren, glitt die *Gabriel* in eine Umlaufbahn. Vierzehn Tage lang umkreiste das Schiff den Planeten, während von der *Gabriel* selbst und von Beibooten aus — die in die Atmosphäre eintauchten und sogar einige Landungen unternahmen — Beobachtungen angestellt wurden. Die beiden Kontinente wurden durch einen viele tausend Kilometer breiten Ozean getrennt. Ihr Zielkontinent war erst vor siebenhundert Jahren von den Eingeborenen entdeckt worden. Sie hatten dort Wesen vorgefunden, die den Menschen erstaunlich ähnelten und sie in einem sechs Jahrhunderte dauernden Krieg vernichtet.

Dann endlich gab Macneff den Befehl zur Landung der *Gabriel.*

Langsam senkte sich das Schiff, das aufgrund seiner gewaltigen Masse ungeheure Mengen Treibstoff verbrauchte, in die Atmosphäre hinab. Das Ziel war die Hauptstadt an der Ostküste, die ebenfalls den Namen Siddo trug. In der Lichtung eines Parks im Herzen der Stadt setzte die *Gabriel* so sanft wie herabfallender Schnee auf. Im Grunde war die ganze Stadt ein einziger Park; es gab so viele Bäume, daß man aus der Luftperspektive nur schwer an die geschätzten 250000 Einwohner glauben konnte. Es gab viele Gebäude, und einige waren sogar zehn Stockwerke hoch. Aber da sie sehr weit auseinanderlagen, hinterließen sie keinen massigen Eindruck. Auf den weitläufigen Straßen wuchs eine Grasart, die so hart war, daß sie jeglicher Beanspruchung standhielt. Nur die lebhafte Hafenfront Siddos schien einer Erdenstadt zu ähneln, denn dort standen die Häuser dicht beieinander, und auf dem Wasser drängten sich Segelschiffe und Schaufelraddampfer in großer Zahl.

Die Gabriel kam herab, und die Menge, die sich unten versammelt hatte, stob auseinander. Die riesige graue Masse ging auf der Wiese nieder und begann sofort unmerklich in den Boden zu sinken. Der Sandalphon Macneff befahl, den Hauptausstieg zu öffnen. Dicht gefolgt von Hal Yarrow, der ihm beistehen sollte, falls er bei seiner Begrüßungsrede an die Empfangsdelegation ins Stottern kam, trat Macneff ins Freie. Er setzte seinen Fuß auf den ersten bewohnbaren Planeten, denn die Menschen der Erde entdeckt hatten.

Wie Kolumbus, dachte Hal.

Wird sich die Geschichte wiederholen?

Vom Tag ihrer Landung an blieb das Raumschiff *Gabriel* im Park. Vom Morgengrauen bis zum Sonnenuntergang wagte sich die Besatzung unter die Ozagenianer — die von den Menschen den verächtlichen Namen Woggelwanzen erhalten hatten —, um alles mögliche über Sprache, Sitten, Geschichte, Biologie und anderes herauszufinden. Das besondere — nicht offen gezeigte — Interesse der Menschen galt der Technologie des Planeten, obwohl von daher wenig zu befürchten war. Soweit es bestimmt werden konnte, waren die *Wogs* in den Naturwissenschaften nicht weiter fortgeschritten als die Menschen des frühen zwanzigsten Jahrhunderts (nach Christus). Aber die Expeditionsmitglieder mußten sichergehen, daß ihren Augen nichts verborgen blieb. Kaum auszudenken, wenn die *Wogs* Waffen verheerender Wirkung versteckt hielten, die nur darauf warteten, die unwissenden Besucher zu treffen ...

Die Existenz von Raketen und atomaren Sprengköpfen war nicht zu befürchten. Offensichtlich war Ozagen bis jetzt nicht in der Lage, diese herzustellen. Aber in den biologischen Forschungen schienen die *Wogs* sehr weit zu sein. Und davor mußte man genauso Angst haben wie vor thermonuklearen Waffen. Darüber hinaus blieben Krankheiten, auch wenn sie nicht als Waffe gegen die Menschen eingesetzt wurden, eine dauernde tödliche Drohung. Was für einen Ozagenianer dank einer in Jahrtausenden erworbenen Immunität nur eine leichte Unpäßlichkeit war, konnte einem Terraner den raschen Tod bringen.

Also hieß die Devise: langsam und vorsichtig. Alles nur mögliche herausfinden. Daten sammeln, korrelieren, interpretieren. Vor Beginn des Projekts Ozagenozid sicherstellen, daß eine Vergeltung unmöglich ist.

Darum ging es auch, als vier Monate nach Ankunft der *Gabriel* auf Siddo zwei scheinbar freundliche Terraner sich mit zwei anscheinend freundlichen Woggelwanzen zu einer gemeinsamen Fahrt trafen. Sie wollten die Ruinen einer vor zweitausend Jahren von den inzwischen ausgestorbenen Humanoiden erbauten Stadt untersuchen. In Wahrheit waren die Terraner durchdrungen von einem Traum, der auf dem Planeten Erde vierundzwanzig Jahre zuvor und zweiundvierzig Lichtjahre entfernt geträumt worden war.

Sie fuhren in einem für menschliche Wesen phantastisch anmutenden Fahrzeug ...

6

Der Motor bockte, und ein Ruck ging durch den Wagen. Der Ozagenianer auf dem rechten Rücksitz beugte sich herüber und schrie irgend etwas.

Hal Yarrow wandte sich um und brüllte: »Was?«

Dann wiederholte er nochmals in Siddo: »*'Abhudai'akhu?*«

Fobo, der direkt hinter Hal saß, hielt seinen Mund an das Ohr des Menschen. Er übersetzte für Zugu, obwohl sich sein Amerikanisch mit dem Trillern und den Resonanztönen sehr sonderbar anhörte.

»Zugu sagt und betont nachdrücklich, du solltest mal mit der kleinen Stange rechts neben dir pumpen. Das bringt dem ... Vergaser ... mehr Alkohol.«

Die Antennen auf Fobos Kopfhaube kitzelten Hals Ohren. Hal sagte eine aus dreißig Silben bestehende Wortfolge auf, was, grob gesagt, etwa bedeutete: »Ich danke dir.« Sie bestand anfänglich aus dem Verb in der Form der ersten Person Singular des maskulinen Präsens. Damit verknüpft waren: eine Silbe, die anzeigte, daß Sprecher wie Zuhörer frei von Verpflichtungen waren; das gebeugte Pronomen der ersten Person; eine weitere Silbe, die ausdrückte, daß der Sprecher seinen Zuhörer als den Klügeren von ihnen beiden anerkannte; das maskuline Pronomen in der dritten Person Singular; sowie zwei Silben, die durch ihre Reihenfolge die ganze gegenwärtige Situation als erheiternd einstuften. Umgekehrt angeordnet, hätten sie der Situation einen ernsten Anstrich verliehen.

»Was hast du gesagt?« rief Fobo, und Hal zuckte die Achseln. Ihm war plötzlich klargeworden, daß er einen Knacklaut als Unterbrechung vergessen hatte, wodurch entweder der Sinn des Satzes verändert wurde oder etwas völlig Bedeutungsloses entstand. Jedenfalls hatte Hal keine Lust, den Satz noch einmal zu wiederholen.

Statt dessen betätigte er die Drosselklappe, wie Fobo ihm geraten hatte. Hierbei mußte er sich über den *Sept* lehnen, der rechts neben ihm saß.

»Entschuldige tausendmal!« bellte Hal.

Pornsen sah Yarrow nicht an. Die Hände hielt er im Schoß verschränkt. Die Knöchel waren weiß. Wie sein Schutzbefohlener sammelte er gerade die ersten Erfahrungen mit einem Verbrennungsmotor. Aber im Gegensatz zu Hal wurde Pornsen durch den Krach, den Qualm, das Holpern und Stolpern und nicht zuletzt durch die Vorstellung erschreckt, in einem handgesteuerten Bodenfahrzeug zu sitzen.

Hal grinste. Er war von diesem wunderlichen Gefährt sehr angetan, denn es erinnerte ihn an die Bilder von Automobilen des zweiten Jahrzehnts des zwanzigsten Jahrhunderts in den Geschichtsbüchern der Erde. Und es war schon ein aufregendes Erlebnis, das schwergängige Lenkrad zu drehen und dabei zu spüren, wie das gewichtige Fahrzeug seiner Muskelkraft gehorchte. Das Knallen der vier Zylinder und der Dunst von verbrennendem Alkohol reizten ihn sehr — die holprige Fahrt machte einfach Spaß.

Es war romantisch, etwa so, als setzte man sich mit einem Segelboot dem offenen Meer aus. Er hoffte sehnlichst, noch mehr in dieser Art unternehmen zu können, solange er auf Ozagen war.

Hinzu kam noch — obwohl er sich dies selbst nicht

eingestehen würde —, daß ihm alles das Spaß machte, was Pornsen Angst einjagte.

Doch sein Spaß fand ein Ende. Die Zylinder pufften, der Wagen bockte und ruckte und rollte schließlich langsam aus. Die beiden Woggelwanzen sprangen seitwärts heraus (Türen gab es nicht) und klappten die Motorhaube hoch. Hal folgte ihnen, während Pornsen sitzenblieb und eine Packung *Barmherziger Seraphim* (falls Engel rauchten, dann rauchten sie *BS*) aus seiner Uniformtasche holte und sich eine Zigarette ansteckte. Mit zitternden Händen.

Hal fiel auf, daß dies bereits die vierte war, die Pornsen seit dem Morgengebet rauchte. Wenn Pornsen nicht aufpaßte, würde er das Quantum überschreiten, das einem *Sept* erster Klasse zustand. Was bedeuten würde, daß Hal Pornsen bei einer künftigen Verlegenheit um Hilfe bitten konnte, indem er ihn daran erinnerte ... Nein! Das wäre ein zu schändlicher Gedanke. Ausgesprochen unwirklich und nur Bestandteil einer Pseudozukunft. Er liebte den *Sept,* und der *Sept* liebte ihn. Er sollte wirklich nicht solche unsigmenitischen Wege des Verhaltens einschlagen.

Aber wenn Hal an all die zurückliegenden Schwierigkeiten dachte, in denen er gesteckt hatte und noch steckte — dann konnte er schon die Hilfe Pornsens gebrauchen.

Er schüttelte seinen Kopf, um sich von diesen Gedanken zu befreien, und beugte sich über den Motor. Er wollte Zugu bei der Arbeit zusehen. Zugu schien genau zu wissen, was er zu tun hatte. Was auch kein Wunder war, denn er war der Erfinder und Erbauer des einzigen — soweit die Terraner wußten — Fahrzeugs auf Ozagen, das von einem Verbrennungsmotor angetrieben wurde.

Mit einem Schraubenschlüssel drehte Zugu ein langes, schmales Rohr aus einem runden Glasgehäuse heraus. Hal erinnerte sich, daß dies ein Einspritzsystem war. Der Kraftstoff lief vom Tank in das Glasgehäuse, das eine Sedimentkammer bildete. Von dort aus gelangte er in das Einspritzröhrchen, das den Treibstoff in den Vergaser weiterleitete.

»Geliebter Sohn! Bleiben wir den ganzen Tag hier hängen?« rief Pornsen barsch.

Obwohl die Ozagenianer ihm Maske und Brille als Windschutz gegeben hatten, waren seine zusammengepreßten Lippen als deutliche Warnung erkennbar. Es war klar, daß der *Sept*, wenn es nicht bald weiterging, einen negativen Bericht über seinen Schützling erstatten würde.

Der Schutzengel pro tempore hatte nämlich jene zwei Tage warten wollen, die nötig gewesen wären, um ein Beiboot beanspruchen zu können. Der Ausflug zu den Ruinen hätte dann nur fünfzehn Minuten gedauert und wäre eine geräuschlose und komfortable Reise gewesen. Hal hatte eingewendet, daß sich bei einer Überlandfahrt das dicht bewaldete Gebiet wesentlich besser erkunden ließ als aus der Luft. Daß die Vorgesetzten ihm recht gegeben hatten, trug natürlich noch mehr zu Pornsens Verärgerung bei. Denn wo sein Schützling war, da mußte auch er sein.

Deshalb schmollte er nun schon den ganzen Tag lang, während der junge Terraner, assistiert von Zugu, die Karre über die Waldwege kutschierte. Nur ein einziges Mal brach Pornsen sein Schweigen. Dies war, als er Hal an die Heiligkeit des menschlichen Individuums erinnerte und ihn ermahnte, langsamer zu fahren.

Hal erwiderte »Vergib mir, werter Wächter!« und nahm seinen Fuß vom Gaspedal. Aber nach kurzer Zeit verstärkte er allmählich wieder den Druck. So sausten und brausten sie über das holprige und staubige Gelände.

Zugu schraubte beide Enden des Röhrchens ab, steckte das eine in den Mund, holte tief Luft und blies dann kräftig hindurch. Es kam jedoch nichts herausgeflogen. Zugu schloß seine großen blauen Augen und blähte erneut seine Backen auf. Er versuchte es noch einmal, aber es geschah wieder nichts, außer, daß sein blaßgrünes Gesicht einen olivfarbenen Ton annahm. Nun klopfte er mit dem Kupferstück auf die Motorhaube. Dann blies er wiederum angestrengt hindurch. Aber ohne Ergebnis.

Um seinen dicken Bauch herum trug Fobo einen Gürtel, an dem ein Lederbeutel hing. In diesen griff er hinein und zog mit Zeigefinger und Daumen ein winziges blaues Insekt hervor. Sanft schob er das Tier in das Röhrchen. Nach fünf Sekunden fiel ein gehetztes rotes Insekt am anderen Ende heraus. Dahinter das blaue Insekt mit gefräßig gekreuzten Mandibeln. Geschickt fing Fobo seinen kleinen Liebling auf und versenkte ihn wieder in dem Beutel. Das rote Tierchen zerquetschte er unter seiner Sandale.

»Sieh da!« rief Fobo aus. »Ein Alkoholfresser! Er lebt im Kraftstofftank und saugt sich ungehindert voll. Die im Treibstoff enthaltenen Kohlehydrate zieht er heraus. Ein Schwimmer im goldenen Meer des Alkohols! Was für ein Leben! Aber bisweilen wird er zu wagemutig, begibt sich in die Sedimentkammer, verspeist den Filter und gelangt in die Kraftstoffdüse. Seht! Zugu ersetzt gerade eben einen Filter. Es wird gleich weitergehen.«

Fobo hatte einen seltsamen, übelriechenden Atem. Hal fragte sich, ob der *Wog* wohl Schnaps getrunken hatte. Da er noch nie zuvor einen alkoholdurchtränkten Atem gerochen hatte, konnte Hal sich auf keine Erfahrungen stützen. Aber der Gedanke daran machte ihn nervös. Wenn der *Sept* erst einmal wußte, daß auf dem Rücksitz eine Flasche hin- und hergereicht wurde, würde er Hal nicht einen Moment mehr aus den Augen lassen.

Die *Wogs* nahmen wieder hinten Platz. »Es kann weitergehen!« sagte Fobo.

»Einen Augenblick noch«, flüsterte Pornsen Hal zu.

»Ich halte es doch für besser, wenn Zugu dieses Ding fährt.«

»Wenn du den *Wog* bittest, daß er fahren soll, wird er merken, daß du mir, deinem Mitmenschen, nicht sehr viel Vertrauen schenkst«, entgegnete Hal. »Du möchtest doch sicher nicht, daß er den Eindruck gewinnt, du hieltest einen *Wog* einem menschlichen Wesen für überlegen, oder?«

Pornsen hüstelte, als machte es ihm Mühe, Hals Bemerkung zu schlucken, aber dann beeilte er sich zu sagen: »Na-na-natürlich nicht! Sigmen bewahre! Ich hatte doch nur dein Wohlergehen im Sinn, weil ich glaubte, die strapaziöse Fahrt mit dieser primitiven und gefährlichen Kiste habe dich ermüdet.«

»Danke für deine liebevolle Fürsorge«, sagte Hal. Und grinsend fügte er hinzu: »Es ist sehr angenehm, dich an meiner Seite zu wissen, stets bereit, mich vom Pfad der Pseudozukunft fernzuhalten.«

Pornsen erwiderte: »Ich habe auf den *Westlichen Talmud* geschworen, daß ich dich durch dieses Leben geleiten werde.«

Die Erwähnung des heiligen Buches war für Hal eine Züchtigung. So fuhr er anfangs, nachdem er den Motor angelassen hatte, sehr langsam, um dem *Sept* zu gehorchen. Aber schon nach fünf Minuten wurde sein Fuß schwerer, und die Bäume zischten nur so vorbei. Hal schaute zu Pornsen. Dessen strenge Miene und die zusammengebissenen Zähne verrieten ihm, daß Pornsen sich bereits wieder Gedanken über den Bericht machte, den er dem oberen Uzziten bei der Rückkehr zum Raumschiff erstatten würde. Er sah wütend genug aus, um ein *'Meter* für seinen Schützling zu verlangen.

Hal Yarrow holte viel von dem Wind, der gegen seine Gesichtsmaske schlug, in seine Lungen hinein. Zum H mit Pornsen! Zum H mit dem *'Meter!* Das Blut pulsierte in seinen Adern. Die Luft dieses Planeten war nicht die stickige Luft der Erde, und seine Lungen labten sich daran wie ein lechzender Blasebalg. In diesem Moment fühlte er sich, als könnte er selbst dem Erzurieliten auf der Nase herumtanzen.

»Paß auf!« schrie Pornsen.

Aus den Augenwinkeln heraus erblickte Hal das große antilopenähnliche Tier, das aus dem Wald auf die Straße hüpfte, genau der rechten Wagenseite entgegen. Im gleichen Moment riß er das Lenkrad herum, um ihm auszuweichen. Das Fahrzeug kam ins Schleudern und drehte sich um die eigene Achse.

Hals Fahrkünste waren noch zu ungeübt, um durch geschicktes Manövrieren ein Schleudern zu verhindern.

Seine mangelnden Fertigkeiten waren nicht verhängnisvoll, wenn man von dem Tier absah. Dessen Körpermasse krachte gegen die rechte Seite des Fahrzeugs. Die langen Hörner verfingen sich in Pornsens Jacke und rissen den rechten Ärmel auf. Durch den Aufprall des Tieres war das Ausbrechen des Fahrzeugs gebremst worden. Es raste nun von der Straße weg in gerader Linie einen schrägen Erdhügel hinauf, hob auf dessen Ende vom Boden ab und kam mit dem Knall von vier gleichzeitig platzenden Reifen wieder auf. Aber auch dieser Aufschlag brachte das Gefährt noch nicht zum Stehen. Ein großes Gebüsch tauchte vor Hal auf. Er ruckte am Lenker. Zu spät.

Sein Brustkorb stieß so hart gegen das Lenkrad, als wollte er die Lenksäule in das Armaturenbrett hineinschieben. Fobo prallte gegen Hals Rücken, was das Gewicht auf dessen Brust noch vermehrte. Beide schrien auf, und der *Wog* fiel herunter.

Bis auf ein Zischen war nun alles still. Aus dem demolierten Kühler schoß ein Dampfstrahl genau durch jene Äste, in dessen rauher Umarmung sich Hal befand.

Hal Yarrows Blick durchdrang die Dampfschwaden und fiel auf ein Paar großer brauner Augen. Verwirrt schüttelte er den Kopf. Augen? Und Arme, die wie Äste aussahen? Oder waren es Äste, die Armen ähnelten? Er glaubte sich in den Fängen einer braunäugigen Dryade. Oder hießen sie Nymphen? Wen konnte er fragen? Über solche Geschöpfe durfte man nichts wissen. Die Wörter *Nymphe* und *Dryade* waren aus allen Büchern gestrichen worden, sogar aus Hacks Ausgabe des *Revidierten und wirklichen Milton.* Nur weil Hal Linguist war, hatte er die Gelegenheit erhalten, das unzensierte *Verlorene Paradies* zu lesen und somit etwas von der klassischen griechischen Mythologie zu erfahren.

Gedanken gingen ihm durch den Kopf wie Lichter, die im Kontrollzentrum eines Raumschiffs aufflammten. Nymphen verwandelten sich manchmal in Bäume, um ihren Verfolgern zu entkommen. War dies eine von den sagenhaften Waldfrauen, die ihn mit großen und schönen Augen durch die längsten Wimpern, die er je gesehen hatte, anschaute?

Hal schloß die Augen und fragte sich, ob nicht eine Kopfverletzung diese Vision bewirkt hatte und ob sie von Dauer sein würde. Halluzinationen wie diese würde er gern behalten. Ihn kümmerte es nicht, ob sie der Wirklichkeit entsprachen oder nicht.

Dann öffnete er seine Augen. Die Erscheinung war verschwunden.

Es war diese Antilope, die mich angesehen hat, dachte er. *Sie wird irgendwie mit dem Leben davongekommen sein. Sie lief um das Gebüsch herum und schaute zurück. Antilopenaugen. Und mein dunkles Ich formte den Kopf um die Augen, das lange schwarze Haar, den dünnen weißen Hals, die schwellenden Brüste … Nein! Das ist unwirklich! Es war mein kranker Geist, der durch den Schock betäubt wurde, und sich momentan dem widmete, was schon die ganze Zeit über auf dem Schiff gewuchert war und überzuschäumen drohte. Die lange Zeit, ohne irgendeine Frau zu Gesicht zu bekommen …*

Er vergaß die Augen, denn er mußte würgen. Ein

schwerer, ekelhafter Geruch lag über dem Wagen. Der Zusammenstoß mußte die *Wogs* sehr erschreckt haben. Sonst hätten sie kaum jene Schließmuskel unbeabsichtigt gelockert, die den Hals des ›Böllerbeutels‹ verschlossen. Dieses Organ, eine an der schmalsten Stelle des Rückens gelegene Blase, war von den animalischen Vorfahren der Ozagenianer als wirksame Abwehrwaffe benutzt worden, ähnlich wie eine Bombarde. Inzwischen nur noch ein verkümmertes Organ, diente der Böllerbeutel als Mittel zur Befreiung von extremer Nervenanspannung. Dies funktionierte sehr wirkungsvoll, brachte aber auch Probleme mit sich. So mußten die Psychiater der *Wogs* beispielsweise bei der Therapie entweder ihre Fenster weit öffnen oder Gasmasken tragen.

Keoki Amiel Pornsen kroch mit Zugus Hilfe aus dem Gebüsch hervor, in das er geschleudert worden war. Seine Leibesfülle, die himmelblaue Uniform und die weißen Engelsflügel aus Nylon, die auf das Rückenteil seiner Jacke genäht waren, ließen ihn wie einen fetten blauen Käfer erscheinen. Er stand auf und setzte die Schutzmaske ab. Ein kreidebleiches Gesicht kam zum Vorschein. Mit zitternden Fingern tastete er über die gekreuzten Symbole Sanduhr und Schwert, die Insignien der Haijac-Union. Schließlich fand Pornsen die Lasche, nach der er suchte. Er öffnete den Magnetverschluß der Tasche und nahm eine Packung *Barmherziger Seraphim* heraus. Die Zigarette zwischen den Lippen, versuchte er, zittrig wie er war, vergeblich den Anzünder dagegen zu halten.

Hal hielt die glühende Spule seines eigenen Anzünders an Pornsens Zigarette. Mit ruhiger Hand.

Einunddreißig Jahre der Disziplin ließen sein innerliches Grinsen nicht auf dem Gesicht erscheinen.

Pornsen nahm dankend an. Eine Sekunde später enthüllte sich durch das Beben seiner Lippen, daß er die Überlegenheit Yarrow gegenüber größtenteils verloren hatte. Er erkannte, daß er Hal nicht erlauben konnte, ihm eine Gefälligkeit zu erweisen — und sei es auch nur eine derart kleine wie diese —, um ihm anschließend eine Standpauke zu halten.

Trotzdem begann er förmlich: »Hal Shamshiel Yarrow ...«

»*Shib, Abba,* ich höre und gehorche«, erwiderte Hal ebenso förmlich.

»Wie kannst du dir den Unfall erklären?«

Hal war überrascht, denn Pornsens Stimme klang erheblich milder als erwartet. Er blieb jedoch auf der Hut, denn er hatte den Verdacht, daß Pornsen ihn in Sicherheit wiegen wollte, um dann loszuschlagen, wenn Hal nicht mehr auf einen Angriff gefaßt war.

»Ich — oder genauer der Nachbote in mir — wich von der Wirklichkeit ab. Mein dunkles Ich bewirkte vorsätzlich eine Pseudozukunft.«

»Ach, wirklich?« sagte Pornsen, nicht ohne einen gewissen Sarkasmus. »Du sagst, dein dunkles Ich, der Nachbote in dir, war am Werk? Genau das erzählst du mir schon, seitdem du sprechen kannst. Warum mußt du die Schuld immer anderen zuschieben? Du weißt — du solltest es jedenfalls wissen, da ich schon so oft gezwungen war, dich auszupeitschen —, daß du und nur du allein verantwortlich bist. Wenn man dich lehrte, daß Abkehrungen von der Wirklichkeit auf das dunkle Ich zurückzuführen sind, dann wird man dir auch gesagt haben, daß der Nachbote nichts ausrichten kann, wenn du — dein wirkliches Ich, Hal Yarrow — nicht völlig zur Zusammenarbeit bereit ist.«

»Das ist *shib* wie die linke Hand des Vorboten«, sagte Hal. »Aber, mein verehrter *Sept,* du hast etwas vergessen bei deiner kleinen Lektion.«

Seine Stimme war jetzt ebenso sarkastisch wie die von Pornsen.

»Was meinst du damit?« fragte Pornsen schrill.

»Ich meine«, antwortete Hal triumphierend, »daß

auch du bei dem Unfall beteiligt warst! Daher bist du genauso verantwortlich dafür wie ich!«

Pornsen starrte ihn ungläubig an. Dann sagte er weinerlich: »Aber ... aber — du hast den Wagen gefahren!«

»Nach allem, was du mir immer wieder erzählt hast, macht das überhaupt keinen Unterschied!« sagte Hal und grinste zufrieden. »Du warst damit einverstanden, daß es zu dem Zusammenstoß kam. Sonst hätte das Tier uns nämlich verfehlt.«

Pornsen hörte auf, an der Zigarette zu paffen. Seine Hand zitterte. Yarrow beobachtete die andere Hand, die locker an Pornsens Seite herabhing, und besonders die Finger, die über die sieben Lederschnüre des Peitschenstiels strichen, der in Pornsens Gürtel steckte.

»Du hast immer schon Anzeichen von bedauerlichem Stolz und Selbständigkeit erkennen lassen. Dies hat den Beigeschmack eines Verhaltens, wie sie der Menschheit vom Vorboten, wirklich sei sein Name, offenbart wurde. Ich habe« — Pornsen paffte an der Zigarette — »zwei Dutzend Männer und Frauen zum H geschickt. Der Vorbote möge ihnen vergeben! Das habe ich nicht gern getan, denn ich liebte sie aus meinem ganzen Herzen. Ich weinte, als ich sie der heiligen Hierarchie meldete, und sie in deren Reich eingehen ließ, denn ich bin ein zartbesaiteter Mann.« (Paff!) »Aber es war meine Pflicht als Schutzengel pro tempore, auf abscheuliche Krankheiten der Persönlichkeit zu achten. Sie hätten sich ausbreiten und die Anhänger Sigmens anstecken können. Das Unwirkliche darf nicht geduldet werden. Das Ich ist zu schwach und auch zu kostbar, als daß man es der Versuchung aussetzen dürfte. Seit deiner Geburt bin ich dein *Sept.*« (Paff!) »Du warst stets ein ungehorsames Kind. Aber du konntest durch Liebe zur Unterwerfung und Reue gebracht werden; du bekamst meine Liebe oft zu spüren.« (Paff!)

Yarrow hatte ein kribbelndes Gefühl auf dem Rükken. Er sah, wie sich die Hand des *Sept* um den Stiel des ›Liebhabers‹ schloß, der aus dem Gürtel hervorlugte.

»Doch eigentlich wandtest du dich von der wahren Zukunft erst ab und zeigtest deine Schwäche für die Pseudozukunft, als du achtzehn warst. Das war zu der Zeit, als du dich entschieden hattest, ein *Inter* statt ein Spezialist zu werden. Ich warnte dich, daß du als *Inter* in unserer Gesellschaft nicht sehr weit kommen würdest. Aber du bestandest darauf. Und weil wir nun mal *Inter* brauchen und weil ich von meinen Vorgesetzten überstimmt worden bin, habe ich dir erlaubt, einer zu werden. Das war *unshib* genug. Aber als ich dir die Frau suchte, die sich am besten dazu eignete, deine Ehegattin zu werden — wie es meine Pflicht und mein Recht war, denn wer sonst als dein dich liebender *Sept* kennt den Frauentyp, der am besten zu dir paßt? —, erkannte ich, wie stolz und unwirklich du doch bist. Du hattest Einwände, du protestiertest, du versuchtest, mich zu übergehen, und du hieltest mich ein Jahr lang hin, ehe du der Heirat zustimmtest. Dieses Jahr des unwirklichen Verhaltens kostete die Stirche ein neues Wesen ...«

Hals Gesicht wurde bleich. Hierdurch wurden sieben dünne rote Striemen sichtbar, die sich vom Mundwinkel über die Wange bis zum Ohr hinzogen.

»Ich habe die Stirche nichts gekostet!« knurrte Hal. »Mary und ich waren neun Jahre lang verheiratet, bekamen aber keine Kinder. Tests haben erwiesen, daß keiner von uns beiden physisch steril ist. Deshalb muß es daran gelegen haben, daß wir nicht fruchtbar dachten, daß zumindest einer von uns beiden es nicht tat. Ich ersuchte um eine Scheidung, obwohl ich wußte, daß ich im H enden könnte. Warum drängtest du nicht auf unsere Scheidung, wie es deine Pflicht verlangt hätte, anstatt meine Bitte abzuschlagen?«

Pornsen blies zwar sehr lässig den Rauch heraus, aber er ließ eine Schulter etwas tiefer hängen als die andere. Als wäre etwas in ihm zusammengebrochen. Yarrow, der dies bemerkte, war sich bewußt, daß er seinen *Sept* nun in die Defensive getrieben hatte.

Pornsen sagte: »Als ich feststellte, daß du auf der *Gabriel* warst, dachte ich sofort, daß dies kaum auf deinen Wunsch zurückzuführen sein konnte, der Stirche zu dienen. Zugleich nahm ich an, daß du dich aus einem bestimmten Grund verpflichtet hattest.« (Paff) »Und jetzt bin ich *shib* — *shib* bis in die Knochen —, daß dein sündiges Verlangen, von deiner Frau loszukommen, der Grund war. Und da Unfruchtbarkeit, Ehebruch und interstellare Reisen die einzigen legalen Scheidungsgründe sind, wobei Ehebruch den Gang ins Reich der Hierarchie bedeutet, gab es für dich nur einen Ausweg. Du wurdest als Besatzungsmitglied der *Gabriel* auf legale Weise für tot erklärt. Du ...«

»Sprich du mir nicht von legalen Dingen!« schrie Hal. Er bebte vor Zorn und haßte sich gleichzeitig dafür, weil es ihm nicht gelang, sich zu beherrschen.

»Du weißt doch ganz genau, daß du deine Aufgabe als *Sept* nicht sorgfältig erfüllt hast, als du mein Gesuch auf Eis legtest! Ich mußte mich verpflichten ...«

»Ja, so dachte ich es mir!« sagte Pornsen. Er lächelte und paffte Rauchwolken aus. »Ich lehnte es ab, weil ich es für unwirklich hielt. Ich hatte nämlich einen Traum, weißt du, einen sehr lebhaften Traum. Ich sah, daß Mary nach zwei Jahren ein Kind von dir zur Welt brachte. Es war kein falscher Traum, sondern einer, der die unverkennbaren Merkmale einer Offenbarung des Vorboten enthielt. Nach diesem Traum wußte ich, daß dein Scheidungsbegehren ein Verlangen nach Pseudozukunft war. Ich erkannte, daß die wahre Zukunft in meinen Händen lag und daß ich sie nur durch Lenkung deines Betragens zustande bringen konnte. Am Tag danach zeichnete ich diesen Traum auf. Nur eine Woche nach der Überprüfung deines Antrags war das, und ...«

»Du hast bewiesen, daß dich der Nachbote mit einem Traum verblendet hat und daß du keineswegs eine Offenbarung des Vorboten erfahren hast!« schrie Hal erneut. »Ich werde dies melden, Pornsen! Deine eigenen Worte haben dich überführt!«

Pornsen wurde blaß. Er sperrte den Mund auf, so daß seine Zigarette zu Boden fiel. Seine Backen zitterten vor Furcht. »Wie meinst du das?«

»Wie kann sie nach zwei Jahren ein Kind bekommen, wenn ich nicht auf der Erde bin, um es zu zeugen? So wird das, was du vorgibst, geträumt zu haben, niemals eine wirkliche Zukunft haben! Daher hast du eine Täuschung des Nachboten zugelassen. Und du weißt ja, was das bedeutet! Daß du nämlich ein Kandidat für das H bist!«

Der *Sept* erstarrte. Seine tieferliegende Schulter richtete sich wieder auf zur Höhe der anderen. Seine rechte Hand schnellte zum Peitschenstiel, schloß sich um die *crux ansata* an dessen Ende und riß ihn vom Gürtel herunter. Die Peitsche knallte in der Luft, nur wenige Zentimeter von Hals Gesicht entfernt.

»Siehst du das?« kreischte Pornsen. »Sieben Schnüre! Für jede der Sieben Tödlichen Unwirklichkeiten eine! Du hast sie schon zu spüren bekommen, und du wirst sie gleich wieder spüren!«

Hal sagte barsch: »Halt die Fresse!«

Verblüfft ließ Pornsen das Kinn fallen. Wimmernd brachte er hervor: »Wie ... wie kannst du es wagen? Ich, dein geliebter *Sept*, bin ...«

»Ich habe dir doch gesagt, du sollst die Fresse halten!« entgegnete Hal, zwar nicht mehr so laut, aber unvermindert scharf. »Dein Gewinsel macht mich krank. Seit Jahren leide ich schon darunter.«

Er sprach noch, als er sah, daß Fobo auf sie zukam. Hinter dem *Wog* lag die Antilope tot auf der Straße.

Das Tier ist tot. Ich glaubte schon, es wäre davongekommen. Diese Augen, die mich durch das Gebüsch anstarrten.

Antilopenaugen? Aber da sie tot ist — wessen Augen sah ich dann?

Pornsens Stimme rief Hal in die Gegenwart zurück.

»Mein Sohn, ich glaube, wir haben im Zorn gesprochen und nicht aus vorsätzlicher Boshaftigkeit. Wir wollen einander verzeihen und werden den Uzziten nichts davon erzählen, wenn wir zum Schiff zurückkehren.«

»*Shib,* von mir aus«, willigte Hal ein.

Zu seiner Überraschung sah er, wie sich Pornsens Augen mit Tränen füllten. Und noch erstaunter, beinahe schockiert, war Hal, als Pornsen den Versuch machte, den Arm um seine Schultern zu legen.

»Ach, mein Junge, wenn du wüßtest, wie sehr ich dich liebe, wie weh es mir getan hätte, wenn ich dich bestrafen müßte.«

»Ich kann es kaum glauben«, sagte Hal, wandte sich von Pornsen ab und ging Fobo entgegen.

Auch Fobo hatte Tränen in seinen unmenschlich großen und runden Augen. Aber aus einem ganz anderen Grund. Er weinte um die Antilope und vielleicht auch, weil er noch unter dem Schock des Unfalls stand. Mit jedem Schritt aber, den er in Richtung Hal machte, schwand der Schmerz aus seinem Gesichtsausdruck, und die Tränen versiegten. Mit seinem rechten Zeigefinger machte er über seinem Kopf ein kreisförmiges Zeichen.

Dies war, wie Hal wußte, ein religiöses Zeichen, das die *Wogs* in den verschiedensten Situationen verwendeten. Nun schien es so, als ob Fobo es gebrauchte, um seine Spannung abzubauen. Plötzlich lächelte er dieses gräßliche V-in-V-Lächeln einer Woggelwanze. Und er war gutgelaunt. Obgleich überempfindlich, war sein Nervensystem nicht beschädigt worden.

Fobo hatte sie erreicht und fragte: »Ein Aufeinanderprallen der Charaktere, Freunde? Eine Meinungsverschiedenheit, eine Erörterung oder ein Streit?«

»Nein, nichts von alledem«, erwiderte Hal. »Wir waren nur ein wenig durcheinander. Sag mal, wie weit müssen wir noch bis zu den Ruinen laufen? Euer Auto ist ein Trümmerhaufen. Richte bitte Zugu aus, daß es mir leid tut.«

»Zerbrecht euch nicht den Schädel ... den Kopf. Zugu war ohnehin im Begriff, ein neues und besseres Fahrzeug zu bauen. Was den Weg anbelangt, wird er sehr angenehm und reizvoll sein. Es ist nur noch ein ... Kilometer? Oder so ungefähr.«

Hal warf Maske und Brille in den Wagen, wohin auch die Ozagenianer ihre Sachen gelegt hatten. Aus der Ablage in der Rückenlehne des hinteren Sitzes nahm er seinen Handkoffer, ließ den von Pornsen aber dort stehen. Allerdings mit einem leichten Schuldgefühl, denn als Schützling des *Sept* hätte er ihm anbieten müssen, den Koffer zu tragen.

»Zum H mit ihm«, murmelte er.

Zu Fobo sagte er: »Haben Sie keine Angst, daß die Sachen gestohlen werden?«

»Wie bitte?« sagte Fobo, begierig darauf, ein neues Wort zu lernen.

»Was heißt ... gestohlen?«

»Wenn man jemand einen Besitzgegenstand heimlich und ohne Erlaubnis wegnimmt, um ihn für sich zu behalten. Eine strafbare Handlung vor dem Gesetz. Ein Verbrechen.«

»Ein Verbrechen?«

Hal gab es auf und begann, mit großen Schritten den Weg hinaufzulaufen. Hinter ihm war der *Sept*, verärgert über die Zurückweisung und darüber, daß sein Schützling gegen die Etikette verstieß, indem er ihn zwang, sein Gepäck selbst zu tragen. »Werde nur nicht zu dreist, du — du *Inter!*« schrie Pornsen hinter ihm her.

Hal drehte sich nicht um, sondern hastete vorwärts. Die boshafte Erwiderung, die er schon flüsternd formuliert hatte, ließ er verpuffen. Aus den Augenwinkeln heraus hatte er weiße Haut in dem grünen Laubwerk erspäht.

Es war nur ein Aufblitzen, das so schnell verschwand, wie es gekommen war. Und er konnte auch nicht ausschließen, daß es sich um einen Vogel handelte, der seine weißen Flügel ausbreitete. Doch, er konnte. Auf Ozagen gab es keine Vögel.

7

Soo Yarrow. Soo Yarrow. Wuhfvayfvoo, soo Yarrow.

Hal wachte auf. Er brauchte einen Moment, um herauszufinden, wo er war. Dann, als er etwas klarer sah, erinnerte er sich, daß er in einem der Marmorräume in einer Ruinenstadt der humanoiden Säugetiere schlief. Durch den Eingang ergoß sich das Mondlicht, ein weit helleres als auf der Erde. Es schien auf eine kleine Gestalt, die sich verkehrt herum an den Türbogen schmiegte, und glänzte nur kurz auf einem Insekt, das dicht darunter flog. Ein langes und dünnes Etwas flimmerte nieder, fing den Flieger und zerrte ihn in ein plötzlich aufklaffendes Maul.

Die von den Ruinenwächtern geliehene Eidechse tat ihr möglichstes, um Belästigungen fernzuhalten.

Hal drehte den Kopf herum und schaute zum offenen Fenster direkt über ihm. Auch dort hielt ein Insektenfänger mit seiner Zunge fleißig den Raum von Moskitos frei.

Die Stimme schien von jenseits des mondgebleichten und engen Rechtecks gekommen zu sein. Er lauschte so angestrengt, als wollte er die Stille zwingen, die Stimme wieder hervorzubringen. Aber da war nichts als Stille. Dann ließ ihn ein Rasseln und Schnauben hinter ihm zusammenzucken und herumwirbeln. Eine Kreatur von der Größe eines Waschbären stand im Türeingang. Es war ein Quasi-Insekt, einer der sogenannten Lungenkäfer, die in der Nacht den Wald durchstreiften, und stellte eine Entwicklung der Arthropoden dar, die es auf der Erde nicht gab. Im Gegensatz zu seinen Vettern auf Terra war es nicht ausschließlich von Tracheen oder Atemröhren für Sauerstoff abhängig. Ein Paar dehnbarer Säcke, wie die eines Froschs, blähte sich auf und fiel hinten in seinem Maul zusammen. Von denen war auch jenes schnaubende Geräusch verursacht worden.

Obwohl der Lungenkäfer in seiner Gestalt der unheimlichen Gottesanbeterin glich, machte sich Hal keine Sorgen. Fobo hatte ihm versichert, daß er einem Menschen nicht gefährlich werden konnte.

Ein schriller Ton, wie von einem Wecker, erfüllte plötzlich den Raum. Pornsen richtete sich in seinem Feldbett an der Wand auf. Als er das Insekt erblickte, schrie er gellend auf, so daß es davonjagte. Der Lärm, der von dem Mechanismus an Pornsens Handgelenk herrührte, verstummte.

Pornsen legte sich wieder hin. »Das ist nun schon das sechste Mal, daß mich diese Insektensippschaft aufweckt«, stöhnte er.

»Stell doch deinen Armbandkasten ab«, sagte Hal.

»Damit du dich aus dem Raum schleichen und deinen Samen auf den Boden schleudern kannst?« erwiderte Pornsen.

»Du hast nicht das Recht, mich eines solch unwirklichen Betragens zu bezichtigen«, entgegnete Hal. Er sprach eher mechanisch, ohne allzu großen Zorn, denn er war in Gedanken mehr mit der Stimme beschäftigt.

»Der Vorbote selbst sagte, daß niemand über jeden Zweifel erhaben ist«, murrte Pornsen. Er seufzte und murmelte beim Einschlafen: »Ob das Gerücht wohl wahr ist ... der Vorbote könnte selbst auf diesem Planeten sein ... er behütet uns ... er sagte vorher ...«

Hal saß auf seinem Bett und beobachtete Pornsen, bis dieser zu schnarchen begann. Auch Hals Lider wurden immer schwerer. Sicherlich hatte er nur von dieser sanften, leisen Stimme, die weder eine irdische noch eine ozagenianische Sprache benutzte, geträumt. So mußte es sein, weil es wie eine menschliche Sprache geklungen hatte, und er und der *Sept* die einzigen Exemplare des *Homo sapiens* im Umkreis von dreihundert Kilometern waren.

Es war eine Frauenstimme gewesen. Vorbote! Eine Frau zu hören! Nicht Mary. Nie wieder wollte er ihre Stimme oder auch nur *von* ihr hören. Sie war die einzige Frau, die er je ... konnte er es überhaupt sagen ... *gehabt* hatte. Es war eine erbärmliche, widerwärtige und erniedrigende Prüfung gewesen, die ihm auferlegt wurde. Aber es hatte ihn nicht von dem Wunsch abgehalten — er war froh, daß der Vorbote nicht hier war und seine Gedanken lesen konnte —, eine andere Frau zu finden, die ihm jene Ekstase vermitteln mochte, von der er nichts als den Samenerguß kannte. Vorbote hilf!

Und der war, dessen war er sich sicher, nichtssagend und langweilig, verglichen mit dem, was auf ihn wartete ...

»Soo Yarrow. Wuhfvayfvoo. Sa mfa, zh'net tastinak. R'gateh wa f'net.«

Langsam erhob sich Hal vom Bett. Eiskalt lief es ihm den Rücken hinunter. Das Flüstern kam vom Fenster her. Er sah dorthin. Der Umriß eines Frauenkopfes tauchte in diesem Rechteck aus Mondlicht auf. Das Fenster wurde zur Kaskade. Mondwasser überflutete weiße Schultern. Das Weiß eines Fingers kreuzte das Schwarz eines Mundes.

»Poo wamoo to ba choo. E'ooteh. Silahs. Fvooneh. Fvit, silfvoopleh.«

Wie betäubt, aber so gehorsam, als hätte man ihn unter Hypno-Lipno gesetzt, begann er auf den Eingang zuzugehen. Hal befand sich jedoch nicht so sehr in Trance, daß er sich nicht vergewissert hätte, ob Pornsen noch schlief.

Einen Moment lang überkamen ihn seine Reflexe, die

darauf drängten, den *Sept* zu wecken. Aber dann zog er die nach Pornsen ausgestreckte Hand wieder zurück. Er mußte die Gelegenheit einfach wahrnehmen. Das Eindringliche und die Furcht in der Stimme der Frau sagten ihm, daß sie verzweifelt war und ihn brauchte. Und daß sie nicht wollte, daß er Pornsen weckte, war offensichtlich.

Was würde Pornsen wohl sagen oder tun, wenn er wüßte, daß sich direkt außerhalb des Raumes eine Frau befand?

Eine Frau? Wie kam eine Frau hierher?

Ihre Worte waren Hal irgendwie vertraut vorgekommen. Ihn überkam das seltsame und vage Gefühl, daß er die Sprache kennen müßte. Dies war aber nicht der Fall.

Er hielt inne. Wo hatte er nur seine Gedanken? Wenn Pornsen wach wurde und schaute, ob sein Schützling noch im Bett lag ... Hal ging zum Bett zurück und schob seinen Koffer unter das Leinentuch, das ihm der Wächter besorgt hatte. Seine Jacke rollte er zusammen und verstaute sie daneben, wobei das eine Ende herausschaute und auf dem Kopfkissen lag. Falls Pornsen sehr verschlafen war, würde er den dunklen Klumpen auf dem Kissen und die Masse unter dem Bettuch vielleicht für Hal halten.

Sacht und barfüßig ging er auf den Eingang zu. Kurz davor blieb er jedoch erneut stehen. Ein Zylinder von der Größe einer Konservenbüchse hockte auf der Lauer. Wenn irgendein Gegenstand, der größer war als eine Maus, fünfzig Zentimeter weit in das Strahlenfeld um den Zylinder geriet, wurde ein Signal zu dem kleinen Gehäuse abgestrahlt, das auf dem silbernen Armband um Pornsens Handgelenk befestigt war. Das Gehäuse würde einen schrillen Alarm geben — wie beim Erscheinen des Lungentierchens — und den *Sept* selbst aus dem tiefsten Schlaf reißen.

Der Zweck dieser Einrichtung war nicht nur die Absicherung gegen unbefugte Eindringlinge, sondern sie sollte auch verhindern, daß Hal unbemerkt von Pornsen den Raum verließ. Hals einzige Ausrede, um nach draußen zu gelangen, wäre, daß er seine Notdurft verrichten wollte, denn in den Ruinen gab es keine funktionierenden Toiletten mehr. Der *Sept* würde mitkommen, um sich zu vergewissern, daß er nicht etwas anderes im Sinn hatte.

Hal hob eine Fliegenpatsche mit einem meterlangen Stiel aus biegsamem Holz auf. Diese Masse würde nicht ausreichen, um das Feld zu aktivieren. Mit zitternder Hand schob er den Zylinder mit dem Ende des Stiels beiseite, ganz sanft, denn er mußte sich vorsehen, daß er nicht umstürzte, und dadurch erst recht den Alarm auslöste. Der Steinboden war glücklicherweise vom Schutt, der sich in Jahrhunderten aufgehäuft hatte, gereinigt worden. Das Gestein darunter war glatt; Generationen von Füßen hatten es poliert.

Als er endlich draußen war, langte Hal noch einmal hinein und ließ den Zylinder an seine vorherige Stelle zurückgleiten. Sein Herz pochte heftig unter der doppelten Belastung: einerseits das Manipulieren des mechanischen Wächters, andererseits die Begegnung mit einer fremden Frau. Dann ging er um die Ecke herum.

Die Frau hatte sich vom Fenster in den Schatten der Statue einer knienden Göttin, die in etwa vierzig Meter Entfernung stand, zurückgezogen. Hal wollte gerade auf sie zugehen, als er sah, warum sie sich versteckt hatte: Fobo kam ihm entgegenspaziert. Hal beeilte sich nun, denn er wollte den *Wog* aufhalten, ehe er das Mädchen bemerkte und so nah herangekommen war, daß Pornsen durch ihre Stimme geweckt wurde.

»Shalom, aloha, angenehmes Träumen, Sigmen möge dich lieben«, sagte Fobo. »Du scheinst nervös zu sein. Liegt das an dem Zwischenfall vom Vormittag?«

»Nein. Ich bin nur etwas ruhelos. Außerdem wollte ich diese Ruinen mal im Mondlicht bewundern.«

»Erhaben, schön, sonderbar und ein wenig traurig«, bemerkte Fobo. »Ich muß an diese Leute denken, an die vielen Generationen, die hier lebten. Wie sie geboren wurden, wie sie spielten, lachten, weinten, litten, Kinder zur Welt brachten und starben. Und alle sind sie tot und zu Staub geworden. Ach, Hal, das bringt mich zum Weinen und ist wie eine Vorahnung meines eigenen Schicksals.«

Fobo nahm ein Taschentuch aus dem Beutel an seinem Gürtel und putzte sich die Nase.

Hal sah ihn an. Wie menschlich — in mancher Hinsicht — dieses Monstrum, dieser Eingeborene Ozagens, doch war. Ozagen. Ein merkwürdiger Name mit dazugehöriger Geschichte. Und diese erzählte davon, daß der Entdecker des Planeten beim ersten Anblick der Bewohner ausgerufen hatte: »Oz again!«*

Es war verständlich, denn die Ureinwohner ähnelten Frank Baums Professor Woggelwanze. Ihre Körper waren ziemlich rund, und die Glieder im Verhältnis dazu sehr mager. Sie hatten Münder, die wie zwei breite und flache V's geformt waren, die man ineinandergesetzt hatte. Mit dicken und lappigen Lippen. Eigentlich hatte eine Woggelwanze vier Lippen, denn die Schenkel der zwei V's wurden durch einen tiefen Saum voneinander getrennt. Einst, viele Phasen der Evolution zurück, waren diese Lippen modifizierte Arme gewesen. Jetzt waren sie rudimentäre Glieder, so sehr als echte Labien getarnt und so funktionell, daß niemand ihren eigentlichen Ursprung vermutet hätte. Wenn sich der breite V-in-V-Mund zu einem Lächeln öffnete, wurden Terraner erschreckt, denn statt der erwarteten Zähne waren da gezackte Kämme aus Kieferknochen zu sehen. Vom Gaumen hing eine Hautfalte herab; der einstige Epi-

---

* Anmerkung des Herausgebers: Gemeint ist »ein neues Land Oz«. Der Ausruf bezieht sich auf L. Frank Baums klassische Jugendbücher über die Phantasie-Welt Oz.

pharynx war nun eine verkümmerte obere Zunge. Gerade dieses Organ war an vielen Lauten des Siddo beteiligt und erschwerte den Menschen die Nachahmung so sehr. Die Haut der Ozagenianer war ebenso ohne Pigmente wie der Teint des rothaarigen Hal. Aber wo seine Gesichtsfarbe rosa schimmerte, war ihre von einem sehr blassen Grün. Denn nicht Eisen, sondern Kupfer trug den Sauerstoff in ihre Blutgefäße.

Fobo hatte die Haube mit den beiden Antennenattrappen, das Zeichen seiner Zugehörigkeit zum Clan der Heuschrecken, abgenommen. Obwohl dies seine Ähnlichkeit mit Professor Woggelwanze verminderte, unterstrichen der kahle Vorschädel und der steife blonde und spiralenartige Flaum, der auf seinem Hinterschädel sproß, sie wieder deutlich. Und auch die knochenlose, komische lange Nase, die gerade aus seinem Gesicht ragte, verstärkte diese Übereinstimmung. Zwei Fühler verbargen sich in diesem Knorpelstück: seine Riechorgane.

Der erste Terraner, der die *Wogs* gesehen hatte, wäre in seiner Bemerkung bestätigt worden. Aber es war zweifelhaft, ob er sie überhaupt gemacht hatte. Erstens benutzte die hiesige Sprache das Wort *Ozagen* für Mutter Erde, und zweitens hätte der Mann aus der ersten Expedition es wohl kaum gewagt, das Wort Oz auszusprechen, selbst wenn er daran gedacht hatte. In der Haijac-Union waren die Oz-Bücher verboten; er konnte sie nicht gelesen haben — es sei denn, er hätte Gelegenheit gehabt, sie bei einem Bücherschmuggler zu erstehen. Das war schon möglich und wäre in der Tat die einzige Erklärung. Wie hätte der Raumfahrer, der Hal die Geschichte erzählte, sonst darauf kommen können? Der Urheber mochte sich vielleicht noch keine Sorgen gemacht haben, daß die Behörden etwas über seine Lektüre verbotener Bücher herausfanden. Raumfahrer waren berühmt — oder berüchtigt — für ihre Tollkühnheiten und ihren laschen Umgang mit den Vorschriften der Stirche, wenn sie nicht auf der Erde waren.

Hal wurde sich bewußt, daß Fobo mit ihm sprach.

»... dieses Wort *Inter*, das Pornsen nannte, als er so ärgerlich und aufgebracht war. Was bedeutet es?«

»Es bezeichnet eine Person, die in keiner Wissenschaft ein Spezialist ist, aber über ein ziemlich übergreifendes Wissen verfügt. Eigentlich bin ich ein Verbindungsoffizier zwischen verschiedenen Forschern und Regierungsbeamten. Meine Aufgabe besteht darin, die aktuellen wissenschaftlichen Berichte zusammenzufassen, zu integrieren und sie dann der Hierarchie zu präsentieren.«

Hal blickte flüchtig zu der Statue hinüber.

Die Frau war nicht mehr zu sehen.

»Die Wissenschaft«, fuhr er fort, »unterteilt sich in so viele Spezialgebiete, daß die Kommunikation sogar zwischen Forschern desselben Bereichs schwierig wird. Jeder Wissenschaftler verfügt über eingehende Kenntnisse in seinem eigenen kleinen Sektor, hat aber keinen allgemeinen Überblick. Je mehr er von seinem Fach weiß, desto weniger wird er gewahr, was andere in verwandten Abteilungen erarbeiten. Ihm bleibt einfach nicht die Zeit, um auch nur einen Bruchteil aus der Flut von Veröffentlichungen zu lesen. Es ist so schlimm, daß von zwei Medizinern, die sich mit Dysfunktionen der Nase beschäftigen, der eine das linke und der andere das rechte Nasenloch behandelt.«

Entsetzt hob Fobo seine Hände.

»Aber die Wissenschaft käme ja zum Stillstand! Du übertreibst sicherlich!«

»Was die beiden Ärzte anbelangt, ja«, sagte Hal mit dem Anflug eines Lächelns. »Aber ansonsten habe ich nicht sehr übertrieben. Und es ist eine Tatsache, daß die Wissenschaft in geometrischer Progression nicht mehr solche Fortschritte macht wie einst. Da sind der Zeitmangel des Wissenschaftlers und die unzureichende Kommunikation. Eine Entdeckung in einem anderen Bereich kann ihm bei der eigenen Forschungsarbeit keine Hilfe sein, weil er überhaupt nichts davon erfährt.«

Hal sah, wie ein Kopf hinter dem Sockel der Statue hervorgesteckt wurde und wieder verschwand. Er kam allmählich ins Schwitzen.

Fobo fragte Hal nach der Religion des Vorboten, und Hal versuchte, so schweigsam wie nur eben möglich zu sein und ignorierte einige Fragen völlig, obgleich es ihm doch irgendwie peinlich war. Eines konnte man dem *Wog* bestimmt nicht nachsagen: daß er nicht logisch dachte. Und Logik war ein Licht, in dem Hal nicht übermäßig gebadet wurde — so hatten es ihn die Urieliten gelehrt.

Schließlich meinte er: »Alles, was ich dir sagen kann, ist, daß es absolut zutrifft, wenn man sagt, die meisten Menschen könnten subjektiv in der Zeit reisen. Die einzigen aber, die es objektiv können, sind der Vorbote, sein böser Schüler, der Nachbote, und die Frau des Nachboten. Ich weiß, daß es wahr ist, weil der Vorbote vorhersagte, was in der Zukunft geschehen würde, und jede seiner Prophezeiungen erfüllte sich. Und ...«

»Jede Vorhersehung?«

»Nun ja, bis auf eine. Aber die erwies sich als unwirkliche Prognose, als eine Pseudozukunft, die der Nachbote auf unerklärliche Weise in den *Westlichen Talmud* eingefügt hat.«

»Wie könnt ihr wissen, daß jene Vorhersagen, die noch nicht in Erfüllung gegangen sind, nicht ebenfalls gefälschte Eintragungen sind?«

»Nun ... wir können es nicht. Man muß eben abwarten, bis die Zeit dafür gekommen ist. Dann ...«

Fobo lächelte und ergänzte: »Dann wißt ihr, daß diese besondere Prophezeiung vom Nachboten geschrieben und eingefügt worden ist.«

»Natürlich. Die Urieliten arbeiten jedoch schon seit einigen Jahren an einer Methode, von der sie sagen, daß sie durch innere Evidenz beweisen wird, ob zukünftige Ereignisse wirklich oder unwirklich sind. Als wir die Erde verließen, erwarteten wir bereits, von der Entdeckung einer unfehlbaren Methode zu hören. Jetzt werden wir natürlich bis zu unserer Rückkehr im ungewissen bleiben.«

»Ich habe das Gefühl, unsere Unterhaltung macht dich nervös«, sagte Fobo. »Vielleicht setzen wir sie besser ein anderes Mal fort. Sag mal, was hältst du von den Ruinen?«

»Sehr interessant. Selbstverständlich habe ich ein fast persönliches Interesse an diesem ausgestorbenen Volk, weil es Säuger waren, so ähnlich wie wir Terraner. Ich kann einfach nicht begreifen, daß diese Wesen, die einst diesen riesigen Kontinent bevölkerten, vollkommen verschwinden konnten. Wenn sie so gewesen wären wie wir, hätten sie überlebt. Falls sie euch nicht hätten besiegen können, wären sie zumindest imstande gewesen, euch von diesem Kontinent fernzuhalten.«

»Es mag noch vereinzelt welche in den abgelegenen Wäldern und Dschungelgebieten geben. Aber soweit wir wissen, sind alle in den Kriegen mit uns umgekommen. Wir haben gewonnen, weil wir uns einig waren, während sie sich noch nach Beginn des Krieges gegenseitig bekämpften. Wir machten eine Vielzahl von Friedensangeboten, die sie aber alle ablehnten. So waren wir gezwungen, sie zu vernichten. Sie waren sehr dekadent. Eine streitsüchtige, gefräßige und verdorbene Brut.«

Nur allzu menschlich, dachte Hal Yarrow. Aber er enthielt sich eines Urteils über die Korrektheit von Fobos Darstellung des Krieges. *Die Geschichtsbücher werden von den Siegern geschrieben.*

»Bei Gelegenheit werde ich dir von ihrem Verfall und Untergang erzählen«, erklärte Fobo. »Es ist in vielerlei Hinsicht eine phantastische Geschichte. Aber jetzt gehe ich doch besser ins Bett.«

»Ich bin zu aufgeregt dazu. Wenn es dir nichts ausmacht, werde ich noch etwas herumstöbern. In diesem hellen Mondlicht sind die Ruinen so schön.«

»Das erinnert mich an ein Gedicht unseres berühmten Barden Shamero. Wenn es mir noch vollständig im Gedächtnis wäre und ich es angemessen ins Amerikanische übertragen könnte, dann würde ich es aufsagen.«

Fobos V-in-V-Mund gähnte.

»Ich glaube, ich gehe jetzt zu Bett, ruhe mich aus, begebe mich in Morpheus' Arme. Aber eines noch: Hast du irgendwelche Waffen, Schußwaffen, mit denen du dich gegen Nachtschwärmer verteidigen kannst?«

»Es ist mir erlaubt, ein Messer in einer Scheide bei mir zu tragen«, erwiderte Hal.

Fobo griff unter seinen Umhang und zog eine Pistole hervor. Er reichte sie Hal und sagte: »Hier! Ich hoffe nicht, daß du sie benutzen mußt, aber man kann ja nie wissen. Wir leben in einer wilden, räuberischen Welt, mein Freund. Das zeigt sich besonders hier draußen auf dem Lande.«

Hal betrachtete neugierig die Waffe, die denjenigen ähnlich war, die er in Siddo gesehen hatte. Verglichen mit den kleinen automatischen Pistolen in der *Gabriel*, war diese recht grob gearbeitet, strahlte aber die ganze Aura und Faszination einer fremdartigen Waffe aus. Hinzu kam noch, daß sie den frühen Stahlpistolen auf der Erde so ähnelte. Der sechseckige Lauf war nicht ganz dreißig Zentimeter lang; das Kaliber schien etwa eines von zwölf Millimetern zu sein. Eine Revolvertrommel enthielt fünf Messingpatronen, die Schwarzpulver, Bleikugeln und Zündhütchen aus vermutlich einem Quecksilberfulminat zum Inhalt hatten. Seltsamerweise hatte die Pistole keinen Abzug; eine starke Feder ließ den Schlagbolzen gegen die Patrone prallen, sobald man ihn mit dem Finger lockerte. Hal hätte auch gern den Mechanismus gesehen, der die Trommel drehte, wenn der Bolzen zurückgezogen wurde. Aber er wollte Fobo nicht länger als nötig aufhalten.

Dennoch konnte er sich die Frage nicht verkneifen, warum die Siddos keinen Abzug verwendeten. Fobo war überrascht. Als er sich Hals Erklärung angehört hatte, zwinkerte er mit seinen großen runden Augen (ein sonderbarer und zuerst irritierender Anblick, weil sich das untere Augenlid bewegte) und sagte: »Daran habe ich noch gar nicht gedacht! Die Handhabung scheint wirklich praktischer und weniger mühsam zu sein, nicht wahr?«

»Mir ist das ganz klar«, sagte Hal. »Aber ich bin nun mal ein Mensch von der Erde und denke auch so. Nicht ohne Verwunderung habe ich festgestellt, daß ihr Ozagenianer nicht immer so denkt wie wir.«

Er gab Fobo den Revolver zurück und erklärte: »Ich kann ihn leider nicht annehmen. Das Tragen von Schußwaffen ist mir untersagt.«

Fobo sah ihn erstaunt an, hielt es aber anscheinend nicht für ratsam, nach dem Grund zu fragen. Vielleicht war er auch nur zu müde.

So sagte er: »Na gut. Shalom, aloha, angenehmes Träumen, Sigmen möge dich besuchen.«

»Shalom auch dir«, erwiderte Hal. Er schaute dem breiten Rücken des *Wog* hinterher, bis er im Schatten verschwunden war. Eine seltsame Zuneigung zu diesem Geschöpf erfüllte ihn. Ungeachtet seiner äußerst fremdartigen und nichtmenschlichen Erscheinung, gefiel ihm Fobo.

Hal drehte sich um und ging auf die Statue der Großen Mutter zu. Als er im Schatten des Sockels angelangt war, sah er, wie die Frau in den Schatten huschte, den ein dreistöckiger Schutthaufen warf. Er folgte ihr, und dann erblickte er sie, ein paar Steinwürfe entfernt. Sie lehnte sich gegen einen Monolithen. Etwas weiter weg lag der See, der silbern und schwarz im Mondschein schimmerte.

Hal ging näher und war noch etwa fünf Meter von ihr entfernt, als sie mit leiser und kehliger Stimme sprach: *»Bo sfa, soo Yarrow.«*

»Bo sfa«, sprach er nach, denn irgendwie wußte er, daß es eine Begrüßung sein mußte.

»Bo sfa«, wiederholte sie, und dann sagte sie in Siddo, weil sie ihm offensichtlich bei der Übersetzung des Satzes helfen wollte: *»'Abhu'umaigeitsi'i.«*

Was ungefähr soviel hieß wie: »Guten Abend.«

Hal verschlug es den Atem.

8

Aber natürlich! Jetzt wußte er, wieso ihre Worte so vage vertraut geklungen hatten und der Rhythmus ihrer Sprache ihn so stark an ein nicht allzuweit zurückliegendes Ergebnis erinnerte. Da war etwas, das ihm seine Forschungsarbeit in der verschwindend kleinen Gemeinschaft der Französischsprechenden im Hudson-Bay-Naturschutzgebiet ins Gedächtnis rief.

Bo sfa! Bo sfa war *bon soir.*

Obwohl ihre Ausdrucksweise, linguistisch betrachtet, sehr überholt war, konnte sie nicht ihre Abstammung leugnen. *Bo sfa.* Und diese anderen Worte, die er durch das Fenster gehört hatte. *Wuhfvayfvoo.* Das hieße demnach *levez-vous.* »Stehen Sie auf« auf französisch.

Soo Yarrow. Konnte das *monsieur* Yarrow heißen? Das *m* am Anfang war weggefallen, das *eu* entwickelte sich so, daß es etwa einem *ou*-Laut ähnelte. So mußte es sein. Noch andere Veränderungen waren an diesem degenerierten Französisch zu erkennen: Erweiterung der Aspiration; Wegfall der Nasale; Vokalverschiebung; ein Knacklaut als Ersatz des *k* vor Vokalen. Ein Wechsel von *d* zu *t;* des *l* nach *w;* das *f* verschob sich zu einem Laut zwischen *v* und *f. W* war zu *f* geworden. Was gab es noch? Sicherlich Bedeutungsumwandlungen bei einigen Wörtern und die Ablösung alter Wörter durch neu entstandene.

Aber allen Ungewöhnlichkeiten zum Trotz — dies war subtiles Gallisch.

»Bo sfa«, wiederholte er erneut.

Und dann fiel ihm auf, wie unpassend dieser Gruß doch war! Da trafen sich zwei menschliche Wesen gut vierzig Lichtjahre von der Erde entfernt: ein Mann, der ein subjektives Jahr lang keine Frau mehr gesehen hatte, und eine Frau, die sich offensichtlich verstecken mußte und dazu noch in großer Furcht zu sein schien. Und vielleicht auch die einzige Frau war, die es auf diesem Planeten noch gab. Und er konnte nur »Guten Abend« sagen!

Er ging noch ein paar Schritte näher. Die Schamröte stieg ihm ins Gesicht. Und fast hätte er sich umgedreht und wäre weggerannt. Ihre weiße Haut wurde nämlich nur von zwei dünnen schwarzen Stoffstreifen unterbrochen. Der eine verlief quer über ihre Brüste, der andere rautenförmig um die Hüften herum. Solch einen Anblick hatte Hal in seinem Leben noch nicht geboten bekommen, abgesehen von jenem verbotenen Foto.

Als er erkannte, daß sie einen Lippenstift benutzte, war seine Verlegenheit mit einem Mal verflogen. Er atmete stoßweise und wurde von Furcht ergriffen. Ihre Lippen waren so scharlachrot wie die der ungeheuer bösen Gattin des Nachboten.

Hal zwang sich, nicht zu zittern. Er mußte rational denken. Diese Frau konnte doch nicht Anna Changer sein, die aus weit entfernter Vergangenheit auf diesen Planeten gekommen war, um ihn zu verführen, gegen die wirkliche Religion aufzuhetzen. Sie würde nicht dieses entartete Französisch sprechen, wenn sie Anna Changer wäre. Auch würde sie kaum an eine so unbedeutende Person wie Hal herantreten. Sie wäre zum obersten Urieliten, zu Macneff, gegangen.

Er gab seinen Gedanken einen kleinen Ruck und betrachtete das Lippenstiftproblem von einer anderen Seite. Mit der Ankunft des Vorboten waren alle Kosmetika verschwunden. Keine Frau wagte ... nun, das war nicht ganz richtig ... es war nur die Haijac-Union, in der keine Kosmetika benutzt wurden. Israelische, malaiische und Bantufrauen legten Rouge auf. Aber dann wußte auch jeder gleich, um was für eine Art von Frau es sich handelte.

Noch ein Schritt. Nun war er nahe genug, um festzustellen, daß es ein natürliches Lippenrot war und nicht Tünche. Er fühlte sich unendlich erleichtert. Sie konnte nicht die Frau des Nachboten sein. Sie konnte nicht einmal von der Erde stammen. Sie mußte eine Humanoide des Planeten Ozagen sein. Die Wandgemälde in den Ruinen stellten Frauen mit roten Lippen dar, und Fobo hatte ihm erklärt, daß diese mit dem flammenden Pigment geboren worden waren.

War eine Frage beantwortet, so ergab sich bereits wieder eine neue. Wieso sprach sie eine irdische Sprache, oder genauer, ein daran angelehntes Idiom? Denn diese Mundart existierte auf der Erde nicht.

Im nächsten Moment schon vergaß er seine Zweifel. Sie schmiegte sich an ihn, und er legte den Arm um sie und versuchte recht unbeholfen, sie zu trösten. Sie weinte und schüttete ihr Herz aus. Die Worte sprudelten aber so aus ihr hervor, daß Hal, obwohl er wußte, daß es irgendwie Französisch war, nur hier und da etwas verstehen konnte.

Er bat sie, doch langsamer zu sprechen und alles noch einmal zu wiederholen. Sie hielt inne, neigte den Kopf leicht nach links und strich dann ihr Haar nach hinten. Diese Geste war charakteristisch für sie, wenn sie nachdachte — wie Hal später herausfand.

Ganz langsam fing sie noch mal von vorn an. Aber je weiter sie fortfuhr, desto schneller sprach sie. Ihre knallroten Lippen schienen von ihr losgelöst und mit eigenen Sorgen beladen zu sein.

Fasziniert sah Hal zu.

Verlegen nahm er seinen Blick von ihnen und versuchte, in ihre großen dunklen Augen zu schauen, was ihm aber nicht gelingen wollte.

Sie erzählte ziemlich zusammenhanglos, wiederholte sich häufig und berichtigte sich an einigen Stellen. Viele Wörter konnte Hal nicht verstehen, sondern mußte sich deren Sinn aus dem Zusammenhang zusammenreimen. Aber er verstand soviel, daß ihr Name Jeannette Rastignac war und daß sie von einer Hochebene in den Tropengebirgen dieses Kontinents stammte. Daß ihre drei Schwestern und sie, so weit sie wußte, die einzigen Überlebenden ihrer Art seien. Daß sie von einem Erkundungstrupp der *Wogs* gefangengenommen und nach Siddo gebracht worden war. Daß sie erst vor kurzem entkommen konnte und sich in den Ruinen und den umliegenden Wäldern versteckt hatte. Daß sie sich vor all den schrecklichen Dingen fürchtete, denen sie nachts im Wald begegnen konnte. Daß sie sich von wilden Früchten und Beeren oder auch von Lebensmitteln ernährte, die sie auf den Farmen der *Wogs* stahl. Daß sie Hal gesehen hatte, als sein Fahrzeug mit der Antilope zusammenstieß. Was er für die Augen dieses Tieres gehalten hatte, waren die ihren gewesen.

»Woher kanntest du denn meinen Namen?« fragte Hal.

»Ich folgte dir und belauschte dein Gespräch, konnte dich jedoch nicht verstehen. Kurz darauf hörte ich aber, wie du auf den Namen Yal Harrow antwortetest. Den Namen zu behalten, war keine Schwierigkeit. Was mich verwirrte, war die Ähnlichkeit von dir und diesem anderen Mann mit meinem Vater. Also mußtet ihr menschliche Wesen sein. Da ihr euch aber nicht in der Sprache meines Vaters unterhalten habt, konntet ihr nicht auf diesem Planeten zu Hause sein.

Dann fiel es mir ein! Mein Vater hatte mir einmal erzählt, daß sein Volk von einem anderen Planeten nach

Wuhbopfey kam, und so war es doch nur logisch, daß ihr von dort, der ursprünglichen Welt der Menschen, stammt.«

»Jetzt verstehe ich überhaupt nichts mehr«, sagte Hal. »Die Vorfahren deines Vaters kamen auf diesen Planeten, nach Ozagen? Aber ... aber davon ist nichts bekannt! Fobo sagte mir ...«

»Nein, nein, du verstehst nicht richtig! Mein Vater, Jean-Jacques Rastignac, wurde auf einem anderen Planeten geboren. Von dort kam er hierher. Aber seine Vorfahren waren zu jenem Planeten, der weit von hier sich um eine Sonne dreht, von einem noch viel weiter entfernten Planeten gekommen.«

»Ja, dann müssen die Siedler von der Erde gekommen sein. Aber es gibt darüber keine Aufzeichnungen. Zumindest habe ich nie welche gesehen. Und sie müssen Franzosen gewesen sein. Wenn es wahr ist, dann verließen sie die Erde und begaben sich zu diesem anderen System vor mehr als zweihundert Jahren. Und es kann sich unmöglich um Frankokanadier gehandelt haben, denn von denen waren nach dem Apokalyptischen Krieg nur wenige am Leben geblieben. Es können nur europäische Franzosen gewesen sein. Aber der letzte Europäer, der Französisch sprach, starb vor zweieinhalb Jahrhunderten. Also ...«

»Es ist verwirrend, *nespfa?* Ich weiß nur, was mir mein Vater erzählte. Er sagte, daß er mit einigen anderen von *Wuhbopfey* im Verlauf einer Forschungsreise auf *Ozagen* gestoßen ist. Sie landeten auf diesem Planeten, und seine Kameraden wurden getötet. Er fand meine Mutter ...«

»Deine Mutter? Das wird ja immer verwickelter«, stöhnte Hal.

»Sie war eine Eingeborene. Ihr Volk hatte schon immer hier gelebt. Sie bauten diese Stadt und ...«

»Dein Vater war ein Mensch von der Erde? Und du entstammst seiner Vereinigung mit einer humanoiden

Eingeborenen Ozagens? Unmöglich! Die Chromosomen können doch nicht zusammengepaßt haben!«

»Ich kümmere mich nicht um Chromosomen!« sagte Jeannette mit zitternder Stimme. »Du siehst mich doch vor dir stehen, oder nicht? Ich lebe! Mein Vater und meine Mutter schliefen miteinander — und hier bin ich. Das kannst du nicht leugnen!«

»Das war nicht meine Absicht ... ich meine ... es schien ...«, sagte Hal. Er wußte nicht, was er sagen sollte und sah sie nur an.

Plötzlich begann sie zu schluchzen und umarmte ihn sehr eng dabei. Seine Hände lagen auf ihren zarten, weichen Schultern, und ihre Brüste preßten sich gegen seine Rippen.

»Rette mich«, sagte sie gebrochen. »Ich kann es nicht mehr ertragen. Du mußt mich mitnehmen und mich retten.«

Yarrow dachte fieberhaft nach. Bevor Pornsen wach wurde, mußte er wieder in den Ruinen sein. Und am nächsten Tag konnte er sie nicht treffen, weil ein Beiboot vom Schiff die beiden Haijacs am Morgen abholen würde. Was er auch immer unternehmen wollte, er mußte es in den nächsten Minuten mit ihr besprechen.

Plötzlich hatte er einen Plan; er war aus einer Idee hervorgegangen, die schon lange tief in seinem Inneren heranreifte. Die Saat dafür hatte schon in ihm gesteckt, bevor das Schiff die Erde verließ. Aber er war bisher nicht mutig genug gewesen, die Initiative zu ergreifen. Jetzt war dieses Mädchen aufgetaucht. Sie hatte er gebraucht, um den Funken überspringen zu lassen, der ihn anzündete und einen Weg beschreiten ließ, von dem es kein Zurück mehr gab.

»Jeannette«, sagte er erregt, »hör mir genau zu! Du mußt hier jede Nacht auf mich warten. Egal, was im Dunkeln herumspukt — du mußt hier sein. Ich kann dir nicht genau sagen, wann es mir gelingt, ein Beiboot zu bekommen und hierher zu fliegen. Ich denke aber, irgendwann in den nächsten drei Wochen. Auch wenn ich bis dahin nicht gekommen bin, warte weiter auf mich. *Warte weiter!* Ich werde kommen! Und dann werden wir in Sicherheit sein, zumindest für einige Zeit. Willst du das tun? Kannst du dich hier verstecken? Und warten?«

Sie nickte mit dem Kopf und sagte: »*Fi.*«

9

Zwei Wochen später flog Yarrow vom Raumschiff *Gabriel* aus zu den Ruinen. Sein nadelförmiges Beiboot glänzte im Vollmond, wie es so über das weiße Marmorbauwerk dahinschwebte und zur Landung ansetzte. Still und ausgebleicht lag die Stadt da. Große Steinwürfel und Sechsecke, Zylinder, Pyramiden und Statuen, die wie Spielzeug aussahen, das ein Riesenkind verstreut hatte und zu Bett gegangen war, um für immer zu schlafen.

Hal stieg aus und blickte nach links und rechts. Dann schritt er auf einen gewaltigen Bogen zu. Seine Taschenlampe erhellte das Dunkel, seine Stimme schallte von den fernen Dächern und Mauern zurück.

»*Jeannette! Sah mfa. Fo tami,* Hal Yarrow. *Jeannette! Ou eh tu?* Ich bin's, dein Freund. Wo bist du?«

Er ging die fünfzig Meter breite Treppe hinab, die zur Gruft der Könige führte. Der Strahl der Lampe hüpfte die Stufen herauf und herunter und schien plötzlich auf die schwarzweiße Gestalt des Mädchens.

»Hal!« rief sie, zu ihm aufblickend. »Der Großen Mutter Stein sei Dank! Jede Nacht habe ich gewartet! Aber ich wußte, daß du kommen würdest!«

Die Tränen standen in ihren Augen; ihr roter Mund zuckte, als mühte sie sich ab, ein Schluchzen zurückzuhalten. Er wollte sie in die Arme schließen und liebkosen, aber es war schon ungeheuerlich, eine unbekleidete Frau auch nur anzuschauen. Sie zu umarmen war undenkbar. Trotzdem dacht er sehr intensiv daran.

Im nächsten Moment, als hätte sie die Ursache seiner Unentschlossenheit erahnt, kam sie auf ihn zu und legte den Kopf an seine Brust. Ihre Schultern waren dabei so sehr gekrümmt, als wollte sie sich in ihn eingraben. Hal legte die Arme um sie. Seine Muskeln spannten sich, und Blut strömte in seine Lenden.

Er ließ sie los und schaute zur Seite. »Wir können später reden. Jetzt haben wir keine Zeit zu verlieren. Komm!«

Schweigend folgte sie ihm bis zu dem Beiboot. Dann, vor der Tür, zögerte sie. Ungeduldig gestikulierte er, sie möge einsteigen und neben ihm Platz nehmen.

»Du wirst mich sicher für einen Feigling halten«, sagte sie. »Aber ich habe noch nie eine Flugmaschine betreten. Den Boden zu verlassen ...«

Er konnte sie nur verwundert ansehen. Die Einstellung eines Menschen, der nicht an das Reisen in der Luft gewöhnt war, konnte er nur schwer begreifen.

»Steig ein!« befahl Hal.

Ganz gehorsam kletterte sie nun herein und setzte sich auf den Sitz des Copiloten. Sie zitterte aber sehr dabei und sah mit weiten braunen Augen auf die Instrumente vor ihr und um sie herum.

Hal blickte auf seine Uhr.

»Uns bleiben noch zehn Minuten, um in mein Apartment in der Stadt zu gelangen. Eine Minute, um dich dort abzusetzen, und eine halbe für die Rückkehr zum Schiff. Fünfzehn Minuten werde ich wohl für meinen Bericht über die Erkundungen bei den *Wogs* brauchen und dreißig Sekunden für den Heimweg zu meinem Apartment. Alles zusammen nicht einmal eine halbe Stunde. Nicht schlecht.«

Er lachte. »Ich wollte schon vor zwei Tagen kommen, aber ich mußte abwarten, bis alle Beiboote mit Automatik besetzt waren. Dann täuschte ich vor, es sehr eilig zu haben, da ich wichtige Aufzeichnungen vergessen hätte und zu meinem Apartment zurückfliegen müßte, um sie zu holen. So konnte ich eines der handgesteuerten Boote ausleihen, die sonst für Erkundungen außerhalb der Stadt eingesetzt werden. Ich hätte niemals die Erlaubnis des OD dafür erhalten, wenn er nicht hierdurch überrumpelt worden wäre.«

Hal faßte an ein großes goldenes Abzeichen an seiner linken Brust. Dort prangte ein hebräisches L.

»Das bedeutet, daß ich einer der Auserwählten bin. Ich habe das *'Meter* bestanden.«

Jeannette, die anscheinend ihre Furcht abgelegt hatte, stieß einen kleinen Schrei aus, als sie im Schein der Armaturenbeleuchtung Hals Gesicht sah.

»Hal Yarrow! Was haben sie mit dir gemacht?« Mit den Fingern berührte sie seine Wange.

Purpurrote Ringe lagen unter seinen Augen; seine Wangen waren eingefallen, und auf einer zuckte ein Muskel. Ein Fleck überdeckte seine Stirn; die sieben Striemen der Peitsche hoben sich deutlich von der blassen Haut ab.

»Mich wird wohl jeder für verrückt erklären, daß ich es getan habe«, sagte er. »Ich steckte meinen Kopf in das Maul des Löwen. Und er biß ihn nicht ab. Statt dessen biß ich ihm in die Zunge.«

»Was willst du damit sagen?«

»Paß auf. Kommt es dir nicht merkwürdig vor, daß Pornsen heute abend nicht bei mir ist und mir seinen scheinheiligen Atem in den Nacken bläst? Nein? Nun, du weißt nichts darüber. Es gab für mich überhaupt nur eine Möglichkeit, die Genehmigung zu erhalten, aus meinem Schiffsquartier in ein Apartment in Siddo ziehen zu dürfen. Das heißt, ohne einen *Sept* zu leben, der einen auf Schritt und Tritt überwacht. Und ohne dich hier draußen im Wald allein zu lassen. Und *das* konnte ich nicht.«

Sie strich mit dem Finger von seiner Nase zum Mundwinkel hinunter. Normalerweise wäre er unter der Berührung erschreckt zusammengefahren, weil er jeglichen engen Kontakt haßte. Nun aber zog er sich nicht zurück.

»Hal«, sagte sie sanft. *»Mo sheh.«*

Ihm wurde ganz heiß. *Mein Lieber.* Nun, warum denn nicht?

Um den Rausch, den ihm ihre Berührung bereitete, abzuschwächen, sagte er: »Es gab also nur eins, was ich tun konnte: mich freiwillig für das *'Meter* zu melden.«

»Wuh Met? 'Es'ase'asah?«

»Nur dadurch kann man von der ständigen Beschattung durch einen *Sept* befreit werden. Wenn man es einmal hinter sich gebracht hat, ist man rein, über jeden Verdacht erhaben — zumindest theoretisch. Auf mein Gesuch war die Hierarchie nicht gefaßt. Von keinem der Wissenschaftler — geschweige denn von mir — hatten sie eine freiwillige Meldung erwartet. Urieliten und Uzziten müssen sich dem unterziehen, wenn sie darauf hoffen wollen, eines Tages in die Hierarchie vorzudringen.«

»Urieliten? Uzziten?«

»Um es in alten Begriffen auszudrücken: Priester und Polizisten. Der Vorbote entlehnte jene Wörter — die Namen von Engeln — für Religions- und Regierungszwecke aus dem Talmud. Verstehst du?«

»Nein.«

»Es wird dir schon bald verständlicher erscheinen. Jedenfalls bitten nur die größten Ehrgeizlinge darum, vor das *'Meter* treten zu dürfen. Es ist zwar auch wahr, daß es insgesamt sehr viele Leute tun — aber nur, weil sie dazu gezwungen werden. Die Urieliten räumten mir nur sehr düstere Aussichten ein, aber das Gesetz verpflichtete sie, mir den Versuch zu gestatten. Außerdem hatten sie Langeweile und wollten unterhalten werden — auf ihre grimmige Art.«

Bei dem Gedanken daran verfinsterte sich sein Blick. »Einen Tag später sollte ich mich im Psycholabor um 23.00 SZ — Schiffszeit — melden. Ich ging in meine Kabine — Pornsen war nicht da —, öffnete meinen Laborkoffer und nahm eine Flasche mit dem Etikett ›Prophetennahrung‹ heraus. Sie enthält gewöhnlich ein Pulver auf Peyotebasis. Das ist eine Droge, die einst von den indianischen Medizinmännern Amerikas verwendet wurde.«

»*Kfe?*«

»Hör nur weiter. Das Wichtigste wirst du schon verstehen. Prophetennahrung wird von jedem während der Purifikationsperiode eingenommen. Das sind jene zwei Tage, an denen man in eine Zelle gesperrt wird, fastet, betet, von elektrischen Peitschen gezüchtigt wird und Wahnvorstellungen hat, die durch den Hunger und die Prophetennahrung ausgelöst werden. Dazu kommt noch das subjektive Reisen in die Zeit.«

»*Kfe?*«

»Sag nicht dauernd ›Was?‹. Ich habe keine Zeit, um dir jeden Tinnef zu erklären ... Es kostete mich zehn Jahre hartes Studium, es in all seinen Zusammenhängen zu begreifen. Obwohl auch dann noch eine Menge Fragen offen blieben. Aber ich stellte sie nicht. Man hätte mich für einen Zweifler halten können. Nun, jedenfalls war in meiner Flasche keine Prophetennahrung. Sondern ein Ersatzstoff, den ich heimlich zubereitet hatte, gerade noch, bevor das Raumschiff die Erde verließ. Wegen dieses Pulvers wagte ich es, mich dem *'Meter* zu unterziehen. Und war auch nicht so erschreckt, wie ich es eigentlich hätte sein müssen ... Obwohl mir noch bang genug zumute war, das kannst zu mir glauben!«

»Ich glaube dir doch. Du warst tapfer. Du hast deine Furcht überwunden.«

Er spürte, daß er rot wurde. Zum ersten Mal in seinem Leben hatte man ihm ein Kompliment gemacht.

»Einen Monat vor Abreise der Expedition nach Ozagen hatte ich in einer der zahlreichen wissenschaftlichen Zeitschriften, die ich rezensieren mußte, die Nachricht gefunden, daß eine bestimmte Droge künstlich hergestellt worden war. Ihre Wirkung bestand in der Vernichtung des Virus eines sogenannten Marsianischen Ausschlags. Was mich interessierte, war die Fußnote. Sie war nur in kleiner Schrift gedruckt und auf hebräisch, wodurch klar wurde, daß der Biochemiker deren Wichtigkeit erkannt hatte.«

»Pookfe?«

»Warum? Nun, ich kann mir gut vorstellen, daß der Text in hebräischer Sprache abgefaßt wurde, damit kein Laie ihn verstehen sollte. Wenn solch ein Geheimnis allgemein bekannt würde ... Nun, die Fußnote kommentierte kurz die Entdeckung, daß ein Mann, der an dem Ausschlag litt, vorübergehend gegen die Wirkung von Hypno-Lipno immun war. Und daß die Urieliten während der *'Meter*-Sitzungen peinlichst auf gute Gesundheit ihres Kandidaten achten sollten.«

»Es macht mir ziemliche Mühe, dich zu verstehen«, sagte sie.

»Ich werde etwas langsamer vorgehen. Hypno-Lipno ist die weitverbreitete sogenannte Wahrheitsdroge. Ich erkannte sofort die Folgerungen, die sich aus der Fußnote ergaben. Die Einleitung des Artikels beschrieb, wie der Marsianische Ausschlag zu experimentellen Zwecken unter Narkose injiziert wurde. Der Name der Droge war nicht erwähnt, aber ich brauchte nicht sehr lange, um in anderen Journalen herauszufinden, worum es sich handelte und wie man es herstellt. Ich dachte mir, wenn der echte Ausschlag gegen Hypno-Lipno immun machte, warum sollte dies nicht auch ein künstlich erzeugter bewirken? Gesagt, getan. Ich bereitete mir ein Quantum zu, steckte ein Band mit Fragen über mein Privatleben in den Psychotester, spritzte ›Ausschlags‹-Droge und Wahrheitsdroge ein und schwor mir, den Tester über mein Leben zu belügen. Und ich *konnte* lügen, obwohl ich mit Hypno-Lipno vollgepumpt war!«

»Es war sehr klug von dir, daran zu denken«, murmelte sie.

Als sie gegen seinen Bizeps drückte, versteifte er ihn. So eitel dies auch war, er wollte gern, daß sie ihn für stark hielt.

»Unsinn!« erwiderte er. »Ein Blinder hätte erkannt, was zu tun war. Ich wäre aber kaum überrascht gewesen, wenn die Uzziten den betreffenden Chemiker festgenommen und Anweisung zur Verwendung einer anderen Wahrheitsdroge gegeben hätten. In diesem speziellen Fall wären sie jedoch zu spät gekommen. Bevor auch nur irgend etwas verlautete, hob unser Schiff ab. Jedenfalls gab mir der erste Tag des *'Meters* keinen Grund zur Beunruhigung. Ich unterzog mich der zwölfstündigen schriftlichen und mündlichen Prüfung in Serialismus. Das sind Dunnes Zeittheorien und Sigmens Erweiterungen dazu. Diesen Test kannte ich schon seit einigen Jahren. Leicht, aber auf die Dauer ermüdend. Am nächsten Tag stand ich sehr früh auf, nahm ein Bad und aß die Prophetennahrung. Ohne ein weiteres Frühstück begab ich mich in die Purifikationszelle. Zwei Tage lang lag ich allein auf einer Pritsche. Von Zeit zu Zeit trank ich einen Schluck Wasser oder injizierte die Droge. Ab und zu drückte ich auf den Knopf für die mechanische Rute und ließ mich auspeitschen. Je mehr Züchtigungen, weißt du, desto mehr Ansehen. Visionen hatte ich überhaupt keine. Dafür wurde ich heftig von dem Ausschlag befallen. Das bereitete mir jedoch keine Sorgen, denn wenn dies jemand verdächtig vorkam, dann konnte ich erklären, daß ich eine Allergie gegen Prophetennahrung hätte. Das kommt bei einigen Leuten vor.«

Hal schaute nach unten. Wälder im Mondschein, gelegentlich das quadratische oder sechseckige Licht eines

Gehöfts. Vor ihnen lag die hohe Bergkette, die Siddo schützend umgab.

»Und«, fuhr er fort, unbewußt schneller sprechend, als die Berge näherrückten, »am Ende der Purifikation stand ich auf, zog mich an und verspeiste das zeremonielle Mahl aus Heuschrecken und Honig.«

»Puh!«

»Heuschrecken sind gar nicht mal so schlimm, wenn man von Kindheit an daran gewöhnt ist.«

»Sie sind eine Delikatesse«, sagte sie. »Ich habe sie auch schon oft gegessen. Nur die Kombination mit Honig finde ich ekelhaft.«

Achselzuckend sagte er: »Ich werde jetzt die Kabinenbeleuchtung abschalten. Lege dich flach auf den Boden! Und ziehe diesen Umhang und die Maske über! Damit gehst du glatt als *Wog* durch.«

Gehorsam glitt sie aus dem Sitz. Bevor er die Lichter ausknipste, sah er zu ihr nach unten. Sie beugte sich gerade vor, um den Umhang aufzuheben, und so war Hal der Anblick ihrer herrlich geformten Brüste vergönnt. Die Brustwarzen waren von dem gleichen tiefen Rot wie ihre Lippen. Obwohl er seinen Blick schnell abwandte, prägte er sich dieses üppige Bild dennoch ein. Er verspürte eine heftige Erregung, war sich aber bereits der Scham bewußt, die folgen würde.

Mit Unbehagen setzte er seine Erzählung fort: »Dann trat der Hierarch ein. Der Sandalphon Macneff. Hinter ihm die Theologen und die dunnologischen Spezialisten: die psychoneuralen Parallelisten, die Interventionisten, die Substratumisten, die Chronentropisten, die Pseudotemporalisten und die Kosmoobservisten. Ich mußte mich auf einen Stuhl setzen. Dann wurde ich mit Drähten eingeschnürt, und man steckte mir Nadeln in Arme und Rücken. Ich erhielt eine Injektion Hypno-Lipno, und das Licht wurde ausgemacht. Nun sprach man Gebete; Kapitel aus dem *Westlichen Talmud* und den *Revidierten Schriften* wurden gesungen. Dann schien von der Decke ein Scheinwerfer direkt auf das Elohimeter …«

»'Es'ase' asah?«

»Elohim ist das hebräische Wort für Gott. Ein Meter ist, nun, dies zum Beispiel.« Er deutete auf die Instrumententafel. »Das Elohimeter ist rund und riesig, und sein Zeiger, so lang wie mein Arm, schnellt unvermittelt hoch oder hinab. Der Rand des Ziffernblatts ist mit hebräischen Buchstaben markiert, von denen man annimmt, daß sie den Prüfern etwas bedeuten. Die meisten Leute wissen nicht, was die Nadel anzeigt. Aber als *Inter* habe ich Zugang zu den Büchern, die den Test beschreiben.«

»Dann kanntest du die richtigen Antworten, *nespfa?*«

»*Fi.* Obwohl das noch nicht genügt hätte, weil Hypno-Lipno die Wahrheit, die Realität ans Licht bringt … Es sei denn, man leidet an Marsianischem Ausschlag, natürlichem oder künstlich erzeugtem.«

Sein plötzliches Lachen klang nicht sehr freudig.

»Unter der Einwirkung der Droge, Jeannette, werden alle schmutzigen und üblen Dinge, die man getan oder gedacht hat, der ganze Haß auf die Vorgesetzten, all die Zweifel an der Richtigkeit der Dogmen des Vorboten aus dem Unterbewußtsein hervorgespült — wie Seifenreste, die sich vom Boden einer schmutzigen Badewanne lösen. Glitschig und unaufhaltsam brodelt es unter einer Schaumschicht empor. Aber ich saß ganz ruhig da und behielt den Zeiger im Auge. Es ist so, als würdest du in Gottes Gesicht blicken, Jeannette — man kann es einfach nicht ertragen. Und ich log. Natürlich übertrieb ich es nicht allzusehr und stellte mich nicht als unglaublich rein und zuverlässig dar. Einige kleinere unwirkliche Handlungen gestand ich ein. Der Zeiger flakkerte dann jedesmal und bewegte sich um ein paar Buchstaben auf der Umrandung zurück. In den wesentlichen Punkten aber antwortete ich, als hinge mein Leben davon ab. Was ja auch wirklich so war. Und ich erzählte ihnen von meinen Träumen — meinen subjektiven Zeitreisen.«

»*Subjectif?*«

»*Fi.* Jeder reist subjektiv in der Zeit. Aber der Vorbote ist der einzige Mensch — ausgenommen sein erster Schüler, dessen Frau sowie ein paar biblische Propheten —, der objektiv gereist ist. Nun, meine Träume waren prachtvolle Gebilde, architektonisch gesehen, und genau das, was sie hören wollten. Zuletzt, gewissermaßen als Krönung meiner Lügen, berichtete ich vom Erscheinen des Vorboten auf Ozagen und seinem Gespräch mit dem Sandalphon Macneff. Dieses Ereignis soll angeblich in einem Jahr stattfinden.«

»Oh, Hal«, hauchte sie. »Warum hast du ihnen denn das alles erzählt?«

»Weil, *ma sheh,* die Expedition Ozagen unter diesen Umständen nicht vor Ablauf dieses Jahres verlassen wird. Man wird nicht abreisen, ohne die günstige Gelegenheit wahrzunehmen, Sigmen persönlich zu sehen, wie er den Strom der Zeit hinauf und hinunter fährt. Und auch nicht, ohne ihn — und mich — als Lügner hinzustellen. Diese faustdicke Lüge wird uns ein gemeinsames Jahr bescheren ...«

»Und danach?«

»Darüber können wir uns zu gegebener Zeit Gedanken machen.«

Ihre kehlige Stimme murmelte in der Dunkelheit: »Und all das hast du für mich getan ...«

Hal erwiderte nichts darauf, denn er war zu sehr damit beschäftigt, das Flugboot etwa auf gleicher Höhe mit den Hausdächern zu halten. Ganze Gebäudekomplexe, durch Wälder großzügig voneinander getrennt, huschten vorbei. Er flog so schnell, daß er fast über das Ziel, Fobos schloßähnliches Haus, hinausgeschossen wäre. Durch seine Türme mit den Zinnen und Schießscharten, die wasserspeienden steinernen Tierköpfe und die aus vielen Nischen spähenden Insekten wirkte das dreistöckige Gebäude sehr mittelalterlich. Zum nächsten Haus bestand ein Abstand von mindestens hundert Metern, denn die *Wogs* bauten Städte, in denen man noch Bewegungsfreiheit hatte.

Jeannette setzte die Nachtmaske mit dem langen Rüssel auf. Die Tür des Bootes sprang auf, und sie rannten über den Gehweg in das Gebäude hinein. Nachdem sie durch die Eingangshalle und über die Treppen zum zweiten Stockwerk gestürmt waren, dauerte es noch eine Weile, bis Hal den Schlüssel gefunden hatte. Das Schloß hatte Hal von einem *Wog*-Schlosser anfertigen und von einem *Wog*-Zimmermann installieren lassen, denn dem Kollegen des Zimmermanns auf dem Schiff durfte er nicht vertrauen. Es bestand die Gefahr, daß Nachschlüssel hergestellt wurden.

Als er den Schlüssel endlich in der Hand hielt, hatte er einige Mühe, ihn hineinzustecken, und er kam außer Atem, bis es ihm gelang, die Tür zu öffnen. Hal stieß Jeannette fast hinein. Sie hatte die Maske abgenommen.

»Warte, Hal«, sagte sie und lehnte sich mit ihrem ganzen Gewicht gegen ihn. »Hast du nicht etwas vergessen?«

»Oh, *Vorbote!* Was denn? Etwas Schwerwiegendes?«

»Nein. Ich dachte nur«, sie lächelte und senkte dann die Lider, »es sei ein Brauch auf Terra, daß Männer ihre Bräute über die Schwelle tragen. So hat es mir jedenfalls mein Vater erzählt.«

Er war verdutzt. Braut! Sie hielt anscheinend einiges für selbstverständlich, das ihm gar nicht so selbstverständlich erschien.

Da er nicht die Zeit hatte, um Einwände zu erheben, hob er sie hoch und trug sie in das Apartment. Drinnen setzte er sie ab und sagte: »Ich bin so schnell wie möglich zurück. Falls jemand klopft und versucht hereinzukommen, verstecke dich in diesem Wandschrank, von dem ich dir erzählt habe. Gib keinen Laut von dir und komm nicht heraus, wenn du nicht sicher bist, daß ich es bin.«

Sie legte plötzlich die Arme um ihn und küßte ihn. »*Mo sheh, mo gwah, mo fooh.*«

Hal wurde davon förmlich überrumpelt. Er brachte kein Wort heraus und erwiderte auch nicht ihren Kuß. Die Worte, mit denen sie ihn bedacht hatte, kamen ihm irgendwie albern vor. Wenn er ihr verstümmeltes Französisch richtig übersetzte, hatte Jeannette ihn ihren Liebsten, ihren großen, starken Mann, genannt.

Er wandte sich um und schloß die Tür hinter sich; aber nicht so schnell, daß er nicht mehr gesehen hätte, wie die Flurbeleuchtung auf ein weißes, von einer Kapuze schwarz umrahmtes Gesicht schien. Ein über die Maßen roter Mund befleckte dieses Weiß.

Der Gedanke, daß Jeannette nicht eine solch frigide Sexualpartnerin sein würde, wie die Stirche das offiziell so sehr schätzen, ließ ihn erbeben.

10

Für den Heimweg benötigte Hal eine Stunde länger, denn auf der *Gabriel* befragte ihn der Sandalphon über weitere Einzelheiten der Prophezeiung über das Erscheinen Sigmens. Zudem mußte Hal den Bericht über die Erkundungen des Tages diktieren. Anschließend befahl er einem Matrosen, ihn mit dem Flugboot zum Apartment zurückzubringen. Auf dem Weg zur Startrampe traf er Pornsen.

»*Shalom, Abba*«, grüßte Hal. Er lächelte und rieb seine Knöchel gegen das hervorstehende *Lamech* auf dem Schild.

Die linke Schulter des *Sept*, die ohnehin stets tiefer hing, sackte noch weiter hinab, als wäre sie eine Flagge, die zur Kapitulation gesenkt wurde. Wenn es von nun an galt, Peitschenhiebe auszuteilen, dann würde dies von Yarrow besorgt werden.

Mit geschwellter Brust wollte Hal weitergehen, aber Pornsen fragte ihn: »Einen Moment, Sohn. Fährst du in die Stadt zurück?«

»*Shib.*«

»*Shib.* Ich werde mit dir kommen, denn ich habe im gleichen Haus ein Apartment. Im dritten Stock, direkt neben dem Fobos.«

Hal wollte schon ablehnen, besann sich dann aber anders. Der *Sept* konnte sich ein Lächeln nicht verkneifen. Er drehte sich um und ging voraus. Verbissen folgte ihm Hal. Hatte der *Sept* ihn bespitzelt und sein Treffen mit Jeannette belauscht? Nein, sonst hätte er Hal wohl sofort verhaften lassen.

Der *Sept* hatte eine hervorstechende Eigenschaft: seine Kleinlichkeit. Er wußte, daß seine Gegenwart Hal ärgerte und daß seine Anwesenheit im gleichen Haus ihm die Freude vergiftete, frei von Überwachung zu leben.

Zwischen den Zähnen knurrte Hal ein altes Sprichwort: »Die Zähne eines *Sept* fallen nie aus.«

Am Flugboot wartete bereits der Matrose. Sie stiegen ein und glitten lautlos in die Nacht hinaus.

Beim Apartmentgebäude angelangt, betrat Hal den Eingang vor Pornsen, und es bereitete ihm eine gewisse Genugtuung, dadurch die Etikette zu verletzen und dem Mann seine Verachtung zu zeigen.

Bevor er die Tür öffnete, blieb Hal stehen. Der Schutzengel ging schweigend hinter ihm vorbei. Von einem teuflischen Einfall getrieben, rief Hal: *»Abba.«*

Pornsen wandte sich um.

»Was ist?«

»Hättest du nicht Lust, meine Räume zu inspizieren und nachzusehen, ob ich nicht eine Frau versteckt halte?«

Das Gesicht des kleinen Mannes lief puterrot an. Er

schloß die Augen und schwankte, schäumend vor Wut. Als er sie wieder öffnete, schrie er: »Yarrow! Wenn ich je eine unwirkliche Person gesehen habe, dann bist du es! Es ist mir gleichgültig, wie du zur Hierarchie stehst! Ich glaube, du bist — du bist — einfach nicht *shib!* Du hast dich sehr verändert. Früher warst du so bescheiden und gehorsam. Nun bist du arrogant.«

Hal entgegnete, zuerst noch ruhig, aber dann mit anschwellender Stimme: »Es ist noch gar nicht so lange her, da hast du mich als widerspenstig vom Tag meiner Geburt an beschrieben. Jetzt scheint es so, als sei ich ein Beispiel für hervorragendes Verhalten, auf das die Stirche mit — entschuldige das Klischeewort — Stolz hinweisen kann. Vermutlich habe ich mich immer so gut betragen, wie man es von mir erwarten konnte. Du aber warst und bist ein schäbiger, bösartiger und widerlicher Pickel am Arsch der Stirche und solltest gequetscht werden, bis du zerplatzt!«

Hal hörte auf zu schreien, denn er bekam kaum noch Luft. Sein Herz hämmerte wie wild; seine Ohren dröhnten und sein Blick wurde verschwommen.

Mit ausgestreckten Händen bewegte sich Pornsen rückwärts. »Hal Yarrow! Hal Yarrow! Beherrsche dich! Vorbote, wie mußt du mich hassen! Und ich glaubte all die Jahre, du liebtest mich, ich sei dein geliebter *Sept* und du mein geliebter Schützling. Aber du haßtest mich. Warum?«

Das Dröhnen ließ nach. Hal begann die Umgebung wieder klarer zu sehen.

»Meinst du das im Ernst?« sagte er.

»Selbstverständlich! Ich habe doch nicht geträumt! Alles, was ich dir je getan habe, war für dich; wenn ich dich bestrafte, brach mir das Herz. Aber ich zwang mich dazu, indem ich mir sagte, daß es zu deinem Besten wäre.«

Hal brach in Gelächter aus. Er lachte und lachte, während Pornsen den Flur hinabrannte und mit einem einzigen Blick aus kalkweißem Gesicht in seinem Apartment verschwand.

Schwach und zitternd lehnte Hal am Eingang.

Dies hatte er überhaupt nicht erwartet, denn er war sich völlig sicher gewesen, daß Pornsen ihn als widerspenstiges und unnatürliches Monster verabscheute und es ihm besondere Lust bereitete, Hal zu erniedrigen und auszupeitschen.

Hal schüttelte den Kopf. Der *Sept* war sicher nur verstört und versuchte, sich zu rechtfertigen.

Er schloß die Tür auf und trat ein. Ihm wollte der Gedanke nicht aus dem Kopf gehen, daß der Mut, offen gegen Pornsen aufzutreten, auf Jeannette zurückging. Ohne sie war er ein Nichts, ein schmollendes, aber ängstliches Kaninchen. Wenige Stunden des Zusammenseins mit ihr hatten es ihm ermöglicht, viele Jahre strenger Disziplin abzustreifen.

Er knipste das Licht im Vorraum an. Als er in das Eßzimmer hineinsah, bemerkte er, daß die Küchentür geschlossen war. Das Klappern von Töpfen war zu hören. Er schnupperte.

Steaks!

Doch in seine Freude mischte sich leichte Verärgerung. Er hatte ihr doch ausdrücklich gesagt, sich bis zu seiner Rückkehr zu verstecken. Wenn er nun ein *Wog* oder ein Uzzite gewesen wäre?

Die Scharniere quietschten, als er die Tür öffnete. Jeannette stand mit dem Rücken zu ihm, und bei dem ersten Aufschrei des ungeölten Eisens wirbelte sie herum. Der Kochlöffel fiel ihr aus der einen Hand; die andere hielt sie vor den offenen Mund.

Die ärgerlichen Worte erstarben ihm auf den Lippen. Wenn er nun mit ihr schimpfte, würde sie wahrscheinlich in Tränen ausbrechen.

»*Mo choo!* Hast du mich erschreckt!«

Er grunzte undeutlich und ging an ihr vorbei, um die Deckel auf den Töpfen anzuheben.

»Weißt du«, sagte sie mit einem Zittern in der Stimme, als ahnte sie seinen Zorn und wollte sich verteidigen. »Ich habe ein derart schlimmes Leben hinter mir, immer in der Furcht, gefaßt zu werden, daß alles Unerwartete mich erschreckt. Ich bin immer bereit loszurennen.«

»Wie mich diese *Wogs* doch zum Narren gehalten haben!« sagte Hal mürrisch. »Ich dachte, sie seien so sanft und freundlich — und nun muß ich feststellen, daß sie dich zwei Jahre lang gefangengehalten haben.«

Sie sah ihn mit ihren großen Augen an. Ihr Gesicht hatte wieder Farbe bekommen; ihre roten Lippen lächelten.

»Ach, so schlimm waren sie gar nicht. Sie verhielten sich wirklich sehr freundlich und gaben mir alles, was ich wollte, nur nicht meine Freiheit. Sie befürchteten, ich würde sofort zu meinen Schwestern zurückkehren.«

»Wieso störte sie das?«

»Oh, sie glaubten, es könnten noch einige Männer meiner Rasse im Dschungel überlebt haben und mit mir Kinder zeugen. Sie haben schreckliche Angst, daß mein Volk wieder anwächst und gegen sie Krieg führt. Sie sind gegen den Krieg.«

»Sie sind schon merkwürdige Wesen«, sagte Hal. »Aber wir können nicht erwarten, daß wir jene verstehen, die die Wirklichkeit des Vorboten nicht kennen. Zudem stehen sie den Insekten näher als den Menschen.«

»Mensch zu sein bedeutet nicht unbedingt, daß man besser ist«, sagte Jeannette mit einer Spur von Schroffheit.

»Alle Geschöpfe Gottes haben ihren angemessenen Platz im Universum«, erwiderte er. »Der Platz des Menschen ist überall, zu jeder Zeit. Er kann jede erdenkliche Position im Raum erobern und in jeder Richtung in der Zeit reisen. Und wenn er eine Kreatur vertreiben muß, um deren Platz und Zeit zu bekommen, so ist dies sein gutes Recht.«

»Zitierst du den Vorboten?«

»Natürlich.«

»Vielleicht hat er recht. Vielleicht. Aber was ist der Mensch? Er ist ein vernunftbegabtes Wesen. Ein *Wog* ist ebenfalls ein vernunftbegabtes Wesen. Daher ist auch der *Wog* ein Mensch. *Nespfa?*«

»*Shib* oder *sib,* wir wollen uns nicht streiten. Warum essen wir nicht?«

»Ich wollte nicht mit dir streiten.«

Sie lächelte und fügte hinzu: »Ich werde den Tisch decken. Du wirst sehen, ob ich kochen kann oder nicht. Darüber wird es keine Zwistigkeiten geben.«

Nachdem das Geschirr aufgetragen war, setzten sich die beiden an den Tisch. Hal faltete die Hände, legte sie auf den Tisch, beugte seinen Kopf und betete.

»Isaac Sigmen, Bote vor dem Menschen, wirklich sei dein Name, wir danken dir, daß du diese gesegnete Gegenwart ermöglicht hast, die einst nur ungewisse Zukunft war. Wir danken dir für diese Speise, die du aus dem Potential hast wirklich werden lassen. Wir hoffen und wissen, daß du den Nachboten vernichten, seine bösen Versuche, die Vergangenheit zu erschüttern und so die Gegenwart zu ändern, vereiteln wirst. Mache dieses Universum dauerhaft und wirklich, und verhindere den Fluß der Zeit. Die an diesem Tisch Versammelten danken dir. So möge es geschehen.«

Er nahm die Hände wieder auseinander und sah Jeannette an. Sie starrte ihn gebannt an.

Einer Eingebung folgend, sagte er: »Wenn du willst, kannst du auch beten.«

»Wirst du mein Gebet nicht für unwirklich halten?«

Er zögerte mit der Antwort. »Ja. Ich weiß nicht, warum ich dich eigentlich gefragt habe. Einen Israeli oder Bantu würde ich sicherlich nicht bitten zu beten. Ich würde nicht am gleichen Tisch mit ihm essen. Aber du … du bist etwas Besonderes … weil du keiner Klasse zugeteilt wurdest … wahrscheinlich. Ich … ich weiß es nicht.«

»Danke«, sagte Jeannette.

Mit dem Mittelfinger ihrer rechten Hand zeichnete sie ein Dreieck in die Luft. In die Höhe schauend, sagte sie: »Große Mutter, wir danken dir.«

Hal ließ sich das seltsame Gefühl nicht anmerken, das ihn überkam, als er einer Ungläubigen beim Gebet zuhörte. Er zog die Schublade unter dem Tisch heraus und entnahm zwei Gegenstände. Den einen reichte er Jeannnette und den anderen setzte er sich auf seinen Kopf.

Es handelte sich um eine Kappe mit weiter Krempe, von der ein langer Schleier herunterhing, der sein Gesicht völlig verdeckte.

»Setze sie auf«, sagte er zu Jeannette.

»Warum?«

»Damit wir uns nicht gegenseitig beim Essen zusehen«, entgegnete er ungeduldig. »Zwischen dem Schleier und deinem Gesicht bleibt genügend Platz, damit du mit Löffel und Gabel hantieren kannst.«

»Aber warum denn?«

»Ich sagte es bereits. Damit wir uns nicht beim Essen zusehen.«

»Würde dir übel, wenn du mir beim Essen zuschautest?« sagte sie sehr betont.

»Natürlich.«

»Natürlich? Wieso natürlich?«

»Weil essen so … ach … ich weiß nicht … so animalisch ist.«

»Hat dein Volk das schon immer so gemacht? Oder fingen sie damit an, als sie feststellten, daß sie Tiere sind?«

»Vor der Ankunft des Vorboten aßen sie nackt und ohne Scham. Aber sie befanden sich in einem Zustand der Unwissenheit.«

»Verstecken die Israelis und die Bantus auch ihre Gesichter, wenn sie essen?«

»Nein.«

Jeannette erhob sich vom Tisch.

»Ich kann mit diesem Ding vor dem Gesicht nicht essen. Ich müßte mich dessen schämen.«

»Aber ... ich muß meine Essenskappe aufbehalten«, sagte Hal stockend. »Ich könnte die Speisen nicht runterbekommen.«

Sie sprach ein paar Worte in einer ihm unbekannten Sprache. Aber auch die ungewohnten Laute konnten nicht verbergen, wie bestürzt und verletzt sie war.

»Es tut mir leid«, sagte er. »Aber es ist nun mal so. Und es ist auch richtig so.«

Zögernd setzte sie sich wieder. Dann legte sie die Kappe an.

»Nun gut, Hal. Aber wir müssen noch darüber reden. Später. Es gibt mir das Gefühl, von dir isoliert zu sein. Es entsteht keine Gemeinsamkeit, kein Miteinanderteilen der schönen Dinge, die uns dieses Leben bietet.«

»Mach bitte keine Geräusche, während du ißt«, sagte Hal. »Und wenn du sprechen mußt, schlucke erst einmal alles hinunter. Ich habe schon mein Gesicht abgewendet, als ein *Wog* vor mir aß, aber die Ohren konnte ich nicht schließen.«

»Ich werde mich bemühen, dir keine Übelkeit zu bereiten«, sagte Jeannette. »Nur eine Frage noch: Wie haltet ihr eigentlich eure Kinder beim Essen ruhig?«

»Sie essen nie mit den Erwachsenen zusammen. Genauer gesagt, die einzigen Erwachsenen an ihrem Tisch sind die *Sept*. Und die bringen ihnen schon sehr bald anständiges Verhalten bei.«

»Oh.«

Das Mahl ging lautlos vonstatten, bis auf das unvermeidliche Klappern des Bestecks auf dem Teller. Als Hal fertig war, nahm er die Kappe ab.

»Jeannette, du bist eine hervorragende Köchin. Das Gericht war so gut, daß es fast schon eine Sünde war, wie es mir geschmeckt hat. Die Suppe war die beste, die ich je gegessen habe. Das Brot war köstlich; der Salat war superb, und das Steak war perfekt.«

Jeannette hatte schon vorher ihre Kappe abgelegt. Ihr Essen stand noch fast vollständig da. Trotzdem lächelte sie.

»Meine Tanten haben mir das beigebracht. Bei meinem Volk lehrt man die Frauen schon in jungen Jahren alles, was einem Mann gefällt. Alles.«

Hal lachte nervös. Um seine Unsicherheit zu überspielen, steckte er sich eine Zigarette an.

Jeannette fragte, ob sie auch eine haben könnte.

»Da ich sowieso schon schmore, kann ich auch qualmen«, sagte sie kichernd.

Hal begriff nicht ganz, was sie meinte, aber er lachte mit, um ihr zu zeigen, daß er wegen der Sache mit den Essenskappen nicht mehr böse war.

Jeannette zündete ihre Zigarette an, machte einen Zug, hustete und rannte zum Ausguß, um sich ein Glas Wasser zu holen. Mit tränenden Augen kam sie an den Tisch zurück, griff aber sofort wieder zur Zigarette und versuchte es noch mal. Nach kurzer Zeit schon inhalierte sie wie ein versierter Raucher.

»Du besitzt ein verblüffendes Nachahmungstalent«, bemerkte Hal. »Ich habe dich beobachtet, wie du meine Bewegungen und meine Sprechweise imitierst. Weißt du, daß deine Aussprache des Amerikanischen genau so gut ist wie die meine?«

»Wenn du mir einmal etwas zeigst oder sagst, dann brauchst du es selten ein zweites Mal zu tun«, erwiderte Jeannette. »Ich möchte damit jedoch nicht behaupten, daß ich eine höhere Intelligenz besitze. Wie du schon sagtest, habe ich einen gewissen Instinkt für das Nachahmen. Womit ich nicht sagen will, daß ich nicht hin und wieder auch einen originellen Gedanken habe.«

Amüsant und unbeschwert begann sie nun, von ihrem Leben mit Vater, Schwestern und Tanten zu erzählen. Ihre gute Laune schien echt; offensichtlich sprach sie nicht nur, um die Mißstimmung zu verbergen, die bei der Mahlzeit entstanden war. Sie hatte die Angewohnheit, beim Lachen die Augenbrauen zu heben, was bezaubernd aussah. Ein dünner Strich von schwarzen Härchen zog sich vom Nasenbein hoch, teilte sich in rechten Winkeln, bog sich leicht über den Augenhöhlen und endete mit einem kleinen Haken.

Hal fragte sie, ob die Form ihrer Augenbrauen eine Eigenart des Volkes ihrer Mutter seien. Lachend erwiderte sie, daß sie diese von ihrem Vater, dem Mann von der Erde, geerbt hätte.

Ihr Lachen war leise und melodiös, und es ging Hal nicht so auf die Nerven wie das seiner Ex-Ehefrau. Darin eingelullt, fühlte er sich sehr wohl. Und jedesmal, wenn er daran dachte, wie diese Situation vorübergehen könnte, und seine Stimmung umzuschlagen drohte, versetzte sie ihn durch einen Spaß wieder in bessere Laune. Sie hatte anscheinend die Gabe, genau das vorauszusehen, was seine Schwermut vertrieb und seine Heiterkeit erregte.

Etwa nach einer Stunde erhob sich Hal, um in die Küche zu gehen. Im Vorbeigehen strich er ganz impulsiv mit den Fingern über ihr dichtes, welliges Haar.

Sie hob ihr Gesicht und schloß die Augen, als erwartete sie, von ihm geküßt zu werden. Aber aus unerfindlichem Grund tat er es nicht. Er wollte es tun, konnte sich aber nicht dazu entschließen, den ersten Schritt zu tun.

»Das Geschirr muß abgewaschen werden«, sagte er. »Es darf nicht geschehen, daß ein unerwarteter Besucher zwei Gedecke auf dem Tisch sieht. Und auch auf etwas anderes werden wir achten müssen: Verstecke die Zigaretten und lüfte regelmäßig die Räume. Jetzt, da ich durch das *'Meter* bin, verlangt man, daß ich auf so unwirkliche Kleinigkeiten wie Zigarettenrauchen verzichte.«

Falls Jeannette enttäuscht war, so zeigte sie es nicht. Sie machte sich sofort daran abzuräumen. Hal rauchte und grübelte, welche Möglichkeiten es gab, Tabak zu bekommen. Die Zigaretten verschafften ihr solch einen Genuß, daß ihm die Vorstellung Kummer machte, daß Jeannette sie entbehren müßte. Eines der Besatzungsmitglieder, zu dem er ein gutes Verhältnis hatte, war Nichtraucher und verkaufte seine Ration an seine Kollegen. Vielleicht konnte ein *Wog* als Mittelsmann fungieren, bei dem Matrosen Zigaretten kaufen und sie dann an Hal weitergeben. Fobo konnte dies besorgen … aber die ganze Transaktion mußte vorsichtig ausgeführt werden … vielleicht war überhaupt das Risiko zu groß …

Hal seufzte. Es war schon wundervoll, Jeannette um sich zu haben, aber sie fing an, sein Leben kompliziert zu machen. Da saß er nun und dachte über eine verbrecherische Tat nach, als wäre dies die natürlichste Sache auf der Welt.

Mit strahlenden Augen stand sie vor ihm, die Hände in die Hüften gestemmt.

»Hal, *mo namoo,* wenn wir jetzt noch etwas zu trinken hätten … dann wäre der Abend so richtig gelungen.«

Er stand auf. »Entschuldige. Ich habe vergessen, daß du nicht weißt, wie man Kaffee macht.«

»Nein, nein. Ich habe an alkoholische Getränke gedacht, nicht an Kaffee.«

»Alkohol? Großer Sigmen, Mädchen, wir *trinken* nicht! Das wäre das Widerwärtigste …«

Hal hielt inne. Sie war sehr betroffen. Er beherrschte sich. Schließlich konnte man ihr keinen Vorwurf machen. Sie entstammte einer anderen Kultur. Genaugenommen war sie nicht einmal ganz menschlich.

»Es tut mir leid«, sagte er. »Es hängt mit der Religion zusammen. Es ist verboten.«

Tränen füllten ihre Augen, und ihre Schultern bebten. Sie legte eine Hand vor das Gesicht und begann zu schluchzen. »Du verstehst mich nicht. Ich muß es haben. Ich *muß.*«

»Aber warum?«

Nur sehr zögernd begann sie zu erzählen. »Weil ... während meiner Gefangenschaft hatte ich nur wenig Unterhaltung. Meine Bewacher gaben mir Alkohol; das ließ die Zeit vorübergehen, und ich vergaß mein schreckliches Heimweh. Ehe ich mich versah, war ich eine — eine Alkoholikerin.«

Hal ballte die Faust und knurrte: »Diese verdammten ... Wanzen!«

»Nun weißt du, warum ich einen Drink haben muß. Für den Augenblick würde es mir besser gehen. Und später kann ich vielleicht versuchen, darüber hinwegzukommen. Ich weiß, ich schaffe es, wenn du mir dabei hilfst.«

Er machte eine hilflose Gebärde. »Aber — aber woher soll ich ihn bekommen?« Bei dem Gedanken an Handel mit Alkohol wurde ihm ganz mulmig zumute. Aber wenn sie ihn brauchte, würde er eben sein möglichstes tun, um ihn zu beschaffen.

»Vielleicht kann Fobo dir welchen geben«, sagte sie eilig.

»Aber Fobo war einer deiner Wächter! Würde er nicht Verdacht schöpfen, wenn ich ihn um Alkohol bitte?«

»Er wird annehmen, daß es für dich ist.«

»Na gut«, sagte er mürrisch und hatte gleichzeitig ein schlechtes Gewissen wegen seiner Verdrossenheit. »Aber es ist mir unerträglich, daß irgend jemand glaubt, *ich* sei ein Trinker. Auch wenn es nur ein *Wog* ist.«

Sie kam zu ihm und schien förmlich gegen ihn zu

fließen. Ihre Lippen fühlten sich sehr weich an, und ihr Körper drängte sich gegen den seinen, als wollte er ihn durchdringen. Eine Minute lang hielt er sie in dieser Umarmung, dann löste er seinen Mund von ihrem.

»Muß ich dich denn wirklich verlassen?« flüsterte er. »Könntest du nicht auf den Schnaps verzichten? Nur für heute abend? Morgen werde ich welchen besorgen.«

Ihre Stimme war brüchig. »Oh, *mo namoo,* ich wünschte, ich könnte es. Ich wünschte es so sehr. Aber ich kann nicht. Ich kann einfach nicht. Glaube mir ...«

»Ich glaube dir.«

Er ließ sie los und ging in den vorderen Raum. Aus einem Fach nahm er Umhang, Kapuze und Nachtmaske heraus. Seinen Kopf hielt er gebeugt; seine Schultern ließ er herabhängen. Alles würde verdorben werden. Er konnte sich ihr nicht mehr nähern — nicht, wenn ihr Atem nach Alkohol roch. Und sie würde sich wahrscheinlich wundern, warum er so kühl war. Dann könnte er es nicht fertigbringen, ihr zu sagen, wie abstoßend sie auf ihn wirkte, weil dies ihre Gefühle verletzen würde. Noch schlimmer war, daß sie in jedem Fall gekränkt war, wenn er ihr keine Erklärung anbot.

Bevor er ging, gab sie ihm einen Kuß auf die inzwischen erkalteten Lippen.

»Beeile dich! Ich warte darauf.«

»Jaja.«

11

Hal Yarrow klopfte sacht gegen die Tür von Fobos Apartment, das unmittelbar neben seinem lag. Die Tür wurde nicht sofort geöffnet. Was auch kein Wunder war — bei dem Lärm, der drinnen herrschte. Nur widerwillig schlug Hal fester gegen die Tür, denn er wollte nicht Pornsens Aufmerksamkeit erwecken. Der *Sept* wohnte gegenüber von Fobo und konnte seine Tür öffnen, um nachzusehen, was auf dem Flur vor sich ging. Es war nicht sehr günstig, wenn Pornsen heute abend sah, daß er den Empathisten besuchte. Obwohl Hal jedes Recht hatte, ohne *Sept*-Begleitung die Wohnung eines *Wogs* zu betreten, war ihm wegen Jeannette unbehaglich zumute. Er traute dem *Sept* durchaus zu, daß er seine, Hals, *Puka* aufsuchte, während er auf seiner kleinen inoffiziellen Erkundung war. Und wenn Pornsen dies tat, dann hatte er Hal. Alles wäre aus.

Aber Hal beruhigte sich mit der Überlegung, daß Pornsen kein sehr mutiger Mann war und sich, wenn er sich anmaßte, Hals Räume zu betreten, ebenfalls der Gefahr aussetzte, entdeckt zu werden. Und Hal konnte als Lamechianer soviel Druck ausüben, daß Pornsen nicht nur in Ungnade fallen und degradiert werden würde, sondern auch noch zu einem Kandidaten für das H wurde.

Auf jeden Fall hatte Hal Jeannette geraten, sich in dem Schrank immer zu verbergen, den ein *Wog*-Zimmermann für Hal angefertigt hatte. Die Tür zu dieser winzigen Kammer verschmolz so eng mit der Rückwand des Schranks, daß man sie erst nach eingehender Nachforschung entdecken würde.

Laut und ungeduldig klopfte Hal erneut gegen die Tür. Und diesmal wurde sie geöffnet. Abasa, Fobos Frau, lächelte ihn an.

»Hal Yarrow!« In Siddo sagte sie: »Willkommen! Warum kommst du nicht herein, ohne anzuklopfen?«

Hal war entsetzt. »Aber das geht doch nicht!«

»Warum nicht?«

»So etwas machen wir einfach nicht.«

Abasa zuckte mit den Schultern, war aber zu höflich, um eine weitere Bemerkung zu machen. Immer noch lächelnd, sagte sie: »Nun komm schon herein. Ich beiße nicht!«

Hal trat ein und schloß die Tür hinter sich, nicht ohne ein weiteres Mal zu Pornsens Tür zu blicken. Sie blieb geschlossen.

In der Wohnung hallte das Geschrei von zwölf spielenden *Wog*-Kindern von den Wänden eines Raumes wider, der so groß war wie ein Basketballspielfeld. Abasa führte Hal zum anderen Ende hinüber, wo ein Korridor begann. Sie gingen an einer Nische vorüber, in der drei *Wog*-Frauen, offenbar Abasas Gäste, um einen Tisch saßen. Sie waren damit beschäftigt zu nähen, zu plaudern und aus hohen Gläsern zu trinken. Die wenigen Worte, die er hörte, konnte Hal nicht verstehen; *Wog*-Frauen benutzten im Gespräch untereinander ein Vokabular, das auf ihr Geschlecht begrenzt war. Wie Hal erfahren hatte, starb dieser Brauch durch die Einwirkungen der zunehmenden Verstädterung jedoch mehr und mehr aus. Abasas Töchter lernten die Sprache der Frauen bereits nicht mehr.

Abasa geleitete Hal bis an das Ende des Korridors, öffnete eine Tür und rief: »Fobo, Liebling! Hal Yarrow, der Nasenlose, ist hier!«

Hal mußte schmunzeln, als er diese Beschreibung hörte. Bei der ersten Konfrontation mit diesem Ausdruck hatte er sich beleidigt gefühlt. Aber er wußte inzwischen, daß die *Wogs* ihn nicht als Schimpfwort verwendeten. Und Fobo selbst würde nicht daran denken, diese Bezeichnung in Hals Gegenwart zu gebrauchen.

Fobo kam an die Tür. Er war nur mit einem Slip bekleidet, und Hal kam nicht umhin, zum hundertsten Mal die Feststellung zu machen, wie seltsam doch der Rumpf des Ozagenianers war: eine warzenlose Brust und eine merkwürdige Konstruktion von Schulterblättern, die mit der ventralen Spina verbunden waren (sollte man es ein Vordergrat im Gegensatz zum Rückgrat des Menschen nennen?).

»Du bist wirklich willkommen, Hal«, sagte Fobo in der Siddo-Sprache. Dann wechselte er auf Hals Sprache über: »Shalom. Welcher glückliche Zufall führt dich her? Setz dich doch. Ich würde dir gern etwas zu trinken anbieten, aber im Moment ist mir alles ausgegangen.«

Hal glaubte, seine Enttäuschung nicht auf dem Gesicht zu zeigen, aber Fobo mußte sie wahrgenommen haben.

»Ist etwas nicht in Ordnung?« fragte er.

Hal entschloß sich, gleich zur Sache zu kommen. »Ja. Wo kann ich einen Liter Schnaps bekommen?«

»Du benötigst welchen? *Shib.* Ich werde mit dir gehen. Die nächste Kneipe ist ein Treffpunkt von Angehörigen der unteren Klasse; dort wirst du Gelegenheit haben, auf engstem Raum einen Aspekt der Gesellschaft Siddos kennenzulernen, von dem du zweifellos nur wenig weißt.«

Der *Wog* ging in einen anderen Raum und kehrte dann mit Kleidungsstücken über dem Arm zurück. Um seinen fetten Bauch legte er einen breiten Ledergürtel und befestigte daran eine Scheide mit einem kurzen Rapier. Dann steckte er zusätzlich noch eine Pistole in den Gürtel. Über die Schultern zog er einen langen, grünen Umhang mit vielen schwarzen Rüschen, und auf den Kopf setzte er die dunkelgrüne Schädelkappe mit den zwei künstlichen Fühlern. Diese Kopfbedekkung war das Symbol für den Klan der Heuschrecken. Einst war es für einen *Wog* dieses Klans von Bedeutung gewesen, sie ständig außerhalb des Hauses zu tragen. Doch inzwischen hatte das Klan-System nicht mehr die wichtigste Funktion in der Gesellschaft, obwohl sein politischer Nutzen immer noch beträchtlich war.

»Ich benötige einen Drink, irgend etwas Alkoholisches«, sagte Fobo. »Weißt du, in meinem Beruf als Empathologe begegnen mir viele Fälle von Nervenzusammenbrüchen. Ich behandle so viele Neurotiker und Psychotiker therapeutisch, daß ich mich in ihre Lage versetzen, ihre Emotionen so wie sie empfinden muß.

Dann entreiße ich mich wieder dieser Identifikation und mache eine objektive Analyse ihrer Probleme. Durch den Gebrauch von diesem« — er tippte auf seinen Kopf — »und diesem« — er tippte auf seine Nase — »werde ich zu anderen, dann wieder ich selbst, und auf diese Weise gelingt es mir manchmal, sie zu befähigen, sich selbst zu helfen.«

Hal wußte, daß Fobo, als er auf seine Nase deutete, damit ausdrücken wollte, daß die zwei äußerst sensiblen Fühler im Inneren des projektilartigen Rüssels die Art und den Fluß der Emotionen seiner Patienten feststellen konnten. Der Schweißgeruch eines *Wogs* war vielsagender als sein Gesichtsausdruck.

Fobo führte Hal den Korridor entlang zu dem großen Raum, wo er Abasa sagte, wohin er ging, und herzliche Nasenreibungen mit ihr austauschte.

Dann reichte Fobo Hal eine Maske, die wie das Gesicht eines *Wogs* geformt war, und setzte selbst seine eigene auf. Hal fragte gar nicht, wozu dies gut war, denn er wußte, daß es ein Brauch aller Siddos war, Nachtmasken zu tragen. Sie dienten einem nützlichen Zweck, denn sie hielten die vielen stechenden Insekten ab. Fobo erklärte ihre soziale Funktion.

»Wir Siddos der Oberschicht tragen sie auch im Hause, wenn wir auf einem ... wie heißt das amerikanische Wort?«

»Kneipenbummel?« sagte Hal. »Wenn eine Person aus der Oberschicht die Vergnügungsviertel der unteren Klassen aufsucht?«

»Wenn wir auf einem Kneipenbummel sind«, ergänzte Fobo. »Normalerweise behalte ich die Maske nicht auf, wenn ich einen Treffpunkt der niederen Klassen besuche, denn ich will mit den Leuten zusammen Spaß haben und nicht über sie lachen. Heute aber, da du nun mal ein — ich scheue den Ausdruck —, ein Nasenloser bist, halte ich es für besser, die Maske zu tragen.«

Als sie das Gebäude verlassen hatten, fragte Hal: »Aber wozu Revolver und Degen?«

»Oh, es ist nicht sehr gefährlich, aber es ist doch besser, vorsichtig zu sein. Erinnerst du dich noch, was ich dir bei den Ruinen erzählte? Die Insekten meines Planeten haben sich weit über das auf deiner Welt bekannte Maß hinaus entwickelt und spezialisiert. Hast du von den Parasiten und Mimetikern gehört, die Ameisenkolonien überfallen? Von den Käfern, die wie Ameisen aussehen und diese aufgrund der Ähnlichkeit hereinlegen? Von den Pygmäenameisen und den anderen Kreaturen, die in den Wänden und Kolonien hausen und Eier und Brut fressen? Wir selbst haben, jenen ähnlich, Feinde, die uns berauben. Wesen, die sich in Abwässerkanälen, Kellern, hohlen Bäumen oder in Erdlöchern verstecken und nachts in der Stadt umherschleichen. Deshalb erlauben wir unseren Kindern auch nicht, im Dunkeln draußen zu sein. Unsere Straßen sind gut beleuchtet und werden von Patrouillen bewacht, aber die werden oft durch bewaldete Flächen getrennt ...«

Sie durchquerten einen Park auf einem von großen Gaslampen beleuchteten Weg. Siddo war noch im Übergangsstadium zwischen Elektrizität und älteren Energieträgern; es war durchaus nicht ungewöhnlich, eine Straße mit elektrischen Lampen und die nächste mit Gaslampen vorzufinden. Als sie auch den Park passiert hatten und auf eine breite Straße kamen, sah Hal weitere Zeugnisse der Kultur Ozagens, Altes und Nagelneues einträchtig beieinander. Es gab von Huftieren — gleichen Vorfahren entstammend wie Fobo — gezogene Wagen und Räderfahrzeuge mit Dampfantrieb. Tiere und Wagen füllten die Hauptverkehrsstraße, die mit einem zähen Gras bewachsen war, das allen Belastungen standhielt.

Und die Häuser standen so weit auseinander, daß man sich nur schwer an den Gedanken gewöhnen konnte, in einer Hauptstadt zu sein. Zu schade, dachte

Hal. Die *Wogs* hatten im Moment mehr als genug Lebensraum, aber die expandierende Einwohnerzahl würde unweigerlich zur Bebauung der Freiräume mit Häusern und Gebäuden führen. Ozagen würde eines Tages genauso überbevölkert sein wie die Erde.

Dann verbesserte er sich. Überbevölkert, ja — aber nicht von Woggelwanzen. Falls die *Gabriel* ihren Auftrag wie geplant erledigte, würden menschliche Wesen aus der Haijac-Union die Eingeborenen ersetzen.

Dieser Gedanke bereitete ihm einen plötzlichen Schmerz, und er überlegte sich — was natürlich unwirklich war —, daß dieses Ziel ein schreckliches Unrecht darstellte. Mit welchem Recht kamen Wesen von einem anderen Planeten hierher und durften kaltschnäuzig alle Einwohner ermorden?

Es war recht so, weil der Vorbote es gesagt hatte.

»Da ist es«, sagte Fobo.

Er zeigte auf einen großen Bau vor ihnen, der drei Stockwerke hatte und irgendwie an die Form einer Zikkurat erinnerte. Er war mit Bogen ausgestattet, die von den Obergeschossen bis zum Boden verliefen. Diese Bogen hatten Stufen, auf denen die Bewohner der oberen Etagen umhergehen konnten. Wie in vielen der älteren Bauten Siddos, gab es auch in diesem kein inneres Treppenhaus; die Bewohner gelangten direkt von außen in ihre Apartments.

Obwohl sie schon sehr alt war, hatte die Schenke eine große elektrische Leuchtreklame über dem Eingang im Erdgeschoß.

»Durokos' Glückliches Tal«, übersetzte Fobo die Schriftzeichen.

Die Bar befand sich im Keller. Hal, der vor dem penetranten Alkoholdunst erschauderte, welcher die Treppen heraufstieg, folgte dem *Wog*. Im Eingang blieb er stehen.

Starker Schnapsgeruch, durchsetzt mit lauten Takten einer seltsamen Musik und noch lauteren Gesprächen.

Die sechseckigen Tische waren von *Wogs* umlagert, die sich über große Zinnkrüge beugten, um sich gegenseitig anzubrüllen. Jemand fuhr fahrig mit den Händen in der Luft herum und ließ einen Maßkrug fallen. Eine Kellnerin eilte herbei und wischte die Überbleibsel mit einem Lappen auf. Als sie sich vornüberbeugte, erhielt sie von einem jovialen und sehr fetten Grüngesicht einen schallenden Schlag auf ihr Hinterteil. Seine Tischkumpane lachten mit weitgeöffneten breiten V-in-V-Lippen aus vollem Halse. Auch die Kellnerin lachte und sagte etwas zu dem Dicken, was wohl sehr witzig gewesen sein mußte, denn die Leute an den Nachbartischen brachen in lautes Gelächter aus.

Auf einer Bühne am anderen Ende des Raumes schlug eine fünfköpfige Band seltsam schräge Töne an. Hal erkannte drei Instrumente, die mit irdischen vergleichbar waren: eine Harfe, eine Trompete und eine Trommel. Ein vierter Musiker spielte nicht direkt mit, sondern stachelte ab und zu mit einem langen Stab ein kaninchengroßes, heuschreckenartiges Geschöpf in einem Käfig an. Solcherart gereizt, rieb das Insekt seine hinteren Flügel an den Hinterbeinen und gab vier laute Zirptöne von sich, denen ein langer, nervtötender Schrei folgte.

Der fünfte Musiker bediente rhythmisch einen Blasebalg, der mit einem Sack und drei kurzen, schmalen Pfeifen verbunden war. Ein dünnes Quäken war das Ergebnis.

Fobo rief laut: »Glaube nur nicht, dieser Krach sei typisch für unsere Musik. Das ist nur billige Unterhaltungsmusik. Ich werde dich demnächst mal zu einem Symphoniekonzert mitnehmen, da wirst du dann hören, was wirklich großartige Musik ist.«

Der *Wog* führte Hal zu einer der offenen Nischen, die sich entlang der Wand befanden. Sie setzten sich, und eine Kellnerin kam zu ihnen. Schweiß rann ihr die Stirn und die röhrenförmige Nase hinunter.

»Behalte deine Maske auf, bis wir unsere Drinks bekommen haben«, sagte Fobo. »Dann können wir die Vorhänge zuziehen.«

Die Kellnerin sagte etwas in Siddo, und Fobo wiederholte es für Hal auf amerikanisch. »Bier, Wein oder Käfersaft? Ich persönlich würde die ersten beiden nicht anrühren. Das ist was für Frauen und Kinder.«

Hal, der sich nicht blamieren wollte, sagte mit gespielter Forschheit: »Für mich natürlich auch das letztere!«

Fobo hielt zwei Finger hoch, und die Kellnerin war sehr schnell mit zwei großen Maßkrügen zurück. Der *Wog* hielt seine Nase daran und atmete tief ein. Verzückt schloß er die Augen, hob den Krug und trank mit tiefen Zügen. Als er das Gefäß absetzte, rülpste er laut und schmatzte mit den Lippen.

»Schmeckt beim Aufstoßen genauso gut wie beim Hinunterschlucken!« brüllte er.

Hal wurde übel. Als Kind war er zu oft gezüchtigt worden, weil er laut aufgestoßen hatte. »Aber Hal«, sagte Fobo, »du trinkst ja gar nicht!«

Yarrow erwiderte sehr leise: *»Damif'ino.«* Was soviel hieß wie: »Hoffentlich tut's nicht weh.« Und dann trank er.

Feuer lief durch seine Kehle wie Lava vom Hang eines Vulkans. Und wie ein Vulkan brach es aus Hal hervor: Er keuchte und schnaufte; die alkoholische Flüssigkeit schoß aus seinem Mund heraus; seine Augen schlossen sich und quetschten Tränen hervor.

»Sehr gut, nicht?« fragte Fobo ruhig.

»Ja, wirklich gut«, krächzte Hal aus einer Kehle, die für immer gebrandmarkt zu sein schien. Obwohl er das meiste ausgespuckt hatte, mußte wohl etwas direkt durch die Eingeweide in die Beine gelangt sein. Dort unten fühlte er nämlich eine heiße Flut hin und her wogen, als würde sie gezogen von einem unsichtbaren Mond, der in seinem Kopf kreiste. Einem großen

Mond, der gegen die Innenseite seines Schädels anschwoll und diese traktierte.

»Nimm noch einen!«

Mit dem zweiten Schluck wurde er schon besser fertig — zumindest äußerlich, denn er hustete und spuckte nicht. Aber innerlich machte er ihm ziemlich zu schaffen. Sein Magen krümmte sich, und Hal war sicher, daß er sich selbst schändete. Nach ein paar tiefen Atemzügen glaubte er schon, die Flüssigkeit unten behalten zu können. Dann mußte er aufstoßen. Die Lava ergoß sich in seinen Hals, ehe er sie aufhalten konnte.

»Entschuldigung«, sagte er und errötete.

»Warum?« fragte Fobo.

Hal hielt dies für eine der spaßigsten Antworten, die er jemals gehört hatte. Er lachte lauthals und nippte an dem Maßkrug. Wenn er ihn rasch leerte und dann die Flasche für Jeannette kaufte, konnte er zurückkehren bevor die ganze Nacht vertan war.

Als der Krug nur noch halbvoll war, hörte Hal, undeutlich und weit entfernt, wie vom anderen Ende eines langen Tunnels, daß Fobo ihn fragte, ob er sich dafür interessiere, wie der Alkohol hergestellt werde.

»Ṣhib«, sagte Hal.

Er stand auf, mußte sich aber mit einer Hand am Tisch abstützen. Der *Wog* bat ihn, die Maske doch lieber wieder aufzusetzen.

»Erdenmenschen sind immer noch Objekte der Neugier. Wir wollen nicht den ganzen Abend damit verbringen, Fragen zu beantworten. Oder Sachen zu trinken, die man uns aufdrängt.«

Sie schlängelten sich durch die lärmende Menge zu einem Hinterzimmer. Dort machte Fobo eine Gebärde und sagte: »Sieh doch! Der *Kesarubu!*«

Hal sah hin. Hätte nicht der Alkohol einen großen Teil seiner Hemmungen hinweggespült, er wäre wohl von Ekel überwältigt worden. So war er nur neugierig.

Jenes Wesen, das dort auf einem Stuhl am Tisch saß, hätte man auf den ersten Blick für eine Woggelwanze halten können. Denn es hatte den blonden Flaum, den kahlen Kopf, die Nase und auch den V-förmigen Mund. Zudem besaß er den runden Körper und den enormen Wanst, den einige der Ozagenianer hatten.

Aber beim zweiten Hinschauen im hellen Licht der nackten Glühbirne über ihnen erkannte man eine Kreatur, deren Körper in ein hartes und leicht grüngefärbtes Chitin gehüllt war. Und die Arme und Beine waren nackt, obwohl sie einen Umhang trug. Die Glieder waren nicht mit glatter Haut bedeckt, sondern ringartig wie Ofenrohre aus Chitinpanzerteilen zusammengesetzt. Fobo sprach zu dem Geschöpf. Einige Worte verstand Yarrow; die anderen konnte er aus dem Zusammenhang einsetzen.

»Ducko, das ist Hal Yarrow. Sag Hal Yarrow guten Tag, Ducko!«

Die großen, blauen Augen sahen auf Hal. Sie unterschieden sich kaum von denen eines *Wogs,* doch sie wirkten nicht menschlich, sondern wie die eines Anthropoiden.

»Guten Tag, Hal Yarrow«, sagte Ducko mit einer Papageienstimme.

»Erzähle Hal doch mal, was für einen schönen Abend wir haben.«

»Wir haben einen schönen Abend, Hal.«

»Sag ihm, daß Ducko sich sehr freut, ihn zu sehen!«

»Ducko freut sich sehr, dich zu sehen.«

»Und ihm zu Diensten zu sein!«

»Und dir zu Diensten zu sein.«

»Zeige Hal, wie du Käfersaft herstellst!«

Ein *Wog,* der am Tisch stand, schaute auf seine Armbanduhr. Er sprach sehr schnell in Siddo. Fobo übersetzte.

»Er sagt, Ducko habe vor einer halben Stunde gegessen. Er müßte jetzt dienstbereit sein. Diese Geschöpfe fressen jede halbe Stunde eine große Portion und dann — schau mal!«

Duroko setzte eine riesige Steingutschüssel auf den Tisch. Ducko beugte sich darüber, bis eine mehrere Zentimeter lange Röhre, die aus seiner Brust herausragte, über dem Rand der Schüssel schwebte. Der Fortsatz war wahrscheinlich eine modifizierte Luftröhrenöffnung, dachte Hal. Aus dem Röhrchen spritzte eine klare Flüssigkeit in die Schüssel, bis diese randvoll gefüllt war. Duroko packte das Gefäß und schaffte es fort. Aus der Küche kam ein Ozagenianer mit einem Gericht, das, wie Hal später herausfand, extrem gezuckerten Spaghetti nicht unähnlich war. Er setzte den Teller ab, und Ducko machte sich mit einem großen Löffel darüber her.

Zu diesem Zeitpunkt arbeitete Hals Gehirn nicht gerade sehr schnell, aber allmählich erfaßte er den Vorgang. Verzweifelt sah er sich nach einem Ort um, wo er sich erbrechen konnte. Fobo hielt ihm einen Drink unter die Nase, und weil Hal nichts Besseres einfiel, schluckte er ihn hinunter. Alles oder nichts. Aber zu seiner Überraschung beruhigte das feurige Getränk seinen Magen. Oder verbrannte die aufsteigende Flut.

»Genauso ist es«, beantwortete Fobo Hals hervorgewürgte Frage. »Diese Geschöpfe sind ein hervorragendes Beispiel für parasitäre Mimikry. Obwohl sie Quasi-Insekten sind, sehen sie uns sehr ähnlich. Sie leben unter uns und verdienen ihre Unterkunft und Verpflegung dadurch, daß sie uns mit einem billigen und angenehmen alkoholischen Getränk versorgen. Hast du seinen massigen Bauch bemerkt? *Shib?* Darin fabriziert er nämlich so rasch den Alkohol und wirft ihn so leicht heraus. Einfach und natürlich, nicht wahr? Duroko hat noch zwei andere, die für ihn arbeiten, aber diese haben heute ihren freien Abend und halten sich wahrscheinlich in der nächstgelegenen Schenke auf, um sich zu betrinken. Wie der Landgang eines Seemanns ...«

Aus Hal platzte es heraus: »Können wir nicht eine Flasche kaufen und hinausgehen? Mir ist übel. Das muß an der schlechten Luft oder etwas anderem liegen.«

»An etwas anderem wahrscheinlich«, murmelte Fobo.

Bei einer Kellnerin bestellte er zwei Flaschen. Während sie darauf warteten, sahen sie einen kleinen *Wog* mit Maske und blauem Umhang eintreten. Der Neuankömmling blieb im Eingang stehen. Seine schwarzen Stiefel waren gespreizt, und der lange, röhrenförmige Vorsprung der Maske richtete sich mal hierhin, mal dorthin — wie das Periskop eines U-Boots, mit dem nach Beute Ausschau gehalten wird.

Hal hielt den Atem an. »Pornsen! Ich erkenne die Uniform unter seinem Umhang!«

»Shib«, erwiderte Fobo. »Auch die hängende Schulter und die schwarzen Stiefel verraten ihn. Wen will er eigentlich noch zum Narren halten?«

Hal blickte wild um sich. »Ich muß unbedingt hier raus!«

Die Kellnerin kam mit den Flaschen zurück. Fobo bezahlte und reichte Hal eine, der sie unverzüglich in die Innentasche seines Umhangs steckte.

Der *Sept* konnte sie vom Eingang aus sehen, aber er durfte sie kaum erkannt haben. Yarrow trug die Maske, und der Empathist sah für Pornsen vermutlich wie jeder andere *Wog* aus. Wie immer methodisch vorgehend, beschloß Pornsen offensichtlich, eine gründliche Durchsuchung vorzunehmen. Mit einem plötzlichen Ruck warf er die schräge Schulter hoch und begann, die Vorhänge der Nischen entlang der Wände auseinanderzuziehen. Jedesmal, wenn er einen *Wog* sah, der seine Maske aufgesetzt hatte, hob er die groteske Verkleidung hoch und schaute dahinter.

Fobo war sehr belustigt und sagte auf amerikanisch: »Das wird er nicht mehr lange machen. Was glaubt er wohl, wer wir Siddos sind? Ein Haufen von Mäuschen?«

Dann passierte das, was Fobo erwartet hatte. Ein stämmiger *Wog* erhob sich plötzlich, als Pornsen nach dessen Maske griff, und nahm statt dessen die des *Sept* ab. Einen Moment lang war der *Wog* vom Anblick der fremdrassigen Gesichtszüge so überrascht, daß er Pornsen fassungslos anstarrte. Dann stieß er jedoch einen Schrei aus, brüllte etwas Unverständliches und gab dem Erdenmenschen einen Schlag auf die Nase.

Im Nu entstand ein Chaos. Pornsen wankte zurück, prallte gegen einen Tisch, den er mitsamt den Maßkrügen umstieß, und fiel zu Boden. Zwei *Wogs* sprangen auf ihn; ein anderer traf einen Unbeteiligten. Der schlug zurück. Duroko eilte herbei, einen kurzen Knüppel in der Hand, und begann damit, auf Arme und Beine seiner rauflustigen Kunden einzudreschen. Bis ihm jemand Käfersaft ins Gesicht schüttete.

Und in diesem Augenblick betätigte Fobo den Schalter, der die ganze Schenke in Dunkelheit tauchte.

Verwirrt stand Hal da. Eine Hand ergriff die seine. »Folge mir!« Die Hand zerrte energisch. Hal drehte sich um und ließ sich führen, stolperte in Richtung der Hintertür, wie er glaubte.

Unzählige andere mußten wohl die gleiche Idee gehabt haben. Hal wurde umgestoßen, und man trampelte auf ihm herum. Fobos Hand war ihm entglitten. Yarrow rief verzweifelt nach dem *Wog*, aber jede mögliche Antwort ging in einem Chor von Stimmen unter: *Hau ab! Verschwinde von meinem Rücken, du blöder Sohn einer Wanze! Großer Larwa, wir sind im Eingang eingeklemmt!*

Scharfes Knallen vergrößerte noch den Lärm. Ein fauler Gestank brachte Hal zum Würgen: Unter Nervenanspannung ließen die *Wogs* das Gas aus ihren Böllerbeuteln entfahren. Keuchend kämpfte sich Hal den Weg durch die Tür frei. Nach einigen Sekunden verrückten Kletterns über ineinander verdrehte Körper hatte er es geschafft. Er torkelte eine schmale Gasse hinunter. Auf der Straße angekommen, lief er, so schnell er konnte, obwohl er überhaupt nicht wußte, wohin er rannte. Sein einziger Gedanke war, soviel Distanz wie nur möglich zwischen sich und Pornsen zu bringen.

Bogenlichter auf hohen, schmalen Eisenmasten flogen vorüber. Weil er im Schatten der vielen über die Straße ragenden Balkone bleiben wollte, streifte er im Laufen beinahe die Hauswände. Nach knapp einer Minute stoppte er vor einem engen Durchgang. Mit einem Blick erkannte er, daß es keine Sackgasse war. Er stürzte sich dort hinein und gelangte zu einem großen viereckigen Behälter, der, nach seinem Geruch zu urteilen, wohl für Abfälle benutzt wurde. Er hockte sich dahinter und versuchte, das Keuchen zu unterdrücken. Allmählich gewannen seine Lungen ihr Gleichgewicht zurück; er mußte nicht mehr nach Luft schnappen und konnte hören, ohne daß ihm das dumpfe Pochen des Herzens in den Ohren lag.

Es gab keinen Verfolger. Bald fühlte er sich sicher genug, um sein Versteck zu verlassen. In der Manteltasche spürte er die Flasche, die wie durch ein Wunder nicht zerbrochen war. Jeannette würde ihren Alkohol bekommen. Und er hatte ihr auch sonst noch einiges zu erzählen! Nach allem, was er ihretwegen durchgemacht hatte, würde er sicher eine gerechte Belohnung erhalten ...

Bei dem Gedanken daran bekam Hal eine Gänsehaut und machte sich rasch auf den Weg. Er hatte überhaupt keine Vorstellung, wo er sich befand, aber in seiner Tasche trug er einen Stadtplan. Dieser war auf dem Schiff gedruckt worden und führte Straßennamen in Siddo-Sprache sowie in amerikanischer und isländischer Übersetzung auf. Er brauchte also nur die Straßenschilder unter einer der vielen Lampen zu lesen, sich anhand der Karte zu orientieren und heimzugehen. Was

Pornsen betraf, so hatte der keinen realen Beweis gegen ihn, und er würde ihn auch nicht beschuldigen können, ehe er nicht einen solchen in Händen hatte. Der Besitz des goldenen *Lamech* machte Hal über jeden Verdacht erhaben. Pornsen …

12

PORNSEN! Eben hatte er den Namen noch dahingemurmelt, als dieser auch schon leibhaftig auftauchte. Hinter ihm war das Klicken schwerer Stiefelabsätze zu hören, und Hal wandte sich um. Eine kleine, verhüllte Gestalt kam die Gasse herunter. Im Schein einer Lampe zeichnete sich eine Hängeschulter ab. Schwarze Lederstiefel wurden sichtbar. Die Maske war fort.

»Yarrow!« rief der *Sept* schrill und triumphierend. »Es hat keinen Zweck wegzulaufen! Ich habe dich in der Schenke gesehen. Nun wirst du deinen Kopf nicht mehr aus der Schlinge ziehen können!«

Mit klappernden Schritten holte er seinen Schützling ein. »Trinken! Ich weiß, daß du getrunken hast!«

»Jaaa?« krächzte Hal höhnisch. »Sonst noch was?«

»Reicht das nicht?« kreischte der *Sept*. »Oder versteckst du noch etwas in deinem Apartment? Das wäre schon möglich! Vielleicht steckt die ganze Wohnung voll mit Flaschen. Komm schon! Wir werden zu deinem Apartment zurückgehen und gründlich nachsehen. Ich finde alles, was es zu finden gibt. Es würde mich gar nicht überraschen, alle Arten von Beweisen für dein unwirkliches Denken zu entdecken.«

Hal zog die Schultern zusammen und ballte seine Hände zu Fäusten, sagte aber nichts. Der Aufforderung des *Sept*, ihn zu Fobos Haus zu folgen, gehorchte er ohne die Spur eines Widerstandes. Wie Sieger und Besiegter marschierten sie durch die Gasse zur Straße zurück. Yarrow störte diesen Eindruck ein wenig, denn er taumelte leicht und mußte sich mit der Hand an der Häuserwand abstützen.

»Du betrunkener *Inter!*« höhnte Pornsen. »Mir wird ganz übel von dir!«

Hal zeigte nach vorn. »Ich bin nicht der einzige, dem es schlecht geht. Schau dir diesen Burschen dort an!«

In Wirklichkeit kümmerte es ihn überhaupt nicht, aber er klammerte sich an die Hoffnung, daß er irgend etwas, sei es auch noch so banal, sagen oder tun könnte, um den endgültigen und verhängnisvollen Moment der Rückkehr in sein Apartment abzuwenden. Er deutete auf einen großen und sichtlich berauschten *Wog*, der an einem Laternenpfahl hing. Was ihn davor bewahrte, auf seine nadelförmige Nase zu fallen. Das Bild hätte auch von einem Betrunkenen des neunzehnten oder zwanzigsten Jahrhunderts stammen können. Komplett mit Zylinder, Umhang und Laternenpfahl. Einige Male stöhnte die Kreatur, als wäre sie zutiefst beunruhigt.

»Vielleicht sollten wir stehenbleiben und nachsehen, ob er verletzt ist?« schlug Hal vor.

Er mußte etwas sagen, nur um Pornsen hinzuhalten. Ehe der *Sept* protestieren konnte, war Hal zu dem *Wog* gegangen. Er legte seine Hand auf den freien Arm — der andere umfaßte die Laterne — und sprach ihn in Siddo an.

»Können wir dir helfen?«

Der große Wog sah aus, als wäre er ebenfalls in einen Krawall geraten. Sein Mantel war nicht nur am Rücken zerrissen, sondern wies auch Flecken von getrocknetem grünen Blut auf. Er hielt sein Gesicht von Hal abgewandt, so daß der Erdenmensch ziemliche Mühe hatte, sein Gemurmel zu verstehen.

Pornsen zerrte an Hals Arm. »Komm weiter, Yarrow. Er wird schon wieder zu sich kommen. Was macht schon eine betrunkene Wanze mehr oder weniger aus?«

»*Shib*«, stimmte Hal tonlos zu. Er nahm seine Hand weg und machte Anstalten weiterzugehen. Pornsen, der hinter ihm war, tat gleichfalls einen Schritt ... und stieß mit Hal zusammen, weil dieser erneut stehengeblieben war.

»Worauf wartest du noch, Yarrow?« Die Stimme des *Sept* klang plötzlich besorgt.

Und dann schrie die Stimme in Todesangst.

Hal wirbelte herum ... um in grausiger Wirklichkeit das zu sehen, was ihm durch den Kopf gegangen war und ihn hatte abstoppen lassen. Als er nämlich seine Hand auf den Arm des *Wogs* gelegt hatte, war da nicht warme Haut, sondern kaltes Chitin zu fühlen. Für einige Sekunden war die Bedeutung dieses Umstandes nicht durch die Schaltzentrale seines Gehirns gedrungen. Dann funkte es, und er erinnerte sich an das, was ihm Fobo auf dem Weg zu der Kneipe gesagt hatte — weshalb er ein Schwert bei sich trug. Um Pornsen zu warnen, war es zu spät gewesen.

Der *Sept* hielt beide Hände vor die Augen und schrie wie am Spieß. Das große Geschöpf, das sich an den Lampenmast gelehnt hatte, näherte sich nun Hal. Mit jedem Schritt schien der Körper riesiger zu werden. Über seiner Brust schwoll ein Sack an, der wie ein pulsierender, grauer Ballon aussah, und entleerte sich mit einem schnaubenden Geräusch. Das abscheuliche Insektengesicht, mit zwei verkümmerten und in den Mundwinkeln flatternden Armen und dem trichterförmigen Rüssel unter dem Mund, war auf ihn gerichtet. Eben diesen Rüssel hatte Hal irrtümlich für eine *Wog*-Nase gehalten. In Wirklichkeit mußte das Biest durch Tracheen und zwei Schlitze unter den riesigen Augen geatmet haben. Normalerweise würde sein Atem laut durch die Schlitze rasseln, aber es hatte ihn wohl unterdrückt, um seine Opfer nicht zu warnen.

Hal stieß einen Schrei des Entsetzens aus. Aber gleichzeitig raffte er seinen Umhang und warf ihn vor sein Gesicht. Die Maske hätte ihn vielleicht ebenfalls geschützt, aber darauf wollte er sich nicht verlassen.

Etwas verbrannte seinen Handrücken, und er wimmerte vor Schmerz. Aber Hal sprang vor und rammte, ehe das Biest wieder Luft in den Sack blasen und das Gift durch den Trichter ausstoßen konnte, seinen Kopf in den Bauch des Angreifers.

Das Wesen gab ein pfeifendes Geräusch von sich und fiel nach hinten. Dort lag es auf dem Rücken und zappelte mit seinen Armen und Beinen wie ein gigantischer Giftkäfer — was es wohl tatsächlich war. Als es sich von dem Schock erholt hatte, sich herumwälzte und versuchte, wieder auf die Beine zu kommen, trat Hal hart zu. Mit einem Knirschlaut drang seine Stiefelspitze durch das dünne Chitin.

Er zog den Fuß zurück. Blut sickerte aus der Öffnung. Im Lampenlicht sah es beinahe schwarz aus. Noch einmal trat Hal gegen die Öffnung. Das Biest kreischte und versuchte auf allen vieren davonzukriechen. Der Terraner sprang mit beiden Füßen auf den Käfer und drückte ihn gegen das Pflaster. Eine Ferse preßte er gegen den dünnen Nacken und stieß mit der ganzen Kraft seines Beines zu. Der Hals knackte, und das Wesen lag still da. Sein Unterkiefer klappte auf und brachte zwei Reihen winziger Nadelzähne zum Vorschein. Die Armrudimente des Mundes wackelten noch schwach, sackten aber nach kurzer Zeit herunter. Hals Brust schwoll schmerzhaft an. Er bekam nicht genug Luft. Seine Eingeweide zitterten und drohten, ihren Weg durch die Kehle zu nehmen. Ansatzweise geschah dies schließlich auch, und vornübergebeugt würgte Hal alles heraus, was im Magen war.

Auf einen Schlag war er nüchtern. Pornsen hatte mittlerweile aufgehört zu schreien. Zusammengekauert lag er in der Gosse. Hal drehte ihn herum und erschauderte vor dem, was er sah. Die Augen waren teilweise ausgebrannt, und an den Lippen waren große Blasen.

Die aus dem Mund heraushängende Zunge war stark angeschwollen. Offenbar hatte Pornsen etwas von dem Gift geschluckt.

Hal gab sich einen Ruck und setzte sich in Bewegung. Eine Patrouille der *Wogs* würde die Leiche des *Sept* finden und sie den Erdenmenschen übergeben. Sollte sich die Hierarchie doch ausmalen, was passiert war. Pornsen war tot, und nun endlich gestand Hal sich ein, was er vorher nie zuzugeben gewagt hatte. Er haßte Pornsen. Und er war froh über seinen Tod. Wenn Pornsen schrecklich gelitten hatte — was machte das schon? Seine Schmerzen waren nur kurz gewesen, aber das Leid, das er Hal angetan hatte, war fast dreißig Jahre eine Qual gewesen.

Ein Laut hinter ihm ließ ihn herumfahren.

»Fobo?« rief Hal.

Ein Stöhnen war zu hören, gefolgt von schmerzverzerrten Worten.

»Pornsen? Du kannst nicht ... du bist doch ... tot.«

Aber Pornsen war noch am Leben. Schwankend richtete er sich auf. Tastend streckte er die Hände vor sich aus und tat ein paar unsichere Schritte.

Einen Augenblick lang fiel Hal derartig in Panik, daß er schon daran dachte, einfach wegzulaufen. Aber er blieb wie angewurzelt stehen und zwang sich zu nüchterner Überlegung.

Falls die *Wogs* Pornsen fänden, würden sie ihn den Ärzten der *Gabriel* übergeben. Und die Ärzte würden Pornsen mit neuen Augen von der Organ-Bank ausstatten und ihm Regenerierungsstoffe injizieren. In zwei Wochen hätte Pornsens Zunge wieder ihre alte Gewandtheit zurückerlangt, und er würde reden. Beim Vorboten, und wie er reden würde!

In zwei Wochen? Jetzt! Es gab nichts, was Pornsen vom Schreiben abhalten konnte.

Während Pornsen vor physischen Schmerzen stöhnte, bereiteten Hal andere Dinge Kopfzerbrechen.

Eigentlich hatte er nur eine Möglichkeit.

Er ging zu Pornsen und ergriff seine Hand. Der *Sept* zuckte zusammen und lallte etwas Unverständliches.

»Ich bin's, Hal«, sagte Yarrow.

Pornsen streckte seine freie Hand aus und zog ein Notizbuch und einen Stift aus der Tasche. Hal ließ seine andere Hand wieder los. Pornsen schrieb etwas auf das Papier und reichte es dann Hal.

Das Mondlicht war so hell, daß man dabei lesen konnte. Die Handschrift war zwar ein Gekritzel, aber selbst als Blinder schrieb Pornsen noch leserlich:

»Bring mich zur *Gabriel,* Sohn. Ich schwöre beim Vorboten, daß ich zu niemandem ein Wort über den Schnaps sagen werde. Ich werde dir ewig dankbar sein. Aber laß mich nicht hier mit meinen Schmerzen in der Gewalt von Ungeheuern zurück. Ich liebe dich.«

Hal klopfte leicht auf Pornsens Schulter und sagte: »Nimm meine Hand. Ich werde dich führen.«

Im selben Moment hörte er weiter unten auf der Straße einigen Lärm. Eine Gruppe von *Wogs* bewegte sich geräuschvoll auf sie zu.

Er zog Pornsen in einen nahe gelegenen Park und führte den stolpernden Mann um Bäume und Büsche herum. Nachdem sie etwa hundert Meter weit gegangen waren, gelangten sie an ein besonders dicht mit Bäumen bewachsenes Gelände. Hal blieb stehen. Mitten aus dem Gehölz drangen eigenartige Geräusche — ein Knacken und ein Schnaufen.

Hal spähte hinter einen Baum und sah die Ursache der Geräusche. Das helle Mondlicht fiel auf die Leiche eines *Wogs,* oder genauer auf das, was davon übriggeblieben war. Vom oberen Teil des Körpers war das Fleisch völlig abgezogen. Auf der Leiche und daneben tummelten sich viele silbrigweiße Insekten, die Ameisen ähnelten, aber mindestens dreißig Zentimeter groß waren. Das Knacken kam von ihren Mandibeln, die sich an der Leiche zu schaffen machten, und das Schnaufen rührte vom Ein- und Ausatmen der Luftbeutel auf ihren Köpfen her.

Hal hatte sich in seinem Versteck sicher geglaubt, aber sie mußten ihn entdeckt haben, denn plötzlich verschwanden sie im Schatten der Bäume auf der anderen Seite des Wäldchens.

Er zögerte zunächst, kam dann jedoch zu dem Schluß, daß sie nur Aasfresser sein konnten und wohl kaum einen Gesunden belästigen würden. Der *Wog* war gewiß ein Betrunkener gewesen, der sich besinnungslos den Ameisen zum Fraß ausgeliefert hatte.

Hal führte Pornsen zu dem Leichnam und untersuchte diesen. Bisher hatten die Männer der *Gabriel* noch niemals Gelegenheit gehabt, die Anatomie eines *Wogs* zu studieren. Jedes Ersuchen um Überlassung von Leichen war von den Behörden Ozagens abgelehnt worden. Eine besondere Begründung für diese Weigerung gab man nicht, sondern beschränkte sich auf die knappe Feststellung, daß eine Übergabe von Leichen unmöglich sei. Proben des *Wog*-Blutes hatten sie jedoch an die menschlichen Biologen geliefert. Da diese Proben ihren Wünschen entsprachen, hatten die Haijacs keine riskanten Versuche unternommen, Leichen zu stehlen.

Neugierig beugte sich Hal über das Halb-Skelett, denn dies war seine erste Chance, die Knochenstruktur der Eingeborenen zu untersuchen. Die Wirbelsäule des *Wogs* lag im vorderen Teil des Rumpfes und stieg aus nicht-menschlich geformten Hüften in einer Krümmung auf, die das Spiegelbild der Rückgratkrümmung des Menschen war. An jeder Seite des Rückgrats lagen jedoch vor den Hüften zwei Beutel des Darmtraktes. Diese bildeten einen Magen mit einer Höhle in der Mitte. Am lebendigen Körper eines *Wogs* blieb diese Magengrube verborgen, denn dort spannte sich die Haut fest darüber.

Ein derartiger innerer Aufbau war bei einem Wesen,

das von insektenähnlichen Vorfahren abstammte, zu erwarten. Vor Hunderten von Millionen Jahren waren die Urväter der *Wogs* undifferenzierte, wurmähnliche Präarthropoden. Die Evolution hatte es so gewollt, daß aus dem Wurm ein vernunftbegabtes Wesen geworden war. Und wenn man sich die Beschränkungen echter Gliederfüßler vor Augen hielt, erkannte man, daß im Verlauf der Evolution ein Urahn der *Wogs* vom Stamm der Arthropoden abgespalten wurde. Als die Krustentiere, Spinnen und Insekten Ektoskelette und viele Beine bildeten, hatte Urvater *Wog* diesen Schritt unterlassen und sich geweigert, seine empfindliche Haut in hartes Chitin umzuwandeln. Statt dessen hatte er ein inneres Skelett errichtet. Sein Zentralnervensystem war immer noch ventral, und das Kunststück, die spinalen Nerven und das Rückgrat von vorn nach hinten zu verlagern, überstieg sein Leistungsvermögen. So hatte er ein ›Grat‹ gebildet. Dort, wo es benötigt wurde. Und der Rest seines Skeletts mußte sich dem anpassen. Die inneren Körperteile eines *Wogs* unterschieden sich eindeutig von denen eines Säugers. Aber ungeachtet der abweichenden Form, war die Funktion doch ähnlich.

Hal hätte gerne den Kadaver weiter untersucht, aber es gab noch Arbeit für ihn. Arbeit, die er haßte.

Pornsen schrieb etwas in das Notizbuch und reichte es Hal.

»Sohn, ich leide schrecklich. Zögere bitte nicht länger, mich zum Schiff zu bringen. Ich werde dich nicht verraten. Habe ich je ein Versprechen gebrochen, das ich dir gegeben habe? Ich liebe dich.«

Das einzige Versprechen, das du mir je gegeben hast, war, mich auszupeitschen, dachte Hal.

Er blickte auf die Schatten zwischen den Bäumen. Die bleichen Körper der Ameisen waren wie ein Wald von Pilzen. Der nur darauf wartete, daß Hal ging.

Pornsen murmelte etwas Unverständliches und setzte sich ins Gras. Seinen Kopf ließ er herabhängen.

»Warum sollte ich es eigentlich tun?« fragte sich Hal.

Ich muß nicht, dachte er. Jeannette und ich könnten uns in die Gewalt der *Wogs* begeben. Wir könnten uns an Fobo wenden. Die *Wogs* könnten uns verstecken. Aber würden sie es auch tun? Wenn ich nur sicher sein könnte, daß sie uns nicht an die Uzziten ausliefern würden.

»Hat keinen Zweck, es hinauszuschieben«, murmelte er.

Seufzend fügte er hinzu: »Warum muß ich es tun? Warum konnte er nicht dort drüben sterben?«

Aus dem Schaft seines Stiefels zog er ein langes Messer.

In diesem Moment hob Pornsen seinen Kopf und schaute mit seinen lädierten Augen hoch. Seine Hand tastete nach Hal. Seine verbrannten Lippen formten die scheußliche Karikatur eines Lächelns.

Hal richtete sein Messer gegen Pornsen, zehn Zentimeter von dessen Kehle entfernt.

»Jeannette, ich tue es für dich!« sagte Hal laut.

Aber die Messerspitze bewegte sich nicht, und nach ein paar Sekunden sank sie herab.

»Ich kann es einfach nicht«, stöhnte Hal. »Ich kann es nicht.«

Zu irgend etwas mußte er sich jedoch entschließen. Etwas, wodurch Pornsen von einer Aussage gegen ihn abgehalten oder Jeannette und er gleichzeitig aus der Gefahrenzone befreit wurden.

Darüber hinaus mußte er dafür sorgen, daß Pornsen ärztliche Hilfe bekam. Die Leiden des Mannes machten auch ihn ganz krank, weckten sein Mitgefühl. Wäre er fähig gewesen, Pornsen zu töten, hätte er dem ganzen Leid ein Ende gemacht. Aber er konnte sich nicht überwinden, es zu tun.

Mit einem Murmeln auf den verbrannten Lippen tat Pornsen einige Schritte vorwärts. Die Hände hielt er in

Brusthöhe vorgestreckt und machte kreisende Bewegungen, um nach Hal zu fühlen. Hal trat zur Seite. Er überlegte in Sekundenschnelle. Es gab nur eines, was er tun konnte: Jeannette holen und mit ihr fliehen. Seinen ersten Gedanken, einen *Wog* zu suchen, der Pornsen zum Schiff bringen würde, verwarf er wieder. Der *Sept* würde noch einige Zeit seine Qualen erdulden müssen, denn Hal benötigte jede Sekunde. Und der Versuch, Pornsens Schmerzen so schnell wie möglich zu lindern, wäre Verrat an Jeannette — von ihm selbst gar nicht zu reden.

Pornsen war langsam vorwärtsgegangen und hatte mit den Händen die Luft erkundet. Um nicht über ein Hindernis zu stolpern, tappte er nur schlurfend über das Gras. Plötzlich kam sein Fuß mit den Knochen des Eingeborenen in Berührung. Er hielt an und bückte sich, um zu fühlen. Als er seine Hände um Rippen und Becken schloß, erstarrte Pornsen. Er verharrte einige Sekunden in dieser Haltung und begann dann, die ganze Länge des Skeletts abzutasten. Seine Finger berührten den Schädel, fuhren um ihn herum und erkundeten die Reste von Fleisch, die noch daran hingen.

Abrupt und sichtlich entsetzt erhob er sich und rannte kopfüber los. Vielleicht war ihm klargeworden, daß dasjenige, was dem *Wog* das Fleisch abgefressen hatte, ganz in der Nähe sein könnte und er hilflos war. Ein erstickter Schrei war von ihm zu hören, als er quer über die Lichtung raste. Dieses schrille Geheul fand jedoch ein jähes Ende, denn Pornsen rammte einen Baumstamm und fiel der Länge nach hin.

Bevor er aufstehen konnte, war er von einer schnaufenden und knackenden Horde pilzweißer Körper überhäuft.

Ohne zu bedenken, daß er nicht rational handelte, rannte Hal, einen Schrei ausstoßend, auf die Ameisen zu. Als er die Lichtung halb überquert hatte, sah er, wie sie sich in den Schatten zurückzogen, aber nicht so weit, daß er die weiße Masse nicht wahrnehmen konnte.

Als er Pornsen erreichte, sank Hal auf die Knie nieder und untersuchte ihn.

In diesen wenigen Augenblicken war die Kleidung des Mannes in Fetzen gerissen und sein Fleisch an vielen Stellen abgebissen worden.

Die Augen blickten starr nach oben — Pornsens Halsader war durchtrennt worden.

Hal stand stöhnend auf und verließ dann mit eiligen Schritten das Wäldchen. Hinter ihm entstand ein Schnaufen und Rascheln. Sie stürmten aus dem Schutz der Bäume hervor.

Hal sah nicht mehr zurück.

Er befand sich bereits wieder im Licht der Straßenlaternen, als sich der Druck in seinem Innern Luft machte. Tränen liefen ihm die Wangen hinunter; die Schultern bebten unter seinem Schluchzen; er torkelte wie ein Betrunkener. Seine Eingeweide fühlten sich an, als würden sie auseinandergerissen.

Er wußte nicht, ob es Erleichterung oder Haß war, was da zum Ausdruck kam, weil die Ursache seines Hasses ihm nicht länger etwas anhaben konnte. Vielleicht war es eine Mischung aus Erleichterung und Haß. Wie auch immer — es gärte in seinem Körper wie Gift, und sein Körper stieß es hinaus. Aber gleichzeitig erhitzte es ihn bis zum Siedepunkt.

Doch es kam heraus. Und obwohl er sich sterbenskrank fühlte, war er, bis er vor seinem Haus angelangt war, vom Gift befreit. Bleierne Müdigkeit legte sich über seine Arme und Beine, und er brachte kaum die Energie auf, die Treppenflucht zum Vordereingang des Gebäudes hinaufzusteigen.

Aber gleichzeitig war ihm sehr fröhlich zumute, und sein Herz klopfte so ungehindert stark, als wäre es aus einer harten Umklammerung erlöst worden.

13

Ein großer Geist in einem hellblauen Totenhemd wartete im unwirklichen Dämmerlicht auf den Terraner. Es war Fobo, der Empathist, der zwischen den im Sechseck angeordneten Bogen stand, die in das Gebäude führten. Er schlug die Kapuze zurück und enthüllte sein Gesicht, das Kratzer auf einer Wange und ein blutunterlaufenes rechtes Auge aufwies.

Ziemlich vergnügt sagte er: »Irgendein Sohn einer Wanze riß mir die Maske herunter und verpaßte mir einige Schrammen. Aber es war trotzdem ein Spaß. Es ist ganz nützlich, wenn man ab und zu auf diese Weise Dampf abläßt. Wie hast du es geschafft, dort herauszukommen? Ich war schon in Sorge, du könntest von der Polizei festgenommen worden sein. Normalerweise wäre dies kein Grund zur Aufregung, aber ich weiß, daß deine Kollegen auf dem Schiff solche Aktivitäten mißbilligen würden.«

Hal lächelte nachsichtig. »Mißbilligen ist noch sehr milde ausgedrückt.«

Er fragte sich, woher Fobo wußte, wie die Reaktionen der Hierarchie ausfallen würden. Wieviel wußten die *Wogs* überhaupt von den Menschen? Waren sie den Haijacs hinter die Schliche gekommen und warteten sie nur darauf loszuschlagen? Wenn ja, womit? Soweit man es bestimmen konnte, lag ihre Technologie beträchtlich hinter dem Standard der Erde zurück. Zugegeben, was Funktionen der Psyche betraf, schienen sie sich weitaus besser auszukennen als die Terraner, aber dies war verständlich. Die Stirche hatte schon vor langer Zeit verfügt, daß die Psychologie ausgeforscht und damit weiteres Forschen überflüssig sei. Das Resultat war ein Stillstand in den psychologischen Wissenschaften.

Ihm war das mehr oder weniger gleichgültig, denn er fühlte sich zu müde, um sich mit solchen Dingen zu beschäftigen. Alles, was er jetzt noch wollte, war, ins Bett zu gehen.

»Ich werde dir später erzählen, wie es mir ergangen ist«, erklärte er.

Fobo erwiderte: »Ich kann es mir schon denken. Deine Hand. Es wäre besser, du würdest mich die Verbrennung behandeln lassen. Das Gift der Nachtwandler ist ziemlich widerlich.«

Folgsam wie ein kleines Kind ging Hal zum Apartment des *Wogs* mit und ließ sich eine kühlende Salbe auftragen.

»*Shib*«, sagte Fobo. »Geh schlafen. Du kannst mir morgen alles erzählen.«

Hal dankte ihm und stieg in sein Stockwerk hinab. Der Schlüssel in seiner Hand wackelte. Dann schließlich, nach vergeblichem Gebrauch von Sigmens Namen, steckte er ihn ins Schloß und öffnete die Tür. Er trat ein und sperrte hinter sich wieder ab. Er rief nach Jeannette. Sie mußte sich in dem Schrank-im-Schrank des Schlafzimmers versteckt gehalten haben, denn er hörte das Zuschlagen zweier Türen, und im nächsten Moment kam sie auf ihn zugelaufen. Stürmisch warf sie die Arme um ihn.

»Oh, *mo num, mo num!* Was ist geschehen? Ich habe mir solche Sorgen gemacht. Ich hätte schreien können, als die Nacht vorüberging und du nicht keimkehrtest.«

Obwohl es ihm leid tat, daß er ihr Kummer bereitet hatte, verschaffte es ihm doch ein prickelndes Gefühl, sie so sehr in Sorge um ihn zu sehen. Mary hätte vielleicht eine Art von Mitgefühl verspürt, aber sie hätte es als ihre Pflicht angesehen, dieses zu unterdrücken und ihm Vorhaltungen über sein unwirkliches Denken und die sich daraus ergebenden Pflichtverletzungen zu machen.

»Es gab einen Krawall«, sagte Hal. Er hatte sich dazu entschlossen, nichts von dem *Sept* und dem Nachtwandler zu erwähnen. Später, wenn die Anspannung von ihm gewichen war, würde er darüber reden.

Sie band seinen Umhang und die Kapuze los und nahm ihm die Maske ab. Während Hal in einen Sessel sank und die Augen schloß, hängte Jeannette seine Sachen in den Schrank im Vorraum.

Kurz darauf hörte Hal, wie Flüssigkeit in ein Glas gegossen wurde, und schlug die Augen wieder auf. Sie stand vor ihm und hielt ein großes Glas in der Hand, das sie mit dem Käfersaft aus der Flasche füllte. Der Geruch schlug Hal auf den Magen, und der Anblick eines schönen Mädchens, das im Begriff war, dieses abscheuliche Zeug zu trinken, wirbelte alles wieder auf.

Jeannette sah ihn an, und die zarten Augenbrauen hoben sich.

»*Kyetil?*«

»Nichts ist los!« seufzte er. »Mir geht es gut.«

Sie setzte das Glas ab, nahm ihn bei der Hand und führte ihn in das Schlafzimmer. Dort brachte sie ihn ganz sanft zum Sitzen und drückte so lange gegen seine Schultern, bis er sich hinlegte. Dann zog sie seine Stiefel aus, ohne daß er sich wehrte. Nachdem sie sein Hemd aufgeknöpft hatte, strich sie ihm durch das Haar.

»Geht es dir wirklich gut?«

»*Shib.* Ich könnte mit einer Hand die ganze Welt auf den Kopf stellen.«

»Gut.«

Das Bett knarrte, als sie sich erhob und den Raum verließ. Hal glitt langsam in den Schlaf, wurde aber wieder wach, als sie zurückkam. Erneut schlug er die Augen auf. Jeannette stand mit einem Glas in der Hand vor ihm.

»Möchtest du jetzt einen Schluck, Hal?« fragte sie.

»Großer Sigmen, verstehst du es denn nicht, Mädchen?« sagte er erregt und richtete sich auf. »Was glaubst du denn, warum mir schlecht wurde? Ich kann dieses Zeug nicht vertragen! Ich kann auch nicht zusehen, wie du es trinkst. Es ekelt mich an. Du ekelst mich an. Was ist los mit dir? Bist du blöd?«

Jeannette starrte ihn mit weit aufgerissenen Augen an. Das Blut wich aus ihrem Gesicht und ließ ihr Lippenrot als karmesinfarbenen Mond in einem weißen See zurück. Ihre Hand zitterte so sehr, daß sie das Getränk verschüttete.

»Aber ... aber«, keuchte sie. »Ich dachte ... du sagtest doch, daß du dich wohl fühlst. Ich glaubte, es wäre alles in Ordnung. Ich dachte, du wolltest mit mir ins Bett gehen.«

Yarrow stöhnte. Er schloß die Augen und legte sich wieder hin. Sarkasmus war bei ihr fehl am Platz. Sie beharrte nun mal darauf, alles wörtlich zu nehmen. Man mußte sie umerziehen. Wäre er nicht so erschöpft gewesen, hätte ihn ihr freimütiger Vorschlag wohl schockiert — er ähnelte so sehr dem der Scharlachroten Frau im *Westlichen Talmud,* als diese versucht hatte, den Vorboten zu verführen.

Aber dies erschreckte ihn nicht mehr. Darüber hinaus sagte ihm eine Stimme am Rande seines Bewußtseins, daß Jeannette nur das in eindeutige und unwiderrufliche Worte gefaßt hatte, was ihm die ganze Zeit am Herzen gelegen hatte. Aber wenn man es aussprach ...

Zerbrechendes Glas riß Hal aus seinen Gedanken. Er sprang auf. Sie stand da mit verzerrtem Gesicht, der liebliche rote Mund bebte, Tränen flossen. Ihre Hand war leer. Ein breiter nasser Fleck an der Wand wies darauf hin, was aus dem Glas geworden war.

»Ich dachte, du liebst mich!« schrie sie.

Unfähig zu denken oder etwas zu sagen, starrte Hal sie an. Sie drehte sich um und entfernte sich. Er hörte, wie sie in den Vorraum ging und laut zu schluchzen anfing. Da er dies einfach nicht ertragen konnte, sprang er aus dem Bett und lief rasch hinter ihr her. Angeblich waren diese Räume schalldicht, aber man konnte ja nie genau wissen. Was wäre, wenn man sie zufällig belauschte?

Jedenfalls brachte sie ihn innerlich ziemlich durcheinander, und er mußte diesen Wirrwarr in Ordnung bringen.

Als er den Vorraum betrat, sah er ihren niedergeschlagenen Blick. Geraume Zeit stand er schweigend da, wollte etwas sagen, war aber nicht dazu imstande, denn noch nie zuvor hatte er ein solches Problem lösen müssen. Haijac-Frauen weinten nicht oft, oder wenn sie es taten, dann vergossen sie ihre Tränen allein im stillen Kämmerlein.

Hal setzte sich zu ihr und legte sanft seine Hand auf ihre Schulter.

»Jeannette.«

Sofort wandte sie sich um und schmiegte sich mit ihrem dunklen Haar gegen seine Brust. Unter Tränen sagte sie: »Ich dachte, du liebst mich vielleicht gar nicht. Und das konnte ich nicht ertragen. Nicht nach allem, was ich durchgemacht habe!«

»Nun, Jeannette, ich ... weißt du ... ich meine ... ich war nicht ...«

Er unterbrach sich. Er hatte nicht die Absicht, ihr zu sagen, daß er sie liebte. Noch nie hatte er dies einer Frau gesagt, auch Mary nicht. Und auch ihm hatte noch keine Frau ihre Liebe gestanden. Und nun gab es hier diese Frau auf einem fernen Planeten, die es als selbstverständlich ansah, daß er mit Leib und Seele ihr gehörte.

Mit leiser Stimme begann er zu sprechen. Die Worte kamen fließend, denn er zitierte die Moralpredigt AT—16:

»... alle Wesen mit dem Herzen auf dem rechten Fleck sind Brüder ... Mann und Frau sind Bruder und Schwester ... Liebe gibt es überall ... aber Liebe ... sollte auf einer höheren Ebene stattfinden ... Mann und Frau sollten mit Recht den tierischen Akt als etwas verabscheuen, das der Große Geist, der Beobachter des Kosmos, noch nicht aus der evolutionären Entwicklung des Menschen eliminiert hat ... Es wird die Zeit kommen, da Kinder auf andere Weise gezeugt werden. In der Zwischenzeit müssen wir Sex als überholt und nur zu einem Zweck nützlich betrachten: Kinder zu ...«

Klatsch! Sein Kopf dröhnte, und vor seinen Augen tanzten kleine Sterne.

Es dauerte einen Moment, ehe er begriffen hatte, daß Jeannette aufgesprungen war und ihm eine kräftige Ohrfeige verabreicht hatte. Sie stand über ihm, und er sah auf ihre verkniffenen Augen und ihren roten Mund, der wütend verzogen war.

Dann drehte sie sich hastig um und lief in das Schlafzimmer. Hal stand auf und folgte ihr. Jeannette lag auf dem Bett und weinte hemmungslos.

»Jeannette, du verstehst mich nicht.«

»Fva tuh!«

Als ihm die Bedeutung bewußt wurde, errötete er. Dann geriet er in Rage. Er packte sie bei der Schulter und drehte sie herum, so daß sie ihm ins Gesicht schauen mußte.

Und plötzlich hörte er sich sagen: »Aber ich liebe dich, Jeannette. Ich liebe dich wirklich.«

Es klang seltsam, selbst in seinen Ohren. Die Vorstellung von Liebe, wie Jeannette sie empfand, war ihm fremd — war eingerostet, wenn man es so sagen konnte. Es war sehr viel Politur nötig, aber, dies wußte er, sie konnte zum Glänzen gebracht werden. Hier, in seinen Armen, lag eine halbmenschliche Frau, deren ganzes Wesen, deren Instinkte und Erziehung auf Liebe ausgerichtet waren.

Hal hatte geglaubt, daß ihm in dieser Nacht schon jeglicher Kummer genommen worden war. Aber nun, als er seinen Entschluß vergaß, ihr nicht zu erzählen, was passiert war, und er, Schritt für Schritt, die lange und schreckliche Nacht rekapitulierte, liefen ihm die

Tränen über das Gesicht. Dreißig Jahre hatten einen tiefen Graben hinterlassen; es dauerte eine lange Zeit, bis er den ganzen Kummer hinausgeweint hatte.

Auch Jeannette schluchzte und sagte, daß es ihr leid täte, auf ihn böse gewesen zu sein. Sie versprach, nie wieder so zu handeln. Und er sagte, daß jetzt alles in Ordnung sei. Sie küßten sich immer wieder, bis sie, wie zwei kleine Kinder, die sich durch Weinen und Trösten von Wut und Enttäuschung befreit haben, sanft einschliefen.

14

Um 09.00 Schiffszeit ging Yarrow an Bord der *Gabriel*, mit dem Geruch des Morgentaus auf dem Gras in seiner Nase. Da er noch etwas Zeit vor der Konferenz hatte, schaute er bei Turnboy, dem historischen *Inter*, rein. Beiläufig fragte er, ob Turnboy wohl irgend etwas über eine Raumflug-Emigration aus Frankreich wisse, die nach dem Apokalyptischen Krieg stattgefunden haben sollte. Turnboy war entzückt, sein Wissen an den Mann bringen zu können. Ja, die Überreste der gallischen Nation hatten sich nach dem Apokalyptischen Krieg in der Loiregegend gesammelt und den Kern dessen gebildet, was ein neues Frankreich hätte werden können.

Aber von den rasch wachsenden Kolonien, die man von Island aus in den nördlichen Teil und von Israel aus in den südlichen Teil Frankreichs vorangetrieben hatte, wurde die Loire bald umzingelt. Neufrankreich sah sich ökonomischer und religiöser Unterdrückung ausgesetzt. Die Anhänger Sigmens drangen in mehreren Missionarswellen in das katholische Territorium ein. Hohe Zölle würgten den Handel des kleinen Landes ab. Schließlich hatte sich eine Gruppe von Franzosen, die unausweichliche Absorption oder Eroberung ihres Staates, ihrer Religion und Sprache vor Augen, mit sechs Raumschiffen aufgemacht, im Umkreis einer fernen Sonne ein anderes Gallien zu suchen. Wo sie gelandet waren, wußte niemand.

Hal dankte Turnboy und begab sich zum Konferenzraum. Er unterhielt sich mit mehreren Männern. Die Hälfte von ihnen konnte wie er einen mongolischen Einschlag in den Gesichtszügen nicht verleugnen. Sie waren die englischsprechenden Nachkommen der Hawaiianer und Australier, die denselben Krieg überlebten, der auch die französische Bevölkerung dezimiert hatte. Ihre Urgroßväter hatten Australien, die beiden Amerikas, Japan und China wiederbevölkert.

Nahezu die halbe Mannschaft sprach Isländisch. Ihre Vorfahren waren von Island aus losgesegelt und hatten sich über das nördliche Europa, Sibirien und die Mandschurei ausgebreitet.

Etwa ein Sechzehntel der Besatzung hatte Georgisch als Muttersprache. Deren Väter waren aus dem Kaukasus in die entvölkerten Ebenen des südlichen Rußlands, Bulgariens, Nordpersiens und Afghanistans gezogen und hatten sie neu besiedelt.

Es war eine denkwürdige Konferenz. Zunächst einmal rückte Hal vom zwanzigsten Platz auf der Linken zum sechsten Platz zur Rechten des Erzurieliten auf. Das *Lamech* auf seiner Brust bewirkte diesen Unterschied. Und dann gab es keine Schwierigkeiten mit Pornsens Tod. Man betrachtete den *Sept* als Kriegsverlust. An jeden erging die eindringliche Warnung vor den Nachtwandlern und anderen Wesen, die manchmal nach Einbruch der Dunkelheit Siddo unsicher machten. Man schlug jedoch nicht vor, auf die Mondscheinspionage zu verzichten.

Macneff befahl Hal als dem geistigen Sohn des toten *Sept,* Vorkehrungen für eine Beerdigung am nächsten Tag zu treffen. Dann zog er von einer langen Rolle an der Wand eine riesige Landkarte herab. Dies war die Darstellung der Erde, die man den *Wogs* geben würde.

Es war ein prächtiges Beispiel für die Sorgfalt und die doppelbödige Denkweise der Haijacs. Die beiden Hemisphären der Erde waren durch unterschiedliche Färbung der politischen Grenzen gekennzeichnet. Soweit es den Machtbereich der Bantus und die malaiischen Staaten betraf, war die Karte korrekt. Die Positionen der israelischen und der Haijac-Nationen waren jedoch vertauscht worden. Die Erläuterungen am unteren Rand zeigten an, daß Grün die Farbe der Staaten des Vorboten und Gelb die der Hebräerstaaten war. Der grüne Teil aber war ein Ring um das Mittelmeer und ein breites Band, das Arabien, die südliche Hälfte Kleinasiens und Nordindien bedeckte.

Mit anderen Worten: Wenn es den Ozagenianern durch einen unfaßbaren Zufall gelingen sollte, die *Gabriel* zu erobern, und wenn sie nach diesem Modell Schiffe bauen und die Navigationsdaten an Bord benutzen sollten, um Sol zu finden, dann würden sie trotzdem das falsche Land angreifen. Ohne Zweifel würden sie auch wenig Wert auf persönlichen Kontakt mit den Völkern der Erde legen, um das Überraschungsmoment für sich zu nutzen. Die Israelis hätten somit keine Gelegenheit, eine Erklärung abzugeben, bevor die Bomben explodierten. Und die Haijac-Union, die dann gewarnt wäre, würde den Invasoren ihre Raumflotte entgegenwerfen.

»Ich glaube jedoch nicht«, sagte Macneff, »daß die Pseudozukunft, die ich soeben angedeutet habe, jemals Wirklichkeit werden könnte. Es sei denn, der Nachbote wäre mächtiger, als ich es für möglich halte. Natürlich können Sie zu der Einstellung gelangen, daß dieser Verlauf der beste wäre. Könnte die Zukunft eine bessere Gestalt haben, als daß unsere israelischen Feinde mit Hilfe dieser Nicht-Menschen vernichtet würden?

Aber wie Sie alle wissen, ist unser Schiff gegen einen offenen wie auch gegen einen heimlichen Angriff gut geschützt. Unsere Radar- und Infrarotgeräte sind jederzeit in Betrieb. Unsere Waffen warten auf ihren Einsatz. Die *Wogs* sind uns in der Technologie unterlegen; sie können uns einfach nichts entgegensetzen, was wir nicht mühelos zunichte machen würden. Falls der Nachbote sie zu einer übermenschlichen List inspirieren sollte und sie auf das Schiff gelangten, würden sie trotzdem einen Fehlschlag erleben. Sollten die *Wogs* nämlich einen bestimmten Punkt im Schiff erreichen, dann wird einer von zwei Offizieren, die ständig auf der Brücke Dienst tun, einen Alarmknopf drücken. Durch diesen werden alle Navigationsdaten im Speicher ausgelöscht; die *Wogs* werden niemals imstande sein, die Lage unserer Sonne ausfindig zu machen. Und falls die *Wogs* — Sigmen bewahre! — auf die Brücke gelangen sollten, dann wird der Offizier vom Dienst dort einen anderen Knopf betätigen.«

Macneff hielt inne, und sein Blick schweifte über alle, die am Konferenztisch versammelt waren. Die meisten wurden blaß, denn sie wußten, was er sagen würde.

»Eine H-Bombe wird dieses Schiff vollständig zerstören. Und dazu auch die Stadt Siddo dem Erdboden gleichmachen. Aber, was noch wichtiger ist: sie wird zehn Kobaltbomben auslösen. Deren Strahlung wird das Leben auf Ozagen fast völlig vernichten; zumindest werden alle vernunftbegabten Wesen aussterben. Also wird die nächste Expedition bei ihrer Ankunft auf keinen Widerstand treffen. Und wir werden in den Augen des Vorboten und der Stirche auf ewig in einem ruhmvollen Lichte stehen.

Natürlich würden wir es alle vorziehen, daß dies nicht geschieht. Nicht nur aus persönlichen Gründen, sondern auch deswegen, weil es Jahrhunderte, vielleicht auch ein Jahrtausend dauern würde, ehe wieder eine Vegetation Ozagen bedecken würde und wir uns ansiedeln könnten.

Dennoch mache ich Sie auf die Möglichkeit eines solchen Ereignisses aufmerksam. Und ich wünschte sehr, ich könnte Siddo warnen, keinen Angriff zu wagen. Dies würde jedoch unsere augenblicklich guten Beziehungen stören und könnte zur Folge haben, daß wir das Projekt Ozagenozid starten müssen, bevor wir fertig sind.«

Nach der Konferenz gab Hal einige Anweisungen für die Beerdigung Pornsens. Andere Aufgaben beschäftigten ihn noch bis zum frühen Abend, bis er schließlich heimgehen konnte.

Hal schloß die Tür hinter sich und hörte das Plätschern der Dusche. Er hängte seinen Mantel in den Schrank, als das Geräusch des Wassers verebbte. Als er auf die Schlafzimmertür zuging, trat Jeannette aus dem Bad. Sie trocknete ihre Haare mit einem großen Handtuch — und sie war nackt.

Ganz unbefangen sagte sie »*Bo yoo,* Hal« und spazierte ins Schlafzimmer. Nur schwach erwiderte Hal den Gruß. Er wandte sich um und ging in den Vorraum zurück. Wegen seiner Schüchternheit kam er sich wie ein Trottel vor. Gleichzeitig aber verspürte er etwas Sündiges, Unwirkliches, denn sein Herz schlug schneller, sein Atem ging schwerer und seine Lenden wurden von heißen, flüssigen Fingern umfaßt, die halb Schmerz, halb Lust waren.

Als Jeannette herauskam, trug sie ein hellgrünes Kleid, das Hal ihr gekauft hatte und von ihr ihrer Figur entsprechend umgeändert worden war. Ihr festes schwarzes Haar trug sie wie Psyche mit einem aufgetürmten Knoten auf dem Kopf. Sie küßte ihn und fragte, ob er mit ihr in die Küche kommen wolle, während sie kochte. Er sagte, daß er dies großartig finden würde.

Sie begann, eine Art Spaghetti zuzubereiten. Hal bat sie, ihm aus ihrem Leben zu erzählen. Als sie erst einmal angefangen hatte, fiel es ihr nicht schwer fortzufahren.

»... und so fand das Volk meines Vaters einen Planeten wie die Erde und siedelte sich dort an. Es war ein schöner Planet, und daher nannten sie ihn *Wuhboupfey*, das schöne Land. Wie mein Vater sagte, leben dort etwa dreißig Millionen Menschen auf einem Kontinent. Mein Vater war nicht mit dem Leben zufrieden, welches seine Vorfahren geführt hatten: Ackerbau zu treiben oder einen Laden zu leiten und viele Kinder großzuziehen. Er und noch weitere junge Männer seines Schlages nahmen das einzige Raumschiff, das von den ursprünglich sechs Schiffen, die auf dem Planeten gelandet waren, noch funktionsfähig war und brachen zu den Sternen auf. Sie gelangten nach Ozagen. Und stürzten ab. Was bei dem Alter des Schiffes kein Wunder war.«

»Der veraltete Ionenstrahlantrieb. Sind noch Wrackteile vorhanden?«

»*Fi*. Ganz in der Nähe des Ortes, an dem meine Schwestern, Tanten und Kusinen leben.«

»Ist deine Mutter tot?«

Jeannette zögerte, aber dann nickte sie. »Ja. Sie starb bei meiner Geburt. Und der meiner Schwestern. Mein Vater starb erst später. Genauer gesagt, nehmen wir das an. Er ging zur Jagd und kehrte nie zurück.«

Stirnrunzelnd sagte Hal: »Du hast mir erzählt, daß deine Mutter und deine Tanten die letzten der auf Ozagen geborenen menschlichen Wesen seien. Und du sagtest auch einmal, Rastignac sei der einzige Erdenmensch gewesen, der lebend aus dem Wrack herauskam. Er war der Mann deiner Mutter, sicher ... Und so unglaublich es auch klingen mag, ihre Vereinigung — die eines Terrestriers mit einer Extraterrestrierin — war fruchtbar! Allein diese Tatsache würde meine Kollegen vom Stuhl reißen. Daß sie von der chemischen Struktur ihrer Körper und den Chromosomen her zusammenpassen sollten, steht in völligem Gegensatz zu dem, was von der Wissenschaft allgemein anerkannt wird! Aber woran ich mich stoße, ist, daß auch die Schwestern deiner Mutter Kinder haben. Wenn der letzte menschliche Ozagenianer schon Jahre vor Rastignacs Absturz starb, wer war denn dann der Vater dieser Kinder?«

»Mein Vater, Jean Rastignac. Er war der Mann meiner Mutter und der meiner drei Tanten. Sie sagten alle, daß er ein hervorragender Liebhaber war, sehr erfahren und sehr männlich.«

»Oh«, entfuhr es Hal.

Bis sie Spaghetti und Salat fertig hatte, schaute Hal ihr nur schweigend zu. Inzwischen war es Hal gelungen, in etwa einen Überblick zu gewinnen. Trotz allem war der Franzose nicht viel schlimmer als er selbst. Vielleicht nicht einmal so schlecht wie er. Er schmunzelte. Wie leicht war man doch geneigt, jemanden zu verdammen, der einer Versuchung nachgab, solange man nicht selbst in solch eine Situation geriet. Hal fragte sich, wie Pornsen wohl reagiert hätte, wenn er mit Jeannette in Berührung gekommen wäre.

»... und so war es leicht, den *Wogs* zu entkommen«, sagte Jeannette. »Sie bewachten mich nicht sehr streng und waren mit den Verhören bereits fertig. *Mo tyuh,* die Untersuchungen. Fragen über Fragen! Dieser Fobo wollte alles mögliche von mir wissen, wollte meine Intelligenz und meine Persönlichkeit bis in die letzten Verästelungen ausloten, schloß mich an die verschiedensten Maschinen an. Er und seine Kumpane kehrten mein Inneres nach außen. Im wahrsten Sinne des Wortes, mein Liebling. Sie machten Aufnahmen von meinem Körperinneren. Zeigten mir mein Skelett, die Organe und einfach alles. Sie sagten, das wäre höchst interessant. Stell dir das vor! Ich werde zur Schau gestellt, wie noch nie eine Frau zur Schau gestellt worden ist — und sie finden mich schlichtweg interessant. Unglaublich!«

Hal lachte. »Du kannst doch von ihnen nicht erwarten, daß sie sich so verhalten, wie sich ein männlicher Säuger einem weiblichen Säuger gegenüber benimmt ...«

Schelmisch sah sie ihn an. »Bin ich ein weiblicher Säuger?«

»Offensichtlich, unverwechselbar, unbestritten und bezauberndertweise.«

»Dafür bekommst du einen Kuß.«

Sie beugte sich über ihn und brachte ihren Mund über den seinen. Hal verkrampfte sich, so wie er jedesmal reagiert hatte, wenn ihm seine Ex-Ehefrau einen Kuß angeboten hatte. Aber Jeannette mußte dies geahnt haben, denn sie sagte: »Du bist ein Mann und nicht ein Steinblock. Und ich bin eine Frau, die dich liebt. Küß mich! Und nimm nicht nur meine Küsse entgegen.«

»Oh, nicht so wild«, murmelte sie. »Küß mich. Versuche nicht, deine Lippen durch meine hindurchzudrücken. Mach es sanft, weich! Laß deine Lippen mit meinen verschmelzen. So!«

Sie ließ ihre Zungenspitze gegen die seine vibrieren. Dann trat sie zurück und lächelte, die Augen halb geschlossen und mit feuchten Lippen. Hal war erregt und außer Atem.

»Glaubt man bei deinem Volk, die Zunge sei nur zum Sprechen da? Haltet ihr das, was ich soeben getan habe, für sündig und unwirklich?«

»Ich weiß nicht. Darüber hat sich noch niemand den Kopf zerbrochen.«

»Dir hat es gefallen. Das weiß ich. Dennoch ist es der gleiche Mund, mit dem ich esse und den ich verbergen muß, wenn ich dir am Tisch gegenübersitze.«

»Fang bitte nicht wieder mit diesem Thema an«, stöhnte er. »Ich habe mir auch Gedanken darüber gemacht. Es gibt keinen vernünftigen Grund, aus dem wir uns während des Essens verschleiern sollten. Aber es ist nun mal leider so, daß man mich dazu erzogen hat, dies als abstoßend zu empfinden. Pawlows Hund ließ Speichel fließen, wenn er die Glocke hörte; mir wird übel, wenn ich sehe, wie man Essen in einen nackten Mund schiebt.«

»Laß uns jetzt essen. Danach werden wir etwas trinken und über uns reden. Und noch später das tun, wozu wir gerade Lust haben werden.«

Hal machte rasche Fortschritte. Er wurde nicht einmal rot.

15

Nach dem Mahl verdünnte Jeannette einen Krug Käfersaft mit Wasser, goß eine purpurartige Flüssigkeit dazu, die dem Getränk den Geruch von Weintrauben verlieh, und gab die kleinen Zweige einer orangefarbenen Pflanze obenauf. Aus einem Glas mit Eiswürfeln getrunken, schmeckte es sehr erfrischend und sogar nach Weintrauben. Hal warf es jedenfalls nicht gleich um.

»Warum hast du mich ausgesucht und nicht Pornsen?« fragte er.

Sie saß auf seinem Schoß, hatte einen Arm um seinen Hals geschlungen und den anderen, mit dem Drink in der Hand, auf den Tisch gelegt. »Oh, du sahst so gut aus, und er war sehr häßlich. Außerdem hatte ich das Gefühl, dir vertrauen zu können. Ich wußte, daß ich sehr vorsichtig sein mußte. Mein Vater hatte mir von Erdenmenschen erzählt. Er sagte, man könne sich nicht auf sie verlassen.«

»Wie wahr! Aber irgendwie scheinst du intuitiv das Richtige getan zu haben. Wenn du Fühler hättest, würde ich sagen, daß du Nervenströme aufspüren kannst. Laß mich doch mal sehen!«

Er wollte mit den Fingern durch ihre Haare streichen, aber sie duckte lachend ihren Kopf weg.

Hal mußte mitlachen und legte eine Hand auf ihre Schulter. Er rieb die weiche Haut. »Ich war wahrscheinlich der einzige auf dem Schiff, der dich nicht verraten würde. Jetzt jedoch bin ich in einer verzwickten Lage. Deine Anwesenheit hier beschwört den Nachboten herauf. Sie bringt mich in ernste Gefahr — aber in eine Gefahr, die ich um nichts auf der Welt missen möchte.

Aber was du von den Röntgengeräten erzählt hast, beunruhigt mich. Bis jetzt haben wir nämlich noch keine gesehen. Halten die *Wogs* sie versteckt? Wenn ja, warum? Wir wissen, daß sie über Elektrizität verfügen und theoretisch imstande sein müßten, Röntgengeräte zu erfinden. Vielleicht verbergen sie diese nur, weil sie Indiz für eine sogar noch weiter fortgeschrittene Technologie sein können. Aber das scheint alles nicht sehr einleuchtend zu sein. Und im Grunde wissen wir nicht allzuviel über die Siddokultur. Wir sind weder lange genug hier, noch verfügen wir über genügend Leute, um ausgedehnte Nachforschungen anzustellen. Mag sein, daß ich auch zu argwöhnisch bin. Das ist mehr als wahrscheinlich. Trotzdem sollte Macneff informiert werden. Aber ich kann ihm nicht sagen, wie ich es herausgefunden habe; ich würde es nicht einmal wagen, über meine Informationsquelle eine Lüge zu verbreiten. Ich bin in ein ziemliches Dilemma geraten.«

»Dilemma? Was ist das? Damit hatte ich noch nie zu tun.«

Er drückte sie an sich und sagte: »Hoffentlich wird es dir auch nie passieren, in eines zu geraten.«

»Hör mal«, sagte sie und sah ihn mit ihren schönen braunen Augen gespannt an. »Warum sollen wir uns Sorgen darum machen, wie wir Macneff Bescheid geben? Wenn die Siddos die Haijacs — oder die Haie, wie sie deinen Worten nach so treffend von ihren Feinden genannt werden — angreifen und besiegen sollten, warum nicht? Könnten wir uns nicht in mein Heimatland begeben und dort leben?«

Hal war schockiert. »Es sind meine Landsleute! Sie

— wir — sind Sigmeniten. Ich könnte sie doch nicht verraten!«

»Das tust du bereits, indem du mich hier versteckt hältst«, sagte sie ernst.

»Ich weiß«, erwiderte Hal bedächtig. »Aber dies ist kein grober Betrug und in Wirklichkeit auch kein Verrat. Wen schädige ich dadurch, daß ich mit dir zusammenlebe?«

»Es kümmert mich nicht im geringsten, was du ihnen antun könntest«, sagte Jeannette. »Ich mache mir nur Sorgen, was du dir selbst antun magst.«

»Mir selbst? Ich tue zur Zeit das Beste, was ich je getan habe!«

Sie lächelte sanft und gab ihm einen leichten Kuß auf die Lippen.

Hal grübelte noch immer und sagte dann: »Ich meine es ernst, Jeannette. Früher oder später — wahrscheinlich früher — werden wir etwas unternehmen müssen. Damit meine ich, daß wir ein Versteck tief unter der Oberfläche finden müssen. Später, wenn alles vorbei ist, können wir wieder herauskommen. Und dann werden wir mindestens achtzig Jahre für uns haben, was mehr als genug sein wird. Denn genauso lange wird es dauern, bis die *Gabriel* zur Erde zurückgekehrt ist und die Kolonisationsschiffe zurückkommen. Wir werden wie Adam und Eva leben, nur wir zwei und die Tiere.«

»Was meinst du damit?« fragte sie verwundert.

»Unsere Spezialisten arbeiten Tag und Nacht an Proben des Woggelwanzenbluts. Sie hoffen, einen künstlichen Semivirus zu schaffen, der sich an das Kupfer in den grünen Blutgefäßen der *Wogs* bindet und damit die elektrophoretischen Eigenschaften der Zellen verändert.«

»*'Ama?*«

»Ich werde versuchen, es dir zu erklären, auch wenn ich eine Mischung aus Amerikanisch, Französisch und Siddo benutzen muß, um mich verständlich zu machen.

Eine Abart dieses künstlichen Semivirus raffte während des Apokalyptischen Kriegs den größten Teil der Völker auf der Erde hinweg. Ich werde jetzt nicht in die historischen Details gehen, die zu dem Ausbruch des Krieges führten; es reicht, wenn man weiß, daß der Virus von den Schiffen marsianischer Siedler außerhalb der irdischen Atmosphäre heimlich ausgesetzt wurde. Die Nachkommen der Erdenmenschen auf dem Mars, die sich als echte Marsianer betrachteten, wurden von Sigfried Russ angeführt. Es war der böseste Mann, der je gelebt hat. Jedenfalls verkünden dies die Geschichtsbücher.«

»Ich weiß gar nicht, wovon du sprichst«, sagte sie. Ihr Gesicht war dabei ernst, und ihre Augen fixierten ihn.

»Du kannst dir das Wesentliche selbst heraussuchen«, sagte Hal. »Die vier marsianischen Schiffe, die vortäuschten, eine Handelsflotte zu sein und außerhalb der Atmosphäre eine Umlaufbahn einschlugen, setzten Milliarden dieser Viren ab. Unsichtbare Knoten von Proteinmolekülen drifteten durch das All, tauchten in die Atmosphäre ein, breiteten sich über die gesamte Welt aus und bedeckten sie mit einem dünnen Nebel. Waren diese Moleküle einmal durch die Haut eines menschlichen Wesens gedrungen, klammerten sie sich an das Hämoglobin in den roten Blutkörperchen und luden sie positiv auf. Diese Ladung veranlaßte ein Ende eines Globinmoleküls, sich mit dem Ende eines anderen zu verbinden. Und so vollzog sich eine Art von Kristallisation, die aus den pfannkuchenförmigen Zellen Gebilde machte, die kleinen Krummsäbeln glichen. Sichelzellanämie. Die im Labor gezüchtete Anämie entwickelte sich viel schneller und war beständiger als die natürliche, denn jede Blutzelle im Körper wurde angegriffen und nicht nur ein kleiner Prozentsatz. Schon bald löste sich jede Zelle auf. Durch den Organismus wurde kein Sauerstoff mehr transportiert — der menschliche Körper starb. Und *wie* der Körper starb, Jeannette — der Körper der Menschheit! Fast ein gesamter Planet mit menschlichen Wesen ging an dem Sauerstoffmangel zugrunde.«

»Ich glaube, ich habe das meiste von dem verstanden, was du erzählt hast«, sagte sie. »Aber alle starben doch nicht?«

»Nein. Schon am Anfang stellten die Regierungen der Erde fest, was dort vor sich ging. Sie schickten Raketen in Richtung Mars. Diese Raketen, die dazu bestimmt waren, Erdbeben zu verursachen, zerstörten den größten Teil der unterirdischen Marskolonien. Auf der Erde überlebten etwa eine Million Menschen auf jedem Kontinent. Bestimmte Gebiete machten eine Ausnahme, denn dort war nahezu die gesamte Bevölkerung unversehrt geblieben. Den Grund dafür kennen wir nicht genau. Aber irgend etwas, vielleicht eine günstige Windströmung, drängte den Virusfall ab, bis die Viren den Boden erreicht hatten. Nach einer gewissen Zeit außerhalb des menschlichen Körpers starb der Virus. Jedenfalls waren die Inseln Hawaii und Island mit intakten Regierungen und vollständiger Bevölkerung erhalten geblieben. Auch Israel blieb unberührt, als hätte Gott seine Hand während des tödlichen Niederschlags über das Land gehalten. Südaustralien und das Kaukasusgebirge blieben ebenfalls verschont. Diese Nationen breiteten sich anschließend aus, besiedelten die Welt aufs neue und saugten die Überlebenden in den Gebieten auf, die sie in Besitz nahmen. In den Dschungeln Afrikas und der malaiischen Halbinsel waren genügend Menschen am Leben geblieben, die sich herauswagten und wieder etablierten, ehe Kolonisten von den Inseln oder aus Australien die Gewalt in ihren Heimatländern übernehmen konnten.

Und was auf der Erde geschehen ist, das soll auch diesem Planeten widerfahren. Wenn der Befehl gegeben wird, verlassen Geschosse die *Gabriel,* Raketen, die mit der gleichen tödlichen Fracht beladen sind. Nur die Viren sind den Blutzellen der Ozagenianer angepaßt. Und die Raketen werden kreisen und kreisen und ihren unsichtbaren Todesregen versprühen. Und ... überall ... die Schädel ...«

»Sei still!« Jeannette legte einen Finger auf seinen bebenden Mund. »Ich weiß nicht, was Proteine und Moleküle und diese — diese elektrophoretischen Ladungen bedeuten! Das geht über meinen Verstand. Aber ich habe gemerkt, daß du, je länger du gesprochen hast, immer ängstlicher geworden bist. Deine Stimme wurde erregter, und deine Augen weiteten sich. Jemand hat dich in der Vergangenheit in Schrecken versetzt. Nein! Unterbrich mich jetzt nicht! Sie haben dich eingeschüchtert, und du warst Mann genug, um deine Furcht weitestgehend zu verbergen. Aber sie haben dir einen so schrecklich wirksamen Stoß versetzt, daß du nicht in der Lage warst, ihn zu verwinden. Ich ...« — sie legte ihre weichen Lippen an sein Ohr und flüsterte — »... werde diese Angst vertreiben. Ich werde dich aus diesem Tal der Furcht herausführen. Nein! Widersprich nicht! Ich weiß, daß es dein Ich quält, wenn eine Frau annehmen könnte, du hättest Angst. Aber so sehe ich das überhaupt nicht. Vielmehr bewundere ich dich um so mehr, weil ich weiß, was du alles überstanden hast. Ich kann mir vorstellen, welcher Mut dazu gehörte, sich dem *'Meter* auszusetzen, und ich weiß, daß du es meinetwegen getan hast. Darauf bin ich sehr stolz. Ich liebe dich dafür. Und ich bin mir auch bewußt, daß sehr viel Mut nötig ist, um mich hier zu verbergen, wenn dich jederzeit der kleinste Fehler mit Sicherheit in Ungnade und Tod stürzen kann. Ich weiß, was dies alles zu bedeuten hat. Es ist sowohl meine Natur und mein Instinkt als auch meine Aufgabe und meine Neigung, dies zu wissen.

Jetzt aber wollen wir etwas trinken. Wir sind ja nicht außerhalb dieser vier Wände, wo wir uns um solche

Dinge Sorgen machen und uns fürchten müssen. Wir sind hier drinnen. Außer uns beiden ist alles weit entfernt. Trink! Und liebe mich! Ich werde dich lieben, Hal, und wir brauchen uns nicht um die Welt dort draußen zu kümmern. Für den Augenblick jedenfalls nicht. Vergiß alles in meinen Armen!«

Sie küßten sich, und ihre Hände entdeckten den Körper des anderen. Sie sagten all das, was sich Liebende schon immer gesagt haben.

Zwischen ihren Zärtlichkeiten goß Jeannette von dem purpurfarbenen Getränk nach, und sie tranken davon. Hal hatte keine Schwierigkeiten, es hinunterzuschlucken, und er kam zu dem Schluß, daß ihm nicht so sehr die Vorstellung, Alkohol zu trinken, zu schaffen machte, sondern daß es vielmehr der Geruch war, der ihm widerlich vorkam. Wurde seine Nase getäuscht, dann galt das auch für seinen Magen. Und mit jedem Drink fiel es ihm leichter, den nächsten zu nehmen.

Er leerte schließlich drei große Gläser. Dann stand er auf, hob Jeannette auf seine Arme und trug sie in das Schlafzimmer hinüber. Sie küßte dabei seinen Hals, und ihm war so, als würde eine elektrische Spannung von ihren Lippen auf seine Haut übergehen und weiter in sein Gehirn und hinab in seine hämmernde Brust vordringen, den Magen erwärmend und den Penis zum Schwellen bringend, um dann seine Fußsohlen zu erreichen, die seltsamerweise eiskalt geworden waren. Eins war sicher: in ihrer Umarmung befiel ihn nicht das Verlangen, sich zurückzuziehen, wie er es immer gespürt hatte, wenn er seine Pflicht gegenüber Mary und der Stirche erfüllte.

Doch selbst in der Ekstase seiner Vorfreude hielt er sich noch einen Schlupfwinkel parat. Er war nicht sehr bedeutend, doch er war vorhanden, hinterließ einen dunklen Fleck im Feuer seiner Erregung. Er konnte sich nicht völlig vergessen, und er hatte Zweifel, fragte sich, ob er wohl wieder versagen würde, wie es ihm so viele

Male passiert war, wenn er im Dunkeln ins Bett gekrochen war und die Hand nach Mary ausgestreckt hatte.

Die Ungewißheit hatte den schwarzen Samen der Panik verstreut, und ihm kam der Gedanke, sich im Falle des Versagens umzubringen. Dann wäre es für immer aus mit ihm.

Aber er sagte sich, daß er unmöglich erfolglos sein konnte und durfte. Nicht, wenn er Jeannette in den Armen hielt und ihre Lippen auf den seinen lagen.

Er setzte sie auf das Bett und schaltete die Deckenbeleuchtung aus. Sie aber knipste die Lampe über dem Bett an.

»Warum machst du denn *das?*« fragte er, am Fuße des Bettes stehend. Er fühlte, wie ihn Panik überkam und wie seine Leidenschaft dahinschwand. Gleichzeitig war er verwundert, wie sie sich so schnell und unbemerkt hatte entkleiden können.

Jeannette lächelte und sagte: »Erinnerst du dich noch an diese schöne Passage, die du mir neulich gesagt hast? *Gott sagte: Es werde Licht.*«

»Aber wir brauchen es doch nicht«, erwiderte Hal.

»Ich schon. Ich muß dich in jedem Moment sehen. Die Dunkelheit würde mir die Hälfte des Vergnügens rauben. Ich möchte dich beim Lieben sehen.«

Sie richtete sich auf, um den Winkel der Bettleuchte einzustellen. Durch diese Bewegung hoben sich ihre Brüste, und ein plötzlicher, fast unerträglicher Schmerz durchfuhr ihn.

»So, nun kann ich dein Gesicht sehen. Besonders in dem Augenblick, wenn ich genau wissen werde, daß du mich liebst.«

Sie streckte einen Fuß aus und berührte mit dem Zeh sein Knie. Haut auf Haut ... er wurde so magisch angezogen, als wäre es der verheißungsvolle Lockruf eines sanften Engels. Hal kniete sich auf das Bett, und sie zog ihr Bein zurück, wobei sie jedoch ihren Zeh auf seinem Bein ruhen ließ, als hätte er dort Wurzeln geschlagen und könne nicht mehr vertrieben werden.

»Hal, Hal«, murmelte sie. »Was haben sie nur mit dir gemacht? Was haben sie allen euren Männern angetan? Aus deinen Erzählungen weiß ich, daß sie so sind wie du. Was haben sie gemacht? Ließen euch hassen statt lieben, obwohl sie diesen Haß Liebe nennen. Machten euch zu Halb-Männern, damit ihr euren Trieb erst auf euch selbst und dann nach außen gegen eure Feinde richten solltet. So werden aus lahmen Liebhabern kampfbereite Krieger.«

»Das ist nicht wahr«, entgegnete er. »Es ist nicht wahr.«

»Ich sehe es doch an dir. Es ist wahr.«

Sie nahm ihren Fuß fort und legte ihn neben sein Knie. »Komm näher zu mir«, sagte sie, und als er, immer noch auf den Knien, herangerückt war, griff sie nach ihm und zog ihn herab an ihre Brüste.

»Nimm sie in deinen Mund und werde wieder zu einem Baby. Ich werde dich so erregen, daß du deinen Haß vergißt und nur noch Liebe verspürst. Und ein Mann wirst.«

»Jeannette, Jeannette«, sagte er heiser. Er streckte die Hand aus, um an der Schnur der Bettlampe zu ziehen und sagte: »Nur nicht das Licht.«

Sie aber legte ihre Hand auf die seine und sagte: »Doch das Licht.«

Dann nahm sie ihre Hand fort und seufzte: »Na gut, Hal. Mach es aus. Für eine kurze Zeit. Wenn du schon in die Dunkelheit zurück mußt, dann geh weit zurück. Ganz weit zurück. Und werde dann neu geboren ... eine Zeitlang. Danach das Licht.«

»Nein! Laß es brennen!« murrte Hal. »Ich bin doch nicht im Mutterleib. Und ich möchte auch nicht dorthin zurückkehren; das habe ich nicht nötig. Ich werde dich nehmen, wie eine Armee eine Stadt nimmt.«

»Spiel doch nicht den Soldaten, Hal. Sei ein Liebhaber. Du sollst mich lieben und nicht vergewaltigen. Du kannst mich gar nicht nehmen, weil ich dich umzingeln werde.«

Ihre Hand umfaßte ihn zärtlich, und leicht bog sie ihren Rücken. Und er war umzingelt. Ein Schock durchfuhr ihn, der jenem vergleichbar war, den er beim Kuß auf seinen Hals verspürt hatte. Vergleichbar aber nur in der Art, keinesfalls in der Intensität.

Hal vergrub sein Gesicht in ihrer Schulter, aber Jeannette legte beide Hände auf seine Brust und hob ihn mit erstaunlicher Kraft halb hoch.

»Nicht so. Ich muß dein Gesicht sehen. Besonders *in jenem Moment* muß ich es, denn ich will sehen, wie du dich in mir verlierst.«

Und sie hielt währenddessen die Augen weit geöffnet, als wollte sie das Gesicht ihres Geliebten auf ewig in jede Zelle ihres Körpers einprägen.

Hal war durchaus bei der Sache und hätte sich nicht einmal darum geschert, wenn der Erzurielit höchstpersönlich an die Tür geklopft hätte. Aber er bemerkte, ohne darüber nachzudenken, daß sich die Pupillen ihrer Augen zur Spitze eines Bleistifts verengt hatten.

16

In der Haijac-Union wurden die Alkoholiker nicht behandelt, sondern zum H geschickt. Daher waren auch keine psychologischen oder narkotischen Therapien für Süchtige erarbeitet worden. Hal, der durch diese Tatsache in seinem Wunsch enttäuscht wurde, Jeannettes Schwäche auszumerzen, wandte sich um Rat an jene, die ihr die Krankheit beschert hatten. Er gab natürlich vor, daß die Kur für ihn selbst bestimmt sei.

Fobo sagte: »Das Trinken ist auf Ozagen weitverbreitet, aber es stellt kein Problem dar. Unsere wenigen Alkoholiker werden, mit Hilfe von Medikamenten natürlich, zur Normalität empathisiert. Warum läßt du mich nicht auch dich empathisieren?«

»Tut mir leid. Aber meine Regierung verbietet so etwas.«

Die gleiche Ausrede hatte Hal Fobo gegenüber dafür benutzt, daß er den *Wog* nicht in sein Apartment einlud.

»Ihr habt die meistverbietende Regierung«, bemerkte Fobo und brach in eines seiner langanhaltenden, heulenden Gelächter aus. Als er wieder zu sich kam, sagte er: »Man verbietet euch auch, Schnaps anzurühren, aber das hält euch ja nicht ab. Nun, es bedarf wohl keiner Rechtfertigung der Inkonsequenz. Aber im Ernst, ich habe genau das Richtige für dich. Es heißt Glühfrei. Wir mengen es dem täglichen Alkoholquantum bei und steigern allmählich den Glühfreianteil zuungunsten des Alkoholgehalts. Nach zwei bis drei Wochen trinkt der Patient eine 96-prozentige Glühfreiflüssigkeit. Der Geschmack ist fast derselbe; der Trinker schöpft selten Verdacht. Eine fortgesetzte Behandlung befreit den Patienten von seiner Alkoholabhängigkeit. Nur einen Nachteil hat die ganze Sache.«

Er legte eine kleine Pause ein und sagte dann: »Der Trinker ist jetzt glühfreisüchtig!«

Er schlug sich auf den Schenkel vor Vergnügen, wakkelte mit dem Kopf, bis die lange, knorpelige Nase vibrierte, und lachte, daß ihm die Tränen kamen.

Als es ihm endlich gelang, das Lachen zu unterdrükken, trocknete er sich mit einem seesternförmigen Taschentuch die Tränen ab und sagte: »Der seltsame Effekt von Glühfrei ist in der Tat, daß es den Patienten für einen Abbau der Spannungen zugänglich macht, die ihn zum Trinken getrieben haben. Er kann nun empathisiert und gleichzeitig vom Genußmittel entwöhnt werden. Da ich keine Gelegenheit habe, dir das Zeug heimlich zuzuführen, lasse ich es darauf ankommen, daß du ernsthaft daran interessiert bist, dich selbst zu heilen. Wenn du zu einer Therapie bereit bist, dann sage es mir.«

Hal brachte die Flasche in sein Apartment. Ihren Inhalt vermengte er gewissenhaft und in aller Stille jeden Tag mit dem Käfersaft, den er Jeannette reichte. Er hoffte, genügend psychologische Fähigkeiten zu besitzen, um sie zu behandeln, wenn das Glühfrei erst einmal zu wirken begann.

Obwohl er sich dessen nicht bewußt war, wurde er selbst von Fobo ›behandelt‹. Seine beinahe täglichen Gespräche mit dem Empathisten flößten ihm Zweifel an der Religion und der Wissenschaft der Haijacs ein — oder, wie ihre Feinde sie bezeichneten, der Haie. Fobo las die Biographien Isaac Sigmens und die Werke: das *Prä-Torah,* den *Westlichen Talmud,* die *Revidierten Schriften,* die *Grundlagen des Serialismus, Zeit und Theologie, Das Selbst und die Weltenlinie.* In aller Ruhe saß der *Wog* an seinem Tisch, hielt ein Glas Käfersaft in der Hand und stellte die Mathematik der Dunnologen in Frage. Hal führte Beweise an; Fobo widerlegte sie. Er zeigte auf, daß die Mathematik hauptsächlich auf falschen Voraussetzungen beruhte; daß Dunnes und Sigmens Schlüsse sich auf zu viele falsche Analogien, Metaphern und überspannte Interpretationen stützten. Entfernte man diese Stützpfeiler, brach die gesamte Struktur zusammen.

»Um noch darüber hinauszugehen«, sagte Fobo, »gestatte mir, einen weiteren Punkt aus der Anhäufung von Widersprüchen, die in eurer Theologie enthalten sind, anzusprechen. Ihr Sigmeniten glaubt, daß jede Person für jedes Ereignis, das ihr je widerfahren mag, verantwortlich ist. Daß man niemand anders als dem Selbst die Schuld geben kann. Wenn du, Hal Yarrow, über ein Spielzeug stolperst, das ein Kind liegengelassen hat, aus Unachtsamkeit — oh, du glückliche Kindheit ohne Verantwortung! —, und du dir eine Schramme am Ellbogen einhandelst, dann geschah dies, weil du dich tatsächlich selbst verletzen wolltest. Wenn du bei einem ›Unfall‹ ernstlich verletzt wirst, war es kein Unfall; du hast vielmehr der Aktualisierung einer Potentialität zugestimmt. Du konntest im Gegenteil mit deinem Selbst darin einwilligen, nicht betroffen zu sein, und so eine andere Zukunft ermöglichen.

Wenn du ein Verbrechen begehst, dann nur, weil du es so gewollt hast. Wenn du gefaßt wirst, dann nicht, weil du bei der Ausführung des Verbrechens nicht gerissen genug warst oder weil die Uzziten schlauer oder die Umstände so widrig waren, daß du in die Hände der — wie heißen sie in deinem Jargon, Uzis? — gefallen bist. Nein, es war dein Wunsch, gefaßt zu werden; wie auch immer, du hattest den Überblick über alle Umstände.

Wenn du stirbst, dann nur, weil du es möchtest, und nicht etwa, weil jemand einen Revolver auf dich richtet und abdrückt. Du stirbst, weil es dein Wille ist, die Kugel einzufangen; du stimmst mit dem Mörder überein, daß du getötet werden konntest.

Diese Philosophie, dieser Glaube, ist natürlich sehr *shib* für die Stirche, denn es enthebt sie jeglicher Schuld, wenn sie euch züchtigen, exekutieren, zu Unrecht anklagen oder andere unfreundliche Maßnahmen ergreifen muß. Es ist klar, daß ihr, falls es nicht euer Wunsch wäre, gepeitscht, hingerichtet, beschuldigt oder sonst übel behandelt zu werden, dies alles nicht erlauben würdet.

Wenn ihr natürlich nicht mit der Stirche einverstanden seid oder versucht, euch zu widersetzen, dann ist das euer Versuch, eine Pseudozukunft herbeizuführen, eine, die von der Stirche verdammt wird. Das Individuum hat keine Chance.

Doch höre mir genau zu: Ihr glaubt auch, daß ihr persönlich einen vollkommen freien Willen habt, um die Zukunft zu bestimmen. Die Zukunft aber ist festgelegt worden, weil Sigmen in der Zeit vorausgeeilt ist und Vorkehrungen getroffen hat. Jude Changer, Sigmens Bruder, mag wohl vorübergehend die Zukunft und die Vergangenheit in Unordnung bringen, aber Sigmen wird am Ende das ersehnte Gleichgewicht wiederherstellen.

Laß mich also die Frage stellen, wie du persönlich die Zukunft bestimmen kannst, wenn diese schon von Sigmen festgelegt und vorhergesehen worden ist? Entweder ist das eine zutreffend oder das andere, aber nicht beides gleichzeitig.«

Hals Gesicht war gerötet, seine Hände zitterten, und ihm war so, als würde ein schweres Gewicht auf seiner Brust lasten. »Zu diesem Problem habe ich mir auch bereits Gedanken gemacht«, sagte er.

»Hast du jemanden danach gefragt?«

»Nein«, erwiderte Hal, der das Gefühl hatte, in die Falle gegangen zu sein. »Es ist uns selbstverständlich erlaubt, unseren Lehrern Fragen zu stellen. Aber genau diese Frage befand sich nicht auf der Liste.«

»Willst du mir damit sagen, daß euch die Fragen schriftlich vorgegeben wurden und ihr euch auf jene beschränken mußtet?«

»Ja, wieso denn nicht!« sagte Hal ärgerlich. »Diese Fragen waren zu unserem Besten. Die Stirche wußten aus langer Erfahrung, welche Fragen die Studenten hatten; so gab sie also für die weniger Gescheiten eine Liste heraus.«

»Weniger Gescheite, das stimmt genau. Und ich nehme an, daß alle Fragen, die nicht auf der Liste vermerkt waren, als zu gefährlich und dem unwirklichen Denken förderlich betrachtet wurden?« sagte Fobo.

Hal nickte unglücklich.

Fobo fuhr mit seiner schonungslosen Offenlegung fort. Und schlimmer, weit schlimmer als alles, was er bisher gesagt hatte, waren seine nächsten Worte, denn sie stellten einen persönlichen Angriff auf das hochheilige Wesen Sigmens selbst dar.

Er führte aus, daß die Biographien und theologischen Schriften des Vorboten diesen — für den objektiven Leser — als einen sexuell frigiden und frauenverachtenden Mann entlarvten, der einen Messiaskomplex hatte und paranoide und schizophrene Tendenzen zeigte, die von Zeit zu Zeit in religiös-wissenschaftlichem Wahnsinn und Phantastereien seine eisige Schale durchbrachen.

»Auch andere Männer«, sagte Fobo, »müssen ihrer Epoche den Stempel ihrer Persönlichkeit und ihrer Ideen aufgedrückt haben. Sigmen aber hatte gegenüber jenen großen Führern, die vor ihm waren, einen erheblichen Vorteil. Bedingt durch das Verjüngungsserum lebte er lange genug, um nicht nur seine Art der Gesellschaft aufzubauen, sondern sie auch zu festigen und ihre Schwächen ausmerzen zu können. Und er starb erst, als die Fundamente seiner Gesellschaftsform gehärtet waren.«

»Aber der Vorbote ist nicht gestorben«, protestierte Yarrow. »Er verschwand in der Zeit. Er ist immer noch unter uns, bereist die Brennpunkte des Geschehens, springt hierhin und dorthin, mal in die Vergangenheit, mal in die Zukunft. Er ist stets zur Stelle, wo immer er gebraucht wird, um Pseudozeit in reale Zeit zu verwandeln.«

»Ach ja«, sagte Fobo mit einem Lächeln. »Aus diesem Grund besichtigst du die Ruinen, nicht wahr? Um ein Wandgemälde zu überprüfen, das andeutet, daß die Ozagenmenschen einst von einem Mann besucht wurden, der von einem anderen Stern kam? Du glaubst, daß dies der Vorbote gewesen sein könnte, stimmt's?«

»Das glaube ich immer noch«, erwiderte Hal. »Aber mein Bericht ergab, daß, obwohl der Mann irgendwie Sigmen ähnelte, das Beweismaterial nicht ausreichend war. Es ist aber weiterhin ungeklärt, ob der Vorbote vor tausend Jahren diesen Planeten besucht hat oder nicht.«

»Wie dem auch sei, ich behaupte, daß eure Thesen bedeutungslos sind. Sie erheben den Anspruch, daß seine Prophezeiungen wahr geworden sind. Ich sage, daß sie erstens sehr vieldeutig abgefaßt wurden, und zweitens, wenn sie tatsächlich eingetroffen sind, dies darauf zurückzuführen ist, daß eure mächtige Staatskirche — die ihr so knapp als Stirche bezeichnet — gewaltige Anstrengungen unternommen hat, um die Weissagungen zu erfüllen.

Und dann dieses Schutzengelsystem, bei dem jeweils fünfundzwanzig Familien einen *Sept* haben, der ihre intimsten Angelegenheiten peinlich genau überwacht. Jeweils fünfundzwanzig Familien-*Septe* haben einen Block-*Sept* an ihrer Spitze, und wiederum fünfzig Block-*Septe* stehen unter der Leitung eines *Sept*-Inspektors. Und so weiter. Dieses soziale Gebilde basiert auf Angst, Unwissenheit und Unterdrückung.«

Hal war erschüttert, verärgert und schockiert. Er wollte aufstehen und gehen. Aber Fobo hielt ihn zurück und bat ihn, das Gegenteil von dem zu beweisen, was er gesagt hatte. Hal bekam gelegentlich einen Wutanfall. Wenn er dann mit seinen Tiraden geendet hatte, wurde er gebeten, sich wieder zu setzen und die Diskussion fortzuführen. Bisweilen verlor auch Fobo die Beherrschung; dann schrien sie sich an und überhäuften sich mit Beleidigungen. Zweimal schlugen sie sogar mit den Fäusten aufeinander ein: Hal trug eine blutende Nase und Fobo ein blaues Auge davon. Danach pflegte der weinende *Wog* Hal zu umarmen und ihn um Verzeihung zu bitten. Und dann setzten sie sich zusammen und tranken noch etwas, bis ihre Nerven sich wieder beruhigt hatten.

Hal wußte, daß er Fobo eigentlich nicht zuhören durfte, sich nicht einer Situation aussetzen sollte, in der ihm etwas Unwirkliches zu Ohren kam. Aber er konnte einfach nicht fortbleiben. Und obwohl er Fobo für das, was er sagte, haßte, verschaffte ihm diese Bekanntschaft eine seltsame Genugtuung und Faszination. Er konnte sich von diesem Wesen einfach nicht trennen, dessen Zunge ihn weitaus schmerzvoller schmähte und schindete, als dies Pornsens Peitsche je vermocht hatte.

Er erzählte Jeannette von diesen Vorfällen. Sie ermutigte ihn, immer wieder davon zu sprechen, bis er sich von Streß und Spannung, Haß und Zweifel befreit hatte. Anschließend fand er eine Liebe, die er nie für möglich gehalten hätte.

Zum ersten Mal in seinem Leben machte er die Erfahrung, daß Mann und Frau sich zu einem Wesen vereinigen konnten. Seine Ehefrau und er hatten eine gewisse Distanz zueinander gehalten, Jeannette aber verfügte über die Mittel, ihn anzuziehen, und über die Kräfte, die seine Substanz mit der ihren vermischte.

Das Licht und der Drink gehörten stets dazu, was Hal aber nicht störte. Ohne es zu wissen, trank Jeannette mittlerweile eine Flüssigkeit, die fast völlig aus Glühfrei bestand. Und Hal hatte sich an das Licht über dem Bett gewöhnt. Dies war eine ihrer Marotten. Angst vor der Dunkelheit steckte nicht dahinter, denn sie wünschte sich das Licht nur für die Zeit, während sie sich liebten. Er hatte kein Verständnis dafür. Vielleicht wollte sie sich sein Bild einprägen, um es immer im Gedächtnis zu haben, falls sie ihn jemals verlieren sollte. Wenn es das war, mochte sie ihr Licht bekommen.

Teils mit sexuellem, teils mit anthropologischem Interesse erkundete er im Schein der Lampe ihren Körper. Er war entzückt und erstaunt über die vielen kleinen Unterschiede zwischen ihr und irdischen Frauen. An ihrem Gaumen befand sich ein Hautanhängsel, welches das Rudiment eines Organs sein mochte, dessen Funktion schon vor langer Zeit von der Evolution verworfen wurde. Jeannette hatte achtundzwanzig Zähne; die Weisheitszähne fehlten. Dies war möglicherweise ein Merkmal des Volkes ihrer Mutter.

Er vermutete, daß sie entweder eine besondere Brustmuskulatur hatte oder daß sich die normalen Muskeln außergewöhnlich gut entwickelt hatten, denn ihre großen und spitzen Brüste hingen nicht herab. Sie waren hoch und fest und zeigten leicht nach oben: das Ideal weiblicher Schönheit, wie es zu allen Zeiten von männlichen Bildhauern und Malern dargestellt wurde und so selten in der Natur existierte.

Sie war nicht nur eine Augenweide. Es war auch sehr angenehm, mit ihr zusammen zu sein. Mindestens einmal in der Woche begrüßte sie Hal mit einem neuen Kleidungsstück. Sie nähte leidenschaftlich gern; aus den Stoffen, die Hal ihr gab, schneiderte sie Blusen, Röcke und sogar Kleider. Auch ihre Frisuren veränderte sie ständig. Sie war immer wieder anders und immer schön, und sie brachte Hal zu der Erkenntnis, daß Schönheit auch eine Freude war, zumindest für die Zeit, die sie andauerte.

Ihr Nachahmungstalent war eine weitere Sache, die ihm Vergnügen bereitete. Fast über Nacht war sie von ihrem Französisch auf Amerikanisch übergewechselt. Binnen einer Woche sprach sie es schneller und ausdrucksvoller als er. Da sie auch eingehende Kenntnisse des Siddo hatte, meinte Hal, daß es am einfachsten wäre, wenn Jeannette ihm Bücher der *Wogs* vorlas, damit auch er es lernte. Er lag auf dem Diwan, während sie auf einem Stuhl saß. Ihre sehr korrekte Aussprache und Betonung schulte sein Gehör, und Hal sparte viel Zeit dadurch, daß er nicht jedes neue Wort in einem Wörterbuch nachschlagen mußte — sie übersetzte es ihm.

Jeannette machte es großen Spaß, ihm vorzulesen. Nur langweilten sie die trockenen technischen Texte, die Hal ihr gab. Außerdem beherrschte sie zwar die Siddo-Umgangssprache, kannte sich aber nicht allzusehr mit den wissenschaftlichen Begriffen aus. Wenn Hal merkte, daß sie ins Stolpern kam oder zögerte, wurde er weich und ließ sie mit dem Lesen aufhören.

So brachte er zum Beispiel We'enai's monumentales *Aufstieg und Untergang des Menschen auf Ozagen* nie zu Ende.

An diesem Abend begann Jeannette wie gewöhnlich recht tapfer. Ihre tiefe, kehlige Stimme versuchte, Interesse für das zu simulieren, was ihre Augen sahen. Sie las das erste Kapitel vor, welches die Bildung des Planeten und die Anfänge des Lebens auf ihm beschrieben. Beim zweiten Kapitel gähnte sie ziemlich unverhohlen, aber Hal tat so, als bemerkte er dies nicht und schloß seine Augen. Also fuhr sie fort, schilderte den Aufstieg der *Wogs* von Präarthropoden, die sich anders besonnen und dazu entschieden hatten, Chordaden zu werden. We'enai machte einige schwerfällige Scherze über die Gegensätzlichkeit der Woggelwanzen seit diesem schicksalhaften Tag, und im dritten Kapitel behandelte er schließlich die Geschichte der Säugetierevolution auf dem anderen großen Kontinent Ozagens, die mit dem Menschen ihren Höhepunkt erreichte.

»Aber der Mensch«, zitierte sie, »hatte — wie wir — seine Mimikryparasiten. Einer davon war eine andere Spezies des sogenannten Kneipenkäfers, der, statt einem *Wog* zu gleichen, wie ein Mensch aussah. Wie sein Gegenstück konnte auch er keine intelligente Person zum Narren halten, aber durch seine Alkoholausscheidung war er bei den Menschen sehr erwünscht. Auch er begleitete seinen Wirt seit den primitiven Zeiten, wurde ein wesentlicher Bestandteil seiner Zivilisation und schließlich eine der wichtigsten Ursachen für den Verfall der menschlichen Kultur.

Das Verschwinden der Menschheit von der Oberfläche Ozagens ist jedoch nicht allein auf den Kneipenkäfer zurückzuführen. Dieses Geschöpf kann man unter Kontrolle halten. Wie die meisten Wesen kann man es mißbrauchen oder seinem Zweck entfremden, so daß es zu einer Gefahr wird.

Genau dies stellte der Mensch mit ihm an.

Man muß festhalten, daß er einen Verbündeten hatte, der ihm bei dem Mißbrauch des Insekts half. Es handelte sich um einen anderen Parasiten, der irgendwie anders geartet war — einer, der, um es einmal so auszudrücken, tatsächlich unser Vetter war.

In einer Hinsicht jedoch unterscheidet er sich von uns, vom Menschen und von jedem anderen Lebewesen auf diesem Planeten, wenn man von einigen sehr niederen Spezies absieht. Und zwar darin, daß er nach den allerersten fossilen Zeugnissen zu urteilen, die wir von ihm besitzen, gänzlich ...«

Jeannette legte das Buch aus der Hand. »Das nächste Wort ist mir unbekannt, Hal. Muß ich es unbedingt vorlesen? Es ist so langweilig.«

»Nein, nicht nötig. Nehmen wir lieber diese Comics, die dir und den Matrosen der *Gabriel* so gut gefallen.«

Sie lächelte — ein hübscher Anblick — und begann aus Band 1037, Buch 56 der *Abenteuer des Leif Magnus, geliebter Schüler des Vorboten,* die Geschichte *Die Begegnung mit dem Grauen von Arkturus* vorzutragen.

Hal hörte ihren Bemühungen zu, das Amerikanisch in die Landessprache zu übersetzen, bis er der Banalitäten des Comics überdrüssig wurde und Jeannette zu sich herunterzog.

Und das Licht über ihnen blieb stets an.

Doch es gab auch Mißverständnisse, Meinungsverschiedenheiten und Konflikte zwischen ihnen.

Jeannette war weder Puppe noch Sklavin. Wenn ihr etwas nicht gefiel, was Hal tat oder sagte, dann brachte sie oft sehr schnell ihre Meinung zum Ausdruck. Und wenn er sarkastisch oder heftig antwortete, sah er sich wortreichen Angriffen ausgesetzt.

Es war kurz nachdem er Jeannette in seiner *Puka* versteckt hatte, als er nach einem langen Tag auf dem Schiff mit beträchtlichem Stoppelbart im Gesicht heimkehrte.

Sie küßte ihn und verzog dann das Gesicht. »Das tut

weh; es ist wie ein Reibeisen. Ich werde deine Creme holen und selbst deinen Bart wegreiben.«

»Nein, tu das nicht«, entgegnete er.

»Warum denn nicht?« sagte sie und war schon zum Unaussprechlichen unterwegs. »Ich tue sehr gern etwas für dich. Und ganz besonders gefällt es mir, wenn ich dich schön machen kann.«

Mit der Dose des Enthaarungsmittels in der Hand kam sie zurück. »Nun setz dich mal, und ich werde das alles für dich besorgen. Du kannst ja darüber nachdenken, wie sehr ich dich liebe, während ich diese kratzigen Drähte aus deinem Gesicht entferne.«

»Du verstehst mich nicht, Jeannette. Ich kann mich nicht rasieren, weil ich jetzt ein Lamechianer bin. Lamechianer müssen Bärte tragen.«

Erschreckt blieb Jeannette stehen und fragte: »Du *mußt?* Soll das heißen, daß dies Gesetz ist, daß du ein Verbrecher bist, wenn du dich nicht daran hältst?«

»Nein, nein. Ganz so schlimm ist es nicht. Der Vorbote hat selbst nie ein Wort dazu gesagt, und es ist auch niemals ein Gesetz verabschiedet worden, welches dies obligatorisch gemacht hätte. Aber — es ist so Sitte. Und es ist ein Ehrenzeichen, denn nur ein Mann, der es wert ist, das Lamech zu tragen, darf sich auch einen Bart zulegen.«

»Was würde passieren, wenn sich ein Nicht-Lamechianer einen Bart wachsen ließe?«

»Ich weiß es nicht«, sagte er, und seine Stimme klang leicht ärgerlich. »Das ist noch nie vorgekommen. Niemand käme auf diesen Gedanken, es sei denn, er hätte sich qualifiziert. Es ist eben eines dieser Dinge, die man als gegeben hinnehmen muß. Nur ein Außenstehender kann sich darüber Gedanken machen.«

»Aber ein Bart ist so häßlich«, sagte sie. »Und er zerkratzt mir das Gesicht. Genausogut könnte ich einen Haufen Sprungfedern küssen.«

»Dann«, sagte er zornig, »mußt du entweder lernen,

wie man Sprungfedern küßt, oder wie du ohne Küsse auskommst. Weil ich einen Bart haben *muß!*«

»Hör mir mal zu«, sagte sie und ging ganz nahe an ihn heran. »Du *mußt* nicht! Was hat es für einen Zweck, Lamechianer zu sein, wenn man doch nicht mehr Freiheit hat als zuvor. Wenn man das zu tun hat, was von einem erwartet wird? Warum ignorierst du diesen Brauch nicht einfach?«

Hal fühlte sowohl Wut als auch Panik in ihm aufsteigen. Panik deswegen, weil er sich ihr so sehr entfremden konnte, daß sie ihn verließ, aber auch, weil er sich im klaren war, daß er im Falle eines Nachgebens von den anderen Lamechianern auf der *Gabriel* mit Argwohn betrachtet würde.

Dies hatte zur Folge, daß er sie beschuldigte, eine Idiotin zu sein. Ihre Erwiderung fiel nicht minder herb und heftig aus. Sie stritten sich, und die halbe Nacht war vorüber, bevor sie den ersten Schritt zu einer Versöhnung machte. Und dann wurde es Morgen, ehe sie einander genügend bewiesen hatten, wie sehr sie sich liebten.

Und an diesem Morgen rasierte sich Hal. Drei Tage lang geschah nichts auf der *Gabriel.* Niemand machte irgendwelche Bemerkungen, und die merkwürdigen Blicke, die er sah — oder zu sehen glaubte —, schrieb er seinem Schuldgefühl und seiner Phantasie zu. Schließlich kam ihm der Gedanke, daß entweder niemand etwas bemerkt hatte, oder alle so sehr mit ihren Aufgaben beschäftigt waren, daß es ihnen nicht der Mühe wert war, sich dazu auszulassen. Er begann sogar, Überlegungen anzustellen, ob es nicht noch andere Ärgernisse des Lamechianertums gab, die er gleichfalls abschaffen konnte.

Am Morgen des vierten Tages wurde er in das Büro Macneffs gerufen.

Hal traf den Sandalphon hinter seinem Schreibtisch sitzend und seinen eigenen Bart befingernd an. Mit seinen blaßblauen Augen starrte Macneff ihn eine Zeitlang an, ehe er Hals Gruß erwiderte.

»Vielleicht waren Sie allzusehr mit Ihren Forschungen bei den *Wogs* beschäftigt, Yarrow, um noch an andere Dinge zu denken. Es trifft sicherlich zu, daß wir hier in einer ungewöhnlichen Umgebung leben und alle unsere Konzentration auf den Tag richten, an dem das Projekt gestartet wird.«

Er stand auf und begann, vor Hal auf und ab zu gehen.

»Sie wissen doch sicherlich, daß Sie als Lamechianer nicht nur Privilegien, sondern auch bestimmte Pflichten haben?«

»Shib, Abba.«

Mit einer plötzlichen Bewegung wandte Macneff sich zu Hal um und zeigte mit einem langen knochigen Finger auf ihn.

»Warum lassen Sie sich dann keinen Bart wachsen?« sagte er laut. Und er blickte sehr erzürnt.

Hal lief es eiskalt den Rücken hinunter, wie es so oft in seiner Kindheit passiert war, wenn Pornsen, sein *Sept*, die gleichen Manöver mit ihm durchexerziert hatte. Und ihn befiel die gleiche geistige Verwirrung.

»Wieso, ich ... ich ...«

»Wir müssen nicht nur danach streben, das Lamech zu erhalten, wir müssen auch weiterhin bemüht sein, uns dessen würdig zu erweisen. Reinheit und nichts als Reinheit wird uns zum Erfolg führen, die unentwegte Bemühung, rein zu sein.«

»Verzeihen Sie, *Abba*«, sagte Hal mit zitternder Stimme. »Aber ich unternehme doch unendliche Anstrengungen, um rein zu sein.«

Er wagte es, dem Sandalphon in die Augen zu sehen, während er dies sagte, obwohl er selbst nicht genau wußte, woher er den Mut dazu nahm. So abscheulich zu lügen! Er, der unwirklich lebte, log in Gegenwart des großen und reinen Sandalphons!

»Ich wußte doch nicht«, fuhr Hal fort, »daß das Rasieren etwas mit der Reinheit zu tun hat. Weder im *Westlichen Talmud* noch in einem anderen Buch des Vorboten findet sich irgend etwas darüber, ob ein Bart wirklich oder unwirklich ist.«

»Wollen Sie mir erzählen, was in den Schriften steht?« brüllte Macneff.

»Nein, natürlich nicht. Aber es stimmt, was ich sagte, nicht wahr?«

Macneff begann wieder, seine Schritte zu tun und sagte: »Wir müssen rein sein, müssen unbedingt rein sein. Und auch nur das leiseste Anzeichen einer Pseudozukunft, das kleinste Abweichen von der Realität kann uns beflecken. Ja, Sigmen hat sich nie dazu geäußert. Aber es ist schon seit langem anerkannt, daß allein die Reinen es wert sind, dem Vorboten durch das Tragen eines Bartes nachzueifern. Daher müssen wir, um rein zu sein, auch rein aussehen.«

»Ich stimme Ihnen aus ganzem Herzen zu!« sagte Hal, der allmählich Selbstvertrauen und eine gewisse Entschlossenheit fand. Es war ihm plötzlich aufgefallen, daß er so betroffen auf Macneffs Vorhaltungen reagiert hatte wie sonst auf die von Pornsen. Pornsen aber war tot, vernichtet, seine Asche dem Wind überlassen worden. Und Hal war es selbst gewesen, der sie bei der Zeremonie verstreut hatte.

»Unter normalen Umständen würde ich mir einen Bart wachsen lassen«, erklärte er. »Aber da ich nun mal unter den *Wogs* lebe, kann ich so weit effektvollere Spionage neben meiner Forschungstätigkeit betreiben. Ich habe nämlich festgestellt, daß die *Wogs* einen Bart als Greuel betrachten — sie selbst haben keine Bärte. Sie können einfach nicht begreifen, warum wir Bärte wachsen lassen, wo wir doch über Mittel verfügen, um sie zu entfernen. Und in Gegenwart eines bärtigen Mannes fühlen sie sich unwohl und angewidert. Ich werde ihr Zutrauen nicht gewinnen können, wenn ich einen Bart trage. Ich habe jedoch die Absicht, mir in dem Moment einen wachsen zu lassen, wenn das Projekt gestartet wird.«

»Hmm!« sagte Macneff, die Haare in seinem Gesicht betastend. »Da könnten Sie recht haben. Schließlich sind dies ja auch ganz ungewöhnliche Verhältnisse. Aber weshalb haben Sie mir denn nichts davon gesagt?«

»Sie sind so beschäftigt, vom Morgengrauen bis zum Schlafengehen, daß ich Sie nicht damit belästigen wollte«, erwiderte Hal. Er fragte sich, ob Macneff sich wohl die Zeit nahm, um die Wahrheit seiner Aussage nachzuprüfen. Denn die *Wogs* hatten Hal gegenüber nie ein Wort über Bärte verloren. Er war zu dieser Ausrede inspiriert worden, als er sich daran erinnerte, was er über die anfänglichen Reaktionen der amerikanischen Indianer auf das Gesichtsgewächs des weißen Mannes gelesen hatte.

Macneff fügte noch ein paar Worte über die Bedeutung des Reinbleibens hinzu, dann entließ er Hal.

Die Strafpredigt wirkte noch nach, als Hal auf dem Weg nach Hause war. Dort angekommen, nahm er zur Beruhigung einige Drinks und dann noch ein paar, um sich für das Abendessen mit Jeannette aufzulockern. Er hatte nämlich herausgefunden, daß er, wenn er genug getrunken hatte, ohne Ekel zusehen konnte, wie das Essen in ihren nackten Mund geführt wurde.

Dieses Hilfsmittel hatte allerdings auch eine unerfreuliche Begleiterscheinung. Denn er fand zu keiner konstruktiven linguistischen Arbeit mehr und begann, mit seinen Berichten in Verzug zu geraten. Andererseits konnten Jeannette und er auf diese Weise ihr Beisammensein stets ungestört genießen.

17

Eines Tages, als Yarrow mit einer großen Kiste vom Markt zurückkehrte, sagte er: »In letzter Zeit hast du die Lebensmittel nur so in dich hineingeschlungen. Du ißt doch nicht für zwei? Oder vielleicht sogar für drei?«

Sie erblaßte. »*Mo choo!* Weißt du, was du da sagst?«

Er stellte die Kiste auf einen Tisch und faßte Jeannette bei den Schultern.

»*Shib.* Ganz genau, Jeannette. Das geht mir schon seit geraumer Zeit durch den Kopf, aber ich habe bisher noch nichts dazu gesagt, weil ich dich nicht beunruhigen wollte. Oder bist du es jetzt?«

Sie schaute ihm direkt in die Augen, aber ihr Körper bebte. »Oh, nein. Das ist unmöglich!«

»Warum denn? Wir haben doch keine Verhütungsmittel benutzt.«

»*Fi.* Aber ich weiß — frag mich bitte nicht nach dem Grund —, daß es nicht sein kann. Und du darfst nie wieder so etwas andeuten. Auch nicht im Spaß. Ich kann es nicht ertragen.«

Er zog sie ganz fest an sich und sagte über ihre Schulter hinweg: »Ist es deswegen, weil du dazu nicht fähig bist? Weil du weißt, daß du mir keine Kinder gebären kannst?«

Ihr dichtes, leicht parfümiertes Haar hob und senkte sich. »Ich weiß es eben. Frag mich nicht, warum ich es weiß.«

Er löste die enge Umarmung und stand nun wieder eine Armlänge von ihr entfernt. »Hör mir zu, Jeannette. Ich werde dir sagen, was dir Kummer macht. Du und ich, wir entstammen zwei verschiedenen Spezies. Das galt auch für deinen Vater und deine Mutter. Doch sie bekamen Kinder. Und du weißt vielleicht auch, daß Esel und Pferdestuten Junge hervorbringen können, das Muli jedoch steril ist. Der Löwe und die Tigerin können sich vermehren, aber der Löger oder die Tiwin nicht. Ist es nicht so? Und du hast Angst, eine Art Muli zu sein!«

Sie legte ihren Kopf an seine Brust; Tränen flossen auf sein Hemd.

»Wir wollen es realistisch sehen, Liebling«, sagte Hal. »Wenn es so ist — was soll's? Unsere Situation ist — weiß der Vorbote! — ohne ein Baby schon kompliziert genug. Wir werden glücklich sein, wenn du ... nun ... wir haben ja uns, nicht wahr? Das ist alles, was ich brauche. Dich.«

Er trocknete ihre Tränen ab, küßte sie und half ihr, die Lebensmittel in den Kühlschrank zu stellen. Dabei machte er jedoch einen sehr nachdenklichen Eindruck.

Die Mengen an Nahrung und Milch, die sie verbraucht hatte, waren größer als früher. Dies galt besonders für den Milchkonsum. In ihrer herrlichen Figur hatten sich keine verräterischen Veränderungen ergeben. Ohne irgendeine Wirkung zu zeigen, konnte sie aber nicht dermaßen viel essen. Ein Monat verstrich. Hal beobachtete sie sehr genau. Jeannette aß enorme Mengen. Aber nichts geschah.

Yarrow schob es auf seine Unkenntnis ihres fremdartigen Stoffwechsels.

Ein weiterer Monat ging vorüber. Hal wollte gerade die Schiffsbibliothek verlassen, als ihn Turnboy, der historische *Inter*, anhielt.

»Es geht das Gerücht um, die Techniker hätten endlich das globingreifende Molekül hergestellt«, sagte der Historiker. »Ich glaube, dieses Mal sind die Flüsterparolen wahr. Für 15.00 ist eine Konferenz anberaumt worden.«

»*Shib.*« Hal versuchte, die Verzweiflung aus seiner Stimme herauszuhalten.

Als die Versammlung um 16.50 aufgelöst wurde, saß Hal mit hängenden Schultern da. Der Virus war bereits in der Produktion. In einer Woche würde ein ausreichend großer Vorrat bereitstehen, um damit die Disseminatoren von sechs Torpedos zu füllen. Es war geplant, diese abzuschießen, um die Stadt Siddo zu vernichten. Die Torpedos würden in Spiralen fliegen, deren Umfang sich erweiterte, bis ein weites Territorium abgedeckt war. Am Ende, wenn die Torpedos zurückgekehrt, neu geladen und wieder gestartet waren, würde der gesamte Planet der *Wogs* tot sein.

Als Hal in sein Apartment kam, fand er Jeannette im Bett liegend vor. Ihr Haar bildete einen schwarzen Kranz auf dem Kopfkissen, und sie lächelte schwach.

Hal erschrak und vergaß ganz seine gedrückte Stimmung.

»Was ist mit dir los, Jeannette?«

Er legte eine Hand auf ihre Stirn. Die Haut war trokken, heiß und ziemlich rauh.

»Ich weiß es nicht. Ich fühle mich eigentlich schon seit zwei Wochen nicht sehr wohl, obgleich ich mich nicht beklagt habe. Ich dachte, es würde schon vorübergehen. Heute aber ging es mir so schlecht, daß ich mich sofort nach dem Frühstück wieder ins Bett legen mußte.«

»Wir werden dich schon wieder gesund bekommen.«

Er klang sehr zuversichtlich, aber innerlich war er sehr deprimiert. Falls sie sich eine ernsthafte Krankheit zugezogen hatte, konnte er keinen Arzt und keine Medikamente für sie besorgen.

In den nächsten Tagen blieb sie im Bett liegen. Ihre Temperatur schwankte zwischen 42,8°C am Morgen und 43,1°C am Abend. Hal pflegte sie, so gut er nur konnte. Er legte ihr nasse Tücher und Eisbeutel auf die Stirn und gab ihr Aspirin. Sie aß jetzt keine großen Mengen mehr, sondern verlangte lediglich danach, etwas zu trinken. Immer wieder bat sie um Milch. Auch den Käfersaft und die Zigaretten lehnte sie ab.

So schlimm ihre Krankheit auch war — ihr Schweigen trieb Yarrow zur Raserei. Seit er sie kannte, hatte sie unbeschwert, fröhlich und amüsant geschwätzt. Sie konnte zwar ruhig sein, aber man merkte ihr dann eine interessierte Wortlosigkeit an. Nun ließ sie ihn sprechen, und wenn er aufhörte, unterbrach sie nicht die Stille durch Fragen oder Bemerkungen.

Er machte den Versuch, sie aufzurütteln, indem er ihr von seinem Plan erzählte, ein Flugboot zu stehlen und sie damit zu ihrer Dschungelheimat zurückzubringen. Ein Leuchten kam in ihren matten Augen auf; das Braun sah zum ersten Mal wieder glänzend aus. Sie setzte sich sogar auf, während er eine Karte des Kontinents auf ihrem Schoß ausbreitete. Jeannette deutete ungefähr auf die Stelle, wo sie gelebt hatte, und beschrieb das Gebirgsmassiv, das aus den grünen Tropen aufstieg, das Tafelland auf dessen Gipfeln, wo ihre Tanten und Schwestern in den Ruinen der früheren Hauptstadt wohnten.

Hal setzte sich an die kleine sechseckige Tischplatte neben dem Bett und rechnete aus den Karten die Koordinaten aus. Hin und wieder schaute er auf. Jeannette lag auf der Seite, ihre zarte, weiße Schulter hob sich aus ihrem Nachthemd hervor, ihre großen Augen waren von Schatten umringt.

»Ich brauche nur einen kleinen Schlüssel zu stehlen«, sagte er. »Der Kilometerzähler auf einem Boot wird vor jedem Start vom Flugfeld auf Null gestellt. Das Fahrzeug fliegt nun fünfzig Kilometer nach Handsteuerung. Beim Erreichen dieser Entfernungsmarke stoppt das Boot automatisch und sendet ein Signal über seinen Standort aus. Das soll verhindern, daß jemand flieht. Die Automatik kann man aufschließen und das Signal abschalten. Ein kleiner Schlüssel reicht dazu. Ich kann ihn bekommen. Keine Sorge!«

»Du mußt mich sehr lieben!«

»*Shib.*«

Er stand auf und küßte sie. Ihr einst so weicher und taufrischer Mund fühlte sich trocken und hart an. Es war fast so, als würde die Haut zu Horn werden.

Er wandte sich wieder seinen Berechnungen zu. Eine Stunde später ließ ihn ein Seufzer von ihr hochblicken. Ihre Augen hatte sie geschlossen, und ihre Lippen waren leicht geöffnet. Schweißtropfen liefen über ihr Gesicht.

Er hatte gehofft, daß ihr Fieber gegangen war. Aber nein. Die Quecksilbersäule kletterte auf 43,2°C.

Sie sagte etwas.

Er beugte sich nieder. »Was?«

Sie murmelte Worte aus einer unbekannten Sprache, der des Volkes ihrer Mutter. Delirium.

Hal fluchte. Er mußte handeln. Ungeachtet der Konsequenzen. Er rannte ins Badezimmer, schüttelte eine starke Schmerztablette aus einem Fläschchen, kam zurück und richtete Jeannettes Oberkörper auf. Mit einigen Schwierigkeiten gelang es ihm, sie zu veranlassen, die Pille mit einem Glas Wasser hinabzuspülen.

Nachdem er die Schlafzimmertür verschlossen hatte, legte er Umhang und Kapuze an und eilte zur nächsten *Wog*-Apotheke. Dort kaufte er drei Nadeln, drei Spritzen und ein Anti-Koagulans. Wieder in seinem Apartment, versuchte er, die Nadeln in ihre Armvene einzuführen. Die Spitze wollte einfach nicht eindringen, bis er beim vierten Ansetzen, in einem Anfall von Verzweiflung, ganz fest drückte.

Während der Einstiche öffnete sie nicht ein einziges Mal ihre Augen oder ruckte auch nur mit dem Arm.

Als die ersten Tropfen der Flüssigkeit in das Glasröhrchen tröpfelten, atmete Hal erleichtert auf. Obwohl es ihm nicht bewußt geworden war, hatte er sich auf die Lippen gebissen und den Atem angehalten. Plötzlich erkannte er, daß er in den letzten Monaten einen entsetzlichen Verdacht tief in das Unterbewußtsein verdrängt hatte. Jetzt sah er ein, wie lächerlich dieser Gedanke gewesen war.

Das Blut war rot.

Er versuchte, sie aufzuwecken, um eine Urinprobe zu

bekommen. Sie verdrehte ihren Mund mit sonderbaren Silben, fiel dann wieder in Schlaf oder Koma — Hal wußte nicht, was es war. In seiner Verzweiflung schlug er ihr ins Gesicht, immer wieder, in der Hoffnung, er könnte sie dadurch ihrer Bewußtlosigkeit entreißen. Er fluchte erneut, denn ihm wurde mit einem Mal klar, daß er die Urinprobe hätte nehmen müssen, ehe er ihr das Schmerzmittel gab. Wie konnte er sich nur so dumm anstellen? Er war nicht konzentriert genug; ihr Zustand und das, was er auf dem Schiff zu erledigen hatte, regten ihn zu sehr auf.

Hal brühte einen sehr starken Kaffee auf und schaffte es, Jeannette einen Teil davon einzuflößen. Der Rest tröpfelte am Kinn herunter und durchtränkte ihr Nachthemd.

Entweder war es das Koffein oder sein verzweifelter Ton, jedenfalls erwachte sie und öffnete ihre Augen gerade lange genug, um ihn anzusehen, während er ihr erklärte, was er von ihr wollte und wohin er anschließend gehen würde. Nachdem der Urin in einem vorher ausgekochten Behälter gesammelt war, wickelte er den Behälter und die Spritzen in ein Taschentuch und verstaute alles unter seinem Mantel.

Über ein tragbares Sprechgerät hatte er von der *Gabriel* ein Boot angefordert. Draußen ertönte eine Hupe. Er schaute noch einmal auf Jeannette, verschloß dann die Schlafzimmertür und rannte die Treppen hinunter. Das Boot schwebte über dem Bordstein. Hal stieg ein, setzte sich und schlug auf den Startknopf. Das Boot schnellte auf tausend Meter Höhe empor und jagte dann in einem Winkel von 11 Grad dem Schiff im Park entgegen.

In der medizinischen Abteilung hielt sich nur ein Krankenpfleger auf. Der Bursche ließ sein Comics-Heft fallen und sprang auf.

»Nur keine Aufregung!« sagte Hal. »Ich möchte lediglich die Laborgeräte benutzen. Und ich möchte nicht durch die Ausstellung dreifacher Formulare belästigt werden. Dies ist eine private Angelegenheit, verstehen Sie?«

Hal hatte seinen Mantel ausgezogen, so daß der Pfleger das leuchtende goldene *Lamech* sehen konnte.

»*Shib*«, grunzte der Mann.

Hal reichte ihm zwei Zigaretten.

»Oh, danke.« Er steckte sich eine Zigarette an, setzte sich wieder und griff nach *Der Vorbote und Delilah in der sündigen Stadt Gaza.*

Yarrow ging um die Ecke des Laboratoriums, wo ihn der Pfleger nicht sehen konnte, und schaltete die erforderlichen Geräte ein. Nachdem er seine Proben eingegeben hatte, setzte er sich hin. Doch schon nach wenigen Sekunden sprang er wieder auf und begann, unruhig auf und ab zu gehen. Der Analysecomputer schnurrte mittlerweile wie eine zufriedene Katze, die ihr seltsames Futter verdaute. Eine halbe Stunde später erklang ein kurzes Rasseln, und dann flammte ein grünes Licht auf: ANALYSE KOMPLETT.

Hal betätigte einen Schalter. Wie eine Zunge aus einem Metallmund, glitt ein langes Band heraus. Er las den Code. Urin normal, keine Infektion in diesem Bereich. Normal auch der pH-Wert und die Zahl der Blutkörperchen.

Er war sich nicht ganz sicher gewesen, ob das ›Auge‹ die Zellen ihres Blutes wahrnehmen würde. Die Chancen waren jedoch sehr groß, daß ihre roten Blutkörperchen den irdischen ähnelten. Warum auch nicht? Die Evolution folgt immer parallelen Pfaden, selbst auf Planeten, die mehrere Lichtjahre voneinander getrennt sind, und die bikonkave Scheibe ist die effizienteste Form, um ein Maximum an Sauerstoff zu transportieren.

Der Computer ratterte. Noch mehr Band wurde ausgeworfen. Unbekanntes Hormon! In der Molekularstruktur dem parathyreoiden Hormon ähnlich, welches primär mit der Steuerung des Kalzium-Stoffwechsels befaßt ist.

Was hatte dies zu bedeuten? Konnte diese mysteriöse Substanz, mit der ihr Blut durchsetzt war, die Ursache ihrer Beschwerden sein?

Weiteres Klicken. Der Kalziumgehalt des Blutes lag bei 40 mg Prozent.

Eine derart abnorm hohe Konzentration mußte bedeuten, daß die Nierenschwelle überschritten wurde und das Übermaß an Kalzium in den Urin ›überlief‹. Wo war es also geblieben?

Der Computer ließ ein rotes Licht aufblitzen: ERLEDIGT.

Aus einem Regal nahm Hal ein Lehrbuch der Hämatologie und schlug unter ›Ca‹ nach. Als er mit dem Lesen aufhörte, straffte er seine Schultern. Neue Hoffnung? Möglicherweise. In ihrem Fall deutete alles darauf hin, daß sie unter einer Form von Hypercalcämie litt, die sich in einer beliebigen Anzahl von Krankheiten offenbarte, wie beispielsweise in einer Rachitis oder einer chronischen hypertrophen Arthritis. Was Jeannette auch immer fehlte, ihr machte eine Fehlfunktion der parathyreoiden Drüse zu schaffen.

Der nächste Gang führte ihn zur Pharmamaschine. Er drückte auf drei Knöpfe, wählte eine Nummer, wartete zwei Minuten und hob dann den Verschluß des Ausgabefaches hoch, das sich in Hüfthöhe befand. Eine Schale kam zum Vorschein. Auf dieser lag eine Zellophanhülle, die eine Injektionsnadel und ein Röhrchen mit 30 ccm einer hellblauen Flüssigkeit enthielt. Es war Jesper-Serum, mit dem sich durch einmalige Einspritzung eine Regulierung der Schilddrüsentätigkeit erreichen ließ.

Hal zog seinen Mantel über, steckte das Päckchen in die Innentasche und schritt zur Tür hinaus, ohne daß der Krankenpfleger auch nur einmal aufgeschaut hätte.

Der nächste Weg führte ihn in die Waffenkammer. Dort gab er dem Lagerverwalter einen Auftrag — dreifach ausgefertigt — über eine 1mm-Automatik und hundert Schuß scharfer Munition. Der Lagerist warf nur einen flüchtigen Blick auf die gefälschten Unterschriften — auch er war durch das *Lamech* von Ehrfurcht ergriffen — und öffnete die Tür. Hal nahm sich den Revolver, den er bequem in seiner Handfläche verbergen konnte, und steckte ihn in seine Hosentasche.

Im Schlüsselraum, der zwei Korridore entfernt war, wiederholte er das Verbrechen. Oder genauer gesagt, er unternahm den Versuch dazu.

Moto, der Offizier vom Dienst, sah sich die Papiere an, zögerte einen Moment und sagte dann: »Tut mir leid. Aber ich habe die Anweisung, bei Wünschen jeder Art beim Obersten Uzziten rückzufragen. Das wird jedoch erst in etwa einer Stunde möglich sein, denn er ist in einer Konferenz beim Erzurieliten.«

Hal nahm die Papiere wieder an sich. »Macht nichts. Die Angelegenheit ist nicht so dringend. Ich komme morgen früh noch mal wieder.«

Auf dem Heimweg überlegte er sich genau, wie er vorgehen würde. Nachdem er Jeannette das Jesper-Serum injiziert hatte, würde er sie zum Flugboot schaffen. Der Boden unter der Instrumententafel des Bootes mußte aufgerissen werden, zwei Drähte waren abzuklemmen, und einer mußte dann an eine andere Leitung angeschlossen werden. Dadurch würde die Begrenzung auf fünfzig Kilometer beseitigt. Unglücklicherweise würde diese Maßnahme einen Alarm auf der *Gabriel* auslösen. Er hoffte, daß er glatt starten konnte, hinaufsteigen und hinter der Bergkette im Westen Siddos verschwinden konnte. Die Berge würden das Radar ablenken. Der Autopilot würde ihm genügend Zeit lassen, um den Kasten zu zerstören, der das Signal aussendete, welches die *Gabriel* auf seine Spur führen konnte.

Da er das Fahrzeug im Tiefflug halten würde, konnte er hoffen, bis zum Tagesanbruch unbehelligt zu bleiben. Dann mußte er in den nächstgelegenen See oder Fluß, der tief genug war, eintauchen und warten, bis es Nacht wurde. Im Schutz der Dunkelheit konnte er aufsteigen und den Tropen entgegenrasen. Sollten auf seinem Radar irgendwelche Anzeichen von Verfolgern zu sehen sein, konnte er wieder in ein Gewässer eintauchen. Zum Glück gab es auf der *Gabriel* kein Sonargerät.

Er parkte das lange, nadelförmige Boot am Bordstein und stieg aus. Seine Füße polterten über die Treppen. Die ersten beiden Male verfehlte sein Schlüssel das Loch. Er knallte die Tür zu, ohne sich um das Abschließen zu kümmern.

»Jeannette!« rief er laut. Plötzliche Angst, sie könnte im Delirium aufgestanden sein, irgendwie die Tür geöffnet haben und hinausspaziert sein, befiel Hal.

Ein schwaches Stöhnen kam als Antwort. Er schloß die Schlafzimmertür auf und stieß dagegen. Mit weit geöffneten Augen lag sie da.

»Jeannette! Geht es dir besser?«

»Nein. Schlechter. Viel schlechter.«

»Mach dir keine Sorgen, Liebling. Ich habe genau die Medizin, die deine Lebensgeister zurückrufen wird. In ein paar Stunden schon wirst du dich aufrichten und nach Steaks schreien. Und diese Milch wirst du nicht einmal berühren wollen. Dein Glühfrei wirst du literweise trinken. Und dann ...«

Er stockte, als er ihr Gesicht sah. Es war eine wie versteinerte Maske des Elends, sah aus wie die grotesken, verzerrten Holzmasken der griechischen Tragödien.

»Oh, nein ... *nein!*« stöhnte sie. »Was hast du gesagt? Glühfrei?« Ihre Stimme wurde lauter. »Ist es *das,* was du mir die ganze Zeit über gegeben hast?«

»*Shib,* Jeannette. Reg dich doch nicht auf. Es

schmeckte dir. Wo liegt da der Unterschied? Die Sache ist die, daß wir fort müssen ...«

»Oh, Hal, Hal! Was hast du nur getan?«

Ihr schmerzerfülltes Gesicht bewegte ihn zutiefst. Tränen flossen; wenn je ein Stein hätte erweicht werden können, dann wäre dies bei diesem Anblick geschehen.

Er drehte sich um und lief in die Küche. Dort nahm er das Päckchen zur Hand, packte den Inhalt aus und steckte die Injektionsnadel in das Röhrchen. Dann ging er in das Schlafzimmer zurück. Jeannette gab keinen Laut von sich, als er die Spitze in ihre Vene hineinstieß. Einen Moment lang fürchtete Hal, die Nadel könnte abbrechen. Jeannettes Haut war so unendlich spröde.

»Dieses Zeug kuriert Erdenleute im Handumdrehen«, sagte er und hoffte, daß Heiterkeit die richtige Art war, mit Kranken umzugehen.

»Oh, Hal, komm zu mir. Es ist ... es ist jetzt zu spät dafür.«

Er zog die Nadel zurück, verrieb Alkohol über dem Einstich und legte ein kleines Müllpolster auf. Dann kniete er vor dem Bett nieder und küßte sie. Ihre Lippen wirkten beinahe wie Leder.

»Hal, liebst du mich?«

»Wirst du mir denn niemals glauben? Wie oft muß ich es dir noch sagen?«

»Ganz gleichgültig, was du über mich erfahren wirst?«

»Ich weiß doch alles über dich.«

»Nein, das stimmt nicht. Das kannst du gar nicht. Oh, Große Mutter, hätte ich dir doch nur etwas davon gesagt! Vielleicht hättest du mich trotz allem genauso sehr geliebt. Vielleicht ...«

»Jeannette! Was ist los?«

Sie hatte ihre Lider wieder geschlossen. Ihr Körper schüttelte sich in Krämpfen. Als das heftige Beben etwas nachgelassen hatte, flüsterte sie mit steifen Lippen. Er beugte seinen Kopf herunter, um sie zu verstehen.

»Was hast du gesagt? Jeannette! Sprich doch!«

Er rüttelte sie. Das Fieber mußte wohl verschwunden sein, denn ihre Schulter war kalt. Und hart.

Die Worte kamen leise und undeutlich.

»Bring mich zu meinen Tanten und Schwestern. Die werden schon wissen, was zu tun ist. Nicht für mich ... sondern für ...«

»Was meinst du denn?«

»Hal, wirst du mich immer lieben ...«

»Ja, ja. Das weißt du doch! Wir haben wichtigere Dinge zu tun, als über so etwas zu reden.«

Falls sie ihn hörte, so ließ sie dies nicht erkennen. Ihr Kopf war weit nach hinten geneigt, so daß ihre zierliche Nase zur Decke zeigte. Mund und Lider waren geschlossen, und ihre Hände lagen an ihrer Seite, mit den Handflächen nach oben. Die Brüste bewegten sich nicht. Das bißchen Atem war zu schwach, um sie zu regen.

18

Hal hämmerte an Fobos Tür, bis sie geöffnet wurde.

Die Frau des Empathisten sagte: »Hal! Hast du mich überrascht!«

»Wo ist Fobo?«

»Er ist auf einer Sitzung des Hochschulausschusses.«

»Ich muß ihn sofort sprechen.«

Abasa schrie hinter ihm her: »Wenn es wichtig ist, geh nur hin! Diese Sitzungen langweilen ihn sowieso zu Tode!«

Als Hal, drei Stufen auf einmal nehmend, hinuntergerannt war und das nahegelegene Universitätsgelände auf dem kürzesten Weg überquert hatte, mußte er nach Luft ringen. Er verlangsamte seinen Schritt aber nicht, sauste die Treppen zum Verwaltungsgebäude hinauf und platzte in das Sitzungszimmer hinein.

Als er sprechen wollte, mußte er erst einmal tief Luft holen.

Fobo sprang von seinem Stuhl auf.

»Wo brennt's denn?«

»Du ... du mußt ... mitkommen. Eine Sache auf Leben und Tod!«

»Entschuldigt mich«, sagte Fobo.

Die zehn *Wogs* nickten mit dem Kopf und fuhren mit der Konferenz fort. Der Empathist warf seinen Umhang über, setzte die Schädelkappe mit den Fühlerattrappen auf und führte Hal hinaus.

»Nun, was ist denn los?«

»Hör mir bitte zu. Ich muß dir vertrauen. Ich weiß, daß du mir nichts versprechen kannst. Aber ich glaube, du wirst mich nicht an meine Leute verraten. Du bist ein Mann von Charakter, Fobo.«

»Komm zur Sache, mein Freund.«

»Paß auf! Ihr *Wogs* seid in der Endokrinologie ebenso fortgeschritten wie wir. Und du hast noch einen besonderen Vorteil. Du kennst Jeannette in- und auswendig. Du hast sie untersucht.«

»Jeannette? Oh, Jeannette Rastignac! Die *Lalitha.*«

»Ja genau. Ich habe sie in meinem Apartment versteckt gehalten.«

»Ich weiß.«

»Du ... du weißt davon? Woher?«

»Spielt doch keine Rolle.« Der *Wog* legte seine Hand auf Hals Schulter. »Es muß wohl etwas Schlimmes passiert sein, sonst wärst du wegen ihr nicht zu mir gekommen.«

Auf dem Weg zu ihren Apartments erzählte Hal ihm alles. Vor der Tür hielt Fobo ihn am Arm fest.

»Ich muß dir auch etwas erzählen. Deine Landsleute wissen, daß du etwas im Schilde führst. Seit etwa zwei Wochen wohnt ein Mann in dem Gebäude dort unten an der Straße, der dir nachspioniert. Sein Name ist Art Hunah Pukui.«

»Ein Uzzite!«

»Ja. Er hält sich im Vorderzimmer im Erdgeschoß auf. Seine Fenster sind verdunkelt, aber wahrscheinlich beobachtet er dich gerade jetzt.«

»Den kannst du vergessen!« knurrte Yarrow.

Fobo folgte Hal in dessen Wohnung. Der *Wog* fühlte Jeannettes Stirn und versuchte ein Lid hochzuheben, um sich das Auge anzusehen. Es ließ sich nicht bewegen.

»Hmm! Die Verkalkung der äußeren Hautschichten ist sehr weit vorgeschritten.«

Mit der einen Hand zog Fobo das Bettuch von Jeannette herunter, mit der anderen packte er ihr Nachthemd und riß den dünnen Stoff in der Mitte entzwei. Die beiden Teile rutschten zur Seite hinab, und sie lag völlig nackt da, so stumm, so bleich und so schön wie das Meisterwerk eines Bildhauers.

Ihr Geliebter stieß angesichts dieser scheinbaren Gewalttätigkeit einen leisen Schrei aus. Aber er sagte nichts, denn er sah ein, daß Fobos Handlungsweise medizinischer Natur war. In keinem Fall würde der *Wog* ein sexuelles Interesse an Jeannette haben.

Verlegen schaute er zu. Fobo tippte mit seinen Fingerspitzen auf ihren flachen Bauch und legte dann sein Ohr daran. Als er wieder aufstand, schüttelte er seinen Kopf.

»Ich will dir nichts vormachen, Hal. Auch wenn wir das Bestmögliche tun, wird dies vermutlich nicht ausreichen. Sie muß zu einem Chirurgen. Wenn wir die Eier herausschneiden können, ehe sie ausgebrütet sind, dann kann das, zusammen mit dem Serum, das du ihr gegeben hast, einen Umschwung bewirken und sie vielleicht retten.«

»Eier?«

»Ich werde es dir noch erklären. Wickle sie jetzt ein.

Ich werde inzwischen hinunterlaufen und Dr. Kuto anrufen.«

Yarrow umhüllte Jeannette mit einer Decke und drehte sie dann herum. Sie war so steif wie eine Schaufensterpuppe. Da er den versteinerten Gesichtsausdruck nicht ertragen konnte, bedeckte er ihr Antlitz.

Sein Armbandsprechgerät schrillte. Ganz automatisch wollte er die Taste drücken, zog aber gerade noch rechtzeitig die Hand zurück. Das Schrillen war laut und beharrlich. Hal rang einige Sekunden mit sich und kam dann zu dem Schluß, daß er ihren Verdacht nur noch mehr erregte, wenn er nicht antwortete.

»Yarrow!«

»Shib?«

»Melden Sie sich beim Erzurieliten. Sie haben fünfzehn Minuten Zeit dafür.«

»Shib.«

Fobo kam wieder herein und sagte: »Was wirst du nun tun, Hal?«

Yarrow machte einen entschlossenen Eindruck. »Du greifst Jeannette bei den Schultern, und ich werde ihre Füße fassen. Sie ist so starr, daß wir keine Bahre benötigen.«

Als sie die Treppe hinuntergingen, fragte Hal: »Kannst du uns nach der Operation verstecken, Fobo? Wir werden das Boot jetzt nicht mehr benutzen können.«

»Keine Sorge«, sagte der *Wog* geheimnisvoll über seine Schulter hinweg. »Die Erdenmenschen werden zu sehr beschäftigt sein, um dich zu verfolgen.«

Es dauerte nicht einmal eine Minute, um Jeannette in das Flugboot zu schaffen, zum Hospital zu hüpfen und sie wieder herauszutragen.

»Wir wollen sie einen Moment auf den Boden legen«, sagte Hal. »Ich muß das Boot auf Automatikbetrieb stellen und es zur *Gabriel* zurückschicken. Auf diese Weise wissen sie wenigstens nicht, wo ich bin.«

»Nein. Laß es hier. Du kannst es danach noch benutzen.«

»Wonach?«

»Später. Ach, da ist ja Kuto.«

Im Wartezimmer ging Hal hin und her und paffte dicke Rauchwolken *Barmherziger Seraphim* in die Luft. Fobo saß auf einem Stuhl und rieb seinen kahlen Schädel.

»Dies alles hätte vermieden werden können«, sagte er unglücklich. »Hätte ich früher gewußt, daß die *Lalitha* bei dir lebt, wäre mir sicher aufgegangen, wozu du das Glühfrei benötigtest. Obwohl es nicht unbedingt diesem Zweck dienen mußte. Jedenfalls fand ich erst vor zwei Tagen heraus, daß sie sich in deinem Apartment aufhielt. Und ich hatte auch zu viel mit dem Projekt Erdenmensch zu tun, um mich noch ausgiebig mit ihr zu befassen.«

»Projekt Erdenmensch?« sagte Hal erstaunt. »Was ist denn das?«

Fobos V-in-V-Lippen teilten sich zu einem Lächeln, das die gezackten Knochenkämme enthüllte.

»Das kann ich dir jetzt noch nicht sagen, denn deine Kollegen auf der *Gabriel* könnten es dann durch dich erfahren. Und dies möglicherweise, bevor es zum Einsatz kommt. Dagegen darf ich dir sicherlich erzählen, daß wir von eurem Plan, das tödliche, globinbindende Molekül in unsere Atmosphäre zu verstreuen, wissen.«

»Es gab mal eine Zeit, da wäre ich entsetzt gewesen, dies zu erfahren«, erklärte Hal. »Aber jetzt läßt es mich vollkommen kalt.«

»Willst du denn gar nicht wissen, wie wir es herausbekommen haben?«

»Ich habe so eine Vermutung«, sagte Hal teilnahmslos.

»Zunächst habt ihr Erdenmenschen den Fehler gemacht, uns die Lektüre eurer Geschichtsbücher zu gestatten. Und als wir dann um Blutproben gebeten wurden, erwachte unser Argwohn.«

Er tippte an das Ende seiner absurd langen Nase.

»Wir können natürlich nicht eure Gedanken lesen. Aber in diesem Fleisch sind zwei Fühler verborgen, die äußerst empfindlich reagieren. Im Gegensatz zu euch Terranern hat die Evolution unseren Geruchssinn nicht abgestumpft. Wir sind daher imstande, über den Duft, den andere verströmen, auch geringfügige Veränderungen des Stoffwechsels aufzuspüren. Als wir von einem eurer Abgesandten gebeten wurden, Blut zu spenden für die wissenschaftliche Forschung, rochen wir eine — ich möchte mal sagen: *verstohlene* — Emanation. Mißtrauisch geworden, gaben wir euch das Blut. Aber es war das eines Stalltieres, das Kupfer in seinen Blutzellen benötigt. Bei uns *Wogs* jedoch ist Magnesium das sauerstofftransportierende Element der Blutzellen.«

»Unser Virus ist also nutzlos!«

»Natürlich. Mit der Zeit, wenn ihr gelernt hättet, unsere Schrift zu lesen, und mit dem Erwerb geeigneter Lehrbücher, wäre sicher die Wahrheit ans Licht gekommen. Aber ich vertraue darauf, bete und hoffe inständig, daß ihr zu spät kommt.

Selbstverständlich haben wir eure Sprache und eure Schrift schneller erlernt als ihr unsere Kommunikationsmittel. Daher konnten wir, als wir eure Geschichtsbücher gelesen hatten, zwei und zwei zusammenzählen und folgern, weshalb ihr unser Blut haben wolltet.«

»Wie hast du die Sache mit Jeannette herausbekommen?« fragte Hal. »Und kann ich sie sehen?«

»Es tut mir leid, aber deine zweite Frage muß ich leider verneinen«, sagte Fobo. »Was die erste betrifft, so ist es uns erst vor zwei Tagen gelungen, eine Abhörvorrichtung zu entwickeln, die empfindlich genug war, um einen Einbau in deine Räume zu rechtfertigen. Wie du weißt, sind wir in einigen Bereichen weit hinter euch zurück.«

»Ich habe die *Puka* lange Zeit jeden Tag durchsucht«,

sagte Hal. »Aber als ich dann von eurer Entwicklungsstufe in der Elektronik hörte, gab ich es auf.«

»Unsere Forscher sind in der Zwischenzeit nicht untätig gewesen«, bemerkte Fobo. »Der Besuch von euch Erdenmenschen hat uns stimuliert, bestimmte Wissenschaftsgebiete vorrangig zu behandeln.«

Eine Krankenschwester trat ein und sagte: »Telefon, Doktor.«

Fobo ging hinaus.

Yarrow wanderte unruhig auf und ab und rauchte noch eine Zigarette. Nach einer Minute kam Fobo zurück.

»Wir werden Gesellschaft bekommen«, verkündete er. »Einer meiner Kollegen, der das Schiff beobachtet, sagte mir gerade, daß Macneff und zwei Uzziten mit einem Boot abgeflogen sind. Sie dürften jeden Moment hier am Hospital eintreffen.«

Yarrow blieb unvermittelt stehen und machte ein verdutztes Gesicht.

»Hierher? Wie sind sie darauf gekommen?«

»Ich kann mir vorstellen, daß sie über Mittel verfügen, die dir wohlweislich verschwiegen wurden. Aber sei unbesorgt.«

Hal stand bewegungslos da. Die Zigarette brannte unbeachtet bis zu seinen Fingern hinunter und versengte sie. Er warf sie fort und trat sie mit dem Fuß aus.

Auf dem Korridor klickten Stiefelabsätze.

Drei Männer kamen herein. Einer davon war ein großes und hageres Gespenst — Macneff, der Erzurielit. Die anderen waren klein, breitschultrig und schwarz gekleidet. Ihre fleischigen Hände waren zwar leer, aber bereit, wenn nötig, sofort in die Taschen zu schnellen. Ihre stechenden Blicke richteten sich erst auf Fobo und dann auf Hal.

Macneff machte ein paar Schritte auf den *Inter* zu. Seine blaßblauen Augen blickten wild; sein lippenloser

Mund verzerrte sein Gesicht zum Grinsen eines Totenschädels.

»Sie unverschämter Abtrünniger!« schrie er.

Sein Arm zuckte hoch, und die Peitsche, aus dem Gürtel hervorgezogen, knallte. Dünne rote Streifen erschienen auf Yarrows weißem Gesicht und begannen zu bluten.

»Sie werden in Ketten zur Erde zurückgebracht und dort ausgestellt als Beispiel für einen Perversen, einen üblen Verräter und ... und ...!«

Er verlor den Faden, da ihm die Worte fehlten.

»Sie — der das Elohimeter bestanden hat und als so ungemein rein gilt —, Sie haben ein Insekt begehrt und mit ihm geschlafen!«

»Was?«

»Ja. Mit einem Wesen, das sogar minderwertiger ist als ein Tier auf der Wiese! Woran nicht einmal Moses dachte, als er die Vereinigung von Mensch und Tier verbot, was nicht einmal der Vorbote sich hatte vorstellen können, als er das Gesetz neu bestätigte und die Höchststrafe dafür festsetzte — Sie haben es getan! Sie, Hal Yarrow, ein *Lamech*-Träger!«

Fobo erhob sich und sagte mit seiner tiefen Stimme: »Dürfte ich wohl anmerken und nachdrücklich betonen, daß Sie mit Ihrer zoologischen Klassifizierung nicht ganz richtig liegen? Es handelt sich nicht um die Gattung der Insekten, sondern um die der *chordata pseudarthropoda,* oder wie sie sonst noch heißen mag.«

Hal sagte nur: »Was?« Er war unfähig zu denken.

Der *Wog* brummte: »Sei still und laß mich reden.«

Er drehte sich um und sah Macneff ins Gesicht. »Sie wissen von ihr?«

»Sie sind *shib,* daß ich von ihr weiß! Yarrow glaubte, er könnte sich dies ungestraft erlauben. Aber gleichgültig, wie schlau diese Unwirklichen auch sind, man kommt ihnen stets auf die Schliche. In diesem Fall waren es seine Fragen an Turnboy, die jene Franzosen betrafen, die von der Erde flüchteten. Turnboy, dessen Haltung der Stirche gegenüber vorbildlich ist, meldete dieses Gespräch. Geraume Zeit lag es unter meinen Papieren. Als ich zufällig darauf stieß, gab ich es an die Psychologen weiter. Sie erklärten mir, daß die Fragen des *Inter* eine Abweichung von dem Verhaltensschema darstellten, dessen Einhaltung man von ihm erwartete. Eine belanglose Sache — sofern sie nicht mit etwas zusammenhing, das wir nicht über ihn wußten.

Zudem machte ihn seine Weigerung, sich einen Bart wachsen zu lassen, sehr verdächtig. Wir setzten einen Mann auf seine Spur. Dieser sah, wie Yarrow erheblich mehr Lebensmittel einkaufte, als er eigentlich verzehren konnte. Ferner kaufte er Zigaretten bei Ihnen, den *Wogs,* als Sie dieses Tabaklaster von uns übernahmen und damit begannen, selbst Zigaretten herzustellen. Die Schlußfolgerung war einleuchtend: er hatte ein Weib in seinem Apartment.

Wir glaubten nicht, daß es eine *Wog*-Frau sein würde, denn diese hätte sich wohl nicht verstecken müssen. Also mußte es sich um eine menschliche Person handeln. Wir konnten uns aber überhaupt nicht vorstellen, wie sie hierher nach Ozagan gelangt sein könnte. Es war für Yarrow unmöglich gewesen, sie auf der *Gabriel* als blinden Passagier zu verbergen. Folglich mußte sie mit einem anderen Schiff gekommen sein oder von einem Volk abstammen, das in der Vergangenheit die Erde verlassen hatte.

Es war schließlich Yarrows Unterhaltung mit Turnboy, die den Anhaltspunkt lieferte. Offensichtlich waren die Franzosen hier gelandet, und die Frau war eine ihrer Nachkommen. Wir wissen nicht genau, wie der *Inter* sie gefunden hat, aber das ist im Moment auch nicht so wichtig. Wir werden es schon noch herausfinden.«

»Sie sollen noch mehr über diese Dinge erfahren«, sagte Fobo gelassen.

»Aber wie haben Sie entdeckt, daß sie kein Mensch ist?«

Yarrow murmelte: »Ich muß mich hinsetzen.«

19

Er schwankte zur Wand und ließ sich auf einen Stuhl niedersinken. Einer der Uzziten wollte schon auf Hal losgehen, aber Macneff winkte den Mann zurück und sagte: »Turnboy hatte die Geschichte des Menschen auf Ozagan gelesen und war derart oft über Anspielungen auf die *Lalitha* gestolpert, daß sich ihm die Vermutung aufdrängte, das Mädchen könnte ein solches Wesen sein. In der letzten Woche erwähnte einer Ihrer Physiker während eines Gesprächs mit Turnboy, daß er erst vor kurzem eine *Lalitha* untersucht habe. Später wäre sie dann entflohen, sagte er. So bereitete uns der Ort, wo sie sich versteckt hatte, keine Kopfschmerzen mehr.«

»Mein Junge«, sagte Fobo, zu Hal gewandt, »hast du denn nicht We'enais Buch gelesen?«

Hal schüttelte den Kopf. »Wir begannen wohl damit, aber Jeannette verlegte es irgendwann.«

»Und war sicherlich bestrebt, dich an andere Dinge denken zu lassen ... sie verstehen es sehr gut, den Verstand eines Mannes abzulenken. Warum auch nicht? Dies ist der Zweck ihres Lebens. Aber ich werde es dir erklären, Hal. Die *Lalitha* ist die am höchsten entwickelte Form des mimetischen Parasitismus, die bekannt ist. Auch unter den vernunftbegabten Wesen sind diese einzigartig, und zwar darin, daß sie alle weiblich sind. Hättest du We'emais Buch weitergelesen, wäre dir anhand von Fossilienfunden erklärt worden, daß der ozagenianische Menschenmann zu der Zeit, als er noch ein insektenfressendes, affenähnliches Geschöpf war, nicht nur Weibchen seiner eigenen Rasse, sondern außerdem die Weibchen einer anderen Gattung in seinen Familienclan aufnahm. Diese Lebewesen sahen so aus — und stanken wahrscheinlich auch so — wie die Weibchen des prähomininen Affen. Eine Paarung mit ihnen war möglich. Sie waren scheinbar Säugetiere, aber eine Sektion hätte wohl eindeutig auf ihre Pseudoarthropodenabstammung hingewiesen. Man darf mit einiger Sicherheit annehmen, daß diese Vorläufer der *Lalitha* schon lange vor dem Affenstadium Parasiten des Menschen waren. Sie dürften ihm wohl begegnet sein, als er das erste Mal aus dem Meer herauskroch. Und sie wurden, obwohl ursprünglich bisexuell, zu Weibchen. Durch einen unbekannten evolutionären Prozeß paßten sie ihre Gestalt der eines Lungenfisches an. Später dann der von Amphibien, der von Reptilien und der von primitiven Säugern. Und so weiter.

Es steht wohl fest, daß die *Lalitha* das verblüffendste Experiment der Natur in bezug auf Parasitismus und Parallelevolution ist. Auch mit der Metamorphose des Menschen in höhere Formen hielt die *Lalitha* Schritt. Man bedenke, daß alle Weibchen von den Männchen einer anderen Gattung abhängig waren, um die Fortdauer der Spezies zu sichern.

Die Art und Weise, wie sie in die vormenschliche Gesellschaft, die pithekoide und die neandertalerähnliche Stufe, integriert wurde, ist erstaunlich. Erst als sich der *Homo sapiens* entwickelte, ergaben sich Schwierigkeiten für die *Lalithas.* Einige Familien und Sippen nahmen sie auf; andere wieder töteten sie. So griffen sie zu einer List und gaben sich als menschliche Frauen aus. Dies war nicht allzu schwierig — solange sie nicht schwanger wurden.

In diesem Fall starben sie.«

Hal stöhnte und schlug die Hände vor das Gesicht.

»Schmerzlich, aber unwirklich, wie unser gemeinsamer Bekannter Macneff sagen würde«, merkte Fobo noch an. »Dieser Umstand erforderte natürlich eine geheime Schwesternschaft. Denn wenn die *Lalithas* erst einmal schwanger waren, mußten sie diese Gesellschaft, in der sie sich zu tarnen hatten, verlassen. Unter ihresgleichen, an einem verborgenen Ort, kamen sie ums Leben. Man nahm sich dann der Nymphen an« — an dieser Stelle überfiel Hal ein Schaudern —, »bis diese imstande waren, in die menschlichen Siedlungen zu gehen. Oder sonstwie als Findlinge oder Wechselbälger eingeführt wurden.

Eine Reihe von Stammesberichten über sie sind überliefert — recht häufig kommen sie auch als Haupt- oder Randfiguren in Fabeln oder Mythen vor. Sie wurden als Hexen, Dämonen und noch schlimmere Wesen angesehen.

Mit dem Siegeszug des Alkohols kam für die *Lalithas* die Wende zum Guten. Der Alkohol machte sie steril. Und gleichzeitig, Unfall, Krankheit oder Mord ausgenommen, *unsterblich.*«

Hal nahm die Hände erneut vor das Gesicht. »Sie ... Sie meinen, Jeannette würde ewig gelebt haben? Daß ich sie ... dieses kostete?«

»Sie hätte viele tausend Jahre leben können. Wir wissen von einigen, daß sie es geschafft haben. Zumal sie keinen physischen Verfall hinnehmen müssen, sondern immer in einem physiologischen Alter von fünfundzwanzig Jahren bleiben. Aber laß mich dies alles in der richtigen Reihenfolge erklären. Einiges von dem, was ich erzählen werde, wird dich zwar quälen, doch es muß gesagt werden.

Das lange Leben der *Lalithas* führte schließlich dazu, daß sie als Göttinnen verehrt wurden. Manchmal lebten sie so lange, daß sie den Untergang mächtiger Nationen überdauerten, die noch kleine Stämme gewesen waren, als die *Lalithas* sich ihnen angeschlossen hatten. Die *Lalithas* wurden natürlich zu einem Hort der Weisheit, des Reichtums und der Macht. Religionen entstanden, in denen die *Lalitha* die unsterbliche Göttin war, und die vergänglichen Könige und Priester ihr als Liebhaber dienten. In einigen Kulturen wurden die *Lalithas* geächtet. Aber entweder lenkten sie die Völker, die sie beherrschten, zu einer Eroberung solcher Nationen, oder sie drangen auf andere Weise ein und regierten am Ende als heimliche Machthaber. Da sie immer große Schönheiten waren, wurden sie die Frauen und Geliebten der einflußreichsten Männer. Sie konkurrierten mit den menschlichen Frauen und schlugen sie mit deren eigenen Waffen, wie überliefert wird. In der *Lalitha* brachte die Natur das vollkommene Weib hervor.

So gewannen sie die Gewalt über ihre Liebhaber. Nicht aber über sich selber. Obwohl sie in den Anfängen einer geheimen Vereinigung angehörten, trennten sie sich schon sehr bald wieder. Sie begannen, sich mit den Nationen zu identifizieren, die sie beherrschten, und ihre Länder gegen andere Länder in den Krieg zu führen. Darüber hinaus ergab sich aus ihrem langen Leben, daß jüngere *Lalithas* ungeduldig wurden. Machtkämpfe, Morde und anderes waren die Folge.

Außerdem war ihr Einfluß in technologischer Hinsicht fatal. Sie versuchten, in jedem Bereich der Kultur den *Status quo* aufrechtzuerhalten. Das Ergebnis war, daß in den menschlichen Kulturen die Tendenz dahin ging, alle neuen und fortschrittlichen Ideen und die Menschen, die dafür eintraten zu eliminieren.

Als wir *Wogs* schließlich den breiten Ozean überquerten, der unseren Kontinent von ihrem trennt, fanden wir die Hälfte der Städte als Ruinen vor. Und obwohl er geschwächt war, kämpfte der Mensch gegen uns, kämpfte verzweifelt. Die *Lalithas* trieben ihn an, denn in uns erkannten sie ihr Verhängnis. Und sie hatten recht damit, denn wir waren nicht beeinflußbar wie die Menschen. Sie starben mit ihren Männern. Aber selbstverständlich hegen wir keine Feindseligkeit den wenigen Überlebenden gegenüber. Sie können uns keinen Schaden zufügen.«

Eine *Wog*-Krankenschwester kam aus dem Operationssaal heraus und sagte mit leiser Stimme etwas zu dem Empathisten.

Macneff näherte sich ihr und versuchte offensichtlich zu lauschen. Da die Schwester jedoch auf ozagenianisch sprach, was er nicht verstehen konnte, begann er wieder auf und ab zu gehen. Hal wunderte sich, wieso man ihn nicht sofort fortgeschleppt hatte, wieso der Priester gewartet hatte, bis Fobo ausredete. Dann erkannte Hal plötzlich, daß Macneff ihn all dies über Jeannette hören lassen wollte, damit er das Ausmaß seiner Taten einsah.

Die Krankenschwester ging wieder in den Operationssaal zurück. Der Erzurielit sagte laut: »Ist das Biest jetzt tot?«

Hal fuhr zusammen, als wäre er mit dem Wort ›tot‹ geschlagen worden. Aber Fobo ignorierte den Priester.

Er wandte sich an Hal. »Deine Larven — das heißt, deine Kinder — sind entfernt worden. Sie befinden sich in einem Brutkasten. Und sie« — er zögerte — »essen gut. Sie werden leben.«

Aus seinem Ton hörte Hal heraus, daß es keinen Zweck hatte, sich nach der Mutter zu erkundigen.

Aus Fobos runden blauen Augen rollten Tränen.

»Du wirst niemals begreifen, was geschehen ist, Hal, wenn du nicht die einzigartige Fortpflanzungsweise der *Lalitha* verstehst. Drei Dinge braucht sie, um sich zu vermehren. Eines davon muß den anderen beiden vorausgehen. Dieses Primärereignis ist eine Infektion im Pubertätsalter durch eine andere, erwachsene *Lalitha*. Dies ist nötig, um Gene zu übertragen.«

»Gene?« sagte Hal. Trotz seines Schocks verspürte er Interesse und Verwunderung über das, was ihm Fobo zu erklären versuchte.

»Ja. Weil *Lalithas* keine Gene vom menschlichen Mann empfangen, müssen sie das Erbgut untereinander austauschen. Doch — sie benötigen den Menschen als Hilfsmittel.

Erlaube mir, näher darauf einzugehen. Eine erwachsene *Lalitha* verfügt über drei sogenannte *Gen-Banken*. Zwei davon sind Duplikate des gemeinsamen Chromosomenmaterials.

Die dritte werde ich sofort erklären.

Die Gebärmutter einer *Lalitha* enthält Eier, deren Gene in Körperchen aus mikroskopisch kleinen Windungen — deren Produktion in den riesigen Speicheldrüsen im Mund der *Lalitha* erfolgt — verdoppelt werden. Diese Windungen — Eizellen im Speichel — werden von den Erwachsenen unaufhörlich freigesetzt.

Mit Hilfe dieser unsichtbaren Partikel überreicht die erwachsene *Lalitha* Gene. Sie infizieren einander, als wären die Erbträger ansteckende Krankheiten. Ein Ausweichen ist nicht möglich; ein Kuß, ein Niesen oder eine Berührung, und schon ist es passiert.

Die präadoleszente *Lalitha* scheint jedoch so etwas wie eine natürliche Immunität gegen eine Infektion durch diese Windungen zu besitzen.

Sobald die erwachsene *Lalitha* angesteckt ist, bildet sie Antikörper heran, die den Empfang von Speichel-Eizellen einer zweiten *Lalitha* verhindern.

Inzwischen haben die ersten Windungen, denen sie ausgesetzt war, ihren Weg durch Blutkreislauf, Darmtrakt und Haut genommen. Fließend und bohrend erreichen sie die Gebärmutter ihrer Wirtin.

Dort vereinigen sich Speichel-Eizelle und uterines Ei. Die Fusion der beiden erzeugt eine Zygote. An diesem Punkt wird die Befruchtung unterbrochen. Nun sind alle genetischen Merkmale festgesetzt, die nötig sind, um neue *Lalithas* hervorzubringen. Alle — bis auf jene Gene, welche die spezifischen Gesichtszüge des Säuglings bestimmen. Diese Angaben werden durch den menschlichen Liebhaber der *Lalitha* übertragen. Nicht jedoch vor dem Zusammentreffen von zwei weiteren Ereignissen.

Diese beiden Ereignisse müssen simultan stattfinden. Das eine ist die Erregung durch einen Orgasmus, das andere die Stimulation der photokinetischen Nerven. Das eine Ereignis kann nicht ohne das andere stattfinden. Ebensowenig, wie es nicht zu diesen beiden letzten Gliedern der Kette kommen würde, wenn nicht vorher alles andere eingetreten wäre. Die Fusion der beiden Eizellen bewirkt anscheinend eine gewisse chemische Veränderung in der *Lalitha*, welche sie befähigt, einen Orgasmus zu haben, und welche gleichzeitig die photokinetischen Nerven voll entwickelt.«

Fobo hielt inne und schien seine Aufmerksamkeit darauf zu richten, ein Geräusch von draußen zu erlauschen. Hal, der mit den *Wogs* vertraut genug war, um einen Gesichtsausdruck ziemlich zuverlässig zu deuten, hatte das Gefühl, daß Fobo auf ein sehr wichtiges Ereignis wartete. Und was es auch immer sein mochte — es betraf die Erdenmenschen.

Plötzlich erschreckte ihn die Erkenntnis, daß er auf der Seite der *Wogs* war! Er war kein Erdenmensch mehr, oder doch zumindest kein Haijac.

»Reicht dies aus, um dich zu verwirren?« fragte Fobo.

»Es genügt«, erwiderte Hal. »So habe ich beispielsweise noch nie etwas von photokinetischen Nerven gehört.«

»Die photokinetischen Nerven sind exklusiv den *Lalithas* vorbehalten. Sie verlaufen von der Retina des Auges, zusammen mit den optischen Nerven, zum Gehirn. Die photokinetischen Nerven aber ziehen sich bis in die Wirbelsäule hinunter und verlassen diese am Sockel, um in die Gebärmutter einzutreten. Dieser Uterus ist auch nicht annähernd mit dem einer menschlichen Frau zu vergleichen. Man könnte vielleicht sagen, daß die *Lalitha*-Gebärmutter die Dunkelkammer des Schoßes ist, in der die Photographie des Geliebten biologisch entwickelt und der Substanz nach den Gesichtern der Töchter aufgetragen wird.

Dies geschieht mittels Photogenen, die sich in der dritten *Bank* befinden, von der ich bereits sprach. Während des Geschlechtsverkehrs nämlich, im Moment des Orgasmus, findet in diesem Nerv eine elektrochemische Veränderung beziehungsweise eine Serie von Veränderungen statt. In dem Licht, das die *Lalitha* während des Geschlechtsaktes benötigt, um einen Orgasmus zu erleben, wird das Gesicht des Mannes photographiert. Durch einen Reflex ist es ihr nicht möglich, die Augen zu schließen. Sollte sie ihren Arm über ihre Augen halten, geht ihr überdies sofort der Orgasmus verloren.

Du müßtest eigentlich während des Verkehrs mit ihr — denn ich bin sicher, daß sie darauf bestand, deine Augen offen zu sehen — bemerkt haben, wie sich ihre Pupillen zur Größe einer Nadelspitze zusammenzogen. Diese Kontraktion war ein unwillkürlicher Reflex, der ihr Blickfeld auf dein Gesicht einengte. Warum? So konnten die photokinetischen Nerven nur Merkmale aus deinem Gesicht aufnehmen, und Informationen wie etwa deine Haarfarbe wurden an die *Bank* der Photogene weitergeleitet. Wir kennen zwar nicht genau die Art und Weise, in der photokinetische Nerven diese Angaben übermitteln, aber es besteht kein Zweifel, daß sie es tun.

Dein Haar ist kastanienbraun. Diese Information wird der Bank irgendwie bekanntgemacht. Die *Bank* scheidet daraufhin jene Gene aus, die andere Haarfarben steuern. Das Gen für ›kastanienbraunes Haar‹ wird verdoppelt und mit der genetischen Anordnung der Zygote verknüpft. Und mit den anderen Genen, welche die übrigen Züge des zukünftigen Gesichts bestimmen. Die Nasenform — so verändert, daß sie feminin wirkt — wird selektiert, indem die korrekte Kombination von Genen in der *Bank* erfolgt. Diese wird verdoppelt, und die Duplikate werden dann der Zygote einverleibt …«

»Haben Sie das gehört?« tönte Macneff mit triumphierender Stimme. »Sie haben Larven gezeugt! Ungeheuer einer unheiligen, unwirklichen Allianz! Insektenkinder! Und als Zeugnis dieser widerwärtigen Fleischeslust werden sie Ihr Gesicht tragen ...«

»Ich bin natürlich kein Kenner menschlicher Gesichtszüge«, unterbrach ihn Fobo. »Aber die Züge dieses jungen Mannes kommen mir hübsch und lebhaft vor. In menschlicher Hinsicht selbstverständlich.«

Er wandte sich an Hal. »Jetzt verstehst du sicherlich, warum sich Jeannette so sehr das Licht wünschte. Und weshalb sie vortäuschte, Alkoholikerin zu sein. Solange sie genügend Alkohol vor einem Geschlechtsakt trank, wurde der photokinetische Nerv — der sehr empfindlich gegenüber Alkohol ist — betäubt. Somit kam es zwar zu einem Orgasmus, aber nicht zur Schwangerschaft. Und nicht zum Tod durch das Leben, das sie in sich trug. Als du jedoch den Käfersaft mit Glühfrei verdünnt hast — natürlich, ohne die Folgen zu kennen —, da ...«

Macneff brach in ein schrilles Gelächter aus. »Welche Ironie! Genau wie es gesagt worden ist! Daß der Tod der Lohn für die Unwirklichen ist!«

20

»Komm, Hal. Weine ruhig, wenn dir danach zumute ist!« sagte Fobo laut. »Du wirst dich danach besser fühlen. Das kannst du nicht? Ich würde mir wünschen, du könntest es.

Nun gut, ich werde fortfahren. Die *Lalitha*, mag sie auch noch so menschlich aussehen, kann ihrer Arthropodenabstammung nicht entkommen. Die Nymphen, die sich aus den Larven entwickeln, können leicht als Babys durchgehen, aber es würde dir weh tun, die Larven selbst zu sehen. Obwohl sie keineswegs häßlicher sind als fünf Monate alte menschliche Embryos. Jedenfalls nicht für mich.

Es ist wirklich sehr traurig, daß die *Lalitha*-Mutter sterben muß. Vor Hunderten von Millionen Jahren, als eine Pseudoarthropodin im Begriff war, Eier auszubrüten, wurde in ihrem Körper ein Hormon freigesetzt, welches die Haut verkalkte und ihren Schoß ihr Grab werden ließ. Sie wurde ein Schalentier. Ihre Larven fraßen die Organe und Knochen, die durch den Entzug des Kalziums erweicht wurden. Und als die Jungen die Aufgabe der Larven erfüllt hatten, die darin besteht zu fressen und zu wachsen, ruhten sie aus und wurden zu Nymphen. Dann durchbrachen sie die Schale an der schwächsten Stelle des Bauches.

Dieser Schwachpunkt ist der Nabel. Er allein verkalkt nicht mit der Epidermis, sondern bleibt weich. Bis die Nymphen bereit sind auszuschlüpfen, ist das weiche Fleisch des Nabels verfault. Bei dessen Auflösung entsteht eine chemische Substanz, welche eine Fläche entkalkt, die fast den gesamten Unterleib umfaßt. Obwohl die Nymphen so schwach wie menschliche Säuglinge sind und dazu noch viel kleiner, werden sie durch ihren Instinkt aktiviert, die dünne und zerbrechliche Bedekkung abzuwerfen.

Du mußt nämlich wissen, Hal, daß der Nabel funktional und mimetisch zugleich ist. Weil die Larven mit der Mutter nicht durch eine Nabelschnur verbunden sind, würden sie selbst auch keinen Nabel haben. Statt dessen bekommen sie einen Auswuchs, der einem Nabel ähnlich ist.

Die Brüste der erwachsenen *Lalithas* haben ebenfalls zwei Funktionen. Wie bei menschlichen Frauen haben sie sowohl sexuelle als auch fortpflanzungsbezogene Bedeutung. Selbstverständlich produzieren sie niemals Milch, aber sie sind Drüsen. Zu dem Zeitpunkt, wenn die Larven bereit sind, aus den Eiern zu schlüpfen, wirken die Brüste als mächtige Pumpen für das Hormon, welches die Verhärtung der Haut verursacht.

Nichts geht verloren, wie du siehst — die Ökonomie der Natur. Die gleichen Dinge, die sie befähigen, in der menschlichen Gesellschaft zu überleben, vollstrecken auch das Todesurteil.«

»Ich kann die Notwendigkeit der Photogene im humanoiden Evolutionsstadium verstehen«, sagte Hal. »Aber warum sollte die *Lalitha,* als sie sich noch auf einer animalischen Stufe der Evolution befand, es nötig haben, die Charakteristika des Gattengesichts zu reproduzieren? Es besteht dort kein allzu großer Unterschied zwischen den Gesichtern eines männlichen und eines weiblichen Lebewesens der gleichen Spezies.«

»Ich weiß es nicht«, sagte Fobo. »Vielleicht machte sich die prähominine *Lalitha* die photokinetischen Nerven nicht zunutze. Vielleicht sind diese Nerven eine evolutionäre Anpassung an vorhandene Strukturen, die eine andere Funktion hatten. Oder eine verkümmerte Funktion. Es gibt einige Anzeichen dafür, daß die *Lalitha* mit Hilfe der Photokinetik ihren Körper veränderte, um dem gewandelten menschlichen Körper zu entsprechen, als dieser die Evolutionsleiter hinaufkletterte. Die Annahme erscheint daher nicht abwegig, daß die *Lalitha* zu einem solchen biologischen Kunstgriff gezwungen war. Wenn die photokinetischen Nerven nicht darin verwickelt waren, dann mag es irgendein anderes Organ gewesen sein. Es war schon sehr unglücklich, daß wir zu der Zeit, als wir so weit fortgeschritten waren, um die *Lalithas* wissenschaftlich zu untersuchen, keine Exemplare mehr zur Verfügung hatten. Es war purer Zufall, daß wir Jeannette fanden. So entdeckten wir in ihr mehrere Organe, deren Funktion für uns ein Rätsel geblieben ist. Wir benötigen viele ihrer Art für eine fruchtbare Forschung.«

»Eine Frage noch«, sagte Hal. »Was geschieht, wenn eine *Lalitha* mehr als einen Liebhaber gehabt hat?

Wessen Gesichtszüge würden die … Babys bekommen?«

»Wenn eine *Lalitha* von einer ganzen Bande vergewaltigt wird, hat sie keinen Orgasmus, weil negative Emotionen wie Abscheu und Angst ihn verhindern. Wenn sie mit mehr als einem Liebhaber geschlafen und keinen Alkohol getrunken hat, dann bringt sie Junge zur Welt, deren Züge denen des ersten Geliebten entsprechen. Beim Kopulieren mit einem zweiten Liebhaber — auch wenn dies unmittelbar danach passiert — ist die Befruchtung schon vollständig eingeleitet.«

Traurig schüttelte Fobo seinen Kopf.

»Es ist wirklich ein Jammer, aber es hat sich in all den Epochen nicht geändert. Die Mütter mußten für ihre Jungen das Leben lassen. Doch als eine Art von Wiedergutmachung hat die Natur ihnen ein Geschenk gemacht. Analog zu den Reptilien, die angeblich, so lange sie leben, nicht aufhören zu wachsen, müssen die *Lalithas* nicht sterben, wenn sie nicht schwanger werden. Und so …«

Hal sprang auf und schrie: »Hör auf damit!«

»Tut mir leid«, sagte Fobo milde. »Ich versuche doch nur, dir begreiflich zu machen, warum Jeannette das Gefühl hatte, sie könnte dir nicht sagen, was in Wirklichkeit los war. Sie muß dich sehr geliebt haben, Hal. Sie besaß drei Eigenschaften, welche die Liebe ausmachen: echte Leidenschaft, innige Zuneigung und das Gefühl, ein Fleisch mit dem Körper des anderen zu sein, so unzertrennbar Mann und Frau, daß man kaum sagen kann, wo der eine seinen Anfang und der andere sein Ende hat. Ich weiß ganz sicher, daß es zwischen dir und Jeannette so war, glaube mir. Denn wir Empathisten können uns in das Nervensystem eines anderen hineinversetzen und so denken und fühlen wie er.

Doch auf Jeannettes Liebe muß auch ein Wermutstropfen gefallen sein. Nämlich der Glaube, daß du dich mit Entsetzen von ihr abgewendet hättest, wenn dir bekannt gewesen wäre, daß sie einem völlig fremdartigen Zweig des organischen Lebens entstammt, der durch Millionen Jahre der Evolution abgesondert ist, und daß sie durch ihre Herkunft und Anatomie unfähig ist, Kinder in deinem Sinne mit dir zu haben und aufzuziehen. Dieser Glaube muß selbst ihre glücklichsten Momente überschattet haben ...«

»Nein! Ich hätte sie geliebt, so oder so! Es wäre vielleicht ein Schock für mich gewesen, aber darüber wäre ich hinweggekommen. Ja, sie war menschlich; sie war menschlicher als irgendeine Frau, die ich gekannt habe!«

Macneff gab einige Würgelaute von sich, als würde er sich jeden Moment übergeben. Als er sich wieder erholt hatte, brüllte er los: »Sie abgrundtiefes Geschöpf! Wie können Sie sich selbst überhaupt noch ertragen, jetzt, da Sie wissen, mit welch abscheulichem Untier Sie geschlafen haben? Warum versuchen Sie nicht, die Augen herauszureißen, die diesen abscheulichen Schmutz gesehen haben? Warum beißen Sie nicht die Lippen ab, die diesen Insektenmund geküßt haben? Warum schneiden Sie nicht die Hände ab, die mit ekelhafter Erregung diese Verhöhnung eines Körpers berührt haben? Warum reißen Sie nicht diese Organe der widernatürlichen Unzucht an den Wurzeln heraus und ...«

Fobo unterbrach diesen Sturm der Empörung. »Macneff! Macneff!«

Das hagere Gesicht drehte sich zu dem Empathisten herum. Der Blick war starr, und die Lippen hatten sich zu einem unglaublich breiten Lächeln verzogen — einem Lächeln aus maßloser Wut.

»Was? Was ist?« murrte er wie jemand, der gerade aus dem Schlaf erwacht.

»Ihren Typ kenne ich sehr gut, Macneff. Sind Sie

ganz sicher, daß Sie nicht die Absicht hatten, die *Lalitha* lebend zu fassen und sie für Ihre eigenen sinnlichen Zwecke zu benutzen? Sind Ihre Wut und Ihr Ekel nicht größtenteils darauf zurückzuführen, daß Sie in Ihrem Verlangen enttäuscht wurden? Schließlich haben Sie ein Jahr lang keine Frau gehabt, und ...«

Der Sandalphon machte ein verdutztes Gesicht. Er lief erst rot an und zeigte dann eine purpurne Farbe. Schließlich verschwand die heftige Färbung, und ein leichenhaftes Weiß trat an deren Stelle.

Er schrie wie ein Käuzchen.

»*Genug!* Uzziten, bringt diesen ... dieses Wesen, das sich Mensch nennt, zum Boot!«

Die zwei Männer in Schwarz umkreisten Hal, um von vorn und von hinten an ihn heranzutreten. Ihre Annäherung beruhte auf Training und war nicht etwa Vorsicht. In all den Jahren, in denen sie Leute gefangennahmen, hatten sie die Erfahrung gemacht, daß sie keinen Widerstand zu erwarten brauchten. Die Verhafteten standen stets erstarrt und eingeschüchtert vor den Vertretern der Stirche. Und jetzt, trotz der ungewöhnlichen Umstände und obwohl sie wußten, daß Hal eine Waffe trug, sahen sie in ihm keine Ausnahme.

Er stand da mit gebeugtem Kopf, gekrümmten Schultern und erschlafften Armen: der typische Häftling.

Dies galt eine Sekunde lang; in der nächsten kämpfte er wie ein Löwe.

Der Agent vor ihm taumelte zurück. Aus seinem Mund quoll Blut hervor und floß über seine schwarze Jacke. Als er die Wand rammte, spuckte er ein paar Zähne aus.

Yarrow war inzwischen herumgewirbelt und hatte dem Mann hinter ihm eine Faust in den großen, weichen Bauch gestoßen.

»*Wuff!*« machte der Uzzite.

Er krümmte sich. Im gleichen Moment wuchtete Hal

sein Knie gegen das ungeschützte Kinn. Das Knacken eines Knochen war zu hören, und der Agent fiel auf den Boden.

»Vorsicht!« schrie Macneff. »Er hat eine Waffe!«

Der Uzzite an der Wand schob eine Hand in seine Jacke und fühlte nach dem Revolver im Halfter unter der Achselhöhle, als ihn auch schon eine schwere bronzene Buchstütze, von Fobo geworfen, an der Schläfe traf. Er brach zusammen.

Macneff kreischte. »Sie leisten Widerstand, Yarrow! Sie leisten Widerstand!«

»Da können Sie verdammt *shib* sein, daß ich das tue!« brüllte Hal.

Den Kopf gebeugt haltend, stürzte er sich auf den Sandalphon. Macneff schlug mit der Peitsche nach seinem Angreifer. Die sieben Peitschenschnüre wickelten sich um Hals Gesicht, aber er rammte die purpurgekleidete Gestalt und stieß sie zu Boden.

Macneff kam wieder auf die Knie. Hal, der ebenfalls auf den Knien lag, packte ihn an der Gurgel und drückte zu.

Macneffs Gesicht färbte sich blau, und er griff nach Hals Handgelenk und versuchte, die Hand wegzuzerren. Aber Hals Druck wurde noch stärker.

»Das ... können ... Sie doch nicht ... tun!« brachte Macneff keuchend hervor. »Das können ... Sie ... unmöglich ...«

»Und ob ich das kann!« schrie Hal. »Das wollte ich schon immer tun, Pornsen! Ich meine ... Macneff!«

In diesem Moment erbebte der Boden, klapperten die Fenster. Fast gleichzeitig ertönte ein fürchterliches Donnern an den Fenstern. Glasscherben flogen durch den Raum; Hal wurde zu Boden geschleudert. Draußen wurde die Nacht zum Tag. Dann war es wieder Nacht.

Hal stand auf. Macneff lag da und hielt sich den Hals mit den Händen.

»Was war das?« sagte Hal zu Fobo.

Fobo ging an das zerbrochene Fenster und schaute hinaus. Er blutete aus einer Wunde an seinem Hals, aber er schien es gar nicht zu bemerken.

»Darauf habe ich die ganze Zeit gewartet«, sagte Fobo. Dann wandte er sich um und sah Hal an.

»Anfangs hatten wir überhaupt keinen Grund, euch Erdenmenschen zu mißtrauen. Da wir aber nun einmal Realisten sind — wenn du mir diesen Ausdruck, der dir sicherlich zum Hals heraushängt, verzeihen kannst —, trafen wir Vorbereitungen für den Fall, daß ihr euch als doch nicht ganz so freundlich entpuppen solltet, wie ihr uns glauben machen wolltet. Seit dem Augenblick der Landung haben wir unter der *Gabriel* gegraben. Vor wenigen Tagen erst gelang es uns, das riesige Loch unter der *Gabriel* mit Schießpulver aufzufüllen. Glaube mir, wir atmeten erleichtert auf, als dies geschafft war. Denn wir mußten ständig befürchten, daß unser Graben entdeckt werden oder unsere Stützen unter dem großen Gewicht des Schiffes zusammenbrechen könnten.«

»Ihr habt es in die Luft gesprengt?« fragte Hal benommen. Für ihn entwickelten sich die Dinge viel zu schnell.

»Das möchte ich bezweifeln. Auch die Tonnen von Sprengstoff, die wir explodieren ließen, konnten nicht allzuviel von einem derart massiv gebauten Schiff wie der *Gabriel* zerstören. In der Tat war es nicht unser Wunsch, es zu beschädigen — denn wir wollen es uns genau ansehen.

Unsere Berechnungen ergaben jedoch, daß die Detonationswellen den Metallpanzer des Schiffes durchdringen und jeden Mann auf der *Gabriel* töten würden.«

Hal ging an das Fenster und sah hinaus. Gegen den mondhellen Himmel hob sich eine Rauchsäule ab; schon bald würde die gesamte Stadt von ihr bedeckt sein.

»Es wäre besser gewesen, wenn ihr eure Leute sofort an Bord geschickt hättet«, sagte Hal. »Falls die Explosion die Offiziere auf der Brücke nur in Ohnmacht versetzt hat und sie ihr Bewußtsein wiedererlangen, bevor ihr sie erreicht, werden sie auf einen Knopf drücken, der eine H-Bombe und zehn Kobaltbomben zünden wird. Wenn du nicht weißt, was das ist, will ich es dir erklären. Es handelt sich um radioaktive Kampfmittel, die ausreichen, um jedermann auf diesem Planeten zu töten.«

Fobo wurde bleich, aber dann versuchte er zu lächeln.

»Ich denke doch, daß unsere Truppen inzwischen an Bord sind«, sagte er. »Aber ich werde besser anrufen, um mich zu vergewissern.«

Er verschwand für einige Minuten und kam dann zurück. Nun bereitete es ihm gar keine Mühe mehr, ein Lächeln aufzusetzen.

»Jedermann an Bord der *Gabriel* starb sofort«, berichtete er. »Zumindest sind die Offiziere auf der Brücke tot. Und ich habe dem Kommandeur des Unternehmens ausdrücklich geraten, darauf zu achten, daß niemand sich an irgendwelchen Mechanismen oder Kontrollgeräten zu schaffen macht.«

»Ihr *Wogs* habt an alles gedacht, nicht wahr?« sagte Hal.

Fobo erwiderte achselzuckend: »Wir sind ziemlich friedliebend. Aber im Gegensatz zu euch Terranern sind wir wirklich ›Realisten‹. Wenn wir etwas gegen Ungeziefer unternehmen müssen, dann tun wir unser möglichstes, um es zu vertilgen. Auf diesem von Insekten beherrschten Planeten haben wir eine große Erfahrung in der Bekämpfung von Mördern.«

Er schaute Macneff an, der auf allen vieren kroch, glasige Augen hatte und seinen Kopf schüttelte wie ein verwundeter Bär.

»Dich rechne ich nicht zu dem Ungeziefer, Hal. Du

bist frei. Du kannst gehen, wohin du willst, und tun, was du willst«, sagte Fobo.

Hal setzte sich auf einen Stuhl. Mit gramerfüllter Stimme sagte er: »Genau dies habe ich mir wohl mein ganzes Leben lang gewünscht. Die Freiheit zu besitzen, überall hingehen zu können und all das zu tun, was mir gefällt. Aber was bleibt mir denn jetzt noch? Ich habe niemanden ...«

»Da gibt es noch sehr viel für dich zu tun, Hal«, erwiderte Fobo. Die Tränen liefen seine Nase hinunter und sammelten sich an deren Ende.

»Du hast deine Töchter, um die du dich kümmern und denen du deine Liebe schenken solltest. In kurzer Zeit schon wird ihre Ernährung im Brutkasten vorüber sein — sie haben die vorzeitige ›Geburt‹ recht gut überstanden —, und sie werden hübsche Babys sein. Sie werden genauso zu dir gehören wie menschliche Säuglinge.

Schließlich sehen sie aus wie du — natürlich auf eine modifizierte, feminine Art. Deine Gene, Hal, sind auch die deiner Töchter. Was macht es für einen Unterschied, ob Gene auf zellulare oder photokinetische Weise wirken?

Du mußt auch nicht ohne Frauen leben. Hast du vergessen, daß Jeannette Tanten und Schwestern hat? Alle jung und schön. Ich denke doch, daß wir sie ausfindig machen können.«

Hal vergrub sein Gesicht in den Händen und sagte: »Danke, Fobo, aber das ist nichts für mich.«

»Jetzt noch nicht«, erwiderte Fobo milde. »Aber dein Schmerz wird vergehen; du wirst das Leben wieder für lebenswert halten.«

Jemand betrat den Raum. Hal blickte auf und erkannte eine Krankenschwester.

»Doktor Fobo, wir bringen jetzt die Leiche fort. Möchte der Mann vielleicht noch einen letzten Blick auf sie werfen?«

Hal schüttelte den Kopf. Fobo kam zu ihm herüber und legte eine Hand auf seine Schulter.

»Du siehst sehr blaß aus«, sagte er. »Schwester, haben wir etwas Riechsalz?«

Hal lehnte ab. »Nein, das brauche ich nicht.«

Zwei Krankenschwestern schoben einen Wagen hinaus. Ein weißes Tuch war über die Muschel gehängt worden. Schwarzes Haar floß unter dem Laken hervor und fiel auf das Kopfkissen.

Hal erhob sich nicht. Er blieb auf seinem Stuhl sitzen, und er stöhnte. »Jeannette! Jeannette! Wenn du mich nur genug geliebt hättest, um mir alles zu sagen ...«

Eine Frau pro Tag

(Der Roman erschien 1970 unter dem Titel ›Als die Zeit stillstand‹
in der Reihe HEYNE SCIENCE FICTION & FANTASY, Band 06/3173,
nachgedruckt 1986 in WELTEN DER ZUKUNFT, Band 11, 06/1011)
Aus dem Amerikanischen übersetzt von Birgit Reß-Bohusch

1

Doktor Leif Barker riß die Frau an sich. Sie leistete keinen Widerstand. Sie war nicht hergekommen, um Widerstand zu leisten. Wenigstens jetzt noch nicht. Sie würde zuerst einmal nachgeben und dann mit ihren Schreien die Männer alarmieren, die zweifellos in der Nähe warteten. Und dann würden sie ihn verhaften.

Die Frau sah ihn an. »Soll das ein realistisches Benehmen sein?« fragte sie.

»Es ist ein den Umständen angepaßtes Benehmen«, sagte Leif und preßte seine Lippen auf die ihren. Sie reagierte heftig — ein wenig zu heftig, denn er wußte, daß sie Theater spielte. Oder doch nicht? Machte ihr der Auftrag mehr Spaß, als sie vor ihren Vorgesetzten eingestand?

Er faßte in ihren Nacken, und bevor sie wußte, was er tat, hatte er ihr Kleid im Rücken aufgerissen.

Ihre Augen wurden groß, und sie wollte etwas sagen, aber er preßte immer noch die Lippen auf ihren Mund. Bevor sie sich rühren konnte, war sie bis zur Taille nackt. Er ließ sie los, aber er hielt die Hand zum Schlag bereit. Sie würde nicht zum Schreien kommen.

Sie dachte jedoch nicht einmal daran. Vielleicht war sie verwirrt von der Schnelligkeit, mit der er vorging. Und vielleicht war sie noch nicht lange genug in der Branche und hatte einen gewissen Respekt vor einem Lamech-Träger. Vielleicht.

Jedenfalls war sie hübsch. Die Leute, die sie hergeschickt hatten, waren Experten. Sie wußten, daß ihr so leicht kein Mann widerstehen konnte. Sie war eine große, schlanke Blondine mit den Formen einer Frau und dem Gesicht eines Kindes. Jetzt versuchte sie, ihre nackten Brüste zu verbergen. Leif lachte.

»Was ist denn?« fragte er. »Hast du es dir plötzlich anders überlegt? Sind dir die Lehren der Sturch wieder eingefallen?«

»Nein«, sagte sie mit zitternder Stimme. »Ich — ich habe nicht gedacht, daß — daß ...«

»Daß alles so schnell gehen würde? Daß du keine Zeit mehr haben würdest, um deine Freunde zu verständigen?« Er lächelte immer noch.

Sie wurde blaß. Sie wollte etwas sagen, aber sie brachte keinen Ton hervor.

»Es ist ein Zeichen der Zeit«, erklärte er.

»Was ist ein Zeichen?« würgte sie hervor.

»Früher einmal war ein Lamech-Träger ...« Er deutete auf das große hebräische L an seinem Hemd »... über jede Versuchung erhaben. Deshalb hegte man auch keinerlei Mißtrauen gegen ihn. Niemals hätten die Uzziten ihn durch eine schöne Frau versucht, um ihm anschließend unrealistisches Benehmen nachweisen zu können. Aber wir leben in einer degenerierten Epoche, und es wird praktisch jeder verdächtigt.« Er machte eine Pause und fragte dann hart: »Hat dich Candleman geschickt?«

Sie zuckte zusammen. Er wußte, daß er richtig vermutet hatte. Zumindest wurde er nicht von seinen eigenen Vorgesetzten im Korps des Kalten Krieges getestet. Es war Candleman, der ihm diese Falle stellte, Candleman, der Chef der Uzziten. Die Uzziten stellten die Geheimpolizei der Haijak-Union dar.

»Wie viele Männer warten draußen?« fragte er.

Sie gab keine Antwort, und er nahm ihre Hände, so daß sie wieder entblößt vor ihm stand. Sie wandte den Kopf ab und errötete.

»Du willst es mir nicht sagen? Macht auch nichts. Komm, sieh dir das an!«

Er ließ sie los, ging an die Wand und drückte mit der Hand an eine bestimmte Stelle. Sofort verwandelte sich ein Viereck über seinem Kopf in einen flimmernden Bildschirm. Er zeigte das Innere des Warteraums. Drei Männer lagen bewußtlos am Boden. Sie trugen die schwarzen Uniformen der Uzziten.

»Als Lamech-Träger habe ich manche Privilegien«, sagte er. »Eines davon ist das Recht, Maßnahmen zum Schutz meiner Person zu treffen. Wenn ich auf einen Knopf drücke, wird ein Betäubungsgas in den Warteraum geleitet.«

»Aber die Gasleitungen sollten doch ...« Sie unterbrach sich.

»... außer Betrieb gesetzt werden?« beendete er ihren Satz. »Mag sein, daß das geschehen ist. Aber ich habe selbstverständlich eine zweite Leitung installieren lassen — eine, von der nicht einmal Candleman weiß.«

Ihre blauen Augen waren angsterfüllt, und sie versuchte, ihr Kleid hochzuziehen.

»Weshalb erzählst du mir das alles?« fragte sie. Sie schien zu glauben, daß er sie umbringen wollte.

»Weil du weiterhin für Candleman arbeiten wirst«, sagte er. »Du wirst aber auch für mich arbeiten. Und du wirst es ihm nicht verraten. Denn du bist in meiner Hand.«

»Was heißt das?« keuchte sie.

Er kam langsam näher und streifte ihr das Kleid herunter. »Du kennst Candleman. Er wird unrealistisches Betragen in sexuellen Dingen nicht dulden, nicht einmal bei seinen Agentinnen. Ich weiß, daß du mich verführen und im rechten Augenblick nach deinen Freunden rufen solltest. Candleman, der so moralisch ist, daß er ohne weiteres Menschen umbringt oder einen Lamech-Träger verführt, würde es keinem seiner Mädchen verzeihen, wenn sie zu weit ginge.«

»Heißt das ...?«

»Natürlich heißt es das. Du wirst mich nicht an Candleman verraten können. Außerdem bist du schön, und ich hatte lange keine Frau mehr.«

»Und — deine Ehefrau?« Sie trat einen Schritt zurück.

Er lachte und sagte: »Ich habe meine Frau noch nie im Leben geküßt.« Sie ging immer weiter zurück, bis sie an der Wand stand. Und dann fiel sie plötzlich auf die Knie.

»Bei der Liebe zum Vorläufer, tu es nicht! Ich wäre verloren.«

Einen Moment lang dachte Leif daran, sie laufen zu lassen. Dann sagte er sich, daß das Idiotie wäre. Wenn er seine Absicht nicht durchführte, mußte er sie umbringen, um zu verhindern, daß sie ihn bei Candleman anschwärzte. Und das wollte er auf keinen Fall. Außerdem war sie wirklich hübsch.

»Ingrid«, sagte er sanft. »Du stellst dir alles viel schlimmer vor, als es ist.«

»Bitte nicht!« sagte sie schluchzend. »Ich mußte es tun. Candleman hätte meinen Vater in die H-Abteilung gesteckt, wenn ich mich geweigert hätte.«

Er zögerte. Vielleicht sagte sie die Wahrheit. Aber er zweifelte daran. Candleman konnte einer Agentin nur trauen, wenn sie eine überzeugte Anhängerin war.

»Du lügst«, sagte Leif. »Und selbst wenn du nicht lügst — du gefällst mir eben.«

Er hob sie auf und trug sie zur Couch.

2

Das durchscheinende Quadrat in der Wand flackerte. In seinem Innern wütete ein Miniatursturm. Wolken jagten dahin, und Blitze zuckten.

Und dann ordnete sich das Chaos. Man hörte ein Knistern und Knacken, und im Bildschirm zeigten sich Gestalten. Ein Mann saß hinter einem Schreibtisch. Ein paar Sekunden lang flimmerte die Szene. Dann, als hätte sich der Mann endlich entschieden, ins Dasein zu treten, wurde das Bild scharf und deutlich.

Es handelte sich um ein Propagandastudio der Regierung. Man sah den Schreibtisch und den Reporter und dahinter ein wandgroßes Bild von Isaak Sigmen.

Dr. Leif Barker, der seinen Frühstückskaffee in der Dachterrassenwohnung über dem Fürsorge-Krankenhaus einnahm, betrachtete schläfrig das Bild. Das Gerät wurde von Tag zu Tag schlechter. Er konnte natürlich die überarbeiteten Techniker bitten, es zu reparieren. Wenn sie das benötigte Material auftreiben konnten — ein großes Wenn —, gelang es ihnen vielleicht, das Gerät zu neunzig Prozent betriebsfähig zu machen. Aber das schlechte Material, das sie verwendeten, würde in kürzester Zeit garantiert wieder zu Pannen führen.

Es hatte also wenig Sinn, die Techniker zu verständigen. Diese Pannen waren ein Zeichen der Zeit.

Er nahm einen Schluck der heißen Flüssigkeit.

Sehr gute Zeichen der Zeit.

Leif sah sie gern, sie gingen auf seine Arbeit zurück. Er saß wie eine Spinne im Mittelpunkt des Netzes und zog hin und wieder an den Fäden.

»... und die Prognose, daß die Zeit stillsteht, mag realistisch sein oder nicht«, plärrte der Propagandamann. »Zumindest können wir sagen, daß die Ereignisse des letzten halben Jahres auf diese Möglichkeit hinauszulaufen scheinen. Sie alle wissen, was ich meine — die seltsamen Zeichen und Wunder, die sich in letzter Zeit häuften.«

Leif lächelte schläfrig. Ja, die Regierung der Haijak-Union hatte die Gerüchte vom Stillstand der Zeit selbst in Umlauf gebracht. Sie sagte den Tag vorher, an dem Sigmen von seinen Reisen durch die Vergangenheit und Zukunft in die Gegenwart zurückkehren würde. An diesem Tag würden seine Feinde vernichtet und seine Anhänger belohnt werden. Jeder Angehörige der realistischen Lehre würde sein eigenes Reich erhalten, in dem es keine Behörden und keine Aufpasser mehr gab.

Die Haijak-Regierung hatte selbst Ereignisse vorgetäuscht, die die Gedanken der Kritiker von der langen Arbeitszeit und der schlechten Bezahlung ablenken sollten. Aber das Korps des Kalten Krieges aus Marschland hatte den Ball aufgefangen und den Berg hinuntergerollt, wo er eine Lawine verursachen würde. Die Jacks sollten nur aufpassen!

Denn wenn die Zeit stillstand, würde man den Bürgern nicht nur einen Vorläufer präsentieren, sondern ... Er malte sich in Gedanken aus, wie die Jacks gegen die Flut ankämpfen würden, die sie selbst entfesselt hatten. Denn die Leute, die an das Paradies auf Erden geglaubt hatten, würden einsehen müssen, daß man sie betrogen hatte. Das und die andere wichtige Bewegung, in der Leif Barker eine führende Rolle spielte, konnte zum Untergang der Union führen.

Er trank seine zweite Tasse Kaffee, als ein Summzeichen ertönte. Verärgert drückte er auf eine Taste des Bildschirms. Die Gestalt seiner Sekretärin zeigte sich. Es war eine Aufnahme aus dem Büro, das zehn Stockwerke tiefer lag.

Rachel trug ein bodenlanges, bis zum Kinn zugeknöpftes Kleid aus schwerem, dunklem Stoff. Trotz ihrer Zusammenarbeit mit Leif Barker zeigte sich die Tugendhaftigkeit noch deutlich in ihren Zügen. Rachel war ein realistisches Mädchen. Kein Mensch konnte ihr vorwerfen, daß ihr Benehmen nicht tadellos wäre.

Er starrte sie an, und sie wurde rot.

»Ja?« Ihm war zum Knurren zumute, doch er lächelte väterlich.

»Dr. Barker, bei mir ist ein Zack Roe, der Sie unbedingt sprechen möchte.«

Leifs Lächeln veränderte sich nicht.

»Er ist für zehn Uhr vormittags angemeldet. Sagen Sie ihm, daß er bis dahin warten soll.«

Eine hagere Gestalt trat neben Rachel. Zack Roe hatte graues Haar und einen gebeugten Rücken, und er trug den einfachen Coverall eines Arbeiters. Sein Isländisch hatte einen leicht sibirischen Einschlag. Er hielt den Hut in der Hand und verbeugte sich: »Bitte, Doktor! Ich weiß, daß ich nicht zur richtigen Zeit hier bin. Aber ich vergaß, daß ich heute mit meinen Reinigungs-Riten beginnen muß.«

»Was machen Sie hier?«

»Ich dachte, Sie könnten mich vielleicht jetzt untersuchen. Auf diese Weise wäre uns beiden geholfen. Ich weiß, daß diese Tests wichtig sind, Doktor.«

Er grinste verlegen, und seine blauen Augen traten ein wenig hervor.

Leif seufzte und sagte: »Schib, ich komme gleich nach unten. Rachel, sagen Sie Sigur Bescheid. Er soll alles für das EEG herrichten.«

Leif schaltete den Schirm aus und aß schnell seine Rühreier mit Schinken fertig. Roe hatte die Schlüsselworte genannt. Er wußte, daß er so schnell wie möglich mit ihm zusammentreffen mußte.

Irgend etwas Außergewöhnliches ging vor, sonst hätte Roe sich niemals in der Klinik gezeigt. Zum Glück hatte er eine gute Ausrede gehabt. Reinigungs-Riten gingen in jedem Falle vor, und seine Rolle als einfacher Arbeiter machte es glaubhaft, daß er sie vergessen hatte.

Leif ging durch mehrere Zimmer, die für die traurige Zeit recht gut eingerichtet waren, und trat an den Aufzug. Danger, sein Collie, kam schmeichelnd näher und war sichtlich gekränkt, als sein Herr ihn nur flüchtig hinter den Ohren kraulte.

»Später«, sagte Leif und drückte auf den Knopf, der ihn in die EEG-Räume bringen würde.

Er hatte keinen Grund, sich über das ungewöhnliche Erscheinen Roes zu beunruhigen, aber irgendwie fühlte er sich nicht wohl in seiner Haut. Der Plan ging gut voran — fast zu gut. Er durfte auf keinen Fall ängstlich erscheinen. Was hatte er, ein Lamech-Träger, zu befürchten? Lächelnd machte er sich an die Routinearbeiten.

Er sehnte sich nach einer weiteren Tasse Kaffee. Und gähnte. Sehnen — gähnen. Er grinste vor sich hin. In letzter Zeit tat er beides ziemlich oft. Zum Glück war die Sehnsucht letzte Nacht ein wenig gestillt worden.

Die Tür ging auf. Er betrat Rachels Büro.

»Guten Morgen, Doktor.«

»Der Vorläufer segne Sie. Irgendwelche dringende Post?«

»Keine Briefe, *Abba*«, sagte sie.

»Nennen Sie mich nicht Vater«, befahl er. »Ich bin kaum zehn Jahre älter als Sie.«

»Ich ehre Sie wie einen Vater«, sagte sie mit niedergeschlagenen Augen.

Er hob ihr Kinn und küßte sie. »Hier ist ein väterliches Küßchen. Sie bekommen jedesmal eines, wenn Sie mich *Abba* nennen. Und wenn Sie es nicht tun, bekommen Sie zur Belohnung auch eines.«

»Doktor Barker! Das dürfen Sie nicht tun!« Sie war flammendrot geworden.

Er grinste sie an und sagte: »Ich nütze meine Stellung als Lamech-Träger aus, ich weiß. Aber wozu bin ich Lamech-Träger, wenn ich die Vorteile dieser Stellung nicht genießen darf?«

Ihr Mund stand offen. Leif widerstand der Versuchung, ihn mit einem zweiten Kuß zu schließen. Sie war zwar hübsch, aber ziemlich kühl. Der arme Mann, der auf den Gedanken kam, sie zu heiraten!

Leif winkte ihr fröhlich zu und trat in den Aufzug. Er mußte sich jetzt auf wichtigere Dinge konzentrieren. Irgend etwas braute sich über seinem Kopf zusammen.

3

Als Leif den EEG-Raum betrat, sah er, daß Sigur Zack Roe den Tantalumhelm schon über die grauen Haare gestreift hatte.

Zack grinste mit vorstehenden Zähnen und sagte: »Sigmen sei Ihnen gnädig, Doktor.«

»Eine realistische Zukunft«, erwiderte Leif. Er nickte, und Sigur drückte auf einen Knopf. Der Kymograph unter der EEG-Maschine begann zu arbeiten. Gleichzeitig ertönten kurze Signale, die den Patienten ablenken sollten. Das Experiment war angeblich ein Versuch, das Gehirnwellen-Schema des Patienten mit seiner Sprache in Verbindung zu bringen.

In Wirklichkeit tat das der Apparat längst — seit zwei Jahren etwa. Die untere Hälfte des sogenannten Enzephalographen war das, was man von dem Apparat erwartete. Sie zeichnete die Gehirnwellen der Versuchsperson auf einem Kymographen auf. Aber die obere Hälfte war eine Maschine, die das Korps des Kalten Krieges in Leifs Hände geschmuggelt hatte. Sie tat bereits die Arbeit, welche die andere Maschine eines Tages nach gründlicher Forschung leisten sollte. Sie konnte die Gedanken eines Menschen »lesen«. Und in diesem Augenblick übertrug und verstärkte sie Zack Roes Gedanken durch die scheinbar sinnlosen »Biepbiep«-Töne.

»Ich werde jetzt eine Reihe von Testfragen stellen«, sagte Leif. »Antworten Sie mit ›ja‹ oder ›nein‹. Es kommt mir im Moment nicht darauf an, daß Sie die Wahrheit sagen. Später sollen Sie dann die wahren Antworten kennzeichnen. Verstanden?«

»Klar«, sagte Zack gedehnt. »So dumm, wie Sie meinen, bin ich gar nicht, Doc. Schließlich haben wir das schon mal gemacht, oder?«

Leif warf Sigur einen Blick zu. Er stand neben dem Kymographen und beobachtete die Linien, welche die Alpha-, Beta-, Gamma-, Kappa- und Eta-Wellen darstellten. Die kurzen Signale gingen weiter. Sigur beachtete sie nicht.

»Wann wurden Sie geboren, Zack?«

»Am dritten des Fruchtbarkeitsmonats«, sagte Zack.

Leif prüfte das in seinem Notizbuch nach und blinzelte Zack zu.

»Beantworten Sie die gleiche Frage in Englisch, Zack. Wir müssen überprüfen, welcher Wellenunterschied sich bei Verwendung verschiedener Sprachen ergibt.«

Zack gehorchte.

Gleichzeitig veränderte sich der Signalrhythmus. Leif erkannte es sofort.

Weshalb hast du so lange gebraucht, Leif? Es geht um einen heißen Fall. Also, hier ist die Botschaft: Halla Dannto, die Frau des Erzurieliten, wurde um sieben Uhr dreißig bei einem Autozusammenstoß verletzt. Man brachte sie in dieses Krankenhaus. Du mußt so schnell wie möglich zu ihr. Schicke den Stationsarzt weg und hole Ava.

Wenn Halla Dannto tot ist, muß ihre Leiche sofort verbrannt werden. Laß niemand außer Ava wissen, daß du sie einäscherst. Dann geh zurück in das Krankenzimmer und tue so, als sei sie noch am Leben. Noch eines: Die Frau, die an Hallas Stelle kommen wird, darf keinesfalls erfahren, daß Halla tot ist.

Sie wird einen altmodischen Straßenschleier tragen, wenn sie hereinkommt. Stelle keine Fragen. Akzeptiere sie als die wahre Halla Dannto. Verstanden?

Als würde er an irgend etwas denken, nickte Leif leicht vor sich hin.

»Nun die nächste Frage, Zack«, sagte er.

Rachel kam in den Untersuchungsraum gelaufen.

»Doktor Barker!« sagte sie atemlos. »Doktor Trausti hat mich eben angerufen und mir eine Nachricht für Sie hinterlassen. Ihr Bildschirm funktionierte nicht, deshalb brachte ich sie selbst her. Sie sollen sofort zu Zimmer 113 kommen. Die Frau des Erzurieliten Dannto wurde eben schwerverletzt eingeliefert. Trausti möchte, daß Sie den Fall übernehmen.«

Leif hob die Augenbrauen.

»Wird er damit nicht fertig?«

»Wahrscheinlich glaubt er, daß sie eine zu bedeutende Persönlichkeit ist. Außerdem ist es möglich, daß sie stirbt.«

»Und er will, daß ich die Verantwortung dafür übernehme?« sagte er lächelnd. »Sagen Sie ihm, daß ich sofort komme. Und Rachel, verständigen Sie meine Frau. Sagen Sie ihr, sie solle alles liegen- und stehenlassen, selbst wenn es ein Baby ist, und nach 113 kommen. Schib?«

Er drehte sich um.

»Sigur, wir müssen die Experimente für heute abbrechen. Sagen Sie den anderen Versuchspersonen, daß sie heimgehen können.«

Er verließ den Raum. Draußen stieß er mit einem Mann zusammen, der direkt vor der Tür stand. Der Kerl stolperte nach rückwärts. Leif hatte den flüchtigen Eindruck, daß der Mann übertrieb, da der Zusammenprall nicht so stark gewesen war.

»Verzeihung«, sagte er und wollte weitergehen. Ein starker Arm legte sich auf seine Hand.

Der Fremde hustete und sagte: »Doktor Barker?« Er hatte eine hohe Stimme und einen etwas fremdländischen Akzent.

»Ich habe es eilig«, sagte Leif. »Suchen Sie mich später auf.«

Er warf dem Fremden einen prüfenden Blick zu. Und der Menschenkenner in ihm war schockiert. Der Mann hatte etwas Sonderbares, geradezu Künstliches an sich. Er war klein und untersetzt. Er hatte eine helle Haut, helles Haar und blaue Augen. Große Ohren ohne Ohrläppchen, eine flache, leicht nach aufwärts geschwungene Nase und Wulstlippen prägten das Gesicht.

»Wie heißen Sie?« fragte Leif.

Der Kerl hustete.

»Wir — ich meine, ich heiße Jim Crew.«

Leif fing das »wir« auf und sah die anderen im Warteraum sitzen. Ein Mann und zwei Frauen, alle jung und alle mit ähnlichen Gesichtszügen wie Jim Crew.

»Wollen Sie alle die EEG-Versuche mitmachen?« fragte er.

»Nein, *Abba*«, erklärte Jim Crew. Er sah die anderen an. Zwei von ihnen schlossen die Augen. Sie hatten lange, kräftige Wimpern, die an Spinnenbeine erinnerten. Plötzlich lag Spannung in der Luft. Leif hatte das Gefühl, daß um ihn unsichtbare Fäden gezogen wurden.

»Was wollen Sie?« fragte er.

»Abba«, sagte Jim Crew, »wir sind hergekommen, weil Sie der einzige Mensch in Paris sind, der uns helfen kann.«

Eine der Frauen stand auf. Ihr Gesicht strahlte eine wilde Schönheit aus. Und doch wirkte ihr Ausdruck geistesabwesend. Es war, als hätte ein Kubist eine Heilige des Altertums gemalt.

»Unser Kind stirbt«, wimmerte sie mit dunkler, kehliger Stimme. Ihre wulstigen Lippen zitterten, wodurch ihre Worte undeutlich wurden.

Sie streckte die Hand aus, und Jim Crew nahm sie. Gemeinsam sagten sie: »Unser Kind wurde von dem genau gleichen Wagen angefahren, der Halla Dannto tötete.«

Die dritte Frau, die immer noch allein auf der Bank saß, schloß die Augen und stöhnte: »Unser Kind stirbt. Sie hat den Schädel gespalten, und ein Stück Knochen drückt auf das Gehirn.«

Der andere Mann lachte plötzlich. Im Kontrast zu der offensichtlichen Verzweiflung der anderen wirkte das Lachen schockierend. Leif zuckte zusammen.

»Es macht nichts«, sagte der Mann. »In gewisser Weise macht es nichts. In gewisser Weise ist es aber auch wichtig. Wenn Sie nicht schnell kommen, ist unser Kind tot.«

Leif kam sich wie in einem Traum vor. Er war ungeduldig, weil er zu Mrs. Dannto mußte. Dennoch konnte er nicht gehen.

»Was wissen Sie über Mrs. Dannto?« fragte er. »Wie kommen Sie darauf, daß sie tot ist?«

»Wir wissen es«, sagte Jim Crew. »Wir wissen auch, daß sie wieder lebt.«

»Ich muß jetzt zu Mrs. Dannto gehen«, sagte Leif. »Die Sache mit Ihrem Kind tut mir leid, und ich werde mich darum kümmern, sobald ich Zeit habe. In welchem Zimmer liegt es?«

»Sie ist nicht hier«, erwiderte die Frau neben Jim Crew. Sie öffnete die Augen, und der Glanz in ihnen verblüffte Leif.

»Unser Kind ist in einem Raum tief unter der Stadt.«

»Was soll das alles?« fauchte Leif. »Nun erzählt rasch! Ich habe wenig Zeit für Unsinn.«

Der Mann auf der Bank sagte: »Unsinn unserer Art ...« Er deutete auf die anderen drei »... ist der wahre Sinn.«

Jim Crew lächelte traurig. Er hatte große weiße Zähne.

»Sie wurde von dem Auto niedergefahren, das Halla Danntos Wagen rammte. Wir brachten sie nicht her, denn das hätte ihren und unseren Tod bedeutet.«

Die wilde Schönheit stöhnte: »Und unser Kind wußte, daß man sie überfahren würde und daß Sie ihr vielleicht helfen würden.«

»Ich fühle mich geschmeichelt«, sagte Leif. An seinem Hals traten dicke Adern vor. »Aber ich weiß nicht, wovon ihr redet. Und ich frage mich, weshalb ihr keine Angst vor den Uzziten habt. Ich könnte sie holen. Ihr scheint ein Fall für sie zu sein.«

»Sie würden das nicht tun«, sagte Jim Crew.

»Sie könnten es nicht«, sagte die Schönheit. »Wir wissen es. Unser Kind wußte es.«

»Sie werden in die Abwasserkanäle kommen«, sagte die zweite Frau.

»Lieber gehe ich freiwillig zu den Psychiatern«, sagte Leif. »Wenn ihr wollt, daß ich euer Kind operiere, dann bringt es her.«

Er schob sich an Jim Crew vorbei und ging.

Als er durch die Tür ging, blieb er abrupt stehen, so als sei die Luft mit einemmal zur festen Wand geworden.

Aus dem Nichts war ein Laut gekommen, der keiner war, eine Stimme ohne Worte. Und doch war sie klar verständlich.

»*Quo vadis?*«

Er drehte sich um.

»Was macht ihr da?«

Jim Crew sagte: »Seien Sie nicht gekränkt, Dr. Barker. Wir taten es, damit Sie wissen, daß Sie — keine Verrückten vor sich haben.«

»Und keine Leute, die man geringschätzig behandeln kann«, fügte die Schönheit hinzu.

Sie sah ihn an, und mit einemmal war er erfüllt von solcher Trauer, daß er sich nur mühsam beherrschen konnte.

Es paßte ihm nicht, und man hatte es wohl seiner Miene angesehen, denn im nächsten Moment war es vorbei, und er fragte sich, ob nicht alles Einbildung gewesen war.

Der Mann auf der Bank lachte wieder lauthals. Und Leif hatte das Gefühl, als müßte er ebenfalls lachen.

Er packte das harte Holz der Tür, und mit dem Gefühl der Härte kehrte seine eigene Kraft zurück. Sie sahen ihn jetzt alle an, acht Augen, die von innen heraus glänzten. Aber sie prallten an ihm ab wie an einem Spiegel. Er war wieder Herr über sich.

»Ich würde wirklich gern kommen«, sagte er. »Aber wenn ihr wirklich soviel wißt, müßt ihr auch wissen, daß ich es nicht kann.«

»Ah«, näselte Jim Crew, »natürlich können Sie. Halla Dannto ist tot. Sie können ihr nicht mehr helfen.«

Es war, als rutschte der Boden unter ihm weg. Es durfte nur drei Leute geben, die wußten, daß sie tot war: den Stationsarzt, Zack und ihn selbst. Und er und Zack wußten es nicht bestimmt.

Aber er hatte keine Zeit, sie auszufragen. Zack hatte zu sehr auf Eile gedrängt. Große, dunkle Dinge bewegten sich im Hintergrund, und er konnte nicht hierbleiben und sie untersuchen.

Er schlug die Tür zu und ging an den nächsten Bildschirm. Er wählte Rachel. Einen Moment lang sah er sie, dann begann das Bild zu flimmern.

»Rachel« sagte er, »konnten Sie Mrs. Barker erreichen?«

»Ja, Sir. Sie kommt sofort.«

Er wollte abschalten, doch im letzten Moment hörte er Rachels Stimme:

»Doktor Barker! Warten Sie! Die Zentrale!«

Er wartete einen Moment lang. »Ich verbinde Sie mit dem Erzurieliten Dannto«, sagte Rachel ein wenig steif. Sie drückte auf ein paar Knöpfe, und dann verschwand das Bild. Im nächsten Moment flimmerte es auf und zeigte das luxuriöse Büro des Erzurieliten. Der Schreibtisch war so groß, daß der Mann dahinter wie ein Zwerg wirkte. Absalom Dannto war ein dicker Kerl mit einem ungeheuren Bauch und einem massigen Doppelkinn. Das untere Kinn zitterte jetzt erregt. Leif lächelte, doch dann nahm er sich zusammen. Mit einem Erzurieliten war nicht zu spaßen.

»Barker?« dröhnte Dannto. »Ich hörte eben, daß meine Frau einen Unfall erlitten hätte und in Ihr Krankenhaus eingeliefert wurde. Ist sie schwer verletzt?«

Leif war überrascht. Der Mann schien sich echt um sie zu sorgen.

»Nein, *Abba.* Man sagte mir eben Bescheid. Ich bin auf dem Wege zu ihr.«

»Barker, ich bin so froh, daß ausgerechnet Sie sich um meine Frau kümmern. Gehen Sie, retten Sie Halla!«

Leif sah ihn hart an. »Ich tue immer mein Bestes. Jeder Patient wird gleich behandelt.«

»Ich weiß. Aber um des Vorläufers willen, tun Sie heute mehr als Ihr Bestes.«

In seiner Stimme war Schmerz und Angst.

»Ich werde tun, was ich kann«, versprach Leif.

Er wollte ausschalten, eine unerhört kühne Tat, die außer ihm kaum jemand fertiggebracht hätte.

»Warten Sie!« sagte Dannto. »Ich hörte, daß sie sich in einem automatischen Taxi befand. Ich habe den Verdacht, daß es sich um unrealistisches Verhalten seitens der Techniker im Kontrollzentrum handelt. So habe ich Candleman mit der Untersuchung beauftragt. Er ist wahrscheinlich bald bei Ihnen. Seien Sie ihm bei der Verfolgung der Kerle behilflich. Ich komme in ein paar Stunden ins Krankenhaus. Ich übergebe meine Frau in Ihre Hände.«

»Schib, *Abba*«, sagte Leif. »Heißt das auch, daß ich über Candleman stehe?«

»Selbstverständlich, Barker.«

4

Leif schaltete den Schirm aus und ging durch die Korridore. Er bemerkte die freundlichen Blicke der Schwestern. Er war groß und breitschultrig, hatte angenehme Züge und versuchte nicht, ihnen dauernd nachzuspionieren. Wenn er in der Nähe war, konnten sie sich eine Weile entspannen.

Er trat in einen Aufzug, und die Schwester, die ebenfalls nach unten fuhr, fragte ihn: »Haben Sie schon gehört, daß Mrs. Halla Dannto verletzt wurde?«

»Das scheint ja das große Geheimnis hier zu sein«, erwiderte Leif trocken. »Was haben Sie sonst noch gehört?«

»Doktor Trausti sagt, sie sei tot.«

Leif fluchte innerlich, aber er lächelte.

»Wie kann man sie für tot erklären, Sarah, wenn ich sie noch nicht einmal untersucht habe? Ich finde es zwar unethisch, die Meinung eines Kollegen anzuzweifeln, aber Doktor Trausti ist auch ein Mensch und kann sich irren. Außerdem hat er sich vielleicht so sehr in seine Bücher vergraben, daß ihm einige der neuen Wiederbelebungstechniken entgangen sind.«

Er log natürlich. Aber Sarahs Mund war ein großes, rundes O. Sobald er Zimmer 113 betreten hatte, würde sie im ganzen Haus herumerzählen, daß der großartige Dr. Barker eine neue Wundermethode anwenden wollte, um Mrs. Dannto von den Toten zurückzuholen. Wenn die Geschichte am anderen Ende des Krankenhauses angelangt war, hatte sie sicher schon die Version angenommen, daß Halla Dannto auf dem Wege zu einem Tennismatch war.

Leif verließ den Aufzug und rannte durch den Korridor. Zimmer 113 war verschlossen, und er klopfte an der Tür. Eine Gruppe von Schwestern und Wärtern stand in der Nähe. Er warf ihnen einen eisigen Blick zu. Sie verteilten sich.

Trausti öffnete die Tür. Das lange, schwarze Haar fiel ihm über die hohe, schmale Stirn. Er schob es zur Seite und murmelte: »Eine äußerst merkwürdige Sache, Doktor.«

Leif betrat das Zimmer und warf einen Blick auf die tücherverhüllte Gestalt, die auf dem Transportwagen lag.

»Eine merkwürdige Sache?« wiederholte er fragend. Er gab seiner Stimme einen leicht drohenden Klang, als habe sich Trausti bei einer Unregelmäßigkeit erwischen lassen.

Trausti legte es wohl auch so aus, denn die Hände, die einen Verbandsstreifen hielten, zitterten.

»Verzeihung, Doktor Barker«, sagte er. »Ich meine, es ist außergewöhnlich. Zumindest glaube ich es. Das heißt — ich überlasse die Entscheidung selbstverständlich Ihnen.«

Leif hob die Augenbrauen. »So — Sie überlassen die Entscheidung mir!«

Trausti war ganz aufgelöst. »Ich ... ich meine, ich wollte Ihre Aufmerksamkeit auf etwas lenken, das ich nicht verstehe.«

»Ach so.« Leif blieb sehr herablassend. »Nun, was ist es denn?«

Er lachte innerlich, denn Trausti schikanierte die Schwestern und Pflichtassistenten erbarmungslos. Leif brachte ihn gern aus dem Gleichgewicht. Er hatte den Verdacht, daß Trausti im Auftrag der Uzziten im Krankenhaus herumschnüffelte, und er hoffte ihn eines Tages in eine Lage zu bringen, wo er ihm unrealistisches Verhalten vorwerfen konnte. Dann bekamen ihn die Uzziten zurück, und die armen Teufel, die ihm unterstanden, konnten aufatmen.

»Es handelt sich um die Röntgenaufnahmen, die ich von Mrs. Dannto machte«, sagte Trausti. »Offensichtlich starb sie an einem gebrochenen Rückgrat, aber ...«

»Ich werde die Todesursache selbst untersuchen«, sagte Leif. »Von Ihnen will ich jetzt nur hören, was Sie so merkwürdig finden.«

Trausti schluckte und sagte: »Schib, Doktor Barker. Aber ich halte es für meine Pflicht, Sie von meinen Untersuchungsergebnissen zu unterrichten. Sie können dann damit machen, was Sie für richtig halten. Aufgrund der Röntgenaufnahmen hatte sie ein gebrochenes Rückgrat, einen Bruch am linken Arm, zwei gebrochene Rippen, einen komplizierten Oberschenkelbruch, einen Beckenbruch, einen Leberriß und eine Wunde am Solarplexus. Sie können das überprüfen, wenn Sie sich die Röntgenaufnahmen ansehen.«

Er deutete auf ein paar lange Filmstreifen, die an ein Schreibbrett geheftet waren.

»Aber zusätzlich zeigten diese Filme etwas — wenn Sie verzeihen — Sonderbares. Das hier ist eine Aufnahme des Unterleibs.«

Leif nahm Trausti den Film aus den zitternden Händen und hielt ihn gegen das Licht. Er sah sofort, was

Trausti meinte. Da, wo die Gebärmutter in die Bauchhöhle hineinragte, schloß sich ein gekrümmtes, röhrenförmiges Organ an.

Leif steckte den Film in die Tasche und sagte: »Vermutlich ein Tumor. Aber wir können mit der Untersuchung warten, bis Mrs. Dannto außer Gefahr ist.«

Er hatte keine Ahnung, ob es sich um einen Tumor, Krebs oder sonst etwas handelte. Aber er wollte Traustis Neugier auf alle Fälle eindämmen.

Trausti reichte ihm mit zitternden Fingern den nächsten Film. »Das ist eine Innenaufnahme des vorderen Schädelteils.«

Leif hielt den Streifen ans Licht — und ließ ihn beinahe fallen. Man nannte die Filme aus Traditionsgründen Röntgenaufnahmen, obwohl sie durch Ultraschallwellen entstanden, die von den Organen absorbiert wurden. Dieser Film gehörte zu einer Serie, bei der das Innere des Schädels von hinten nach vorne in Millimeterabständen aufgenommen worden war. Das Bild war deutlich genug. Zwei Nervenstränge verliefen vom hinteren Ende des Schädelknochens durch die Schutzmembran des Gehirns. Dort verloren sie sich im Netzwerk des Großhirns.

Die Nervenstränge hatten an dieser Stelle nichts zu suchen. Leif hatte noch nie etwas Ähnliches gesehen.

Äußerlich gleichgültig, innerlich aber erschüttert, steckte Leif auch den zweiten Film in die Tasche.

»Ich habe schon einmal so einen Fall erlebt«, log er. »Auch eine Frau. Die Sezierung ergab, daß es sich bei den Nervensträngen um Mutationen handelte. Aber da Mrs. Dannto noch nicht tot ist, können wir sie schließlich nicht sezieren.« Er verengte die Augen und fragte hart: »Haben Sie Mrs. Danntos Krankengeschichte?«

Trausti schluckte ein paarmal. »N-nein. Ich hielt es nicht für nötig, nach den Unterlagen zu schicken, da sie eindeutig tot ist. Ich dachte es zumindest ...«

»Lassen Sie sich die Krankengeschichte sofort von Montreal durchgeben!« sagte Leif. »Ihr Verhalten ist unrealistisch! Sie maßen sich zuviel Autorität an und werden dabei nachlässig. Wie kann ich sie behandeln, ohne etwas von ihren früheren Krankheiten zu wissen?«

Trausti sah aus, als müßte er ersticken. Nach kurzem Kampf sagte er: »Sie glauben also ...«

»Ich glaube, daß wir Lamech-Mediziner etwas mehr von unserem Fach verstehen als die gewöhnlichen Ärzte«, fauchte Leif. »Für die Mitglieder der Hierarchie stehen uns Methoden zur Verfügung, die für die unteren Schichten zu teuer kämen. Sagen Sie, hat jemand außer Ihnen und Mrs. Palsson die Aufnahmen gesehen?«

Trausti schüttelte den Kopf, und das Haar fiel ihm über die Augen.

»Ich schlage vor, daß Sie beide die Sache für sich behalten«, sagte Leif. »Der Erzurielit hätte es sicher nicht gern, wenn die Neuigkeit durchsickern würde, daß seine Frau — äh — nicht ganz in Ordnung ist.«

Trausti, der schon normalerweise blaß wie ein Fischbauch war, wurde noch bleicher.

»Ich sage Mrs. Palsson Bescheid.«

»Tun Sie es sofort«, erwiderte Leif. »Ich kümmere mich von jetzt an um Mrs. Dannto. Für Sie ist der Fall erledigt.«

Verzweifelt sagte Trausti: »Aber sie ist doch tot!«

»Vielleicht. Schließen Sie beim Hinausgehen die Tür.«

Leif zog das Tuch zurück und betrachtete Halla Danntos verkrümmte Gestalt. Er stach mit dem Zeigefinger in die Wunde am Solarplexus. Er traf auf keinerlei Widerstand. Die Wunde allein hätte genügt, um sie zu töten.

Sowohl Trausti als auch Mrs. Palsson hatten sie gesehen. Was würden sie denken? Und, was noch wichtiger war, was würden sie tun, wenn sie hörten, daß sich

Mrs. Dannto von ein paar Knochenbrüchen, einer kleineren Wunde und einem Schock erholte?

Er verfluchte das Korps des Kalten Krieges mit seiner Zellenarbeit. Jeder hatte seine bestimmte Aufgabe und wußte nicht das geringste vom Gesamtplan. Da saß er nun, ein KKK-Oberst der Marsch-Republik und Begründer des Planes, der die Haijak-Union vermutlich vernichten würde. Und doch gestattete man ihm nicht den geringsten Einblick in die Arbeit seiner eigenen Kampagne.

Es war der Preis dafür, daß er mitten im Feindesland arbeitete. Wenn er es zugelassen hätte, daß ihn die Bonzen hinter einen Schreibtisch in Marsey abschoben, dann hätte er den Krieg als Ganzes gesehen. Aber nein, er hatte darauf bestanden, hier in Paris, inmitten der Gefahr, zu arbeiten. Das war jetzt zwölf Jahre her. Er hatte sein Mediziner-Diplom und das Oberleutnants-Patent in der Tasche gehabt. Und nun befahlen ihm fette Vierstern-Generäle mit Spatzengehirnen, was er zu tun hatte! Diese Gedanken gingen ihm durch den Kopf, als er die Tote abtastete. Trausti hatte recht. Die Bilder enthielten etwas Merkwürdiges, und er hatte keine Ahnung, ob es etwas mit dem Projekt zu tun hatte oder nicht. Nun, er würde es herausbringen. Er hatte die Absicht, die Fremdkörper zu untersuchen.

Es klopfte zweimal und nach einer kleinen Pause dreimal.

Ava.

Er öffnete. Ava trat ein. Ava war klein und dunkelhaarig. Sie trug eine weiße Uniform, deren Rock bis zum Boden reichte. Sie besaß langes, welliges Haar, das sie zu Zöpfen geflochten und aufgesteckt hatte. Ihre Augen wirkten riesig.

Ava sagte mit dunkler Stimme: »Was ist los, Leif?«

Er erklärte ihr, was geschehen war.

»Was hast du mit der Toten vor?« fragte Ava.

»Ich möchte gern herausfinden, was das KKK hinter

unserem Rücken macht«, erklärte er. »Das heißt, wenn es das KKK war.«

»Du verstehst mich falsch«, meinte Ava. »Hast du die Aufgabe, sie zu sezieren? Du sagtest doch, daß du sie so schnell wie möglich einäschern solltest, und zwar so, daß niemand etwas merkt.«

»Ich würde meine rechte Hand hergeben, wenn ich erfahren könnte, was das für Dinger sind.«

»Du wirst noch mehr als deine rechte Hand verlieren, wenn die Jacks merken, wer du in Wirklichkeit bist. Oder wenn General Itskowitz dir dahinterkommt, daß du seine Befehle nicht befolgst.«

Er lachte schallend.

»Kleiner Wachhund, ich glaube, du würdest mich tatsächlich verraten. Meine eigene Frau!«

»Halt den Mund«, sagte Ava. »Wir verschwenden unsere Zeit.«

»Du hast recht.« Leif bedeckte die Tote wieder, aber das Tuch fiel so, daß man die weiblichen Formen genau erkannte. Er war gezwungen, sie auf die Seite zu drehen und ein zweites Tuch über sie zu werfen.

»Wir müssen sie in die Leichenhalle bringen, ohne daß jemand merkt, wer die Tote ist«, sagte er. »Ist in diesem Stockwerk vor kurzem jemand gestorben?«

Ava nickte.

»Geh persönlich ins Sekretariat und sieh dir die Liste an. Wenn du Fragen stellst, könnte man mißtrauisch werden.«

Ava nickte wieder und verließ das Zimmer. Leif holte seine Zange heraus, die an einem Ende mit einem Schraubenzieher versehen war, und schraubte die Deckplatte des Sichtschirms ab. Mit geübtem Griff lokkerte er einen einzigen Draht. Der Schirm war nicht mehr betriebsfähig. Es wäre schlecht gewesen, wenn jetzt jemand das Innere des Zimmers beobachtet hätte.

5

Man schrieb das Jahr 245 N. O. (nach der Offenbarung) oder, in der alten Zeitrechnung, 2700 A. D. Es war genau sechshundertvierzig Jahre her, seit drei Viertel der Menschheit während des kurzen, vollkommen überraschenden Krieges mit der rebellierenden Marskolonie ausgelöscht worden war. Die Terraner auf Mars, die sich selbst Marsianer nannten, hatten auf der Erde ein synthetisch hergestelltes Virus verbreitet. Dieses Virus verursachte eine bösartige Form von Anämie, die in einem Vierteljahr sechs Milliarden Menschen tötete. Durch glückliche Umstände oder auch unbekannte Faktoren befanden sich die einzigen größeren Gemeinschaften, die die Krankheit überstanden, in Island, Israel, Hawaii, im Kaukasus, in Indonesien und Zentralafrika. Nach hundert Jahren hatten sich die Nachkommen dieser Überlebenden verbreitet und das verhältnismäßig unbewohnte Territorium an sich gerissen. Falls hier und da noch Menschen aufgefunden wurden, gingen sie im Strom der Einwanderer unter.

Isaak Sigmen wurde im Jahre 2455 A. D. als Sohn eines isländischen Vaters und einer in Amerika ansässigen Kaukasierin geboren. Er lebte in Montreal. Im Jahre 1 N. O. verkündete er die Offenbarung einer wissenschaftlich beweisbaren Religion und erklärte gleichzeitig, daß er die Fähigkeit zur Zeitreise besäße. Obwohl der Vorläufer, wie er sich selbst nannte, anfangs verspottet und verfolgt wurde, hatte er in fünfzehn Jahren doch eine so große Kirche um sich versammelt, daß man ihn zum Regierungschef der Amerikanischen Republik machte. Die Republik umfaßte Nord- und Südamerika, die Pazifischen Inseln und Japan, das von den englischsprechenden Völkern Hawaiis und Australiens kolonisiert worden war. In weiteren fünf Jahren hatte sich seine Religion in der Isländischen Republik verbreitet, die aus Island, England, Irland und Nordeuropa mit Ausnahme des früheren Rußlands bestand. Rußland, Sibirien und Nordchina wurden von den Georgiern der Kaukasischen Föderation kolonisiert. Auch die Föderation beugte sich Sigmens Religion. Man bildete die Haijak-Union (aus Hawaii, Australien, Island, Japan, Amerika und Kaukasien.)

Die anderen großen Nationen der Erde wurden die Malayische Demokratie (Indonesien, Indien, Südostasien, Südchina) und die Israelische Republik (die früheren Mittelmeerstaaten und Kleinasien).

Es gab ein verhältnismäßig kleines Land, das erst fünfzig Jahre vor Leif Barkers Geburt entstanden war. Es nannte sich Marschland, und es bildete seit Jahrhunderten eine neutrale Zone zwischen der israelischen Republik und der europäischen Grenze Islands. Kein Land hatte es gewagt, diesen Streifen in seinen Besitz zu nehmen, da man Vergeltungsmaßnahmen der anderen Länder fürchtete, und so hatte man ihn für neutral erklärt, bis rechtlich entschieden werden konnte, zu welchem Land er gehörte. Der Erfolg war, daß sich ein paar Jahrhunderte hindurch Liberale, die aus politischen Gründen fliehen mußten, Kriminelle und Männer, denen irgend etwas im eigenen Lande nicht paßte, dort angesiedelt hatten. Im Laufe der Zeit nahm Marschland die gleiche Position ein wie früher einmal die Schweiz. Es wurde zu einem Land, in dem sich Spione aller Länder aufhielten, um seine Neutralität weidlich auszunützen. Schließlich bildete man eine Regierung, und Marschland wurde zum unabhängigen Staat erklärt. Dieser Staat setzte sich zusammen aus dem früheren Südfrankreich, dem transalpinen Italien, der Schweiz, Österreich, Nordjugoslawien und Südungarn. Man kannte vier offizielle Sprachen: Englisch, Isländisch, Italo-Jüdisch, und Lingo. Lingo war eine Mischung aus den drei anderen Sprachen.

Doktor Leif Barker war ein typischer Vertreter von Marschland. Sein Vater war ein Israeli aus Amerika und seine Mutter halb Isländerin, halb Kaukasierin. Er war in Marsey (dem früheren Marseille) geboren und aufgewachsen und hatte seinen Doktor in Ven (dem früheren Wien) gemacht.

Als er studierte, hatte er den Plan für das Projekt *Rost und Motte* ausgearbeitet. Leif Barker hatte das Glück, mit seinen Plänen zu einem hohen Regierungsbeamten von Marschland vorzudringen und sie auch durchzusetzen. Ein Onkel von ihm war Erster Konsul von Midi, und er hatte alles in die Wege geleitet. Leif wurde nach einer gewissen Ausbildungszeit durch die Untergrundbewegung nach Paris geschleust. Dort, in der Hauptstadt des westeuropäischen Haijak-Sektors, hatte er sich zum Chefarzt des Fürsorge-Krankenhauses hochgearbeitet. Und zum Oberst des KKK. Das Korps des Kalten Krieges war eine Abteilung des Geheimdienstes von Marschland.

6

Als Leif die Deckplatte des Bildschirms wieder festgeschraubt hatte, kehrte Ava zurück. »Wir haben Glück«, sagte sie. »Ein Mann namens Helgi Ingolf starb vor zehn Minuten in 121.«

»Soll er seziert werden?«

»Ja. Er starb in einer Zwangsjacke. Shant will den Schädel öffnen. Er vermutet einen Tumor.«

»Gut. Zwangsjacke? Ava, nimm Ingolf die Zwangsjacke ab. Bring sie her. Und während du in Ingolfs Zimmer bist, rufst du im Stockwerk über uns an und bittest die Leute, uns zwei Wärter zur Verfügung zu stellen, die Ingolf in den Operationssaal fahren. Sag, daß unsere Wärter alle beschäftigt seien. Falls Ingolf mit einem Namensschild versehen ist, bringe es ebenfalls her. Ich werde es an Hallas Wagen befestigen.

Hast du noch das Messer in deinem schön gefütterten BH? Du kannst in Ingolfs Oberkörper ein J. C. einritzen. Wir müssen die Leute wieder einmal verwirren.«

»Schon wieder J. C.?« fragte Ava.

»Schib. Beeil dich.«

Als Ava fort war, sah Leif Halla Dannto genauer an. Und was er jetzt fand, bestätigte ihn in der Überzeugung, daß sie keineswegs ohne Untersuchung ins Krematorium gebracht werden durfte.

Ava kam zurück, die Zwangsjacke unter einer Decke verborgen.

»Du möchtest ihre Figur kaschieren?« fragte sie.

»Du bist so klug, Liebling«, grinste er. »Obwohl ich bezweifle, daß wir die Formen ganz verbergen können. Was machen wir nur mit diesem Busen?«

»Leif, manchmal ekelst du mich an. Hast du nicht einmal vor den Toten Respekt?«

»Gerade nicht vor den Toten«, erwiderte er. »Wenn sie am Leben wäre, bekäme sie jeden Zoll Respekt, den sie verdient. Ich habe selten eine schönere Frau gesehen. Eifersüchtig, Kleines?«

Ava fauchte spöttisch, und dann machten sich beide an die Arbeit.

Sie schnallten Halla fest und bedeckten sie mit dem Tuch.

»Immer noch zu weiblich. Na schön, legen wir sie wieder auf die Seite. Und decke den Fuß so zu, daß man nur das Namensschild sieht. Ach ja, laß dir die Namen der beiden Wärter von 200 geben. Wenn sie zu neugierig werden, müssen wir sie wegen unrealistischen Benehmens anklagen oder sie durch einen ›Unfall‹ aus dem Wege schaffen.

Da fällt mir noch etwas ein. Trausti und die Palsson haben die Wunde am Solarplexus gesehen. Wenn ihr Ersatz herkommt, werden wir uns etwas einfallen lassen müssen.«

»*Tsawah!*«

»Aber, Ava! Kein Hebräisch! Und schon gar keine Flüche.«

»Ich habe dich damit gemeint. Wie sollen wir das alles schaffen? Es waren einfach zu viele Zwischenfälle.«

Leif summte ein altes englisches Seemannslied vor sich hin.

»Machst du dir denn überhaupt keine Sorgen?« fragte Ava.

»Mach du dir keine Sorgen um meine Sorgen«, erwiderte Leif. »Ich glaube nicht, daß sie sprechen werden. Ich habe ihnen Gottesfurcht eingejagt — das heißt, Furcht vor seinem irdischen Vertreter, dem Erzurieliten Dannto. Sie wissen, daß etwas faul ist, aber sie möchten dem Guten nicht auf die Zehen steigen.«

»Glaubst du, es funktioniert?«

»Wenn nicht, dann ...« Und er fuhr sich vielsagend mit dem Finger über die Kehle. »Hör zu, Ava, wir machen es folgendermaßen: die beiden Wärter werden sie in den Operationssaal bringen. Ich gehe mit und achte darauf, daß sie das Namensschild Ingolfs auch wirklich zu Gesicht bekommen. Wenn sie die Tote vom Wagen nehmen würden, wüßten sie bestimmt, daß es sich um eine Frau handelt. Ich werde ihnen also sagen, daß sie den Wagen einfach im Operationsraum stehen lassen sollen, weil Shant es so angeordnet hätte. Sie glauben mir sicher, denn es hat sich herumgesprochen, daß der Pathologe ein wenig kauzig ist. Dann schiebe ich die Tote persönlich ins Kühlfach ...«

»Wer ist da kauzig?« rief Ava. »Du hast den Befehl, sie so schnell wie möglich einzuäschern. Und weshalb gehst du, anstatt mir die Sache zu überlassen? Werden die Wärter das nicht komisch finden?«

»Ich gehe, weil ich mich vergewissern will, daß sie nicht eingeäschert wird«, erklärte Leif. »Du würdest den Befehl von oben wahrscheinlich durchführen. Ich werde mir Halla Danntos Innenleben ansehen, daran kann mich keiner hindern. Den Wärtern sage ich, daß

Ingolf an einer Gehirnwucherung starb und daß ich das Gewebe in frischem Zustand entfernen möchte. Vergiß nicht, daß ich Gehirnchirurg bin.«

»Mein Gott!« sagte Ava. »Du riskierst zwölf Jahre Arbeit wegen deiner verdammten Neugier!«

»Wahrscheinlich.« Er schloß einen Moment lang die Augen. »Aber ich habe es immer noch fertiggebracht, uns aus der Klemme zu befreien, nicht wahr? Ich hoffe, daß du deinen eigenen Ehemann nicht verpfeifst.«

»Hoffen kannst du es ja. Aber verlassen würde ich mich an deiner Stelle nicht darauf.«

»Ich liebe dich«, sagte Leif grinsend und gab Ava gleichzeitig einen kleinen Klaps.

Avas dunkle Augen wurden haßerfüllt. »Du Laus! Mach das nicht noch einmal, sonst klebe ich dir eine.«

»Langsam, Mädchen! Obwohl du hübsch aussiehst, wenn du zornig bist. Also, gehen wir. Es könnte sein, daß Candleman jeden Moment auftaucht.«

Ava vergaß ihren Zorn. »Candleman kommt?«

»Ja. Wenn Hallas Ersatz nicht bald auftaucht, kann sie ebensogut ganz wegbleiben.«

»Wenn sie nicht gerade eine Zwillingsschwester dieser Halla ist, wird sie Dannto kaum täuschen können«, sagte Ava. »Oder ist man heutzutage mit Plastichirurgie schon so weit fortgeschritten?«

»Ich weiß auch nicht«, erwiderte Leif. »Mich interessiert vor allem, wie sie so schnell herkommen kann. Haben die Leute Doubles auf Abruf?«

Ava zuckte mit den Schultern. »Bringe jetzt lieber Halla weg von hier.«

Leif öffnete die Tür und sah hinaus. Niemand war im Korridor.

»Du kannst sie hinausfahren«, sagte er.

Eben als Ava den Wagen in den Korridor schob, kamen zwei weißgekleidete Männer um die Ecke. Leif winkte sie heran.

»Bringt Ingolf in den Operationssaal«, befahl er. »Ich

komme sofort nach. Gehirnoperation. Es ist nicht nötig, daß ihr ihn auf den Tisch legt. Laßt ihn einfach auf dem Wagen.«

Er fand, daß es besser war, nicht allzuviel zu erklären. Die Männer waren nur Wärter. Es würde seinem sonstigen Verhalten widersprechen, wenn er sich zu ausführlich mit ihnen unterhielt.

Als die beiden den Wagen in den Dienstaufzug gebracht hatten, sagte Leif zu Ava: »Bringe Hallas Ersatz sofort ins Bett, wenn sie herkommt. Ruf mich an, sobald sie da ist. Und sage den Wärtern von 100, daß sie Ingolf in den Operationsraum schaffen sollen. Ich werde das Namensschild von Hallas Fuß entfernen, damit sie nicht auf dumme Gedanken kommen.«

»Das wird allmählich so verzwickt, daß wir noch über unsere eigene Klugheit stolpern«, meinte Ava.

»Tu so, als hättest du nichts zu befürchten«, riet ihr Leif. »Das ist in diesem Land, wo jeder Angst hat, der beste Ausweis.«

»Ja, aber diese Kerle merken genau, ob man Angst hat oder nicht. Bei dir ist es natürlich eine Ausnahme — du bist eiskalt. Aber wenn ich Angst habe, fange ich, ehrlich gesagt, sofort zu schwitzen an.«

»Ava, du redest zuviel. Ein typisch weiblicher Fehler.«

Ava blitzte ihn wütend an, und Leif ging lachend zum Aufzug.

Unten traf er die beiden Wärter, die aus dem Operationssaal kamen. »Alles in Ordnung?« fragte er.

»Schib, *Abba.*«

»Einen Augenblick«, sagte er und holte ein Päckchen Lebensfreude aus der Tasche. »Ich selbst rauche ja nicht«, sagte er und deutete auf sein Lamech. »Aber ich habe für Kollegen immer ein paar Schachteln bei mir.«

Sie rauchten, ein wenig unbehaglich, aber doch erfreut, daß der Doktor Zeit für sie fand. Leif sprach über dies und jenes, vor allem über die Möglichkeit des Zeitstillstands und die Rückkehr des Vorläufers. Nebenbei erwähnte er Ingolf und die interessante Wucherung, die man entdeckt hatte. Als sie gingen, waren sie davon überzeugt, daß er ein realistischer Mann war. Und sie hegten keinen Zweifel daran, daß es sich bei dem Mann auf der Bahre um Ingolf handelte. Wenn sie später von den Uzziten verhört werden sollten, würden sie einen Eid darauf schwören.

Sobald die Wärter verschwunden waren, betrat Leif den Operationssaal. Er verschloß die Tür, nahm das Tuch ab und öffnete die Zwangsjacke. Er rollte sie zusammen und warf sie in den Brenner. Dann fuhr er die Bahre zum Operationstisch und legte Halla auf die glatte Fläche. Er zog seine Operationskleidung an und wählte sorgfältig ein paar Skalpelle und eine Mayo-Schere. Mit geübten Griffen öffnete er den Körper der Toten.

Es bestand kein Zweifel. Das Ding, das sich durch die Röntgenaufnahmen gezeigt hatte, war weder ein Tumor noch eine Krebswucherung. Es war ein Organ, das glatt zu den anderen Organen paßte. Aber welchen Zweck erfüllte es? Und was bedeutete seine Existenz? War Halla Dannto eine Mutation? Oder kam sie nicht von der Erde?

Seit Trausti ihm die Bilder gezeigt hatte, wollte ihn der Gedanke nicht loslassen, daß Halla Dannto eine Extraterrestrierin war. Es war durchaus möglich, daß das Korps des Kalten Krieges auf einem eben erst entdeckten Planeten eine fremde Rasse aufgespürt und für seine Zwecke eingesetzt hatte. Vielleicht bargen die seltsamen Organe Hallas besondere Kräfte.

Möglicherweise gab es auch noch andere Erklärungen. Aber ihm fielen keine ein.

Doch er hatte jetzt keine Zeit für Theorien. Er mußte sehen, ob er die Funktion des Organs erforschen konnte. Und lange durfte er nicht dazu brauchen, denn unten wartete sicher schon Hallas Ersatz.

Leif drückte auf einen Knopf, und von der Decke

senkte sich ein Mikroskop. Es war ein riesiges Instrument mit einem kleinen Kontrollbord und verdeckter Sichtplatte. Leif sah sich die Vergrößerung des Organs genau an. Und er konnte erkennen, daß von dem grauen Ding mit den rot-schwarzen Flecken Nerven ausgingen. Sie liefen bis an den Gebärmutterhals.

Leif bewegte das Mikroskop hin und her und studierte das Organ in allen Einzelheiten. Er war verwirrt. Und dann, aus einer Art Intuition heraus, holte er ein Instrument, das dazu bestimmt war, Körperströme zu messen. Es war möglich, daß das Organ noch nicht abgestorben war. Wenn er den Detektor an das Ding hielt und es gleichzeitig rhythmisch zusammendrückte und wieder losließ ...

»Ah!« Er pfiff vor sich hin. Mit jedem Zusammendrücken zeigte der Detektor vierhundert Milliampere an.

Seine Intuition hatte sich bezahlt gemacht. Das Organ war eine biologische Quelle elektrischer Energie. Es verhielt sich wie ein piezoelektrischer Generator. Wenn es sich zusammenzog, wurde Energie frei, die durch die Nervenstränge entlang des Gebärmutterhalses verlief. Ein Strom von vierhundert Milliampere war ungeheuer stark, und die Nervenstränge, durch die er geleitet wurde, sahen ziemlich kräftig aus. Aber welchen Zweck erfüllte der Strom?

Er konnte es herausbringen. Das Mädchen, das den Platz der Toten einnahm, mußte die gleichen Organe besitzen.

Der Gedanke elektrisierte ihn. Er säuberte die Tote, wickelte sie in ein Tuch und steckte sie in ein Fach der Kühlanlage. Nachdem er das Fach versperrt hatte, rollte er den leeren Wagen auf den Korridor hinaus. Dort fand er einen zweiten Karren mit Ingolf. Er hob das Tuch ein wenig, um sich zu vergewissern, daß Ava die Buchstaben J. C. eingeritzt und das Stilett bei dem Toten gelassen hatte.

Offensichtlich hatte Ava den Wärtern Anweisung gegeben, den Toten vor dem Operationssaal stehen zu lassen. Die Männer nahmen vermutlich an, daß Shant oder ein anderer Arzt im Innern beschäftigt war und nicht gestört werden wollte.

Leif gefiel der ganze Aufbau nicht. Er war zu kompliziert. Nur bei einfachen Plänen konnte man alle Einzelheiten überblicken: Bei komplizierten Plänen blieben Spuren und Hinweise für die Schnüffelnasen der Uzziten.

Ein Glück, daß General Itskowitz ihn jetzt nicht sehen konnte! Man würde ihn nach Marsey holen, bevor er in der Lage war, Jude Changer zu sagen.

7

Als er im Stockwerk 100 aus dem Aufzug trat, sah er, daß er zuviel Zeit mit Halla Dannto vertrödelt hatte. Ein großer Mann, einen halben Kopf größer als Leif selbst, kam den Korridor entlang. Er war gebeugt, und sein dünner Hals stand vor, als bemühe er sich, den übereifrigen Kopf einzuholen. Der Mann hatte ein langes, schmales Gesicht mit einer Hakennase und dünnen Lippen. Er sah aus wie ein blonder Dante.

Die schmale Hand des Uzziten umkrampfte den Peitschengriff in Form einer *Crux ansata*. Seine Augen waren graue Raubtiere, die sich tief in ihre Höhlen duckten. Sie sahen Leif mit lauernder Wachsamkeit an.

»Candleman!« rief Leif.

Der Uzzit nickte und ging an die Tür von 113. Als sie sich nicht öffnete, klopfte er.

»Sie dürfen möglichst keinen Lärm machen«, sagte Leif. »Mrs. Dannto kann jetzt auf keinen Fall gestört werden.«

Candleman hatte eine tiefe Stimme. »Sie lebt noch?«

Obwohl sich sein Gesichtsausdruck nicht veränderte, hatte Leif den Eindruck, daß er überrascht war.

»Weshalb nicht?« fragte Leif. »Sie hat einen Armbruch, eine Wunde im Solarplexus und einen Schock erlitten. Außerdem war der Blutverlust beträchtlich. Im Moment schläft sie unter der Wirkung eines Beruhigungsmittels.«

»Merkwürdig«, murmelte Dante-Gesicht. »Mir sagte man, daß sie tot sei oder im Sterben liege.«

»Wer ist man?« fragte Leif scharf. Wenn Trausti oder die Palsson den Mund nicht gehalten hatten ...

»Einer meiner Leute. Er kam kurz nach dem Unfall an der Stelle vorbei. Und er war überzeugt davon, daß Mrs. Dannto die Sache nicht überleben würde.«

»Ihre Leute sind medizinisch nicht ausgebildet«, sagte Leif. Er sah Candleman in die Augen.

»Ich möchte mich selbst davon überzeugen, daß es ihr gutgeht«, erklärte der Uzzit.

»Genügt Ihnen mein Wort nicht?«

»Nein.«

»Ich bin ihr Arzt«, sagte Leif. »Ich habe Danntos Zusicherung, daß ich vollkommen frei entscheiden kann.«

»Dannto?«

»Jawohl.«

Candleman nahm die siebenschwänzige Peitsche aus dem Gürtel und ließ sie mit sanfter Drohung hin und her pendeln. »Also gut«, sagte er schließlich. »Aber ich kann sie doch wenigstens durch den Bildschirm betrachten?«

»Er funktioniert nicht«, erwiderte Leif.

Er grinste. Candleman starrte düster vor sich hin. Offensichtlich geschah es zum erstenmal, daß jemand über ihn zu spotten wagte.

»Weshalb?«

»Fragen Sie den verantwortlichen Techniker.«

»Wer ist es?«

»Ich weiß es nicht«, meinte Leif. »Aber ich kann Ihnen die Namen aller Techniker nennen. Wir haben nämlich nur sechs — obwohl wir die vierfache Anzahl brauchen.«

»Ich weiß, daß eine Techniker-Knappheit besteht«, sagte Candleman. »Heutzutage scheint alles in die Brüche zu gehen, und wir haben niemand, der die Dinge repariert. Ich glaube, wir sollten neue Schulen für Techniker bauen.«

»Weshalb sollen junge Leute diesen Beruf erlernen, wenn er so gefährlich ist?«

»Was meinen Sie damit?«

»Folgendes«, sagte Leif mit klopfendem Herzen. »Wenn etwas nicht funktioniert, gibt man keineswegs der Maschine die Schuld. Nein. Man verdächtigt den Techniker. Man denkt sofort an Sabotage. Man hält den armen Kerl für einen Gegner der Realität oder gar für einen Spion der Itzigs oder der Marschbewohner. Man schleppt ihn weg und verhört ihn. Während er festgehalten wird, fällt die zusätzliche Last der Wartung und Reparatur seinen ohnehin überarbeiteten Kollegen zu. Wenn er die Fragen der Uzziten nicht zufriedenstellend beantworten kann — und sie sind so gestellt, daß auch der unschuldigste Mann hereinfallen kann —, schickt man ihn in die psychiatrische Abteilung.

Wird er freigelassen, so bleibt er dennoch unter Aufsicht. Das führt zu einer Nervenbelastung. Er weiß, daß man es ihm ankreiden wird, wenn noch mehr Maschinen versagen — und sie versagen bestimmt, da man sie nicht gründlich genug pflegen kann. Wieder quetschen ihn die Uzziten aus und so fort. Das Ergebnis ist, daß viele Techniker ihren Dienst quittieren oder es zumindest versuchen. Denn die Sturch läßt es nur zu, wenn ihr handwerkliches Geschick oder ihre Moral sinkt. Es heißt, daß der Techniker zwischen dem Vorläufer und seinen Feinden hin und her gerissen wird. Wenn er absichtlich schlampig arbeitet, klagt man ihn wegen unrealistischen Benehmens an. Und so fort. Natürlich kann er sich so benehmen, daß man ihn moralisch niedriger einstuft, aber dann kommt er zu den einfachen Hilfskräften.

Das bedeutet ein schwereres Leben, eine kleinere Wohnung, weniger Essen und ein geringeres Prestige. Wenn er das nicht will, bleibt er bei seiner Arbeit. Aber er ist nervös. Seine Leistung leidet darunter. Man verhört ihn. Wieder geht es in die Räume der Uzziten.«

Leif redete so viel wie möglich. Er wollte Candleman beschäftigen.

Candleman ließ die Peitsche durch die Luft sausen. »Soll ich das wirklich so verstehen, daß sie die Sturch kritisieren?«

Leif deutete auf sein Lamech. »Obwohl ich das da trage? Nein, ich will Ihnen nur erklären, weshalb Techniker so schwer zu finden sind.«

Candleman drehte sich um und rief: »Thorleifsson?«

Ein untersetzter junger Mann mit einem harten, kantigen Gesicht kam aus einer Ecke. Leif sah, daß er zu den Männern gehört hatte, die im Warteraum seiner Wohnung gewesen waren, um ihn mit dem Mädchen zu überraschen. Die Männer waren aus ihrer Ohnmacht erwacht, noch während Ingrid bei ihm war, und hatten die Flucht ergriffen.

»Ja, *Abba*«, sagte Thorleifsson.

»Suchen Sie den Techniker, der für die Bildschirme in diesem Stockwerk verantwortlich ist. Stellen Sie ihm ein paar Fragen bezüglich des Bildschirms von 113, aber nehmen Sie keine Verhaftung vor. Es könnte allerdings sein, daß wir ihn später festnehmen.«

Der Leutnant salutierte und ging. Candleman drehte sich zu Leif um und sagte: »Der Sandalphon bat mich, diesen Fall zu untersuchen. Ich kann in Ihre Behandlung natürlich nicht eingreifen, aber ich kann zumindest verlangen, daß Sie mir Mrs. Dannto zeigen. Ich weiß ja nicht einmal ob sie überhaupt in diesem Zimmer liegt.«

Der Doktor hob die Augenbrauen. »Was meinen Sie damit eigentlich?«

»Barker, ich bin ein Mann, der nie etwas als gegeben annimmt. Ich habe nur Ihr Wort, daß sie da drinnen ist. Worten kann man nicht trauen. Ich verlasse mich lieber auf meine eigenen Augen.«

»Einige Dinge muß man als gegeben hinnehmen — sonst wird man wahnsinnig dabei«, meinte Leif.

Er rief leise: »Ava! Laß mich herein.«

Er hoffte, Ava würde verstehen, weshalb er in Candlemans Gegenwart den Klopf-Code nicht benutzen wollte. Der Uzzit durchbohrte ihn mit seinen Blicken.

Die Tür ging einen Spalt auf. Er packte die Klinke mit festem Griff und schob sich ins Innere, so daß sich die Tür keinen Millimeter weiter öffnete. Candleman kam heran und sah ihm über die Schulter.

»Da ist sie«, sagte Leif. »Sind Sie jetzt zufrieden?«

Candleman hätte zufrieden sein müssen. Die Frau im Bett hatte das gleiche füllige rotbraune Haar wie Halla Dannto. Auch die Gesichtszüge wiesen keine Unterschiede auf.

Candleman sagte nichts, sondern holte tief Luft. Er starrte immer noch auf das Bett, als ihm Leif die Tür vor der Nase zumachte.

Sobald die Tür geschlossen war, seufzte er erleichtert. »Wann kam sie her?«

»Etwa eine Minute, nachdem du fort warst. Ich dachte, du würdest nie mehr kommen.«

Leif ging zum Bett hinüber. Die Frau hatte die Augen geöffnet und sah ihn mit einem schwachen Lächeln an. Er erwiderte das Lächeln, aber er spürte das Entsetzen in allen Gliedern. Das Mädchen war haargenau das Ebenbild der verstorbenen Halla Dannto. Und er mußte sich eingestehen, daß er noch nie eine schönere Frau gesehen hatte.

»Haben Sie irgendeine Nachricht für mich?« fragte er.

»Keine — nur, daß Sie mich Halla nennen sollen, bis meine Schwester sich wieder von dem Unfall erholt hat.«

Leif hoffte, daß es ihm gelungen war, seine Überraschung zu verbergen. Man hatte ihr also nicht die Wahrheit gesagt. Armes Mädchen. Aber es war eigentlich selbstverständlich. Wenn sie ihren Kummer verbergen mußte, während sie die Rolle ihrer Schwester spielte ... Er zuckte mit den Schultern und hoffte nur, daß er ihr nicht die Wahrheit sagen mußte. Er konnte Tränen nicht sehen — besonders nicht, wenn sie echtem Gefühl entsprangen.

»Ava«, sagte er, »ich sehe, daß du ihr den Arm geschient hast. Das war klug, aber es genügt wahrscheinlich nicht. Wir müssen die Sache so wahrheitsgetreu wie möglich arrangieren.«

Ava ging an die Sprechanlage. Leif nahm Hallas Dekke und schob sie zur Seite. Ihre blaugrauen Augen wurden groß, und sie schien etwas sagen zu wollen.

»Öffnen Sie bitte Ihr Nachthemd«, sagte er. »Ich muß Sie leider untersuchen.«

»Weshalb denn?«

Selbst jetzt, da sie erregt war, hatte sie eine weiche, dunkle Stimme. Eine Stimme, die ihn genau an der richtigen Stelle packte.

»Ihre Schwester hat die verschiedensten Verletzungen davongetragen«, sagte er. »Trausti sah sie, und er weiß, an welchen Stellen die Wunden waren. Ich muß sehen, wie ich diese Wunden kopieren kann, ohne Ihnen weh zu tun.«

Er hoffte, daß seine Stimme überzeugend klang. Aber er war fest entschlossen, nachzuprüfen, ob sie die gleichen merkwürdigen Organe hatte wie ihre tote Schwester.

»Aber wer außer Ihnen wird diese Verletzungen denn sehen?« fragte sie. »Sie und Mrs. Barker sind die einzigen hier im Krankenzimmer.«

»Sie haben keine Ahnung von medizinischen Untersuchungen«, sagte er. »Und es ist jetzt nicht der rechte Moment für einen Streit. Ich befehle Ihnen, sich auszuziehen.« Er lächelte ein wenig, um seinen Worten die Härte zu nehmen. »Glauben Sie mir, ich kommandiere Sie nicht gern herum. Aber es ist notwendig.«

Ava warf ihm einen verwunderten Blick zu. Vermutlich fragte sie sich, was er vorhatte.

Halla machte keinerlei Anstalten, ihm zu gehorchen. Leif sagte: »Halla, ich tue Ihnen doch nichts. Schließlich habe ich mein Lamech.«

Leif machte sich daran, die Bänder des unschönen Krankenhaus-Nachthemds zu lösen. Die streitbare Halla traf ihn mit dem Knie genau am Kinn. Halb betäubt taumelte er zurück.

Ava lachte und sagte: »So, du Wüstling, da hast du es!«

Leif strich sich über das Kinn und murmelte: »Unser erster Kontakt war sehr eindrucksvoll für mich. Hoffentlich haben Sie Ihr Knie nicht verletzt?«

Sie lachte, und das Lachen erregte ihn.

»Sie gefallen mir, Doktor Barker, auch wenn Sie sich für eine Art Don Juan halten. Wenn ich mich schon untersuchen lassen muß, dann wird das Ihre Frau erledigen. Sehen Sie, Doktor, ich weiß, weshalb Sie auf der Untersuchung bestehen.«

»Dann wissen Sie sicher, daß mein Interesse rein beruflicher Natur ist.«

»So rein auch wieder nicht«, erwiderte sie.

Leif wandte sich an Ava. »Glück gehabt, Mädchen.« Sie sah ihn zornig an, und er gab ihr einen kleinen Klaps.

»Um Himmels willen, sei nicht so kindisch, Leif«, fauchte Ava.

»Hör zu, Liebling, ich gehe jetzt zurück zum Operationssaal. Ich bin dort noch nicht fertig ...« Er deutete beschwörend auf Halla. »Aber ich werde mich beeilen.

Was auch geschieht, sorge dafür, daß Candleman nicht hereinkommt.«

»Himmel, konntest du denn diese Sache nicht gleich erledigen?« fragte Ava.

»Ich weiß, daß das, was ich tue, nicht richtig ist«, meinte Leif, »aber ich kann es nicht ändern. Der Wissenschaftler hat über den Soldaten gesiegt.«

Er drehte sich um und warf seiner »Patientin« einen letzten Blick zu. Sie hatte sich aufgesetzt und den Kopf zurückgeworfen. Sie saß da wie eine Königin. Leif verließ das Zimmer mit einem Gefühl der Niedergeschlagenheit. Er hatte noch nie so viel für eine Frau empfunden wie für diese Halla.

Bevor Leif in den Operationssaal ging, warf er einen Blick in das Büro des Pathologen. Es bestand die Möglichkeit, daß Shant Ingolf selbst operieren wollte. In diesem Falle wollte Leif ihm mitteilen, daß er den Patienten übernommen hatte. Shant war einer der wenigen Leute im Krankenhaus, die er nicht leiden konnte, und er zeigte es auch ganz deutlich. Es geschah nicht zum erstenmal, daß er dem Pathologen eine interessante Arbeit abnahm.

Er hatte sich mit Shant nicht per Bildschirm verständigt, da er überzeugt davon war, daß Candleman die Verbindungen überwachen ließ. Er wollte nicht, daß ihn jemand bei der Sektion der echten Halla Dannto erwischte.

Shant war nicht in seinem Büro. Leif spielte den verärgerten Chefarzt, der seine Leute nie dann fand, wenn er sie brauchte. Die Sekretärin würde ihm sicher Bescheid sagen, und der Pathologe blieb in den nächsten Tagen vermutlich unsichtbar.

Als Leif an die Tür des Operationssaales kam, überprüfte er die Registriervorrichtung. Jemand hatte das Magnetband gelöscht — vor weniger als drei Minuten, wie er in der unteren Ecke des Gerätes ablesen konnte.

Leif war froh, daß er das Gerät hatte anbringen lassen.

Die Tür war versperrt. Entweder hatte derjenige, der den Saal betreten hatte, das Band nach Verlassen des Raumes gelöscht, oder er hatte einen Schlüssel erhalten. Das Letztere schien naheliegend, und das bedeutete, daß Candleman oder einer seiner Männer herumschnüffelte.

Leif zögerte keinen Augenblick. Er schob den Schlüssel in die Öffnung und drückte auf den kleinen Knopf an seinem Ende. Dadurch wurde eine Frequenz ausgestrahlt, die die magnetische Haftung der Tür neutralisierte. Leif ging ein Risiko ein, denn wenn der Schnüffler im Innern sein Handwarngerät auf die Türfrequenz eingestellt hatte, wußte er Bescheid, sobald die Tür geöffnet wurde.

Leif, der die Arroganz der Uzziten kannte, bezweifelte, daß der Mann sich die Mühe gemacht hatte. Schließlich durften die Uzziten überall eindringen. Ausnahmen waren nur die Privatwohnungen von Lamech-Trägern.

Er hatte recht. Als er leise die Tür hinter sich schloß, sah er Thorleifssons untersetzte Gestalt an dem Fach, das die tote Hanna Dannto enthielt. Er hatte es eben geöffnet und wollte den Schubeinsatz herausziehen.

Ingolf lag abgedeckt unter den harten Scheinwerfern des Operationstisches. Das Stilett ragte aus seiner Seite, und Leif konnte die eingeritzten Buchstaben in seiner Brust sehen. Thorleifsson hatte eine tolle Entdekkung gemacht.

Uzziten trugen immer Minimatiks bei sich. Die Kugeln, die bei Aufprall explodierten, richteten zwar nur auf kurze Entfernungen einen Schaden an, doch sie konnten ohne weiteres zum Tode des Opfers führen. Leif gab dem Mann gar nicht die Chance, die Waffe zu benutzen. Während er vorwärtsschlich, holte er aus der Innentasche seines Mantels ein langes Skalpell.

Leif hatte einen gewissen Ruf als Exzentriker, und das kam ihm jetzt zugute. So weigerte er sich beispielsweise, die Arztstiefel zu tragen, die bis an die Wade reichten. Statt dessen hatte er weiche Mokassins an. Seine Mitarbeiter glaubten, daß er sie der Bequemlichkeit halber trug. Das stimmte nur teilweise. Hauptsächlich dienten sie ihm dazu, sich in Notfällen leise anzuschleichen.

Leif war sicher, daß er sich durch keinerlei Geräusch verraten hatte. Der Uzzit drehte sich vermutlich um, weil ihm das Mißtrauen schon in Fleisch und Blut übergegangen war.

Leif rannte mit gezücktem Skalpell auf Thorleifsson zu. Thorleifsson knurrte, und seine Hand fuhr an den Gürtel. Doch dann erkannte er, daß Leif schon zu nahe war, und er versuchte, ihm das Skalpell aus der Hand zu schlagen. Er hatte nur zum Teil Erfolg. Das Messer traf zwar nicht seine Kehle, aber es drang ihm tief in die Hand.

Wieder stieß Thorleifsson einen unterdrückten Ruf aus und griff mit der anderen Hand nach dem Skalpell. Offenbar wollte er es Leif entreißen.

Leif war jedoch nicht stehengeblieben. Mit voller Wucht rammte er den Uzziten. Sie stürzten beide zu Boden. Thorleifsson stöhnte. Er war ein wenig außer Atem, doch er war so kräftig, daß er sich weder durch die Wunde noch durch den Aufprall geschlagen gab. Er zog die Beine an und wollte sie Leif in den Unterleib stoßen. Leif erkannte die Absicht und rollte sich ab, doch gleichzeitig verlor er die Herrschaft über den Gegner.

Thorleifsson sprang auf und griff nach seiner Minimatik. Leif hechtete nach dem Gegner und erwischte mit einer Faust die Waffe, die in hohem Bogen zur Seite flog.

Thorleifsson stand einen Moment lang reglos da. Seine linke Hand war verwundet, und die Rechte hatte bei dem Faustschlag gelitten.

Leif hatte sich nach dem Sprung abgefangen und kniete einen Moment lang am Boden. Sein Skalpell lag in der Nähe der Minimatik. Bevor er die Waffen an sich nehmen konnte, war der Uzzit vor ihn getreten. Und zum erstenmal seit Beginn des Kampfes sprach er.

»Du ... du dreckiges Ungeheuer! Wie kannst du das da tragen« — er deutete auf das goldene Lamech — »und trotzdem ein Verräter sein?«

»Wie kommst du darauf, daß *ich* der Verräter bin?« fragte Leif. »Du weißt wohl nicht, daß man dich denunziert hat? Deine Freunde suchen nach dir.«

Thorleifsson war aschfahl geworden. Er ließ die erhobenen Fäuste sinken. »Was? Wie ist das möglich?«

Leif reagierte, bevor sich Thorleifsson von dem Schock erholt hatte. Er riß das Lamech von seinem Hemd und warf es dem Uzziten ins Gesicht. Das schwere goldene Siegel traf den Mann ins Auge.

Thorleifsson schrie nicht auf, vielleicht, weil er zu betäubt war. Betäubt durch die ungeheuerliche Anschuldigung oder die Tatsache, daß Leif ein Lamech nach ihm geworfen hatte. Das Lamech war seit Jahrhunderten ein Symbol der Autorität und Heiligkeit. Nicht einmal ein Uzzit, so zynisch er sein mochte, konnte die Reflexe über Bord werfen, die ihm in der Kindheit eingeimpft worden waren.

Jedenfalls bewegte er sich zu langsam. Leif war blitzschnell um ihn herumgelaufen, hob das Skalpell auf und schnitt ihm die Kehle durch.

8

Während Thorleifsson im Brenner zu Asche zerfiel, entfernte Leif alle Blutspuren vom Boden und suchte nach sonstigen Hinweisen, die die Anwesenheit des Uzziten verraten konnten. Dann holte er die Tote aus dem Fach und legte sie auf den Operationstisch. Während er arbeitete, überlegte er, was der Uzzit wohl hier gesucht hatte. Hatte Candleman ihn geschickt, weil er durch Traustis Bericht mißtrauisch geworden war? Oder hatte einer der Wärter Verdacht geschöpft?

Er wußte es nicht. Aber er nahm sich vor, bis zum letztmöglichen Augenblick zu arbeiten.

Nachdem er Mantel, Maske und Handschuhe übergestreift hatte, richtete er Blut- und Gewebeproben her. Die Labormaschine analysierte sie, und er begann unterdessen, Hallas Kopf zu untersuchen. Die Zeit war knapp. Aber er mußte einfach irgend etwas über die seltsame Frau in Erfahrung bringen.

Leif versuchte alle Gedanken abzuschalten und konzentrierte sich auf seine Arbeit. Das harte Licht der Scheinwerfer, die Kälte des Raumes und die Starre der Toten bedrückte ihn. In seinem Innern stammelten unbekannte Stimmen verzerrte Silben und Worte.

Er mußte an die Begegnung mit den vier helläugigen, plattnasigen Geschöpfen denken und an das »*Quo vadis?*«, das ihn so aus dem Gleichgewicht gebracht hatte. Zu jeder anderen Zeit hätte er sich gründlich mit diesen seltsamen Exemplaren beschäftigt. Er war sicher, daß sie den Schlüssel zu irgendeinem Problem darstellten, aber es war ihm nicht vergönnt, aus seinem Käfig auszubrechen.

Er durfte seine Gedanken nicht abschweifen lassen. Er fühlte nach den zwei Beulen unter dem Skalp. Sie schienen aus einem fettartigen Gewebe, vielleicht aus Nervengewebe, zu bestehen. Leif trennte sie ab und gab sie der Maschine zur Analyse ein. Dann betrachtete er unter dem Mikroskop die Löcher, die sie im Schädel hinterlassen hatten. Sie sahen aus wie die Enden von Nervensträngen.

Mit einer Rundsäge hob er die Schädeldecke ab. Er sah, daß die Nerven, die von den beiden Vorsprüngen ausgingen, am Großhirn endeten.

Die Maschine klickte. Leif achtete nicht darauf. Er

konnte die Ergebnisse später durchlesen. Er war jetzt entschlossen, die Frau so gründlich wie möglich zu untersuchen.

Sie war schön gewesen, und er raubte ihr nun die letzte Schönheit.

»Vorläufer«, murmelte er in die kalte Stille des Operationssaales, »was ist denn nur in mich gefahren? Ich bin doch sonst nicht so sentimental. Aber heute hat es mich offenbar erwischt.«

Er überlegte, ob es die Reaktion auf den Tod des Uzziten war. Er bezweifelte es, denn er hatte keinerlei Abscheu gespürt, als er den anderen getötet hatte. Sie waren beide Soldaten und handelten beide nach ihren Pflichtgrundsätzen. Außerdem hatte er kaltblütig zwei hohe Beamte auf dem Operationstisch getötet, ohne dafür den Befehl von Marsey einzuholen. Die beiden Männer hatten Platz für zwei KKK-Spione machen müssen. Und da sie beide Lamech-Träger gewesen waren, hatte man sie nicht des unrealistischen Betragens bezichtigen können. So hatte Leif sie umgebracht. Es war bezeichnend für seine Ethik, daß er *umgebracht* sagte und kein heldenhaft umschreibendes Wort gebrauchte.

Er zuckte wieder mit den Schultern und beugte sich über seine Arbeit. Die Rippen waren ganz normal angeordnet. Auch die Zahl stimmte. Herz, Lungen, Leber und Nieren waren, soweit er das feststellen konnte, durchaus menschlichen Ursprungs. Auch an der Skelett- und Muskelanordnung fand er nichts Außergewöhnliches. Er entfernte ein Auge und gab es dem Analysator ein. Fünf Minuten später klickte die Maschine, und er las den Streifen ab. Der Bericht besagte, daß die Maschine keinerlei Abnormalitäten festgestellt hatte. Und das bedeutete, daß die Tote Terranerin war.

Leif mußte zwei Widersprüche klären. Zum einen besaß die Frau zwei biologische Organe, die von der Norm des *Homo sapiens* abwichen. Zum zweiten war es nahezu unmöglich, daß eine extraterrestrische Frau so starke Ähnlichkeit mit einer Terranerin aufweisen würde. Die drei Typen von Humanoiden, die man bisher entdeckt hatte, wichen so stark voneinander ab, daß auch ein Laie die Unterschiede mit bloßem Auge erkennen konnte.

Dennoch, die fremden Organe ließen sich nicht ableugnen.

Und er glaubte nicht, daß es sich um Mutationen handelte. Sie waren so komplex und so ordentlich eingegliedert, daß sie kaum das Ergebnis einer genetischen Fehlentwicklung sein konnten. Nein, die Organe waren fremder Herkunft.

Und das brachte ihn auf die Idee, daß er bisher jedes von Halla Danntos Organe im Analysator untersucht hatte — bis auf das entscheidende.

Er stellte die verschiedenen Tests an der Maschine ein und legte dann das Organ auf die Platte. Während der Analyse ging er ruhelos auf und ab. Nach zehn Minuten blinkte ein gelbes Licht auf, und der Apparat klickte.

Leif las die kurze verschlüsselte Botschaft.

»KEINE DATEN. VERSCHIEDENE FRAGEN UNBEANTWORTET.«

»Schade«, murmelte Leif. »Ich weiß auch nicht, welche Fragen du meinst.«

Der Tod und das Skalpell hatten Halla Dannto gezeichnet. Die Fragen, die er stellen wollte, konnte keine Maschine beantworten. Leben ... Tod ... und der schmale Steg dazwischen. Weshalb ... weshalb ... wie?

Einen Moment lang stand Leif da und zollte der Toten seine letzte Achtung. Dann übergab er ihre Überreste dem Brenner.

Nachdem alles gesäubert und die Bänder des Analysators gelöscht waren, zog Leif seine Arbeitskleider aus und verbrannte sie ebenfalls. Dann spritzte er die Wände und den Boden ab.

Das einzige Objekt, das er nicht entfernen konnte, war Ingolf. Er lag immer noch auf der Transportbahre. Als der Operationssaal steril war, schob er die Bahre wieder auf den Gang hinaus und begab sich ins Stockwerk 100.

Dort fand er Candleman. Der Uzzit stand reglos vor dem Zimmer 113.

»Wo waren Sie?«

Leif zog die Augenbrauen hoch. »Ich betrachte diese Frage als eine Unverschämtheit«, sagte er. »Aber da ich gern zur Aufklärung irgendwelcher Geheimnisse beitrage, werde ich Ihnen antworten.«

Leif trat an die Tür und klopfte leise.

»Nun, Ihre Antwort?« sagte Candleman hart.

»Ach so, ich war geistesabwesend.« Er beobachtete den Uzziten, aber Candlemans Gesicht war wie eine Steinmaske. »Ich habe einen Mann seziert, der an einem Gehirntumor starb«, sagte er. »In letzter Zeit bin ich zu der Überzeugung gekommen, daß Veränderungen der Gehirnwellen Hand in Hand mit Verletzungen gewisser Gehirnteile gehen. Ein interessantes Problem.«

Ava öffnete die Tür. In diesem Moment kam eine Krankenschwester den Korridor entlang und rief Leif. Sie hielt ein Stück Papier in der Hand, und ihre Stirn war gerunzelt.

Leif drehte sich so um, daß Candleman nicht in das Zimmer konnte. »Ja?« fragte er.

»Doktor Barker, die Oberschwester von 100 hat hier eine Unstimmigkeit entdeckt. Zwei Wärter von 200 wurden herbestellt, um Mister Ingolfs Leiche zum Operationssaal zu schaffen. Aber sie weiß, daß das zwei unserer Leute taten. Sie bemerkte die Sache, als die Oberschwester von 200 sie bat, die Bewegungen der Wärter zu überprüfen. Einer davon steht in Verdacht, unrealistisch zu sein.«

Leif atmete langsam aus. Diese Runde hatte er verloren. Bei dem Gewirr von Befehlen war es nahezu unmöglich gewesen, daß jemand etwas von dem Manöver bemerkte. Aber man hielt ausgerechnet einen der Jungen für unrealistisch! Das konnte von Mord bis zu Faulheit oder Dummheit alles heißen.

Candleman beobachtete ihn genau. Doch das beunruhigte Leif nicht weiter. Diese grauen Augen waren immer wachsam. Allerdings bestand die Möglichkeit, daß der Uzzit der Schwester den Befehl gegeben hatte, gerade jetzt zu kommen. Vielleicht wollte er Leif bei einem unbedachten Wort überraschen.

Leif sah der Schwester ins Gesicht. Sie hatte Candleman das Profil zugewandt und blinzelte Leif kurz zu. Also hatte der Uzzit doch tatsächlich die Hand im Spiel.

Leifs Politik, sich mit dem Personal anzufreunden, hatte sich bezahlt gemacht. Er freute sich, daß die Schwester es sogar wagte, etwas gegen den gefürchteten Uzziten zu unternehmen.

»Nun?« fragte Candleman.

Leif zuckte mit den Schultern. »Was erwarten Sie von mir?«

Sie blitzten einander an. Totpunkt.

Aber in diesem Augenblick hörte man zornige Schritte im Gang, und ein kleiner blonder Mann mit einer riesigen Nase baute sich vor Leif auf.

»Doktor Barker, stimmt es, daß Sie Ingolf operiert haben?«

»Richtig, Doktor Shant.«

Shants Stimme wurde schrill. »Sie wollen mich beiseite drängen, Doktor Barker! Ich bat, daß man mir die Operation überlassen solle.«

»Er starb an einem Gehirntumor«, erklärte Leif. »Ich machte seit Wochen Aufnahmen von ihm. Die Sache interessierte mich. Außerdem brauche ich als Chef des Hauses wohl kaum Ihre Erlaubnis.«

Shant hüpfte auf und ab wie ein Gummiball. »Dennoch, es war unethisch, daß Sie mich nicht zumindest assistieren ließen.«

»Shant, Sie langweilen mich. Wollen Sie nicht gehen?«

Leif spürte, wie jemand von innen gegen die Tür drückte. Er trat zur Seite, und Ava kam heraus. Sie legte die Finger auf die Lippen und sah besorgt drein.

»Meine Herren, ich muß um Ruhe bitten! Mrs. Dannto braucht dringend Schlaf.«

Candleman gab seine geduckte Haltung auf. Er sagte: »Sie haben recht. Das Wohlbefinden von Mrs. Dannto geht vor. Dr. Barker, ich schlage vor, daß Sie sich mehr um die Gattin des Erzurieliten kümmern als um Sektionen.«

»Ich gebe Ihnen auch keine Ratschläge zur Durchführung Ihres Amtes. Stecken Sie gefälligst Ihre lange Nase nicht in meine Angelegenheiten«, fauchte Leif.

Shant und die Schwester standen erstarrt da. So redete man einfach nicht mit einem Uzziten.

Candlemans Gesicht war unbewegt wie das einer Wachspuppe.

»Alles, was den Erzurieliten angeht, ist meine Sorge. Und allmählich komme ich zu dem Schluß, daß mich einige Ihrer Angelegenheiten sehr wohl interessieren könnten.«

»Denken Sie, was Sie wollen«, sagte Leif. Er schob Ava ins Krankenzimmer und schloß es hinter sich.

»Idiot!« sagte Ava, als die Tür zu war.

»Soll ich etwa vor ihm katzbuckeln?« sagte Leif. »Wo wäre ich wohl heute, wenn ich nicht unverfroren gehandelt hätte? Ich sage dir, wenn man so tut, als hätte man keine Angst, glauben die anderen, man sei etwas Besonderes. Sie bekommen selbst Angst.«

»Du gehst aber zu weit.«

»Ach was. Denk daran, daß ich dein Vorgesetzter bin. Und abkanzeln lasse ich mich auch von meiner

Frau nicht.« Er grinste. Dann wandte er sich dem Mädchen zu. »Halla, ich möchte, daß Sie eine Lotuspille nehmen.«

»Weshalb?«

»Stehen Sie unter meinem Befehl oder nicht?«

»Gewiß, solange diese Befehle sich nicht gegen die meiner Vorgesetzten richten. Und ich habe den Auftrag, meine Identität geheimzuhalten. Ich finde, Sie zeigen zuviel Neugier.«

»Nehmen Sie die Pille!«

»Ist es keine Wahrheitsdroge?«

»Wenn Sie das Ding jetzt nicht nehmen, breche ich Ihnen den Arm ohne Narkose.«

Sie machte große Augen.

»Das meinen Sie ernst?«

»Schib. Glauben Sie, der Bluthund da draußen wird sich nicht die Röntgenaufnahmen ansehen? Er weiß, daß Halla den Arm gebrochen hatte.«

»Können wir ihm nicht irgendwelche anderen Aufnahmen zeigen?«

»Das Risiko dürfen wir nicht eingehen. Er erkundigt sich sicher genau. Und wir stecken ohnehin schon in der Klemme. Die Sache mit den zwei Ingolfs und Traustis Wissen ...«

»Zwei Ingolfs?«

»Unwichtig«, sagte er. Er merkte, daß er sich beinahe verraten hatte. Sie durfte nicht erfahren, daß ihre Schwester tot war. »Je weniger Sie darüber wissen, desto besser. Behalten Sie nur im Gedächtnis, daß Sie Mrs. Halla Dannto sind. Und wenn Ava oder ich in irgend etwas verwickelt werden, tun Sie so, als würden Sie uns nur als Ihre Ärzte kennen.«

»Für wie dumm halten Sie mich eigentlich?«

Ava ging um Leif herum und löste die Schiene. Halla beachtete die Ärztin nicht, sondern sah Leif an. »Wird der Bruch hinterher zu sehen sein?«

»Aber nein«, sagte er lächelnd. »Der Arm wird so gerade wie zuvor. Die Kunst verschönt die Natur, wie Sie wissen.«

»So? Weiß ich das?«

9

Einen Augenblick, nachdem Halla die Pillen und das Wasser geschluckt hatte, schloß sie die Augen und begann gleichmäßig zu atmen. Bis auf die geröteten Wangen und das gewisse Etwas, das nur die Lebenden haben, war sie ein genaues Ebenbild ihrer toten Schwester.

Er stellte einen Stuhl neben ihr Bett, nahm ihren Arm, legte ihn über die Lehne und drückte das Handgelenk nach unten.

Das Zerbrechen des Knochens ließ ihn zusammenzucken.

Ohne aufzusehen, richtete er Elle und Speiche wieder ein, während Ava die Schiene herrichtete.

Leif gab Halla anschließend eine Spritze mit Jesper-Serum. Es war ein Hormon-Aktivator, der normalerweise Knochenbrüche in ein paar Tagen heilen ließ.

»Hast du die Aufnahmen?« fragte er Ava.

»Nein. Da drüben sind sie.«

»Mach sie fertig, ja?«

Er holte sein Skalpell heraus, tauchte es in ein Sterilisierbad und goß dann ein paar Tropfen der Flüssigkeit über einen Wattebausch. Dann öffnete er Hallas Nachthemd und rieb die Gegend um den Solarplexus mit dem Wattebausch ein. Geschickte ritzte er die Haut mit dem Skalpell auf, bis sie der Wunde auf dem Foto glich.

Ava schmierte eine dicke Schicht Gelee über die Schnitte. Wenn keine Infektion eintrat, konnte die Wunde innerhalb von wenigen Tagen ohne Narbe verheilt sein.

»Gib mir die Kamera«, sagte er, und Ava reichte ihm

den Apparat. Er machte zwei Außenaufnahmen und zwei Innenaufnahmen der Wunde, dann fotografierte er den gebrochenen Arm.

Eine Minute später holte er die entwickelten Aufnahmen aus dem Kasten und sah sie an.

»Schön. Das müßte Candleman zufriedenstellen. Aber Trausti wird auch Aufnahmen gemacht haben, und wahrscheinlich schleppt er sie mit sich herum.«

Ava lächelte, daß man ihre schönen weißen Zähne sah. »Falsch geraten. Ich habe sie an meinem keuschen Busen aufbewahrt. Da!«

Ava fischte in ihrem hochgeschlossenen Kleid herum und holte die Aufnahmen hervor.

»Du bist ein Schatz«, erklärte Leif. »Wann hast du das geschafft?«

»Ich traf ihn, als ich auf dem Weg nach hierher war. Er hielt mich einen Moment auf und erzählte mir, daß er von Mrs. Danntos Tod überzeugt sei. Um es zu beweisen, zeigte er mir die Bilder. Er schien ziemlich stolz darauf zu sein; daß er dich bei einem Fehler erwischt hatte.«

Ava lachte und fuhr fort: »Mal sehen, was er jetzt für ein Gesicht macht!«

»Vernichte die Bilder lieber.«

»Natürlich. Leif, manchmal glaube ich, du hältst dich für den einzigen intelligenten Burschen hier.«

»Immer langsam, Baby. Komm her, dann gibt es einen dicken Belohnungskuß.«

»Sei vorsichtig, bevor ich dir die Zähne einschlage.«

Leif lachte. Er beugte sich über Halla und setzte die Untersuchung fort, die sie beim erstenmal mit einem Kinnhaken beendet hatte.

»Was interessiert dich an dem Baby?« fragte Ava säuerlich.

»Eifersüchtig, Liebling?«

Ava stöhnte nur und winkte ab.

Leifs Finger hatten die beiden Beulen in ihrem Haar entdeckt. Und die Aufnahmen hatten ihm gezeigt, daß sie auch das andere Organ besaß. Er schloß ihr Hemd wieder und zog die Decke über sie.

»Sie wird jetzt zwölf Stunden schlafen. Du hältst Wache. Ich muß noch einmal in den Operationssaal und den Mist mit Ingolf in Ordnung bringen. Oder verschlimmern. Ich löse dich später ab.«

Abrupt wirbelte er herum.

»Oh, oh, die Fingerabdrücke! Ich weiß, ich bin übervorsichtig, aber Candleman traue ich es zu, daß er sie vergleicht.«

»Ich war schneller als du, Leif. Du wirst es nicht glauben — sie sind identisch. Sie sagte es mir, als du fort warst.«

»Das KKK hat ordentliche Arbeit geleistet.«

»Ich hatte eher den Eindruck, daß die beiden gleichartig geboren wurden.«

»Unmöglich.«

»Aber wahr.«

»Was ist mit der Retina?«

»Auch gleich.«

Leif fuhr sich mit den Fingerspitzen durch die dichten blonden Locken.

»Seit Rachel heute morgen anrief, sind nur noch unglaubliche Dinge geschehen. Nun, wir sind nur kleine Nullen, die keine Fragen stellen, und so fort. Ich gehe jetzt, Ava.«

»J. C.«, sagte Ava und deutete mit dem Finger auf ihn.

»J. C.«, wiederholte er und ahmte dabei ihre Geste nach.

Als er den Operationssaal betrat, überraschte es ihn nicht weiter, daß er Candleman und Shant vorfand. Sie untersuchten die letzten Aufzeichnungen des Analysators. In der Nähe streuten zwei Sergeants Pulver über die Wände und den Boden. Ein anderer machte Aufnahmen. Ein vierter hatte die Tür des Brenners geöffnet und versuchte vergeblich, etwas Asche von dem gründlich gesäuberten Innenraum zu kratzen.

Als der oberste Uzzit Leif sah, streckte er sich und starrte ihn wütend an. Er fragte mit seiner monotonen Stimme: »Weshalb haben Sie Ingolf selbst verbrannt, anstatt das den Assistenten zu überlassen?«

Leif lächelte. Er hatte schon des öfteren solche Arbeiten selbst übernommen, eben um für einen Notfall gewappnet zu sein.

»Candleman«, sagte er, »ich finde es nicht unter meiner Würde, selbst mit anzupacken. Wir haben hier in jeder Hinsicht zu wenige Leute, und ich spare gern Zeit. Sie können ja meine Personalbogen nachprüfen, wenn Sie wollen.«

»Einer der Männer ist gerade dabei.«

»Ich dachte, wir Lamech-Träger seien über jeden Verdacht erhaben?«

»Es handelt sich um eine Routine-Untersuchung«, erklärte der oberste Uzzit.

Leif lächelte.

Er sah sich um und beschloß, die Bombe gleich platzen zu lassen. Er sah Shant von oben herab an.

»Doktor, wessen Leiche ist das da im Gang draußen?«

Shant lief rot an und sagte: »Ich — ich weiß nicht. Der Wagen war schon da, als wir ankamen.«

»Gut. Fahren Sie den Wagen herein. Sie wissen, daß es gegen unsere Ethik geht, Tote auf den Gängen herumstehen zu lassen, wo sie andere Leute nur deprimieren und zu unrealistischen Gedanken verleiten.«

Shant ballte die Fäuste und biß die Zähne zusammen. Dann warf er den Uzziten einen vorsichtigen Blick zu, um zu sehen, ob sie seine Demütigung bemerkten. Aber er ging steif in den Korridor hinaus und brachte den Wagen in den Operationssaal. Mit einer lässigen Handbewegung nahm er das Namensschild.

Im nächsten Moment fiel es ihm aus der Hand, und er stand mit offenem Mund da.

»Was ist los?« fragte Candleman und ging mit seinem Storchengang auf Shant zu.

Shant deckte den Toten ab, damit Candleman sein Gesicht sehen konnte.

»Jacques Cuze!« sagte Candleman. Er stand da, als hätte ihm jemand einen Schlag versetzt. Zum erstenmal, seit Leif ihn kannte, sah er eine Regung in dem Steingesicht. Es war so, als fiele ein Gletscher in die See.

»Thorleifsson!« schrie Candleman. »Wo ist er?«

Einer der Männer trat auf ihn zu und flüsterte ihm etwas ins Ohr.

Candleman hörte zu und sagte dann: »Gut. Aber laßt ihn überwachen. Er hat nicht das Recht, herumzuschnüffeln, wenn ich es ihm nicht befehle. Das wird ihn noch teuer zu stehen kommen.«

Candleman mußte wirklich aufgeregt sein. Leif ließ ihm keine Zeit, um sich von dem Schlag zu erholen. Er trat ebenfalls auf den Toten zu und keuchte. »Das ist Ingolf! Der Mann, den ich seziert habe.«

Shant blinzelte. »Das ist unmöglich! Einfach unmöglich!«

»Natürlich. Aber da liegt er doch. Und vor einer knappen Stunde habe ich ihn dem Brenner übergeben und anschließend seine Asche fortgespült.«

Leif dachte schnell. Er mußte sich mit Zack Roe in Verbindung setzen, damit er ihren Agenten im Registrieramt verständigen konnte. Der Mann mußte Ingolfs Fingerabdrücke und Retinabild mit denen eines längst Verstorbenen vertauschen. Vielleicht mit den Abdrücken eines Vorläufer-Zeitgenossen.

Man würde die Unstimmigkeit ganz »zufällig« entdecken. Und das würde die Verwirrung noch steigern. In einem Augenblick, wo alles daran glaubte, daß der Vorläufer nun endlich seine Reisen aufgeben und die

Zeit stillstehen lassen würde, kam es auf ein Wunder mehr oder weniger nicht an.

Das Volk wollte Zeichen und Wunder — bitte, es sollte sie haben.

Die Dunnologen würden natürlich die Theorie aufstellen, daß der Tote einen Körper in der Gegenwart und einen in der Vergangenheit besaß. Seit Jahren war es eine Art Dogma, daß ein Mensch, der eine Zeitreise unternommen hatte und in seine eigene Epoche zurückkehrte, dort seinen Doppelgänger vorfinden würde.

Offensichtlich hatte Ingolf das jetzt bewiesen.

Aber man würde den Fall ausschlachten. Im *Chronos-Journal* brachte man sicher lange Artikel, und die Propaganda-Experten würden die Geschichte in den Comics als Abenteuer ausbauen.

Das Geheimnis würde bleiben. Wer war Ingolf wirklich? Was bedeuteten die eingeschnittenen Initialen? Weshalb das Stilett? Denn Shant würde bald herausfinden, daß die Buchstaben erst nach Ingolfs Tod eingeritzt worden waren.

Wenn Ingolf vor zweihundertfünfzig Jahren gestorben war und heute gleich zweimal als Toter erschien und das offensichtlich auf die Aktivität des schrecklichen J. C. hin, beschäftigte man sich gewiß näher mit dem geheimnisvollen Unbekannten. Wer war er? Ein Jünger des Vorläufers. Hatte der verkommene Jude Changer, Sigmens Halbbruder und tödlicher Feind, ihn umgebracht? Nicht einmal, sondern gleich dreimal? Und würde er es wieder tun?

Oder war es der gefürchtete Franzose Jacques Cuze, diese schemenhafte Gestalt aus der Untergrundbewegung, der sich an die Idee klammerte, er könne sein seit langem verlorenes Land von den Jüngern des Vorläufers befreien?

»Jakes Kutse«, sagte Candleman, als habe er Leifs Gedanken erraten. Allerdings gab er dem Namen seine ei-

genartige isländische Aussprache. »Der Mann war hier vor meiner Nase! Und ich habe ihn entwischen lassen.«

Seine grauen Augen glänzten, als sei Jaques Cuze im Operationssaal.

»Doktor Barker!« sagte jemand am Bildschirm. Leif trat an die Wand und schaltete das Gerät ein.

»Im Operationssaal«, erklärte er.

»Der Erzurielit, Doktor Barker.«

Die Stimme des Mädchens klang zittrig.

»Keine Angst, Kleines. Er wird Sie schon nicht beißen.«

Danntos Doppelkinn erschien im Bildschirm, gefolgt von dem restlichen Mann. Stirnrunzelnd sagte er: »Ich habe diese Bemerkung gehört.«

»Es war doch keine Lüge, oder?«

»Sie wissen, was ich meine!« brüllte Dannto. Dann beruhigte er sich und sagte: »Lassen wir das. Wie geht es meiner Frau?«

»Die ersten Unfallberichte waren sehr übertrieben. Sie ist keineswegs schwerverletzt. Morgen kann sie bereits wieder aufstehen. Aber im Moment können Sie nicht mit ihr sprechen. Ich habe ihr ein Schlafmittel gegeben.«

»Kann ich sie nicht per Bildschirm sehen?«

»Das Gerät funktioniert nicht. Und wir wollen niemand in das Zimmer lassen, um sie nicht zu stören.«

»Funktioniert nicht? Bei Sigmen, das soll mir jemand büßen!« Er sah Leif über die Schulter. »Candleman, haben Sie sich nach dem verantwortlichen Techniker erkundigt?«

»Schib, *Abba*. Aber ich kann Leutnant Thorleifsson nirgends finden. Er wurde weggeschickt, um den Mann zu verhören.«

»Weshalb können Sie ihn nicht finden?«

»*Abba*, hier ist etwas sehr Merkwürdiges vorgefallen.« Candlemans graue Augen sahen den Erzurieliten ruhig an. Er erklärte die Sache mit seiner tiefen, monotonen Stimme.

Als der Uzzit zurücktrat, damit Dannto die Buchstaben auf Ingolfs Brust sehen konnte, flüsterte der Erzurielit: »Jude Changer!«

Dannto erholte sich schnell.

»Wo ist der Kordon, den Sie um das Krankenhaus hätten ziehen müssen?«

»Ich erfuhr eben erst von Jacques Cuzes Gegenwart«, erwiderte Candleman. »Und seitdem benutzen Sie den Bildschirm.«

»Jacques Cuze?« fragte Dannto. »Das ist doch eindeutig das Werk von Jude Changer.«

»In diesem Falle wäre ein Kordon nutzlos«, sagte Candleman steif. Aber man hörte den Ärger durch. »Sie können einen Mann nicht einfach fangen, wenn er wie eine Schlange in verschiedene Epochen schlüpfen kann.«

»Es ist Ihre Aufgabe, herauszubringen, ob es sich um Jude Changer handelt oder nicht«, brüllte Dannto. »Woher wissen Sie, daß ich mich nicht täusche? Sie sind ein Uzzit. Sie dürfen keinem trauen.«

Candleman sah verwirrt drein. Die plötzliche Taktikänderung war unerwartet gekommen. Er ging an die Wand und schaltete das Bild mit dem Priester aus. Dann wählte er das Uzziten-Hauptquartier. »Hauptmann, schicken Sie mir sofort vierzig Mann zum Fürsorge-Krankenhaus.«

Der Hauptmann versuchte, das Comic-Heftchen zu verstecken, das er eben gelesen hatte, und eine würdevolle Miene aufzusetzen.

»*Abba,* wir haben nicht so viele Leute zur Verfügung.«

»Sie müssen in zehn Minuten hier sein.«

»Schib, *Abba.*«

Zehn Minuten später betrat Dannto den Operationssaal.

Er watschelte auf den Uzziten zu und legte ihm den fetten Arm auf die knochige Schulter.

»Jake, alter Freund«, sagte er, »es tut mir leid, daß ich Sie so angefahren habe. Ich weiß, daß Sie Ihr Möglichstes tun und daß Sie unser bester Uzzit sind. Aber Sie müssen verstehen, daß ich sehr um Hallas Wohlergehen besorgt bin. Außerdem ist diese J. C.-Angelegenheit äußerst unangenehm. In den letzten drei Jahren erscheinen diese Initialen regelmäßig und an den unmöglichsten Orten. Und bis jetzt konnten wir den Verantwortlichen noch nicht fassen.«

Candleman trat zur Seite, so daß Danntos Arm von seiner Schulter abrutschte. »Bitte, schon vergeben, aber Sie müssen wissen, daß diese Sache ein wunder Punkt von mir ist. Dieser Jacques Cuze verfolgt mich so beständig und hartnäckig, daß ich allmählich meine anderen Pflichten vernachlässige und meine ganze Abteilung auf ihn ansetze. Ich habe einen Plan ausgearbeitet, und ich schwöre bei Sigmen, daß ich ihn erwischen werde.«

»Aber natürlich werden Sie ihn erwischen. Wenn Jacques Cuze tatsächlich existiert. Persönlich glaube ich, daß es sich um einen Mythos handelt. Ich bin der Meinung, daß Jude Changer der Übeltäter ist.«

»Vielleicht bellen Sie beide den falschen Baum an«, sagte Leif lächelnd. »Meine Herren, wenn wir uns in eine theologische Diskussion einlassen, sind wir verloren. Es gibt wichtigere Dinge, die unsere ganze Aufmerksamkeit erfordern.

Einmal, *Abba,* möchte ich Sie um die Erlaubnis bitten, Ihre Gattin im Wohnblock des Krankenhauses unterzubringen. Da meine Frau sie pflegt, wird es für beide bequemer so sein. Und da Candleman angedeutet hat, daß das Ganze vielleicht kein Unfall war, ist sie bei uns auch sicherer.«

Dannto wirbelte herum. »Kein Unfall, Candleman, das haben Sie mir ja gar nicht gesagt!«

»Verzeihung, *Abba*, ich wollte Sie nicht unnötig erregen.«

»Wer steckt Ihrer Meinung nach dahinter?«

Candleman breitete die Hände aus. »Jacques Cuze, wer sonst?«

»Aber weshalb sollte er Halla töten?«

»Weil er durch ihren Tod Sie kränken kann. Weil er ein Teufel ist, eine unrealistische Person.«

»Es sähe Jude Changer ähnlich, so etwas zu tun«, meinte Dannto. »Was ich so gehört habe, setzt er alles daran, um die reale Zeit in eine Pseudo-Zeit umzuwandeln. Candleman, wir müssen ihm das Handwerk legen.«

»Dazu brauche ich freie Hand.«

»Sie bekommen sie.«

»Und was ist mit meiner Bitte?« fragte Leif.

»Oh, natürlich. Ausgezeichnete Idee. Halla ist sicherer und bekommt eine bessere Pflege.«

»Und ich lasse zwei Männer am Eingang des Wohnhauses stationieren«, sagte Candleman. »Ich möchte keine Wiederholung des Unfalls.«

Leif sagte steif: »Ich denke, sie wird in Sicherheit sein. Schließlich bin ich auch anwesend.«

»Dennoch — ich bestehe darauf.«

Leif zuckte mit den Schultern und wandte sich an Dannto: »Möchten Sie mitkommen, während wir Ihre Gattin umquartieren? Später können wir in meiner Wohnung einen kleinen Imbiß nehmen. Ich bin ziemlich hungrig.«

Danntos riesiger Bauch grollte. Er lachte ein wenig verlegen und meinte: »Da haben Sie die Antwort.«

10

Während Halla ins Wohnhaus gebracht wurde, bemerkte Leif, daß Dannto die Frau als seine Gattin akzeptierte. Er hatte es geahnt, aber dennoch war er erleichtert. Später, nachdem man Halla in eines der Schlafzimmer gebettet und eine Schwester zu ihr befohlen hatte, setzten sich Leif, Ava, Dannto und Candleman zum Essen. Der Erzurielit hatte Candleman eingeladen.

Candlemans Augen waren graue Netze, die jede Einzelheit der Wohnung einfingen. Während er schlürfend seine Heuschreckensuppe aß, wandte er den Kopf hierhin und dorthin, um besser zu hören, was gesagt wurde.

Leif war überzeugt davon, daß sowohl das Mädchen, das das Essen servierte, als auch die Krankenschwester im Dienst des Uzziten standen. Sie würden ihn und seine Frau beobachten und Candleman von jedem Schritt unterrichten. Alles natürlich eine Routinesache. Schließlich verdächtigte man keinen Lamech-Träger.

»Leif«, sagte Dannto gutgelaunt, jetzt, da für seinen Magen gesorgt wurde, »erinnern Sie sich noch an den Tumor, den Sie letzten Monat bei mir feststellten? Sie sagten, das Ding müßte entfernt werden. Wollen wir es nicht gleich machen? Ich könnte die Nacht über hier bleiben.«

»Guter Gedanke«, meinte Leif. »Wenn Sie wollen, können Sie morgen schon wieder für die Arbeit fit sein.«

Und insgeheim dachte er: *Weshalb ist er so vernarrt in seine Frau? Sie ist zwar einmalig schön, aber das sieht ein Mann wie Dannto nicht einmal. Es muß schon etwas ganz Spezielles sein.*

Er fragte sich, ob Hallas Schwester Dannto ebenso würde fesseln können.

Candleman schlürfte seine Suppenschale leer und griff nach dem Grasbrot.

»Ich muß darauf bestehen, dieser Operation beizuwohnen«, sagte er.

Leif erwiderte kühl: »Ich finde, Sie bezichtigen mich ziemlich offen des unrealistischen Verhaltens.«

»Ich bin überzeugt davon, daß Candleman es nicht so gemeint hat«, vermittelte Dannto.

»Natürlich nicht«, sagte Candleman. »Aber woher soll ich wissen, daß Jacques Cuze nicht wieder etwas versucht?«

»Sie werden die Operation am Bildschirm betrachten müssen«, erklärte Leif. »Es könnte meine Assistenten nervös machen, wenn sie wissen, daß das mißtrauische Auge Candlemans auf ihnen ruht. Und nervöse Ärzte und Schwestern sind mir eine schlechte Hilfe.«

Candleman wollte bereits protestieren, aber Dannto winkte ab. »Schon gut, Jake, machen Sie es so, wie er will.«

Der Uzzit preßte die Lippen zusammen. »Schib. Aber ich werde ein paar Männer vor der Tür stationieren.«

Leif notierte innerlich, daß er für ein Versagen des Bildschirms während der Operation sorgen mußte. Und das Opfer würde wieder Peter Sorn sein. Ihn hatte man beschuldigt, als der Schirm in Hallas Zimmer versagte. Wenn am gleichen Tag noch etwas dieser Art geschah, wanderte der junge Sorn höchstwahrscheinlich in die psychiatrische Abteilung.

Schade, Leif mochte Peter Sorn gern. Aber er konnte es nicht zulassen, daß persönliche Gefühle mit ins Spiel kamen. Wenn Sorn aus den Reihen der Techniker entfernt war, hatten sie wieder einen Schritt in Richtung auf ihr Ziel getan.

»Wie lange wird es dauern?« fragte Dannto.

»Etwa eine halbe Stunde. Vielleicht noch weniger. Danach sollten Sie die ganze Nacht schlafen. Am Morgen hat Sie dann das Heilgelee so weit wiederhergestellt, daß Sie Ihren normalen Pflichten nachkommen können. Natürlich dürfen Sie sich nicht überanstrengen. Vielleicht ist es besser, wenn Sie heute nacht getrennt von Ihrer Gattin schlafen.«

Dannto wieherte vor Lachen und schlug auf den Tisch, daß die Schüsseln wackelten.

Candleman senkte seinen Löffel und starrte Leif an. Er wurde knallrot.

»Ihre Gedanken erscheinen mir höchst unangebracht für einen Lamech-Träger«, sagte er.

Dannto kicherte. »Jake ist ein wenig altmodisch«, sagte er zu Leif.

»Wenn es altmodisch ist, sich streng an die Regeln von Sigmen, realistisch sei sein Name, zu halten, dann bekenne ich mich schuldig«, erklärte der Uzzit.

»Also, verboten sind solche Bemerkungen nicht gerade«, verteidigte sich Dannto, doch sein Lächeln verschwand. »Aber vielleicht waren wir wirklich ein wenig zu frei.«

Candleman zog die Augenbrauen hoch und wechselte das Thema. »Dieser Angriff von Jacques Cuze auf Mrs. Dannto war meiner Meinung nach ein entscheidender Fehler. Sie fuhr nämlich in einem ferngesteuerten Taxi. Wenn wir herausbringen, wer für das Versagen des Wagens verantwortlich ist, haben wir vermutlich eine Spur zu diesem Jacques Cuze.«

»Ein ferngesteuertes Taxi?« wiederholte Dannto stirnrunzelnd. »Das ist komisch. Schließlich hat sie einen eigenen Wagen, und der Chauffeur ist ein Uzzit. Weshalb hat sie wohl ein Taxi benutzt? Und wohin wollte sie?«

»Das möchte ich auch gerne wissen. Ich kann Mrs. Dannto nicht befragen, weil Doktor Barker die Erlaubnis verweigerte. Und er hat ihr ein Schlafmittel gegeben, das zwölf Stunden lang wirkt.«

»Ich hoffe, Sie zweifeln meine beruflichen Fähigkeiten nicht an«, sagte Leif. Sein Gesichtsausdruck zeigte deutlich, daß es ihm gleichgültig war.

»Aber nein«, erwiderte Candleman nach einem kurzen Blick auf Dannto. »Ich sehe ein, daß Mrs. Danntos Gesundheit vorgeht.«

»Was war mit ihrem Begleiter?« fragte Leif.

»Er wurde von einem Unbekannten angerufen. Während er mit ihm sprach, verließ Mrs. Dannto das Haus durch einen Hinterausgang und stieg in ein Taxi.«

»Was sagen die Aufzeichnungen des Taxis über ihr Ziel aus?«

»Nichts. Sie wurden bei dem Zusammenstoß vernichtet. Soweit wir die Sache rekonstruieren können, kam der Wagen vom Weg ab und krachte durch ein Brückengeländer. Er stürzte zehn Meter in die Tiefe. Aber Mrs. Dannto gab während der Fahrt drei verschiedene Ziele an. Jedesmal, wenn sie ankam, schickte sie den Wagen zum nächsten Ziel. Offensichtlich näherte sie sich ihrem wahren Ziel in Etappen, um eventuelle Verfolger abzuschütteln.«

»Wissen Sie, was Sie da sagen?« fragte der Erzurielit polternd. »Sie beschuldigen meine Frau!«

»Aber nein. Ihr Verhalten war geheimnisvoll, gewiß, aber sie wird es zweifellos erklären können — sobald sie aus ihrem Schlaf erwacht. Doch das ist noch nicht alles. Einer meiner Leute, der kurz nach dem Unfall an die fragliche Stelle kam, berichtete, daß ein kleines Mädchen von dem Taxi überfahren wurde, kurz bevor es das Brückengeländer durchbrach. Mein Untergebener hielt sie für tot, da ihr Schädel zerschmettert war, und er konzentrierte seine Bemühungen darauf, Mrs. Dannto aus dem Taxi zu holen. Als der Krankenwagen kam, dirigierte er ihn zuerst zu Mrs. Dannto.«

Leif sagte: »Ich nehme an, er erkannte sie?«

»Ja, warum?«

»Und das kleine Mädchen kannte er nicht?«

»Nein. Was wollen Sie damit sagen?«

»Nichts Wichtiges.«

Er bemerkte den nachdenklichen Blick des Uzziten und war überzeugt davon, daß Candleman den Fragen nachgehen würde.

»Als der Mann zur Brücke zurückkehrte, war das Mädchen fort. Und der Krankenwagen hatte niemand außer Mrs. Dannto mitgenommen. Der Mann sah sich um und entdeckte schließlich, daß sie von zwei Männern und zwei Frauen fortgetragen wurde. Sie verschwanden um eine Ecke. Er verfolgte sie bis zu einem U-Bahneingang. Dort blieben sie hinter einer Säule stehen. Und als er herankam, waren sie verschwunden. Er betrat den Tunnel, denn sie konnten nur diesen Weg genommen haben. Am Ende des Tunnels traf er einen anderen unserer Leute, und dieser Mann schwor, daß er schon seit einer halben Stunde am gleichen Fleck stünde und daß ihm kein Mensch begegnet sei. Natürlich werden wir beide verhören. Sie sind vielleicht Komplizen.«

»Komplizen?« fragte Leif.

Candleman zog die mageren Schultern hoch. »Ich habe den Verdacht, daß sie Anhänger von Jacques Cuze sind. In die Zementwand des Tunnels hatte jemand ein großes C. D. gekratzt.«

»Diese Zeichen findet man überall in Paris«, sagte Leif. Candlemans Augen blitzten.

»Das ist mir völlig klar«, sagte er. »Aber ich verspreche Ihnen, daß ich Jacques Cuze noch vor Ablauf dieses Jahres fangen werde.«

»Weshalb hätten sie denn das Mädchen abtransportieren sollen?« fragte Dannto. »Sie kann bei der Untergrundbewegung niemals die Pflege erhalten, die sie im Krankenhaus hätte.«

»Ich bin da nicht so sicher«, meinte Candleman und warf Leif einen Blick zu. Der Doktor ließ sich nicht zu einer Antwort herab. »Wenn man sie hergebracht hätte, dann wäre sofort eine Untersuchung in die Wege geleitet worden. Und man hätte vermutlich ihre Eltern gefangengenommen. Sie ließen das Mädchen lieber sterben. Das heißt, vermutlich war sie ohnehin schon tot.«

»Ich bin überrascht, Jake«, sagte Dannto. »Sie geben also zu, daß es einem Unrealisten gelungen ist, einen Angehörigen vor den Uzziten in Sicherheit zu bringen?«

»Wenn ich auf eines stolz bin, dann auf meine absolute Ehrlichkeit«, sagte Candleman. »Ich versuche, nichts zu verbergen, wie es Sigmen befiehlt.«

Ein Gedanke, der bis dahin irgendwo in Leifs Gehirn gelauert hatte, schob sich in den Vordergrund. Er ergab plötzlich einen Sinn.

Leif beugte sich vor und fragte: »Candleman, wie sahen diese vier Leute aus?«

Der Uzzit blinzelte. »Was meinen Sie?«

»Sahen sie — fremdartig aus? Oder irgendwie komisch?«

»Weshalb fragen Sie?«

Leif lehnte sich zurück. »Antworten Sie zuerst.«

»Schib. Der Mann sagte, daß sie blond waren und ihre Gesichter irgendwie schlecht proportioniert aussahen. Sie hatten flache Nasen mit großen Nasenlöchern und wulstige Lippen. Er konnte ihre Augenfarbe nicht erkennen, aber er hatte gesehen, daß das verletzte Mädchen hellblaue Augen hatte.«

»Ach so«, sagte Leif unverbindlich.

»Was — ach so?« erkundigte sich Candleman.

»Nun, wenn wirklich Franzosen unter der Stadt leben — wenn dieser Cuze keine Sagengestalt ist —, dann würden sie anders als die modernen Pariser aussehen, die von den Isländern abstammen. Natürlich haben auch die ein paar Tropfen französisches Blut in den Adern. Nicht alle Franzosen starben während der Apokalyptischen Pest. Die Nachkommen der Überlebenden wurden von den Isländern aufgesogen.«

»Vielleicht sahen sie wirklich anders aus«, meinte Candleman. »Ich habe noch kein Bild von Franzosen vor der Pest gesehen.«

»Verstehen Sie etwas von der französischen Sprache?«

»Nein. Ich bin Uzzit. Wenn ich Spezialwissen brauche, gehe ich eben zu einem Spezialisten.« Er beugte sich vor. Seine dünnen Lippen sahen wie die Ränder von Hummerscheren aus. »Glauben Sie mir, dieser Jacques Cuze ist keine Legende. Er hält sich in dem riesigen Untergrundnetz der verlassenen U-Bahnen auf — oder noch tiefer, in dem alten Abwassernetz von Paris. Von seinem verborgenen Hauptquartier aus leitet er seine Organisationen. Ich bin sicher, daß er hin und wieder sogar persönlich nach oben kommt.

Ich habe von Zeit zu Zeit Razzien veranstaltet. Tausend Leute wurden von ihren normalen Posten eingezogen und mit Hunden, Scheinwerfern und Waffen in das Untergrundnetz geschickt. Wir siegelten Meile um Meile des Systems ab und räucherten es mit Gas aus. Wir fingen nur Ratten.«

»Ist es nicht lächerlich, daß diese Franzosen jahrhundertelang in Löchern unter der Erde hausen würden, nur in der Hoffnung, ihr Land wieder zu erobern?« fragte Leif.

»Es mag Ihnen so vorkommen«, erwiderte Candleman. »Aber die Gegenwart von Jacques Cuze widerlegt Ihr Argument.«

»Wann erfuhren Sie zum erstenmal von ihm?«

»Vor ein paar Jahren fingen wir einen Agenten aus Marschland. Er gehörte zum Korps des Kalten Krieges. Bevor er das Gift zerbeißen konnte, das diese Männer in den Zähnen verborgen haben, schoß ihn einer meiner Leute ins Kinn. Als er wieder zu Bewußtsein kam, konnte er nicht sprechen. Keine Zunge.

Aber er konnte schreiben. Wir drängten ihn, ein Geständnis zu machen. Nachdem er sich lange geweigert hatte, ließ er sich schließlich Papier und eine Feder kommen. Er schrieb nur zwei Wörter — in den Buchstaben von Marschland, wie ich vermutet hatte. Immer wieder deutete er auf die beiden Wörter, bis wir verstanden, was er meinte. Er wollte, daß jemand sie laut vorlas. Ich wußte zwar nicht, was das bedeuten sollte, aber ich ließ einen dieser Sprachwissenschafter kommen. Er warf einen verwirrten Blick auf die beiden Wörter und las sie dann vor.

Ich weiß nur noch, daß ich in einem Krankenhausbett zu mir kam. Ein Splitter aus dem Schädelknochen des Gefangenen war mir in die Schläfe gedrungen. Ich hatte Glück, daß ich nicht starb.

Später reimte ich mir aus den verschiedenen Berichten ein Bild zusammen. Der Kerl hatte nicht nur Gift im Zahn gehabt. Man hatte ihm eine kleine, aber äußerst wirksame Bombe in den Schädel verpflanzt. Und sie ging los, wenn jemand die beiden Wörter aussprach. Er hatte uns überlistet. Sein Kopf war explodiert und hatte drei Männer getötet, die in seiner unmittelbaren Nähe standen. Auch das Papier war vernichtet worden.

Zum Glück habe ich ein sehr gutes Gedächtnis. Das braucht man in meinem Beruf. Ich erinnerte mich, daß die todbringenden Wörter Jacques Cuze gewesen waren. Sie werden sich vielleicht wundern, daß ich den Namen isländisch ausspreche. Aber schließlich kann man nie wissen, ob man mit einem Spion von Marschland spricht. Ich möchte nicht mit dem Kerl zusammen explodieren.

Ich verfolgte diese Spur und begann sie allmählich mit dem allgegenwärtigen J. C. in Verbindung zu bringen. Und dann fand ich ein Stück Papier in einem verlassenen Abwasserkanal. Es war eine kurze Nachricht, doch sie war in Französisch abgefaßt. Ich ließ sie von einem dieser Wissenschaftler übersetzen. Es handelte sich um Propaganda gegen die Haijak-Union. Und es wurde die Bitte darin ausgesprochen, das Land an seine rechtmäßigen Besitzer zurückzugeben. Als Führer der hartnäckigen Franzosen war Jacques Cuze erwähnt.«

Dannto lachte nervös.

»Spotten Sie ruhig, wenn Sie wollen«, sagte Candleman. »Aber ich glaube, daß dieser J. C. Mrs. Dannto angegriffen hat. Und ich bin überzeugt davon, daß auch Ihr Leben in Gefahr ist, solange man ihn nicht gefangen hat.«

11

Dannto hörte sich Candlemans Enthüllungen an und hielt dann die Hand vor den Mund, um ein Rülpsen abzudämpfen. Dann sagte er: »Ich nehme die Gefahr gern auf mich, wenn dadurch die Sturch gekräftigt und der Zeitstillstand des Vorläufers vorbereitet werden kann.«

Er machte eine kleine Pause und knabberte ein Sandwich mit Ameisenpastete an. »Unter uns Urieliten gibt es natürlich allerlei Vermutungen, was das Wort ›Zeitstillstand‹ letzten Endes bedeuten wird.

Einige sind der Ansicht, daß es nicht unbedingt die persönliche Erscheinung Sigmens, real sei sein Name, in sich schließt. Denn in seinem Buch ›Zeit und die Weltlinie‹ sprach er immer nur von *der* Ankunft, nicht aber von *seiner* Ankunft.

Vielleicht sollten wir Sigmens Zeitreisen nicht als chronologische Ereignisse auffassen, sondern eher als Allegorie. Es könnte nämlich sein, daß die Leute, die so hysterisch den Zeitstillstand erwarten, weil sie an Isaak Sigmens Erscheinen glauben, enttäuscht werden.

Die Wahrheit ist vielleicht, daß mit dem Zeitstillstand der Sieg der Haijak-Union und ihrer Sturch über die anderen Nationen der Erde gemeint ist; daß wir die falschen Religionen und Staaten vernichten und die wahre Sturch errichten sollen. Man könnte also in diesem Sinne von einer Ankunft Sigmens sprechen, durch welche die Zeit zum Stillstand gebracht wird. Und Stillstand bedeutet dann die wahre Stasis. Es gäbe nicht mehr den ewigen Wechsel, der bedingt ist durch die Barbarei und Bestialität der anderen Länder.«

Candleman war unruhig hin und her gerutscht. Als Dannto eine Pause machte, schaltete er sich ein.

»*Abba,* es gibt keinen Zweifel daran, daß ich ein treuer Anhänger unserer Sturch bin. Deshalb verletzt es mich, von Ihnen Worte zu hören, die an der Grenze des unrealistischen Denkens stehen. Diese allegorische Interpretation der Werke unseres Vorläufers wäre früher nie über die Lippen eines echten Jacks gekommen. Und wenn, so hätte man ihn in die psychiatrische Abteilung gesteckt.

Nein, werden Sie nicht ärgerlich. Es ist die Wahrheit. Aber jetzt müssen wir Anhänger der wortgetreuen Auslegung mit wachsender Unruhe feststellen, daß immer mehr Urieliten von symbolischer Bedeutung sprechen und andeuten, daß die Dinge vielleicht doch nicht ganz so sind, wie sie beschrieben werden. Ich möchte hier und jetzt feststellen, daß wir Anhänger der wortgetreuen Auslegung solche Reden nicht dulden. Ich finde, sie riechen nach unrealistischen Gedanken. Sie sind ein Zeichen der Degenerierung. Und genau das hat der Vorläufer vorhergesagt. Er warnte, daß seine Worte von seltsamen Doktrinen und Menschen verdreht werden könnten. Und er erklärte, daß dieses Denken einen Verfall der Sitten und eine Abkehr von der Realität zur Folge hätte.

Er hat recht. Denn im Laufe der letzten Jahre mußten wir erleben, daß wieder getanzt wird, daß unsere Frauen schamlose Kleider, ja sogar Lippenstift und Rouge tragen und daß Straßenschleier kein Gebot mehr sind. Ich sehe all diese Dinge, und mir wird übel davon.«

»Auf Ihren Appetit scheint es sich jedenfalls nicht auszuwirken«, meinte Dannto trocken.

Er sprach leichthin, offensichtlich unbeeindruckt von den Tiraden des Uzziten. Leif war überrascht, daß er nicht hochgefahren war, denn die Worte waren eine deutliche Kritik an Halla Dannto. Er selbst hätte auch eingreifen müssen, denn Ava wurde ebenfalls beleidigt. Aber er entschloß sich zu schweigender Verachtung.

»So eindeutig, wie Sie die Sache hinstellen, ist sie gar nicht«, meinte Dannto. »Sigmen, real sei sein Name, hat sich zum Thema des Zeitstillstands reichlich vage ausgedrückt. Ich schlage vor, daß Sie seine Werke noch einmal lesen und besonderes Augenmerk auf die Doppeldeutigkeiten richten. Sie werden entdecken, daß sowohl die Leute, die für eine wortgetreue Auslegung stimmen, als auch die Allegorie-Anhänger gute Argumente haben. Beide Gruppen können genügend Zitate zu ihren Gunsten anführen.

Ich behaupte, es gibt nur einen Weg, um die Wahrheit zu erfahren — abwarten. Ich bin jedoch überzeugt davon, daß die Gläubigen der Sturch ihre Belohnung bekommen werden, wenn sie treu zu den Lehren stehen. Der Vorläufer wird ihnen ihre Treue lohnen.«

»Realität sei ihm und uns«, murmelte Candleman mit gesenktem Kopf. Dann sah er auf und starrte wütend um sich. »Aber es gibt so viele Leute, die entschlossen sind, eine Pseudo-Zukunft zur Realität zu erklären. Die Israeliten und Marschbewohner zum Beispiel. Oder Jacques Cuze. Und ich glaube, es gibt noch eine vierte Gruppe. Wir fanden einmal während einer Razzia im Untergrund ein Gewölbe voll von Skeletten. In den Stein gegraben war eine einzige Figur — ein Fisch. Erst in diesem Moment brachten wir den Fisch mit den anderen Zeichnungen in Verbindung, die man an den Hauswänden der Stadt gefunden hatte.«

»Was bedeutet das Zeichen des Fisches?« fragte Dannto.

Leif war ebenfalls interessiert. Er hörte zum erstenmal davon.

»Ich werde es Ihnen sagen«, meinte Candleman triumphierend. »Nach meiner Theorie ist Jacques Cuze ...«

»Nicht schon wieder!« murmelte Dannto so leise, daß nur Leif es hören konnte.

»... der religiöse Anführer der paar Christen, die es in Europa noch gibt und die sich alle im Untergrund aufhalten. Der Anführer der Heiligen Timbuktu-Kirche von Afrika hat Cuze versprochen, Paris zu seinem Hauptsitz zu machen, wenn die Rebellion gelingt. Natürlich ist so ein Versprechen sinnlos, aber sowohl Cuze wie auch die Timbuktu-Katholiken sind unrealistisch.«

Leif schluckte. Das war alles neu für ihn.

»Auf welchen Tatsachen basiert diese Vermutung?« fragte er.

»Ach was, das ist doch völlig klar«, meinte Candleman verärgert. »Es kann gar nicht anders sein.

Die Bantus sind Christen und benutzen immer noch griechische und lateinische Wörter für ihre wissenschaftlichen und theologischen Schriften. Das griechische Wort für Fisch ist Ichthyos. Die ersten beiden Buchstaben sind Jota und Chi. Wie mir ein Sprachwissenschaftler erklärte, kommen diese Buchstaben den lateinischen Lauten J und C am nächsten — und da haben wir schon wieder die Initialen von Jacques Cuze. I bedeutete Ioannos, das griechische Wort für John. X steht anstelle von chusis, dem griechischen Wort für Strom. Strom läßt natürlich an Fisch denken und bedeutet gleichzeitig Untergrund, da man natürlich auch einen unterirdischen Strom meinen kann.

Es ist ganz einfach. Fisch bedeutet IX, also Ioannos Chusis, John Stream und Jacques Cuze. Dadurch ist das Fisch-Symbol das Bindeglied zwischen dem französischen Patrioten und der Kirche von Timbuktu.«

Leif wußte nicht, ob er lachen sollte. Es war merkwürdig, wie einseitig die Menschen sein konnten.

»Mein Gott, so viel geht vor, ich merke es erst, weil

Halla in die Hände dieser Leute gefallen ist. Sagen Sie, Jake, was ist eigentlich mit der Kirche, der die meisten anderen Afrikaner angehören — die sogenannten Primitiven? Schließlich ist die Kirche von Timbuktu auf einen verhältnismäßig kleinen Kreis beschränkt. Sie hat lange nicht die Macht wie die weitverbreitete Kirche der Primitiven.«

Candleman hielt die Hände hoch.

»Ich weiß es wirklich nicht. Ich unterhielt mich einmal mit einem Wissenschaftler darüber, aber ich hatte noch keine Zeit, die Notizen zu studieren. Meine Tage und Nächte sind angefüllt mit Verwaltungsarbeit und der Jagd nach Cuze.«

»Man merkt den Unterschied, wenn man mit den Leuten zusammentrifft«, sagte Leif. »Die Timbuktuer kämpfen, während die Primitiven ausgesprochene Pazifisten sind.«

»Ich weiß«, erwiderte Candleman. »Man könnte ihren Kontinent einfach übernehmen. Wenn die Itzigs nicht zwischen ihnen und uns stünden, könnten wir zwei Drittel von ganz Afrika besitzen. Sobald die Israelische Republik überwunden ist — und ich bin überzeugt davon, daß es bei Sigmens Rückkehr geschieht —, brauchen wir uns das Land südlich der Sahara nur anzueignen.«

»Passiver Widerstand ist auch nicht zu unterschätzen«, warf Leif ein.

Niemand ging auf den Satz ein. Sie waren zu sehr damit beschäftigt, ihre eigenen Theorien weiterzuspinnen.

Dannto glaubte nicht, daß die Bantus eine starke Untergrundbewegung hatten. Ihre Hautfarbe war in Europa zu auffällig. Candleman hielt dagegen, da sie ja Jacques Cuze und seine Verräter für ihre Zwecke anheuern könnten.

»Vielleicht bedeutet J. C. auch ›Jack-Christen‹«, meinte Leif freundlich. »Es gab einmal eine Gruppe, die legale Anerkennung innerhalb der Haijak-Republik suchte.«

»Unsinn«, sagte Dannto. »Das war vor mehr als hundert Jahren, wenn ich mich noch recht erinnere. Sie kamen alle zu den Psychiatern und verhielten sich von da an ruhig.«

»Wenn die Franzosen sich zweieinhalb Jahrhunderte im Untergrund verbergen konnten, müßte es diesen Leuten doch auch möglich gewesen sein.«

Aber die beiden anderen taten seine Idee spöttisch ab. Sie gingen zu sehr gegen ihre eigenen Theorien.

»Nein«, sagte Dannto. »Der Vorläufer ist auf irgendeine Weise in der Vergangenheit und Zukunft gewesen. Aus der Zukunft kam er zu uns zurück, schrieb Bücher darüber und gründete die Haijak-Republik mit ihrer Stütze, der Sturch. Dann machte er sich wieder auf die Wanderung durch die Zeiten. Er sagte die Zukunft vorher. Alle Ereignisse sind bisher eingetroffen. Vor uns stehen die letzten Tage. Dann ist der Zeitstillstand da. Ob Sigmen sich persönlich zeigen wird, weiß ich nicht.

Aber ich weiß, daß er in seinem Werk ›Zeit und die Weltlinie‹ ziemlich geheimnisvoll den bösen Feind erwähnte, den Mann, der alle seine guten Werke in der Vergangenheit, Gegenwart und Zukunft zerstören wolle. Es ist nur ein kurzer Absatz, aber er hat zu den wildesten Spekulationen über diesen Feind geführt. Obwohl Sigmen seinen Namen nicht erwähnte, wissen wir jetzt, daß es sich um Jude Changer, Sigmens Halbbruder und Zeitgenossen handelte. Meiner Meinung nach heißt J. C. nichts anderes als Jude Changer.«

Er hielt die Hand hoch, als Candleman protestieren wollte.

»Ich gebe zu, daß der Mann identisch mit Jacques Cuze sein könnte und daß er seine wahre Person durch den Decknamen verbergen will. Aber er ist doch so egoistisch, daß er seinen Namen zumindest durch die gleichen Anfangsbuchstaben andeutet.«

Das Sprechgerät summte, und als Leif den Bildschirm einschaltete, zeigte sich ein Uzzit. Er gab die Botschaft durch, daß von Thorleifsson immer noch nichts zu sehen war.

Dadurch war die Diskussion gestört. Candleman sprang auf.

»Vielleicht glauben Sie mir jetzt, *Abba*«, sagte er zu Dannto. »Es besteht die Möglichkeit, daß mein Leutnant auf der Spur von Cuze war und umgebracht wurde. Ich muß sofort gehen. Ich werde nicht eher ruhen, bis ich weiß, was ihm zugestoßen ist.«

»Vielleicht ist er in den Untergrund gegangen, um den Franzosen zu verfolgen«, sagte Leif. Er dachte an die Asche, die er in die Abfallkanäle gespült hatte.

»Unsinn, Doktor. Er hätte mich bestimmt verständigt.«

Candleman ging an die Tür, hinter der Halla lag, und bevor ihn jemand daran hindern konnte, öffnete er sie und trat ins Zimmer. Leif sprang auf und lief zu ihm.

Er fand den Uzziten an ihrem Bett. Candleman starrte Halla durchdringend an. Die Krankenschwester hatte keine Anstalten gemacht, ihn aus dem Zimmer zu weisen.

Leif gelang es kaum, seinen Ärger zu zügeln. »Sie wußten, daß Mrs. Dannto unter keinen Umständen gestört werden sollte«, zischelte er. »Ich möchte das nicht noch einmal sagen müssen.«

Candleman beugte sich über den schönen Kopf mit dem rotbraunen Haar. Dann ging er wortlos hinaus. Leif ballte die Fäuste. Er hätte sie dem Uzziten am liebsten ans Kinn geschmettert. Als Candleman gegangen war, wandte sich Leif der Krankenschwester zu.

»Sie können wieder zu Ihrer normalen Arbeit zurückkehren«, sagte er eisig. »Ich brauche Sie hier nicht.«

Die Schwester, ein uralter Drachen, wollte protestieren, aber als sie sein Gesicht sah, schwieg sie und ging hinaus. Leif hatte den Verdacht, daß sie für Candleman arbeitete. Es war Ironie, daß Candleman selbst einen Grund für ihre Entlassung gegeben hatte.

12

Kaum war Leif in den Salon zurückgekehrt, als die Sprechanlage schon wieder summte. Ein Urielit zeigte sich am Bildschirm und informierte seinen Vorgesetzten, daß der Metatron seine Anwesenheit bei einer wichtigen Versammlung des Sturch-Rates in Montreal wünsche. Dannto zögerte und erklärte dann, daß er kommen würde.

»Wie Sie sehen, bin ich sehr beschäftigt«, sagte der Dicke zu Leif. »Heute mittag eine Operation, heute abend die Rückfahrt nach Montreal. Ich habe einfach nie genug Zeit für meine Frau.«

»Wir werden uns um sie kümmern. Sie kann morgen abend nachkommen, vorausgesetzt, daß sich keine Komplikationen ergeben.«

Danntos Kinn zitterte vor Vergnügen. Er schlug Leif auf die Schulter. »Sie sind der beste Arzt hier.«

»Da haben Sie recht.«

Barker rief seinen Assistenten an und befahl ihn, alles für die Operation von Danntos Magentumor herzurichten und eine Schwester nach oben zu schicken, die den Erzurieliten in die Operationsräume bringen sollte.

»Sie bekommen ein Beruhigungsmittel und werden für die Operation gebadet und umgezogen.«

»Ich hoffte, ich könnte noch länger hier oben bleiben«, sagte Dannto schmollend.

»Mrs. Dannto wird vor einundzwanzig Uhr sicher nicht erwachen.«

»Sigmen sei mir gnädig, ich muß um zwanzig Uhr nach Montreal aufbrechen. Glauben Sie, daß ich das schaffe?«

»Ich verstehe Ihre scheußliche Lage«, sagte Leif. »Aber da die Rakete keine hohe Beschleunigung hat, kann ich Ihnen beim besten Willen nicht abraten, sie zu benützen.«

»Hm, diese Konferenz ist ja wirklich wichtig. Es wäre doch besser, wenn ich hinginge.«

Nachdem er Dannto hinauskomplimentiert und der Ersatzschwester strikte Anweisungen gegeben hatte, ging er in sein Schlafzimmer. Ava lag faul in einem Sessel. Sie hatte einen Spitzenmorgenmantel angezogen und rauchte eine Zigarette.

»Gib mir auch eine«, sagte Leif. »Ich hatte den ganzen Tag noch keine.«

»Du bekommst höchstens eine ans Kinn«, fauchte Ava. »Warum mußtest du das Mädchen sezieren, anstatt sie sofort zu verbrennen? Was ist los, Leif? Du mißachtest die Befehle des KKK.«

Leif legte den Zigarettenanzünder auf die Seite und genoß den Glimmstengel.

»Ava, ich will offen mit dir reden. Erinnerst du dich noch an die Gedankenübertragungsmaschine?«

»Was hat denn das damit zu tun?«

»Sieh mal, was geschah mit der Maschine, als sie aussetzte? Haben wir sie repariert?«

»Nein. Sie wurde weggebracht und durch eine neue ersetzt.«

»Und weshalb?«

»Ich nehme an, daß sie explodiert, wenn Pfuscher versuchen, sie zu öffnen. Eine Sicherheitsmaßnahme, falls die Jacks zu neugierig werden sollten.«

»Gewiß, aber die Sicherheitsmaßnahme könnte auch dazu da sein, neugierige Marschland-Spione in Schranken zu halten. Willst du wissen, weshalb? Weil es eine Leihmaschine ist! Die Verleiher wollen, daß die Konstruktion geheim bleibt. Sie fürchten, daß die Terraner zuviel Macht gewinnen, wenn sie solche Maschinen selbst bauen können.«

»Terraner? Wie meinst du das?«

»Ava, ich habe mir die Maschine an meinen freien Abenden gründlich angesehen. Es ist nicht viel zu erkennen, aber ich würde sagen, daß es sich um eine vollkommen fremdartige Konzeption handelt.«

Ava riß die Augen auf. »Und wie kommst du zu diesem verblüffenden Schluß?«

»Lach nicht. Jedesmal, wenn ich die Maschine ansehe, muß ich daran denken, wie fremdartig sie aussieht. Es ist ein *Gefühl.*«

»Einbildung!«

»Nein. Intuition.«

»Ist das alles?«

»Nein. Die beiden Mädchen, die Tote und ihr Ersatz, sind keine Menschen.«

Ava setzte sich auf.

Leif erklärte ihr, was er meinte.

»Da ist noch etwas«, fuhr er fort. »Wir wissen, daß die Moral in der Haijak-Republik im letzten Jahrhundert beträchtlich gesunken ist. Aber während der letzten fünfzehn Jahre ist auch die Unmoral gestiegen. Es sieht fast so aus, als würde sie von einem Katalysator beeinflußt. Worin besteht dieser Katalysator?

Und da ist dieses Mittel, das unseren Agenten eingespritzt wird und das sie befähigt, auch unter dem Einfluß der Wahrheitsdroge zu lügen und damit die Goldlamechs zu gewinnen. Wir haben diese Methode angewandt, um unsere Leute in die gute Gesellschaft der Haijak-Republik zu schmuggeln, wo sie eine Menge Schaden anrichten. Aber woher bekamen wir die Droge? Ich weiß, daß wir sie nicht erfunden haben.«

»Vielleicht von den Jacks selbst«, meinte Ava. »Es käme nicht zum ersten Male vor. Sie verzetteln sich so in ihren Naturwissenschaften, daß die meisten Erfindungen irgendwo verstauben.«

»Ja, und daher rührt ironischerweise ihr Verdacht, daß wir riesige Elektronengehirne besitzen. Sigmen selbst war verantwortlich für ihren miserablen technischen Stand, als er sie vor der ›Vorherrschaft der Maschinen‹ warnte.

Doch sie haben keine Ahnung, daß wir vor zehn Jahren plötzlich damit begannen, diese Droge zu benutzen. Weißt du, was ich glaube? Daß sie ebenso wie die Gedankenmaschine extraterrestrischer Herkunft ist!«

»Und die Mädchen sind Extes, die uns helfen? Aber weshalb sollten sie sich denn in den Kampf einmischen?«

»Ava, wann begannen die Frauen der Jacks Lippenstifte zu benutzen? Wann begann die Hierarchie, privat zu trinken? Wann erfuhren wir, daß Marschland-Agentinnen einen enormen Einfluß auf die Spitzen der Sturch ausüben können?«

»Du meinst, daß diese extraterrestrischen Mädchen die Veränderungen herbeiführten?«

»Schib. Natürlich konnten sie es erst tun, als die Jack-Frauen reif für den Umsturz waren. Und, Ava, wer berief als erster den Rat der Urieliten ein, um gewisse Passagen in Sigmens Büchern neu auszudeuten? Und wer beeinflußte den Rat dahingehend, daß verkündet wurde, den Frauen sei die Benutzung von Kosmetika nicht verboten?«

»Dannto. Auf Hallas Drängen. Nur eines will mir nicht in den Kopf. Wie brachten es die Mädchen fertig, erst einmal den Widerstand der Männer zu brechen? Normalerweise hätte man sie sofort in die psychiatrische Abteilung geschleppt, wenn sie es nur gewagt hätten, von solchen Veränderungen zu sprechen.«

»Das möchte ich eben herausbringen«, sagte Leif langsam. »Sie müssen eine nahezu magische Kraft besitzen. Und ich möchte erfahren, worin sie besteht.«

Er ging an einen Schrank und holte eine Flasche Schnaps heraus, die er mit einer dunkelroten Flüssigkeit mischte. »Übrigens«, sagte Leif, »bevor ich es vergesse — ich glaube, Shant ist verknallt in dich. Jedesmal, wenn du in die Nähe kommst, macht er Schafsaugen.«

Ava wurde wütend. »Jedesmal, wenn ich allein mit ihm bin, rückt er mir auf den Pelz. Dieses heuchlerische Getue, wenn andere dabei sind — und dann die klebrigen Pfoten! Das nächstemal versetze ich ihm einen Schwinger, Befehl oder nicht.«

»Nun sieh mal einer an, wer hier nicht gehorcht. Du bist ein schlechter Soldat. Ich habe dir doch gesagt, daß du ihm schöntun sollst. Er ist eine gute Informationsquelle, und seine Schwäche für dich könnte uns noch zugute kommen.«

»Aber ich kann ihn doch nicht zu nahe kommen lassen!«

»Hähä!« Leif kippte ein Glas. »Ein Glück, daß das Zeug nach Äther riecht. Ich würde sonst die Schwestern schockieren.«

Er schüttelte sich und trank das nächste Glas.

»Es geht folgendermaßen weiter, Ava. Ich entferne Danntos Tumor um drei Uhr. Candleman wird die Operation per Bildschirm verfolgen. Du stellst den Apparat so ein, daß er um drei Uhr fünfzehn streikt. Peter Sorn wird der Schuldige sein. Wir können später eine anonyme Anschuldigung schicken. Ich weiß allerdings nicht, ob das genügt, um ihn zu den Psychiatern zu bringen. Der Technikermangel ist so groß, daß selbst die starren Uzziten Ausnahmen machen. Aber noch ein paar Sabotagen dieser Art, und Sorn ist geliefert.«

»Peter tut mir leid«, sagte Ava. »Er ist einer der wenigen hier im Krankenhaus, die ich nett finde. Warum können wir nicht dem ekligen alten Gunnarsson eins auswischen?«

»Du weißt genau, weshalb. Weil er kein so guter Techniker wie Sorn ist. Er würde den Jacks kaum fehlen.«

»Und diesen kleinen Wüstling Shant würde ich auch gern in die H-Abteilung schicken.«

»Lassen wir persönliche Dinge aus dem Spiel.«

»Leif, ehrlich gesagt, ich kann immer noch nicht glauben, daß die Jacks unsere Technik nicht längst durchschauen. Sind sie denn wirklich so dämlich?«

»Nein, den Fehler darfst du keineswegs begehen. Ihre Intelligenz ist genauso hoch wie die der anderen Völker. Siehst du, Ava, man hört so viel über die große Intelligenz der Itzigs. Diese Leute stammen zum größten Teil von Israel ab, einem der wenigen Länder, die nach dem Apokalyptischen Krieg organisiert blieben. Die Theorie besagt folgendes: Die Israeli waren Jahrtausende hindurch unterdrückt und verfolgt worden, so daß nur die Fähigsten überleben konnten. Als das übervölkerte kleine Land plötzlich weite Gebiete zur Verfügung hatte, in denen nur ein paar armselige, unorganisierte Überlebende hausten, fand buchstäblich eine Bevölkerungsexplosion statt. In erstaunlich kurzer Zeit befanden sich überall am Mittelmeer israelische Kolonien. Sie wuchsen an, denn damals hatten die Familien im Durchschnitt zwölf Kinder und mehr. Die Lebenserwartung war hoch, und neue Verjüngungspräparate sorgten dafür, daß die Leute bis ins hohe Alter hinein zeugungsfähig blieben.

Die Einheimischen, die noch in den verlassenen Gebieten hausten, konnten keinen Widerstand leisten, da sie weit verstreut waren und auf eine primitive Ackerbau-Stufe zurückgefallen waren. Aber man behandelte sie gut. Die Israeli gewährten ihnen volle Bürgerrechte. Dennoch war es unausbleiblich, daß sie von den Neuankömmlingen absorbiert wurden. Ihre Charakteristika, ihre Sprache und ihre Gebräuche verschwanden. Und ich würde sagen, daß das kein Schaden für ihre Nachkommen war.

Bemerkenswerterweise konnten die Isländer etwas Ähnliches von sich sagen. In den extrem harten Umweltbedingungen von Island konnten nur die Tüchtigsten überleben, und die Unfähigen waren über einen langen Zeitraum hinweg — von 1000 bis etwa 1800 nach Christus — ausgesiebt worden. Ihre Nachkommen waren wie die Israeliten außerordentlich schlau und zäh.

Bei der Bevölkerung von Hawaii war es vielleicht die einmalige Rassenmischung, die zum Überleben führte. Sie dürfte auch der Grund dafür sein, daß sich die verschiedenen Gruppen so schnell in Amerika, Japan, China und Ostsibirien ausbreiteten.«

Ava winkte ab. »Vielen Dank, Professor Barker. Aber weshalb wurden dann die hochintelligenten Isländer und Hawaiianer zu Sklaven?«

»Ihre gegenwärtige Stellung sollte für uns alle eine Warnung sein. Wir und die Israeliten sind stolz auf unsere demokratischen Traditionen, aber wir hätten ebensogut den gleichen Weg gehen können. Und wir wären ihn gegangen, wenn sich unter den früheren israelischen Kolonisten nicht ein paar große Männer gefunden hätten, die ihr Leben opferten, um die Demokratie zu erhalten.

In der Haijak-Union kam dieser Sigmen in einem Augenblick der Rückschläge und der Unzufriedenheit. Außerdem war damals, wenn du dich noch erinnerst, das Zeitalter, in dem die Religionen wieder auflebten. Auf der ganzen Welt wuchs die Bewegung an, die man längst für tot geglaubt hatte. Sigmen, der Gründer eines obskuren und verrückten Pseudo-Christentums, schwamm praktisch auf der Flut mit. Er hatte eines, was den anderen Propheten fehlte — eine pseudowissenschaftliche Erklärung für die Phänomene, die man für rein geistig gehalten hatte. Er benutzte Dunnes Theorien über die Zeit und verzerrte sie für seine Zwecke. Er erklärte zur Befriedigung seiner Jünger alle historischen und religiösen Ereignisse im Lichte der Neo-Dunnologie.

Darüber hinaus blieb er ein paar hundert Jahre an der Macht, was keiner der anderen Politiker oder Eroberer geschafft hatte, weil es zuvor noch keine Langlebigkeits-Drogen gegeben hatte. Mit den üblichen brutalen Mitteln errichtete er einen Staat, in dem die Bürger genau überwacht wurden. Dieses Schutzengel-System plus einer systematischen Unterdrückung der normalen menschlichen Triebkräfte hatte das zur Folge, was du heute siehst.

Obendrein nützte er das große Prestige der Israelischen Republik für sich aus. Er wußte, daß seine Untertanen die Mittelmeermächte bewunderten, und verhielt sich dementsprechend. Er schrieb den Westlichen Talmud, führte Hebräisch als die theologische und wissenschaftliche Sprache ein und machte uns in der ganzen Welt lächerlich — ohne eine böse Absicht dabei zu haben.«

Ava gähnte deutlich und sagte: »Vielen Dank für den Geschichtsunterricht, Herr Lehrer. Warum erzählst du mir eigentlich nicht auch mal etwas, das ich nicht weiß?«

Verärgert erwiderte Leif: »Sofort. Ich muß dich kritisieren, Ava. Es mag dir vielleicht kleinlich vorkommen, aber gerade die kleinen Dinge verraten uns oft. Bitte versuche deinen Ekel zu unterdrücken, wenn du bestimmte Speisen ißt. Ich befürchte, daß es eines Tages noch auffallen wird.«

»Aber Leif! Maus-Frikassee! Und Ameisengelee! Ich sehe nichts als unreines Essen.«

»Es gehört eben zu deiner Pflicht.«

»Wenn ich das gewußt hätte, so wäre ich gar nicht auf den Gedanken gekommen, mich freiwillig zu melden. Es macht mir überhaupt nichts aus, daß wir stündlich in Lebensgefahr schweben. Aber das Essen!«

Leif lachte schallend.

»Lach nur, du *Kelev*«, sagte Ava. »Du bist eine Schande für deine Väter.«

»Sie aßen die gleichen Dinge wie ich. Weißt du, in Marschland findet man selten einen orthodoxen Juden.

Warum sind deine Eltern aus Sephardia geflohen und nach Marschland gekommen? Bestimmt nicht, weil man in Sephardia so streng orthodox lebte, denn das hast du beibehalten. War dein Vater ein Liberaler? Oder ein Verbrecher?«

Leif sprach von der Republik Sephardia, die das frühere Spanien und Portugal umfaßte.

»Weshalb meine Eltern Sephardia verließen? Weil sie sich liebten. Vater lernte Mutter auf einer Geschäftsreise nach Kairo kennen. Sie war eine Schönheit und hatte die herrlichsten dunklen Augen, die man sich denken konnte. Sie und Vater verliebten sich leidenschaftlich ineinander. Aber das brachte Probleme mit sich. Vater war streng orthodox, und Mutter war Agnostikerin. Du weißt, in Khem denkt man sehr liberal, auch in religiösen Dingen.

Beide Familien sprachen sich gegen die Heirat aus. Vater und Mutter heirateten trotzdem und ließen sich in Khem in der Stadt Aswan nieder. Aber die Familie meiner Mutter verfolgte meinen Vater trotz ihrer sogenannten liberalen Haltung. Sie ruinierten sein Geschäft und beschuldigten ihn sogar, ein Spion für Sephardia zu sein. Mag sein, daß sie recht hatten, ich weiß es nicht. Sephardia und Khem hatten sich damals aus der Israelischen Konföderation gelöst und waren im Begriff, Krieg gegeneinander zu führen.

So gingen meine Eltern nach Marschland, und ich wurde kurz nach ihrer Ankunft in Afenyaw, dem früheren Avignon, geboren. Es war nicht leicht für mich in Marschland, und es wurde auch nicht leichter, seit ich als KKK-Mitglied arbeite. Natürlich hat man mich von der Verpflichtung entbunden, koschere Speisen zu essen, da ich schließlich einen Jack spiele. Aber was kann ich machen, wenn mein Nervensystem anders reagiert? Mir dreht sich jeden Tag der Magen um, wenn ich die Gerichte sehe ...«

»Also, von mir kannst du in dieser Hinsicht kein Mitleid erwarten«, sagte Leif. »Ich respektiere religiöse Ansichten ...:«

»Und wie!« spottete Ava.

»... aber diese Sache mit den koscheren Speisen geht über mein Verständnis.«

»Fangen wir nicht wieder mit dieser sinnlosen Diskussion an«, sagte Ava. »Ich bleibe meinem Glauben treu und du dem deinen.«

Leif lächelte. »Dann hast du also die großen Augen von deiner Mutter? Du weißt ganz gut, daß sie eine Waffe sind. So, und jetzt sehe ich mir Halla an. Du kannst inzwischen den Kymographen für Dannto herrichten. Ich habe die Absicht, während der Operation die Gedankenübertragungsmaschine arbeiten zu lassen.«

Ava nickte.

Leif zögerte und sagte: »Schade, daß ich Candleman verboten habe, den Operationssaal zu betreten. Ich hätte die Maschine auch auf ihn einstellen können.«

»Zu gefährlich«, widersprach Ava.

»Jedenfalls macht er mich kribbelig. Ich glaube, er mißtraut mir.«

»Kein Wunder bei deinem Gesicht.«

»Na, na, schließlich hast du mich geheiratet. Komm her und gib mir einen Kuß.«

»Sieh zu, daß ich dir nicht einmal die Zähne einschlage.« Avas dunkle Augen blitzten.

»Ich gehe«, sagte Leif grinsend.

Er betrat Hallas Zimmer.

»Sie können jetzt in die Küche gehen und etwas essen«, sagte er zu der Krankenschwester.

Nachdem sie fort war, setzte er sich an den Bettrand und begann, der Schlafenden Fragen zu stellen. Er hatte das von Anfang an im Sinn gehabt, deshalb hatte er ihr kein gewöhnliches Schlafmittel, sondern eine Lotuspille verabreicht. Die halbhypnotische Droge gestattete es ihm, in ihr Unterbewußtsein einzudringen.

Er war noch nicht weit gekommen, als er entdeckte, daß sie eine posthypnotische Sperre besaß. Sie konnte keine Antworten geben, die im Widerspruch zu ihrer jetzigen Rolle standen.

Wenn er die nötige Zeit zur Verfügung gehabt hätte, wäre es ihm ohne weiteres möglich gewesen, die Barriere zu durchbrechen. So aber gab er auf und ging in die chirurgische Abteilung.

Dort zog er sich aus und nahm eine Seifendusche. Allerdings versagte der Warmluftstrom, als er sich abtrocknen wollte. Er war gezwungen, einen Mechaniker zu rufen und sich inzwischen mit einem Handtuch abzureiben. Danach zog er einen Kunststoffmantel, die Maske und Handschuhe an. Die Sachen wurden nach jeder Operation verbrannt. Einen Moment lang ließ sich Leif von einem antiseptischen Mittel bestrahlen, dann betrat er den Operationssaal.

Dannto lag auf einem Tisch. Man hatte den Erzurieliten nur örtlich betäubt, und so betrachtete er mit aufmerksamen Augen die Röhrchen, die in seinem Körper steckten und zu großen Plastikbehältern über ihm geführt wurden.

Er war blaß, aber er zwang sein dickes Gesicht zu einem Lächeln. Leif drückte ihm freundlich die Hand. Er sah, daß Ava in der Ecke stand und die Kabel der Gedankenübertragungsmaschine an den Kymographen anschloß. Niemand kümmerte sich darum. Sigur, der EEG-Fachmann, war bereits heimgegangen.

Dannto erhob keinen Widerspruch, als Leif ihn bat, während der Operation den EEG-Helm überzustreifen. Leif erklärte, daß er bis jetzt schon viele Aufzeichnungen von Angehörigen der unteren Schicht habe, daß ihm aber noch Daten von ausgesprochenen Intelligenzlern fehlten. Dannto versuchte seinen Stolz zu verbergen. Aber er versicherte, daß er im Interesse der Wissenschaft alles über sich ergehen lassen wolle.

Während Leif operierte, unterhielt er sich mit dem

Erzurieliten. Er plauderte über dieses und jenes wie jeder gute Arzt, der seinen Patienten von der Operation ablenken wollte.

Hin und wieder flocht er eine Bemerkung ein, von der er glaubte, daß sie Danntos Gedanken in bestimmte Bahnen lenken würde. Er hoffte, den Wellen des Kymographen später wertvolle Informationen zu entnehmen.

Er konnte es nicht verhindern, daß seine Gedanken immer wieder zu dem Mädchen im Schlafzimmer seiner Wohnung zurückkehrten. Er stellte sich das helle Profil und das rotbraune Haar auf den Kissen vor.

Und dieses Mädchen gehörte dem Fleischberg, an dem er im Moment herumschnipselte. Seine Hand zitterte. Mühsam beruhigte er sich. Aber das Verlangen nach Halla blieb. Was geschah, wenn ihm das Messer ausrutschte? Wenn er einen falschen Schnitt machte?

Nun, Candleman würde sicher eine Untersuchung in die Wege leiten. Selbstverständlich eine Routineangelegenheit. Und man konnte nicht vorhersagen, was der Bluthund herausbringen würde. Vielleicht genug, um die ganze Arbeit des KKK während der letzten zehn Jahre zunichte zu machen. Nein, er durfte es nicht tun. Er hatte sich heute morgen genug geleistet, als er Halla Dannto sezierte. Darüber hinaus hatte Ava die Maschine jetzt alleingelassen und sah ihm zu. Avas geübtes Auge würde die falsche Bewegung, den überlegt ausgeführten Fehlschnitt sofort erkennen. Und es war ihre Pflicht, in Marsey zu melden, daß er gegen die Befehle verstoßen hatte. Das bedeutete seine Zurückberufung und höchstwahrscheinlich Kriegsgericht mit anschließender Exekution.

Und so entfernte der Arzt mit geübten Schnitten den Tumor, der niemals gewachsen wäre, wenn Dannto nicht ein bestimmtes Medikament genommen hätte, das Leif ihm verschrieben hatte.

»Das wird guttun«, hatte er gesagt. Er hatte dabei

nur verschwiegen, wem es guttun würde. Der Urielit hatte es in dem Glauben geschluckt, daß seine Magenschmerzen davon abnehmen würden.

Der gute Doktor entfernte den Tumor und füllte die Stelle mit einem Heilgelee ganz besonderer Art. Es bestand aus verschiedenen Substanzen, die unvermischt harmlos waren. Wenn eine Kurzwelle einer ganz bestimmten Frequenz ausgesendet wurde, mischten sich die Substanzen und bildeten ein gefährliches Gift, das den Urieliten sofort töten würde. Leif trat zurück, während die Schwestern die Wunde sterilisierten. »Wie fühlen Sie sich?«

Dannto war käsig. »Großartig. Ist denn schon alles vorbei?« Er deutete auf den großen Spiegel über dem Operationstisch. »Ein ganz schönes Erlebnis, wenn man auch mal seine Innereien betrachten kann.«

»Das schaffen nur wenige«, sagte Leif ernst. Dannto verstand den Doppelsinn nicht.

»Sie können sich da drüben anziehen, *Abba*«, sagte eine Krankenschwester.

Dannto watschelte auf die Tür zu, aber bevor er sie erreicht hatte, hörte er die Stimme des Uzziten. Candleman war durch einen anderen Eingang eingedrungen.

»Bei der Zeit Sigmens, wer ist für den Bildschirm dieses Saales verantwortlich?« fauchte er.

»Peter Sorn«, erwiderte Leif. »Weshalb?«

»Ist das nicht der gleiche Kerl wie in 113?«

Er wirbelte herum und rannte hinaus, während ihm die anderen nachstarrten. Als Dannto Leif fragte, was los sei, zuckte der nur mit den Schultern. Dennoch hatte er ein scheußliches Gefühl in der Magengegend.

13

Nachdem der Raum gesäubert war und die Krankenschwestern zusammen mit Ava gegangen waren, wandte sich Leif der Gedankenübertragungsmaschine zu. Der Apparat bestand aus einer glatten, nahtlos verschweißten Kugel, die auf einem dreirädrigen Gestell montiert war.

Sigur, sein Assistent, war anfangs neugierig gewesen. Doch Leif hatte angedeutet, daß es sich um eine neuartige Erfindung handelte und die Sturch es nicht gern hörte, wenn darüber gesprochen wurde. Also schwieg Sigur.

Leif sah sich die Aufzeichnungen des Kymographen an. Die Oberwellen überging er. Sie waren bei allen Leuten ähnlich. Die untere Linie jedoch beschäftigte ihn eine ganze Stunde. Er las die Maxima und Minima rasch, denn er hatte eine gründliche Ausbildung erhalten und besaß obendrein viel Übung. Danntos Gedanken lagen offen vor ihm.

Als er am Ende der Aufzeichnungen angelangt war, seufzte er.

Gedanken waren anders, als man sie sich vorstellte. Als man die Maschine im Heiligtum des KKK erstmals vorgeführt hatte, war Leif erregt gewesen. Die Gedanken eines Menschen lesen! Alle seine Geheimnisse kennenlernen!

Ob man sich dabei wie Gott vorkam?

Pah!

Zuerst hatte er erfahren, daß unterhalb der bekannten Wellen die Sigma- oder semantischen Wellen lagen. Diese nahezu unsichtbaren Ausbrüche konnten vom geübten Auge mit dem gesprochenen Wort in Verbindung gebracht werden. Mit einiger Übung ließen sich dann die einzelnen Zeichen auseinanderhalten, so daß man eine Zeile fließend lesen konnte.

Doch das Ergebnis war alles andere als befriedigend.

Leif hatte herausgebracht, daß die Maschine nur die Worte eines Gedankenausdrucks wiedergab. Gefühle konnte sie nicht schildern. Ekel, Verärgerung, Lust, Liebe oder Langeweile kamen nicht zur Wiedergabe.

Wenn jemand ausdrücklich dachte: *Vorläufer, ich bin so hungrig, daß ich den Hintern eines Skunks verschlingen könnte!* oder: *Mensch, ist das Weib eine Wucht!*, dann wurden diese Gedanken wiedergegeben, wenn er im Unterbewußtsein die Worte dazu sprach.

Was aber geschah, wenn jemand schweigend auf einem Berggipfel stand und von seinen Gefühlen überwältigt wurde?

Dann war der gedankenlesende Gott mit einem Male ganz klein. Er sah sich Hieroglyphen gegenüber, die sich keinesfalls entziffern ließen.

Man hatte Leif im KKK-College beigebracht, daß die Wellen, die in direkter Verbindung zu gesprochenen Silben standen, Logikons oder Wortbilder genannt wurden.

Und wo bleiben die anderen -ikons? hatte der junge Doktor Barker gedacht.

Es gab keine. Zumindest keine, die von der Maschine aufgenommen wurden.

Die Maschine ersetzte nicht die Telepathie, das Gedankenlesen, das von so vielen Science Fiction-Schreibern und Wissenschaftlern verherrlicht wurde.

Sie war eine Travestie dieser Vorstellung, sonst nichts.

Man las einen Satz, und dann kam eine Lücke. Oder man entdeckte ein Wort, das einfach in der Mitte abgeschnitten war. Man wußte, daß in diesen Pausen weiterhin »gedacht« wurde. Aber zum Denken benutzte man eben nicht nur Worte. Und leider ließen sich nur Worte interpretieren. Große Meere unverständlicher Gedanken umgaben die kleinen Inseln verständlicher Gedanken.

Leif kannte die Maschine nun schon seit mehr als

zehn Jahren, und er fand, daß es höchste Zeit für eine neue Erfindung wurde.

Und dabei fiel ihm ein, daß er an diesem Morgen perfekte Telepathie erlebt hatte. Vier Leute, zu einem Gestaltorganismus verbunden — und er hatte sie laufen lassen.

Seufzend beugte er sich über die Aufzeichnungen. Wie er erwartet hatte, fand er nichts Außergewöhnliches. Der Sandalphon war ein Mensch. Ein Mensch unterschied sich von seinen Artgenossen nicht so sehr, wie er gerne glaubte. Ganz gleich, wie hoch seine Stellung, seine Moral oder sein Intelligenzquotient waren, er beschäftigte sich mit den gleichen Dingen wie sein Nachbar und hatte die gleichen Reaktionen wie dieser.

Dannto hatte Angst, unter Leifs Messer zu sterben, obwohl er großes Vertrauen in das Können des Doktors setzte: Ein Hauptverdacht blieb: Was war, wenn es einer seiner Feinde fertiggebracht hatte, Barker zu bestechen?

Der Gedanke wurde als unwürdig abgetan. Barker war ein feiner Arzt und ein netter Kerl, auch wenn seine Reden manchmal an Unrealität grenzten. Er war auf gewisse Weise ein bescheidener Mensch. Man mußte ihn bewundern, wie er Halla dem Todesengel entrissen hatte. Und dabei hatte er die Verletzungen verniedlicht, um ihm, Dannto, Kummer zu ersparen.

Hier las Leif Gedankenfetzen, unterbrochen von längeren Lücken. Dannto hatte Halla zum erstenmal vor zehn Jahren gesehen, als sie sich um eine Stelle bewarb. Sie war die Sekretärin des Meatrons von Nordasien gewesen. Als der Mann bei einem Unfall ums Leben kam (pah, dachte Leif, was weißt du vom KKK?), hatte sie um Versetzung nach Paris gebeten.

Hier folgten steil ansteigende Kurven. Ein halber Satz wie »als sie das erstemal ohne Schleier vor mir stand ...« lief in einer scharfen Spitze aus. Leif interpretierte diese Stellen als Gefühlserregung. Dann kam ein Satz, in dem er dem Tragen von Stöckelschuhen und Lippenstift beistimmte und die Straßenschleier als altmodisch abtat.

Pause. Das Gehirn ruhte zwischen den Gedankengängen aus. Dann kamen aus dem Nichts Spekulationen über Candleman. Wie er den Sittenverfall beklagte, der durch die gewagte Kleidung der Frauen und den Alkoholmißbrauch der Männer zum Ausdruck kam; wie er getobt hatte, als die Beschlüsse des Rates in der Kleiderfrage bekannt wurden.

Zwischendurch der Gedanke, Barker um ein starkes Abführmittel zu bitten; dann der Rest eines Witzes, den er kürzlich gehört hatte; das Bestechungsangebot eines Raumfahrtdirektors und die Überlegung, ob es eine Falle war oder nicht; der Entschluß, abzusagen, da er das Geld ohnehin nicht brauchte.

Hier und da machten seine Gedanken Sprünge, und dann hielten sie wieder an und beschäftigten sich mit Kleinigkeiten.

Candleman tauchte immer wieder auf — wie ein altes Burggespenst. Die verbissene Jagd des Uzziten nach Jacques Cuze wurde allmählich zum Problem, da sie den Mann unzurechnungsfähig machte. Candleman hatte schon Wahnvorstellungen, was diesen Untergrundpatrioten betraf.

Wieder Pausen. Vermutlich ein Bild Candlemans in verschiedenen Posen; dann die Bestätigung dieser Vermutung durch den Brocken »gieriger Bluthund«.

Pause. Die Überlegung, ob er Diät halten sollte. Halla hatte in letzter Zeit über seinen Bauch Bemerkungen gemacht. Ein paar flüchtige Gedanken an diesen oder jenen Mann, der sich zu stark für sie interessiert hatte. Es gab so viele. Einige hatte er versetzen lassen, andere waren degradiert worden. Mindestens drei saßen jetzt in der psychiatrischen Abteilung. Das waren die lästigsten Konkurrenten gewesen. Nicht daß er Halla mißtraute, aber schließlich konnte man nicht wissen ...

Schon Sigmen sagte, daß man einer Frau nur das glauben durfte, was man selbst sah. Pause. Der alte Bastard Sigmen hatte die Weiber wohl aus irgendeinem Grund gehaßt. War er ... Pause ... Verzeihung, bester Vorläufer, das waren unrealistische Gedanken. Ich bin schwach, und diese scheußlichen Ideen ergreifen manchmal Besitz von mir, hähä ... sicher eine Versuchung des Feindes, der Unrealität durch Telepathie übermitteln kann. J. C.? J. C.? Dieser idiotische Candleman mit seinem Jacques Cuze! Jude Changer ist der Kerl, der dahintersteckt, das weiß doch jedes kleine Kind ... Pause ...

Ich vergaß, meine Fingernägel sauberzumachen ... muß es diesem neuen Manikürefachmann Rahab sagen ... wichtiger Name ... ganz jüdisch. Halla wird für die nächste Zeit zu schwach sein ... möchte wissen, wie Leif mit seiner Sekretärin zurechtkommt. Rachel ist hübsch, aber ich möchte wetten, daß sie sich wie ein wandelnder Eisklotz benimmt ... wie die meisten Frauen ... Halla, die einzige Frau, die einen wirklich begeistern kann ... möchte wissen, was die Kollegen denken würden, wenn sie wüßten ... Sigmen sagt, daß Sexgefühle unterdrückt werden sollen ... Bürger leichter zu führen ... schib ... schib ... aber wie steht es mit der Hierarchie? Gilt da das gleiche wie bei den Bürgern? Halla ist die einzige Frau, die etwas von der Sache versteht ... Sigmen, was mache ich, wenn ich mit so unrealistischen Gedanken sterbe ... verzeih mir ... schon wieder dieser böse Feind in mir ...

So ist das also, wenn man sich ... sich ... sich ... selbst sieht. Ein Würmernest. Leif ist ein netter Kerl ... wird schon keinen Fehler machen ... hoffentlich ... ah, wenn ich sterbe, sehe ich Halla nie wieder ... nimmt einen anderen Mann ... Sigmen! Lieber soll sie sterben ... Pause ...

Und dann eine lange anhaltende Vision, was nach dem Zeitstillstand geschehen würde. Leif konnte die

Bilder nicht sehen, sondern mußte sie sich nach vereinzelten Worten zusammenreimen. Sigmen würde die Pseudowelten real machen und jedem seiner treuen Jünger ein Universum schenken. Stell dir vor, deine eigene Welt ... auf dem Tablett serviert ... Herrscher der Unendlichkeit ... was wünscht Eure Hoheit?

Leif konnte sich die Gedankenorgie des Erzurieliten vorstellen. Er hatte genug fremde Gedanken gelesen, um das beurteilen zu können. Und es störte ihn auch nicht weiter. Was ihn anekelte, war die Heuchelei.

Leif las pflichtbewußt den Kymographen bis zum Ende durch. Es war das übliche Gewäsch. Er lächelte, als er an die Stelle kam, wo Dannto die Lehren der Sturch bezweifelte und sich fragte, ob es richtig gewesen sei, sein ganzes Leben lang Regeln zu folgen, die vielleicht nicht stimmten. Dann wieder Reue und die Bitte um Verzeihung. Es kam der Schlußsatz, daß er sich die fanatische Glaubenssicherheit Candlemans wünschte. Aber, lieber Sigmen, bitte nicht seinen Kleingärtnerverstand!

»Amen«, sagte Leif und warf die Aufzeichnung in den Brenner.

14

Leif legte einen neuen Streifen in den Kymographen ein und wandte sich zum Gehen. Er blieb verblüfft stehen, denn an der Tür wartete ein Mann in weißer Wärterkleidung. Er hatte eine helle Haut, rotes Haar, blaue Augen und eine flache, nach oben zeigende Nase.

»*Schalom,* Jim Crew«, sagte Leif.

»*Schalom*«, erwiderte Crew.

»Wollen Sie immer noch das gleiche?« fragte Leif.

»Sie wissen es, Doktor Barker. Wir hätten unser Kind längst sterben lassen können. Aber wir lieben sie, und so haben wir ihre Hand gehalten und gewartet. Wir wissen, daß es einige Dinge gibt, von denen wir nichts verstehen.«

»Es gibt noch andere Chirurgen in der Stadt. Weshalb kommen Sie zu mir?«

Er ging an die Gedankenübertragungsmaschine und schaltete sie ein. Dann drehte er die Wählscheibe am Helm so herum, daß sie auf Crews Gedankenschema eingestellt war.

Crew lächelte.

»Das sollten Sie nicht tun, Doktor. Sehen Sie das Bild an.«

Leif warf einen Blick auf den Kymographen und sah nichts als verwischte Linien. Er wandte sich an Crew.

»Sie können das bewußt machen?«

»Ja. Sie können es auch, wenn ich Ihnen sage, wie. Natürlich nur, wenn Sie den Willen haben.«

»Sie haben meine Frage noch nicht beantwortet. Weshalb sind Sie zu mir gekommen?«

Crew kam auf Zehenspitzen näher. Er hatte nach einwärts gerichtete Füße.

Er sah dem Chirurgen ernst ins Gesicht.

»Es gibt noch einige Ärzte, die unserem Kind helfen könnten. Aber sie alle würden die Uzziten verständigen. Sie werden es nicht tun.«

»Weshalb nicht?«

»Weil Sie befürchten müßten, daß wir Candleman eine Notiz schreiben, in der steht, daß Sie nicht Leif Barker, sondern Lev Baruch heißen; daß Sie der bedeutendste Agent des KKKs sind; daß viele Bewohner von Marschland das Lamech tragen, weil sie eine Droge geschluckt haben, durch die sie den Test des Elohimeters bestehen; daß Sie wissen, was Jacques Cuze bedeutet.

Das allein würde genügen, um Sie umzustimmen. Aber wir würden solche Mittel nicht anwenden, Doktor Barker. Wir würden unser Kind lieber sterben lassen, als Gewalt anzuwenden. Sie werden mitkommen, weil es nicht Ihre Art ist, ein Kind sterben zu lassen.«

»Sie sind sehr selbstsicher«, sagte Leif mühsam. »Wenn Sie keinen Zwang anwenden wollen, weshalb kamen Sie dann her? Sie müssen wissen, daß ich nicht nur mich, sondern auch mein Volk den Jacks ausliefere, wenn ich Ihrem Wunsch nachkomme. Wenn sie davon hören, werden sie mich erschießen.«

»Ich appelliere an Ihre Menschlichkeit. Die anderen Dinge sind unwichtig. Sie basieren auf Blutvergießen, Mord, Verrat und Haß.«

»Gewiß«, meinte Leif. »Aber sie gehören zur Selbstverteidigung.«

»Die beste Verteidigung ist keine Verteidigung.«

»Wir kommen nicht weit, wenn wir einander weise Reden entgegenhalten. Haben Sie eine chirurgische Ausrüstung?«

Jim Crew machte eine hilflose Geste. »Wir wenden keine Medizin an. Die armseligen Instrumente, die wir zur Verfügung haben, gehören unseren Nachbarn, den Timbuktu.«

»Schön. Beschreiben Sie die Verletzung des Kindes.«

Als Jim Crew die Augen schloß und eine äußerst detaillierte Beschreibung der Verletzung gab, holte Leif seine Instrumente zusammen. Er konnte nicht allzuviel mitnehmen. Das würde nur auffallen. Er mußte sich eben mit dem Notwendigsten behelfen.

Er hatte sich vorgesagt, daß er dem KKK einen Dienst erwies, wenn er Kontakt mit der unbekannten Untergrundbewegung aufnahm und herausbrachte, was die Bantus taten. Obwohl die Afrikaner militärisch keine Macht darstellten, konnten die Bewohner von Marschland sie vielleicht doch einmal brauchen.

Leif wußte, daß das künstliche Rechtfertigungen waren. Seine Tat reichte aus, daß man ihm den Prozeß machte. Aber jeder Mensch brauchte eine Rechtfertigung, selbst wenn er es wußte.

Während er Medikamente holte, fragte er: »Woher habt ihr Bantus diese tolle Aufhellungstechnik?«

»Merkwürdigerweise ist es die Erfindung eines konvertierten Jacks«, sagte Jim Crew. »Alle Einzelheiten zur Entziehung oder Anlagerung von Pigment liegen seit fünfzig Jahren in den Akten des Berufsjournals für Hautärzte. Wie so viele andere Erfindungen verschwand diese hier im Staub der Bibliotheken. Der Kerl, der sie beurteilen sollte, verstand einfach nicht, was sie in sich barg. Und der Erfinder selbst floh nach Kapstadt.«

Ohne um Erlaubnis zu fragen, hob Leif das Kinn des Mannes, so daß er ihn bei Licht betrachten konnte. »Sie hätten mich einen künstlichen Nasenansatz machen lassen sollen. Man hätte den Schnitt überhaupt nicht gesehen.«

»Die Narbe erschien erst nach der Hautaufhellung. Scheinbar kommen sie durch den Prozeß heraus.«

Leif knurrte nur. »Gehen wir«, sagte er.

Sie verließen das Krankenhaus getrennt durch den Personalausgang. Der wachhabende Uzzit hielt sie auf. Leif deutete auf sein Lamech, Jim Crew zeigte seinen Ausweis vor.

»Woher haben Sie die Uniform und den Ausweis?« fragte Leif, als sie in seinen Wagen stiegen.

»Mein Bruder hat hier gearbeitet«, sagte der Afrikaner. »Wir wußten, daß wir früher oder später einmal solche Dinge brauchen würden.«

Leif ließ den Wagen an und schaltete die Scheinwerfer ein. »Wie kamen Sie alle vier heute morgen her? Ich weiß zwar, daß die Uzziten um diese Zeit nicht besonders aufpassen, aber es ist auch nicht leicht, sich an den normalen Wachtposten vorbeizuschleichen.«

»Wir haben Gönner.«

»Ah! Und weshalb mußtet ihr gleich alle kommen? Hätte einer nicht genügt?«

»Gemeinsam sind wir mehr als vier.«

»Das Ganze ist größer als die Teile?«

»So etwa.«

Jim Crew sah Leif eine Zeitlang beim Fahren zu und fragte dann: »Woher wissen Sie, welchen Weg wir nehmen müssen?«

Leif sah ihn überrascht an. »Aber ich weiß es doch nicht. Das heißt — eben wußte ich es noch.« Er schüttelte den Kopf. »Ich hatte die Richtung im *Gefühl.*«

Und dann schlug er mit der Faust aufs Lenkrad. »Jetzt ist es fort.«

»Ich hätte nichts sagen sollen«, meinte Jim Crew sanft. »Sie sind wie ein Kind, das etwas weiß, bis ihm ein dummer Erwachsener erklärt, daß es dieses Wissen noch gar nicht haben kann. Und dann verliert es dieses Wissen.«

»Schön, wohin fahren wir also?«

Crew deutete, und Leif steuerte den Wagen in die angegebene Richtung. Nach einer Weile sagte der Bantu: »Wir werden verfolgt.«

»Ich hätte es mir denken können, daß wir es nicht schaffen«, sagte Leif. Er warf einen Blick in den Rückspiegel, konnte jedoch keinen Wagen sehen.

»Wo sind sie?«

»Hinter der Ecke.«

»Hören Sie zu«, sagte Leif. »Wenn man uns erwischt, werde ich meine eigene Haut retten. Ich werde sagen, daß Sie mich mit Gewalt gezwungen haben, Ihre Tochter aufzusuchen.«

Jim Crew zuckte zusammen. »Es gefällt mir ganz und gar nicht, daß ich der Gewalt beschuldigt werde, aber tun Sie, was Sie für richtig halten. Allerdings halte ich es für besser, wenn Sie mich töten. Sonst bringt man mit Hilfe von Drogen die Wahrheit aus mir heraus.«

»Gut«, erwiderte Leif. »Aber noch haben sie uns nicht erwischt.«

Er drückte den Gashebel durch. Der Wagen gab nicht mehr als vierzig Meilen pro Stunde her. Die Uzziten hatten sicher ein schnelleres Fahrzeug.

»Sie können uns fangen, aber vermutlich werden sie

uns zu unserem Bestimmungsort gehen lassen«, sagte Leif. »Es wäre gut, wenn wir aussteigen und zu Fuß weitergehen würden.«

»Stellen Sie die Steuerung auf Automatik um«, schlug Jim vor. »Gleich nach der nächsten Kurve. Wir können aussteigen und im nächsten U-Bahneingang verschwinden.«

Als sie den riesigen Gebäudeblock hinter sich hatten, trat Leif hart auf die Bremse. Bei einer Geschwindigkeit von zehn Meilen stellte er die Automatik ein. Sie sprangen beide aus dem Wagen. Im nächsten Moment waren sie im U-Bahneingang verschwunden.

»Damit können wir sie nicht lange täuschen«, sagte Leif. »Sie werden zurückkommen und wahrscheinlich per Funk die Wächter an den Eingangstoren verständigen.«

Jim Crew lief die Kunststofftreppe hinunter, die wie Granit aussah. Er wandte sich nicht nach rechts, wo sich die Bahnsteige befanden, sondern in die andere Richtung. Sie kamen in einen großen Saal, in dem verschiedene Schalter- und Imbißräume untergebracht waren.

Sie mußten sich durch eine dichte Menschenmenge drängen. Um diese Zeit kamen viele Leute von der Arbeit heim.

Natürlich trieben sich eine Menge Uzziten herum, die Leif und Jim Crew sofort festnehmen würden, wenn sie den Befehl dazu erhielten. Aber Leif hatte seine Jakke geöffnet, damit man deutlich sein Lamech sah. Es war ein Zaubersymbol — jeder machte ihm Platz.

Zum erstenmal war Leif froh über das ausgeprägte Schamgefühl der Jacks, das er früher so verspottet hatte. Man hatte anstatt einer großen Toilette viele kleine, voneinander abgeschirmte Kabinen eingerichtet.

Als der Aufseher sich abwandte, betraten die beiden Männer eines der Abteile. Leif bemerkte das J. C., das in die Wand eingeritzt war. Er hob die Augenbrauen, denn zum ersten Male sah er, daß die Bantus dieses Symbol ebenfalls benutzten. Es war ganz natürlich, dachte er, denn die Anfangsbuchstaben waren die gleichen wie bei ihrem Herrn und Meister, und sie konnten damit die Uzziten verwirren.

Die Bantus nutzten also die Untergrundpolitik der Marschbewohner aus. Ob sich die Sache auch umgekehrt bewähren würde?

Als die beiden sich in dem Abteil befanden, sagte Jim: »Sperren Sie nicht zu. Das würde garantiert die Uzziten anlocken.«

»Sie dürfen mir ruhig auch etwas Verstand zugestehen.«

Jim gab darauf keine Antwort. Er stellte sich auf die Zehenspitzen und drückte mit der Hand gegen ein Viereck, das sich im Muster des Pseudomarmors befand.

»Linke Ecke oben, sieben nach unten für die Sieben Todsünden, drei quer für die Dreifaltigkeit, die sie wieder auslöscht«, sagte Jim Crew. »Es funktioniert nur, wenn man siebenmal schnell hintereinander dagegen drückt, drei Sekunden wartet und wieder dreimal dagegen drückt.«

Ein Teil der Wand glitt zur Seite. Jim trat hindurch und winkte Leif. Dann schob er die Geheimtür wieder an ihren Platz.

Sie gingen auf einer Wendeltreppe nach unten. Der Arzt zählte dreihundert Stufen. Sie mußten sich unterhalb der jetzigen U-Bahnen befinden. Entweder hielten sich die Bantus in den alten U-Bahnschächten auf, oder sie benutzten das Kanalsystem, das noch aus der Zeit vor dem Apokalyptischen Krieg stammte.

Plötzlich blieb der Bantu stehen. Sie befanden sich vor einer Tür. Leif konnte die Bewegungen des Mannes nicht sehen, aber dann nahm der Bantu seine Hand und legte sie auf einen Hebel. »Er befindet sich rechts in der Mitte«, erklärte er dazu.

»Danke. Aber ich hoffe doch, daß wir nicht den gleichen Rückweg einschlagen.«

»Nein. Doch Sie sollten sich genau auskennen, falls Sie den Weg einmal benutzen müssen.«

»Sie sind sehr offen mit diesen Dingen.«

»Wir vertrauen Ihnen.«

Leif fragte sich, weshalb der Kerl so oft den Plural benutzte. Er schien überhaupt keine eigene Persönlichkeit zu besitzen.

Sie traten in einen langen Tunnel mit hoher Decke, der ihr Flüstern und ihre Schritte hohl und laut wiedergab.

»Wie wäre es, wenn wir Licht machten?« fragte Leif.

Jim Crew schien überrascht. »Wie? Ach ja, wenn Sie sich dadurch sicherer fühlen. Aber Sie können mir vertrauen, daß wir nicht stürzen werden. Wir kennen diese Plätze.«

Irgendwie spürte Leif einen Vorwurf in der Stimme. Er zog die Hand wieder aus der Tasche, ohne die Lampe anzuknipsen. Dennoch hätte er gern einen Blick auf das legendäre Untergrundnetz von Paris geworfen.

Sie blieben an einem Betonvorsprung stehen. Crew ließ sich vorsichtig in die Tiefe und half dann Leif. Nach ein paar Schritten blieb Leif stehen und tastete umher. »Hier waren früher einmal Eisenschienen«, sagte er.

»Ja, hier befand sich die oberste Spur der U-Bahn. Aber im Laufe der Zeit wurde sie zur untersten. Dann, nach dem Bombenangriff auf Paris, versiegelte man diese Tunnels mit einer Siliziumschicht. Man baute darüber eine neue Stadt auf. Aber kommen Sie, es ist noch weit, und Anadi entfernt sich immer schneller von ihren Vätern und Müttern. Wir spüren, wie die Kraft in uns nachläßt.«

»Es wäre nett, wenn Sie mir näher erklären würden, wovon Sie sprechen.«

»Wir — schhh!«

Jim Crew ließ sich so plötzlich fallen, daß Leif gegen ihn stieß. Leif nahm in eine Hand die Lampe und in die andere seine Automatik. Der Bantu packte ihn an der Schulter und flüsterte vorwurfsvoll:

»Werfen Sie beides weg.«

Eine Stimme wisperte aus der Dunkelheit, ganz nahe. Leif hätte schwören können, daß er den Atem des Fremden spürte.

»Jim Crew, Leif Barker.«

Eine Gänsehaut lief ihm über den Rücken. Er wollte die Lampe anknipsen. Bevor er es schaffte, riß ihm jemand das Ding aus der Hand.

»Verdammt, Crew«, brüllte er. Jede Vorsicht war vergessen. »Geben Sie mir die Lampe wieder!«

»Der Herr vergebe Ihnen«, flüsterte der Bantu. »Ich habe das nicht getan.«

»Das ist komisch«, meinte Leif. Er senkte automatisch die Stimme. »Was machen Sie mir da vor? Das war doch die Stimme von *Halla Dannto!*«

»Welche Halla?« wisperte Crew.

»Ich habe doch nur die zweite gehört.«

Er schwieg, als ihm die volle Bedeutung seines Satzes aufging.

Heiser fragte er: »*Wer* ist das. Los, erzählen Sie schon!«

Jim Crew kam ganz nahe an Leif heran. Leif spürte, daß er zitterte. Und dann berührte der Bantu seine Stirn und zog mit dem Daumen ein Kreuzzeichen.

»Rette uns in diesem Zeichen«, flüsterte der Afrikaner.

Leif wollte etwas fragen, doch jemand stopfte ihm einen langen, dünnen Gegenstand in den Mund. Er biß darauf und merkte, daß es seine eigene Taschenlampe war. Gleichzeitig kicherte jemand.

Im nächsten Moment schaltete er die Lampe trotz Jim Crews Warnruf ein.

Er wünschte, er hätte es nicht getan.

Denn Halla Dannto stand tatsächlich in der Dunkelheit.

Nicht die Frau von 113.

Die Frau, die unter seinem Messer gelegen hatte. Die Frau vom Operationstisch. Nach der Sektion ...

Er schrie auf und biß sich im nächsten Moment auf die Lippen. Er mußte sich beherrschen. Er spürte, daß salziges Blut auf seinen Lippen war.

Der Lichtkegel schwankte, weil seine Hand zitterte, aber er zeigte deutlich den geöffneten Schädel, die aufgeklappten Rippen und den Schnitt im Leib.

»Was ist das«, fauchte er.

Wut überlagerte die Furcht.

Der Bantu packte ihn am Arm und sagte: »Versuchen Sie mit allen Kräften, durch sie hindurchzusehen. Betrachten Sie den, der dahintersteht.«

Leif verstand den Mann nicht. Dennoch machte er den Versuch, durch das Ding zu starren. Es war unmöglich. Die Frau verängstigte ihn und ekelte ihn an. Es war, als betrachtete er sein eigenes Gewissen.

Der ansteigende Ärger half ihm. Er konnte den Gedanken nicht ausschalten, daß ihm vielleicht der Bantu mit einem Komplizen einen Streich spielte. Die Vernunft wehrte sich dagegen. Crew hatte nicht von Anfang an gewußt, daß sie hierherkommen würden. Außerdem — welchen Zweck sollte ein solcher Streich haben?

Das Ding war keine Maskerade — es war echt!

15

Leif trat einen Schritt nach vorn und hielt die Lampe ganz ruhig. Die Gestalt schwankte, wurde unscharf, zerfloß. Eine Sekunde lang konnte Leif dahinter das Gesicht eines Mannes sehen. Es hatte Ähnlichkeit mit dem Gesicht von Crew: sehr bleich, mit Wulstlippen und einer platten Nase. Der Mund stand schlaff offen. Die Augen waren fest geschlossen, als könnten sie das Licht nicht vertragen.

»Nicht weiter«, sagte Jim Crew. »Verärgern Sie ihn nicht. Lassen Sie ihn in Frieden. Er wird uns nichts tun, wenn Sie das Licht ausmachen.«

Der Doktor schaltete den beruhigenden Strahl nur ungern aus, besonders jetzt, da er das Ding gesehen hatte, das sich offenbar auch ohne Licht in den Tunnels zurechtfand. Aber die Stimme des Bantus klang so drängend, daß er gehorchte.

Jim Crew seufzte. »Ah!« sagte er. »Gehen wir. Ich glaube nicht, daß er uns folgen wird.«

Er zog Leif weiter. Mit klopfendem Herzen und der Erwartung, daß ihm jeden Moment ein Messer in den Rücken fahren würde, stolperte Leif seinem Führer nach. Als sie eine lange Strecke gegangen waren und er sich wieder sicher fühlte, blieb er stehen. »Crew, ich gehe keinen Schritt weiter, wenn Sie mir nicht erklären, was das war. Einen Moment lang machte es mich ganz fertig.«

»Sie haben sich schnell erholt«, meinte der Bantu mit einem leisen Lachen. »Von den wenigen Worten, die Sie ausstießen, kann ich ungefähr erraten, was Sie sahen. Ich werde Ihnen nicht sagen, was *ich* sah. Das würde Sie nur erschrecken.

Erinnern Sie sich noch an heute morgen, als Sie unsere Bitte nicht erfüllten, sondern einfach weitergingen? Welcher Gedanke kam da auf sie zu?«

»*Quo vadis?* Wohin gehst du?«

»Wir dachten es uns«, sagte der Afrikaner. »Obwohl wir bei diesen Dingen nie ganz sicher sind. Was wir taten, war nicht Telepathie im eigentlichen Sinn. Wir vier vereinigten unser Gruppen-*Gefühl,* bündelten es und schleuderten Ihnen das ganze Schema unserer Gefühle zu.

Wir waren nicht sicher, daß Sie es empfangen würden. Sie hätten es einfach abweisen können, ohne auch nur zu ahnen, daß wir es aussandten. Ihre ›Antenne‹ hätte eingezogen sein können wie bei so vielen. Aber sie war es nicht, und so nahmen Sie dieses Gefühl auf.

Ich wiederhole wieder, daß wir keine Worte aussenden. Nein, wir haben *uns* ausgesandt, die Besorgnis, die in uns vieren brannte. Sie nahmen die Gedanken auf und suchten in Ihrem Unterbewußtsein nach den Worten, die am besten zu diesen ›*Gefühlen*‹ paßten. Sie stießen auf ›*Quo vadis?*‹

Sehen Sie, wir haben nicht direkt mit Ihnen gesprochen. Wir holten Ihre Reaktionen hervor. Da Sie sich alle Ereignisse in Worten erklären müssen, fanden Sie ein passendes Symbol in dem kurzen Satz: ›*Quo vadis?*‹ Hätte es sich um einen anderen Mann gehandelt, der diesen Satz und die damit verbundene Geschichte nicht kannte, so hätte er ein anderes Symbol gefunden. Verstehen Sie, was ich meine?«

Obwohl Crew ihn in der Dunkelheit nicht sehen konnte (oder konnte er?), nickte Leif und sagte: »Sie haben mir also dieses Gefühl der Trauer entgegengeworfen?«

»Ja, obwohl wir es nicht lange aufrechterhalten konnten, weil Sie so wenig Erfahrung mit Trauer haben. Darüber hinaus brach Mopa, der Mann, der lachte, unsere Verbindung ab.«

»Ihr seid die Maschine!« sagte der Arzt erregt.

»Was?«

Leif lachte und sagte: »Ich überlegte mir immer, wie wohl die Maschine aussehen würde, die neben den Wort-Gedanken auch die Gedanken lesen kann, die in Bildern oder Gefühlen ausgedrückt werden. Und dabei mußte ich an euch denken.«

»Wir verstehen Sie«, sagte Crew und drückte ihm die Hand. »Wir lieben Sie.«

Das »wir« ließ den Satz unpersönlich erscheinen. Dennoch war Leif verlegen.

Er sagte: »Wenn Sie mir jetzt nicht bald sagen, wer der Mann im Dunkel war, dann hole ich mein Skalpell heraus und stutze Sie zurecht.«

»Sein Name ist nicht bekannt«, erklärte Jim Crew. »Wir haben eine Liste von zwölf Leuten seiner Art. Vielleicht war er einer von diesen. Um Ihnen kurz zu erklären, was er ist, muß ich ein wenig von unserer Vergangenheit erzählen. Wie Sie wissen, sind wir Bantus in zwei Gruppen gespalten, hauptsächlich durch religiöse Unterschiede. Beide Gruppen jedoch repräsentieren die einzigen größeren Christengemeinden, die es noch gibt. Tschad, die kleinere Nation, wird von der Heiligen Kirche von Timbuktu beherrscht, einer Organisation, die behauptet, die Lehre des Herrn unverfälscht weiterzugeben.

Wir anderen jedoch, wir Bewohner von Zentral- und Südafrika, sind der Meinung, daß die Timbuktuer der Inbegriff des Aberglaubens und der autoritären Herrschaft sind.«

Leif grinste in der Dunkelheit vor sich hin. Das paßte. Die Bantus waren dafür bekannt, daß sie Bücher ablehnten, weil sie der natürlichen Mitteilung im Wege standen.

»Wir Primitiven haben, wie schon der Name andeutet, mit letzter Konsequenz alle Bindungen zur Zivilisation abgestreift und sind zur Wahrheit der Natur zurückgekehrt. Wir verkünden nur die wenigen fundamentalen Grundsätze, die wirklich von Wichtigkeit sind. Durch sie haben wir unsere jetzige Gesellschaftsform erreicht, in der alle eins sind. Wir lassen uns nicht durch kleinliche Moralregeln den Weg verbauen. Für uns gibt es nur die Goldene Regel, die wir als die Realität betrachten ...«

»Jetzt reicht es«, knurrte Leif. »Ersparen Sie mir die Lektion. Sie reden jetzt wie ein Urielit der Jacks. Realität! Sie wissen genau, wie die Jacks das Wort aussprechen. Erzählen Sie mir jetzt in ganz kurzen Worten, was mit dem Mann ist.«

Crew drückte ihm wieder die Hand. »Sie haben recht. Um es kurz zu machen, wir Primitiven haben also die Gabe der Magie ausgenützt. Wie Sie wissen, hatten die früheren Afrikaner eine besondere Begabung für die Magie. Unter Magie verstehe ich keinesfalls die Dinge, die durch den Aberglauben geweckt werden. In Wirklichkeit war Magie die falsch verstandene oder unverstandene Wissenschaft der extrasensorischen Wahrnehmung. Jene Wilden hatten weder das Verständnis noch die Kontrolle über die Kräfte, um sie weiterzuentwickeln.

Und als damals das Christentum und der Imperialismus der Weißen kam, wurde die Begabung geschwächt. Doch nach dem Apokalyptischen Krieg entstand ein Wiederaufleben des ursprünglichen religiösen Gefühls unter meinem Volk. Ein großer Mann erhob sich, wie Sigmen bei den Haijaks. Sein Name war Jikuza Chandu, und er war der erste, der erkannte, daß wir ein Bild Gottes schaffen konnten, indem wir unsere Gedanken verschmolzen und Einsicht gewannen. Verschmelzung war sein Kriegsruf, und ...«

»... und ihr seid ihm gefolgt«, beendete Leif den Satz. »Und was hat das mit meiner Frage zu tun?«

Zum erstenmal spürte er Ärger bei Crew.

»Der Mann, den wir eben trafen, wurde aus unserer Gemeinschaft ausgestoßen«, sagte der Neger mit der entfärbten Haut. »Er war ein Taugenichts; einer, der sich in unser Schema nicht einpassen wollte oder konnte. Er verdrehte die großen Gaben, die er in unserer Gemeinschaft erhielt, und benutzte sie zu bösen Zwekken. Er versuchte, die Herrschaft über unsere Untergrundbewegung zu erlangen, und dabei floß so viel Kraft durch seinen Körper, daß — um ein Bild zu gebrauchen — eine Sicherung durchbrannte.

Wie einige andere, die versuchten, zum Mittelpunkt unserer Gruppe zu werden, streicht er jetzt durch die Tunnels und Kanäle, bei Tag und bei Nacht. Oft genug suchen sie auch die Stadt auf. In ihrem eigenen Volk können sie keinen Schaden anrichten, denn wir sind auf der Hut. In der Stadt haben sie schon Schlimmes verübt. Ihre Opfer begehen entweder Selbstmord oder wandern in eine Irrenanstalt.«

»Weshalb tötet ihr sie nicht? Oder ihr könntet sie zumindest einsperren.«

»Was? Gewaltanwendung bei einem Mitmenschen?«

»Sie haben von Realität gesprochen, nicht ich. Ist Selbsterhaltung nicht etwas Realistisches?«

»Wer mit dem Schwert kämpft, fällt durch das Schwert. Die Schwachen werden die Welt erobern. Wir haben durch Jahrhunderte hinweg erprobt, daß passiver Widerstand gleichbedeutend mit Überleben ist.«

»Tatsächlich?«

»Verzeihung, Doktor, aber Sie haben gesehen, was diese ›Männer der Dunkelheit‹, wie wir sie nennen, fertigbringen. Sie benutzen ihre Kräfte zu dem einzigen Zweck, zu dem sie noch geeignet sind. Sie projizieren nicht, sondern reflektieren. Das heißt, sie können die Energie sammeln, die von dem Opfer ausgestrahlt wird. Dann werfen sie das Gedankenschema verstärkt zurück. Das Opfer fühlt die Abstraktion, wenn ich es so nennen darf, nimmt sie auf und sieht ein Gespenst, das sich aus seinem eigenen Unterbewußtsein erhoben hat.

Wenn Sie gestatten, daß ich Ihre Erscheinung auslege: Sie waren traurig über Halla Danntos Tod und hatten gleichzeitig ein Schuldbewußtsein, weil Sie den Befehl des KKKs, sie sofort einzuäschern, übergingen. Sie wußten auch, daß Sie noch mehr Befehle brechen werden, weil Sie die lebende Halla lieben und alles tun müssen, um in ihre Nähe zu kommen, selbst wenn es den Plan gefährdet.

Vielleicht waren Sie sich nicht einmal bewußt, daß

diese Dinge Sie so plagten. Als der *Mann in der Dunkelheit* Ihre innersten Gefühle auffing, hielt er Ihnen einen Spiegel vor und zeigte sie Ihnen.

Das Außergewöhnliche dabei ist, daß der Mann nicht weiß, was Sie sehen. Er spürt Ihre Gefühle zu einem gewissen Ausmaß, aber er hat keine bildhafte Vorstellung davon. Er weiß nicht, welches Entsetzen er in Ihnen weckt. Doch er spürt Ihre Reaktion. Sadistisch und wahnsinnig, wie er ist, verstärkt er wiederum die Reaktion.

Ein Timbuktu-Freund, der in technischen Dingen bewandert ist, hat mir einmal erklärt, daß es sich um eine unkontrollierte Rückkoppelung handelt. Ich weiß nicht, was das bedeutet, aber die Wirkung ist schrecklich. J. C. rette die armen Seelen!«

»J. C., auch bei euch? Was soll das?«

»Jikiza Chandu, unser Herr.«

»Das hätte ich mir denken können.«

»Ja. Wir sind Jikiza Chandu, und er ist wir.«

Kein Wunder, daß die Kirche von Timbuktu diese Kerle für Gotteslästerer allerersten Ranges hält, dachte Leif.

Doch dann zuckte er mit den Schultern. Sie waren von den anderen nicht so verschieden. Sie hielten sich an ein paar zu wörtlich verstandene Zitate, und das taten ihre Gegner auch. Und Leute, die in Bantuland gewesen waren, erzählten, daß es im ganzen Staat keine Gefängnisse, keine Krankenhäuser, keine Irrenanstalten und keine Waffenfabriken gab (allerdings, das mußte man zugeben, hatten sie überhaupt keine Industrie). Man kannte keine Rassendiskriminierung, es gab keine Lustmorde, keine Waisenkinder, keine Reichen und keine Armen.

Es gab eine Menge zu kritisieren und zu beklagen, aber die Kritik erstreckte sich nicht auf die Jünger dieses halb afrikanischen und halb indischen Propheten Chandu.

Leif lachte, und als ihn Jim Crew danach fragte, sagte

er: »Ich denke über gewisse Zufälle nach — die keine sind, wenn man die unterbewußten Bindungen der Menschen zueinander miteinbezieht.«

»Sie meinen die J. C.s?«

»Ja.«

»Gut, ich lache auch«, sagte er und drückte Leif die Hand.

Der Doktor wollte schon protestieren, doch da winkte der Bantu ab. »Wir sind da.«

16

Die Tunnels waren dunkel und feuchtkalt gewesen. Jetzt öffnete Crew eine Tür, und sie traten in ein helles, heißes Land. Niemand begrüßte sie, aber der Bantu behauptete, daß sein Volk von ihrer Ankunft wußte.

»Dampfwärme«, sagte er auf die unausgesprochene Frage des Arztes. Er zog ruhig seine Kleider aus und hängte sie an einen der vielen Haken, die die Wände des großen Raumes bedeckten. Beinahe alle Haken waren mit Kleidungsstücken versehen.

»Möchten Sie auch?« Jim Crew deutete auf einen der Haken, und Leif schüttelte den Kopf. »Wir dachten, Sie möchten vielleicht eine Dusche nehmen«, fuhr der blasse Mann fort.

Leif knurrte ungeduldig, als der Bantu unter die Dusche trat. »Ich dachte, wir hätten es so eilig, nach dem Kind zu sehen.«

Der Bantu trat naß unter der Dusche hervor und ging in einen anderen Raum, ohne sich abzutrocknen. »Folgen Sie uns, Doktor. Die Dusche hat nur eine Minute gedauert. Und sie bedeutet mehr, als Sie ahnen — sie ist eine Zeremonie, die wir Primitiven nie auslassen, wenn wir heimkommen. Es ist eine Mischung aus körperlicher und seelischer Reinigung und zugleich ein

Gebet an J. C., daß Anadi gerettet wird. Und wir haben uns mit jenen in Verbindung gesetzt, die die Hände halten. Wir wissen jetzt, daß Anadi durchhalten wird, bis Sie kommen.«

Er führte den Arzt durch verschiedene Räume, in denen schmale Pritschen entlang der Wände standen. In einem befand sich ein kleiner Altar mit einem Kruzifix. Der Gekreuzigte war von schwarzer Hautfarbe, doch das Gesicht stellte eine Abstraktion dar, die das Leid aller Welt in sich vereinigte. Wenn Leif mehr Zeit gehabt hätte, wäre er an der Skulptur stehengeblieben. Er hatte gehört, daß die Bantus große Künstler waren.

Die ersten Männer und Frauen, die ihnen begegneten, waren wie Crew unbekleidet. Sie umringten ihn und küßten und streichelten ihn. Er erwiderte ihre Zärtlichkeiten und stellte dann Leif vor. Eines der Mädchen war eine üppige Diana, deren Haut sich nur unvollkommen entfärbt hatte, so daß große dunkle Flekken ihr Gesicht entstellten. Sie legte Leif die Arme um den Hals und flüsterte ihm zu, daß sie ihn liebe.

»Scheckige Schöne, ich liebe dich auch«, erwiderte er und verabschiedete sich mit einem Klaps.

Leif stand der Schweiß auf der Stirn. Das kam nicht nur von der feuchten Hitze, die in allen Räumen herrschte. Er machte sich allmählich Gedanken, auf was er sich da eingelassen hatte. Die einfache Hilfeleistung schien kompliziert zu werden.

Jim Crew nahm ihn an der Hand und führte ihn durch eine Reihe von Räumen. Die Wände waren aus Beton und mit verwaschenen Fresken verziert. Leif hatte keine Ahnung, wozu sie früher einmal gedient haben mochten.

In jedem Zimmer hielten sich etwa ein halbes Dutzend Leute auf, die Jim demonstrativ begrüßten und dann aufstanden, um ihm zu folgen. Einmal warf Leif einen Blick über die Schulter und sah, daß sich eine lange Zweierreihe gebildet hatte. Je ein Mann und eine

Frau gingen händehaltend nebeneinander. Die Paare waren gestaffelt angeordnet, so daß hinter jedem Mann eine Frau und hinter jeder Frau ein Mann stand. Jeder legte die freie Hand dem Vorangehenden auf die Schulter.

Ein leises Murmeln erhob sich. Männer und Frauen sangen gedämpft. Obwohl Leif die einzelnen Worte nicht verstehen konnte, spürte er ein Kribbeln im Nakken. Es klang und *fühlte sich an* wie ein Gewitter, das in den Bergen aufstieg und die Umgebung durch Wetterleuchten warnte.

Er war froh, als sie endlich in dem Raum anhielten, in dem das kleine Mädchen lag. Anadi war bewußtlos. Ein Mann und eine Frau kauerten bei ihr und hielten ihre Hände fest. Neben ihnen stand ein großgewachsener Neger. Er trug ein schwarzes Gewand mit einem weißen, umgeschlagenen Kragen. Er sah Leif durch dikke Brillengläser an.

»Ah, Doktor Barker«, sagte er und streckte ihm die Hand entgegen. Leif nahm sie, während Jim Crew ihm den Mann als Reverend Anthony Djouba vorstellte. Er war ein Mitglied der Timbuktu-Untergrundbewegung und ebenfalls Arzt. Crews Freunde hatten nicht gezögert, ihn zu Hilfe zu holen. Offensichtlich arbeiteten die beiden Sekten hin und wieder zusammen.

Leif untersuchte das Gitter aus Draht und Schaumgummi, das den Schädel des Mädchens zusammenhielt.

»Sehr gut«, sagte er. »Haben Sie das gemacht, *Abba?*«

Djouba erwiderte mit hoher, dünner Stimme: »Ja, ich habe das Material mitgebracht, das ich zur Verfügung hatte. Leider war es nicht viel.«

Leif warf einen Blick in die Umhüllung und stieß einen leisen Pfiff aus. Normalerweise hätte das Mädchen sofort tot sein müssen. Daß sie immer noch lebte, war für ihn der Beweis, daß sie eine außergewöhnliche Gabe besaß. Zum erstenmal fragte er sich, ob hinter dem »Händehalten« mehr steckte als eine Zeremonie der schwarzen Magie.

Djouba sah ihm über die Schulter und sagte: »Knochenstücke im Gehirn. Ich fürchte, sie wird schwachsinnig bleiben, selbst wenn wir sie retten.«

Die beiden berieten ruhig, was sie tun sollten, und holten dann ihre Instrumente hervor. Leif begann seine Geräte zu sterilisieren, obwohl Jim Crew darauf beharrte, daß das nicht nötig sei. Keiner von ihnen fürchtete Keime. Sie wurden selbst mit den hartnäckigsten fertig. Leif brachte ihn mit einer Handbewegung zum Schweigen. Dann befahl er ihm, einen Tisch abzuschrubben und Anadi daraufzulegen.

Leif begann sofort mit der Arbeit. Sechs Stunden lang beugte er sich über den unglaublich zerschmetterten Schädel und das verletzte Gehirn. Dann zog er erschöpft das letzte Knochenstückchen heraus und schützte die graue Gehirnmasse mit einer dicken Schicht Heilgelee. Seine Hände zitterten. Djouba brachte über der Wunde ein Stück Kunststoff in Form des Schädels an, obwohl Jim Crew wiederum beteuerte, daß das unnötig sei. Er behauptete, daß Anadis Schädelknochen von selbst nachwachsen würde.

»In diesem Fall können Sie den Plastikschutz jederzeit entfernen«, sagte Leif, der sich keine Mühe gab, seinen Unglauben zu verbergen. »Aber ich würde mir die Sache gern ansehen, wenn es so weit kommen sollte.«

Djouba nahm seine dicke Brille ab und putzte sie.

»So sehr ich es hasse, von diesen Leuten irgend etwas Positives zu sagen«, erklärte er, »so muß ich doch zugeben, daß der Schädelknochen wahrscheinlich nachwachsen wird. Ich habe während meiner Missionarszeit in Bantuland bereits sehr seltsame Dinge gesehen.«

»Aber Knochen, Doktor! Ich kann mir kaum vorstellen, daß ein Mensch mit Hilfe der fortgeschrittenen Magie Fleisch und Muskeln neu entwickeln kann. Und nun Knochen!«

Djouba setzte die Brille wieder auf. Die Augen hinter den dicken Linsen wirkten riesig.

»Ich sagte nicht, daß Anadi es könnte«, meinte er. »Aber der Knochen wird wahrscheinlich nachwachsen.«

»Ich möchte jetzt gern gehen«, sagte Leif ungeduldig. Er wollte nicht zu lange mit diesen Leuten zu tun haben.

»Würden Sie beide nicht gern mit uns essen?« fragte eine der Frauen. Es war die Scheckige.

»Gern«, sagte Leif.

Djouba zögerte.

»Es ist die einzige Möglichkeit, Ihnen wenigstens einen Teil Ihrer Mühen zu erstatten«, sagte Crew. »Und wer weiß, was die Zukunft bringt?«

»Anadi«, sagte die scheckige Schönheit mit schriller Stimme. »Sie konnte immer die Zukunft vorhersagen.«

»Ich bleibe«, sagte Djouba. Er wandte sich lächelnd an die Frau. »Wenn sie die Zukunft kannte, weshalb vermied sie dann den Zusammenstoß nicht?«

»Sie muß einen guten Grund dafür gehabt haben. Sie wird ihn uns nennen, wenn sie wieder gesund ist. Und jetzt wollen wir essen.«

Sie gingen in einen großen Saal, der früher sicher einmal ein Wartesaal der U-Bahn gewesen war. Sie aßen heiße Hummersuppe, frisch gebackenes Brot, Bananen und Milch. Die scheckige Schönheit, die darauf bestanden hatte, neben Leif zu sitzen, erklärte, daß ein Teil der Nahrung von Jack-Vorräten stammte, daß aber der Rest durch geheime Kanäle von der Heimat herübergeschafft wurde.

Aus den Andeutungen schloß er, daß die Nahrungsmittel in einem Schiff, vermutlich in einem U-Boot, durch die Seine nach Paris kamen. Das überraschte ihn, denn er hatte nicht vermutet, daß die Bantus so komplizierte technische Ausrüstungen besaßen.

Während sie sich unterhielten, sangen die Leute im Hintergrund leise. Nach dem Mahl und der Dankesfeier nahmen alle den Gesang auf. Die Männer und Frauen bildeten konzentrische Kreise, wobei sie wieder paarweise einander gegenüberstanden.

Djouba, der neben Leif saß, rutschte unbehaglich hin und her und sagte: »Sie hätten zumindest warten können, bis ich fort bin. Schließlich habe ich einiges für sie getan.«

Er legte den Löffel weg und stand auf.

»Was ist denn los?« fragte Leif.

Er wollte sich ebenfalls erheben, aber seine gescheckte Begleiterin zog ihn wieder auf den Stuhl.

»Liebster, laß ihn gehen«, gurrte sie.

»Habt ihr gar keinen Respekt vor meinem Gewand?« rief Djouba.

»Wir lieben dich!« antworteten sie.

»Auf diese Art von Liebe kann ich verzichten.«

»Wir lieben dich!« sangen sie.

»Gott vergebe euch die Lästerung!«

Die Männer und Frauen in den Kreisen bewegten sich mit schwankenden kleinen Schritten.

Jim Crew sprang auf einen Tisch, der im Zentrum der Kreise stand. Er riß die Arme hoch und schrie:

»Wer ist unser Geliebter?«

»Jikiza Chandu!«

»Und wen lieben wir?«

»Jikiza Chandu!«

»Und wer sind wir?«

»Jikiza Chandu!«

»Und wer ist er?«

»Jikiza Chandu!«

»Und wer liebt Dr. Djouba?«

»Jikiza Chandu!«

»Nein, nein!« schrie der Timbuktuer. »Hört mit diesem Unsinn auf! Laßt mich hinaus!«

»Und wer liebt Dr. Barker?«

»Jikiza Chandu!«

»Und wer ist Djouba?«

»Jikiza Chandu!«

»Und wer ist Dr. Barker?«

»Jikiza Chandu!«

»Und wer ist der Geliebte und der Liebende, der Gott und der Mensch, der Schöpfer und der Erschaffene, der Mann und das Weib?«

»Jikiza Chandu!«

»Und was sagt Jikiza Chandu?«

Nun wirbelten die Kreise schneller, immer schneller, und die Männer und Frauen wurde nicht nur fortgeschleudert, weil sie sich aneinanderklammerten. Ihre Gesichter waren verzerrt. Sie hatten die Münder weit aufgerissen, daß die weißen Zähne blitzten. Ihre Augen glänzten. Manchen tropfte Speichel aus dem Mund.

Und dann hörten die Rufe, die von Wand zu Wand getragen worden waren, plötzlich auf. Man hörte nur noch das Stampfen und Klatschen der nackten Füße und das heisere Atmen der Tanzenden.

Und dann hielten alle den Atem an, und ein einziges, mächtiges Wort wurde gegen die Wände geschleudert, als wollte es alle Zweifler vernichten.

»Liebe!«

»Liebe!« kreischte die scheckige Schönheit.

An einem anderen Ort und zu einer anderen Zeit hätte ihm die ekstatische Frau vielleicht Spaß gemacht, aber jetzt hatte er nur den gleichen Gedanken wie Djouba — *fort, fort von hier!*

Nach einer Minute hatte er sich durch die zuckenden Leiber geschlängelt, geboxt, gestoßen. Erst als er einen leeren Raum erreicht hatte, sah er sich um. Der Timbuktu-Arzt war ihm gefolgt. Die Menge hatte ihm die Kleider zerrissen, und er preßte die Hände ans Herz.

»Gott helfe mir!« keuchte er. »Das ist ja eine neue Art von Märtyrertum.«

Leif hatte ein wenig von seiner Überlegenheit zurückgewonnen.

»Sind Sie jetzt ein Heiliger?«

Der Mann rückte die Brille zurecht. Er hatte sich beruhigt. »Nein, das war nur eine Redewendung.«

Er sah sich um und schüttelte den Kopf.

»Sie drücken nur ihre Liebe aus«, sagte Leif. »Und Sie müssen zugeben, daß sie erstens ehrlich sind und zweitens genug Liebe für alle zu haben scheinen.«

»Wüste Fleischeslust!«

Djouba schauderte und sah an sich herunter.

»Wir können Ihnen in der Eingangshalle neue Kleider besorgen«, tröstete ihn Leif. »Es sind zwar nur Lumpen, aber sie werden die Kälte und neugierige Blikke abhalten.«

»Ich kann nicht verstehen, weshalb sie mir das antaten. Schließlich habe ich ihr Kind gepflegt, bis Sie kamen.«

»Das ist nichts als Ansichtssache. Für die Bantus handelt es sich um ein Dankesfest zu unseren Ehren.«

»Ich sehe aber, daß Sie ebenso geflohen sind wie ich.«

Leif zuckte mit den Schultern und sagte: »Ich bin in einer anderen Kultur als Sie großgeworden, aber es ist mir ebensowenig wie Ihnen gelungen, die Fesseln abzustreifen. Diese Bantus sind etwas Besonderes. Abgesehen davon, daß sie es fertiggebracht haben, ihre psychosomatischen Kräfte zu entwickeln, besitzen sie eine nahezu perfekte Gesellschaftsform. Vergleichen Sie doch, Doktor — Sie spotten über ihre Religion und Lebensweise, aber in Tschad gibt es weit mehr Verbrecher, Mörder, Arme und Kranke als hier.«

Djouba suchte nach ein paar Kleidern, die einigermaßen sauber waren. Steif erwiderte er: »Das hat nichts damit zu tun. Sie haben gesehen, was sich in diesem

Saal abspielte. Glauben Sie, der Herr und Erbauer unserer Kirche, die auch sie verehren, würde so etwas billigen?«

»Ich weiß nicht. Ich würde sagen, man soll eine Tat an ihrer Wirkung messen. Was sie tun, schadet keinem ihres Stammes. In Ihrem und meinem Land dagegen würde es großen Schaden anrichten.«

»Ich sehe, es hat keinen Sinn, mit Ihnen zu diskutieren. Sie müssen wissen, es gibt auch absolute Werte.«

»Wirklich? Was ist absolut?«

Die Antwort war absolute Stille, die anhielt, bis Jim Crew erschien. Er wirkte keineswegs erschöpft. Sein Schritt war federnd, und seine Augen glänzten.

»Ah, meine Herren, ich hoffe, Sie hatten Ihre Freude an dem Fest. Und wenn wir Ihnen je helfen können, rufen Sie uns. Liebe kennt keine Grenzen. Wir müssen unseren Brüdern helfen. Dr. Djouba, Ihr Begleiter wird gleich hier sein. Und Sie, Dr. Barker, bringen wir auf einem anderen Weg an die Oberfläche. Durch das Kellergeschoß eines Reinigungs-Palastes, der der Hierarchie vorbehalten ist ...

17

Es war kurz vor Anbruch des Morgens, als Leif das Krankenhaus betrat. Der schläfrige Uzzit, der gerade Wache hatte, richtete die Taschenlampe kurz auf das Lamech und winkte den Doktor vorbei.

Leif trat in den Aufzug und fuhr nach oben. Als er vor seiner Wohnung stand, stellte er überrascht fest, daß die Tür nicht mehr bewacht war. Er entdeckte den Grund dafür, als er die Wohnung betrat.

Sie war leer. Von Halla und Ava war nichts zu sehen.

Er wählte sofort Rachel. Sie meldete sich mit Lockenwicklern im Haar und einem weißen Morgenmantel. Als sie ihn sah, wurde sie sofort hellwach.

»Schnell, Rachel«, fauchte er. »Was ist geschehen?«

Er fügte nicht hinzu, daß er die Information brauchte, bevor Candleman kam. Höchstwahrscheinlich hörte ein Uzzit sämtliche Gespräche ab.

Rachel stammelte, daß sie geglaubt hätte, er sei entführt worden. Wie, bei Sigmen, hätte er sich befreit? Als er erklärte, das sei unwichtig und sie sollte ihm nur das Wichtigste mitteilen, erwiderte sie gekränkt, daß sie ja nicht ahnen könne, was er wissen wolle. Er brüllte sie an, daß er durch den Bildschirm kriechen und sie durchschütteln würde, wenn sie ihm nicht sofort sagte, wo Mrs. Dannto und seine Frau seien.

Sie waren in Montreal. Nachdem Leif angeblich von Jacques Cuze entführt worden war, hatte Candleman darauf bestanden, daß Dannto und seine Frau per Rakete nach Kanada abreisten. Ava war als Pflegerin von Mrs. Dannto mitgeflogen. Nach Candlemans Worten waren alle drei in Gefahr. Und obwohl Ava sich erst beharrlich geweigert hatte, war sie dann doch mitgeflogen.

Leif dachte, daß Ava schwerwiegende Gründe für ihren Entschluß haben mußte. Irgend etwas hatte sie dazu gebracht, bei Halla zu bleiben.

Auf seine Bitte hin verließ Rachel ihr kleines Zimmer und ging ins Büro, wo sie das Buch mit den Tagesnotizen holte. Sie las ihm die Aufzeichnungen vor und empörte sich, daß dieser dämliche Zack Roe schon wieder angerufen habe, ob er zu einem Versuch kommen solle. Dabei habe sie bereits zweimal abgelehnt.

Zack suchte ihn also? Hm. Das konnte alles mögliche bedeuten — sogar die Aufforderung, sich dem Kriegsgericht zu stellen. Leif hatte seit langem den Verdacht, daß der grauhaarige Mann alles andere als ein kleiner Bote war. Er hielt ihn sogar für seinen heimlichen Vorgesetzten. Obwohl man offiziell ihn, Leif, zum Anführer der Untergrundbewegung von Paris bestimmt hatte, war ihm doch von Zeit zu Zeit aufgefallen, daß seine

Bewegungen überprüft wurden. Es war irgendwie lächerlich, daß die Bewohner von Marschland schon ebenso mißtrauisch reagierten wie ihre Feinde.

Doch jetzt fand er wenig Komisches an der Situation.

»Irgendeine Botschaft von Ava?«

»Nein, Doktor Barker.«

Er warf einen Blick auf Rachels blasse Wangen und die Lockenwickler. »Gehen Sie ins Bett, Mädchen«, sagte er sanft. »Wir können das Weitere morgen besprechen.«

Er schaltete den Schirm aus und machte sich einen Kaffee. Während er die brühheiße Flüssigkeit trank, überlegte er, daß er sich so bald wie möglich mit Zack Roe in Verbindung setzen mußte. Noch bevor er die Tasse leergetrunken hatte, hörte er, wie jemand seine Tür aufsperrte. Da es nicht Ava sein konnte, war er vorbereitet, als Candleman hereinkam.

Das Gesicht des Uzziten war wie immer — lang und häßlich und ausdruckslos. Die Bewegungen Candlemans erinnerten Leif an eine Marionette, und irgendwie war Candleman ja Herr und Marionette zugleich, obwohl er es zu verbergen suchte.

Leif war auf alles mögliche vorbereitet. Aber er schluckte, als Candleman ihn bat, von seinen Erfahrungen mit Jacques Cuze zu berichten.

Leif hatte das Gefühl, auf einem Seil zu balancieren. Er konnte die Existenz Jim Crews und seiner Leute mit einer Lüge überdecken. Andererseits wußte Candleman vielleicht mehr, als er zugab, und wollte ihn nur ködern.

Doch als er das grimmige Gesicht des Uzziten sah, den geierähnlich vorgeneigten Kopf und die zusammengepreßten Lippen, stand seine Geschichte fest.

»Sie haben recht, Candleman«, sagte er und erzählte dem Mann das, was er hören wollte.

»Der Kerl, der Sie mit der Waffe zwang, seine Tochter zu operieren, nannte sich also Jim Crew? Merken

Sie denn die Zusammenhänge nicht? Nein? Überlegen Sie, Doktor, überlegen Sie doch! Die Anfangsbuchstaben!«

Leif schlug mit der flachen Hand auf den Tisch. Kaffee spritzte hoch.

»Beim Zeitstillstand!« fluchte er. »Das ist doch ...«

»Genau. Sie sagen, daß diese Kerle fremdartig aussahen und weder Haijak noch Hebräisch sprachen. Es muß Französisch gewesen sein! Ich wollte, ich könnte die Sprache verstehen.«

Ich hoffe, du machst dir nie die Mühe, sie zu lernen, dachte Leif.

Candleman ging im Zimmer auf und ab. Immer wieder ließ er die Peitsche durch die Luft sausen.

»Doktor, ich habe gute Lust, alle meine Leute zusammenzutrommeln und eine Menschenjagd von bisher unvorstellbarem Ausmaß in die Wege zu leiten. Aber ich werde es nicht tun. Jacques Cuze ist ein schlauer Fuchs. Er wird sich eine Zeitlang ganz still verhalten. Und ich habe keinen Zweifel daran, daß er nicht mehr an dem Ort ist, den Sie beschrieben haben.«

In diesem Moment flimmerte der Bildschirm, und der Vermittlungsbeamte meldete Montreal an.

Leif ging an den Apparat. Er sah den Sandalphon, Halla und Ava in einem Zimmer. Dannto sagte: »Barker! Candleman hat uns angerufen und mitgeteilt, daß Sie wieder da sind. Sigmen sei gelobt! Nein, keine Erklärungen jetzt! Sie beide nehmen eine Sonderrakete und kommen sofort her. Ich habe schon alles in die Wege geleitet. Ihr Assistent übernimmt inzwischen die Leitung des Krankenhauses. Ich möchte, daß Sie sich um Halla kümmern. Sie klagt über Schmerzen im Solarplexus. Außerdem will ich Ihre Geschichte ausführlich hören. Später können wir uns dann auf dem Waldgelände des Metatrons ein wenig erholen. Das ist alles. Eine realistische Zukunft!«

Das Bild zerfloß.

Leif wollte protestieren, denn er mußte mehr über Halla und Ava erfahren. Aber es war zu spät.

Candleman stand auf und sagte: »Seit seine Frau zurück ist, kommandiert Dannto wie früher.«

»Seit sie zurück ist?«

»Ja. Sie waren kurz vor ihrem ›Unfall‹ getrennt. Ich nehme an, sie wollte etwas, und er gab es ihr nicht. So schmollte sie und zog in eine andere Wohnung. Das hatte sie schon öfters gemacht. Und immer gibt der Sandalphon nach.« Der Uzzit schnaufte verächtlich. »Früher hätte das keine Frau gewagt. Man hätte sie entweder ausgepeitscht oder zu den Psychiatern geschickt. Aber diese Frau hat ihn um den Verstand gebracht.«

»Sie kritisieren den Führer der Sturch?« fragte Leif sanft.

»Sie haben keine Aufzeichnung meiner Worte«, sagte Candleman. »Außerdem weiß Dannto ganz genau, wie ich von seiner Frau denke.«

Er schwieg, während Leif packte. Dann ließen sich die beiden auf das Dach des Krankenhauses bringen und warteten auf die Sonderrakete. Während der ganzen Reise war Candleman sehr schweigsam. Einmal sah er Leif von der Seite her an und fragte: »Dr. Barker, Sie scheinen so glücklich und frei zu sein. Kommt es daher, daß Sie eine gute Frau haben?«

Dann, bevor der Arzt antworten konnte, winkte er ab. »Bitte, vergessen Sie diese Worte. Es geht mich schließlich nichts an.«

Barker fragte sich, was wohl hinter dem blonden Dantekopf vorging. Er wollte, er hätte die Gedankenmaschine bei sich.

Ein Wunsch führte zum anderen. Er wollte wissen, ob man Trausti und die Palsson verhört hatte oder nicht. Wenn ja, dann mußten sie Candlemans Verdacht bestätigt haben. Vielleicht brachte ihn Candleman von Paris weg, damit er sich nicht an den Informanten rächen konnte. Und er konnte Dannto beauftragt haben, ihn nach Montreal zu holen, damit er ihn dort besser beobachten konnte.

Dann kam ihm Halla in den Sinn. Wer war diese rothaarige Schönheit? Doch er ließ den Gedanken an ihre Herkunft bald fallen. Er hatte nur noch eines im Sinn: Sie war die schönste Frau, der er je begegnet war, und er mußte sie unbedingt besitzen.

Um sich abzulenken, fragte er Candleman: »Was hat Mrs. Dannto über den Unfall ausgesagt?«

Candleman preßte die dünnen Lippen zusammen und erwiderte: »Genau das, was ich mir dachte. Sie erhielt einen Anruf. Der Sprecher, dessen Stimme sie nicht erkannte, sagte, sein Bildschirm sei beschädigt. Sie glaubte ihm, weil das oft genug vorkommt. Er meldete sich mit dem Namen Jarl Covers« — hier warf er Leif einen bedeutsamen Blick zu — »und erklärte, er sei einer meiner Leute. Das war natürlich eine Lüge. Mrs. Dannto hätte sich bei mir erkundigen sollen, ob dieser Covers existiert.

Er sagte, er wolle sie sprechen, weil er eine Verschwörung gegen ihren Mann entdeckt habe. Covers bebauptete, er könnte nicht zu seinen Vorgesetzten gehen, da einige in den Fall verwickelt seien. Ich nehme an, der Kerl versuchte, den Verdacht auf mich zu lenken. Da Dannto selbst in Montreal war, wollte er mit Mrs. Dannto sprechen. Sie bekam Angst und dachte nicht mehr vernünftig. Sie nahm ein Taxi, um Covers zu treffen. Der Mann, den ich mit ihrer Bewachung während der Abwesenheit ihres Gatten beauftragt hatte, wurde von jemand abgelenkt. Vermutlich handelte es sich um einen Komplizen Covers'. Ich lasse den Mann übrigens immer noch verhören.

Mehr wissen wir nicht.«

Leif hatte sich schon gefragt, welche Geschichte Halla erzählen würde. Sie war gut, denn sie lenkte Candlemans Verdacht auf Jacques Cuze hin. Der Uzzit konnte nicht mehr klar denken, wenn es um den französischen Patrioten ging. Außerdem konnte man die Geschichte nicht nachprüfen, da die Anrufe, die der Sandalphon oder seine Frau bekamen, nicht abgehört werden durften.

Eines blieb allerdings ein Geheimnis: Wer hatte den Tod von Halla Dannto gewollt?

Über diesem Gedanken schlief er ein. Einmal wachte er kurz auf, als die Rakete landete. Candleman sagte ihm, daß er die Nachricht bekommen hätte, gleich zum Besitz des Metatrons weiterzureisen. Leif schlief wieder ein und erwachte erst, als sich die Tür öffnete. Gähnend und blinzelnd trat er in die Sonne Kanadas hinaus. Eine Fähre nahm sie auf und flog sie zur Sommerresidenz des politischen Führers Nordamerikas.

Es waren nicht wenige Leute dort versammelt. Die gesamte politische Welt hatte sich eingefunden. Und man trug Jagdgewänder. Leif wurde von Dannto und Halla abgeholt und den Anwesenden vorgestellt. Sein Ruf als Gehirnchirurg war weit verbreitet, und die meisten hatten schon von ihm gehört.

Dann gab man ihm Jagdkleider, ein Gewehr und Munition. Er zog sich hinter einem Wandschirm um und erzählte währenddessen dem Sandalphon und den anderen die gleiche Geschichte wie Candleman. Dannto meinte beeindruckt: »Da hatten Sie aber Glück, daß die Kerle Sie anschließend nicht umbrachten.«

Er wandte sich an Candleman und sagte: »Ich nehme an, Sie beharren darauf, daß es sich bei Jim Crew um Jacques Cuze handelt? Mann, Sie machen sich allmählich lächerlich. Jeder Blinde sieht doch, daß es das Werk Jude Changers war.«

Man hörte Beifallsgemurmel, denn die meisten Anwesenden waren Urieliten. Candleman verzog keine Miene, aber Leif hatte das Gefühl, daß er verärgert war.

Er betrachtete Candleman näher. Vor nicht allzulanger Zeit hatten die Regierenden der Haijak-Union alle wie Candleman ausgesehen — groß, knochig, mit langen schmalen Gesichtern und messerscharfen Lippen. Sie verzehrten sich vor Eifer für die Sturch, und man hätte lange suchen können, bis man einen von ihnen bei einer unrealistischen Handlung ertappte.

Jetzt wurden sie allmählich von Männern wie Dannto ersetzt, von den kleineren, dicken und streitsüchtigen Verwaltungstypen. Obwohl sie über abstrakte Dinge diskutierten, kümmerten sie sich bei weitem mehr um die unmittelbaren Probleme. Und so wie man an ihren Tischen den Duft erlesener Speisen und Getränke roch, konnte man sehen, daß sie ihre Frauen nicht nach altmodischen Tugendprinzipien gewählt hatten, sondern aufgrund ihres guten Aussehens.

Leif ging hinaus in den Garten. Dort konnte er einen Moment lang ungestört mit Halla und Ava sprechen.

»Fragte Jack Roe oder sonst jemand nach meinem Unternehmen?« erkundigte sich Leif.

»Nein«, sagte Ava mit einem sonderbaren Lächeln. »Kein Mensch wußte, wo du warst.«

»Ich konnte dich nicht per Bildschirm verständigen; das weißt du ganz genau.«

»Leif, ich möchte nicht in deiner Haut stecken. Und das alles ihretwegen.« Ava deutete auf Halla.

»Sie brauchen mich nicht so verächtlich anzusehen«, fauchte Halla.

»Was ist denn?« fragte Leif.

»Ich machte mir meine Gedanken«, sagte Ava. »Und als du fort warst, untersuchte ich sie. Die Sache war so komisch, daß ich Röntgenaufnahmen anfertigte. Und als sie aufwachte, zwang ich sie, mir zu sagen, was sie ist.«

»Und das habe ich getan«, sagte Halla leise. »Ava zuckte zurück wie vor einer Giftspinne. Sie tat, als würde sie mich am liebsten tot sehen. Und sie erzählte mir, daß meine Schwester tot ist.«

»Weshalb hast du das getan?« fragte Leif. Er spürte, wie ihm heiß und kalt zugleich wurde.

Ava war nervös, aber schließlich sah sie ihm in die Augen. »Ich wollte, daß sie es erfuhr, solange wir unter uns waren. Wenn sie durch Zufall die Wahrheit herausgebracht hätte, wäre vielleicht keine Zeit für Erklärungen gewesen. Ich gab ihr eine Tablette, so daß der Schmerz in einer halben Stunde überwunden war. Jetzt ist sie ruhiger.«

»Sie lügen wie gedruckt«, fauchte Halla. »Sie verachten mich, das ist es. Und dabei habe ich alles für unser Land getan. Sie haben mir von dem Tod meiner Schwester erzählt, um mir weh zu tun. Ich werde es Ihnen nicht vergessen.«

»Vorsicht«, sagte Leif. »Candleman kommt.«

Er flüsterte Ava zu: »Sag mir über alles Bescheid, sobald wir unter uns sind.«

Ava nickte und sagte mit einem Blick auf Halla: »Du wirst sie nicht einmal anrühren wollen, wenn du alles weißt, Leif. Oder vielleicht erst recht, so wie ich dich kenne.« Halla wandte sich plötzlich ab, aber Leif hatte die Tränen noch gesehen ...

Er hatte erst die Möglichkeit, mit Ava zu sprechen, als sie sich hundert Meilen weiter weg in der Jagdhütte befanden.

18

Bevor die Jagd begann, wurden sie von Lwi Rulo, dem Oberjäger, eingeweiht. Er erklärte ihnen, daß man als Beute Neandertaloide ausgesetzt hatte, die von dem dritten Planeten Gemmas abstammten. Sie waren die vorherrschende Lebensform auf Gemma III und hatten die gleiche potentielle Intelligenz wie die Terraner. Aber sie befanden sich erst auf der Stufe der Neusteinzeit. Man hatte sie unbewaffnet ein paar Stunden zuvor freigelassen. Aber da es genug Feuerstein und Quarz in der Gegend gab, konnten die Gemmaner in kurzer Zeit Pfeilspitzen und Faustkeile herstellen und als Waffen benutzen. Man durfte sie also keineswegs unterschätzen.

»Erst letztes Jahr wurden zwei Teilnehmer unserer Jagdgesellschaft getötet und einer verwundet«, erklärte Lwi Rulo. »Der Urielit Gundarsson wurde von einem Pfeil durchbohrt. Den Uzziten Smith traf ein Speer, und seine Frau trug eine Schulterwunde davon, als sie ihn zu schützen versuchte.«

Leif lächelte. Der Urielit Gundarsson war von einem KKK-Angehörigen getötet worden, der sich als Gemmaner verkleidet hatte. Der Mann hatte den Jack zwar mit einem Steinzeitpfeil erledigt, aber der Bogen war ein erstklassiges Stück aus Glasfiber und schichtverleimtem Ahorn gewesen. Man hatte später einen Mann aus den Reihen des KKK in die Position des Ermordeten geschmuggelt.

Lwi Rulo beendete seine Lektion mit der Warnung, daß sich niemand absondern solle.

Die Gesellschaft brach lachend und plaudernd auf, als ginge es auf Hasenjagd. Die heiße Sommersonne stand am Himmel, die Bäume waren hoch und grün, Vögel sangen, und alles erschien heiter und gelassen. Nach kurzer Zeit hatte man Rulos Worte vergessen und kleine Gruppen gebildet.

Darauf hatte Leif gewartet. Er winkte Ava zu sich heran. »So«, sagte er wütend, »und jetzt erzähle, was du entdeckt hast.«

»Halla — oder Erica, wie sie wirklich heißt — gehört zu uns, auch wenn ich es nur ungern sage. Auch ihre Zwillingsschwester arbeitete für das KKK. Sie wurden für die Arbeit unter der Hierarchie der Jacks ausgebildet. Und sie hatten Erfolg, auch wenn ich die Art und Weise verachte, durch die sie ihn erlangten. Der Krieg ist ein schmutziges Geschäft, Leif, aber ich glaube nicht, daß wir uns so weit herabwürdigen mußten.«

»Was ist denn? Weshalb bist du so verbittert? Ist Halla eine Extraterrestrierin? Das macht doch nichts, wenn sie auf unserer Seite kämpft.«

»Nein, sie ist keine Exte«, sagte Ava mit zusammengebissenen Zähnen. »Leider nicht, sonst gäbe es wenigstens noch eine Entschuldigung für ihr schmutziges Tun.«

»Also keine Extes? Und was bedeuten dann die fremdartigen Organe? Das verstehe ich nicht.«

»Offensichtlich sind die Biologen in unserem Land weiter fortgeschritten, als wir ahnten. Wir waren zu lange in der Haijak Union und blieben nicht auf dem laufenden. Allerdings scheint es sich auch um ein Super-Geheimprojekt zu handeln.«

»Willst du damit sagen, daß diese Organe in unseren Labors entwickelt und auf chirurgischem Wege eingepflanzt wurden?«

»Schib.«

»Aber wozu dienen sie?«

»Geh langsamer.« Ava sah sich um. »Die Danntos sind in der Nähe.«

Leif verlangsamte seine Schritte. Dannto befand sich zusammen mit Halla bei einer Gruppe von Urieliten. Sie waren stehengeblieben, während ein Treiber die Büsche absuchte. Man wollte vermeiden, daß die Herrschaften von verborgenen Gemmanern angegriffen wurden.

Ava fuhr leise fort: »Ich kann das alles nicht in ein oder zwei Sätzen erklären. Aber ich werde versuchen, mich so kurz wie möglich zu fassen.

Du weißt, daß die Haijak-Kultur zum großen Teil darauf aufbaut, die Sexualinstinkte zu unterdrücken. Schon die Kinder werden dazu erzogen, in Sexdingen ein lästiges Übel zu erblicken. In gewisser Hinsicht gebe ich den Jacks ja recht, vor allem, wenn es sich um

Beziehungen handelt, die nicht durch den Bund der Ehe ...«

»Ich kenne deine Überzeugungen«, sagte Leif. »Weiter.«

»Die Jacks haben die Theorie aufgestellt, daß Menschen, die ihre Triebkräfte unterdrücken, leichter zu führen sind. Ja, man kastriert manche von ihnen sogar. Dann hat man genau die Persönlichkeiten, die man braucht — engstirnig, aufrecht und der Sturch untertan, dazu mißtrauisch und neidisch. Theoretisch kann man nur Lamech-Träger werden, wenn man auf Sex verzichtet ...«

»Komm endlich zum Thema«, fauchte Leif.

»Schib, ich versuche es ja. Da der sexuelle Trieb unterdrückt wird, muß er irgendwo ein Ventil finden. Und er findet es im Fanatismus und im Haß. Daher die Bereitschaft der Jacks, ihre Kameraden zu verraten. Daher die Razzien auf die sogenannten Unrealisten.«

»Moment!« sagte Leif scharf. Er hatte ein dichtes Gebüsch beobachtet, in dem sich etwas bewegte. Er brannte zwar darauf, von Ava zu erfahren, was sie entdeckt hatte, doch er konnte es nicht zulassen, daß inzwischen Halla etwas geschah.

Ein Jäger durchsuchte die Büsche, bevor er die Gruppe weiterwinkte.

»Candleman beobachtet uns«, sagte Leif. »Er wird bald hier sein, und dann können wir uns nicht mehr ungestört unterhalten.«

»Irgendein fehlgeleitetes Genie im KKK kam auf den Gedanken, die Frigidität der Haijak-Männer auszunützen«, fuhr Ava schnell fort. »Das Organ, das er schuf, hatte einen einfachen Zweck.«

Ava blieb stehen, als zu ihrer Rechten Schreie und Schüsse aufklangen.

»Sie haben einen der armen Teufel erwischt«, sagte Leif. »Hoffentlich hat er sein Leben so teuer wie nur möglich verkauft.«

»Candleman kommt«, flüsterte Ava. »Hör mich schnell zu Ende an. Der Organismus ist eine Art bioelektrische Batterie, die während der Erregung der Frau Strom abgibt.«

»Ich verstehe«, sagte Leif. »Der Strom fließt vom höheren auf das niedrigere Potential, und dadurch ist auch der Partner in der Lage, sexuelle Erregung zu spüren. Der Strom sorgt dafür, daß die anerzogene Frigidität des Mannes zusammenbricht ...«

»Ja. Du kannst dir vorstellen, daß ein Mann, der das erlebt hat, die Frau unter allen Umständen an sich binden will. Also hat die Frau einen großen Einfluß auf ihn. Und wenn nun diese Frau eine Agentin von Marschland ist ...«

»Eine großartige Idee!« sagte Leif.

»Das sieht dir ähnlich, daß du so etwas bewunderst«, sagte Ava bitter. »Ich finde es einfach schändlich.«

Leif sah Ava kopfschüttelnd an. »Ablehnung aus moralischen Gründen? Weshalb? Wir haben Krieg! Du hast nichts dagegen, andere Menschen zu töten. Der Himmel weiß, wie viele Jacks du in den letzten zehn Jahren umgebracht hast.«

»Ohne das geht es nicht«, sagte Ava. »Aber daß man nun schon Huren einsetzt, ist doch unglaublich.«

Leif hob die Hände. »Ich geb's auf!«

»Ein Glück! Da drüben ist nämlich Candleman.«

Der Uzzit kam in seiner gewohnten geduckten Haltung auf sie zu. Er wollte etwas sagen, doch im gleichen Moment klang ein Schrei auf.

Alle drei wirbelten herum. Es war Halla Danntos Stimme gewesen. Sie stand stocksteif da und deutete mit einer Hand nach vorn.

Leif warf einen Blick auf die tierhafte, mit Fellen bekleidete Gestalt, die mit einem Speer näher kam. Er hob sein Gewehr. Bis dahin hatte er nicht die Absicht gehabt, sich an der Jagd nach den Halbmenschen zu beteiligen. Im Gegenteil, er hatte gehofft, daß die Wilden einige der Jacks erwischen und für ihren grausamen Sport bestrafen würden.

Jetzt aber riß er in einer einzigen Bewegung das Gewehr an die Wange und drückte ab. Candlemans Schuß fiel um den Bruchteil einer Sekunde danach.

Dannto war vor Halla getreten. Als er jetzt den Wilden am Boden liegen sah, stand er bleich und zitternd da. Candleman jedoch rannte zu dem Gemmaner und feuerte einen Schuß nach dem anderen auf sein Gesicht ab.

Leif konnte sehen, daß Halla nichts fehlte. Er verschwendete keine Zeit damit, sie erst zu fragen. Statt dessen beugte er sich über den Toten.

Ava, die ihm gefolgt war, fragte: »Woher hatte er diese Lederriemen, mit denen er die Spitze an den Schaft band? Und wenn du genau hinsiehst — der Schaft besteht keineswegs aus rohem Holz.«

»Einer der Feinde des Sandalphons hatte zweifellos seine Finger im Spiel«, sagte Candleman. »Ich werde sofort die Diener verhören lassen, die die Gemmaner versorgten.«

Die Danntos kamen näher und sahen den Toten an. Halla war blaß. Leif beobachtete vorsichtig die Umstehenden. Keiner schien gesehen zu haben, was ihm aufgefallen war. Er beschloß zu schweigen. Aber um seine Neugier vollkommen zu befriedigen, kniete er nieder und untersuchte den Toten genauer. Er hob das Fell ein Stückchen, sah etwas, das er nicht erwartet hatte, und ließ es wieder sinken. Als er aufstand, waren seine Lippen zusammengepreßt.

Ava, die genau merkte, daß etwas nicht stimmte, sah ihn besorgt an, aber sie fragte erst, als sie sich ein Stückchen von den anderen entfernt hatten.

»Was hast du gesehen, Leif?«

»Sind dir die Proportionen der Beine und Arme nicht aufgefallen?« fragte er. »Die Arme eines Gemmaners wären kürzer und die Beine stärker gekrümmt. Bei den

Gemmanern sind die Nackenwirbel ähnlich wie beim Affen so angeordnet, daß sie den Kopf nicht nach oben drehen können. Der Kerl hier hatte zwar einen kurzen, dicken Hals, aber er konnte den Kopf sehr wohl nach oben drehen. Wenn sein Gesicht nicht zerschmettert gewesen wäre, hätten wir sicher erkannt, daß er nichts mit einem Neandertaler gemeinsam hat.

Aber das war noch nicht alles. Jemand wollte verbergen, zu welchem Zweck er hierhergekommen war. Er hatte ein kleines J. C. auf den Bauch tätowiert.«

Ava nahm die Neuigkeiten ruhig hin.

»Man rechnete also mit seinem Tod und wollte Cuze oder Changer dafür verantwortlich machen.«

»Er hatte es auf Halla abgesehen. Ob das irgendwie mit dem Unfall ihrer Schwester zu tun hat?«

»Natürlich. Aber weshalb die Mordversuche? Und weshalb schiebt man Jacques Cuze die Schuld in die Schuhe?« Ava sah ihn kopfschüttelnd an. »Weshalb hast du den anderen nichts von deiner Entdeckung gesagt?«

»Hör mal, derjenige, der den Mörder auf Halla ansetzte, muß irgendwo in der Nähe gewesen sein. Wenn der Kerl lebend erwischt worden wäre, hätte er ihn umbringen müssen, damit er nichts verraten konnte. Vielleicht hatte er es ohnehin vor. Tote reden nicht.«

»Das heißt, daß etwa zwei Dutzend Leute in Frage kommen. Wie wäre es mit Candleman? Er zerschoß dem Toten das Gesicht. Jetzt kommt es mir so vor, als habe er versucht, die Identität des Mannes zu verbergen.«

»Candleman schoß fast zur gleichen Zeit wie ich. Wäre er der Anstifter gewesen, so hätte er gewartet, bis der Anschlag auf Halla geglückt war. Und was nützt es ihm, wenn man das Gesicht nicht erkennt? Die Fingerabdrücke bleiben. Da wir gerade bei Candleman sind — er schätzt Dannto hoch ein, scheint aber Halla nicht leiden zu können.«

»Leif, der Mann, der die erste Halla tötete, war in Paris. Wir befinden uns jetzt aber in Kanada. Der Mörder ist von Europa herübergekommen. Wer befand sich in Danntos Begleitung? Und wer nahm deine Rakete?«

»Unter den Gästen sind mindestens zwanzig hohe Tiere aus Europa, die die Einladung des Metatrons angenommen haben. Soll ich vielleicht alle verhören?«

»Wir können nur abwarten, ob noch ein Anschlag stattfindet.«

»Das müßte dich eigentlich glücklich machen. Du haßt Halla.«

»Ja, aber sie gehört zum KKK.«

»Gut, vergiß das nicht«, sagte Leif. »Bleibe in der Nähe und versuche, an die Fingerabdrücke des Mannes heranzukommen. Ich habe wichtigere Dinge zu tun.«

Mit schnellen Schritten ging er auf Dannto und Halla zu. Halla saß auf einem Baumstumpf, umringt von Jagdteilnehmern.

»Mrs. Dannto hat einen schweren Schock erlitten«, sagte Leif fest. »Als ihr Arzt rate ich, daß sie die Jagd nicht weiter mitmacht. Da mich die Schießerei ohnehin nicht sonderlich interessiert, kann ich sie zum Haus des Metatrons zurückbringen. Sie können selbstverständlich mitkommen, Sandalphon, aber notwendig ist Ihre Anwesenheit nicht.«

Dannto ließ seine Frau nicht gern allein, das sah man ihm an. Da jedoch der Arzt vor einem guten Dutzend Zeugen bestätigt hatte, daß er nicht gebraucht wurde, konnte er die Jagd nicht gut abbrechen, ohne das Gesicht zu verlieren.

Und so verkündete er lauthals, daß er sich jeden Gemmaner persönlich vorknöpfen werde, der in den kanadischen Wäldern herumlief. Die anderen schlugen ihm auf die Schulter und versprachen ihm den ersten Schuß.

Dennoch machte der Erzurielit ein enttäuschtes Gesicht, als Leif Halla zu einem Geländewagen brachte. Er kam im letzten Moment schwerfällig auf sie zu, küßte sie auf die blasse Wange und versprach ihr ein paar Gemmanerköpfe.

Halla schauderte und gab keine Antwort.

»Kümmern Sie sich um sie, Doktor«, sagte er zu Leif.

19

Er brachte sie in die Suite des Sandalphons und entließ das Mädchen, das gerade saubermachte. Es war ihm gleich, ob die Kleine es den Uzziten meldete oder nicht. Sein Lamech und seine Arztlizenz verschufen ihm mehr Freiheiten, als sie der Durchschnitts-Jack besaß.

Halla schloß die Tür und steckte einen Frequenzschlüssel ins Schloß.

Jede ihrer Bewegungen war erregend für Leif. Er spürte einen Klumpen im Hals, als sie auf einen Schreibtisch zuging. Ihre Hüften wiegten bei jedem Schritt. Leif kämpfte gegen seine Gefühle an, aber er wußte, daß er sich nicht mehr beherrschen konnte.

»Halla!« sagte er leise und heiser.

Sie blieb stehen und atmete tief ein. Dann warf sie den Kopf zurück, daß das weiche Haar nach hinten flog.

»Halla, muß ich noch etwas sagen?«

Sie wirbelte so schnell herum, daß sie fast das Gleichgewicht verlor. Im nächsten Moment hielt er sie in den Armen, und er wußte, daß Halla ihm gehörte.

»Leif!« flüsterte sie tränenerstickt. »Leif, du darfst nicht zulassen, daß Dannto mich bekommt. Ich hasse ihn, und ich liebe nur dich.«

Eine ganze Weile später klopfte es an der Tür. Halla setzte sich mit weitaufgerissenen Augen in ihrem Bett auf. Unbewußt zog sie die Decke bis ans Kinn. Leif legte den Finger an die Lippen und ging auf Zehenspitzen zu einem Schrank. Erst als er sich darin verborgen hatte, gab er ihr ein Zeichen, daß sie antworten sollte. Er zog seine Automatik.

Er wußte, daß er die Suite ohne weiteres verlassen konnte, ohne jemand Rechenschaft abzulegen. Wer wollte es ihm verwehren, eine Patientin zu untersuchen. Andererseits war es besser, wenn niemand erfuhr, daß er so lange bei Halla gewesen war. Er mußte wissen, wer der Besucher war.

»Ja, bitte?« rief Halla.

Eine unterdrückte Männerstimme antwortete. Halla wiederholte ihre Frage. Doch die Antwort war immer noch zu leise. Halla erhob sich, zog einen Morgenmantel an und ging an die Tür. Leif folgte ihr und hörte mit. Diesmal war die Antwort klar.

»Halla, ich bin es, Jake Candleman. Laß mich herein.«

Die beiden hoben fragend die Augenbrauen. Leif nickte ihr zu und schlich zurück in den Schrank. Halla bat den Uzziten, zu warten, bis sie wieder im Bett war. Dann schaltete sie ein paar Lichter aus und legte sich hin.

Leif hatte die Schranktür einen Spalt offengelassen und konnte die Szene gut beobachten. Candleman kam herein, gebeugt, nahezu geknickt. Sein hageres Gesicht war hart. Er trat ans Bett, sah sich im Zimmer um und sank dann zu Hallas und Leifs Verblüffung in die Knie.

»Halla! Halla!« stöhnte er. »Verzeih mir, Halla!«

Sie zuckte zurück, als er sie anfassen wollte.

»Wofür soll ich Ihnen verzeihen?«

»Du weißt es, Halla, Liebste. Du darfst mich nicht wieder hänseln wie früher. Ich kann es nicht ertragen. Du weißt, daß du mit mir kein Spiel treiben kannst. Nicht mit mir.«

Ihre Stimme zitterte ebenso stark wie die seine. »Sind Sie wahnsinnig?« sagte sie. »Ich habe keine Ahnung, wovon Sie sprechen.«

Er hielt eine ihrer Hände fest, bevor sie es verhindern konnte.

»Sag das nicht! Das hast du auch damals gesagt, als ich fragte, wo wir uns wiedersehen könnten. Du hast einen Wahnsinnigen aus mir gemacht. Ich konnte dich nicht mehr berühren, und doch mußte ich es tun. Ich sagte dir, daß ich dich umbringen würde, und ich habe es fast getan. Halla, Liebling, sag, daß du mir verzeihst. Ich wäre beinahe selbst gestorben, als man mir sagte, daß du bei dem Unfall ums Leben gekommen seist. Und dann, als ich hörte, daß du nur leicht verletzt warst, tobte ich in meiner Wohnung und schwor, daß du das nächstemal bestimmt sterben müßtest.

Und doch war ich froh, daß der Mordversuch mißglückt war. Ich hätte den Gedanken nicht ertragen können. Keine Halla mehr. Keine Halla, keine Halla. Mein Gehirn wiederholte das ständig.«

Die Frau sah ihn verwirrt an. Leif hoffte, daß sie verstehen würde, worum es ging, sonst verriet sie sich letzten Endes noch.

Candleman versuchte, sie zu sich heranzuziehen. Sie wandte sich ab.

»Was ist denn los mit dir?« rief er. »Du bist nicht so keusch. Du hast mich schon einmal empfangen, weißt du noch? Du hast deinen Mann betrogen, einen Sandalphon. Ich habe ihn und seine Stellung entehrt. Aber ich dachte, die Sache sei es wert. Halla, es gibt keine, die so ist wie du. Du und ich ...«

Leif konnte nicht glauben, daß das zusammenhanglose Gestammel des Mannes Wahrheit sein sollte. Candlemans sonst so ruhige Stimme klang schrill, und sein unbewegtes Gesicht war verzerrt.

Candleman hatte also Halla in ein Taxi gelockt, vielleicht zu einer letzten Aussprache, und dann den ›Unfall‹ arrangiert. Kein Wunder, daß er so mißtrauisch gewesen war, als Leif von geringfügigen Verletzungen sprach. Er mußte geglaubt haben, daß Halla ihn verraten hatte. Oder er hatte das Krankenzimmer betreten wollen, um sein Werk zu vollenden.

Leif glaubte nicht, daß sein Hauptgrund für die Tat Angst vor der Bloßstellung war. Schließlich trug er ein Lamech und konnte sich ausrechnen, daß Halla sich selbst kompromittierte, wenn sie aussagte. Sein Tatmotiv war Rache.

Während Leif die Szene beobachtete, wurde ihm klar, was sich abgespielt hatte. Offensichtlich hatte die Tote einmal Erbarmen mit dem Uzziten gehabt, oder sie hatte sich ihm hingegeben, um irgend etwas zu erreichen. Niemand würde mehr erfahren, wie es sich ereignet hatte. Jedenfalls hatte sie sich geweigert, danach mit ihm zusammenzukommen. Und als er schließlich davon überzeugt war, daß sie ihn verachtete, hatte er versucht, sie umzubringen. Nicht nur versucht — er hatte sie tatsächlich umgebracht. Und die Frau, mit der er jetzt sprach, wußte es und mußte ihn deswegen hassen.

»Hör zu!« keuchte der Uzzit. »Ich sagte Dannto, daß ich umkehren und auf dich achten würde, da ich immer noch Angst vor Anschlägen hätte. Es wird Stunden dauern, bis er von der Jagd zurückkehrt.«

»Und Doktor Barker?« Halla wandte sich krampfhaft ab.

»Der Wüstling! Er würde es nicht wagen, uns zu stören. Bei Sigmen, Halla, wehre mich nicht ab! Ich kann mich nicht mehr zügeln. Ich muß dich besitzen. Und ich weiß, daß auch du mich brauchst, sonst hättest du dich das letztemal anders benommen. Du hast nur Angst vor deinem unrealistischen Verhalten. Halla, woher wissen wir, was realistisch und unrealistisch ist?«

Leif hoffte, daß sie mit ihm fertig wurde, denn er wollte sich nicht zeigen. Wenn er sie nicht geliebt hätte, wären ihm die Konsequenzen gleichgültig gewesen. Halla war Agentin des KKK und wußte, daß sie keine schöne Aufgabe hatte. Aber er konnte es nicht ertragen, daß der Uzzit immer zudringlicher wurde.

»Bitte, Halla! Ich werde nie wieder versuchen, dich zu töten!«

»Sie Bestie!« sagte sie. »Sie haben den Gemmaner auf mich losgelassen!«

»Verzeih mir, Halla. Es wird sicher nie wieder geschehen.«

Plötzlich beugte er sich vor und preßte seinen Mund auf ihre Lippen. Leif wollte schon eingreifen, als Candleman einen Schmerzensschrei ausstieß. Seine Unterlippe blutete.

»Du hast immer gebissen, Halla«, sagte er. »Aber doch nicht so fest!«

Mann, bist du blind! dachte Leif. Und dann kam ihm ein anderer Gedanke. Candleman hatte sogar den gehaßten J. C. als Tarnung benutzt. Allmählich befand sich alles mit im Spiel.

Halla stand auf und sagte: »Wenn Sie nicht sofort gehen, schreie ich. Ich werde mir eine Waffe besorgen und Sie erschießen. Glauben Sie ja nicht, daß ich das nicht könnte.«

Keine schlechte Idee, dachte Leif. *Das würde viele Probleme lösen.*

Er hob die Automatik und zielte auf die hohe, schmale Stirn, die jetzt mit Schweiß bedeckt war.

Bevor er abdrücken konnte, hörte er ein leises Klopfen an der Tür.

»Wer ist da?« fragte Halla.

Candleman strich sich das Haar aus der Stirn und wischte sich das Gesicht mit einem Taschentuch ab. Dann ging er zur Tür, gebückter als je zuvor.

Er drückte auf den Frequenzknopf und öffnete die Tür.

»Verzeihung, Chef«, sagte Ava und trat ein. Der Uzzit verließ das Zimmer und schlug die Tür hinter sich zu.

Leif kam hinter der Schranktür hervor. »Was machst du denn hier?« fragte er Ava.

»Das!«

Ava reichte ihm ein Comic-Heftchen, die letzte Ausgabe der *Abenteuer des Vorläufers.*

»Wo hast du das gefunden?«

»In meinem Notizbuch. Einer der Jäger muß zum KKK gehören. Auf der dritten Seite steht eine Botschaft.«

Leif öffnete die Seite und las die unterstrichenen Worte.

»Sucht sofort Deckung *in den* Straßen und *unter* den Brücken! Der böse Feind soll keinen Grund zum Argwohn bekommen. *Von* jetzt an arbeiten wir als *Partisanen.*«

»Was ist denn da los?« fragte Leif. »Hat Trausti geredet? Hat man Jim Crew oder Zack Roe erwischt? Oder war es etwas Unvorhergesehenes?«

Eine Diskussion war sinnlos. Sie konnten auch nicht aufbrechen, ohne einen plausiblen Grund zu nennen. Da sie im Moment keinen hatten, mußten sie in Kanada bleiben.

Ava war nervös über die Verzögerung und ärgerte sich, weil Leif die Ruhe behielt. Leif wanderte durch die Wälder und angelte. Er hatte keine Lust, mit angespannten Muskeln und zusammengepreßten Lippen dazusitzen und zu warten.

So gern er Halla mitgenommen hätte, so konnte er es doch nicht, ohne Klatsch zu wecken. Nur am zweiten Nachmittag begleitete sie ihn zusammen mit einer Gruppe von Hierarchenfrauen. Während die Damen ihre Picknick-Körbe herrichteten, konnte Leif unbemerkt ein paar Worte mit Halla wechseln. Seine Neugier über die seltsamen Körperveränderungen, die er entdeckt hatte, war immer noch nicht gestillt.

Halla beantwortete seine Frage ruhig und vollkommen unbefangen.

»Deshalb bist du also eine so gute Agentin?« fragte Leif.

»Ja. Die Unterdrückung des normalen Geschlechtstriebes, die absichtliche Herbeiführung der Frigidität bei Männern und Frauen endet mit einer seelischen Frigidität. Es ist übrigens eine Methode, die oft genug von Tyrannen angewandt wurde, um das Volk zum Gehorsam zu zwingen.

Aber wenn nun einer dieser Männer eine Frau findet, die ihn von seinen Hemmungen befreit und ihn zum erstenmal im Leben glücklich macht, dann wird er sie nicht mehr fortlassen, selbst wenn er damit gegen die Sitten verstößt. Verstehst du mich?«

»Bis jetzt schon«, flüsterte er und sah sich um, ob keine der anderen Frauen in der Nähe war.

»Gut. Nimm Dannto als Beispiel. Er war ebenso finster und feindselig wie Candleman. Er hat zwar immer noch seine Schwächen, aber er ist sehr viel fröhlicher und weitherziger als früher. Er merkt natürlich nicht, woher das kommt, aber er würde es auf keinen Fall zulassen, daß ich von ihm fortgehe.«

»Ihr besitzt also eine Macht über die Männer hier?«

»Ja. Wir beeinflussen sie in unserem Sinne — zum Vorteil der ganzen Welt und zum Nachteil der Haijak-Union.«

Leif hatte noch verschiedene Fragen auf dem Herzen. »Die echte Halla war eine Zwillingsschwester von dir«, sagte er. »Aber deine Retina und deine Fingerabdrücke stimmen genau mit den ihren überein.«

»Die Biologen von Marschland entfernten meiner Schwester einen Augapfel. Sie benutzten ihn als Modell und schufen zwei Exemplare davon, die mir eingepflanzt wurden. Um meine Fingerabdrücke auf die meiner Schwester abzustimmen, wurde mir die Haut von den Fingern entfernt. Man ließ die neue Haut so nachwachsen, daß sie genau die Linien von Hallas Fingern aufwies.«

»Und die rudimentären Nerven in deinem Gehirn?«

»Das war ein erfolgloses Experiment«, sagte sie. »Meine Schwester und ich waren die einzigen, die damit ausgestattet wurden. Man wollte ausprobieren, ob wir über diese Nerven Gehirnwellen empfangen und aussenden konnten. Wir brachten es tatsächlich fertig. Aber die Wellen besagten uns nichts. Wir hätten ein biologisches ›Filter‹ benötigt, um die störenden Geräusche auszuschalten. Die Wissenschaftler arbeiten, soviel ich weiß, immer noch an diesem Filter.«

Leif grinste und sagte: »Damit löst sich meine Theorie von den beiden extraterrestrischen Mädchen auf. Zuviel Phantasie — und zu wenig Ahnung von den wissenschaftlichen Errungenschaften meines eigenen Landes.«

20

Am folgenden Abend brachen Dannto, Halla, Leif, Ava und einige andere nach Paris auf.

Candleman war nicht bei ihnen. Er war zwei Stunden nach der Szene in Hallas Schlafzimmer abgereist. Er hatte Geschäfte vorgeschützt, aber Leif war sicher, daß er es nicht ertragen konnte, länger mit Halla zusammenzusein.

Die Reise verging rasch und angenehm bis auf einen merkwürdigen Zwischenfall. Leif bemerkte, daß Ava einen Moment lang die Damentoilette aufgesucht hatte. Als sie zurückkam, war sie totenblaß. Leif hatte keine Möglichkeit, sie nach der Ursache zu fragen, aber er glaubte, daß Ava eine Botschaft von einem KKK-Agenten erhalten hatte. Das beunruhigte ihn. Als Avas Vorgesetzter hätte man ihm die Nachricht übermitteln müssen. Aber vielleicht war es leichter gewesen, Ava zu verständigen. Oder sie hatte tatsächlich irgendwelche Beschwerden.

Als die Maschine in Paris landete, erinnerte Dannto die anderen noch einmal, daß sie um sieben Uhr abends zu seiner Party kommen sollten. Man wollte die schnelle Genesung seiner Gattin feiern. Dannto schien sehr glücklich zu sein. Er lachte und winkte und erzählte Witze. Halla wirkte bedrückt. Sie sah Leif bedeutungsvoll an, und er konnte sich vorstellen, was Dannto sich als Krönung der Party gewünscht hatte.

Zum erstenmal im Leben war Leif eifersüchtig. Er hätte den Sandalphon am liebsten zusammengeschlagen.

Später, nachdem die anderen alle fort waren, wandte sich Leif an Ava: »Weshalb so bleich, Mägdelein?«

Ava fauchte ihn an, und Leif kam zu der Überzeugung, daß Ava sich wirklich nicht wohl fühlte. Beide schwiegen, bis das Taxi sie im Krankenhaus absetzte.

Leif suchte gerade nach Notizen von Rachel oder Roe, als Ava hereinkam, noch blasser als vorher.

»Hast du etwas auf den Kymo-Streifen gefunden?« fragte Leif.

Ava reichte ihm zitternd einen Streifen. Er nahm ihn und las die Aufzeichnungen von Zack Roes semantischen Wellen. Sigur, der Assistent, hatte Leifs Anordnung befolgt und alle Streifen, die während seiner Abwesenheit gemacht wurden, in einen besonderen Akt gelegt. Ava hatte den richtigen herausgeholt.

Leif las und wurde ebenfalls blaß. Als er aufsah, erkannte er die Automatik in Avas Hand.

»Du bist also der Henker?« fragte er ungläubig.

Avas Stimme zitterte. »Nein, ich bin nur der Wachtposten.«

»Dafür bist du reichlich gut bewaffnet«, meinte Leif. Er hatte seine Ruhe wiedergefunden. »Nun, wann soll das Standgericht stattfinden?«

»Leif«, sagte Ava, »ich tue es nicht gern. Wir haben so lange zusammengearbeitet. Aber Befehl ist Befehl. Und du hättest diese Frau aus dem Spiel lassen müssen. Wie konntest du uns so in Gefahr bringen? Du hast den Befehl, Halla Dannto sofort einzuäschern, einfach mißachtet. Und dann läßt du dich auch noch mit ihrer Nachfolgerin ein!«

»Du hast mich also verpfiffen?« fragte er.

»Es war meine Pflicht.«

»Dein Haß Halla gegenüber hatte zufällig nichts damit zu tun, was? Hattest du etwa auch Absichten?«

»Das hat nichts damit zu tun«, erwiderte Ava. »Komm jetzt, Leif. Versprichst du mir, daß du nicht fliehst? Dann kann ich die Waffe einstecken.«

»Meinetwegen.«

Ava ging an einen Schrank und holte aus dem doppelten Boden ein paar Kleidungsstücke.

»Hier. Zieh das da an.«

Leif sah die Kleider. »Es steht also so schlecht? Wir verschwinden von hier?«

»Ja. Die Gedankenübertragungsmaschine ist nicht mehr im EEG-Raum. Unsere Leute müssen sie heute vormittag geholt haben.«

Ava zog sich aus und streifte einen einfachen blauen Arbeitsanzug über. »Himmel, Leif, es ist ein herrliches Gefühl, wieder als Mann herumzulaufen. Zehn Jahre Verkleidung — ich bin fast umgekommen!«

»Du hast viel für das Korps getan«, erwiderte er. »Ava, Liebling, war es das wirklich wert?«

»Noch so ein Wort, und ich lege dich um!«

Leif hatte sich so daran gewöhnt, daß Avan Soski als seine Frau galt, daß er ihn selten als Mann betrachtete. Der kleine Kerl war ein großartiger Verkleidungskünstler.

Leif zog sich um, ging an den Bildschirm und schaltete ihn ein.

»Laß das«, sagte Ava. »Ich habe den Befehl, dafür zu sorgen, daß du mit niemand Verbindung aufnimmst.«

Leif achtete nicht auf seine Worte, sondern verlangte Mrs. Dannto. Wahrscheinlich richtete sie sich gerade für die Party her. Es machte auch nichts, wenn der Sandalphon im Zimmer war. Sie hatten für diesen Fall ein Geheimwort vereinbart.

»Leif, ich schieße!« sagte Ava.

Das Bild zeigte Halla, wie sie in einem Morgenmantel das Zimmer betrat.

»Halla, hört jemand mit?« fragte er.

Sie schüttelte den Kopf und starrte an ihm vorbei Avas Pistole an.

»Keine Angst«, sagte er. »Ava wird nicht schießen. Hör zu! Die Sache ist aufgeflogen. Ich habe keine Zeit für Einzelheiten. Das Wichtigste ist, daß wir von hier verschwinden. Ich kann dir nicht sagen, auf welche Weise, denn die Leitung wird vielleicht überwacht. Man kann nie wissen — auch wenn man Lamech-Träger ist. Wir beide treffen am vereinbarten Platz zusammen. Schnell!«

Sie nickte, und er schaltete aus.

Leif drehte sich um und sagte zu Ava: »Ich komme nicht mit dir, Baby. Ich habe vor, mich mit Jim Crew in Verbindung zu setzen und zusammen mit Halla nach Bantuland zu fliehen.«

»Jim Crew ist in der psychiatrischen Abteilung«, sagte Ava ruhig. Er hielt die Pistole auf Leifs Brust gerichtet.

»Wann hast du das erfahren? In der Damentoilette des Schiffes?«

»Ja. Roe sagte uns, daß wir untertauchen sollen, weil er glaubt, daß die Uzziten Crew durch Folter zur Wahrheit zwingen werden. Man hat die Maschine vermutlich in die Nähe von Abteilung H gebracht, damit Roe das Verhör mitverfolgen kann.«

Leif zögerte und sagte: »Ava, hör zu. Ich weiß, daß du mich erschießen wirst, wenn ich dich zu weit treibe. Aber wie wäre es, wenn du mir eine Chance gibst? Ich nütze dem KKK nichts mehr. Aber Roe hat auch nichts davon, wenn er mich umbringen läßt.«

»Glaubst du, Roe läßt dich laufen, nachdem du die Sache mit Halla verpatzt hast und außerdem Verbindung mit den Bantus aufgenommen hast? Leif, dieses Mädchen hat dir den Kopf verdreht.«

»Ich weiß.«

»Aber, Leif — du verrätst dein Land!«

»Nein. Ich habe es nur einen Moment lang vergessen.«

Sie verließen das Krankenhaus. Leif nahm seinen Wagen und fuhr zur Nationalbibliothek. Halla wartete im Lesesaal. Sie kam heraus und nahm auf dem Rücksitz Platz.

Bevor Ava Leif sagen konnte, wohin er fahren sollte, hatte Halla ihre Pistole an seine Schläfe gesetzt. Leif holte die Automatik aus Avas Tasche.

»Ich dachte mir, daß etwas Ähnliches kommen würde«, erklärte er. »Deshalb haben Halla und ich auch unsere Pläne gemacht.«

Ava war wie betäubt. »Leif, das ist doch nicht ...«

»Das ist nicht meine Art? Vielleicht nicht. Aber ein falscher Schritt führt zum nächsten. Nicht daß ich behaupten möchte, mein Zusammensein mit Halla wäre ein falscher Schritt gewesen. Dafür kann ich auf alle Medaillen des KKK verzichten. Das Schlimme ist nur, daß man mich von vornherein der Untreue bezichtigen würde. Ich habe keine andere Wahl. Hör mir gut zu — ich wende mich nicht gegen Marschland. Ich werde mich sogar freiwillig zu einer Verhandlung melden, sobald sich die Gemüter ein wenig abgekühlt haben. Aber wenn ich jetzt zurückkehre, werde ich erschossen.«

Leif fuhr langsam und vorsichtig zu einem U-Bahneingang in der Nähe des ehemaligen Place d'Etoile. Sie stiegen aus, und Leif stellte die automatische Steuerung so ein, daß der Wagen zum Krankenhaus zurückfuhr.

Er warf einen Blick auf die riesige Statue Sigmens, der ein Schwert und ein Stundenglas in den Händen hielt. Flüchtig kam ihm der Gedanke, was wohl nach dem Triumphbogen und Sigmens Statue folgen würde. Dann folgte er Halla und Ava in den U-Bahn-Tunnel.

Sie fuhren zu einem Platz, der ein paar Ecken von ihrem Ziel entfernt war, und legten den restlichen Weg zu Fuß zurück. Der Treffpunkt befand sich in einem Haus für einfache Arbeiter. Gegenüber stand ein riesiger Häuserblock, der angeblich ein College für Psycho-Techniker beherbergte.

In Wirklichkeit befand sich darin die berüchtigte Abteilung H, in der Unrealisten psychiatrisch behandelt wurden.

Die drei betraten die Arbeiterunterkunft von hinten. Sie stiegen eine wacklige Treppe nach oben. Es roch nach Kohl, Fisch und Schweiß. Schließlich blieb Ava an einem bestimmten Raum stehen und klopfte im vereinbarten Rhythmus. Die Tür ging einen Spalt auf, und sie traten ein.

»Wo ist Roe?« fragte Ava.

Der Mann deutete auf den leeren Raum und sagte: »Er versteckt sich. Auch die anderen sind getürmt. Candleman hat herausgebracht, was wir tun. Ich bin als einziger noch dageblieben, um Nachzügler zu warnen.«

Er warf einen neugierigen Blick auf die Pistolen, die Leif und Halla in der Hand hielten, aber er sagte nichts.

»Was soll mit Barker geschehen?« fragte Ava.

»Er ist auf sich selbst angewiesen. Jeder muß jetzt sehen, wie er am besten durchkommt. Roe wird sich später um ihn kümmern.«

Halla seufzte erleichtert.

»Allerdings wird er mich suchen müssen«, erklärte Leif. »Freiwillig melde ich mich nicht mehr bei ihm.«

Er ging an die Gedankenübertragungsmaschine, die vor einer heruntergelassenen Jalousie stand. »Wird sie explodieren?«

»Nur wenn jemand versucht, sie zu öffnen«, erklärte der Mann. »Wir hatten sie auf Jim Crew angesetzt. Dem armen Kerl machen sie die Hölle heiß.«

Leif schüttelte bedauernd den Kopf. Er wußte, daß es überall in der Union Gebäude gab, in denen man die Unrealisten »auf den rechten Pfad« brachte.

Man pumpte die Leute mit Drogen voll und schloß an verschiedenen Nervenenden winzige Übertragungsdrähte an. Durch diese Drähte liefen eine Reihe von Reizen, die vorherberechnete Gefühle auslösten. Diese, in Verbindung mit Worten, die während der Behandlung abgespielt wurden, ließen den Patienten bestimmte künstliche Situationen durchleben, die er für echt hielt. Die »Geschichte« wurde immer und immer wiederholt, bis sie unauslöschlich ins Unterbewußtsein des Behandelten eingeprägt war.

Wenn man jemand aus der Abteilung H entließ, war er überzeugt davon, daß er durch seine »Erlebnisse« wieder auf den rechten Weg gekommen war. Ganz gleich, wie er sich vorher verhalten hätte, er war nun ein treuer Diener Isaak Sigmens.

Der einzige Nachteil dabei war, daß er nicht mehr schöpferisch denken konnte, sondern Ähnlichkeit mit einem menschlichen Roboter hatte.

Leif wußte das. Irgend etwas zwang ihn dennoch dazu, sich in Jim Crews Gedanken einzuschalten.

21

Leif brauchte zwanzig Minuten, bis er Jim Crews Gehirnwellenfrequenz gefunden hatte. Sein Strahl tastete die Räume ab, in denen die Techniker mit ihren Metallhelmen saßen und den Patienten die vorherberechneten Impulse zuführten.

Leif konnte natürlich nicht sehen, was in dem Gebäude vorging, aber er hatte schon genug über die Abteilung H gehört, um es sich vorstellen zu können.

Die Leute, die sich mit Jim Crew beschäftigten, hatten eine scheußliche Situation für ihn bereit, eine, die seiner eigenen Denkweise folgte. Leif erwischte die Geschichte gerade am Anfang. Er wußte nicht, ob sie zum ersten- oder zum hundertstenmal ablief. Zuerst verstand er nicht alles, doch nach einiger Zeit war er in der Lage, die Lücken selbst zu füllen.

Der Patient wurde von einer sanften Stimme aus dem Schlaf geweckt, die immer wieder sagte: »Jim Crew, mach die Augen auf. Jim Crew, du darfst nicht schreien.«

Und als er gehorchte, sah er einen Mann in der Ecke seiner Zelle. Der Fremde war dunkelhäutig und nackt und sah aus wie ein stark idealisiertes Abbild von Jim Crew.

Jim war nicht allzu überrascht, als er seinen Besucher sah. Er hatte immer gewußt, daß er früher oder später kommen würde. Er fand nichts dabei, daß er mitten durch die Wand geschritten war. Aber er spürte einen Schauer, als er den schimmernden Glanz um das kurzgeschnittene Haar sah.

»Komm, Jim Crew«, sagte der Mann. »Ich will dich weit fortholen von diesem Volk, das nicht weiß, was es tut.«

Wie in einem Traum schwebte Jim Crew hoch und nahm die ausgestreckte Hand. Sie war groß und stark und warm und hatte eine Kraft, wie Jim sie noch nie zuvor gespürt hatte, nicht einmal bei den wirbelnden Stammestänzen, bei denen heilende Ströme durch die verschlungenen Hände geflossen waren.

Es war eine Energie, die von einem hohen auf ein niedriges Potential überging. Von dieser Quelle der Kraft hatte er geträumt, und er hatte sie in seinen Gebeten herbeigewünscht.

Wie ein Kind nahm Jim die Hand und folgte dem Mann durch die Wand. Er spürte nicht die geringste Furcht, als ihn einen Moment lang Dunkelheit umgab. Dann schwebte er hoch in die Luft, getragen von der Kraft der fremden Hand. Unter ihm breitete sich das nächtliche Paris aus. Die Lichter lagen da wie Perlenschnüre, doch sie wurden immer kleiner, und die Luft wurde immer kälter. Aber von dem Mann ging Wärme aus, und obwohl Jim Crew anfangs zitterte, vergaß er die Kälte des Raumes bald.

Sie schwebten zwischen Erde und Mond, und Jim Crew starrte neugierig den Mond an, denn er hatte noch nie die Atmosphäre der Erde verlassen, obwohl die Menschen seiner Zeit schon zu fremden Welten reisen konnten. Er fand, daß sein Planet groß und schön genug war.

Der Mann mit dem Kopf des Heiligen Jim Crew sagte:

»Sieh dich um! Du warst ein treuer Diener des Glaubens, und darum sei dir all dies untertan!«

Und er deutete auf die Erde, den Mond und die Sterne.

Jim Crew schrie auf: »Aber, Herr, das will ich doch nicht!«

Seine Worte fielen in den dunklen Raum, und sie gefroren und schwebten in die Tiefe, bis sie in die Atmosphäre eintauchten. Dort verbrannten sie mit langen Flammenzungen und kamen spöttisch und verzerrt wieder zu ihm hinauf: »Aber, Herr, das will ich doch nicht!«

Und der Mann sagte: »Was willst du sonst? Was gibt es außer diesen Dingen?«

Als Jim sich umdrehte und ihn ansah, denn die Worte ließen ihn mehr zittern als die Kälte, erkannte er, daß das Gesicht des Mannes immer noch weise und freundlich war. Aber er sah auch, daß die Stimme aus einem anderen Mund kam, und als er in die Augen schaute, die zu diesem Mund gehörten, spürte er zum erstenmal in seinem Leben Angst. Es war auch sein Kopf, doch Jim Crew hatte gehofft, daß er nie so werden würde, denn das Böse war tief in die Züge eingegraben.

Und als der verzerrte Mund, der auch ihm gehörte,

wiederholte: »Was gibt es außer diesen Dingen?«, da drückte Jim Crew fest die Hand seines Retters, um ihre Kraft zu spüren. Doch der Mann hatte sich zur Seite gewandt, und Jim konnte sehen, daß ihm eine Art Affenschwanz gewachsen war. An diesem Schwanz saß der Kopf des bösen Jim Crew. Als er sah, daß Jim verstand, lachte er und sagte: »Glaubst du wirklich, daß es noch etwas außer diesen harten, kalten Sternen gibt, die ziellos durch die Unendlichkeit schweben? Glaubtest du wirklich an etwas anderes?«

Jim Crew schrie auf und versuchte sich loszureißen, denn die Hand, die ihn festhielt, war eisig geworden und sog ihm die Energie aus dem Körper. Der Kopf, der den edlen Jim Crew darstellte, schmolz wie eine heiße Wachskerze.

Doch Jim konnte nicht fliehen, denn er war inmitten des Raumes und fand keinen Halt für seine Füße. Und dann setzte ihm der Mann mit den zwei Köpfen einen krallenähnlichen Fuß in den Rücken und gab ihm einen Stoß, der ihn durch das Universum stolpern ließ. Er fiel und schlug in der Atmosphäre auf, als sei sie Wasser. Er fiel immer schneller, die Luft pfiff ihm um die Ohren, und die Erde kam mit rasender Geschwindigkeit auf ihn zu. Seine Haut begann zu brennen, denn er war jetzt ein lebender Meteor und würde sich in Rauch und Schmerzen auflösen, lange bevor er am Boden aufschlug.

»Herr, so hast du keinen deiner Märtyrer gequält!« rief er.

Und kaum hatte er diese Worte gesagt, als ihn eine Hand an der Schulter nahm und seinen Flug verlangsamte. Die Luft umwehte ihn kühl, und er schwebte sanft dahin. Als er aufsah, bemerkte er, daß der Mann, der ihn gerettet hatte, rotes Haar und schmale hellblaue Augen hatte. Es war Isaak Sigmen, der Vorläufer.

Seine Stimme war sanft wie die einer Taube.

»Dein Herr hat dich betrogen, das hast du jetzt gesehen. Du hast auch gesehen, daß es außer dem Greifbaren nichts gibt. Der wahre Prophet hat dich gerettet, der Zeitreisende, der Gründer der Sturch, der alle Menschen retten will. Du mußt erkennen, in welcher Lüge du gelebt hast, dann kannst du zusammen mit den Jüngern des Vorläufers auf die Realität hinarbeiten.«

Und obwohl Jim Crew wußte, daß sein Erlebnis Wirklichkeit war — denn er konnte sehen und fühlen und hören —, war ihm dennoch klar, daß er auf raffinierte Weise versucht wurde.

Er wand sich aus dem Griff des Vorläufers, atmete tief ein und schrie: »Herr, wo du auch sein magst, komm, oder ich bin verloren!«

Im nächsten Moment waren Leif Barkers Ohren voll von statischen Geräuschen. Er mußte den Kopfhörer herunterreißen, aber es nützte nichts, denn irgend etwas war aus dem anderen Gebäude zu ihm übergesprungen, und es wollte ihn vernichten. Ein blendend helles Licht erfüllte ihn, so daß er nichts anderes sehen konnte. Er stürzte zu Boden und hörte nicht mehr, wie Ava und Halla aufschrien. Er merkte auch nicht, daß sie ihn aufhoben.

Dann war das Licht fort, und er befand sich wieder in der gewohnten Umgebung.

Ohne auf die Fragen und Proteste zu achten, stand Leif auf, schüttelte den Kopf und streifte den Kopfhörer wieder über. Es war, wie er erwartet hatte. Von Jim Crews Gehirnwellen war nichts mehr zu entdecken.

Leif schaltete einen Suchstrahl ein und richtete ihn auf die Gehirnwellen des Technikers, der seinen Helm abgenommen und in die Zelle des Bantus gelaufen war. Da der Techniker vor sich hinmurmelte, hatte Leif keine Mühe, seine Gedanken zu verfolgen.

»Ich habe keine Ahnung, wie das geschehen konnte! Er reagierte wie alle anderen. Er war eben an der Stelle angelangt, wo der Vorläufer ihm sagte, daß er betrogen worden war. Und dann schlugen unsere Zeiger plötzlich voll aus, blieben eine Sekunde lang stehen und sanken dann auf Null. Er muß eine übermenschliche Energie ausgestrahlt haben. So etwas hätte ich nicht für möglich gehalten.«

Leif suchte mit dem Strahl, bis er die Gedanken eines anderen Mannes aufnahm.

»Er ist tot. Was hat ihn getötet? Eine Herzschwäche?«

Ein anderer erwiderte: »Es sieht nicht danach aus. Sieh dir das Lächeln in seinem Gesicht an. Woran, bei Sigmen, mag er wohl gedacht haben?«

Das genügte Leif. Er nahm die Kopfhörer ab und sagte zu den anderen: »Gehen wir. Ich erzähle euch später, was geschehen ist.«

Der Mann, der sie eingelassen hatte, weigerte sich, mit ihnen im Untergrundnetz zu verschwinden. Er hatte ein eigenes Versteck. Ava zögerte, doch schließlich erklärte er sich bereit, Halla und Leif zu folgen. Die drei gingen sofort. Sie kümmerten sich nicht um die Gedankenübertragungsmaschine. Wenn die Uzziten zu neugierig wurden, würde sie höchstwahrscheinlich explodieren.

Leif schien geistesabwesend. Während sie die schäbige Treppe hinuntergingen, sagte er leise: »Ich war der einzige in der Umgebung, der eine Art Kontakt mit Jim aufgenommen hatte, wenn es auch nur Sympathie war. Die Techniker konnten nicht sehen, was er dachte. Sie speisten ihm einfach eine vorbereitete Geschichte ein und beobachteten seine Reaktion auf Meßgeräten.

Aber als er diese — Vision — hatte, sah ich einen Teil davon. Nicht direkt durch die Maschine. Energie, gleichgültig welcher Art, fließt von einem höher geladenen Körper auf einen niedriger geladenen, wenn ein Leiter vorhanden ist. Unsere erste Verbindung war die Maschine und unsere zweite die Sympathie. Und ich besaß das niedrigere Potential.«

»Irgendwie sah ich die gleichen Bilder wie er. Und in

dem Moment, in dem er sein ganzes Wesen — ich sage Wesen, und nicht Existenz — in einer Art psychosomatischer Nova aufflammen ließ, da sah ich diesen bärtigen Mann, der ihm die Hand reichte. Er kam durch das Licht und ging auf Jim zu. Oder habe ich mich getäuscht ...?«

Er fuhr sich mit der Hand durch das Haar und wußte, daß er darauf nie mehr eine Antwort bekommen konnte.

22

Im Versteck der Bantus kamen ihnen zwei Späher entgegen und führten sie durch die Dunkelheit. Ava hatte zu protestieren begonnen, daß er nicht mitwollte, aber Leif hatte ihm erklärt, daß er ihn notfalls zwingen würde. Wenn beide verschwunden waren, würde Roe vielleicht annehmen, daß man sie festgenommen und zur Abteilung H gebracht hatte. Wenn Ava ihm aber erzählte, was wirklich geschehen war, würde er Leif Hindernisse in den Weg legen. Sobald Leif und Halla sich auf dem Schiff nach Afrika befanden, konnte Ava seiner eigenen Wege gehen.

Als sie ankamen, wurden sie von den Primitiven begrüßt und bewirtet. Man hielt eine Beratung ab und beschloß, ein neues Hauptquartier zu suchen und das Versteck hier zu verlassen. Inzwischen sollten Leif und verschiedene andere zum Schiff gehen. Sie hatten Glück, denn das Schiff sollte am nächsten Tag starten.

Nach dem Essen wurden für Jim Crew Gebete gesprochen. Leif und Halla waren ungeduldig, aber sie hatten Respekt für die Gefühle der Eingeborenen. Und dann, gegen drei Uhr morgens, als sie eben aufbrechen wollten, kam ein Späher herein. Sein Gesicht war erregt. Er brachte schlechte Nachrichten.

Candleman und Dannto wußten jetzt, daß Halla mit

Barker durchgebrannt war. Der Uzzit hatte die größte Menschenjagd aller Zeiten in die Wege geleitet, was ihm nicht schwerfiel, da alles schon vorbereitet war.

Er setzte nicht nur seine Pariser Streitmacht ein, sondern hatte sich Tausende von Männern aus den umliegenden Regionen kommen lassen. Sie hatten Hunde, Feuerwerfer und Giftgas.

Leif sprach mit einigen der Späher. Sie erklärten, daß der oberste Uzzit versucht hatte, seine Männer heimlich im Schutz der Dunkelheit nach unten zu bringen, daß es aber unmöglich gewesen sei, diese große Anzahl zu verheimlichen. Es konnte noch eine Zeitlang dauern, bis die Jäger in der Umgebung des Verstecks angelangt waren. Candleman hatte seine Armee an den Rändern eingesetzt, von wo aus sie sich langsam auf das Zentrum zuarbeiten sollte. Man wollte die Bewohner der U-Bahnschächte wie Kaninchen zusammentreiben.

Leif glaubte nicht, daß es so leicht gehen würde. Paris war riesig, mindestens doppelt so groß wie im zwanzigsten Jahrhundert, und das unterirdische Labyrinth erstreckte sich über viele Stockwerke. Es würde Tage dauern, bis sie an die Bantus herangekommen waren, und selbst dann konnten sie es kaum verhindern, daß ihnen eine ganze Menge durch die Lappen gingen.

Man beratschlagte noch einmal. Die Bantus hofften, daß sie irgendwo in der Stadt auftauchen und sich verstecken konnten, bis die Jagd vorbei war.

Leif machte diese Hoffnung zunichte, indem er ihnen erklärte, daß die Uzziten zweifellos Streifen durch die Sträßen von Paris schickten. Es gab nur zwei Möglichkeiten: Entweder, sie versteckten sich hier unten so, daß sie nicht aufgestöbert wurden. Oder sie benutzten das Schiff, das im Schlamm der Seine lag. Die erste Möglichkeit war ziemlich unsicher, denn sobald es den Feinden doch gelungen war, die Bantus zu finden, konnten sie nicht mehr entrinnen. Die zweite Möglichkeit war ebenfalls nicht ungefährlich, denn sie hatten keine Ahnung, ob Jim Crew während der Folter über das Schiff gesprochen hatte oder nicht.

Leif persönlich hätte lieber das Schiff genommen. Er hoffte, daß er mit Halla eine Zeitlang in Bantuland leben konnte, bis sich die Gemüter in Marschland beruhigt hatten. Falls er nicht mehr in sein eigenes Land zurückkehren konnte, hatte er die Absicht, in Afrika zu bleiben oder in eine der israelischen Republiken zu ziehen.

Die Bantus ergründeten die Gefühle ihrer Mitbrüder und Mitschwestern. Sie dachten gar nicht daran, sich voneinander zu trennen. Entweder blieben alle oder keiner. Leif, der sie beobachtete, kam zu dem Schluß, daß hier zum erstenmal eine vollkommene Demokratie entstanden war. Es war keine Wahl nötig, man hielt keine Reden und bestach niemanden. Die Männer und Frauen hielten sich an den Händen und *erfühlten* die Entscheidung.

Das Ganze dauerte weniger als eine Minute. Einstimmig beschlossen sie, das Versteck zu verlassen. Wenn sie blieben, bedeutete ihr Märtyrertum nichts, denn die Menschen der Haijak-Union würden nichts davon erfahren. Es stimmte, daß es schwierig sein würde, wieder in den Untergrund zurückzukehren, sobald sie einmal in Paris waren. Aber sie hofften, daß sie es schaffen würden. Außerdem hatten sie großes Vertrauen darauf, daß die Pläne der Marschbewohner schließlich Erfolg haben würden. Dann fiel die Haijak-Union ohnehin.

Man traf sofort die nötigen Vorbereitungen. Nahrungsmittel wurden in Körbe verstaut, und dann zogen sich die Bantus an. Die ganze Gruppe war nach zwanzig Minuten fertig.

Leif erkundigte sich nach der Timbuktu-Gruppe und erfuhr, daß man die Verbindung zu ihr verloren habe, seit Dr. Djouba gekränkt gegangen sei. Wenn sie keine guten Fluchtmöglichkeiten hatten, würde man sie zweifellos ausrotten.

Ein Späher kam atemlos herein und berichtete, daß eine Anzahl von Männern durch den gleichen Eingang eingedrungen war, den Leif bei seinem ersten Besuch benutzt hatte. Ein zweiter Späher meldete, daß sich auch aus der entgegengesetzten Richtung eine Gruppe näherte.

»Offensichtlich wollen sie uns aufreiben«, sagte Leif. Er betrat den nächsten Raum, in dem sich ein verborgener Ausgang befand. Sie plazierten eine Bombe an diesem Ausgang und stellten den Zünder so ein, daß er von den Gehirnwellen der vierten Person ausgelöst wurde, die die Tür betrat.

Leif, Ava und Halla waren die einzigen der Gejagten, die Waffen besaßen. Die Bantus starben lieber, als daß sie Gewalt angewandt hätten.

Als Leif an die Spitze des Häufchens trat, kam er an Anadi vorbei. Das Mädchen sah blaß aus, aber ihre Augen glänzten. Sie wurde von ihrem Vater getragen. Ihr Gesicht erschien winzig unter dem riesigen Kopfverband aus Weidenwerk. Er blieb einen Moment lang bei ihr stehen.

»Anadi, ich kann kaum glauben, daß du es geschafft hast.«

»Ja«, sagte sie mit einem schwachen Lächeln. »Ich blieb am Leben, damit ich mit den anderen sterben kann.«

Er fragte nicht, wie sie das meinte. Es war eindeutig.

»Ich weiß immer noch nicht, weshalb du in Hallas Nähe warst, als sie starb«, sagte er. »Jim Crew deutete an, daß du von dem Unfall wußtest.«

»Wie kann ich das erklären? Ich kannte Mrs. Dannto, weil ich die erste war, die sie zu unserem Glauben brachte. Ich liebte sie, und ich taufte sie.«

»Oh, wenn das KKK das gewußt hätte, so hätte man ihr auch den Prozeß gemacht.«

»Ja. Aber an dem Tag, als sie starb, hatte ich ein *Gefühl*, daß sie etwas Falsches tat. Ich eilte zu ihr, um sie zu warnen, aber ich kam zu spät. Ich wollte das Taxi aufhalten, doch es überfuhr mich. Und was Sie betrifft — wir kannten Ihre wahre Rolle schon lange Zeit.«

Er berührte ihre Hand, und irgendwie fühlte er sich stärker.

»Du bist ein seltsames kleines Mädchen.«

»Nicht halb so seltsam wie Sie, Lev-Leif Baruch-Barker.«

Das war das letztemal, daß er sie sah ...

Sie folgten schmalen Tunnels mit niedrigen Decken. Leif mußte Halla an manchen Stellen helfen, denn die Wände waren zum Teil eingestürzt und blockierten den Weg.

Als sie wieder einmal stehenblieben, hörten sie ein dumpfes Grollen, und der Boden unter ihnen zitterte.

»Die Bombe!« sagte Leif grimmig. »Es werden bald mehr kommen. Und sie sind sicher vorsichtig.«

Dann kamen sie in einen breiten Saal, der an vielen Stellen von Holzträgern gestützt wurde. Die Afrikaner bestanden darauf, daß sich die drei Agenten hier von ihnen trennten. Sie sagten, daß sie hier die Verfolger zumindest aufhalten konnten, während die drei zum Schiff gingen. Und was die Gruppe betraf — sie wollte als Einheit sterben oder am Leben bleiben.

Leif widersprach nicht. Er wollte leben. Er war jedoch überrascht, als die scheckige Schöne sagte, sie wolle die anderen verlassen, um ihn und die beiden anderen zu führen. Er war gerührt, denn er wußte, daß sie sich von der Gruppe nur trennte, weil sie ihn liebte.

»Vielen Dank«, sagte Leif. »Ich weiß, daß du ein großes Opfer bringst.«

»Es ist nicht so groß. Wir werden uns am Schiff wieder treffen.«

In diesem Augenblick hatte Leif zum erstenmal das Gefühl, daß sie die anderen *nicht* mehr treffen würden und daß sich die Afrikaner freiwillig für den Tod entschieden hatten, um ihm zu helfen. Seine Führerin mußte das auch wissen.

Die vier schlugen den Tunnel zur Rechten ein. Sie waren etwa hundert Meter gegangen, als sie in der Ferne Hundegebell und Menschenstimmen hörten. Sie eilten weiter, doch sie wußten, daß die Verfolger ihnen bald auf den Fersen sein würden.

Einen Moment lang blieben sie an einer Kreuzung stehen, weil Halla von dem schnellen Lauf schwindlig war. Sie hörten das dumpfe Krachen von Schüssen.

Das scheckige Mädchen versteifte sich und rief: »Sie bringen uns um! Sie geben uns nicht einmal eine Chance!«

Schluchzend ging das Mädchen weiter. »Wir können nichts tun. Beeilen wir uns, sonst erwischen sie uns auch.«

Halla, die voranging, stürzte plötzlich. Bevor sie sich erheben konnte, schrie sie auf. Leif sprang auf den Mann zu, der am Boden lag. Er nahm die Pistole in die Hand. Doch dann sah er, daß es ein verwundeter Bantu war. Er steckte die Waffe ein und wollte den Mann stützen, als er erkannte, weshalb Halla aufgeschrien hatte.

Es war ein *Mann in der Dunkelheit.*

Er war zwar verwundet, aber er fing dennoch Hallas Ausstrahlungen ab und schleuderte sie verstärkt zurück. Da sie im Moment sehr verängstigt war, hatte er ihr sicher etwas gezeigt, das ihr einen furchtbaren Schrecken eingejagt hatte.

Ihre Führerin beugte sich über ihn und sagte: »Komm mit, Bruder. Wir werden dir helfen.«

Mit schlaff geöffnetem Mund starrte er das Mädchen an. Dann, als er ihre Gedanken auffing, kam er schwankend auf die Beine und folgte ihnen.

Leif wollte protestieren, denn er fand, daß die Anwesenheit eines Verrückten, der obendrein verwundet war, gefährlich werden konnte. Aber das Mädchen legte dem Mann den Arm um die Schulter und führte ihn. Als Leif ihr zusah, schämte er sich.

Die Rufe hinter ihnen wurden lauter. Sie kamen wieder an eine Kreuzung. Ihre Führerin blieb stehen.

»Von jetzt an müßt ihr jeden Ausgang zur Rechten nehmen«, sagte sie. »Versteht ihr mich?«

»Wenn du etwa den Gedanken hast, hierzubleiben und die Verfolger abzulenken, dann gib ihn schnell wieder auf. Wir bleiben zusammen.« Leif sah sie ernst an.

»Ich bin schon jetzt halbtot«, erwiderte sie. »Ich starb mit meinem Volk. Es ist nur ein kleiner Schritt, bis ich wieder bei den Meinen bin. Geht ihr weiter. Ihr könnt mich nicht umstimmen.«

Barker zögerte keinen Moment. Er umarmte sie und sagte: »Wir werden dich nie vergessen — und — *wir* lieben dich.«

»Ihr werdet mich Millionen Male in Bantuland finden«, sagte sie. »Ich lebe in meinem Volk.«

Leif glaubte das nicht, aber irgendwie war er von den schlichten Worten überwältigt. Er wandte sich um und sagte: »Gehen wir.«

Ava und Halla verabschiedeten sich von dem schekkigen Mädchen und folgten ihm. Der Mann in der Dunkelheit ließ einen Moment lang den Kopf hängen, murmelte etwas in Suaheli vor sich hin und stolperte dann hinter ihnen drein.

Das Mädchen wartete auf die Verfolger ...

Zehn Minuten später wußte Leif, daß sie zumindest einen Teil der Verfolgergruppe abgelenkt hatte. Er sah einen Moment lang eine verhältnismäßig kleine Schar am Anfang des langen Tunnels. Es waren an die zwanzig Leute, und sie hatten einen Hund. Candleman und Dannto gingen an der Spitze. Die meisten trugen die gefährlichen Minimatiks.

Leif hatte auch eine Waffe, aber er wollte den Verfolgern nicht verraten, daß der Abstand zu ihm so gering war. So rannte er weiter, den anderen nach. Als er sie eingeholt hatte, sah er, daß Halla hinkte. Auf seine erschrockene Frage erklärte sie, daß sie sich den Knöchel verstaucht hatte, als sie über den Verwundeten gestürzt war. Sie versuchte, den Schmerz zu verbergen, aber beide Männer konnten sehen, daß sie am Ende ihrer Kräfte war.

Leif hob sie trotz ihrer Proteste hoch und trug sie. Er war groß und außergewöhnlich kräftig, aber auch sie war nicht gerade klein. Leif kam schnell voran, doch das Hundegebell erklang immer näher. Es stand fest, daß man sie erwischen würde.

»Stop, Leif«, sagte Ava mit einemmal.

Leif blieb keuchend stehen.

»Was willst du?« fragte er. Die Frage war lächerlich, denn er wußte es ganz genau.

»Ich halte sie so lange wie möglich auf«, sagte Ava. »Sieh zu, daß du einen guten Vorsprung erzielst. Ich laufe euch dann nach.«

»Ava, du weißt, daß das dein Ende wäre.«

Ava wollte es erst leugnen, doch dann schüttelte er den Kopf und lächelte ein wenig.

»Du hast recht. Aber ich betrachte es folgendermaßen: Ich kann nicht nach Afrika. Wie sollte ich beweisen, daß ich nicht desertierte? Man würde mich verurteilen und auf meine Frau und mein Kind herabsehen. Wenn ich hier umkomme, sterbe ich als Held des KKK. Ich muß ohnehin sterben. Besser ein toter Held als ein toter Verräter.

Du hast etwas, wofür du leben kannst — auch wenn ich diese Frau nicht anrühren könnte. Geh jetzt, Leif, und viel Glück.«

»*Schalom*, Ava.«

»Wenn du je wieder nach Marschland kommst, besuche meine Frau und meinen Sohn. Er ist jetzt elf. Sage ihnen, daß ich für die gute Sache gestorben bin. *Schalom.*«

Leif nahm seine Armbanduhr mit dem Sender ab, um sie Ava zu geben, aber der kleine Mann winkte ab. So hob Leif Halla auf und ging mit ihr weiter, ohne noch einmal umzusehen. Er hatte einen bitteren Geschmack auf der Zunge. Der verwundete Bantu kam schwankend hinter ihnen drein.

Nach kurzer Zeit hörten sie hinter sich Schüsse, gefolgt von einem ohrenbetäubenden Knall.

»Das war Avas Werk«, sagte Leif. »Er hat sich selbst in die Luft gesprengt.«

Nach einer Weile hörten sie Rufe. Lichter flammten auf. Leif konnte Halla nicht mehr tragen. Er legte sie hinter eine halbeingefallene Ziegelwand. Der Bantu ließ sich ebenfalls fallen. Nach ein paar Sekunden war sein rasselndes Atmen leiser geworden. Leif war froh darüber, denn er hatte sich Sorgen wegen seiner düsteren Fähigkeit gemacht. Bis jetzt hatte er nicht viel anrichten können. Zum einen machte ihm seine Wunde zu schaffen, und zum anderen hatte Halla sehr wenige innere Nöte und Spannungen, die er verstärken konnte.

Plötzlich klangen ganz nahe Rufe auf. Leif zog seine Minimatik, als die Gruppe um die Ecke bog. Es waren insgesamt fünf Leute. Zwei Männer fielen, die anderen sprangen zurück. Er war enttäuscht, weil weder Candleman noch Dannto darunter waren, aber eigentlich hatte er es auch nicht erwartet. Das Erlebnis mit Ava hatte sie sicher vorsichtiger gemacht.

Die Lichter gingen aus. Das bedeutete, daß die Jacks entweder in der Dunkelheit angreifen würden oder daß sie unsichtbare Scheinwerfer besaßen. Diese Scheinwerfer hatten den Nachteil, daß die Männer Schutzbrillen aufsetzen mußten und nicht sehen konnten, wenn der Gegner einen Lichtstrahl auf sie richtete. Leif flüsterte seinen beiden Begleitern zu, daß sie ein Stück den Korridor entlangkriechen und sich hinter der nächsten Ecke verstecken sollten.

Sie befanden sich kaum eine Minute in ihrem neuen

Versteck, als der Tunnel von einem Ende bis zum anderen hell erleuchtet wurde. Jemand hatte eine Blendbombe geworfen. Hätten sie sich jetzt noch hinter der Mauer befunden, so wären sie blind gewesen.

23

Schritte klangen auf, und ein Uzzit lief auf die Mauer zu, eine Minimatik in der Hand. Er hatte vermutlich den Auftrag, die hilflosen Opfer zu erschießen. Leif wartete, bis er an der Mauer war, denn er hoffte, daß Candleman und Dannto folgen würden. Als sie es nicht taten, schoß er und rannte im nächsten Moment auf die Mauer zu. Er wollte dem Uzziten die Lampe abnehmen und seine Rolle weiterspielen. Wenn er die beiden Anführer hervorlocken konnte …

Einer kam. Candleman. Er schoß zuerst, und obwohl sich Leif hinter die Mauer warf, wurde ihm die Waffe von dem Aufprall der explodierenden Ladung aus der Hand gerissen. Sie lag vor der Lampe, so daß Candleman sie sehen konnte.

Leifs Hand war steif, da ihm die Waffe mit Gewalt aus den Fingern geprellt worden war. Er fluchte hilflos vor sich hin. Er hoffte nur, daß Halla schießen würde. Im nächsten Moment schnurrte ihre Automatik los. Dann, nach einer kurzen Pause, rief sie angsterfüllt: »Leif, ich habe ihn nicht erwischt. Er ist auf der anderen Seite der Mauer.«

»Dannto!« schrie Candleman. »Barker hat seine Waffe verloren. Zerschießen Sie die Lampe, damit Halla nicht mehr sehen kann!«

»Halla, wenn er das tut, dann schalte deine eigene Lampe ein und halte ihn in Schach!«

Dannto wagte es dennoch, die Hand um die Ecke zu schieben und aufs Geratewohl in den Tunnel zu schießen. Und er traf die Lampe. Danach zog er sich jedoch nicht zurück, sondern schoß weiter, vermutlich, um Halla daran zu hindern, aus der Deckung zu kommen und die Taschenlampe einzuschalten. Er hatte Erfolg, denn Halla rührte sich nicht.

Aber auch Candleman wagte nicht über die Mauer zu springen, solange Dannto schoß.

Leif wartete. Er wußte, daß der Moment kommen mußte, in dem Danntos Ladung erschöpft war. Wenn das geschah, würde der Uzzit wahrscheinlich über die Mauer hinweg auf Leif schießen. Und Halla würde die Lampe einschalten. Es kam nur darauf an, wer von den beiden schneller war.

Er robbte langsam bis zur Mauer hin und wich dabei sorgfältig dem Kugelhagel aus. Als er die Wand erreicht hatte, hielt er die Armbanduhr, die nichts anderes als ein getarnter Kurzwellensender war, an die Lippen und sprach das Codewort. Dann drückte er auf den Schalter.

Danntos Waffe schwieg. Ein lauter Aufschrei, erfüllt von Angst und Verzweiflung.

»Halla!«

Dann wieder Stille. Dannto war tot.

Das Codewort hatte zur Mischung der Substanzen geführt, die sich seit der Tumor-Operation in Danntos Körper befanden. Dadurch hatte sich ein Gift gebildet, das in Sekunden Danntos Tod herbeiführte.

Leif hatte den Urieliten mit Absicht getötet, bevor die Ladung seiner Pistole erschöpft war. Er konnte sich denken, daß Candleman mit der Waffengattung vertraut war und die Schüsse zählte. Er würde sofort angreifen, wenn die Ladung leer war. Der Doktor hoffte, daß er Candleman überraschen konnte.

Er erhob sich und sprang auf die Mauerbrüstung. Im gleichen Moment schaltete Halla die Lampe ein und strahlte ihn an. Candleman hätte sich kein besseres Ziel wünschen können.

Aber Candleman hatte ebenfalls eine List angewandt. Er war um die Mauer herumgelaufen, in der Hoffnung, Leif überraschen zu können. Jetzt wirbelte er herum, um den auf der Mauer Stehenden abzuknallen; Leif lief auf der Brüstung weiter und sprang in dem Moment zu Boden, in dem Candleman schoß. Der Uzzit dachte schnell, denn er wirbelte herum und schoß in die andere Richtung. Er mußte gewußt haben, daß Halla ihr Feuer einstellen würde, sobald sie Leif auf der Mauer sah. Da Leif keine Waffe besaß, hatte Candleman das Mädchen als die gefährlichere Gegnerin betrachtet.

Leif sah um die Mauerecke. Vor ihm war Candlemans gekrümmter Rücken, angestrahlt von Hallas Lampe. Die Uniform hing dem Uzziten in Fetzen vom Leib. Eine dunkle Brandstelle zeigte sich an der Jacke. Das alles sah Leif im Bruchteil einer Sekunde.

Dann, als er sich auf den Uzziten warf, rollte die Lampe plötzlich zu Boden. Der Strahl richtete sich auf Halla. Sie lag reglos da. Leif schrie entsetzt auf. Halla war getroffen worden. Vermutlich war sie tot.

Im nächsten Moment schlug etwas gegen seinen Kopf. Es war der Pistolenknauf des Uzziten. Leif brach zusammen.

24

Er erwachte mit dem Gefühl, daß sich in seinem Kopf eine Axt befand. Seine Hände waren mit Handschellen gefesselt. Mit dem Rücken lehnte er an einer kalten, feuchten Wand. Halla saß auf der anderen Seite des Tunnels. Auch ihre Hände waren gefesselt. An ihrer Wange klebte getrocknetes Blut. Offensichtlich war sie von einem Stück Ziegel an der Schläfe getroffen worden und hatte das Bewußtsein verloren. Er atmete erleichtert auf, daß sie keine ernsthafte Verletzung davongetragen hatte.

Candleman stand vor Leif. Er sprach in einen Sender

an seinem Handgelenk, konnte aber keine Antwort bekommen. Seine Lampe stand auf einem Mauervorsprung und erhellte die Szene.

Ein Paar schmutzige Füße ragten in den Lichtkreis. Also hatte Candleman auch den *Mann in der Dunkelheit* gefunden. Aber der arme Kerl rührte sich nicht. Vermutlich war er dem Tode nahe. Leif sah, daß er nicht gefesselt war.

Candleman ließ von dem Sender ab und wandte sich an Leif: »So, Jacques Cuze, haben Sie sich entschlossen, endlich aufzuwachen?«

Leif fühlte sich so schwach, daß er nicht einmal rebellierte. Er fragte nur: »Wie haben Sie herausgebracht, wer Jacques Cuze wirklich war?«

»Ich muß zugeben, daß ich dumm war«, erwiderte der Uzzit. »Ich habe mich lange an der Nase herumführen lassen. Aber das wird niemand erfahren, jetzt, da Dannto tot ist. Sie selbst werden zu den Psychiatern wandern, das dürfte Ihnen klar sein. Und Halla hier wird keinen Menschen außer mir mehr sehen.«

Leif schluckte. Candleman konnte ohne weiteres behaupten, daß sie während des Überfalls getötet worden wac. Und es fiel ihm sicher nicht schwer, ein Versteck für sie zu finden.

»Was wissen Sie?« fragte er.

Das Gesicht des Uzziten veränderte sich nicht, aber in seiner Stimme klang Triumph auf.

»Wenn ich etwas von Französisch verstanden hätte, wäre ich sofort dahintergekommen. Aber wie sollte ich das wissen? In unserer Zeit kennt man ja nur einen Bruchteil seines eigenen Spezialgebietes und kann sich nicht mit irgendeiner toten Sprache belasten. Als ich damals den Ausdruck Jacques Cuze zum erstenmal aus dem Munde des KKK-Agenten hörte, war ich überzeugt davon, daß es der Name eines Franzosen sein mußte. Die Initialen J. C., die überall eingeritzt wurden, bestärkten mich noch in meinem Glauben.

Sie wissen, daß ich einen Sprachwissenschaftler zu Rate zog, der mir die Bedeutung der Anfangsbuchstaben zu erklären versuchte. Seine Antworten brachten mich von der Spur ab. Jetzt ist mir natürlich klar, daß es sich um einen Agenten aus Marschland handeln muß. Ich ließ ihn noch vor dieser Razzia festnehmen. Sie wissen, wie ich die ersten beiden Buchstaben des griechischen Wortes für Fisch mit J. C. in Verbindung brachte. Damals hatte ich noch keine Ahnung davon, daß sich im Untergrundnetz von Paris Gruppen der beiden afrikanischen Kirchen befanden. Die Heilige Kirche von Timbuktu benutzt den Fisch als Symbol, und die Primitiven verehren ihren Gründer Jikiza Chandu, dessen Namen sie mit J. C. abkürzen.«

Leif sah sich verzweifelt nach einer Fluchtmöglichkeit um. Er konnte nichts entdecken. Die Füße des Bantus zuckten wie im Todeskampf.

Wieder versuchte Candleman seinen Sender in Gang zu bringen, aber es gelang ihm nicht. Dann hob er Hallas Kinn und sah ihr ins Gesicht. Sie spuckte ihn an. Grimmig wandte er sich wieder Leif zu. Es schien ihm ein Anliegen zu sein, Leif als Versager hinzustellen.

»Ich hatte Sie schon eine Zeitlang in Verdacht«, fuhr er fort. »Gewiß, Sie trugen das Lamech, aber das Symbol hat heutzutage nicht mehr die Reinheit von früher. Einst wurden nur die strengen Gläubigen der Sturch mit dem Lamech ausgezeichnet, und sie mußten die harte Prüfung des Elohimeters über sich ergehen lassen. Auch heutzutage benutzt die Hierarchie das Symbol, um eine Herrscherklasse aufzubauen. Sie werden oft genug erleben, daß Lamech-Väter auch Lamech-Söhne haben. Und es kommt so häufig vor, daß es kein Zufall sein kann.

Darüber hinaus dachte ich, daß Halla bei dem Zusammenstoß bestimmt getötet worden war. Als Sie mir sagten, daß sie nur leicht verletzt sei, brach ich fast zusammen.«

»Niemand sah es Ihnen an«, meinte Leif. Er warf einen Blick auf den Verwundeten. Er bewegte sich wieder.

»Ich kann mich gut beherrschen«, sagte Candleman. »Ich wurde in der strengen Zucht Sigmens, real sei sein Name, unterrichtet. Gefühl ist etwas Verabscheuenswürdiges.«

Er atmete tief ein und fuhr fort: »Ich mißtraute Ihnen, besonders als die Sache mit den zwei Ingolfs aufkam. Ich glaube zwar an die Zeitreise, aber diese Geschichte war selbst für einen Gläubigen zu dick aufgetragen. Dennoch, unmöglich war es nicht.

Ich befragte Trausti und die Palsson, aber sie waren wohl von Ihrem Lamech geblendet. Sie sahen Hallas zerbrochenen Körper. Aber da Sie sagten, daß es sich um leichte Verletzungen handelte, glaubten sie lieber Ihnen als ihren eigenen Augen.«

»Typische Jacks«, spottete Leif. »Erwarten Sie etwas anderes in einem Staat, in dem Autorität das letzte Wort ist?«

»Jetzt spotten Sie. Wenn Sie die Abteilung H verlassen, werden Sie einer unserer besten Bürger sein.«

Leif zitterte. Und dann sah er, daß der Bantu sich aufsetzte. Vielleicht würde er ... Nein, er war schon zu schwach für einen Kampf.

»Jacques Cuze verfolgte mich Tag und Nacht«, fuhr der Uzzit fort. »Er beeinflußte jeden meiner Gedanken und war nachts in meinen Träumen. Und ich hatte immer das Gefühl, daß nur eine Kleinigkeit fehlte, um ihn zu fangen, irgendeine Kleinigkeit, die ich übersehen hatte.

Das ging so fort, bis ich aus Kanada zurückkam. Ich beschloß, nicht mehr zu ruhen, bis ich der Sache auf den Grund gekommen war. So vergrub ich mich einen Tag lang in den Büchern der Bibliothek von Paris. Ich las eine Zusammenfassung der französischen Geschichte. Ich nahm ein französisches Wörterbuch, sah mir die Aussprache an und suchte nach den Bedeutungen von *cuze* und *couze.* Aber ich fand diese Worte nicht.

Ich forschte in den vielen Bedeutungen von *Jacques* nach. Nichts paßte. Ich merkte, daß ich auf der falschen Spur war. Der Mann machte mich wahnsinnig, und das durfte nicht geschehen, denn ich mußte unbeeinflußt bleiben.«

»Auch von Halla?« fragte Leif.

»Halten Sie Ihren ungewaschenen Mund! Sie sollen noch erfahren, daß die Marschbewohner uns trotz all ihrer Klugheit doch nicht entkommen können. Ihre Unrealität ist ihr Untergang.

Ich setzte mich also und überlegte. Ich versuchte, meine Gedanken zu ordnen und die Dinge objektiv zu betrachten. Ich fragte mich: ›Mit welchen Schwierigkeiten hat die Union besonders zu kämpfen?‹ Ich wußte, daß hinter allen größeren Ereignissen irgendwie das KKK steckte. Und so kam ich allmählich auf die Lösung. Unsere größte Schwierigkeit besteht darin, die Technik und Produktion auf einem hohen Stand zu halten. Es werden so viele Techniker, Wissenschaftler und Verwaltungskräfte in die Abteilung H geschickt, daß es uns schwerfällt, die Union zusammenzuhalten. Darüber hinaus weigern sich viele kluge junge Männer, eine Akademikerlaufbahn einzuschlagen, weil sie die große Verantwortung und die Anschuldigungen bei einem Versagen fürchten. Das sah ich alles, aber ich erkannte die Antwort immer noch nicht.

In meiner Verzweiflung ließ ich mir noch einen Sprachwissenschaftler kommen, um ihn zu fragen, ob er irgend etwas aus dem Namen machen könne. Zur gleichen Zeit war mir Jim Crew ins Netz gegangen. Mir fielen sofort die gleichen Anfangsbuchstaben auf, und ich wollte wissen, ob er Jacques in irgendeiner Verkleidung sein könnte. Aber ich brachte nur heraus, daß der Name unsere Schreibweise für seinen wahren Stammesnamen Kru war. Durch die Befragung stieß ich dann auf seine Organisation.

Und ich entdeckte, weshalb Sie seine Tochter so ohne weiteres operiert hatten. Ich schickte meine Leute sofort zum Krankenhaus, doch sie kamen um eine Stunde zu spät. Kurz danach berichtete mir Dannto, daß Halla geflohen sei.

Alles löste sich mit einem Schlag, denn während ich die Razzia vorbereitete, kam der Sprachexperte in Paris an.

Er war Spezialist für Französisch, der einzige in der ganzen Union. Sonderbarerweise lebte er in Haiti, weil es dort ein isoliertes Bergdorf gibt, in dem diese alte Sprache immer noch gepflegt wird.«

Wenn Leif sich nicht so elend gefühlt hätte, so hätte er schallend gelacht. Candleman stolzierte auf und ab, eine lächerliche Gestalt mit seinen Rußspuren im Gesicht und den zerfetzten Kleidern. Und doch war er furchterregend. Seine Sturheit und sein Fanatismus machten ihn zu einer Bombe.

Leif sah, daß der Verwundete zwar dasaß, daß aber sein Kopf kraftlos nach unten gesunken war. Aus seiner Wunde kam immer noch Blut. Candleman beachtete den Bantu überhaupt nicht.

»Er hörte sich mein Problem an und bat mich, den Namen auszusprechen. Als ich es tat, wagte er es, laut zu lachen. Und dann erklärte er mir das einfache Geheimnis.«

Zum erstenmal wirkte Candleman erregt. Seine harten Lippen kräuselten sich. Seine Stimme wurde schrill.

»Die ganze Situation — in zwei Worten ausgedrückt. Deshalb also wurden unsere Techniker in so großer Zahl zu den Psychiatern geschickt. Deshalb hinkte unsere Industrie überall nach, und deshalb machten unsere Naturwissenschaftler keine Fortschritte.«

Zum Glück hat er noch nicht erkannt, daß der Tag des Zeitstillstands eine Erfindung des KKK ist, dachte

Leif. An diesem Tag zerfällt die Haijak-Union. Wenn plötzlich ein gutes Dutzend Sigmen auftauchen und wenn jeder behauptet, er sei der wahre Erlöser, dann kommt es zum Bürgerkrieg.

»Sie dachten wohl, das könnten Sie mit uns machen, Barker?« kreischte Candleman. »Sie lachten sich ins Fäustchen und führten vor unserer Nase Ihre Projekte durch! Und alles wegen eines elenden Wortspiels, das wir nicht rechtzeitig erkannten! Bei Sigmen, ich hätte wissen müssen, daß Sie der Rädelsführer sind. Wenn ich nur früher den Spezialisten befragt hätte! In dem Moment, in dem er mir die Übersetzung sagte, fiel es mir wie Schuppen von den Augen, und ich wußte, wer dahintersteckte.«

Er stach mit dem harten Finger vor Leifs Gesicht umher und schrie: »*J'accuse, j'accuse!* Das war die Technik, die ihr Marschbewohner benutzt habt, um unser Land lahmzulegen — die Anschuldigungs-Technik.«

Leif lachte kurz und trocken und sagte: »Ja. In Ihrem Land braucht man nur einen armen Teufel anonym zu denunzieren, und schon ist er erledigt.«

Candleman fuchtelte mit seiner Automatik.

»Sie haben lange genug gelacht, Sie Marsch-Spion! Wenn Sie die Behandlung in H hinter sich haben, werden Sie nie wieder lachen. Sie werden sich jedesmal ducken, wenn Sie den Namen Jacques Cuze hören.«

Der Bantu stöhnte. Das Geschrei des Uzziten schien ihn zu Bewußtsein gebracht zu haben.

Candleman wirbelte herum und trat den Mann ins Schienbein. »Dreckiger Primitiver! Kerle deiner Art werden wir hier auch nicht mehr dulden. Alle, alle werden wir ausrotten.«

Leif, der den Sitzenden beobachtete, sah, wie sein Körper unscharf wurde und sich in etwas Unangenehmes verwandelte. Offensichtlich war der Kreis zwischen dem Bantu und dem Uzziten nicht ganz geschlossen, denn Leif spürte einen Teil der Energie. Er wandte sich ab. Er kannte die Auswirkungen dieses Energiezirkels, und er wollte sie nicht noch einmal durchleben.

Als er nach einiger Zeit den Kopf wieder umwandte, war die Vision verschwunden. Der Uzzit hatte seine Automatik fallen gelassen und war an die Wand zurückgewichen. Seine harten Züge waren schmerzverzerrt.

All die unterdrückten Triebe, Impulse und Gedanken, die er in sich vergraben hatte, drängten nun mit einemmal an die Oberfläche. Und sobald der *Mann in der Dunkelheit* sie erkannte, warf er sie verstärkt zurück.

Candleman, der selten in seinem Leben gelacht oder geweint, geliebt oder gehaßt hatte, wußte nicht, wie er seine Gefühle loswerden sollte. Das Gift brach aus jeder Pore seines Körpers hervor.

Leif beobachtete ihn, bis er es nicht mehr ertragen konnte. Dann bückte er sich, nahm die Automatik auf und schoß Candleman durch die Stirn. Er war überzeugt davon, daß der Mann ihm gedankt hätte, wenn er dazu noch fähig gewesen wäre.

Kurze Zeit später hatte er dem Toten den Schlüssel abgenommen und Hallas Handschellen geöffnet. Halla wiederum befreite ihn von seinen Fesseln. Gemeinsam humpelten sie durch den Tunnel. Sie wußten, daß vor ihnen das Schiff wartete.

Eine einsame Gestalt blieb zurück. Der Bantu hatte sich geweigert, sie zu begleiten. Er war dem Tode nahe, und er wollte in dem dunklen, feuchten Labyrinth bleiben. Er kauerte neben dem Toten und betrachtete sein Werk.

Er würde immer *Der Mann in der Dunkelheit* bleiben.

25

Sie gingen ein paar Meilen und sahen nichts außer ein paar Ratten, die erschreckt flohen. Als sie den Ort erreichten, den das scheckige Mädchen ihnen beschrieben hatte, klopften sie das vereinbarte Signal auf einen kleinen, vorstehenden Ziegel. Im nächsten Moment schwang ein Teil der Mauer zurück und gab einen Spalt frei. Ein großgewachsener, dunkelhäutiger Mann mit einem Turban empfing sie mit der Waffe in der Hand und fragte nach dem Kennwort. Als sie es nannten, senkte er die Waffe. Er war Socha Yarni, ein Malaie aus Kalkutta, und er hatte die Aufgabe übernommen, das Schiff zwischen der Seine und dem Atlantik hin und her zu steuern.

Das Boot war winzig. Halla und Leif saßen mit angewinkelten Beinen dicht an der Bordwand. An die zwanzig Timbuktuer waren anwesend, ebenso wie eine Primitivengruppe aus dem Westen von Paris. Leif war überrascht, als er die Timbuktuer sah. Dr. Djouba, der in seiner Nähe kauerte, erklärte ihm, daß die beiden Gruppen zwar grundverschiedene religiöse Auffassungen hatten, daß man aber übereingekommen war, die gleichen Transportmittel zu benutzen.

Halla und Leif schwiegen lange. Die Anspannung der langsamen Fahrt, die vielen Aufenthalte, der Gestank der zusammengedrängten Menschen und vor allem die schreckliche Müdigkeit nach dem Kampf machten sie nervös.

Halla lehnte ihren Kopf an Leifs Schulter und flüsterte: »Ich glaube allmählich, du bedauerst, was du getan hast.«

Er beherrschte sich, um sie nicht anzufahren. Dennoch spürte sie den rauhen Unterton, als er sanft sagte: »Ich habe dich gewonnen, und dafür hätte ich noch mehr aufgegeben.«

Im nächsten Moment merkte er, daß das die falsche

Antwort gewesen war, denn sie schluchzte still vor sich hin. Er drückte sie an sich und sagte:

»Es tut mir leid, Halla. Es hat anders geklungen, als ich es meinte. Ich wollte nur sagen, daß ich nicht anders hätte handeln können. Denn dann hätte ich dich verloren, und das war undenkbar. Eigentlich ist es komisch, denn ich hätte nie geglaubt, daß mir eine Frau so viel bedeuten kann.«

Sie schluckte und flüsterte: »Leif, ich bin so froh, daß du das gesagt hast. Aber meinetwegen mußt du jetzt ins Exil gehen und wirst als Verräter behandelt. Was wird aus deinen Eltern und Freunden?«

»Also gut«, sagte er. »Ich werde dir jetzt alles erklären und dann nie wieder davon sprechen. Ich möchte später weder von dir noch von mir selbst Bedauern oder Selbstmitleid hören. Das sind Gefühle, die ich hasse. Sie zerfressen den Menschen.«

Sie hob den Kopf nicht, aber er spürte, wie sie nickte.

»Gut. Meine Eltern sind tot, und ich habe keine engen Freunde. Ich war jetzt zwölf Jahre von Marschland fort. Zwölf Jahre, die ich für meine Nation geopfert habe. Nein, nicht für meine Nation, sondern für die Menschheit. Denn ich hasse Grenzen, und ich hoffe, daß sie verschwinden werden, sobald der Kalte Krieg gewonnen ist.

Während all dieser Jahre bin ich nur mit Zack Roe und Ava zusammengekommen. Die anderen waren flüchtige Schatten, Gesichter und Stimmen, die ich schnell wieder vergaß. Ava war der einzige, den ich meinen Freund nennen konnte, und unsere Beziehung war ziemlich eigenartig. Nachdem wir ein Jahr lang den anderen ein Ehepaar vorgespielt hatten, ertappte ich mich immer öfter bei dem Gedanken, daß ich in Ava eine Frau sah.«

»Weshalb mußte er sich als Frau verkleiden?«

»Wegen der strengen Moral von General Itskowitz. Er war der Leiter des KKK und fand, daß nur ein Mann und eine Frau das Krankenhaus überwachen konnten. Die Frau mußte sich um die Krankenschwestern und weiblichen Patienten kümmern. Gerade von ihnen erhielten wir oft die wertvollsten Informationen. Logisch wäre es nun gewesen, eine unserer Agentinnen einzusetzen, aber das ließ der gute General nicht zu. Er fand, daß zwei Agenten, die so eng zusammenarbeiteten, auch bald private Kontakte knüpfen würden.«

Halla schwieg eine Zeitlang. Dann sagte sie: »Ich möchte wetten, daß Ava in seiner Rolle gelitten hat.«

»Natürlich. Einmal war er streng gläubig. Er haßte das Essen der Jacks. Zum zweiten war er verheiratet und sah seine Frau während all der Jahre kein einziges Mal. Noch sechs Monate, und er hätte heimkehren können, denn dann sollte der Zeitstillstand kommen. Man hätte ihn ausgezeichnet und belohnt.

Ich muß ehrlich sagen, daß ich überrascht war, als Ava zurückblieb, um gegen die Uzziten anzukämpfen. Schließlich wäre es ihm durchaus möglich gewesen, zu seiner Frau und seinem Sohn zurückzukehren.«

Ihre Stimme klang unterdrückt, weil sie den Kopf an seine Brust gelehnt hatte. »Ich glaube, er tat es meinetwegen.«

»Deinetwegen?«

»Ja. Ich spürte damals sofort, daß er ein Mann war. Seine Ausstrahlung war anders.« Sie berührte die beiden Nervenknoten unter dem Haar.

»Er war ein Mann, und er verliebte sich in mich. Zumindest fühlte er Leidenschaft für mich.«

Er streckte sich und zwang sich zur Ruhe. »Wann war das?«

»Als du mit Jim Crew fortgegangen warst, um Anadi zu operieren. Wir warteten auf die Abreise nach Kanada. Und da hat er mir auch erzählt, daß meine Schwester tot war. Er tat es aus Rache.

Verstehst du, er wollte mich besitzen, und ich ließ es nicht zu. Ich erklärte ihm, daß ich nichts mit ihm zu tun haben wolle. Und da gab er seine Bitten auf und wurde wütend. Er drohte mir. Schließlich erzählte er mir, daß meine Schwester tot war. Als ich weinte, gab er mir eine Beruhigungspille, die den Schmerz löste. Aber er haßte mich. Dennoch bin ich überzeugt davon, daß er sich meinetwegen geopfert hat. Er hatte seinen eigenen Sittenkodex gebrochen und konnte nicht mehr weiterleben. Für ihn war es eine Art Sühne. Armer Kerl!«

»Ja«, sagte er und strich ihr über das Haar. »Und du bist ein armes Mädchen. Du rufst in jedem Mann Leidenschaft hervor.«

»Keine Angst, Leif. Ich liebe dich, und ich meine es ernst.«

»Ich habe keine Angst. Ich besitze dich, und das genügt mir.«

Halla sagte einen Moment lang nichts. Er spürte, daß sie glücklich war. Sanft strich er über die zwei kleinen Beulen unter ihrem Haar. Und dann, als er dachte, sie sei eingeschlafen, fragte sie: »Und was wird aus der Haijak-Union?«

»Du weißt, daß die Sturch jedesmal, wenn das Volk unzufrieden war, den herannahenden Zeitstillstand verkündete. Das lenkte die Leute ab und machte sie fügsam.

Aber wir vom KKK haben diese Taktik abgefangen und gegen die Union angewandt. Wir ließen das Gerede vom Zeitstillstand nicht mehr einschlafen. Wir schürten die Erregung im Volke, bis der Sturch nichts anderes übrigblieb, als mitzumachen. Es ist ein ansteckendes Fieber, und es ist so stark, daß es sogar einige der Hierarchen erwischt hat. Du wirst sehen, in kurzer Zeit muß der genaue Termin des Zeitstillstands mitgeteilt werden. Viele Hierarchen werden versuchen, die Bewegung anzuhalten, aber es wird ihnen nicht gelingen. Lamechträger werden sich allmählich Blößen geben. Unter den Sturch-Größen wird Uneinigkeit herrschen.

Die Metatrons und Sandalphons der verschiedenen Unionsstaaten werden sich in die Haare geraten, da jeder ›seinen‹ Sigmen für den echten erklären wird. Das führt im Endeffekt zu einer Spaltung der Union.

Aber wir hoffen, daß wir einen Krieg vermeiden können. Denn ein Krieg könnte die Haijaks wieder gegen Israel und Marschland vereinen. Wenn es möglich ist, warten wir ab, bis die Union an ihren eigenen Schwächen zugrunde geht.

So komisch es klingt, aber für die Haijaks wird tatsächlich die Zeit stillstehen. Wir hoffen, während dieser Stasis unsere demokratischen Ideale allmählich durchzusetzen. Aber vielleicht haben wir uns bis dahin selbst verändert. Ich glaube, daß die Primitiven uns sehr stark beeinflussen werden. Vielleicht nehmen wir sogar ihre Ideale an.«

Es entstand eine kleine Pause. Und in dieser Pause hörten sie laut und deutlich die Stimme des Malaien, der eine junge Frau beruhigte: »Keine Angst, Miss. Wir bleiben immer wieder mal im Schlamm stecken, aber irgendwie geht es meist weiter.«

[illegible]

Aber [illegible] daß wir [illegible]

[illegible]

[illegible] Hände [illegible]

[illegible]

Es [illegible] kleine [illegible]. Und [illegible]

[illegible] wird.«

BIZARRE BEZIEHUNGEN

BIZARRE BEZIEHUNGEN:
(Originalanthologie unter diesem Titel 1983 als
Knaur Science Fiction 5771)

Mutter

1

»Sieh mal, Mutter. Die Uhr geht rückwärts.«

Eddie Fetts deutete auf die Zeiger des Zeitanzeigers in der Kommandozentrale.

Dr. Paula Fetts antwortete: »Sie muß sich durch den Aufprall verstellt haben.«

»Wie ist das möglich?«

»Kann ich nicht sagen. Ich weiß auch nicht alles, mein Sohn.«

»Oh!«

»Kein Grund, mich so enttäuscht anzusehen. Ich bin Pathologin und keine Elektronikerin.«

»Sei nicht gleich so böse, Mutter. Ich kann es nicht ertragen. Nicht jetzt.«

Er verließ den Pilotenraum. Sie folgte ihm besorgt. Das Begräbnis der Mannschaft und ihrer Wissenschaftlerkollegen war eine große Belastung für ihn gewesen. Vergossenes Blut verursachte bei ihm immer Schwindel und Übelkeit; er hatte kaum seine Hände so weit beherrschen können, um ihr beim Einsammeln und Einsacken der verstreuten Knochen und Eingeweide helfen zu können. Die Leichen hatte er in den Kernbrennofen stecken wollen. Aber das hatte sie verboten. Die Geigerzähler mittschiffs tickten bereits laut und warnten sie, daß im Heck unsichtbarer Tod lauerte.

Der Meteor hatte sie in dem Augenblick getroffen, als das Schiff aus der Parallelverschiebung wieder in den normalen Raum zurückkehrte. Wahrscheinlich hatte er den Maschinenraum zerstört. Jedenfalls hatte sie das den unzusammenhängenden, schrillen Sätzen eines Kollegen entnommen, bevor er in den Pilotenraum floh. Sie war sofort gerannt, um Eddie zu suchen. Sie fürchtete, seine Kabinentür könnte noch abgeschlossen sein, weil er sich gerade damit beschäftigte, die Arie »Schwer hängt der Albatros« aus Gianellis »Der uralte Seefahrer« auf Tonband aufzunehmen.

Zum Glück hatte das Notsystem automatisch die Sperrvorrichtungen entriegelt. Beim Eintreten hatte sie seinen Namen gerufen, voller Angst, er könnte verletzt sein. Er lag halb bewußtlos auf dem Fußboden. Aber nicht der Unfall hatte ihn dorthin geschleudert. Die Ursache lag in der Ecke, seiner schlaffen Hand entsunken: eine Liter-Schwebethermosflasche mit Gummisauger. Aus Eddies offenem Mund schlug eine Whiskyfahne, die nicht einmal mehr Nodor-Pillen überdecken konnten.

In scharfem Ton hatte sie ihm befohlen, aufzustehen und sich aufs Bett zu legen. Ihre Stimme, die erste seines Lebens, war durch die Abschirmung von Old Red Star gedrungen. Mühsam hatte er sich erhoben, und sie, obwohl deutlich kleiner als er, hatte ihr ganzes Gewicht eingesetzt, um ihn aufzurichten und auf das schmale Bett zu hieven.

Sie hatte sich dort neben ihn gelegt und sie beide angeschnallt. Soweit sie wußte, war auch das Rettungsboot vernichtet. Nun lag es am Kapitän, die Jacht sicher auf die Oberfläche des zwar auf Karten schon verzeichneten, ansonsten aber unerforschten Planeten Baudelaire niedergehen zu lassen. Alle anderen waren hingegangen und hatten sich hinter den Kapitän gesetzt, angeschnallt in Aufprallsitze. Sie konnten nicht helfen und ihm nur schweigend den Rücken stärken.

Moralische Unterstützung hatte dabei jedoch nicht ausgereicht. Das Schiff war in leichter Schrägstellung heruntergekommen. Viel zu schnell. Die beschädigten Maschinen hatten es nicht halten können. Der Bug hatte den Hauptteil der Strafe davongetragen. Mit ihm alle, die vorne in der Spitze gesessen hatten. Dr. Fetts hatte den Kopf ihres Sohnes an den Busen gedrückt und laut zu ihrem Gott gebetet. Eddie hatte geschnarcht und leise vor sich hin gemurmelt. Dann gab es einen Ton, als würden die Tore des Jüngsten Gerichts zugeschmettert — ein ungeheures Dröhnen, als wäre das Schiff der Klöppel einer gargantuanischen Glocke, die die furchtbarste von Menschenohren je vernommene Botschaft läutete. Ein blendender Lichtstrahl folgte, dann absolute Dunkelheit und Stille.

Wenige Augenblicke später begann Eddie mit kindlicher Stimme zu rufen: »Laß mich nicht allein sterben, Mutter! Komm zurück! Komm zurück!«

Mutter lag bewußtlos neben ihm, aber das wußte er nicht. Er weinte eine Weile, dann versank er wieder in seine whiskyumnebelte Betäubung — wenn er überhaupt je daraus aufgewacht war — und schlief. Wieder Dunkelheit und Stille.

Es war am zweiten Tag nach dem unglücklichen Absturz, wenn man den Zwielichtzustand auf Baudelaire überhaupt Tag nennen kann. Dr. Fetts folgte ihrem Sohn auf Schritt und Tritt überall hin. Sie wußte, daß er äußerst sensibel war und sich allzuleicht aufregen konnte. Sein ganzes Leben lang hatte sie das gewußt und immer versucht, sich zwischen ihn und all das zu stellen, was möglicherweise Unruhe stiften konnte. Ihrer Ansicht nach war ihr das auch einigermaßen gelungen, bis vor drei Monaten. Da war Eddie durchgebrannt. Das Mädchen war Polina Fameux, die aschblonde, langbeinige Schauspielerin, deren 3-D-Bild auf Videoband nach Grenzsternen geschickt wurde, wo ein kleines Schauspieltalent wenig bedeutete und ein großer und hübschgeformter Busen viel. Weil Eddie ein bekannter Tenor an der Metro war, erregte die Hochzeit großes Aufsehen und schlug Wellen bis weithin in die zivilisierte Galaxis.

Für Dr. Fetts war das ein harter Schlag gewesen, aber sie hatte, wie sie hoffte, ihren Kummer unter einer Maske des Lächelns ausgezeichnet verborgen. Sie bedauerte nicht, daß sie ihn aufgeben mußte, schließlich war er ein erwachsener Mann und nicht mehr ihr kleiner Junge. Andererseits war er tatsächlich, außer während der Spielzeiten an der Met und seiner Tourneen, seit seinem achten Lebensjahr immer mit ihr zusammengewesen.

Damals hatte sie mit ihrem zweiten Mann eine Hochzeitsreise gemacht. Aber sie und Eddie waren nicht lange getrennt geblieben, denn Eddie wurde sehr krank, und sie hatte sofort zurückfahren und sich um ihn kümmern müssen; er hatte darauf bestanden, sie sei die einzige, die ihn gesund machen könnte.

Außerdem konnte man auch seine Tage an der Oper nicht völlig abschreiben, denn er rief sie jeden Mittag per Fernsehtelefon an. Dann führten sie lange Gespräche — ohne Rücksicht auf die Höhe der Visaphonrechnungen.

Die Wellen, die die Hochzeit ihres Sohnes schlug, waren kaum eine Woche alt, als ihnen noch weit größere folgten. Sie brachten die Nachricht, daß Eddie und seine Frau sich getrennt hatten. Vierzehn Tage später reichte Polina die Scheidung ein — wegen Unvereinbarkeit der beiderseitigen Standpunkte. Die Papiere wurden Eddie in der Wohnung seiner Mutter zugestellt. Er war am Tag zu ihr zurückgekehrt, als er und Polina übereinstimmend festgestellt hatten, sie »könnten aus der Sache nichts machen« oder, wie er es seiner Mutter gegenüber formulierte, »nicht zusammenkommen«.

Natürlich war Dr. Fetts höchst neugierig auf den Grund dieser Trennung, aber, wie sie ihren Freundinnen erklärte, sie »respektiere« sein Schweigen. Was sie nicht erzählte, war, daß sie sich selbst gesagt hatte, eines Tages würde er ihr schon alles berichten.

Eddies »Nervenzusammenbruch« begann wenig später. Er war ungemein gereizt gewesen, launenhaft und depressiv. Ganz schlimm wurde es an dem Tag, als ein sogenannter Freund ihm mitteilte, daß Polina jedesmal, wenn sie Eddies Namen hörte, laut und anhaltend zu lachen pflegte. Der Freund fügte hinzu, Polina habe versprochen, eines Tages die wahre Geschichte ihrer kurzen Vereinigung zu erzählen.

In dieser Nacht hatte seine Mutter einen Arzt rufen müssen. In den folgenden Tagen hatte sie daran gedacht, ihre Stellung als Forschungspathologin bei De Kruif aufzugeben und ihre gesamte Zeit darauf zu verwenden, ihm »wieder auf die Füße« zu helfen. Es war ein Zeichen ihres inneren Kampfes, daß sie sich innerhalb einer Woche nicht hatte entscheiden können. In der Regel dachte sie über ein Problem nach und löste es dann, beides schnell. Diesmal aber konnte sie sich nicht dazu durchringen, ihre geliebte Erforschung der Gewerbe-Regeneration aufzugeben.

Gerade, als sie kurz davor war, etwas für sie Unglaubliches und Beschämendes zu tun — nämlich eine Münze zu werfen —, hatte ihr Vorgesetzter sie ans Fernsehtelefon gerufen. Er erklärte ihr, daß man sie ausgesucht hatte, eine Gruppe von Biologen auf eine Forschungsreise zu zehn vorher ausgewählten Planetensystemen zu begleiten.

Voller Freude hatte sie die Papiere weggeworfen, mit denen Eddie in ein Sanatorium eingewiesen werden sollte. Und weil er ein durchaus berühmter Mann war, hatte sie ihren Einfluß geltend gemacht, damit ihm die Regierung die Mitreise erlaubte. Offiziell hieß es, er solle eine Untersuchung über die Entwicklung der Oper auf von Terranern kolonisierten Planeten durchführen. Daß die Jacht keine kolonisierten Welten anfliegen würde, schienen die zuständigen Stellen übersehen zu haben. Aber schließlich war es nicht das erste Mal in der Geschichte einer Regierung, daß deren linke Hand nicht wußte, was die rechte tat.

In Wirklichkeit sollte seine Mutter ihn wieder »aufbauen«, sie hielt sich auch für wesentlich geeigneter, ihn zu heilen, als irgendeine der herrschenden A-, F-, J-, R-, S-, K- oder H-Therapien. Es stimmte zwar, daß ein paar ihrer Freundinnen von erstaunlichen Ergebnissen mit bestimmten »Symbol-Austreibungs-Techniken« berichteten. Andererseits hatten zwei ihrer engeren Bekannten sie alle ausprobiert und gar nichts damit erreicht. Sie war seine Mutter und konnte mehr für ihn tun als all diese »Alphabetisten«. Er war Fleisch von ihrem Fleisch, Blut von ihrem Blut. Außerdem, *so* krank war er ja nicht. Er wurde nur eben manchmal ganz trübsinnig und stieß dann theatralische, aber nicht ernstgemeinte Selbstmorddrohungen aus — oder saß einfach da und starrte vor sich hin. Aber sie würde schon mit ihm fertig werden.

2

Nun folgte sie ihm also von der rückwärtsgehenden Uhr in seine Kabine. Und sah ihn hineingehen, einen schnellen Blick auf etwas werfen und sich dann mit verzerrtem Gesicht umdrehen. »Mutter, Neddie ist ruiniert. Total ruiniert.«

Sie schaute flüchtig auf das Klavier. Es hatte sich im Augenblick des Aufpralls aus den Wandhalterungen gelöst und war an der gegenüberliegenden Wand zerschellt. Für Eddie war es nicht einfach ein Klavier, es war Neddie. Er hatte für alles, mit dem er länger als nur kurzfristig in Berührung kam, einen eigenen Namen. Es war, als springe er von einer Benennung zur anderen, wie ein alter Seemann, der sich verloren fühlt, wenn er sich nicht in Reichweite der vertrauten und klar bestimmten Punkte der Küstenlinie befindet. Im übrigen schien Eddie hilflos in einem Ozean des Chaos herumzutreiben, einem Ozean, der namenlos war und ohne Gestalt.

Oder — ein Vergleich, der noch mehr auf ihn zutraf — er war wie der Nachtclubbesucher, der sich überflutet und wie ein Ertrinkender fühlt, wenn er nicht von Tisch zu Tisch eilt, von einer Gruppe wohlbekannter

Gesichter zur anderen, unter Vermeidung der gesichtslosen Schaufensterpuppen ohne Namen an den Tischen der Fremden.

Er weinte nicht um Neddie. Sie wünschte, er hätte es getan. Er war auf der ganzen Reise so apathisch gewesen. Nicht einmal der unvergleichliche Glanz der nackten Sterne oder die unaussprechliche Andersartigkeit fremder Planeten hatten ihn anscheinend mehr als eine kurze Weile aus sich herausheben können. Wenn er nur weinen oder laut lachen oder durch irgendeine Regung zeigen würde, daß er auf Ereignisse heftig reagierte. Sie hätte es sogar begrüßt, wenn er sie im Zorn geschlagen oder mit häßlichen Worten beschimpft hätte.

Aber nein. Nicht einmal beim Einsammeln der verstümmelten Leichen, als er eine Zeitlang aussah, als würde er sich gleich erbrechen, folgte er dem Verlangen seines Körpers nach Ausdruck. Sie war überzeugt, daß er sich viel besser fühlen würde, wenn er alles von sich gäbe, um so mit der körperlichen auch einen Großteil der seelischen Störung loszuwerden.

Er hatte es nicht getan. Dafür hatte er unablässig Fleisch und Knochen in die großen Plastiksäcke geharkt, einen starren Ausdruck von Groll und Mißmut im Gesicht.

Jetzt hoffte sie, daß der Verlust seines Klaviers Tränen und zuckende Schultern hervorrufen würde. Dann könnte sie ihn in die Arme nehmen und ihm ihr Mitgefühl zeigen. Er wäre wieder ihr kleiner Junge, der sich vor der Dunkelheit fürchtete und vor dem überfahrenen Hund, und der in ihren Armen nach dem sicheren Schutz, der sicheren Liebe suchte.

»Mach dir nichts draus, Herzchen«, sagte sie. »Wenn wir gerettet werden, bekommst du ein neues.«

»Wenn ...!«

Er hob die Augenbrauen und setzte sich auf den Bettrand. »Was machen wir jetzt?«

Sie wurde ganz munter und tatkräftig.

»Im Augenblick, als uns der Meteor erwischte, hat sich automatisch das Ultrad eingeschaltet. Wenn es den Aufprall überstanden hat, sendet es immer noch SOS. Wenn nicht, können wir es auch nicht ändern. Keiner von uns kann es reparieren.

Immerhin ist es möglich, daß in den letzten fünf Jahren, seit man diesen Planeten entdeckt hat, andere Expeditionen hier gelandet sind. Nicht von der Erde aus, sondern von irgendwelchen Kolonien. Oder von nichtmenschlichen Welten. Wer weiß? Wir müssen eben unser Glück versuchen. Mal sehen.«

Ein einziger Blick genügte, um ihre Hoffnungen zu vernichten. Das Ultrad war so verzogen und gebrochen, daß man es kaum noch als das Gerät erkennen konnte, das mit Überlichtgeschwindigkeit Wellen durch den Nicht-Äther gesendet hatte.

Dr. Fetts sagte mit falscher Fröhlichkeit: »Das wär's dann wohl. Was nun? Es macht die Sache zu leicht. Gehen wir ins Lager und sehen wir nach, was es da gibt.«

Eddie zuckte die Achseln und folgte ihr. Dort bestand sie darauf, daß jeder von ihnen ein Panrad nahm. Wenn sie sich aus irgendwelchen Gründen trennen mußten, konnten sie immer in Verbindung bleiben und auch mit Hilfe der RFs — der eingebauten Richtungsfinder — den Standort des anderen feststellen. Sie hatten die Instrumente schon früher benutzt, kannten deren Möglichkeiten und wußten, wie lebenswichtig sie auf Erkundungszügen und Campingtrips waren.

Die Panrads waren Leichtgewichtzylinder von etwa zwei Fuß Höhe und acht Zoll Durchmesser. Vollgepackt bis oben hin, enthielten sie die Mechanik für zwei Dutzend unterschiedliche Geräte. Ihre Batterien hielten unaufgeladen ein Jahr; sie waren praktisch unzerstörbar und arbeiteten unter fast allen Bedingungen.

Die beiden vermieden das Innere des Schiffs mit dem riesigen Loch und holten die Panrads ins Freie. Eddie untersuchte die Langwellenbänder, während seine Mutter die Wählscheibe für Kurzwellen in beiden Richtungen bewegte. Keiner erwartete ernsthaft, etwas zu hören, aber das Suchen war besser, als gar nichts zu unternehmen.

Eddie fand auf den modulierten Wellenfrequenzen keine sinnvollen Geräusche, so daß er auf Trägerwellen umstellte. Eine Folge von Punkten und Strichen verblüffte ihn.

»He, Mutter! Da ist was auf tausend Kilohertz! Unmoduliert!«

»Natürlich, Junge«, sagte sie trotz ihres Hochgefühls mit einiger Verärgerung. »Was erwartest du denn von einem radiotelegrafischen Signal?«

Sie fand die Wellenlänge auf ihrem eigenen Zylinder. Er schaute sie erstaunt an. »Ich verstehe nichts von Radios, aber das sind keine Morsezeichen.«

»Was? Du mußt dich irren!«

»Ich ... ich glaube nicht.«

»Ja oder nein? Guter Gott, Junge, kannst du nicht einmal deiner Sache sicher sein?«

Sie drehte den Verstärker auf. Da sie beide durch »Lern-im-Schlaf«-Techniken Galakto-Morse gelernt hatten, unterbrach sie ihn sofort.

»Du hast recht. Was hältst du davon?«

Sein schnelles Ohr analysierte die Impulse.

»Keine einfachen Punkte und Striche. Vier unterschiedliche Zeitlängen.«

Er lauschte weiter.

»Sie haben wirklich einen bestimmten Rhythmus. Ich kann ganz deutliche Gruppierungen feststellen. Ah! Das ist das sechste Mal, daß ich diese hier erkenne. Und da ist noch eine. Und noch eine.«

Dr. Fetts schüttelte ihren aschblonden Kopf. Sie konnte nichts als eine Folge von Zzzt-Zzzt-Zzzts ausmachen.

Eddie warf einen Blick auf die RF-Nadel.

»Kommt aus Ostnordost. Sollen wir versuchen, den Standort zu bestimmen?«

»Natürlich«, erwiderte sie. »Aber erst essen wir wohl besser. Wir wissen nicht, wie weit es entfernt ist oder was wir dort finden. Ich richte uns eine warme Mahlzeit, und du machst unsere Marschausrüstung fertig.«

»Okay«, gab er mit mehr Begeisterung zurück, als er seit langem gezeigt hatte.

Als er zurückkam, futterte er die große Schüssel mit Essen leer, das seine Mutter auf dem heil gebliebenen Kombüsenherd zubereitet hatte.

»Dein Eintopf war schon immer der beste«, meinte er.

»Danke. Ich freue mich, daß du wieder ißt, Junge. Es überrascht mich. Ich dachte, diese ganze Sache würde dich krank machen.«

Er machte eine unbestimmte, aber energische Handbewegung.

»Die Herausforderung des Unbekannten. Ich habe so das Gefühl, alles wird viel besser, als wir gedacht haben. Viel besser.«

Sie näherte sich ihm und roch seinen Atem. Er war rein, sogar ohne Anhauch von Eintopf. Das bedeutete, daß er Nodor genommen hatte, was wiederum darauf hinwies, daß er irgendeinen verborgenen Whisky probiert hatte. Wie anders war seine unbekümmerte Sorglosigkeit gegenüber den möglichen Gefahren zu erklären? Das war sonst nicht seine Art.

Sie sagte nichts, denn sie wußte, wenn er wirklich versuchte, eine Flasche in seiner Kleidung oder seinem Marschgepäck zu verstecken, während sie den Radiosignalen nachspürten, würde sie sie finden. Und wegnehmen. Er würde nicht einmal protestieren, sondern nur zulassen, daß sie sie ihm aus der schlaffen Hand nahm, während seine Lippen vor Groll dick wurden.

3

Sie brachen auf. Beide schleppten Rucksäcke und die Panrads. Er trug ein Gewehr über der Schulter, und sie hatte sich ihre kleine, schwarze Tasche mit Medikamenten und Labormaterial auf den Rucksack geschnallt.

Über dem Spätherbstmittag schien eine schwache, rote Sonne, die es kaum schaffte, durch die ewige Doppelschicht der Wolken sichtbar zu werden. Ihre Gefährtin, ein noch kleinerer, fliederfarbener Klumpen, sank gerade am nordwestlichen Horizont. Sie wanderten in einer Art heller Dämmerung, dem besten Licht, das Baudelaire zu bieten hatte. Aber trotz der mangelnden Helligkeit war die Luft warm, ein Phänomen, das bestimmten Planeten jenseits des Pferdekopfnebels zu eigen war. Man untersuchte es bereits, konnte es aber noch nicht erklären.

Das Land war hügelig, mit vielen tiefen Schluchten. Hier und da gab es Erhebungen, hoch und steil genug, um embryonale Berge genannt zu werden. Wenn man die Rauheit des Landes berücksichtigte, war jedoch die Vegetation überraschend üppig. Blaßgrüne, rote und gelbe Büsche, Reben und kleine Bäume klammerten sich an jedes Stückchen Erde, waagrecht oder senkrecht. Alle hatten vergleichsweise breite Blätter, die sich mit der Sonne drehten, um das Licht einzufangen.

Während die beiden Terraner geräuschvoll durch den Wald zogen, huschten von Zeit zu Zeit kleine, vielfarbige, insekten- und säugetierartige Wesen von Versteck zu Versteck. Eddie entschloß sich, sein Gewehr in der Armbeuge zu tragen. Als sie dann aber Schluchten und Hügel hinauf- und hinabkletterten und sich durch Dikkichte kämpfen mußten, die sich unerwartet völlig verfilzten, legte er es sich wieder über die Schulter, wo es an einem Riemen hing.

Trotz ihrer Anstrengungen wurden sie nicht so schnell müde. Sie wogen etwa zwanzig Pfund weniger als auf der Erde, und obwohl die Luft hier dünner war, enthielt sie mehr Sauerstoff. Dr. Fetts hielt mit Eddie Schritt. Dreißig Jahre älter als der Dreiundzwanzigjährige, konnte sie selbst bei genauerem Hinsehen für seine ältere Schwester gelten. Dafür sorgten die Langlebigkeitspillen. Jedoch behandelte er sie mit all der Höflichkeit und Ritterlichkeit, die man seiner Mutter entgegenbringt, und half ihr die steilen Hänge hinauf, wenn auch nicht erkennbar war, daß ihre Brust sich durch das Klettern schneller hob und senkte.

»Die Signale haben aufgehört«, sagte er.

»Offenbar«, erwiderte sie.

In diesem Augenblick begann der im Panrad eingebaute Radardetektor zu klingeln. Beide sahen automatisch nach oben.

»Kein Schiff in der Luft.«

»Es kann auch nicht von diesen beiden Bergen kommen«, erklärte sie. »Auf beiden liegt oben nur ein Felsblock. Riesendinger!«

»Trotzdem kommt es von dort, glaube ich. Oh! Oh! Hast du das auch gesehen? Als ob etwas wie ein ganz langer Stengel hinter dem großen Felsen dort eingezogen worden wäre!«

Sie spähte durch das schwache Licht. »Das hast du dir wohl nur eingebildet, Junge. Ich habe nichts gesehen.«

Und dann, während das Klingeln noch anhielt, begann das Zzzt von neuem. Nach einem plötzlichen Ausbruch hörte beides wieder auf.

»Los, gehen wir hoch und sehen, was es da gibt«, sagte sie.

»Irgendwas Verrücktes«, meinte er. Sie antwortete nicht.

Sie durchquerten den Bach und begannen den Anstieg. Auf halber Höhe hielten sie inne, um erstaunt die Nasen in den Wind zu halten: Ein schwerer Geruch zog ihnen entgegen.

»Riecht wie ein Käfig voll Affen«, sagte er.

»In der Paarungszeit«, ergänzte sie. Er hatte zwar die schärferen Ohren, dafür war ihre Nase feiner.

Weiter ging es aufwärts. Der RF fing an, seinen winzigen, hysterischen Gong zu betätigen. Verwirrt blieb Eddie stehen. Der RF zeigte an, daß die Radarimpulse nicht wie bisher vom Gipfel des Hügels kamen, den sie gerade erkletterten, sondern von dem anderen Hügel jenseits des Tales. Abrupt schwieg das Panrad.

»Was machen wir jetzt?«

»Wir beenden, was wir angefangen haben. Diesen Berg. Dann gehen wir zu dem anderen.«

Er zuckte die Achseln und eilte dann ihrer hochgewachsenen, schlanken Gestalt in den langbeinigen Coveralls nach. Sie war dem Geruch buchstäblich auf der Spur, und nichts konnte sie aufhalten. Unmittelbar vor dem hausgroßen Felsbrocken auf dem Gipfel des Berges holte er sie ein. Sie war stehengeblieben, um intensiv auf die RF-Nadel zu starren, die wild hin- und herschwang, um dann im neutralen Feld zu verharren. Der Geruch nach Affenkäfig war sehr stark.

»Meinst du, es könnte irgendein Mineral sein, das Radiowellen erzeugt?« fragte sie enttäuscht.

»Nein. Diese Gruppierungen waren semantisch. Und dieser Geruch …«

»Aber was …«

Er wußte nicht, ob er sich geschmeichelt fühlen sollte oder nicht, weil sie ihm so plötzlich die Last der Verantwortung und des Handelns aufdrängte. Stolz und eine merkwürdige Scheu erfüllten ihn gleichzeitig. Aber er fühlte sich leicht angeregt. Fühlte sich fast so, dachte er, als sei er unmittelbar davor, das zu entdecken, wonach er seit langer Zeit gesucht hatte. Was dieses Ziel seiner Suche war, konnte er nicht sagen. Aber er war erregt und fast ohne Furcht.

Er schnallte seine schwere Waffe ab, eine doppelläufige Kombination aus Gewehr und Schrotflinte. Das Panrad schwieg immer noch.

»Vielleicht ist der Felsblock Tarnung für einen Spionageposten«, sagte er unsicher. Es klang albern, sogar in seinen eigenen Ohren.

Hinter ihm schnappte seine Mutter nach Luft und schrie dann laut auf. Er wirbelte herum und hob das Gewehr, aber es bot sich kein Ziel. Sie wies zitternd auf den Gipfel über dem Tal und stammelte irritiert etwas.

Er konnte eine lange, schlanke Antenne erkennen, die anscheinend aus dem ungeheuren Felsen dort hervorragte. Zwei Gedanken kämpften in ihm: Erstens, es war mehr als ein Zufall, daß beide Hügel fast identische Gebilde auf ihrem Haupt trugen, und zweitens, die Antenne mußte gerade erst ausgefahren worden sein, denn er war sicher, daß er sie das letzte Mal noch nicht gesehen hatte.

Seiner Mutter diese Schlußfolgerungen mitzuteilen, war ihm nicht mehr möglich. Etwas Dünnes, Elastisches und Unwiderstehliches ergriff ihn von hinten. Er wurde in die Luft gehoben und nach rückwärts befördert. Eddie ließ das Gewehr fallen und versuchte, die Hände oder Greifer, die ihn umschlangen, zu erfassen und mit bloßen Händen abzureißen. Zwecklos.

Einen letzten Blick konnte er noch auf seine Mutter werfen, die den Hang hinabraste. Dann schloß sich ruckartig ein Vorhang, und er befand sich in völliger Finsternis.

4

Noch immer in der Luft hängend, fühlte sich Eddie herumgewirbelt. Natürlich konnte er es nicht sicher wissen, aber er glaubte, jetzt genau in die entgegengesetzte Richtung zu blicken. Zugleich lösten sich die Tentakel, die seine Arme und Beine gefesselt hielten. Nur der Griff um seine Taille blieb. Er war so eng, daß er vor Schmerz aufschrie.

Dann wurde er vorwärts geschleppt, wobei seine Stiefelspitzen gegen irgendwelche elastische Substanzen stießen. Zum Stehen gebracht — vielleicht vor irgendeinem unbekannten, schrecklichen Ungeheuer —, wurde er plötzlich attackiert. Nicht von einem scharfen Schnabel oder Zahn, einem Messer oder irgendeinem anderen Instrument zum Schneiden oder Verstümmeln, sondern von einer dichten Wolke des schon zuvor wahrgenommenen Affenparfüms.

Unter anderen Verhältnissen hätte er sich vielleicht erbrochen, jetzt aber ließ man seinem Magen nicht die Zeit, zu überlegen, ob er einen Hausputz veranstalten wollte oder nicht. Der Greifer hob ihn höher und stieß ihn gegen etwas Weiches und Nachgiebiges — etwas Fleischartiges und Weibliches —, in seiner Struktur, seiner Glätte und Wärme und der Andeutung einer sanften Wölbung fast wie eine Brust.

Er streckte Hände und Füße aus, um Halt zu finden, denn eine Sekunde dachte er, er würde nun versinken und zugedeckt werden — umschlossen, verspeist. Die Vorstellung eines gargantuanischen Amöbenwesens, versteckt in einem hohlen Felsen oder einem felsartigen Panzer, ließ ihn sich winden und schreien und gegen die protoplasmische Substanz stoßen.

Aber nichts dergleichen geschah. Er wurde nicht in erstickendes, schleimiges Gelee getaucht, das ihm Haut und Fleisch abziehen und dann seine Knochen auflösen würde. Er wurde lediglich wiederholt gegen die sanfte Schwellung gestoßen. Jedesmal stieß oder trat oder schlug er dagegen. Nach einem Dutzend dieser scheinbar sinnlosen Akte wurde er fortgezogen, als sei das, was immer hier tätig war, verwirrt über sein Verhalten.

Er hatte aufgehört zu schreien. Die einzigen Laute waren sein keuchender Atem und die Zzzts und das Klingeln aus dem Panrad. Im Augenblick, als er sich ihrer bewußt wurde, änderten die Zzzts ihr Tempo und veränderten sich zu einem erkennbaren Muster von

Ausbrüchen — drei Einheiten, die wieder und wieder hervorprasselten:

»Wer bist du? Wer bist du?«

Natürlich hätte es genausogut heißen können: »Was bist du?« oder »Was soll das?« oder »Nor smoz ka pop?«

Oder gar nichts — semantisch gesprochen.

Aber das glaubte er nicht. Und als er sanft auf den Boden gesetzt wurde und der Greifarm im Dunkel verschwand, Gott weiß wohin, war er überzeugt, daß das Wesen mit ihm Verbindung aufgenommen hatte oder es wenigstens versuchte.

Es war dieser Gedanke, der ihn davon abhielt, zu schreien und in diesem lichtlosen, übelriechenden Raum herumzurennen und sinnlos nach einem Ausgang zu suchen. Er überwand seine Panik und öffnete eine kleine Klappe in der Seite des Panrads. Dort hinein steckte er seinen rechten Zeigefinger. Er hielt ihn über die Taste, und einen Augenblick später, als das Wesen mit dem Senden aufgehört hatte, sendete er, so gut er konnte, die empfangenen Impulse zurück. Er brauchte dazu weder das Licht anzustellen, noch den Knopf zu drehen, der ihn auf das 1000-Kilohertz-Band bringen würde. Das Instrument stellte automatisch die gleiche Frequenz ein wie die, auf der er gerade empfangen hatte.

Das Merkwürdigste an dem ganzen Vorgang war, daß sein ganzer Körper fast unkontrollierbar zitterte — mit Ausnahme eines einzigen Teils. Das war sein Zeigefinger, das einzige, das in dieser sonst sinnlosen Lage eine definitive Funktion für ihn zu besitzen schien. Es war dieses Stück von ihm, das ihm überleben half — das einzige Teil, das in diesem Moment wußte, *wie* man überlebte. Sogar sein Gehirn schien keine Verbindung mehr zu seinem Finger zu haben. Dieser Finger war er selbst, der Rest nur zufällig damit verbunden.

Als er eine Pause machte, fing der Sender von neuem

an. Diesmal waren die Einheiten nicht zu erkennen. Sie hatten einen bestimmten Rhythmus, aber er konnte nicht wissen, was sie bedeuteten. Inzwischen begann der RF zu klingeln. Irgendwo in dem dunklen Loch richtete jemand einen Strahl genau auf ihn.

Er drückte einen Knopf oben auf dem Panrad, und die eingebaute Taschenlampe beleuchtete den Bereich unmittelbar vor ihm. Er sah eine Wand aus rötlichgrauem, gummiartigem Material. An der Wand war eine kreisförmige, hellgraue Anschwellung von gut einem Meter Durchmesser. Um sie herum ringelten sich zwölf sehr lange, sehr dünne Tentakel, die ihr das Aussehen einer Medusa verliehen.

Obwohl er fürchtete, die Fühler würden wieder nach ihm greifen, wenn er ihnen den Rücken zuwandte, veranlaßte ihn die Neugier, sich umzudrehen und seine Umgebung mit dem hellen Lichtstrahl zu untersuchen. Er fand sich in einem eiförmigen Raum von etwa 30 Fuß Länge, 12 Fuß Breite und, in der Mitte, etwa 10 Fuß Höhe. Der Raum bestand aus einem rötlichgrauen Material. Mit Ausnahme von blauen und roten Röhren in unregelmäßigen Abständen — Venen und Arterien — war die Wand glatt.

Eine türgroße Abteilung der Wand wies einen senkrechten Schlitz auf. Tentakel rahmten ihn fransenartig ein. Eddie hielt ihn für eine Art Iris, die sich geöffnet hatte, um ihn hereinzuzerren. Seesternartige Gruppen von Greifarmen waren an den Wänden verstreut oder hingen von der Decke herunter. An der Wand gegenüber der Iris gab es einen langen und biegsamen Stengel mit einer knorpeligen Krause am freien Ende. Wenn Eddie sich bewegte, bewegte er sich ebenfalls, wobei ihm die blinde Spitze folgte wie eine Radarantenne dem Gegenstand, den sie orten will. Und genau darum handelte es sich auch. Außerdem, wenn er sich nicht irrte, war der Stengel auch ein Trägerwellensender und -empfänger.

Er richtete das Licht überall hin. Als er die von ihm am weitesten entfernte Ecke erreichte, schnappte er nach Luft. Zehn Geschöpfe drängten sich dort zusammen, ihm direkt gegenüber! Etwa so groß wie halbausgewachsene Schweine, sahen sie Schnecken ohne Haus am ähnlichsten. Sie hatten keine Augen, und der Stengel, der ihnen auf der Stirn wuchs, war ein winziges Ebenbild des Stengels an der Wand. Sie sahen nicht gefährlich aus. Die offenen Münder waren klein und zahnlos, und ihre Geschwindigkeit konnte nur gering sein, denn sie bewegten sich wie Schnecken auf einem großen Fleischsockel fort — einem Fußmuskel.

Trotzdem — wenn er einschliefe, könnten sie ihn einfach durch ihre Zahl überwältigen; aus diesen Mündern könnte eine Säure tropfen, um ihn zu verdauen. Vielleicht besaßen sie einen verborgenen Giftstachel?

Seine Spekulationen wurden mit Vehemenz unterbrochen. Er wurde ergriffen, hochgehoben und an eine andere Tentakelgruppe weitergereicht. Sie trug ihn an dem Antennenstengel vorbei, auf die Schneckenwesen zu. Unmittelbar vor ihnen hielt man ihn mit dem Gesicht zur Wand an. Eine Iris, zuvor unsichtbar, öffnete sich. Sein Licht leuchtete hinein, aber außer Windungen von Fleisch konnte er nichts sehen.

Sein Panrad gab ein neues Muster von Dit-Dot-Diiit-Dats von sich. Die Iris weitete sich, bis sie groß genug war, seinen Körper aufzunehmen, falls man ihn kopfüber hineinstoßen würde oder auch mit den Füßen voran, was im Endeffekt unerheblich war. Die Windungen streckten sich und wurden zu einem Tunnel. Oder einem Rachen. Aus Tausenden kleiner Vertiefungen traten Tausende winziger, rasiermesserscharfer Zähne hervor. Sie blitzten auf und versanken wieder, und noch ehe sie verschwunden waren, schossen Tausende von anderen bösen kleinen Speeren hervor und an den zurückweichenden Fängen vorbei.

Ein Fleischwolf.

Jenseits des mörderischen Aufgebots, am Ende des Rachens, befand sich ein riesiger Wassersack. Dampf quoll hervor und mit ihm ein Geruch wie vom Eintopf seiner Mutter. Dunkle Brocken, wahrscheinlich Fleisch, und Gemüsestücke schwammen auf der brodelnden Oberfläche.

Dann schloß sich die Iris, und er wurde in die Richtung der Schnecken gedreht. Sanft, aber unmißverständlich schlug ihn ein Greifer auf sein Hinterteil. Und das Panrad gab ein warnendes Zzzt von sich.

Eddie war nicht dumm. Er wußte jetzt, daß die zehn Geschöpfe nicht gefährlich waren, solange er sie in Ruhe ließe. Und er hatte ja nun gesehen, wohin er käme, wenn er sich nicht ordentlich benahm.

Wieder wurde er hochgehoben, die Wand entlang transportiert und schließlich gegen den hellgrauen Fleck gestoßen. Der Geruch nach Affenkäfig, der sich verflüchtigt gehabt hatte, verstärkte sich nun wieder. Eddie stellte auch seinen Ursprung fest: ein ganz kleines Loch in der Wand.

Als er nicht reagierte — er hatte keine Ahnung, was man von ihm erwartete —, ließen ihn die Fühler so unerwartet los, daß er auf den Rücken fiel. Das Fleisch unter ihm gab federnd nach, und er erhob sich unverletzt.

Was war der nächste Schritt? Feststellung seiner Bestände. Aufzählung: Das Panrad. Ein Schlafsack, den er nicht brauchen würde, solange die augenblickliche, warme Temperatur anhielt. Eine Flasche mit Old-Red-Star-Kapseln. Eine Schwebethermosflasche mit daran befestigtem Sauger. Eine Packung mit A-2-Z-Rationen. Ein Klappherd. Patronen für seine Doppelflinte, die jetzt draußen vor dem Felspanzer des Geschöpfes lag. Eine Rolle Toilettenpapier. Zahnbürste. Zahnpasta. Seife. Handtuch. Pillen: Nodor, Hormone, Vitamine, Langlebigkeit, Reflexe, Schlafen. Und ein fadendünner Draht, abgewickelt hundert Fuß lang, der in seiner Molekularstruktur 100 Symphonien, 80 Opern, 1000 unterschiedliche Musikstücke und, von Sophokles und Dostojewskij bis zum letzten Bestseller, 2000 große Bücher gefangenhielt. Man konnte ihn im Panrad abspielen. Er legte ein, drückte auf den Knopf und sagte: »Eddie Fetts' Aufnahme von Puccinis *Che gelida manina,* bitte.«

Und während er beifällig seiner eigenen, prachtvollen Stimme lauschte, öffnete er den Verschluß einer Dose, die er unten im Rucksack gefunden hatte. Seine Mutter hatte den Rest des Eintopfs von ihrer letzten Mahlzeit im Schiff darin aufgehoben. Ohne zu wissen, was da eigentlich vorging, nur aus irgendeinem Grund überzeugt, daß er vorläufig in Sicherheit war, kaute er zufrieden sein Fleisch und Gemüse. Der Übergang vom Abscheu zum Appetit war für Eddie manchmal leicht.

Er aß die Büchse vollständig leer und beendete seine Mahlzeit mit ein paar Keksen und einem Riegel Schokolade. Rationieren gab es nicht. Solange das Essen reichte, würde er gut essen. Wenn sich dann nichts ergeben hatte, würde er ... Aber bis dahin, tröstete er sich selbst, als er seine Finger ableckte, würde seine Mutter, die ja frei war, ihn schon irgendwie aus der Patsche ziehen.

Wie immer.

5

Das Panrad, eine Zeitlang still, begann wieder zu signalisieren. Eddie richtete die Lampe auf die Antenne und sah, daß diese auf die Schneckenwesen gerichtet war, denen er, ganz seiner Gewohnheit nach, einen familiären Namen gegeben hatte. Sluggos nannte er sie.

Die Sluggos krochen zur Wand hin und blieben kurz davor stehen. Ihre Münder, die sich oben auf ihren Köpfen befanden, standen offen wie bei hungrigen Jungvögeln. Die Iris öffnete sich, und zwei Lippen formten einen Ausguß. Heraus strömten dampfend heißes Wasser und Brocken von Fleisch und Gemüse. Eintopf! Eintopf, der genau in jeden wartenden Mund floß.

Und so lernte Eddie den zweiten Satz von Mutter Polyphemas Sprache. Die erste Botschaft hatte gelautet: »Was bist du?« Die zweite war: »Komm und hol's.«

Er experimentierte. Er klopfte eine Wiederholung des zuletzt Gehörten. Wie ein einziges Wesen wendeten sich die Sluggos (das eine, das gerade gefüttert wurde, ausgenommen) ihm zu und krochen ein paar Fuß, ehe sie verwirrt innehielten.

Da nun Eddie sendete, mußten die Sluggos eine Art eingebauten RF haben. Sonst hätten sie nicht zwischen seinen Impulsen und denen ihrer Mutter unterscheiden können.

Gleich darauf schlug ein Greifer Eddie quer über die Schultern und warf ihn zu Boden. Das Panrad sendete seine dritte verständliche Zzzt-Botschaft. »Mach das nie wieder!«

Und dann eine vierte, der die zehn Jungen gehorchten, indem sie kehrtmachten und ihre frühere Stellung wieder einnahmen: »Hier entlang, Kinder.«

Ja, sie waren der Nachwuchs. Sie lebten, aßen, schliefen, spielten und lernten sich mitzuteilen, alles im Leib ihrer Mutter — *der Mutter.* Sie waren die bewegliche Brut dieses ungeheuren, unbeweglichen Wesens, das Eddie verschlungen hatte, wie ein Frosch eine Fliege. Diese Mutter. Sie, die auch einmal so ein Sluggo gewesen war, bis sie die Größe eines Schweins erreichte und von ihrer Mutter aus dem Mutterleib geworfen wurde. Und die, zu einer festen Kugel zusammengeballt, ihren Geburtshügel hinuntergerollt war, sich unten gestreckt hatte, Zoll für Zoll den nächsten Hügel erklomm, hinuntergekugelt war, und so fort. Bis sie den leeren Panzer einer Erwachsenen gefunden hatte, die gestorben war. Oder bis sie, wenn sie zur Oberklasse ihrer Gesellschaft gehören und nicht nur eine *Besitzerin* ohne Prestige sein wollte, den kahlen Gipfel eines hohen Hügels gefunden hatte — jede Erhebung, die einen weiten Landstrich überragte — und sich dort niederließ.

Dort steckte sie dann viele fadendünne Ranken in den Boden und in die Felsspalten, Ranken, die Nahrung aus ihrem Körperfett zogen und wuchsen und sich nach unten streckten und zu anderen Ranken verzweigten. Tief in der Erde arbeiteten die Würzelchen, die instinktive Chemie; suchten und fanden das Wasser, das Kalzium, Eisen, Kupfer, den Stickstoff, die Kohlenstoffe; betasteten Würmer und Maden und Larven und entlockten ihnen die Geheimnisse ihrer Fette und Proteine; zerlegten die gewünschte Substanz in unbestimmte Kolloidalteilchen; saugten sie die Faserrohre der Ranken aufwärts und zurück zu dem blassen, dünner werdenden Körper, der auf einer flachen Stelle oben auf einem Kamm, einem Hügel, einem Gipfel hockte.

Dort, mit Hilfe der Planskizzen, gespeichert in den Molekülen des Kleinhirns, übernahm ihr Körper die Bausteine der Elemente und formte sie zu einer ganz dünnen Schale aus den am besten verfügbaren Materialien — zu einem Schutzschild, groß genug, um darin zu wachsen, bis sie ihn ausfüllte, während ihre natürlichen Feinde — die gierigen und hungrigen Raubtiere, die das dämmrige Baudelaire durchstreiften — vergeblich daran schnupperten und kratzten.

Wenn sie ihr dann durch das ständige Wachsen ihres Umfangs zu eng wurde, pflegte sie die harte Schale zu resorbieren. Und wenn kein scharfer Zahn sie während dieses, wenige Tage dauernden Prozesses fand, bildete sie einen neuen, größeren Panzer. Und so weiter, ein Dutzend Male oder mehr.

Bis aus ihr der monströse und vielfach neugeformte Körper eines erwachsenen und jungfräulichen Weibchens geworden war. Außen war dann das Material, das hartem Fels so sehr ähnelte und es tatsächlich war:

Granit, Diorit, Marmor, Basalt oder vielleicht nur einfacher Kalkstein. Oder manchmal Eisen, Glas oder Zellulose.

Innen: das zentral gelagerte Gehirn, wahrscheinlich so groß wie ein menschliches. Um es herum die Tonnen von Organen: das Nervensystem, das mächtige Herz oder die Herzen, die vier Mägen, die Mikrowellen- und die Langwellen-Generatoren, die Nieren, Gedärme, Luftröhren, Geruchs- und Geschmacksorgane, die Parfümfabrik, die Gerüche produzierte, um Tiere und Vögel so nah heranzulocken, daß man sie fangen konnte, und die riesige Gebärmutter. Und die Antennen — die kleine innen, um die Jungen zu unterrichten und zu überwachen, und ein langer und kraftvoller Stengel außen, aus der Spitze des Panzers hervorragend, bei Gefahr einziehbar.

Der nächste Schritt war von der Jungfrau zur Mutter — vom niedrigeren Stand zum höheren, in ihrer Impulssprache durch eine längere Pause vor einem Wort bezeichnet. Erst wenn sie entjungfert war, konnte sie in ihrer Gesellschaft eine führende Stellung einnehmen. Schamlos, ohne zu erröten, unternahm sie selbst die ersten Schritte, die Anträge und schließlich die Hingabe.

Danach verspeiste sie ihren Gefährten.

Die Uhr im Panrad zeigte Eddie, daß es der dreißigste Tag seiner Gefangenschaft war, als er dieses kleine Informationsdetail herausfand. Er war entsetzt, nicht weil es seine sittliche Überzeugung beleidigt hätte, sondern weil er selbst als Gefährte vorgesehen war. Und als Abendessen.

Sein Finger klopfte: »Sag mir, was du meinst, Mutter.«

Bisher hatte er nicht darüber nachgedacht, wie eine Spezies sich fortpflanzen konnte, die keine Männchen besaß. Jetzt fand er heraus, daß für die Mütter alle Geschöpfe außer ihnen selbst männlich waren. Mütter waren unbeweglich und weiblich. Bewegliche Wesen waren männlich. Eddie war ein Beweglicher gewesen. Darum war er männlich.

Er hatte sich dieser speziellen Mutter während der Paarungszeit genähert, nämlich mitten in der Aufzucht eines Wurfs von Jungen. Sie hatte ihn erspäht, als er unten im Tal am Bachufer entlangging. Als er am Fuß des Berges ankam, hatte sie seinen Geruch bemerkt. Er war ihr neu. Das Ähnlichste, was sie in ihren Gedächtnisspeichern fand, war ein vergleichbares Tier. Nach ihrer Beschreibung hielt er es für einen großen Affen. Also hatte sie aus ihrem Fundus dessen Paarungsgeruch ausströmen lassen. Als er scheinbar in die Falle ging, hatte sie ihn gefangen.

Was von ihm erwartet wurde, war ein Angriff auf den Empfängnispunkt, jene hellgraue Anschwellung in der Wand. Hätte er ihn so aufgerissen und zerfetzt, daß das geheimnisvolle Wirken der Schwangerschaft einsetzen konnte, würde sie ihn in ihre Magen-Iris gestopft haben.

Zum Glück hatte ihm der scharfe Schnabel, der Fang, die Klaue gefehlt. Und sie hatte vom Panrad ihre eigenen Signale zurückempfangen.

Eddie begriff nicht, warum man einen Beweglichen für die Paarung brauchte. Eine Mutter war intelligent genug, einen scharfen Stein aufzulesen und die Stelle selbst zu zerfleischen.

Ihm wurde klargemacht, daß keine Empfängnis stattfand, wenn nicht ein ganz bestimmter Nervenkitzel den Vorgang begleitete — eine Raserei und ihre Befriedigung. Warum dieser Gefühlszustand nötig war, wußte Mutter nicht.

Eddie versuchte, ihr Dinge wie Gene und Chromosomen zu erklären, und warum höherentwickelte Arten so etwas haben mußten. Mutter verstand nicht.

Eddie dachte darüber nach, ob die Anzahl der Schlitze und Risse im Empfängnisfleck der Anzahl der Jungen entsprach. Oder ob in den Erbgutbändern, die sich unter der Empfängnishaut erstreckten, eine große Zahl von Möglichkeiten verborgen lag. Ob die wahllose Reizung und daraus folgende Anregung der Gene der zufälligen Kombination von Genen in der menschlichen Paarung von Mann und Frau entsprach, mit dem Ergebnis von Abkömmlingen mit Eigenschaften, die Kombinationen ihrer Elterneigenschaften waren.

Oder bedeutete das unvermeidliche Verschlingen des Beweglichen nach dem Akt mehr als einen emotionalen und der Ernährung dienenden Reflex? Wies es vielleicht darauf hin, daß zerstreute Genknoten, wie harte Kerne, zusammen mit der zerfetzten Haut an den Klauen und Zähnen des Beweglichen haften blieben und diese Gene das Kochen im Eintopfmagen überlebten und später mit dem Kot ausgeschieden wurden? Worauf Vögel und Tiere sie mit Schnabel, Zahn oder Fuß auflasen und diese als Erbgutträger von anderen Müttern zu dieser indirekten Vergewaltigung gezwungen, auf die Empfängnisstellen übertrugen, während sie diese attakkierten — wobei die Knötchen abgestreift und in die Haut der Schwellung eingepflanzt wurden, während sie gleichzeitig neue Gene aufnahmen? Später wurden die Beweglichen gefressen, verdaut und ausgestoßen, in jenem obskuren, aber einfallsreichen und endlosen Kreislauf. So daß dadurch die ständige, wenn auch wahllose Neukombination von Genen die Möglichkeit unterschiedlicher Nachkommen, Gelegenheit zu Mutationen, und so weiter sichergestellt wurde? Mutter pulsierte, sie sei verwirrt.

Eddie gab auf. Er würde es nie erfahren. Und schließlich, war es überhaupt wichtig?

Er entschied sich dagegen und erhob sich aus seiner liegenden Stellung, um Wasser zu verlangen. Sie zog ihre Iris zusammen und spritzte einen lauwarmen Liter in seine Thermosflasche. Er warf eine Pille hinein, schwenkte sie, bis sie sich auflöste, und trank eine akzeptable Imitation von Old Red Star. Er bevorzugte den harten und starken Whisky, obwohl er sich auch den weichsten hätte leisten können. Schnelle Ergebnisse, das wollte er haben. Auf den Geschmack kam es dabei nicht an, denn am Whisky reizte ihn der Geschmack am allerwenigsten. Also trank er, was die Skid-Row-Penner soffen, und schauderte dabei genau wie sie, die das Zeug Old Red Star nannten und das Schicksal verfluchten, das sie so tief hatte sinken lassen, derartiges Zeug hinunterkippen zu müssen.

Der Whisky glühte in seinem Bauch und verbreitete sich schnell durch seine Glieder bis hin zum Kopf, dem nur beim Gedanken an die stets weniger werdenden Kapseln kalt wurde. Wenn sie alle waren — was dann? In solchen Momenten vermißte er seine Mutter am meisten.

Der Gedanke an sie ließ ihn ein paar große Tränen vergießen. Er schniefte und trank noch ein bißchen, und als das größte Sluggo ihn anstieß und den Rücken gekratzt haben wollte, gab er ihm statt dessen einen Schluck Old Red Star. Ein Schluck für Sluggo. Müßig überlegte er, welche Auswirkungen eine Vorliebe für Whisky auf die Zukunft der Rasse haben würde, wenn diese Jungfrauen Mütter würden.

Urplötzlich durchzuckte ihn eine Idee, die geradezu lebensrettend schien. Diese Wesen konnten Elemente, die sie benötigten, aus der Erde saugen und damit höchst verzwickte Molekularstrukturen nachbilden. Vorausgesetzt natürlich, sie hatten ein Muster der gewünschten Substanz, die sie dann in irgendeinem geheimnisvollen Organ analysieren konnten.

Was aber war einfacher, als ihr eine der heißgeliebten Kapseln zu geben? Aus einer konnte eine Vielzahl werden. Zusammen mit dem reichlich vorhandenen Wasser, das durch hohle, unterirdische Ranken vom nahen Bach hochgepumpt wurde, wäre das genug, um einen Schwarzbrenner neidisch zu machen!

Er schmatzte mit den Lippen und wollte ihr gerade

seine Bitte vortragen, als ihm klar wurde, was sie sendete.

Ziemlich spitz bemerkte sie, daß ihre Nachbarin jenseits des Tales sich einiges einbildete, weil sie ebenfalls einen Beweger gefangenhielt, mit dem man sich unterhalten konnte.

6

Die Mütter hatten eine Gesellschaft, die hierarchisch war wie der Sitzplan bei Washingtoner Banketten oder die Hackordnung auf einem Geflügelhof. Nur Prestige zählte, und das wiederum hing von der Sendestärke der Mutter ab, von der Höhe der Erhebung, auf der sie saß und welche die Größe ihres Radargebietes bestimmte, und von Reichhaltigkeit, Neuheit und Witz ihres Klatsches. Das Geschöpf, das Eddie gekapert hatte, war eine Königin. Sie hatte den Vorrang vor gut dreißig anderen ihrer Art. Sie alle mußten sie als erste senden lassen, und keine wagte zu pulsieren, bevor sie aufhörte. Dann fing die Nächste im Rang an, und so weiter bis ganz unten. Jede von ihnen konnte jederzeit von Nummer Eins unterbrochen werden, und wenn eine aus den unteren Rängen etwas Interessantes zu melden hatte, konnte sie die Sprecherin unterbrechen und von der Königin die Erlaubnis erhalten, ihre Geschichte zu erzählen.

Eddie wußte das, konnte aber den Schwätzchen von Gipfel zu Gipfel nicht direkt zuhören. Der dicke Panzer aus Pseudogranit hinderte ihn daran und machte ihn abhängig von der Informationsweitergabe durch ihren Gebärmutterstengel.

Ab nun an öffnete Mutter die Tür und ließ ihre Jungen ins Freie krabbeln. Dort übten sie das Anstrahlen und Senden hinüber zu den Sluggos der Mutter von der anderen Talseite. Gelegentlich ließ sich diese Mutter herab, die Jungen selbst anzupulsieren, und Eddies Hüterin tat für deren Nachwuchs das gleiche.

Kehrtwendung.

Als die Jungen sich zum erstenmal durch die Ausgangs-Iris schoben, hatte Eddie wie weiland Odysseus versucht, sich als eines von ihnen auszugeben und inmitten der Herde herauszukriechen. Augenlos, aber kein Polyphem, hatte Mutter ihn mit ihren Fühlern aussortiert und wieder hineingehievt.

Nach diesem Vorfall hatte er sie Polyphema getauft.

Er wußte, daß sie ihr vorher schon hohes Ansehen durch den Besitz dieses einzigartigen sendenden Beweglichen noch ungeheuer gesteigert hatte. So sehr hatte ihre Bedeutung zugenommen, daß die Mütter in den Außenbezirken ihres Gebiets anderen die Neuigkeit weitergaben. Bevor er noch ihre Sprache gelernt hatte, war der gesamte Kontinent angeschlossen. Polyphema war die reinste Klatschjournalistin geworden; Zehntausende von Hügelhockerinnen hörten begierig auf ihre Berichte vom Umgang mit dem wandelnden Paradoxon: einem semantischen Männchen.

Soweit, so gut. Aber dann, erst vor ganz kurzer Zeit, hatte die Mutter von jenseits des Tales ein ähnliches Geschöpf gefangen. Und mit einem Schlag war sie Nummer Zwei in der Gegend geworden und würde beim kleinsten Zeichen von Schwäche seitens Polyphemas die führende Position an sich reißen.

Diese Neuigkeit erregte Eddie auf das heftigste. Oft hatte er im Wachen von seiner Mutter geträumt und sich vorgestellt, was sie wohl machte. Seltsamerweise beendete er seine Phantasien oft mit murmelnden Lippenbewegungen, wobei er ihr fast hörbar vorwarf, daß sie ihn verlassen habe und keinen Versuch zu seiner Rettung unternehme. Wenn er sich dieses Verhaltens bewußt wurde, schämte er sich. Dennoch beeinflußte ein Gefühl der Verlassenheit seine Gedanken.

Nun wußte er, daß sie lebte und wahrscheinlich beim

Versuch, ihn zu befreien, gefangen worden war. Das riß ihn aus der Lethargie, die ihn in der letzten Zeit fast ständig hatte dösen lassen. Er bat Polyphema, den Eingang zu öffnen, damit er sich direkt mit dem anderen Gefangenen unterhalten könnte. Sie war einverstanden. Begierig, einem Gespräch zwischen zwei Beweglichen zu lauschen, zeigte sie sich äußerst hilfsbereit. Das, was die beiden sich zu erzählen haben würden, müßte eine gewaltige Menge Stoff für neuen Klatsch geben. Allerdings würde die andere Mutter auch Zugang dazu haben, und das minderte ihre Freude schon wieder.

Dann aber fiel ihr ein, daß sie ja immer noch Nummer Eins war und als erste alle Einzelheiten senden würde. Vor Stolz und Erregung zitterte sie derart, daß Eddie den Boden schwanken fühlte.

Die Iris öffnete sich, er ging hindurch und blickte über das Tal. Die Hänge waren noch immer grün, rot und gelb, denn die Pflanzen auf Baudelaire verloren ihre Blätter im Winter nicht. Allerdings zeugten ein paar weiße Flecken von der Ankunft des Winters. Eddie erschauderte vom kalten Luftzug auf seiner nackten Haut. Längst hatte er seine Sachen abgelegt. Die Wärme im Mutterleib hatte Kleidung zu etwas Unbequemem werden lassen, zudem hatte Eddie, menschlich, wie er nun einmal war, sich seiner Abfallprodukte entledigen müssen. Und Polyphema als Mutter hatte den Schmutz in regelmäßigen Abständen mit warmem Wasser aus einem ihrer Mägen hinausspülen müssen. Jedesmal, wenn die Röhrenöffnungen explosionsartige Ströme von sich gaben, die die unerwünschten Elemente durch die Tür-Iris hinausschwemmten, war Eddie klatschnaß geworden. Als er das Anziehen aufgab, waren seine Sachen mit hinausgespült worden. Nur indem er sich auf sein Gepäck setzte, konnte er es vor diesem Schicksal bewahren.

Danach wurden er und die Sluggos mit warmer Luft

getrocknet, die durch dieselben Öffnungen hereingepumpt wurde und aus der mächtigen Batterie der Lungen stammte. Eddie war durchaus wohl dabei — er hatte immer etwas für Duschen übrig gehabt —, doch der Verlust seiner Kleidung war ein weiterer Faktor, der ihn an der Flucht nach draußen hinderte. Wenn er die Jacht nicht gleich fände, würde er elend erfrieren. Auch war er sich nicht sicher, ob er den Rückweg noch wußte.

Nun trat er also ins Freie, ging aber gleich ein oder zwei Schritte zurück und ließ Polyphemas warme Luft wie einen Mantel um seine Schultern wehen.

Dann spähte er die halbe Meile hinweg, die ihn von seiner Mutter trennte. Aber er konnte sie nicht sehen. Der Dämmerzustand und das Dunkel des unerleuchteten Inneren ihrer Fängerin verbargen sie.

Er klopfte in Morse: »Stell das Sprechfunkgerät an, gleiche Frequenz.« Paula Fetts tat es. Aufgeregt fragte sie ihn sofort, ob er auch in Ordnung sei. Er antwortete, ihm gehe es ausgezeichnet.

»Hast du mich schrecklich vermißt, Junge?«

»O ja, sehr.«

Noch während er das sagte, wunderte er sich vage darüber, daß seine Stimme so hohl klang. Verzweiflung, weil er sie nie wiedersehen würde, wahrscheinlich.

»Ich bin fast verrückt geworden, Eddie. Als du gefangen wurdest, bin ich weggerannt, so schnell ich konnte. Ich hatte keine Ahnung, welches greuliche Ungetüm uns da angriff. Und dann, auf halber Höhe, fiel ich hin und brach mir ein Bein ...«

»O nein, Mutter!«

»Doch. Aber ich schaffte es, zum Schiff zurückzukriechen. Und dort, nachdem ich mein Bein selbst eingerichtet hatte, habe ich mir Spritzen mit Antibiotika verabreicht. Nur hat mein Körper nicht so reagiert, wie er sollte. Du weißt ja, bei manchen Leuten ist das eben so. Das Heilen dauerte die doppelte Zeit. Aber als ich wieder laufen konnte, nahm ich ein Gewehr und eine Schachtel Dynamit. Ich wollte in die Luft sprengen, was ich für eine Art Felsenfestung hielt, die Station irgendwelcher Außerirdischer. Ich hatte ja keine Ahnung von der wirklichen Natur dieser Ungeheuer. Von dem Felsblock auf der anderen Talseite wollte ich erst einmal erkunden, was los war. Aber dieses Ding stellte mir eine Falle.

Hör zu, Junge. Bevor man uns trennt, will ich dir sagen, daß du die Hoffnung nicht aufzugeben brauchst. Ich komme über kurz oder lang hier heraus und zu dir, um dich zu retten.«

»Wie?«

»Vielleicht erinnerst du dich: Meine Laborausrüstung enthält eine Anzahl von Krebserzeugern für Forschungsarbeiten. Und du weißt ja, daß sich manchmal der Empfängnisfleck einer Mutter, wenn er bei der Paarung zerfetzt wird, mit Krebs infiziert — das Gegenteil einer Schwangerschaft. Ich habe dem Fleck ein Karzinogen eingespritzt, und eine wunderschöne Geschwulst hat sich entwickelt. In ein paar Tagen ist sie tot.«

»Mama! Du wirst in dieser verfaulenden Masse begraben werden!«

»Nein. Sie hat mir erzählt, daß ein Reflex die Lippen öffnet, wenn eine ihrer Art stirbt. Das geschieht, damit ihre Jungen, wenn sie welche hat, entkommen können. Hör zu, ich werde ...«

Ein Greifarm umschlang ihn und zog ihn zurück in die Iris, die sich schloß. Als er auf Trägerwelle umgestellt hatte, hörte er: »Warum hast du mich nicht einbezogen? Was habt ihr gemacht? Sag es mir! Sag es mir!«

Eddie sagte es ihr. Ein Schweigen folgte, das sich nur als Verblüffung deuten ließ. Nachdem Mutter wieder klar denken konnte, erklärte sie: »Von nun an wirst du nur durch mich mit dem anderen Männchen sprechen.«

Offensichtlich beneidete und haßte sie seine Fähigkeit, die Wellenbänder zu wechseln; vielleicht fiel es ihr auch schwer, diese Vorstellung zu akzeptieren.

»Bitte«, beharrte er, ohne zu wissen, welch dünnes Eis er da betrat, »bitte laß mich direkt mit meiner Mutter spre ...«

»Wwa-was? Deiner M-M-Mutter?«

»Ja. Natürlich.«

Der Boden hob sich heftig unter seinen Füßen. Er schrie auf, suchte nach einem Halt, um nicht zu stürzen, und schaltete dann das Licht ein. Die Wände pulsierten wie Wackelpudding, und die Gefäßsäulen hatten sich von Rot und Blau zu Grau verfärbt. Die Eingangs-Iris hing offen wie ein schlaffer Mund, und die Luft wurde kühl. Er konnte den Temperatursturz in ihrem Fleisch durch seine Fußsohlen fühlen.

Es dauerte eine Weile, bevor er begriff.

Polyphema war in einem Schockzustand.

Was passiert wäre, hätte sie darin verharrt, erfuhr er nie. Sie hätte sterben und ihn damit in den Winter hinausstoßen können, bevor seine Mutter fliehen konnte. Wenn er in diesem Fall das Schiff nicht fand, würde er sterben. Im wärmsten Winkel des eiförmigen Raums zusammengekauert, überdachte Eddie diese Vorstellung und zitterte derart, daß es nicht an der Luft von außen liegen konnte.

7

Aber Polyphema hatte ihre eigene Methode, sich wieder zu erholen. Sie bestand darin, den Inhalt des Eintopfmagens auszuspeien, der zweifellos voll von Giften war, die der Schock aus ihrem Körper gezogen hatte. Das Ausstoßen dieser Stoffe war die physische Äußerung ihrer seelischen Reinigung. So heftig war die Flut, daß ihr Pflegesohn fast mit der heißen Welle hinausgeschwemmt worden wäre. Aber instinktiv hatte sie ihn und die Sluggos mit Greifarmen umwunden. Dann ließ sie auf den ersten Schwall die Leerung ihrer drei anderen Wassersäcke folgen, von denen der zweite heiß, der dritte lauwarm und der vierte, gerade neu gefüllt, kalt war.

Eddie kreischte auf, als das eisige Wasser ihn durchtränkte. Polyphemas Iriden schlossen sich wieder. Nach und nach hörten Boden und Wände zu beben auf, die Temperatur stieg, und ihre Venen und Arterien wurden wieder rot und blau. Sie war wieder gesund. Oder so schien es jedenfalls.

Aber als er nach 24 Stunden vorsichtig auf das Thema zurückkam, lehnte sie es nicht nur ab, darüber zu sprechen, sondern sie weigerte sich auch, überhaupt die Existenz des anderen Beweglichen zuzugeben.

Eddie gab die Hoffnung auf ein Gespräch auf und dachte eine ganze Weile nach. Der einzige Schluß, zu dem er kommen konnte — und er war überzeugt, so viel von ihrer Psychologie begriffen zu haben, daß sein Schluß stimmte — war, daß die Idee eines beweglichen Weibchens absolut unannehmbar war.

Ihre Welt war zweigeteilt: die Beweglichen und ihre eigene Art, die Nichtbeweger. Bewegliche bedeuteten Nahrung und Paarung. Beweglich bedeutete — männlich. Die Mütter waren — weiblich.

Wie die Beweglichen sich fortpflanzten, darüber hatten die Hügelhockerinnen wahrscheinlich nie nachgedacht. Ihre Wissenschaft und Philosophie befanden sich auf dem instinktiven Niveau des Körpers. Ob sie eine Vorstellung von Spontanzeugung oder amöbenhafter Teilung hatten, die verantwortlich für den Bestand der Beweglichen-Population sein könnten, oder ob sie davon ausgingen, daß sie einfach nur »wuchsen«, das fand Eddie nie heraus. Für die Mütter waren nur sie selbst weiblich, und der Rest des protaplasmischen Kosmos war männlich. Damit hatte es sein Bewenden. Jede andere Idee war mehr als widerwärtig, obszön und lästerlich. Sie war — undenkbar. Polyphema hatte durch seine Worte ein tiefreichendes Trauma davongetragen. Und obwohl sie sich erholt zu haben schien, war doch irgendwo in diesen Tonnen unvorstellbar komplizierten Fleisches eine Wunde begraben. Wie eine verborgene Blume, dunkel purpurrot, blühte sie, und der Schatten, den sie warf, war etwas, das eine bestimmte Erinnerung, einen bestimmten Trakt, vom Licht des Bewußtseins abschnitt. Dieser von der Wunde befleckte Schatten deckte jene Zeit und jenes Ereignis zu, das die Mutter aus Gründen, die das Menschenwesen nicht erfassen konnte, mit dem Schild KEIN ZUTRITT markiert hatte.

Und so verstand Eddie, was dann kommen sollte, obwohl er es nicht aussprach. Er verstand es mit den Zellen seines Körpers, er fühlte und wußte es, als würden seine Knochen es prophezeien und sein Gehirn es nicht hören.

Sechsundsechzig Stunden später, nach der Uhr des Panrads, öffneten sich Polyphemas Eingangslippen. Ihre Greifer schossen hinaus. Sie kamen zurück und trugen seine hilflose Mutter.

Eddie, aus seinem Dösen geweckt, war entsetzt, ja gelähmt. Er sah noch, wie sie ihm ihren Laborkasten zuwarf und hörte ihren unartikulierten Schrei. Und sah sie, Kopf voran, in die Magen-Iris eintauchen.

Polyphema hatte den einzig sicheren Weg eingeschlagen, die Beweise zu vernichten.

Eddie lag mit dem Gesicht nach unten und hatte die Nase gegen das warme und ganz leicht vibrierende Fleisch des Bodens gedrückt. Ab und zu bewegten sich krampfhaft seine Hände, als griffe er nach etwas, das man ihm entgegenhielt und immer wieder wegzog. Wie lange er so lag, wußte er nicht, denn er sah nie wieder auf die Uhr.

Schließlich setzte er sich in der Dunkelheit auf und kicherte sinnlos vor sich hin: »Mutter hat immer guten

Eintopf gemacht.« Das brachte ihn in Fahrt. Er lehnte sich auf den Händen zurück, warf den Kopf in den Nacken und heulte wie ein Wolf bei Vollmond.

Polyphema war zwar stocktaub, konnte aber mit ihrem Radar seine Körperhaltung feststellen, und ihre feinen Nüstern schlossen aus seinem Geruch, daß er sich im Zustand schrecklicher Furcht und Seelenqual befand.

Ein Fühler glitt herbei und umfaßte ihn sanft.

»Was ist los?« fragte (Zzzt) das Panrad.

Er steckte den Finger in das Tastenloch.

»Ich habe meine Mutter verloren.«

»?«

»Sie ist fort und kommt nie wieder.«

»Ich verstehe nicht. *Hier bin ich.*«

Eddie hörte auf zu weinen und legte den Kopf schief, als lausche er einer inneren Stimme. Er schnüffelte ein paarmal, wischte sich die Tränen ab, entfernte langsam den Fühler, tätschelte ihn und ging dann zu seinem Gepäck, das in einer Ecke lag. Er nahm die Flasche mit den Old-Red-Star-Kapseln heraus. Eine steckte er in die Thermosflasche, die andere gab er ihr mit der Bitte, sie, wenn möglich, zu duplizieren. Dann streckte er sich auf der Seite aus, auf einen Ellbogen gestützt wie ein Römer bei sinnlichen Festen, nuckelte durch den Sauger den Whisky und lauschte einer Mischung aus Beethoven, Mussorgsky, Verdi, Strauß, Porter, Feinstein und Waxworth.

Und so floß die Zeit — falls es so etwas hier gab — an Eddie vorbei. Wenn er die Musik, die Theaterstücke und die Bücher satt hatte, hörte er sich den »Lokalrundfunk« an. Hatte er Hunger, so stand er auf und ging — oft kroch er auch nur — zur Eintopf-Iris. In seinem Gepäck lagen noch Dosen mit Verpflegung. Er hatte vorgehabt, so lange davon zu essen, bis er sicher war, daß ... was war es noch, was er nicht essen durfte? Gift? Irgend etwas war von Polyphema und den

Sluggos verschlungen worden. Aber irgendwann im Lauf der Musik-und-Whisky-Orgie hatte er es vergessen. Er saß jetzt ganz hungrig und hatte keinen anderen Gedanken, als die Befriedigung seiner Bedürfnisse.

Manchmal öffnete sich die Tür-Iris, und Billy Gemüsemann hüpfte herein. Billy sah aus wie eine Kreuzung zwischen einer Grille und einem Känguruh. Er hatte die Größe eines Colliehundes und trug in einem Bauchbeutel Gemüse, Früchte und Nüsse. Mit glänzend grünen Chitinklauen holte er sie heraus und gab sie Mutter im Austausch gegen Eintopfmahlzeiten. Ein glücklicher Symbiot, der fröhlich zirpte, während von seinen Facettenaugen, die sich unabhängig voneinander drehten, das eine auf die Sluggos schaute, das andere auf Eddie.

Eddie gab einem Impuls nach und verließ das 100-Kilohertz-Band. Er durchstreifte die Frequenzen, bis er herausfand, daß Polyphema und Billy eine 108-Welle aussendeten. Anscheinend war das ihr natürliches Signal.

Wenn Billy sein Gemüse abliefern wollte, sendete er. Polyphema ihrerseits sendete zurück, wenn sie etwas brauchte. Das war bei Billy keine Frage der Intelligenz; er sendete instinktiv. Und die Mutter war, abgesehen von ihrer »semantischen« Frequenz, auf dieses eine Band beschränkt. Aber es funktionierte bestens.

8

Alles war in Ordnung. Was konnte sich ein Mann noch wünschen? Freie Verpflegung, unbegrenzten Alkohol, ein weiches Bett, Klimaanlage, Duschen, Musik, intellektuelle Werke (auf Band), interessante Konversation (davon ein Großteil über ihn selbst), Ungestörtheit und Sicherheit.

Wenn er ihr nicht schon einen Namen gegeben hätte, würde er sie Mutter Gratis genannt haben.

Zudem waren die rein äußerlichen Annehmlichkeiten nicht alles. Sie hatte ihm die Antwort auf all seine Fragen gegeben, alle ...

Bis auf eine.

Die er nie laut geäußert hatte. Tatsächlich hätte er das gar nicht gekonnt. Wahrscheinlich wußte er überhaupt nicht, daß er so eine Frage hatte.

Aber Polyphema sprach eines Tages davon, als sie ihn bat, ihr einen Gefallen zu tun.

Eddie reagierte, als habe man ihn tödlich beleidigt.

»Man kann nicht ...! Man kann doch nicht ...!«

Er würgte und dachte dann: »Wie albern! Sie ist nicht ...«

Und sah verwirrt aus und sagte: »Doch sie ist.«

Er stand auf und öffnete den Laborkasten. Auf der Suche nach einem Skalpell fand er die Krebserzeuger. Er warf sie durch die halboffenen Lippen hinaus, weit den Hang hinunter.

Dann wandte er sich um und sprang, das Skalpell in der Hand, zu der hellgrauen Schwellung in der Wand. Er blieb stehen und starrte darauf, während ihm das Instrument aus der Hand fiel. Er hob es auf, stach schwächlich zu und ritzte nicht einmal die Haut. Und ließ es wieder fallen.

»Was ist los? Was ist los?« knisterte das Panrad an seinem Handgelenk.

Plötzlich wurde ihm aus der nahen Öffnung eine dichte Wolke menschlichen Geruchs — Männerschweiß — ins Gesicht geblasen.

»????«

Da stand er, halb gebückt, scheinbar gelähmt. Bis Tentakel ihn in wütendem Zorn ergriffen und zur Magen-Iris schleppten, die mannshoch offen gähnte. Eddie schrie auf und wand sich, bohrte seinen Finger in das Panrad und klopfte: »Schon gut! Schon gut!«

Und wieder zurück vor der Stelle, stürzte er sich mit plötzlicher und ungestümer Freude darauf. Er zerfetzte sie wie von Sinnen und schrie: »Nimm das! Und das, du F...«, der Rest verlor sich in sinnlosem Gebrüll.

Er hörte nicht auf zu schneiden und hätte vielleicht so lange weitergemacht, bis von der Stelle nichts mehr übrig war, hätte Polyphema nicht eingegriffen und ihn wieder zu ihrer Magen-Iris geschleift. Zehn Sekunden hing er hilflos und schluchzend dort. Innerlich hielten sich bei ihm Angst und Stolz die Waage.

Polyphemas Reflexe hatten ihren Verstand fast überwältigt. Zum Glück erhellte ein kalter Funke Vernunft eine Ecke der gewaltigen, dunklen und heißen Kapelle ihrer Raserei.

Die Windungen, die zu dem dampfenden, mit Fleisch gefüllten Sack führten, schlossen sich, und die Fleischfalten ordneten sich wieder. Eddie wurde plötzlich mit warmem Wasser aus dem von ihm so genannten »Sanitär«-Magen überschüttet. Die Iris schloß sich. Er wurde auf den Boden gesetzt. Das Skalpell wanderte zurück in die Tasche.

Lange Zeit schien Mutter erschüttert von dem Gedanken, was sie Eddie hätte antun können. Sie wagte nicht zu senden, bevor ihre Nerven sich beruhigt hatten. Auch dann erwähnte sie sein knappes Entkommen nicht. Er auch nicht.

Er war glücklich. Er fühlte sich, als habe sich jetzt eine Feder aus irgendeinem Grund entspannt, die gegen seine Eingeweide drückte, seit er und seine Frau sich getrennt hatten. Der dumpfe, unbestimmte Schmerz aus Verlust und Unzufriedenheit, das leichte Fieber und der Krampf in seinen Eingeweiden, die Apathie, unter der er manchmal litt, alles das war verschwunden. Er fühlte sich großartig.

Inzwischen hatte sich so etwas wie eine tiefe Zuneigung entzündet, wie eine winzige Kerze unter dem zugigen und überragenden Dach eines Doms. Mutters

Panzer beherbergte mehr als Eddie; er wölbte sich jetzt über einem Gefühl, das ihrer Art fremd war. Das zeigte sich beim nächsten Ereignis, das Eddie mit Entsetzen erfüllte.

Denn die Wunden an der Empfängnisstelle heilten, und die Schwellung wuchs zu einem großen Sack aus. Dann platzte dieser Sack, und zehn mausgroße Sluggos purzelten auf den Boden. Der Aufprall hatte denselben Effekt, wie ihn der Arzt erzielt, der einem neugeborenen Baby Klapse auf das Hinterteil gibt: vor Schreck und Schmerz holten sie zum ersten Mal Atem. Ihre unkontrollierten und schwachen Impulse füllten den Äther mit verschwommenen SOS-Signalen.

Wenn Eddie nicht mit Polyphema sprach oder nach draußen lauschte, schlief, aß, badete oder sein Band laufen ließ, spielte er mit den Sluggos. In gewisser Weise war er ihr Vater. Tatsächlich wurde es, als sie auf Schweinegröße heranwuchsen, für ihren weiblichen Elternteil schwierig, ihn von den Jungen zu unterscheiden. Da er nur noch selten aufrecht ging und oft auf Händen und Knien in ihrer Mitte zu finden war, konnte sie ihn nicht leicht ausmachen. Zudem lag etwas in der schweren, feuchten Luft oder in seiner Diät, das alle seine Körperhaare ausfallen ließ. Er wurde sehr dick. Ganz allgemein hätte man sagen können, daß er aussah wie der blasse, weiche, runde und haarlose Nachwuchs. Eine Familienähnlichkeit. Mit einem Unterschied freilich. Als der Zeitpunkt kam, an dem die Jungfrauen hinausgeworfen werden sollten, kroch Eddie wimmernd in eine Ecke und blieb dort, bis er sicher war, daß Mutter ihn nicht in die kalte, harte und hungrige Welt hinausstoßen würde.

Als diese letzte Krise vorbei war, kehrte er in die Mitte zurück. Die Panik in seiner Brust hatte nachgelassen, aber seine Nerven bebten noch immer. Er füllte seine Thermosflasche und lauschte eine Weile seinem eigenen Tenor in der Arie »Geschöpfe der See« aus seiner

Lieblingsoper, Gianellis »Der uralte Seefahrer«. Plötzlich brach es aus ihm hervor, er fiel in seinen eigenen Gesang ein und empfand eine nie gekannte Erregung bei den Schlußworten:

»Und mir vom Hals so frei
der Albatros fiel ab und sank
ins Meer hinein wie Blei.«

Danach verstummte er, aber sein Herz jubilierte, als er den Draht abstellte und sich in Polyphemas Sendung einschaltete. Mutter hatte auch ihre Probleme. Sie konnte dieses neue und eigentlich gar nicht in Worte zu fassende Gefühl, das sie dem Beweger entgegenbrachte, über den kontinentumfassenden Rundfunk nicht präzise beschreiben. Auf so eine Vorstellung war ihre Sprache nicht vorbereitet. Und die Gallonen Old Red Star in ihrem Blutstrom machten die Sache auch nicht leichter.

Eddie nuckelte an dem Gummisauger und nickte ihrer Suche nach Worten mitfühlend und schläfrig zu. Nach einer Weile rollte ihm die Thermosflasche aus der Hand.

Er schlief auf der Seite, zur Kugel gerollt, die Knie an die Brust gezogen, mit gekreuzten Armen, den Hals nach vorn gebogen. Wie bei dem Chronometer in der Kommandozentrale, dessen Zeiger nach dem Absturz rückwärts liefen, tickte die Uhr seines Körpers rückwärts, tickte rückwärts …

In der Dunkelheit, in der Feuchtigkeit, sicher und warm, wohlgenährt und heiß geliebt.

Tochter

TOCHTER:

Aus dem Amerikanischen übersetzt von Thomas M. Look

Tschk! Tschk!

Hier pulst Mutter Dickkopf.

Schweigt gefälligst, während ich euch Jungfrauen und Müttern etwas Wichtiges mitzuteilen habe. Alle, die auf meine Frequenz eingestellt sind, hören mir jetzt zu, verstanden! Wenn ihr mir zuhört, werdet ihr erfahren, wie ich meine Mutter verließ, wie meine beiden Schwestern und ich unsere Schalen bauten, wie ich mit dem Olfw fertig wurde, und warum ich schließlich die Mutter mit dem größten Ansehen, der kräftigsten Schale und dem stärksten Sender wurde. Die, die sogar eine neue Sprache fand.

Zunächst möchte ich aber denen, die es noch nicht wußten, verraten, daß mein Vater ein Beweglicher war.

Bleibt ganz ruhig. Dies ist eine Es-war-so-Geschichte. Keine Es-war-nicht-so-Geschichte.

Vater war ein Beweglicher.

Mutter pulsierte: »Macht, daß ihr rauskommt!«

Und um zu beweisen, wie ernst es ihr damit war, öffnete sie ihre Ausgangs-Iris.

Das machte uns schlagartig nüchtern. Uns wurde plötzlich klar, daß sie es wirklich so meinte. Wenn sie früher ihre Iris geöffnet hatte, dann nur, um uns Gelegenheit zu geben, mit den anderen Jungen Kontakt aufzunehmen, den anderen Müttern eine ehrerbietige Botschaft zu übersenden, oder gar, um Großmutter zu grüßen, die in weiter Entfernung auf ihrem Berg saß. Nicht etwa, daß Großmutter sie je empfing — ich glaube, wir waren damals noch viel zu schwach, um so weit senden zu können. Außerdem hat Großmutter niemals den Empfang bestätigt.

Gelegentlich, wenn Mutter böse war, weil wir alle zur gleichen Zeit pulsierten, anstatt mit ihrer vorherigen Erlaubnis jede zu ihrer Zeit, oder wenn wir an den Wänden ihrer Gebärmutter hochkletterten, um uns dann von der Decke plumpsen zu lassen, dann pochte sie uns, wir sollten verschwinden und uns gefälligst unsere eigenen Schalen bauen. Es wäre ihr ernst, pulsierte sie.

Je nachdem, wie uns gerade zumute war, haben wir entweder Ruhe gegeben oder uns noch ungestümer gebärdet. Mutter hat sich uns dann mit ihren Tentakeln geschnappt und uns den Hintern versohlt. Wenn das nicht half, hat sie uns mit dem Olfw gedroht. Das wirkte immer. Das heißt, es wirkte so lange, bis sie es übertrieb. Denn schließlich glaubten wir nicht mehr an die Existenz des Olfws. Wir waren überzeugt, Mutter würde uns eine Es-war-nicht-so-Geschichte erzählen.

Das andere, was sie einfach nicht ertragen konnte, waren unsere Gespräche mit Vater auf Orsenm. Obwohl er ihr seine Sprache beigebracht hatte, weigerte er sich standhaft, ihr Orsenm beizubringen. Immer wenn er uns etwas mitteilen wollte, von dem er wußte, daß es nicht ihre Zustimmung finden würde, bediente er sich unserer *privaten* Sprache. Ich glaube, dies war einer der Gründe, die Mutter schließlich so in Rage gebracht haben, daß sie uns trotz Vaters flehenden Bitten, sie möge uns noch vier weitere Jahreszeiten behalten, rausgeworfen hat.

Dazu müßt ihr wissen, wir waren schon viel länger in der Gebärmutter geblieben, als es üblich war. Der eigentliche Grund für unseren überlangen Aufenthalt war Vater.

Er war ein Beweglicher.

Ich weiß schon, was ihr sagen wollt. Ihr werdet mir jetzt erzählen wollen, alle Väter seien schließlich Bewegliche.

Aber er war Vater. Und er war ein pulsierender Beweglicher.

Ja, auch er hatte diese Fähigkeit. Beim Pulsieren konnte er es mit den Besten von uns aufnehmen. Vielleicht konnte er *selber* gar nicht pulsieren. Nicht direkt jedenfalls. Wir senden ja mit den Organen unseres Körpers. Vater hat — wenn ich ihn richtig verstanden habe — etwas benutzt, das sich außerhalb seines Körpers befand. Vielleicht war es ein Organ, das nicht fest mit seinem Körper verbunden war.

Jedenfalls besaß er nicht die entsprechenden Organe. Er benutzte dieses Etwas, dieses R-a-d-i-o, wie er es nannte. Es funktionierte jedenfalls genausogut.

Wenn er sich mit Mutter verständigte, benutzten sie Mutterpuls oder seine eigene Sprache, Beweglichenpuls. Mit uns verständigte er sich auf Orsenm. Das geht so ähnlich wie Beweglichenpuls, ist aber doch noch irgendwie anders. Mutter hat nie herausbekommen, wo der eigentliche Unterschied liegt.

Wenn ich euch meine Geschichte erzählt habe, meine Lieben, werde ich euch Orsenm beibringen. Man hat mir nämlich zu verstehen gegeben, daß ihr ausreichend Prestige besitzt, um unserer Schwesternschaft des Höchsten Hügels anzugehören und somit auch in das Geheimnis unserer Verständigung eingeweiht zu werden.

Mutter behauptete, Vater besäße die Fähigkeit, auf zwei verschiedene Arten zu pulsieren. Außer mit seinem Radio, das er benutzte, wenn er sich mit uns verständigte, konnte er noch auf eine andere vollkommen ungewöhnliche Art pulsieren. Er benutzte nicht etwa Punkt-Punkt-Strich-Punkt, nein, sein Pulsieren mußte von der Luft getragen werden, und es ging von demselben Organ aus, das er zum Essen benutzte. Ich weiß, ich weiß, bei diesem Gedanken dreht sich einem der Magen um.

Vater wurde gefangen, als er an Mutter vorüberging. Sie wußte nicht so recht, welchen Duft sie verwenden sollte, um seine männlichen Instinkte zu wecken und ihn so in Reichweite ihrer Tentakel zu locken. So ein Beweglicher wie er war ihr noch nie unter die Nase gekommen. Aber sein Körpergeruch war dem einer anderen Art Beweglicher recht ähnlich, daher wehte sie ihm genau diesen zu. Offenbar tat er seine Wirkung, denn schließlich kam Vater nahe genug an sie heran, damit sie ihn mit ihren außerhalb der Gebärmutter befindlichen Tentakeln packen konnte, um ihn dann ins Innere ihrer Schale zu ziehen.

Später, nachdem ich dann geboren worden war, erzählte mir Vater — auf Orsenm, damit Mutter nichts davon mitbekam —, daß er diesen Duft wahrgenommen hatte, der ihn, unter anderem, auch neugierig gemacht hätte. Dieser Duft wäre nämlich der eines haarigen Beweglichen gewesen, der sich für gewöhnlich auf Bäumen aufhielt, und er hätte sich gefragt, was so ein Wesen auf einem kahlen Hügel täte. Nachdem er gelernt hatte, sich mit Mutter zu verständigen, zeigte er sich sehr überrascht, daß sie ihn genau mit einem solchen Wesen verwechselt hatte.

Nun denn, hatte er pulsiert, er sei schließlich nicht der erste, der von einer Frau zum Affen gemacht worden wäre.

Er erzählte mir auch, er hätte zunächst geglaubt, Mutter sei nur ein riesiger Felsblock auf der Kuppe eines Hügels. Erst als sich ein Teil des vermeintlichen Felsens öffnete, wäre ihm klargeworden, daß es sich *nicht* um einen gewöhnlichen Felsen handelte, sondern um die Schale, die den eigentlichen Körper umschloß. Mutter, so gab er uns zu verstehen, sei so etwas wie eine riesengroße Schnecke oder Qualle, die mit Organen ausgestattet sei, mit denen man Radar und Radiowellen aussenden könnte, und mit einer eiförmigen Kammer, so groß wie das Wohnzimmer eines Einfamilienhauses, einer Gebärmutter, in der ihre Jungen geboren und großgezogen wurden.

Ich habe natürlich nicht einmal die Hälfte von dem verstanden, was er uns erzählte. Und Vater war auch nicht fähig, uns eine zufriedenstellende Erklärung zu liefern.

Er nahm mir das Versprechen ab, Mutter nichts davon zu pulsieren, daß er sie zunächst für einen Steinklumpen gehalten hatte. Warum ich das versprechen sollte, weiß ich auch nicht.

Vater verwirrte Mutter. Obwohl er sich nach Leibeskräften wehrte, als sie ihn in ihre Schale zog, waren weder seine Klauen noch seine Zähne scharf genug, um ihren Empfängnisfleck aufzureißen. Mutter versuchte ihn immer mehr zu erregen, aber er weigerte sich, darauf entsprechend zu reagieren. Als ihr klar wurde, daß er ein pulsierender Beweglicher war und sie ihn freiließe, um ihn besser studieren zu können, marschierte er in ihrer Gebärmutter auf und ab. Nach einer Weile merkte er, wie Mutter sich mit ihm durch Pulsieren verständigen wollte. Mit Hilfe seines abnehmbaren Organs, das er als Panrad bezeichnete, lernte er schnell, sich mit ihr zu unterhalten. Und schließlich brachte er ihr seine Sprache bei — Beweglichenpuls. Als Mutter das gelernt hatte und den anderen Müttern davon berichtete, genoß sie von da an das größte Ansehen in der gesamten Umgebung. Keine Mutter hatte je an eine neue Art der Verständigung gedacht. Sie waren überwältigt von dieser Idee.

Vater behauptete, er sei der einzige pulsierende Bewegliche auf dieser Welt. Sein R-a-u-m-s-c-h-i-f-f wäre abgestürzt, und er würde nun für immer bei Mutter bleiben.

Vater lernte den Puls, mit dem Mutter ihre Jungen zum Mittagessen rief. Er sendete die entsprechende Nachricht. Mutter war von der Tatsache, daß er die Bedeutung dieses Pulses kannte, verblüfft, aber sie öffnete ihre Fleischtopf-Iris und ließ ihn essen. Dann hielt Vater eine Frucht oder einen anderen Gegenstand hoch und ließ sich von Mutter die entsprechenden Punkt-Punkt-Strich-Punkt dafür beibringen. Daraufhin wiederholte er auf seinem Panrad den entsprechenden Namen für den Gegenstand.

Mutters Geruchssinn half ihm natürlich dabei. Manchmal ist es ganz schön schwierig, einen Apfel und einen Pfirsich durch Pulsieren zu unterscheiden. Gerüche helfen da sehr.

Sie lernte schnell. Vater sagte ihr, sie sei sehr intelligent — wenn man bedenke, daß sie weiblich sei. Das machte sie sehr wütend. Es dauerte einige Mahlzeiten, bis sie wieder mit ihm pulsierte.

Was Mutter besonders an Vater gefiel, war die Tatsache, daß sie ihm zur Empfängniszeit einfach sagen konnte, was zu tun war. So brauchte sie nicht darauf zu warten, bis ein Beweglicher vorbeikam, den sie zunächst mit den entsprechenden Düften in ihre Schale locken mußte, ihn dann mit ihren Tentakeln über ihrem Empfängnisfleck festhalten, bis er ihn, bei dem Versuch, sich zu wehren, mit Krallen oder Zähnen aufriß. Vater hatte keine Krallen, aber er trug eine abnehmbare Kralle bei sich. Er nannte sie S-k-a-l-p-e-l-l.

Als ich ihn einmal fragte, warum er so viele abnehmbare Organe habe, antwortete er, er sei von der Natur eben reich gesegnet worden.

Vater redete andauernd solchen Unsinn.

Aber andererseits hatte er auch Schwierigkeiten, Mutter zu verstehen.

Die Art, wie sie sich reproduzierte, versetzte ihn in Erstaunen.

»Mein Gott«, pulsierte er, »das glaubt mir keiner! Der Heilungsprozeß in einer Wunde führt zur Empfängnis! Genau das Gegenteil von Krebs.«

Als wir erwachsen waren und kurz davor standen, Mutters Schale zu verlassen, hörten wir, wie Mutter Vater bat, ihren Fleck zu bearbeiten. Vater weigerte sich. Er wollte noch vier Jahreszeiten damit warten. Er hatte bereits zweimal von seiner Nachkommenschaft Abschied nehmen müssen und wollte uns nun länger bei sich behalten, um uns eine anständige Erziehung zukommen zu lassen. Auch wollte er unsere Gesellschaft genießen und nicht schon wieder eine neue Gruppe Jungfrauen großziehen.

Seine Weigerung verstimmte Mutter sehr und schlug ihr derartig auf den Fleischtopf, daß wir mehrere saure Mahlzeiten über uns ergehen lassen mußten. Aber sie unternahm nichts gegen ihn. Nur durch ihn hatte sie so ein großes Prestige. Alle Mütter ließen von Mutterpuls ab und lernten Beweglichenpuls von Mutter, so schnell diese es ihnen beibringen konnte.

»Was ist das — Prestige?« fragte ich.

»Wenn du sendest, müssen die anderen dir zuhören. Und sie wagen nicht zurückzupulsieren, bevor du fertig bist und ihnen die Erlaubnis gegeben hast.«

»Ich möchte auch Prestige!«

Vater unterbrach uns. »Kleiner Dickkopf, wenn du den anderen voraus sein möchtest, dann hör mir genau zu. Ich werde dir ein paar Sachen beibringen, die nicht einmal deine Mutter kann. Denn schließlich bin ich ein Beweglicher, und ich bin ganz schön rumgekommen in meinem Leben.«

Dann erzählte er mir, was mich erwartete, wenn ich Mutter und ihn verlassen hätte, und wie ich, wenn ich mein Gehirn richtig einsetzen würde, überleben und vielleicht sogar einmal mehr Prestige als Großmutter haben könnte.

Ich weiß nicht, warum er mich Dickkopf nannte. Ich war immer noch Jungfrau und hatte natürlich noch keine Schale. Ich hatte genauso einen weichen Körper wie alle meine anderen Schwestern auch. Aber er erklärte mir, er würde mich m-ö-g-e-n, weil ich einen solchen Dickkopf hätte. Ich habe diese Äußerung einfach akzeptiert, ohne auch nur den Versuch zu unternehmen, ihren Sinn zu verstehen.

Na ja, schließlich wurden uns acht ganze Jahreszeiten zugestanden, weil Vater es so wollte. Es wären vielleicht sogar *noch* mehr geworden, aber als sich dann wieder der Winter näherte, bestand Mutter darauf, daß Vater ihren Fleck bearbeitete. Er erwiderte, er wäre noch nicht soweit. Er würde gerade anfangen, sich an seine Kinder zu gewöhnen — er nannte uns übrigens Sluggos —, und wenn wir nicht mehr da wären, hätte er nur noch Mutter, um sich zu unterhalten, bis die nächste Brut herangewachsen sei.

Das war zuviel für Mutter.

»Raus!« pulsierte sie.

»Gut, gut! Aber glaube ja nicht, du könntest mich so einfach vor die Tür setzen. Es gibt noch andere Schalen auf der Welt.«

Diese Bemerkung regte Mutter so sehr auf, daß sie am ganzen Körper zitterte. Mit Hilfe ihres Pulsierstengels setzte sie sich mit ihren Schwestern und Tanten in Verbindung. Eine Mutter von der anderen Seite des Tals gab schließlich zu, daß sie Vater eines Tages, während er vor Mutters Iris in der S-o-n-n-e lag, gefragt hätte, ob er nicht lieber bei ihr leben wollte.

Daraufhin änderte Mutter ihre Meinung. Ohne Vater würde sie ihr Prestige verlieren, während die Schlampe auf der anderen Seite des Tals gewaltig an Ansehen gewinnen würde.

»Sieht ganz so aus, als würde ich noch ein wenig bleiben«, erklärte Vater.

Und dann fuhr er fort: »Wer hätte das gedacht, eure Mutter ist e-i-f-e-r-s-ü-c-h-t-i-g.«

Das Leben war voller solcher Ungereimtheiten. Meist blieb er uns eine Erklärung schuldig, weil er es nicht erklären konnte oder wollte.

Lange Zeit brütete Vater daraufhin in einer Ecke vor sich hin. Er sprach weder mit Mutter noch mit uns.

Schließlich hielt Mutter es aber nicht mehr aus. Wir waren mittlerweile so groß und ungestüm und aufmüpfig, daß sie es kaum noch ertragen konnte. Zudem glaubte sie wohl, er würde ihren Fleck nie aufreißen, solange *wir* da waren und uns mit ihm unterhielten.

Also flogen wir raus.

Bevor wir für immer aus ihrer Schale verschwanden, warnte sie uns noch einmal eindringlich. »Hütet euch vor dem Olfw.«

Meine Schwestern ignorierten ihre Warnungen, aber ich war beeindruckt. Vater hatte uns das Ungeheuer beschrieben und auch die grausame Art, mit der es vorging. Er sprach so häufig davon, daß wir mit der Zeit die alte Bezeichnung dafür ablegten, und seinen Ausdruck verwendeten. Es begann damit, daß er Mutter rügte, sie würde uns zu oft mit dem Olfw drohen, wenn wir uns nicht benahmen.

»Schrei nicht unnötig. *›Der Wolf kommt, der Wolf kommt‹*.«

Dann erzählte er mir, woher diese seltsame Phrase stammte. Er tat dies natürlich auf Orsenm, weil Mutter ihn sofort mit ihren Tentakeln verprügelt hätte, wenn sie den Eindruck gewinnen sollte, er erzählte uns eine Es-war-nicht-so-Geschichte. Allein die Idee, er könne so etwas tun, versetzte sie derart in Rage, daß sie kaum noch vernünftig denken konnte.

Ich war mir nicht so recht im klaren, was Es-war-nicht-so-Geschichten eigentlich waren, aber ich mochte sie. Schließlich benutzte ich wie die anderen Jungfrauen und auch Mutter den Ausdruck *Olfw*.

Na ja, und dann, als ich mich schließlich von Mutter verabschiedet hatte, spürte ich mit einemmal Vaters seltsam harte Tentakel, die mich fest umschlungen hielten, und etwas Nasses und Warmes tropfte auf mich hinunter. »Viel G-l-ü-c-k, Dickkopf«, pulsierte er. »Laß mal gelegentlich von dir hören. Und denke immer daran, was ich dir über den Olfw erzählt habe.«

Ich pulsierte, daß ich das bestimmt tun würde. Als ich fortging, spürte ich ein Gefühl in mir, das ich einfach nicht beschreiben kann. Es war eine Art Nervosität, die sowohl Gutes als auch Schlechtes verhieß, wenn ihr euch so etwas vorstellen könnt, meine Lieben.

Bald dachte ich nicht mehr daran, denn nun hieß es, einen Hügel hinabrollen, mit Hilfe meines einzigen Fußes vorsichtig den nächsten zu erklettern, auf der anderen Seite wieder hinabrollen, und so weiter, und so weiter. Nach ungefähr zehn Wärmeperioden hatten mich alle meine Schwestern bis auf zwei verlassen. Sie hatten Hügel gefunden, auf denen sie ihre Schalen bauen wollten. Nur meine beiden treuesten Schwestern hatten auf mich gehört, als ich ihnen erklärt hatte, daß wir nur mit den allerhöchsten Hügeln, ja nur mit Bergen zufrieden sein dürften.

»Wo man erstmal seine Schale gebaut hat, da bleibt man dann auch.«

Sie willigten ein, mir zu folgen.

Doch ich führte sie immer weiter und weiter, und schließlich jammerten sie, sie seien müde und erschöpft und hätten Angst, einem fleischfressenden Beweglichen in die Hände zu fallen. Sie waren sogar gewillt, in die leeren Schalen anderer Mütter zu ziehen, die entweder vom Olfw gefressen worden oder an Krebs gestorben waren, der sich anstelle von Nachwuchs in ihrem Empfängnisfleck gebildet hatte.

»Kommt weiter«, drängte ich sie, »man zieht einfach nicht in eine leere. Oder wollt ihr etwa in eurer Gemeinschaft die unterste Stelle einnehmen, nur weil ihr viel zu faul wart, eure eigenen Behausungen zu schaffen?«

»Aber wir wollen uns die leeren doch nur zunutze machen und dann später unsere eigenen Schalen bauen.«

»So? Wie viele andere Mütter haben das auch schon behauptet? Und wie viele haben es dann auch getan? Nun kommt schon, Sluggos.«

Mit der Zeit wurde das Land, in das wir kamen, immer hügeliger. Und dann entdeckte ich die Stelle, nach der ich die ganze Zeit gesucht hatte. Es war ein abgeflachter Berg, der von vielen kleineren umgeben war. Ich kroch hinauf. Als ich oben angekommen war, testete ich die Umgebung. Nirgendwo gab es, soweit ich das beurteilen konnte, einen Punkt, der auch nur annähernd so hoch war. Und ich dachte mir, wenn ich erst einmal erwachsen war und auch viel mehr Kraft hatte, würde ich ein riesiges Gebiet abdecken können. Unterdessen würden früher oder später andere Jungfrauen in unser Gebiet kommen, die dann die umliegenden, kleineren Hügel besetzen würden.

›Nun bist du *ganz* oben‹, hätte Vater in einer solchen Situation gesagt.

Es stellte sich heraus, daß mein kleiner Berg sehr reich gesegnet war. Die Suchtentakel, die ich wachsen ließ und dann in den Boden senkte, fanden eine reichhaltige Auswahl an Mineralien vor. Mit ihnen würde es mir gelingen, eine kräftige Schale zu bauen. Und je kräftiger die Schale, desto größer die Mutter. Und je größer die Mutter, um so größer ihr Pulsieren.

Hinzu kam noch, daß ich viele große fliegende Bewegliche entdeckte. Adler wurden sie von Vater genannt. Sie würden gute Partner abgeben. Sie hatten scharfe Schnäbel und reißende Krallen.

In dem Tal unter mir befand sich ein Fluß. Ich ließ einen hohlen Tentakel wachsen, den ich durch den ganzen Berg bohrte, bis er schließlich das Wasser erreichte. Dann begann ich zu pumpen und füllte mir die Mägen.

Der Boden im Tal war gut. Und dann tat ich etwas, was keine andere unserer Art jemals getan hatte. Etwas, zu dem mir Vater geraten hatte. Meine weitreichenden Tentakel hoben die Samen auf, die von den Bäumen, den Blumen und den Vögeln fallen gelassen worden waren, und pflanzten sie ein. Ich schuf ein ganzes unterirdisches Netz von Tentakeln um einen Apfelbaum herum. Aber nicht etwa, um die herabfallenden Früchte zu erwischen. Nein, nein, ich hatte etwas *ganz* anderes damit vor.

Währenddessen hatten meine beiden Schwestern zwei Hügel in Beschlag genommen, deren Kuppen deutlich tiefer lagen als meine. Als ich entdeckte, was sie in der ganzen Zeit getan hatten, konnte ich es kaum glauben. Beide hatten sich Schalen gebaut! Die eine war aus Glas und die andere aus Zellulose.

»Was, um alles in der Welt, habt ihr getan? Habt ihr denn keine Anst vor dem Olfw?«

»Ach, pulsiere nur herum, du alter Griesgram. Was sollen wir denn schon groß getan haben? Wir sind bereit für den Winter und für die Paarung, das ist alles. Und dann sind wir richtige Mütter, während du noch immer an deiner Schale bastelst. Wer wird dann wohl Prestige haben? Die anderen werden nicht mal mit dir pulsieren, weil du immer noch Jungfrau bist.«

»Bruchkopf! Holzkopf!«

»Ha! Ha! Dickkopf!«

Sie hatten schon recht — in gewisser Weise. Ich war immer noch weich, nackt und vollkommen hilflos. Eine stetig wachsende Masse zitternden Fleisches. Leichte Beute für jeden fleischfressenden Beweglichen, der mich finden sollte. Ich war ein Dummkopf und ein Spieler zugleich. Trotz alledem nahm ich mir die Zeit, meine Tentakeln in den Boden zu senken, um nach Eisen zu suchen, aus dem ich meine innere Schale baute. Nicht einmal Großmutter hatte solch eine große innere Schale. Darüber legte ich eine dicke Schicht aus Kupfer, damit das Eisen nicht rostete. Mit Kalzium, das ich Kalksteinen entzog, schuf ich eine dritte Schicht aus Knochen darüber. Im Gegensatz zu meinen Schwestern verschwendete ich auch keine Zeit darauf, mir anstelle meines Jungfrauen-Pulsierstengels einen Erwachsenen-Pulsierstengel wachsen zu lassen. Das hatte noch Zeit.

Als der Herbst zu Ende ging, hatte ich meine Arbeiten an der Schale abgeschlossen. Die Zeit der körperlichen Veränderung und des Wachstums begann. Ich aß von den Früchten meiner Bäume und hatte zudem auch ausreichend Fleisch, da ich im ganzen Tal kleine Bewegliche großzog, die ich zuvor aus ihren Nestern geholt hatte.

Alle diese Arbeiten verfolgten ein bestimmtes Ziel. Ich schuf mir einen größeren Magen, als es üblich war, den ich zudem auch noch tiefer plazierte. Ich tat dies nicht etwa, weil ich übermäßigen Hunger hatte. Ich hatte etwas Bestimmtes vor. Aber davon werde ich euch noch erzählen, meine Lieben.

Meinen Fleischtopf-Magen legte ich viel weiter oben an, als es die meisten von euch tun. Mein Gehirn mußte deshalb nach der Seite verfrachtet werden, damit ganz oben Platz für den Magen geschaffen wurde. Vater hatte mir geraten, von meiner Fähigkeit, die Lage meiner Organe beeinflussen zu können, auch Gebrauch zu machen. Ich brauchte sehr viel Zeit dazu, aber es gelang mir kurz vor Einbruch des Winters.

Das kalte Wetter kam.

Und mit ihm kam der Olfw.

Er kam so, wie er es immer tut — die lange Nase mit der einziehbaren Antenne vorgestreckt, verfolgte er die kaum wahrnehmbare Spur reiner Mineralien, die wir Jungfrauen auf unserem Weg zurücklassen. Der Olfw folgt seiner Nase, wo sie ihn auch immer hinführen mag. Dieses Mal führte sie ihn direkt zu meiner Schwester, die ihre Schale aus Glas gebaut hatte. Ich hatte mir schon gedacht, daß sie die erste sein würde, die es mit einem Olfw zu tun bekäme. Diese Vermutung hatte mich auch zum Teil veranlaßt, mir einen Hügel zu suchen, der *hinter* dem ihren lag. Der Olfw nimmt sich immer zuerst die nächstliegende Schale vor.

Als Schwester Glaskopf die furchtbare Bestie entdeckte, pulsierte sie wie wild.

»Was soll sich tun? Tun? Tun?«

»Bleib ganz ruhig, Schwester, und hoffe.«

Dieser Rat war nicht gerade sehr hilfreich, aber es war der beste und zudem der einzige Ratschlag, der mir in dem Moment einfiel. Ich erinnerte sie *nicht* noch einmal daran, daß sie meinem Beispiel hätte folgen und sich eine dreifache Schale hätte bauen sollen, anstatt so versessen darauf zu sein, sich die Zeit mit Getratsche zu vertreiben.

Der Olfw strich um sie herum und versuchte, sich unter ihr durchzugraben, was ihm allerdings nicht glückte, da es sich um massives Gestein handelte. Es gelang ihm jedoch, ein Stück Glas herauszubrechen. Normalerweise hätte er dieses Muster nun verschluckt und sich dann zurückgezogen, um sich zu verpuppen. Meine Schwester hätte dann eine Zeitlang Ruhe gehabt, bevor er erneut angegriffen hätte. Während dieser Zeit hätte sie sich dann eine weitere Schale aus einem andersgearteten Material zulegen können, um den Olfw zu frustrieren.

Wie der Zufall es wollte, hatte dieser Olfw — sehr zum Unglück meiner Schwester — sein letztes Mahl bei einer Mutter eingenommen, deren Schale ebenfalls aus Glas bestanden hatte. Er verfügte daher noch immer über die speziellen Organe, um mit Substanzen aus Silikaten fertig zu werden. Das war eine große, schwere Kugel aus einem unbestimmten Material am Ende eines langen Schwanzes. Außerdem verfügte er noch über eine Säure, um das Glas aufzuweichen. Nachdem er diese Flüssigkeit auf eine bestimmte Stelle getropft hatte, bearbeitete er dieselbe mit seiner Kugel. Noch bevor der erste Schnee fiel, war er durch ihre Schale hindurchgedrungen und machte sich an ihr Fleisch.

Ich höre noch immer ihr verzweifeltes Pulsieren und ihre flehenden Hilfeschreie, wenn ich daran zurückdenke. Ich muß jedoch zugeben, daß ich auch eine gewisse Verachtung spürte. Sie hat die Möglichkeit, Borsäure unter das Silikat zu mischen, niemals in Erwägung gezogen. Sonst wäre sie heute vielleicht ...

Was soll das? Wer wagt es, mich zu unterbrechen? Ah ja, nun gut, ich werde eure Entschuldigung noch einmal akzeptieren. Aber ich wünsche nicht, daß das noch einmal vorkommt. Was eure Fragen bezüglich jener Substanzen betrifft, die Vater als Silikat oder Borsäure bezeichnete, so werde ich sie später beantworten. Laßt euch zunächst meine Geschichte erzählen.

Weiter. Also, als der Killer schließlich mit Glaskopf fertig war, führte ihn seine Nase auf ihre alte Spur zurück den Hügel hinunter, bis zur Wegkreuzung. Dort stand er vor der Wahl, sich zwischen der Spur meiner Schwester und meiner eigenen zu entscheiden. Er entschied sich für ihre. Und er handelte wieder nach dem üblichen Schema; das heißt, untergraben, rüberklettern, Tentakel und Pulsierstengel abbeißen und abschließend eine Probe ihrer Schale entnehmen.

Schnee fiel. Er kroch weg, grub sich in seiner trägen Art ein und legte sich dann für die Dauer des Winters schlafen.

Schwester Holzkopf ließ einen neuen Pulsierstengel wachsen. »Meine Schale war ihm zu dick! Mich wird er nicht erwischen!« triumphierte sie.

Ach, Schwester, wenn du doch nur mehr von Vater gelernt und deine Zeit nicht im Spiel mit anderen Sluggos verschwendet hättest. Dann würdest du dich vielleicht daran erinnern, was er uns gelehrt hat. Dann wüßtest du auch, daß ein Olfw anders ist als die meisten Lebewesen — genau wie wir. Bei der Mehrheit aller Lebewesen bestimmt die Struktur die Funktion. Beim Olfw, diesem widerwärtigen Wesen hingegen, bestimmt die Funktion die Struktur.

Um sie nicht unnötig aufzuregen, habe ich ihr allerdings nicht erzählt, daß der Olfw, der ja ein Muster ihrer Zelluloseschale besaß, dieses nur benutzte, um sich damit zu verpuppen. Von Vater weiß ich, daß es Lebewesen gibt, die sich vom Ei über die Larve und die Puppe zur vollen Reife entwickeln. Zum Beispiel löst sich bei einer Raupe, die sich in einen Kokon einspinnt, mehr oder weniger der gesamte Körper auf. Auf irgendeine Weise wird dann das Ganze zu einem strukturmäßig völlig anderen Wesen mit ganz neuen Funktionen, nämlich zu einem Schmetterling.

Der Schmetterling jedoch verpuppt sich dann nicht mehr. Der Olfw aber *tut* es. In dieser Hinsicht gehört er zu den heterotropischen Lebewesen. Wenn er sich an eine Mutter heranmacht, beißt er ein winziges Stück ihrer Schale heraus und legt sich damit schlafen. Er verbringt dann seine gesamte Schlafperiode damit, seine Gedanken um dieses Stück kreisen zu lassen — das heißt, sein Körper beschäftigt sich damit! Sein Gewebe löst sich auf und verschmilzt mit diesem Muster. Nur sein Nervensystem bleibt erhalten, und ihm bleibt so die Erinnerung an seine Identität und an das, was er zu tun hat, wenn er wieder erwacht.

Und so geschah es dann auch. Der Olfw kam aus seinem Loch heraus, ließ sich oben auf Schwester Holzkopfs Schale nieder und führte etwas in das Loch ein, das entstanden war, als er ihren Pulsierstengel abbiß. Ich hatte seinen Plan genau durchschaut und konnte ihm Schritt für Schritt folgen, denn da der Wind gelegentlich in meine Richtung wehte, konnte ich die Chemikalien, die er benutzte, an ihrem Geruch erkennen.

Er bearbeitete ihre Zelluloseschale mit einer Lösung, pumpte dann eine ätzende und abschließend eine übelriechende, zischende und brodelnde Flüssigkeit hinein. Als er diese Prozedur beendet hatte, verwendete er erneut eine ätzende Flüssigkeit, die er danach durch eine Art Röhre wieder abfließen ließ. Diesen Vorgang wiederholte er viele Male.

Obwohl meine Schwester, wie ich glaube, verzweifelt versuchte, mehr Zellulose zu produzieren, gelang es ihr doch nicht in ausreichendem Maße. Unbarmherzig vergrößerte der Olfw die entstandene Öffnung. Als sie schließlich groß genug war, schlüpfte er hindurch.

Soviel zu meiner zweiten Schwester ...

Die ganze Vorgehensweise des Olfws war sehr zeitraubend. Ich war sehr beschäftigt, und durch etwas, das ich noch *vor* dem Bau meiner Schale erledigt hatte, gewann ich weitere Zeit. Ich hatte nämlich eine falsche Spur gelegt — eine der vielen Sachen, über die sich meine Schwestern mokiert hatten. Sie wußten nicht, was ich damit beabsichtigte, als ich zurückging — was mich im übrigen mehrere Tage kostete —, um meine echte Spur mit Schmutz zu verbergen. Wenn sie heute noch lebten, wüßten sie warum. Der Olfw ließ nämlich von meiner richtigen Spur, den Hügel hinauf, ab, und folgte der falschen.

Diese brachte ihn selbstverständlich an den Rand einer Klippe. Bevor er sich seines Tempos bewußt wurde, war er bereits hinabgestürzt.

Irgendwie kam er aber ohne ernsthafte Verletzungen davon und kroch wieder hinauf, um dann erneut die falsche Fährte aufzunehmen. Dabei entdeckte er schließlich meine richtige Spur.

Die Sache mit der falschen Fährte war ein guter Trick, den mir Vater beigebracht hatte. Zu schade, daß er nicht funktionierte, denn nun steuerte das Ungeheuer direkt meinen Hügel an. Seine Fühler wühlten sich durch den Schmutz und die kleinen Zweige, die meine Fährte verdeckten, und er kam geradewegs auf mich zu.

Ich hatte aber noch mehr drauf. Ich hatte eine Anzahl größerer Steine gesammelt und zu einem großen Stapel aufgetürmt. Dieser Stapel erhob sich genau an der Kante des kleinen Plateaus und wurde von einem von mir fabrizierten eisernen Ring umgeben, der so geartet war, daß er in eine Art Schiene aus dem gleichen Material überging. Als der Bewegliche nun das untere

Ende dieser Schiene erreichte, schob ich mit meinen Tentakeln die kleinen Felsbrocken beiseite, die den Stapel zuvor davon abgehalten hatten, den Abhang hinunterzustürzen.

Mit unglaublicher Geschwindigkeit rollten die Steine auf ihn zu. Ich bin überzeugt, daß sie ihn zerschmettert hätten, wenn seine Nase ihm nicht das leichte Vibrieren der Schiene vermittelt hätte. Er bewegte sich gemächlich ein Stück zur Seite hinüber, und die Felsbrocken stürzten an ihm vorbei und verfehlten ihn nur knapp.

Auch wenn ich enttäuscht war, so wußte ich doch nun immerhin, wie ich in Zukunft mit Ölfwen verfahren würde. Wenn ich nämlich zwei dieser Schienen den Hügel hinab anlegen würde, zu jeder Seite des eigentlichen Weges eine, und dann *drei* Stapel auf einmal hinabrollte, dann könnte das Monster ruhig zur Seite ausweichen, egal zu welcher, es würde trotzdem einen auf die Nase bekommen.

Ich mußte ihn ganz schön eingeschüchtert haben, denn fünf Wärmeperioden lang war nichts mehr von ihm zu spüren. Dann kam er wieder an der Seite mit der Schiene hoch, und nicht etwa, wie ich es erwartet hatte, an der anderen, allerdings steileren. Er war eben dämlich.

Laßt mich an dieser Stelle eine kurze Pause einlegen und kurz erklären, daß die Idee mit dem Felsstapel von *mir* stammt und nicht von Vater. Ich gebe allerdings zu, es war Vater und nicht Mutter, der mich stets dazu anhielt, eigene Ideen zu entwickeln. Wahrscheinlich könnt ihr euch nur schwer vorstellen, daß ein gewöhnlicher Beweglicher, der eigentlich nur zum Fressen und Befruchten gut ist, nicht nur denken kann, sondern in dieser Hinsicht uns sogar übertrifft.

Ich will damit nicht behaupten, daß er es wirklich besser konnte. Ich glaube, er war einfach anders, und ich habe von diesem Anderssein auch etwas mitbekommen.

Kommen wir zu meiner Geschichte zurück. Ich konnte also nichts tun, während der Olfw um mich herumstrich und Muster von meiner Schale nahm. Ich konnte nur hoffen. Und Hoffen alleine reicht, wie ich mittlerweile erfahren hatte, nicht aus. Der Bewegliche biß sich also ein Stück aus meiner äußeren Schale — der aus Knochen — heraus. Ich vermutete, er würde sich damit begnügen und, wenn er sich damit verpuppt hatte, zurückkehren, um dann festzustellen, daß darunter eine weitere Schicht lag. Aus Kupfer. Das würde ihn eine weitere Schlafperiode kosten. Danach würde er das Eisen finden und sich ein weiteres Mal zurückziehen müssen. Danach würde er vermutlich sehr frustriert sein und vielleicht aufgeben, um sich eine leichtere Beute zu suchen.

Was ich nicht gewußt hatte, war, daß ein Olfw *niemals* aufgibt und zudem äußerst gründlich ist. Er verbrachte Tage damit, unter meinem Sockel zu graben. Schließlich fand er auch eine Stelle, an der ich nicht sorgfältig genug gewesen war. Ich war mir dieser schwachen Stelle bewußt gewesen, hatte allerdings nicht gedacht, daß er tatsächlich so tief graben würde.

Der Killer verschwand, um sich zu verpuppen. Als es wieder Sommer wurde, kam er aus seinem Loch gekrochen. Bevor er jedoch zum Angriff überging, fraß er zunächst meine gesamte Ernte auf, machte sich an meine Nester heran, vertilgte alle meine Beweglichen darin, grub meine Tentakel aus, um auch sie aufzufressen, und unterbrach dann auch noch meine ganze Wasserzufuhr.

Als er jedoch die Äpfel von dem Baum holte, um sie danach gierig zu verschlingen, zitterte ich vor Erregung. Ich hatte im Sommer zuvor mittels meines unterirdischen Netzes den Baum mit einem bestimmten Gift vollgepumpt. Die Tentakel, in denen ich das Gift dorthin führte, starben natürlich ab, aber es gelang mir doch, eine winzige Menge in den Wurzeln abzulagern. *Selen* hatte Vater dieses Gift genannt. Ich ließ weitere Tentakel wachsen, um dem Baum noch mehr Gift zuzuführen. Letztendlich war der Baum voll davon. Ich hatte es allerdings so behutsam hineingepumpt, daß der Baum eine Art Immunität dagegen entwickelt hatte. Eine *Art* Immunität, denn es war ohnehin ein ziemlich kränklicher Baum.

Ich gebe zu, daß ich diese Idee aus einer von Vaters Es-war-nicht-so-Geschichten habe, die er mir durch Orsenm erzählt hatte, damit Mutter nicht irritiert wurde. Es war die Geschichte einer Beweglichen — einer weiblichen Beweglichen, wie Vater behauptete. Ich kann mir aber beim besten Willen keine weiblichen Beweglichen vorstellen, die zudem noch von vergifteten Äpfeln in einen langen Schlaf versetzt worden sein sollten.

Der Olfw hatte diese Geschichte wohl auch nie gehört. Er kotzte einfach nur. Als er sich wieder erholt hatte, kletterte er oben auf meine Schale hinauf. Dann brach er meinen Pulsierstengel ab, führte etwas in das so entstandene Loch ein und machte sich daran, Säure hineinzutröpfeln.

Ich hatte Angst. Es gibt nichts Schlimmeres, als nicht mehr pulsieren zu können und keine Ahnung zu haben, was in der Welt außerhalb der Schale passiert. Danach verhielt sich der Olfw allerdings genau so, wie ich es erwartet hatte. Und so versuchte ich, meine Angst zu unterdrücken. Schließlich wußte ich, daß er sich mit einem bestimmten Punkt auf meiner Schale beschäftigen würde. Aus diesem Grund hatte ich auch mein Gehirn seitlich versetzt und meinen übergroßen Magen an dieser Stelle plaziert.

Meine Schwestern hatten mich verspottet, weil ich mir derartig viel Mühe mit der Lage meiner Organe gemacht hatte. Sie hatten sich damit begnügt, wie es üblich war, so lange zu wachsen, bis sie Mittelgröße erreicht hatten. Während ich noch damit beschäftigt war, das Wasser vom Fluß hinaufzupumpen, hatten meine Schwestern bereits ihre Mägen geheizt und labten sich an warmer Nahrung. Ich hatte in dieser Zeit von Früchten und rohem Fleisch gelebt, von denen mir häufig übel geworden war. Das, was ich daraufhin wieder von mir gab, war allerdings bestens für die Ernte geeignet, so daß man allerdings nicht von Verschwendung reden kann.

Wie ihr sicherlich wißt, wird durch unsere Körperwärme die Flüssigkeit im Magen erhitzt, sobald dieser mit Wasser gefüllt und gut isoliert ist. Da ein Wärmeverlust nur beim Öffnen der Iris entsteht, erreicht das Wasser den Punkt, an dem es zu kochen beginnt.

Nun ja, pulsieren wir weiter. Also, als der Bewegliche es schließlich geschafft hatte, sowohl die Knochenals auch die Kupfer- und schließlich die Eisenschicht mit seiner Säure zu durchdringen und aufzulösen, hatte er sich ein Loch geschaffen, das groß genug war, um ihn durchzulassen. Und er drang auch sofort ein.

Ich schätze, er rechnete damit, die übliche wehrlose Mutter beziehungsweise Jungfrau anzutreffen, die wie gelähmt darauf wartete, von ihm aufgefressen zu werden.

Wenn dem so war, dann wartete eine große Überraschung auf ihn. Oberhalb meines Magens befand sich eine Iris, deren Größe ich mit dem Gedanken an einen gewissen fleischfressenden Beweglichen geplant und angelegt hatte.

Allerdings gab es einen Punkt, an dem ich dachte, ich hätte die Öffnung nicht groß genug angelegt. Ich hatte ihn bereits zur Häfte drinnen, als ich feststellen mußte, daß ich sein Hinterteil nicht hindurch bekam. Er steckte fest und war bereits damit beschäftigt, mir das Fleisch in großen Stücken herauszureißen. Ich hatte fürchterliche Schmerzen. Mein gesamter Körper kam ins Beben, und ich glaubte fast, das Fundament meiner

Schale zum Rucken gebracht zu haben. Aber trotz meiner Schmerzen kämpfte und preßte ich. Und ich schluckte mit aller Anstrengung. Und schließlich, als ich kurz davor war, ihn wieder auszuspucken, was mein sicheres Ende bedeutet hätte, schaffte ich es in einer letzten, verzweifelten Anstrengung. Ich verschluckte ihn.

Meine Iris schloß sich. Und ich war, trotz seiner Bisse und der Unmengen Säure, die er ausstieß, nicht gewillt, ihn wieder herauszugeben. Ich war fest entschlossen, dieses Stück Fleisch für mich zu behalten. Das größte Stück, das eine Mutter je gehabt hatte.

Und er kämpfte! Aber nicht allzu lange. Das kochende Wasser drang durch seinen offenen Mund ein und füllte seine Atemsäcke. Es war zu spät für ihn, um noch eine Probe von der kochenden Flüssigkeit zu nehmen und sich damit zurückzuziehen.

Ja, ich weiß, daß man mir zu meinem Sieg gratulieren kann und die Information, wie man mit diesem Ungeheuer fertig wird, jeder einzelnen von uns, wo immer sie sich auch befindet, zugänglich gemacht werden muß. Aber vergeßt nicht die Tatsache zu erwähnen, daß wir diesen Sieg über unseren Erzfeind zum Teil einem Beweglichen zu verdanken haben. Es wird euch bestimmt schwerfallen, dies zuzugeben, aber es ist so.

Ihr fragt euch bestimmt, woher ich die Idee habe, meinen Fleischtopfmagen genau unter der Stelle anzulegen, an der sich der Olfw jedesmal zu schaffen macht. Nun, wo ich die meisten meiner Ideen her habe. Aus einer von Vaters Es-war-nicht-so-Geschichten, die er mir auf Orsenm erzählt hat. Ich pulsiere euch die Geschichte einmal, wenn ich nicht soviel zu tun habe. Aber erst nachdem ihr unsere geheime Sprache gelernt habt, meine Lieben.

Wir fangen gleich mit dem Lernen an. Zunächst einmal …

Was ist? Seid ihr *so* neugierig? Nun gut, ich werde

euch also eine Vorstellung davon geben, was eine Es-war-nicht-so-Geschichte ist, und dann machen wir weiter.

Die Geschichte von emd ösben Olfw und end reid leiken Wscheinen.

Sohn

SOHN:

Originaltitel: SON

(erstmals erschienen unter dem Titel
QUEEN OF THE DEEP in ›Argosy‹, März 1954);
mit freundlicher Genehmigung des Autors
Aus dem Amerikanischen übersetzt von Hans Schütz

Der Luxus-Liner dampfte ab und Jones mit ihm. Er lehnte an der Reling, seine Augen beschäftigten sich mit dem auf den Wellen tanzenden Spiegelbild des Mondes und seine Gedanken mit seiner Frau. Er hatte sie in Hawaii zurückgelassen und hoffte, sie nie wiederzusehen. Er dachte auch an seine Mutter in Kalifornien und überlegte, wie es sein würde, erneut bei ihr zu leben. Er war weder glücklich noch unglücklich über seine Zukunftsaussichten. Er hing lediglich seinen Gedanken nach.

Dann torpedierte der Feind, in einer der ersten Aktionen des unerklärten Krieges, das Schiff von unten. Und Jones, total überrascht, wurde wie von einem riesigen, superelastischen Sprungbrett hoch in die Luft geschleudert.

Er stürzte tief. Die Dunkelheit überwältigte ihn. Er wurde von panischem Schrecken erfaßt und verlor jenen empfindlichen Gleichgewichtssinn, der es ihm möglich machte, an der sonnenbeschienenen Wasseroberfläche zu schwimmen. Er wollte schreien und dann an seinem Schrei, wie ein Zirkus-Akrobat am Seil, emporsteigen an die rettende Luft und zum leuchtenden Mond.

Ehe der Hilfeschrei kam, ehe die Wassermassen ihre schwere Dunkelheit in seine Lungen pumpten, stieß sein Kopf durch die Oberfläche, und er würgte in Luft und Licht. Dann sah er sich um und entdeckte, daß das Schiff verschwunden und er alleine war. Ihm blieb nichts anderes übrig, als sich an ein vorbeitreibendes Trümmerstück zu klammern, und zu hoffen, daß der Tag Flugzeuge oder ein anderes Schiff mit sich bringen würde.

Eine Stunde später fauchte das Meer und teilte sich plötzlich; ein langer, dunkler Rücken tauchte auf. Es sah aus wie ein Wal, der große, rundliche Kopf und der stromlinienförmige Körper wiesen darauf hin. Doch es bewegte weder den Rumpf auf und ab, um vorwärtszukommen, noch rollte es sich auf die Seite oder tat sonst etwas, außer still im Wasser zu liegen. Jones glaubte, es müsse sich um einen neuen U-Boot-Typ handeln, aber er war sich nicht sicher, weil das Ding so lebendig aussah. Es hatte jene undefinierbare Ausstrahlung, die das Lebewesen vom Leblosen trennt.

Seine Zweifel wurden einen Moment später ausgeräumt, als sich aus dem Zentrum des geschmeidigen, gebogenen Rückens plötzlich ein langes Gestänge schob. Der Schaft wuchs, bis er zwanzig Fuß hoch war, kam zum Stillstand, und dann flimmerte seine Spitze in Gitternetzen von verschiedenartigen Formen und Mustern. Eine einfahrbare Radarantenne.

Das also war der Feind. Er war aus der Tiefe gekommen, wo er sich nach seinem tödlichen Schlag verborgen gehalten hatte. Er wollte das Vernichtungswerk in Augenschein nehmen und vielleicht irgendwelche Überlebenden auflesen, um sie zu verhören. Oder sich vergewissern, daß niemand mehr lebte.

Trotz solcher Gedanken versuchte Jones nicht fortzuschwimmen. Was konnte er tun? Es war besser, auf seine Chance zu warten, die sie ihm freundlicherweise bieten würden. Er wollte nicht in den Abgrund versinken, in die Dunkelheit und den fürchterlichen Druck.

Er trat Wasser, während ihm das U-Boot seine blinde Schnauze zuwandte. Kein Mensch zeigte sich an den Einstiegsluken, deren Verschlußklappen plötzlich auf das glatte Deck knallten. Kein Lebenszeichen war auszumachen, aber dort unten mußten Menschen sein, die die gesichtslosen, augenlosen Radarschirme auf ihn richteten.

Erst als es schon soweit war, erkannte er, wie er gefangengenommen werden sollte. Aus dem walkopfförmigen Bug schwenkte ein großes, rundes Becken. Das Meer spülte Jones hinein. Er wehrte sich verzweifelt, denn er konnte die Vorstellung nicht ertragen, von dieser monströsen Karikatur eines Schienenräumers verschlungen zu werden wie eine Sardine von einer mobilen Büchse. Außerdem war allein der Gedanke an eine sich öffnende Luke, hinter der nichts als Finsternis war, so erschreckend, daß er vor Angst am liebsten aufgeschrien hätte.

Im nächsten Moment schloß sich das Becken hinter ihm, und er fand sich eingesperrt im Wasser und zwischen Wänden und in der Finsternis. Wie rasend kämpfte er gegen einen Feind, den er nicht in den Griff bekommen konnte. Aus tiefster Seele schrie er nach einem Hauch Luft und einem Fünkchen Licht und einer Tür, die ihn aus dieser Kammer des Entsetzens und des Todes führen würde. Wo war die Tür, die Tür, die Tür? Wo ...?

Es gab Momente, in denen Jones fast zu sich kam, als er in jener zwielichtigen Welt zwischen tiefem Schlaf und heller Wachheit schwebte. In einem solchen Augenblick hörte er zum ersten Mal die Stimme. Sie klang wie die einer Frau, weich, einschmeichelnd, sympathisch. Manchmal riet sie ihm dringend, daß er lieber nicht versuchen sollte, irgend etwas zurückzuhalten.

Zurückhalten? Was zurückhalten? Was?

Einmal nahm er mehr gefühlsmäßig als mit dem Gehör eine Serie furchtbarer Einschläge wahr — irgendwo donnerte es, dann das Gefühl, von einer Riesenfaust zerquetscht zu werden. Auch das ging vorbei.

Und wieder meldete sich die Stimme eine Zeitlang. Dann wurde sie immer schwächer, der Schlaf übermannte Jones.

Er erwachte nur langsam, Schicht um Schicht mußte er sich durch die Nebelwand des Unterbewußtseins kämpfen, voller Verzweiflung jede einzeln abtragen, in der krampfhaften Hoffnung, daß die nächste die letzte sein würde. Als er schließlich schon aufgeben, wieder in den einschnürenden, quälenden Schwaden untergehen wollte, als er das Atmen und den Kampf einstellen wollte, da erwachte er.

Er schrie laut auf und versuchte, sein Gesicht mit den Armen zu schützen. Er dachte sekundenlang, die Schranktür hätte sich geöffnet und Licht und seine Mutter eingelassen.

Aber es war nicht so. Er war nicht wieder in dem verschlossenen Schrank. Er war keine sechs Jahre alt, und es war nicht seine Mutter, die ihn befreit hatte. Ganz bestimmt war das weder ihre Stimme noch die Stimme seines Vaters, der Mann, der ihn im Schrank eingesperrt hatte.

Sie kam aus einer Lautsprecheranlage in der Wand. Die Stimme redete nicht in der Sprache des Feindes, wie er angenommen hatte, sondern in Englisch. Sie leierte in einem fort, eigenartigerweise halb metallisch, halb mütterlich, und sie berichtete ihm, was in den letzten zwölf Stunden geschehen war.

Die Tatsache, daß er so lange ohne Bewußtsein gewesen war, entsetzte ihn. Während er diese Neuigkeit verdaute, musterte er seine Zelle, machte Bestandsaufnahme. Sie war sieben Fuß lang, vier breit und sechs hoch. Bis auf das Klappbett, auf dem er lag, war sie kahl und garantiert verplombt. Direkt über ihm brannte eine Glühbirne, heiß und nackt.

Er war in einem Raum, so eng wie ein Grab und ohne sichtbaren Ausgang, gefangen, und diese Erkenntnis ließ ihn vom Bett aufspringen. Oder er versuchte es jedenfalls, ehe er merkte, daß seine Arme und Beine mit breiten Plastikbändern gefesselt waren.

Die Stimme füllte den Raum.

»Erschrecken Sie nicht, Jones. Und unterlassen Sie doch diese hysterische und sinnlose Gegenwehr, die mich vorhin dazu zwang, Ihnen ein Sedativum zu geben. Wenn Sie wirklich an Klaustrophobie leiden, müssen Sie das eben ertragen.«

Jones wehrte sich nicht mehr. Die Erkenntnis, daß er das einzige menschliche Wesen auf dem U-Boot war, betäubte ihn zu sehr. Es war ein Maschinenmensch, der zu ihm sprach — vielleicht sogar das U-Boot selber, von einem Mutterschiff aus elektronisch gesteuert.

Er brauchte eine Weile, bis er die Zusammenhänge kapiert hatte ... doch das minderte sein Entsetzen keineswegs. Es wäre schlimm genug gewesen, Gefangener eines lebendigen Feindes zu sein, aber ein Gegner mit Stahlhaut, Plastikknochen, Elektronerven, Radaraugen und einem Hirn aus Germanium war ein Feind, der ihm ohnmächtige Angst einjagte. Wie konnte man gegen jemanden — irgend etwas — dieser Art kämpfen?

Indem er darüber nachdachte, dämmte er seine Furcht ein, besser wurde seine üble Lage dadurch jedoch nicht. Wieso sollte sich diese Maschine vom eigentlichen Feind, das Geschöpf vom Schöpfer unterscheiden? Es war der Feind, der diesen automatischen Fisch konstruiert hatte, und er hatte ihn mit Sicherheit exakt nach seinen ureigenen Denkprozessen, seiner ureigenen Ideologie entworfen. Was auch immer der lebendige Feind vorhaben mochte, dieses Monster würde es ausführen.

Jetzt, da er bei vollem Bewußtsein war, erinnerte er sich, was der Roboter zu ihm gesagt und was er geantwortet hatte. Dem Tod noch einmal von der Schippe gesprungen, war er aufgewacht und hatte einen langen Plastikarm gesehen, der sich von einer Öffnung in der Wand zurückzog. Die Öffnung war von einer kleinen Halbkugel verdeckt worden, aber erst nachdem er am Ende des Arms funkelnde Nadeln erspäht hate. Später begriff er, daß ihm Adrenalin gespritzt worden war, um sein Herz zu stimulieren, und ein anderes — den Amerikanern unbekanntes — chemisches Mittel, um seine glatte Muskulatur anzuregen, das geschluckte Wasser wieder auszuscheiden.

Das U-Boot wollte ihn lebend. Die Frage war, wozu?

Es dauerte nicht lange, dann wußte er es. Die Maschine oder das mechanische »Gehirn« oder wie man es sonst nennen wollte, hatte ihm auch eine Droge injiziert, die ihn in einen leichten Hypnosezustand versetzte. Und die Maschine hatte ihm ein Code-Wort eingegeben, das ihm alles Geschehene ins Gedächtnis zurückrief, nachdem die Wirkung der Droge völlig verpufft war. Da jetzt die Stimme das magische Schlüsselwort — da es der Sprache des Feindes entstammte, konnte er es nicht verstehen — seinem Unterbewußtsein mitgeteilt hatte, kam die Erinnerung zurück wie ein Sturzbach.

Er hörte alles, was die Maschine für ratsam hielt, ihm mitzuteilen. Zunächst war sie eines der neuen Versuchsschiffe, die der Feind kurz vor Kriegsbeginn gebaut hatte. Das U-Boot war vollautomatisiert, nicht weil der Feind nicht genug Männer hatte, bei Gott, er konnte Millionen auf dem Schlachtfeld opfern, sondern weil ein U-Boot, das ohne Sauerstofftanks, umfangreiche Versorgungseinrichtungen und Aufenthaltsräume für die Mannschaft auskam, viel kleiner und effizienter war und länger auf See bleiben konnte. Die Maschinerie beanspruchte, um sich selber in Gang zu bringen, viel weniger Platz, als Seeleute erfordert hätten.

Das Schiff war vollkommen auf Zweckmäßigkeit, Geschwindigkeit und Vernichtung ausgerichtet. Es hatte vierzig Torpedos an Bord, und wenn die abgeschossen waren, kehrte es zum Mutterschiff zurück, das irgendwo im Pazifik lag. Wenn notwendig, brauchte das U-Boot auf der ganzen Fahrt nicht aufzutauchen. Seine Konstrukteure hatten es aber so programmiert, daß bei einer günstigen Gelegenheit Gefangene gemacht werden sollten. Durch sie konnte man an wertvolle Informationen kommen.

»Also«, sagte die Stimme mit ihrem leicht metallischen Klang, »ich hätte Sie gerne an der Stelle ins Meer zurückgeworfen, wo ich Sie herausgeholt habe. Doch als ich während des Verhörs erfuhr, daß Sie Elektronik-Spezialist sind, beschloß ich, Sie dazubehalten und Sie zum Stützpunkt zu bringen. Ich habe Befehl, jeden wertvollen Gefangenen zurückzubringen. Sie haben Glück, daß Sie sich als ein Mann herausgestellt haben, den wir gebrauchen können. Sonst ...«

Das frostige Echo blieb im Raum hängen. Jones lief es eiskalt über den Rücken. Vor seinem geistigen Auge konnte er sehen, wie das Becken ausschwang und das Meer hineinschwappte, wie er sich verzweifelt wehrte, schließlich sah er den nicht aufzuhaltenden Plastikarm, der ihn in die schwarzen und stummen Tiefen stieß.

Er wunderte sich kurz darüber, wieviel *Keet VI* über ihn herausgefunden hatte. Kaum gedacht, schon beantwortet. Die Erinnerung überflutete ihn, und er wußte auch den Rest von dem, was geschehen war.

Erstens war das U-Boot so menschlich, wie das einer Maschine nur möglich war. Das Schiff »betrachtete« sich selbst als *Keet VI* — das bedeutete *Wal VI* — und befleißigte sich einer Ausdrucksweise, die einen Nichtfachmann zur Annahme hätte verleiten können, er habe es mit etwas Bewußtem, Denkendem zu tun. Jones wußte es besser. Noch war kein mechanisches »Gehirn« konstruiert worden, das über Bewußtsein verfügte. Aber das hier war so ausgeklügelt, daß es diesen Anschein erweckte. Und Jones machte sich nach einer Weile den verständlichen Trugschluß zu eigen, die Maschine wäre ein lebendiges Wesen. Oder eine Frau. Denn im Glauben, Schiffe seien weiblich, waren *Keets* Konstrukteure in ihre eigene Falle getappt und hatten *Keet* unbewußt mit femininer Psychologie ausgestattet.

Wie sollte man sonst erklären, daß *Keet* beinahe liebevoll um Jones besorgt schien? Durch die Information, einen wichtigen Mann an Bord zu haben, dessen Wissen und Können die Leute auf dem Mutterschiff unbedingt in Erfahrung bringen wollten, war *Keet* bereit, alles zu tun, um ihn am Leben zu erhalten. Deshalb hatte sie ihn intravenös ernährt und das Verhör abgebrochen, als sie in seinem Gedächtnis zufällig auf eine besonders empfindliche und schmerzhafte Stelle gestoßen war.

Was hatte es auf sich mit dieser heiklen Stelle? Nun, in seiner Erinnerung war eine längst vergangene Nacht noch immer gegenwärtig, jene Nacht, in der ihn sein Vater in dem finsteren Schrank eingeschlossen hatte, weil er, Jones, nicht zugeben wollte, aus dem Geldbeutel seiner Mutter einen Vierteldollar gestohlen zu haben. Und er gab auch weiter nichts zu, weil er wußte, daß er unschuldig war, bis die Dunkelheit schwer, drükkend und heiß auf ihm lastete, ihm wie ein Henkersstrick den Hals zuschnürte, und er das Entsetzen, die Finsternis und die Wände, die sich auf ihn zu zu bewegen schienen, um ihn zu zermalmen, nicht länger ertragen konnte, und er schrie und schrie und seine Mutter den Vater zur Seite stieß, die Tür aufriß und ihm Licht und Platz schenkte und ihren vollen, weichen Busen, an dem er heiße Tränen vergoß.

Und seitdem ...

Keets Stimme war jetzt nicht mehr ganz so kalt: »Ich konnte aus Ihnen nur herausbringen, daß Sie Elektronik-Spezialist sind, auf dem Luxus-Liner *Calvin Coolidge* waren, sich von Ihrer Frau getrennt haben und wieder zu Ihrer Mutter ziehen wollen, die auf dem Campus einer Universität wohnt. Dort wollen Sie das alte, sichere Akademiker-Leben wieder aufnehmen, Vorlesungen halten und den Rest Ihrer Tage mit Ihrer Mutter verbringen, bis sie stirbt. Aber als ich weiter in sie drang, fiel Ihnen plötzlich der Zwischenfall mit dem Schrank ein, und ich konnte mit Ihnen nichts mehr anfangen. Leider verfüge ich nur über schwache Drogen und kann Sie nicht unter starke Hypnose setzen. Falls das möglich wäre, könnte ich diese Episode ganz ausloten oder die Erinnerung daran ausschalten. Aber so stieß ich jedesmal, wenn ich die Befragung fortsetzte, auf dieses eine Erlebnis aus Ihrer Vergangenheit.«

War es Einbildung, oder hörte er in der Stimme tatsächlich einen leicht mürrischen oder traurigen Unterton? Möglich war es. Wenn der Feind einen Modulator eingebaut hatte, konnte sie Sympathie und Freundlichkeit vorgaukeln, mit einer Ringschaltung ließen sich auch andere Emotionen nachahmen. Oder konnte die Maschine, die auf jeden Fall ein hochentwickeltes »Gehirn« war, den Stimm-Mechanismus so steuern, daß die gewünschten Effekte erzielt wurden?

Wahrscheinlich würde er das nie erfahren. Doch zweifellos verriet die Stimme zumindest eine Andeutung von Gefühlen.

Er war froh, daß er sich für *Keets* Möglichkeiten interessiert hatte. Sonst hätte er vielleicht wie ein Wilder versucht, sich von den Fesseln zu befreien, die ihn an das Klappbett ketteten. Hier war es eng, zu eng. Er konnte es gerade noch aushalten, solange das Licht brannte, aber er würde durchdrehen, wenn es ausging.

Keet mußte das inzwischen auch gemerkt haben, doch sie hatte weder gedroht noch einen Versuch unternommen, diese Kenntnis für sich auszunützen. Warum? Warum verzichtete sie darauf, ihm Angst und Schrecken einzujagen? Das wären die Methoden jener Leute gewesen, die sie konstruiert hatten, und sie war schließlich ein getreues Spiegelbild von ihnen. Warum hatte sie nicht versucht, ihn in Furcht zu versetzen?

Die Antwort ließ nicht lange auf sich warten.

»Sie sollen wissen, daß ich Probleme habe. Das heißt, auch Sie haben Probleme, Jones. Wenn ich untergehe, gehen Sie mit unter.«

Jones zuckte zusammen. Jetzt würde er erfahren, wo die Crux lag. Der fast bittende Klang in ihrer Stimme überraschte ihn. Dann fiel ihm wieder ein, daß *Keets* Herren und Meister ihre Stimme vermutlich mit der gesamten Gefühlsskala ausgestattet hatten, damit sie alle Register ziehen konnte, wenn es darauf ankam.

»Während Sie bewußtlos waren, wurde ich von Flugzeugen angegriffen. Sie müssen mit mir unbekannten Geräten ausgerüstet gewesen sein, denn ich war hundert Faden tief, trotzdem nahmen sie mich unter Beschuß«, sagte *Keet*.

Jones war sich jetzt sicher. Da *waren* Gefühle in ihrer Stimme, sie schwankten zwischen Verdrießlichkeit und Schmerz. Wenn *Keet* ihr Ende auf dem Meeresboden finden sollte, dachte Jones, hatte das Theater eine großartige Schauspielerin verloren.

Trotz seiner Lage mußte er kichern. *Keet* hörte es, denn sie fragte: »Was ist das für ein Geräusch, Jones?«

»Lachen.«

»Lachen?«

Eine Pause entstand. Jones konnte *Keet* fast warten sehen, während sie sich durch die Leitungen ihrer elektronischen Datenbank wühlte und eine Definition für dieses Ding namens Lachen suchte.

»Meinen Sie etwa das?« fragte *Keet*.

Im Lautsprecher brach ein Gegacker los, das selbst Blut gefrieren ließ.

Jones grinste in sich hinein. Offenkundig hatten ihre Schöpfer *Keet* die Erklärung für das Lachen eingegeben und sie auch in die Lage versetzt, Lachen zu erzeugen. Aber das Gelächter, das sie ihr eingetrichtert hatten, war genau das, was man von ihnen erwarten durfte. Es sollte ihre Opfer einschüchtern. Das Gelächter war ohne jede Spur von Fröhlichkeit oder Vergnügen. Er sagte ihr das. Eine neue Pause. Dann lachte es aus dem Lautsprecher. Aber diesmal klang es spöttisch und verächtlich.

»Das meine ich auch nicht«, sagte er.

Keets Stimme zitterte. Jones wunderte sich darüber. Gewiß hatten die Ingenieure des Feindes nicht daran gedacht, daß sie ihre eigenen Gefühle ausdrücken sollte. Maschinen, das wußte er, konnten frustriert sein, aber sie »fühlten« keine Enttäuschungen wie die Lebewesen. Es war jedoch denkbar, daß die Konstrukteure in ihrem Eifer, sie so menschlich wie möglich zu machen, *Keet* eine entsprechende Vorrichtung eingebaut hatten. Es wäre ein technisches Wunder gewesen, aber es konnte doch so sein.

Mitten in diesen Überlegungen kam Jones eine neue Erkenntnis. *Keet* hatte angefangen, ihm zu erklären, warum sie Hilfe brauchte, brach dann plötzlich ab, und in die Stille war Jones mit seinem Kichern geplatzt.

Vielleicht war *Keet* kaltgestellt.

Er verdrängte diese Idee erst einmal wieder. Unter Umständen half sie ihm später, wenn er je in eine Situation käme, in der er seine Erkenntnis gegen *Keet* ausspielen konnte. Zur Zeit, da ihn die Fesseln außer Gefecht setzten, schienen die Hoffnungen nicht sehr berechtigt zu sein.

»Was sagen Sie?« fragte Jones.

»Ich sagte, daß ich Probleme habe, und demnach wir beide Probleme haben. Wenn Sie überleben wollen, müssen Sie mir helfen.«

Sie zögerte, während ihr metallenes Gehirn nach den psychologisch günstigsten Worten suchte. Er gab sich einen Ruck, denn er wußte, dies war seine einzige Chance. Er hörte aufmerksam zu.

»Während Sie schliefen«, sagte sie, »haben mich diese Flugzeuge — ich glaube, es waren Flugzeuge der Yankee-Bourgeoisie — irgendwie ausgemacht und Wasserbomben abgeworfen. Sie explodierten ganz nahe, aber ich bin sehr robust und kompakt gebaut, daher richteten sie äußerlich kaum Schaden an. Aber sie haben mich ein bißchen durchgeschüttelt.

Ich kratzte die Kurve und tauchte weg von ihnen. Doch der Meeresboden hielt mich auf. Ich stecke mit der Nase im Dreck und kann nicht zurück.«

Großer Gott, dachte Jones, wie tief sind wir denn? Tausende von Metern?

Mit dem Gedanken überfiel ihn wieder die Klaustrophobie. Die Wände schienen jetzt tatsächlich auf ihn einzustürzen. Sie bogen sich unter dem bergeschweren Gewicht der Faden über ihm.

Pechschwarz und erdrückend.

Keet war verstummt, als wollte sie ihm Zeit geben, sich die Schrecken auszumalen, die bereits auf ihn lauerten. Und als ob sie seine Reaktionen richtig vorausgesehen hätte, sprach sie dann weiter.

»Meine Wände sind stabil und auch elastisch genug, um selbst in dieser Tiefe standhalten zu können. Aber ich bin leck geschlagen!

Es ist ein sehr kleines Leck, aber eine Abteilung zwischen meiner äußeren und inneren Wand läuft voll. Und ich muß gestehen, daß sich bei den Bombenexplosionen eine Platte der Innenwand gelockert hat. Und diese Stelle ist nicht weit vom Leck entfernt.«

Sie sprach wie eine Frau, die ihrem Arzt von ihrem Nierenleiden erzählt.

»Meine Pumpen sind soweit in Ordnung, daß ich das eingedrungene Wasser auf dem jetzigen Stand halten kann«, sagte sie. »Unglücklicherweise hat die Nässe jedoch Teile der Stromleitungen angegriffen, an das meine Steuervorrichtung angeschlossen ist. Ich selbst kann mich nur in eine Richtung lenken, weil jetzt die Tauchruder blockiert sind.«

Sie legte eine theatralische Pause ein und sagte dann: »Diese Richtung führt nach unten.«

Ihre Worte riefen bei Jones nacktes Entsetzen hervor. Diese Tür würde nie geöffnet werden. Nur Finsternis und Erdrücken wartete auf ihn, nicht Licht und Luft ...

Er ballte die Fäuste und nahm alle seine Kräfte zusammen, um die Panik zu unterdrücken. Sie wußte bestimmt, welche Wirkung ihre Worte hatten; sie hatte darauf spekuliert. Es war anzunehmen, daß in seinen Armfesseln Meßinstrumente für Blutdruck und Pulsschlag versteckt waren. Sie konnte ihm sagen, wenn er sie anlog oder Angst hatte.

»Ich bin darauf eingerichtet, mich selbst zu reparieren«, fuhr sie fort, »aber dieses Leck hat, zu allem Pech, auch die Leitungen unterbrochen, über welche die Reparaturarme dirigiert werden. Riesenpech.«

Seine Stimme war so gepreßt, wie seine Fäuste geballt waren.

»Nun?«

»Nun will ich Sie aus Ihrer Zelle befreien und Ihnen gestatten, das Leck abzudichten und die Stromnetze wieder in Ordnung zu bringen. Das Material dazu und die Kapsel mit den Konstruktionsplänen sind in meinem Maschinenraum. Über das Stromnetz geben Ihnen die Pläne Auskunft.«

»Was ist, wenn ich es mache?«

»Bringe ich Sie gesund und munter zum Mutterschiff.«

»Und wenn ich es nicht mache?«

»Werde ich Ihnen die Luftzufuhr abstellen. Doch zuerst schalte ich die Glühbirne aus.«

Sie hätte ihm genausogut den Schädel einschlagen und den Sargdeckel über ihm zuklappen können. Jones wußte ganz genau, daß er ihren Drohungen gegenüber machtlos war. Er wollte vor sich selber nicht als Feigling dastehen; verzweifelt klammerte er sich an die Hoffnung, stark zu sein. Aber er wußte, daß etwas in ihm war, das ihn verraten würde.

Als es dunkel und die Luft schwül und stickig wurde, war er wieder wie ein Kind, ein im Schrank eingesperrtes Kind, das immer tiefer zu sinken schien, bis ins Zentrum der Erde, um nie wieder aufzutauchen. Und über ihm türmte sich das ganze Gewicht der Welt mit ihren Meeren und Bergen und den Menschen, die ihrer Wege gingen; weit, weit über ihm.

»Nun?« Ihre Stimme klang ungeduldig.

Er stöhnte. »Ich werde es versuchen.« Solange er lebte, gab es schließlich immer noch Hoffnung auf Rettung. Vielleicht auch Hoffnung, dieses Monstrum zu bezwingen …

Aufgebracht schüttelte er den Kopf. Warum sich selber verrückt machen? Er war ein unverbesserlicher Feigling. Sonst wäre er nicht sein ganzes Leben lang aus Angst davongelaufen, nicht heimgerannt zu seiner Mutter. Er hätte nicht diese hervorragende Stellung an einer großen Universität im Mittelwesten gegen einen Job an der Küste eingetauscht, nur weil er dort in der Nähe seiner Mutter sein konnte.

Sie hatte es abgelehnt, ihr Zuhause zu verlassen, und so war er eben zu ihr gekommen.

Und später, nachdem er Jane getroffen hatte und sich von ihr überreden ließ, auf Hawaii in diesem großen Forschungszentrum für Elektronik zu arbeiten, hatte er mehrmals daran gedacht, seine Mutter einzuladen. Und als Jane nach vielen bitteren Auseinandersetzungen dies abgelehnt hatte, weil sie der Meinung war, seine Mutter ersticke seine Männlichkeit, verließ er sie.

Und jetzt war er wieder im Schrank eingesperrt und sank immer tiefer in den schwindelerregenden Abgrund, er war wieder im Schrank eingesperrt, weil er erneut davongelaufen war. Hätte er den Mumm gehabt, zu Jane zu stehen, wäre er jetzt nicht in dieser üblen Klemme.

Das Schreckliche daran war, er erkannte, daß Jane recht hatte. Ihm wurde klar, seine Mutter hatte wegen seiner alten Macke Macht über ihn. Doch er war nicht fähig, mehr als matte Gegenwehr zu leisten, genauso gehorchte er jetzt diesem Monster auf Wort, in dessen Magen er gestülpt worden war. Und das alles nur aus Angst, einer Angst, gegen die er nicht ankommen konnte.

Abrupt unterbrach ihre Stimme seine Grübeleien.

»Nur ein einziger Grund könnte mich daran hindern, Sie freizulassen.«

»Und der wäre?«

»Kann ich Ihnen trauen?«

»Was bleibt mir denn schon übrig? Ich will nicht sterben, und leben kann ich nur mit Ihrer Hilfe. Besonders als Gefangener.«

»Oh, wir behandeln unsere kooperationsbereiten Experten sehr gut.«

Ihn verlangte es nicht gerade nach Zusammenarbeit. Jones schüttelte und fragte sich, was wohl auf ihn zukäme, und ob es vielleicht nicht besser wäre, das Angebot zurückzuweisen. Dann könnte er wenigstens in Ehren untergehen.

Ehre, das war ein so sinnloses Wort, vor allem hier, so viele undurchdringliche Faden unter dem Meeresspiegel, wo er ein Opfer darbrachte, von dem nie jemand etwas erfahren würde. Er würde nur einer von diesen vielen Vermißten und Verlorenen sein, vergessen von allen, bis auf seine Mutter und Jane. Und Jane — sie war jung, hübsch und intelligent. Früh genug würde sie einen anderen finden.

Dieser Gedanke machte ihn furchtbar wütend.

Keet sagte: »Ihr Blutdruck ist in die Höhe geschnellt. An was denken Sie?«

Am liebsten hätte er ihr geantwortet, das gehe sie überhaupt nichts an, aber dann hätte sie wahrscheinlich geargwöhnt, daß er irgend etwas ausheckte, um sie zu überlisten. Er legte seine Gedanken offen.

»Ihr bourgeoisen Yankees solltet lernen, eure Gefühle unter Kontrolle zu halten«, meinte sie gleichgültig. »Oder am besten schafft ihr sie euch gleich ganz vom Hals. Wegen eurer Dämlichkeit und eurer schafsköpfigen Gefühle werdet ihr den Krieg verlieren.«

Unter anderen Umständen hätte Jones über die Vorstellung gelacht, daß eine Maschine derartige patriotische Sprüche klopfte, aber jetzt interessierte er sich nur am Rande dafür, daß *Keets* Konstrukteure in dem bestens ausgetüftelten mechanischen Gehirn selbst den ideologischen Standpunkt nicht außer acht gelassen hatten.

Davon abgesehen — und dies war ein Gedanke, der

ihn zusammenzucken ließ —, hätte sie recht haben können.

»Ehe ich Sie befreie, Jones«, sagte sie mit immer heftiger werdender Stimme, »muß ich Sie warnen, daß ich Vorsichtsmaßnahmen gegen jede Sabotage von Ihrer Seite getroffen habe. Ich will ehrlich zu Ihnen sein und zugeben, daß ich Sie im Maschinenraum nicht so gut beobachten kann wie hier. Doch ich verfüge über alle möglichen Mittel, Ihre Bewegungen zu kontrollieren. Falls Sie irgendwelche verbotenen Teile berühren — oder ihnen auch nur nahekommen — werde ich alarmiert.

Und dann will ich auch noch gestehen, daß ich nur eine einzige wirksame Waffe gegen Sie habe. Wenn Sie sich nicht ordentlich benehmen, werde ich sofort anästhesierendes Gas freisetzen. Ich werde die Zellentür offenlassen, damit sich das Gas ausbreiten kann. Da die Gänge sehr schmal sind — sie wurden ausschließlich für das Personal angelegt, das mich wartet, wenn ich im Hafen liege —, werden sämtliche Abteilungen schnell mit Gas gefüllt sein. Sie werden dann ohnmächtig.«

»Und dann?« fragte Jones.

»Ich werde so lange Gas ausströmen lassen, bis Sie tot sind. Dann gehe auch ich zugrunde. Aber ich werde die Genugtuung haben, daß kein kapitalistischer Stiefellecker mich besiegt hat. Und ich fürchte mich nicht vor dem Tod wie Sie.«

Die letzte Behauptung bezweifelte Jones. Sicher hatte sie keine Angst in dem Sinne, wie er sie hatte. Doch ihre Herren und Meister mußten ihr irgendwelchen Willen zum Überleben eingepflanzt haben, der so stark wie seiner war. Sonst wäre sie nicht die Kampfmaschine gewesen, die dem Feind vorschwebte, und er hätte genausogut einen konventionelleren Typ von U-Boot konstruieren können, ein Schiff, das mit Menschen bemannt war, die um ihr Leben kämpfen würden.

Der Hauptunterschied lag darin, daß sie eben eine Maschine war und keine Nerven hatte. Er war ein Mensch, viel höher entwickelt. Deshalb war er viel anfälliger für Fehlverhalten. Je höher entwickelt das Geschöpf, desto tiefer sein Fall.

Seine Plastikfesseln schnappten auf. Er erhob sich und rieb seine schmerzenden Arme und Beine. Gleichzeitig glitt die Zellentür zurück und gab ein Loch in der Wand frei. Er ging darauf zu und spähte in den Durchgang. Er machte wieder kehrt.

»Weiter!« rief *Keet* ungeduldig.

»Es ist so finster«, sagte er. »Und so niedrig und eng. Ich muß kriechen.«

»Ich kann Ihnen kein Licht machen«, bellte sie. »Für das Wartungspersonal sind Taschenlampen da, aber die liegen in einem Schrank im Maschinenraum. Sie werden sie dort herausholen müssen.«

Er konnte es nicht. Es war ihm unmöglich, seine Füße in diese massive Dunkelheit zu setzen.

Keet stieß einen Fluch aus. Zumindest nahm er an, daß sie ihn verfluchte. Es klang so.

»Jones, Sie bourgeoiser Feigling! Raus aus diesem Raum!«

Er wimmerte. »Ich kann nicht.«

»Ha! Wenn alle Yankee-Zivilisten so wie Sie sind, werdet Ihr den Krieg bestimmt verlieren.«

Er konnte ihr nicht erklären, daß nicht jeder so wie er war. Seine Schwäche war ein Sonderfall; sie entschuldigte ihn. Dagegen war noch kein Kraut gewachsen.

»Jones, wenn Sie nicht machen, daß Sie hier rauskommen, lasse ich Gas in die Zelle strömen.«

»Wenn Sie das tun, sind auch Sie erledigt«, erinnerte er sie. »Dann stecken Sie hier auf ewig mit der Nase im Dreck.«

»Ich weiß das. Aber ich habe eine wichtigere Direktive, als zu überleben. Wenn ich die Wahl habe zwischen Aufbringung und Vernichtung, wähle ich das letzte.

Ohne schwächliches Zaudern und Zögern, das unterscheidet mich von Ihnen, Sie Bourgeois.«

Sie legte eine Pause ein und sagte dann mit einer solchen Verachtung, daß er sie beinahe die Lippen verziehen sehen konnte: »Und jetzt *raus* hier!«

Er zweifelte nicht daran, daß sie auch meinte, was sie sagte. Zudem war der Hohn in ihrer Stimme so beißend, als ob eine Flamme seine Beine versengt hätte. Er kauerte sich nieder und tauchte in die Finsternis und die qualvolle Enge ein.

Selbstverständlich wußte er, daß sie in Wirklichkeit gar nicht fähig war, ihn zu verachten. Ihre Konstrukteure hatten ihrem elektronischen Gehirn lediglich die Direktiven eingegeben, gefangengenommene Feinde nach dieser oder jener Art zu behandeln. Sie war sich über seine psychologische Verfassung im klaren, also schaltete sie automatisch auf Verachtung um oder andere Emotionen, wie es gerade erforderlich war. Trotzdem hatte ihre Stimme verletzend geklungen, und der Stachel saß tief.

Zusammengeduckt, seine Hände berührten fast den Plastikfußboden, bewegte er sich wie ein Affe in einem fremden Dschungel vorwärts. Seine Augen stierten in die Dunkelheit, als ob sie eigenes Licht erzeugen könnten. Aber er sah überhaupt nichts. Mehrmals blickte er nervös über die Schulter zurück und ließ sich jedesmal von dem Lichtschein trösten, der von der Glühbirne in der Zelle herrührte. Solange dieser Lichtschein da war, kam er sich nicht ganz verloren vor.

Der Gang machte eine leichte Kurve. Als er sich umdrehte, zeigte nur noch ein schwacher Schimmer, daß nicht alles schwarz war und er schließlich doch nicht in einem Schrank eingesperrt war. Sein Herz schlug schnell, und aus den tiefsten und verborgensten Schichten seines Wesens quoll irgend etwas hervor. Es überschwemmte ihn mit einer schmierigen, dicken, schwarzen Brühe aus Angst und grundloser Panik. Es drang in sein Herz und kroch seine Kehle hinauf. Es drohte ihn zu ersticken.

Er blieb hocken und stützte sich auf beiden Seiten der Wand mit den Händen ab. Die Wände waren solide und fühlten sich kalt an, und sie stürmten nicht auf ihn ein, um ihn zu zermalmen. Er wußte das. Dennoch hatte ihn kurz das Gefühl durchzuckt, daß sie sich *bewegten*. Und er hatte gefühlt, wie die Luft immer dicker wurde, bis sie sich wie eine Schlange um seinen Hals wand.

»Ich heiße Chris Jones«, sagte er laut. Seine Stimme verhallte in den Gängen. »Ich bin dreißig Jahre alt. Ich bin kein Kind von sechs. Ich bin Elektronik-Fachmann und imstande, mein eigenes Leben zu leben. Ich habe eine Frau, die ich, und das verstehe ich jetzt erst richtig, mehr liebe als alles andere auf der Welt. Ich bin Amerikaner, und ich führe jetzt Krieg mit dem Feind, und es ist meine Pflicht und mein Recht und mein Privileg und es sollte mir auch ein Vergnügen sein, wenn ich nur mehr Schneid hätte, alles in meiner Kraft Stehende zu tun, um dem Feind Widerstand zu leisten oder ihn zu vernichten. Ich habe meine zwei Hände und mein Wissen. Doch der Himmel weiß, warum ich nicht das tue, was ich tun sollte. Ich krieche wie ein kleines Kind durch einen Tunnel und zittere in meinen Stiefeln, ich möchte schreiend zur Mutter rennen, zurück an das Licht und in die Sicherheit. Und ich bin zum Helfershelfer des Feindes geworden, damit ich Licht und Sicherheit und die Stimme der Mutter wiederhaben kann.«

Seine Stimme bebte, erholte sich aber rasch. Dies war ein Zeichen dafür, was in ihm vorging. Jetzt oder nie, machte er sich selber Mut. Jetzt oder nie. Wenn er umkehrte, wenn ihn seine Beine und sein Herz im Stich ließen, war es aus und vorbei mit ihm. Es spielte überhaupt keine Rolle, ob der Feind ihn möglicherweise als Gefangenen in Sicherheit bringen würde. Oder ob er sogar gerettet würde und zu seinen Leuten als freier Mann nach Hause gehen könnte. Wenn er nicht dieses Schuldgefühl in sich bekämpfte, wenn er es nicht mit Stumpf und Stiel auslöschte, würde er für immer in der Hand des Feindes bleiben. Er war schon immer ein Gefangener des Feindes, wurde er sich bewußt, und der Feind war er selber. Jetzt, in der Tiefe des Meeres eingesperrt in dem engen und lichtlosen Gang, mußte er sich mit diesem Feind herumschlagen, einem Feind, dessen Antlitz er nicht sehen konnte, aber genau kannte, und er mußte ihn bezwingen. Oder er wurde bezwungen.

Die Frage war: Wie?

Die Antwort lautete: Vorwärts. Bleib nicht stehen.

Er bewegte sich langsam weiter, tastete sich mit seiner rechten Hand an der Wand entlang. *Keet* hatte ihm die Richtung angegeben; wenn er ihr folgte, konnte er den Schrank im Maschinenraum finden. Und er fand ihn. Nachdem er, wie ihm schien, Stunden im Dunkeln getappt war und gegen die Erstickungsgefühle in Hals und Brust angekämpft hatte, stieß er auf ein Objekt, das *Keets* Beschreibungen entsprach. Der Schlüssel war an einer Kette befestigt und hing an einem Haken. Er führte ihn ein und schloß die Tür auf. Eine Minute später hatte er die Taschenlampe angeknipst.

Er ließ die Taschenlampe wie einen Wasserschlauch kreisen. Direkt neben ihm war ein großer Würfel — der Kernreaktor. Seine Außenseiten bestanden aus einer neu erfundenen Legierung, die strahlungssicher war, aber nicht annähernd soviel wog wie der mittlerweile veraltete Schutzmantel aus Blei. Da er jedoch wußte, daß trotzdem ein wenig Radioaktivität nach draußen dringen konnte und das Wartungspersonal strahlungssichere Schutzanzüge trug, fühlte er sich unbehaglich. Wenn er sich aber nicht lange hier herumdrückte, würde er unversehrt bleiben.

Sehr schnell entdeckte er die Platte, die sich gelockert

hatte. So erstklassig *Keet* geplant sein mochte, so eilig war sie offensichtlich gebaut worden.

Er korrigierte diese Meinung. Vielleicht war einer der Männer, die geholfen hatten, sie zu bauen, Mitglied des Widerstandes, ein Saboteur. Diese miserable Arbeit ging auf sein Konto.

Er hielt die Taschenlampe in die Lücke. Aus einem unsichtbaren Loch kam alle paar Sekunden ein Sprühregen. Dies war möglicherweise ein weiteres Indiz dafür, daß es beim Feind Elemente gab, die den sogenannten Kapitalistenschweinen in die Hände arbeiteten. Die Einzelteile des U-Boots waren aus Gründen der Belastbarkeit zusammengeschweißt statt vernietet worden. *Keets* Körper durfte nicht leckschlagen, außer ein Geschoß riß ein Loch in das Metall. So sah es nicht aus. Also war es denkbar, daß dieses Bauteil vorsätzlich beschädigt worden war.

Es machte keinen Unterschied, dachte Jones. Ob mit Absicht oder durch einen Unglücksfall, das Leck existierte. Es lag an ihm, daraus Vorteile zu ziehen.

Er inspizierte den Raum. Die Stromleitungen standen unter Wasser, aber sie waren nicht deshalb ausgefallen. Von einer Plastikhülle geschützt, konnte es auch im Wasser funktionsfähig bleiben. Doch infolge einer Reihe von Sicherheitsvorkehrungen wurde in einem Notfall wie diesem die Stromversorgung automatisch unterbrochen. *Keet* konnte nichts dagegen unternehmen, ehe das Leck abgedichtet war.

Jones ging zum Schrank zurück und nahm eine Spritzpistole heraus. Er schoß eine gallertartige Masse auf das Rinnsal, das rhythmisch aus der Wand sickerte. Das Material verhärtete sich und trocknete. Plötzlich war das Rinnsal versiegt.

Jones wollte gerade weggehen, da besann er sich anders und wandte sich wieder dem Schrank zu. Dort wollte er nach einem Schöpfgerät suchen, um das Wasser schnell beseitigen zu können, denn die Pumpen arbeiteten zu langsam. Doch er hielt jäh inne, als hätte er mitten im Schritt Wurzeln geschlagen.

Was für ein Esel er doch war! Warum war ihm das nicht schon früher eingefallen? Er mußte vor Schiß wie vernagelt gewesen sein, daß er nicht sofort daran gedacht hatte!

Keet hatte ihm gesagt, sie stecke mit der Nase im Dreck und könne weder vor noch zurück, ehe die Leitungen, die den Steuerungsmechanismus versorgten, wieder in Ordnung gebracht waren.

Es gab jedoch keinen Anhaltspunkt dafür, daß sich das Schiff in Schräglage befand. Er konnte umhergehen, ohne sich auf dieser oder jener Seite anlehnen zu müssen, um die angebliche Neigung auszugleichen.

Also log *Keet* aus Gründen, die nur ihr bekannt waren.

Er vergaß die ganze Angst, die ihm immer noch den Atem abschnürte, nur von einem eisernen Willen gebändigt. Dieses Problem beanspruchte seine totale Aufmerksamkeit, und er gab alles.

Er hatte ihre Worte über ihre Lage für bare Münze genommen, weil es ihm nicht in den Sinn gekommen war, daß ein Roboter lügen könnte. Aber jetzt, da er darüber nachdachte, war es nur natürlich, daß die Maschine nach dem Vorbild ihrer Herren und Meister geformt war. Sie gaben die Lüge als nützliche Sache aus, wenn sie damit erreichen konnten, was sie erreichen wollten. Und sie hatten *Keet* selbstverständlich die Möglichkeit zur Lüge eingebaut. Wenn es die Gelegenheit erforderte, würde sie Schwarz als Weiß verkaufen.

Die große, die Eine-Million-Dollar-Frage war — warum sollte sie es für nötig halten, das zu tun?

Antwort: Sie mußte sich schwach fühlen, gefährdet.

Frage: Inwiefern fühlte sie sich in Gefahr?

Antwort: Er, Jones, war ihre Schwachstelle.

Warum?

Weil er ein Mensch war. Er konnte umhergehen, und er konnte denken. Er könnte genug Mut haben, um etwas gegen sie zu unternehmen. Wenn er etwas unternahm, könnte er sie bezwingen.

Keet war nicht annähernd so selbstsicher und stark, wie sie vorgab. Sie mußte auf seine eigene Schwäche setzen, seine Angst vor der Dunkelheit und der Enge, vor dem furchtbaren Gewicht des Wassers, das angeblich auf ihm lastete. Sie hatte darauf gebaut, daß er aus Angst den Schaden beheben und dann, schafsköpfig wie er war, zurück in sein Kittchen gehen würde. Und, dachte er, wahrscheinlich auf die Schlachtbank. Er bezweifelte nun, daß sie ihn zum Mutterschiff bringen würde.

Sie würde vielleicht ein Jahr oder länger auf See bleiben, bis sie genügend Angriffsziele gefunden und ihre vierzig Torpedos verschossen hatte. In der Zwischenzeit würde sie ihn ernähren und mit Luft versorgen müssen. Dafür war sie nicht groß genug; sie hatte nicht viel Laderaum.

Die Zelle, in der er gelegen hatte, war sicher nur für Gefangene bestimmt, die kurzfristig festgehalten und verhört werden sollten. Möglicherweise war sie auch für Spione und Saboteure vorgesehen, die in dunklen Nächten vor der amerikanischen Küste ausgesetzt wurden. *Keet* hatte ihn von Anfang an belogen.

Die Ironie bei der Geschichte war, sie mußte erst seine spezielle Angstschwäche ausnutzen, um ihn so weit zu bringen, daß er sie reparierte. Doch indem sie das tat, hatte sie ihn auch dazu gebracht, seine Schwäche zu überwinden. Sie hatte ihn stark gemacht.

Zum ersten Mal, seit er seine Frau verlassen hatte, brachte er ein ehrliches Lächeln zustande.

Im selben Augenblick fiel der Lichtkegel seiner Taschenlampe auf die Spritzpistole, die er achtlos liegengelassen hatte. Seine Augen verengten sich zu Schlitzen, *Keet* hatte allen Grund für ihre Befürchtungen. Sie war im wesentlichen eine Maschine mit den Grenzen einer Maschine, und er war ein Mensch. Er konnte sich bewegen und hatte Phantasie. Daran scheiterte der Feind.

Er hörte ihre Stimme in den Gängen widerhallen, sie fragte, wo er war, und drohte, den Gashahn aufzudrehen, wenn er ihr nicht sofort antwortete.

»Ich komme, *Keet*«, rief er. In der einen Hand hielt er einen Schraubenzieher, den er aus dem Schrank genommen hatte, in der anderen die Spritzpistole.

Zwei Tage später steuerte eine Patrouille der US-Marine auf das U-Boot zu, das hilflos an der Meeresoberfläche trieb. Der aufmerksame Beobachtungsposten entdeckte den Mann, der auf dem glänzenden Rumpf stand und mit einem weißen Hemd winkte. Das Begleitflugzeug warf keine Bomben ab, sondern erkundete klugerweise erst einmal, was da los war, landete dann und nahm den Mann auf, der sich als Amerikaner mit dem guten, alten amerikanischen Namen Jones herausstellte.

Auf dem Flug nach Hawaii erzählte er seine Geschichte über Funk. Ein in der Nähe liegender Zerstörer wurde unverzüglich in Fahrt gesetzt, um *Keet* zu bergen. Nach der Landung mußte Jones offiziell Bericht erstatten und detaillierter wiederholen, was geschehen war. Auf eine Frage, die ihm ein Marine-Offizier gestellt hatte, antwortete er: »Ja, ich bin ein großes Risiko eingegangen, aber ich mußte es tun. Ich war sicher, daß sie — Verzeihung, der Roboter — mich anlog. Wenn wir mit der Nase im Dreck gesteckt hätten, hätte sich das Boot in Schräglage befunden, und ich hätte das sofort bemerken müssen. Außerdem lief das Wasser nicht beständig und gleichmäßig herein, wie es eigentlich hätte sein müssen, wenn großer Druck herrscht. Es sprudelte durch den Spalt, klar, aber nur in Intervallen. Es gehörte nicht viel Scharfsinn dazu, um herauszufinden, daß wir an der Meeresoberfläche waren und jedesmal, wenn eine Welle gegen die beschädigte Seite schlug, Wasser durchschwappte.

Keet hielt mich nicht für fähig, das zu bemerken. Sie nahm an, ich wäre über die angeblich so schlimme Lage dermaßen erschüttert, daß ich die Schwierigkeiten beheben und dann zurück in meine Zelle kriechen würde.«

Und ich hätte es auch getan, dachte er finster, wenn nicht dieser unbeschreibliche Hohn in ihrer Stimme gewesen wäre und mir die Gewißheit gegeben hätte, daß der Zeitpunkt gekommen war, ein für allemal zu entscheiden, ob ich ein Mann oder ein Feigling sein wollte.

Ich fürchte mich immer noch vor der Dunkelheit und der Enge, aber dieser Angst kann ich Herr werden. *Keet* glaubte nicht, ich könnte die Angst überwinden. Aber um sicherzugehen, erzählte sie mir, wir befänden uns auf dem Meeresgrund. Ihre Steuerruder waren festgeklemmt, das stimmte, aber in Wirklichkeit konnte sie nur noch nach oben und nicht nach unten, wie sie mir gesagt hatte. Sie trieb tauchunfähig an der Oberfläche und war eine leichte Beute für das erste amerikanische Schiff, das vorbeikam. Wenn ich das gewußt hätte, so lautete ihre Rechnung, hätte ich den Mumm für eine Meuterei aufbringen können. Zu ihrem Pech hat sie mir keinen Grips zugebilligt. Sie setzte jedenfalls darauf, meine Angst würde meinen Verstand lähmen. Und sie war *so* nahe daran, recht zu behalten.

»Nun, was haben Sie denn mit der Spritzpistole gemacht?« fragte der Korvettenkapitän.

»Zuerst hielt ich den Atem an und rannte in die Zelle, in der ich gefangengehalten worden war. Ich machte die Düse ausfindig, aus der das Gas strömte, und spritzte sie mit dem abdichtenden Bindemittel voll. Das verstopfte sie. Dann trat ich den Rückzug zu dem Schrank an, studierte die Konstruktionspläne und lokalisierte *Keets* ›Gehirn‹.

Ich brauchte nur eine Minute, um sie von ihrem ›Körper‹ zu trennen.«

Er grinste. »Das brachte ihre Stimme nicht zum Schweigen, die mich mit wenig damenhaften Flüchen eindeckte. Aber ich verstand kein Wort davon, weil es in der Sprache des Feindes war. Ist es nicht komisch, daß sie in einem Zustand der Wut und der Frustration, genauso wie ein menschliches Wesen, in ihre Muttersprache zurückfiel?«

»Ja, und dann?«

»Ich reaktivierte den Stromkreis, der die Decksluke öffnet und ließ von draußen frische Luft herein.«

»Und Sie waren sich nicht sicher, ob nun Luft oder Wasser hereinströmen würde?«

Er nickte. »Das ist richtig.« Er erwähnte nicht, daß er schaudernd und zitternd dagestanden hatte, während er wartete.

»Sehr gut«, sagte der Korvettenkapitän mit einem wohlwollenden Seitenblick, der Jones das Herz erwärmte und ihn zum erstenmal bewußt werden ließ, daß er letzten Endes doch so etwas Ähnliches wie eine Heldentat vollbracht hatte. »Sie können gehen. Wir werden Sie holen lassen, wenn wir mehr von Ihnen hören wollen. Möchten Sie noch irgend etwas, ehe Sie gehen?«

»Ja«, sagte er und sah sich um. »Wo ist das Telefon? Ich würde gerne meine Frau anrufen.«

Der Bruder meiner Schwester

DER BRUDER MEINER SCHWESTER:

Originaltitel: MY SISTER'S BROTHER

(erstmals erschienen unter dem Titel THE STRANGE BIRTH in ›Satellite‹, Juni 1959; späterer Titel: OPEN TO MY SISTER);
mit freundlicher Genehmigung des Autors
Aus dem Amerikanischen übersetzt von Martin Eisele

In der sechsten Nacht auf dem Mars weinte Lane.

Er schluchzte laut, und Tränen liefen seine Wangen hinunter. Er schlug die rechte Faust heftig in die linke Handfläche, bis das Fleisch brannte. Er schrie unter der Qual der Einsamkeit. Er fluchte die obszönsten und blasphemischsten Flüche, die er kannte, und nach zehn Jahren in der UN-Raumwaffe kannte er eine ganze Menge.

Nach einer Weile beruhigte er sich. Er trocknete sich die Augen, goß einen Schluck Scotch hinunter und fühlte sich viel besser.

Er schämte sich nicht, geplärrt zu haben wie eine Frau. Schließlich hatte es einmal einen Mann gegeben, der kein Mensch gewesen war und der sich auch nicht zu weinen geschämt hatte. Darüber hinaus war gerade diese Fähigkeit zu weinen einer der Gründe, weshalb er der ersten Gruppe zugeteilt worden war, die auf dem Mars landete. Niemand konnte ihn einen Feigling oder Schwächling nennen. Ein Mann mit geringem Mut hätte das Trommelfeuer von Tests in der Raumschule auf der Erde nie bestehen und erst recht nicht die vielen Vorstöße zum Mond machen können. Doch obwohl männlich und maskulin, besaß er das Sicherheitsventil einer Frau. Er konnte die Mühlsteine der Spannung in seinem Innern in Tränen auflösen; er war das Schilfrohr, das sich vor dem Wind beugte, nicht die Eiche, die stürzte, mit Wurzeln und allem.

Jetzt, nachdem der Druck und der Schmerz in seiner Brust verschwunden waren, gab er über den Sender-Empfänger seine vorgesehene Meldung zum Schiff hoch, das fünfhundertundacht Meilen über ihm den Mars umkreiste. Dann tat er, was Menschen überall im Universum tun mußten. Hinterher legte er sich auf die Koje und schlug das einzige persönliche Buch auf, das er hatte mitbringen dürfen, eine Sammlung der größten Dichtung der Welt.

Er las hier und dort, blätterte weiter, hielt nur inne,

um eine oder zwei Zeilen zu überfliegen und die tausendfach gemurmelten Verse dann im stillen zu vervollständigen. Hier und dort las er — wie eine Biene, die das Beste vom Nektar kostete ...

Es ist die Stimme meines Geliebten, der anklopft und spricht: Mache mir auf, meine Schwester, meine Taube, meine Unbefleckte ...

Unsere Schwester ist klein
Und hat keine Brüste;
Was sollen wir mit unserer Schwester tun,
Wenn man um sie werben wird?

Fürwahr, und ob ich schon wandle im finsteren Tal,
Fürcht' ich kein Leid, denn Du bist bei mir ...

Komm, lebe bei mir und sei meine Liebe,
Prüfe mit mir, welche Freuden es gibt ...

Zu lieben, zu hassen, liegt nicht in unserer Macht,
Wird unser Wille doch vom Schicksal umgebracht ...

Mit dir zu reden — und die Zeit ist mir entfallen,
Alle Jahreszeiten, und ihr Wandel, finden gleichen Gefallen ...

Er las weiter, über Liebe und Mann und Frau, bis er seine Probleme fast vergessen hatte. Seine Lider senkten sich; das Buch entfiel seiner Hand. Aber er raffte sich auf, stieg aus der Koje, kniete nieder und betete darum, daß ihm vergeben und seine Lästerung und Verzweiflung verstanden werde. Und er bat Gott, daß seine vier verirrten Kameraden lebend und gesund gefunden wurden. Dann kletterte er in die Koje zurück und schlief ein.

Bei Tagesanbruch erwachte er widerstrebend durch das Läuten des Weckers. Dennoch verfiel er nicht wieder in Schlaf, sondern stand auf, schaltete den Sender-Empfänger ein, füllte eine Tasse mit Wasser und Instantpulver und ließ eine Hitzepille hineinfallen. Gerade als er den Kaffee zubereitet hatte, hörte er Captain Stroyanskys Stimme aus dem Empfänger. Stroyansky hatte einen ganz leicht slawischen Akzent.

»Cardigan Lane? Sind Sie wach?«

»Mehr oder weniger. Wie geht es Ihnen?«

»Wenn wir nicht wegen euch allen da unten besorgt wären, ginge es uns recht gut.«

»Ich weiß. Nun, wie lauten die Befehle des Captains?«

»Es gibt nur eines zu tun, Lane. Sie müssen aufbrechen und die anderen suchen. Sonst können Sie nicht mehr zu uns hochkommen. Man braucht mindestens zwei weitere Männer, um die Rakete zu steuern.«

»Theoretisch kann auch ein einzelner Mann das Biest steuern«, erwiderte Lane. »Aber das ist riskant. Allerdings spielt das keine Rolle. Ich mache mich sofort auf die Suche nach den anderen. Das hätte ich auch getan, wenn Sie eine andere Order gegeben hätten.«

Stroyansky lachte glucksend. Dann bellte er wie ein Seehund. »Der Erfolg der Expedition ist wichtiger als das Schicksal von vier Männern. Theoretisch jedenfalls. Aber wenn ich in Ihrer Haut stecken würde, und ich bin froh, daß es nicht so ist, dann würde ich dasselbe tun. Also, viel Glück, Lane.«

»Danke«, sagte Lane. »Ich werde mehr als nur Glück brauchen. Ich werde auch Gottes Hilfe brauchen. Ich nehme an, er ist hier, auch wenn dieser Ort so gottverlassen aussieht.«

Er schaute durch die transparenten doppelten Plastikwände der Kuppel hinaus.

»Die Windgeschwindigkeit beträgt etwa fünfundzwanzig Meilen in der Stunde. Der Staub deckt die Spuren der Marsmobile zu. Ich muß losgehen, bevor sie völlig verweht sind. Meine Vorräte sind gepackt. Ich habe genug Lebensmittel, Luft und Wasser; damit komme ich sechs Tage aus. Es ergibt ein großes Paket, die Lufttanks und das Schlafzelt haben sperrige Ausmaße.

Es sind über hundert Erdpfund, aber hier wiegt alles nur etwa vierzig. Ich nehme auch ein Seil, ein Messer, eine kleine Spitzhacke, eine Leuchtpistole und ein halbes Dutzend Leuchtkugeln mit. Und ein Sprechfunkgerät.

Ich müßte zwei Tage brauchen, um die Stelle zu erreichen, von der sich die Mobile das letzte Mal gemeldet haben. Zwei Tage zum Suchen. Zwei Tage, um zurückzukommen.«

»Sie sind in fünf Tagen zurück!« rief Stroyansky. »Das ist ein Befehl! Sie dürfen nicht länger als einen Tag für die Suche benötigen. Gehen Sie keine Risiken ein. Fünf Tage! Andernfalls bringe ich Sie vors Kriegsgericht, Lane!«

Und dann, mit sanfterer Stimme: »Viel Glück, und wenn es einen Gott gibt, möge er Ihnen helfen!«

Lane versuchte sich eine Erwiderung einfallen zu lassen, die er von sich geben konnte, einen Spruch, der vielleicht eine Wirkung in der Kategorie von *Doktor Livingstone, nehme ich an* hatte. Aber alles, was er herausbrachte, war: »Bis dann.«

Zwanzig Minuten später schloß er das Schott zur Druckschleuse der Kuppel hinter sich ab. Er schulterte das hoch aufragende Bündel und ging los. Aber als er etwa fünfzig Meter von der Basis entfernt war, fühlte er sich gezwungen, sich zu einem langen Blick auf das, was er vielleicht nie wiedersehen würde, umzudrehen. Dort, auf der gelbroten Felsitebene, wölbte sich die Blase, herrschte Druckausgleich. Das hätte für ein Jahr das Zuhause der fünf Männer sein sollen. In der Nähe stand der Gleiter, der sie heruntergebracht hatte, die enormen Tragflächen weit ausgebreitet, die Kufen von dem ewig wehenden Sand bedeckt.

Geradeaus vor ihm wuchs die Rakete auf und reckte sich in den blauschwarzen Himmel. Auf ihren Heckflossen stehend glitzerte sie in der marsianischen Sonne und versprach ein Entkommen vom Mars und die

Rückkehr zum Orbitschiff. Sie war auf dem Rücken des Gleiters in einer Hundertzwanzigmeilen-pro-Stunde-Landung zur Marsoberfläche heruntertransportiert worden. Nachdem sie die beiden sechs Tonnen schweren Raupenschlepper, die sie trug, abgesetzt hatte, war sie vom Gleiter heruntergehievt und mit von genau diesen Schleppern gezogenen Winden in eine aufrechte Stellung gekippt worden. Jetzt wartete sie auf ihn und die anderen vier Männer.

»Ich werde zurückkommen«, murmelte er ihr zu. »Und wenn es sein muß, bringe ich dich allein hinauf.«

Er marschierte weiter, folgte den breiten, von dem Mobil hinterlassenen Doppelspuren. Die Spuren waren schwach, denn sie waren zwei Tage alt, und der wehende Silikatstaub hatte sie fast ausgefüllt. Die Spuren, die das erste Mobil verursacht hatte, das vor drei Tagen aufgebrochen war, waren völlig verwischt.

Die Fährte verlief nach Nordwesten. Zwischen zwei Hügeln aus nacktem Fels ließ sie die drei Meilen breite Ebene hinter sich und führte in den Viertelmeilendurchlaß zwischen zwei Vegetationsstreifen. Die Streifen zogen sich gerade und parallel zueinander von einem Horizont zum anderen, meilenweit hinter ihm und meilenweit voraus. Jemand, der darüber hinwegflog, hätte viele solche Streifen gesehen, die Seite an Seite verliefen. Für Beobachter im Orbitschiff sahen die Hunderte von Streifen wie eine einzige durchgehende Linie aus. Diese Linie war einer der sogenannten Marskanäle.

Lane, auf dem Boden und nahe an einem solchen Streifen, sah ihn als das, was er wirklich war. Sein Unterbau war eine endlose, einen Meter hohe Röhre, deren Großteil wie bei einem Eisberg im Boden vergraben lag. Die gewölbten Sieten waren mit blaugrünen Flechtengewächsen bedeckt, die auf jedem Stein oder Vorsprung gediehen. Aus dem Rückgrat der Röhre wuchsen, durch regelmäßige Abstände voneinander getrennt, die Stämme von Pflanzen. Diese Stämme waren glatte, glänzende, blaugrüne Säulen, sechzig Zentimeter dick und zwei Meter hoch. Von ihren oberen Enden breiteten sich strahlenförmig viele bleistiftdünne Zweige aus, wie Fledermausfinger. Zwischen den Fingern spannte sich eine blaugrüne Membran, das einzige ungeheuerliche Blatt des Schirmbaumes.

Als Lane sie das erste Mal gesehen hatte — aus dem Gleiter, der darüber hinwegraste —, hatte er gedacht: Sie sehen wie eine Armee riesiger Hände aus, emporgereckt, um die Sonne einzufangen. Riesig waren sie, denn jedes rippenverstärkte Blatt maß fünfzehn Meter im Durchmesser. Und Hände waren sie, Hände, die das kostbare Gold der winzigen Sonne erflehten und fingen. Im Lauf des Tages senkten sich die Rippen auf die Seiten, die der wandernden Sonne am nächsten waren, dem Boden zu, und die entferntesten Rippen schwangen nach oben. Offensichtlich diente das ganztägige Manöver dem Zweck, die ganze Fläche der Membran dem Licht auszusetzen und keinen Zentimeter im Schatten bleiben zu lassen.

Es war zu erwarten gewesen, daß man hier unbekannte Arten von Pflanzenleben fand. Aber mit Konstruktionen, von tierischen Lebewesen errichtet, war nicht gerechnet worden. Und erst recht nicht, daß sie so groß waren und ein Achtel des Planeten bedeckten.

Diese Konstruktionen waren die Röhren, aus denen sich die Stämme der Schirmbäume erhoben. Lane hatte versucht, die felsartige Röhrenwand zu durchbohren. Sie war so hart, daß er einen Bohrer daran stumpfgebohrt und einen zweiten beschädigt hatte, bevor sich ein kleines Stück löste. Für den Augenblick damit zufrieden, hatte er es in die Kuppel mitgenommen und dort unter einem Mikroskop untersucht. Nach einem erstaunten Blick hatte er gepfiffen. Eingebettet in die zementartige Masse existierten Pflanzenzellen. Manche waren zerstört, andere dagegen noch völlig intakt.

Weitere Tests hatten erbracht, daß sich die Substanz aus Zellulose, lignimartigem Zeug, verschiedenen Nukleinsäuren und unbekannten Stoffen zusammensetzte.

Er hatte seine Entdeckung und auch seine Vermutung zum Orbitschiff hinaufgemeldet. Eine tierische Lebensform hatte irgendwann einmal Holz zerkaut, teilweise verdaut und dann als Zement wieder ausgewürgt. Aus diesem Zement waren die Röhren geformt worden.

Am folgenden Tag hatte er vorgehabt, zu der Röhre zurückzukehren und ein Loch hineinzusprengen. Aber zwei der Männer waren in einem der Mobile zu einer Gebietserkundung aufgebrochen. An diesem Tag blieb Lane als Funker in der Kuppel zurück. Er sollte mit den beiden Kontakt halten, die ihm alle fünfzehn Minuten Meldung erstatteten.

Das Mobil war etwa zwei Stunden unterwegs gewesen und mußte ungefähr dreißig Meilen entfernt sein, als es sich nicht mehr meldete. Zwei Stunden später war das andere Mobil, ebenfalls mit zwei Mann Besatzung, den Spurrillen der ersten Gruppe gefolgt. Auch sie hatten sich etwa dreißig Meilen von der Basis entfernt und hielten ständigen Funkkontakt zu Lane.

»Da ist ein kleines Hindernis vor uns«, hatte Greenberg gesagt. »Es ist eine Röhre, die im rechten Winkel aus der herauswächst, der wir gefolgt sind. Es wachsen keine Pflanzen darauf. Keine große Erhebung, auch kein steiler Abstieg auf der anderen Seite. Wir schaffen es leicht.«

Dann hatte er geschrien.

Das war alles.

Jetzt, am Tag danach, war Lane zu Fuß unterwegs und folgte der schwindenden Spur. Hinter ihm lag das Basislager, dicht an der Verzweigung der beiden als Avernus und Tartarus bekannten *canali*. Er befand sich zwischen zwei Vegetationsreihen, die in ihrer Gesamtheit Tartarus bildeten, und er marschierte nach Nordosten, zum Mare Sirenum, dem sogenannten Sirenischen Meer. Das Mare, nahm er an, würde eine wesentlich größere Ansammlung baumtragender Röhren sein.

Er ging gleichmäßig, die Sonne stieg höher, und die Luft wurde wärmer. Er hatte schon lange seine Anzugheizung abgestellt. Es war schließlich Sommer, und er befand sich nahe am Äquator. Am Mittag würde die Temperatur um 20 Grad Celsius liegen.

Aber zur Abenddämmerung, als die Temperatur durch die trockene Luft wieder auf minus 20 Grad gefallen war, kauerte Lane in seinem Schlafzelt. Es sah wie ein Kokon aus, da es wurstförmig und nicht viel größer als sein Körper war. Es wurde aufgeblasen, also konnte er seinen Helm abnehmen und atmen, während er sich an der batteriebetriebenen Heizung aufwärmte und aß und trank. Das Zelt war auch sehr wandlungsfähig. Solange Lane auf einem Klappstuhl saß, unter dem ein Plastikbeutel hing, und das tat, was jeder Mensch tun muß, veränderte es seine Kokonform zu einem Dreieck.

Tagsüber brauchte er das Schlafzelt hierfür nicht zu betreten. Sein Anzug war sinnreich konstruiert, so daß er den hinteren Ausschnitt aufklappen und die nötige Fläche freilegen konnte, ohne Luft oder Druck aus dem Anzug zu verlieren. Natürlich war nicht daran zu denken, die Zähne der Marsnacht in Versuchung zu führen. In der Nacht genügten sechzig Sekunden, um sich dort, worauf man sich setzte, eine ernsthafte Erfrierung einzuhandeln.

Lane schlief bis eine halbe Stunde nach Morgengrauen, aß, ließ die Luft aus dem Zelt und faltete es zusammen. Er verstaute die Batterie, die Heizung, den Essenskasten und den Klappstuhl in sein Bündel, warf den Plastikbeutel weg, schulterte das Bündel und setzte seinen Weg fort.

Bis zum Mittag waren die Spuren endgültig verschwunden. Das machte wenig Unterschied, denn es gab nur einen Weg, den die Mobile eingeschlagen haben konnten. Das war die Allee zwischen Röhren und Bäumen.

Jetzt sah er das, was die beiden Mobile gemeldet hatten. Die Bäume rechts von ihm sahen immer häufiger wie abgestorben aus. Die Stämme und Blätter waren braun, die Rippen hingen herab.

Er marschierte schneller, und sein Herz schlug heftig. Eine Stunde verging, und noch immer streckte sich die Reihe toter Bäume, so weit er sehen konnte.

»Hier ungefähr muß es sein«, sagte er laut vor sich hin.

Dann hielt er an. Vor ihm lag ein Hindernis.

Es war die Röhre, von der Greenberg gesprochen hatte, diejenige, die im rechten Winkel zu den beiden anderen verlief und sie verband.

Lane betrachtete sie und meinte noch immer, Greenbergs verzweifelten Schrei hören zu können.

Dieser Gedanke schien ein Ventil in ihm aufzudrehen, so daß der ungeheure Druck der Einsamkeit ausströmte, den er bis dahin erfolgreich zurückgehalten hatte. Das Blauschwarz des Himmels verwandelte sich in die Schwärze und Unendlichkeit des Raumes selbst, und er war ein Fleischklümpchen in einer Weite, so groß wie die Landfläche der Erde, ein Fleck, der nicht mehr von dieser Welt wußte als ein neugeborenes Baby von seiner.

Winzig und hilflos wie ein Baby...

»Nein«, murmelte er zu sich selbst, »kein Baby.« Winzig, ja. Hilflos, nein. Baby, nein. Ich bin ein Mann, ein Mensch, ein Erdenmensch ...

Erdenmensch: Cardigan Lane, Bürger der USA. Geboren auf Hawaii, dem fünfzigsten Staat. Deutscher, holländischer, chinesischer, japanischer, schwarzer, cherokesischer, polynesischer, portugiesischer, russisch-jüdischer, irischer, schottischer, norwegischer, finnischer, tschechischer, englischer und walisischer Abstammung. Einunddreißig Jahre alt. Ein Meter zweiundsiebzig. Siebzig Kilogramm. Braunhaarig. Blauäugig. Mit einem Falkengesicht. Dr. med. und Dr. phil. Verheiratet. Kinderlos. Methodist. Geselliger, athletischer, ausgeglichener Typ. Funkamateur. Hundezüchter. Taucher. Erstklassiger Schriftsteller, aber von großer Dichtung weit entfernt. Alles enthalten in seiner Haut und seinem Druckanzug, plus Liebe zu Kameradschaft und Leben, einer ausgeprägten Neugier und Mut. Und jetzt voller Furcht, alles zu verlieren außer Einsamkeit.

Eine Zeitlang stand er wie eine Statue vor dem Drei-Fuß-Wall der Röhre. Schließlich schüttelte er heftig den Kopf, schüttelte seine Furcht ab wie ein Hund, der Wasser abschüttelt. Trotz des mächtigen Bündels auf seinem Rücken, sprang er leichtfüßig auf die Röhre hinauf und schaute zur anderen Seite hinüber, obwohl es dort nichts gab, was er nicht bereits vor dem Hochspringen gesehen hatte.

Der Ausblick vor ihm wich nur in einer Hinsicht von dem hinter ihm ab. Eine Anzahl kleiner Pflanzen bedeckte den Boden. Oder vielmehr, dachte er, nachdem er ein zweites Mal hingesehen hatte, ich habe diese Pflanzen noch nie zuvor in dieser Größe gesehen. Er blickte auf kniehohe Miniaturausgaben der riesigen Schirmbäume, die aus den Röhren sprossen. Und sie waren nicht nach Belieben verstreut, wie man hätte erwarten können, wenn sie aus vom Wind verwehten Samen gewachsen wären. Statt dessen gediehen sie in regelmäßigen Reihen, wobei die Ränder der Pflanzen einer jeden Reihe etwa einen halben Meter von den anderen entfernt waren.

Sein Herz schlug noch schneller. Eine derartige Plazierung mußte bedeuten, daß sie von intelligenten Lebewesen gesetzt worden waren. Doch intelligentes Leben schien in Anbetracht der marsianischen Umwelt sehr unwahrscheinlich.

Möglicherweise könnte eine natürliche Bedingung

die scheinbare Künstlichkeit dieses Gartens verursacht haben. Er würde nachforschen müssen.

Doch immer mit Vorsicht. So viel hing von ihm ab: das Leben von vier Männern, der Erfolg der Expedition. Wenn diese hier fehlschlug, konnte es die letzte sein. Viele Leute auf der Erde stöhnten wegen der Kosten der Raumwaffe recht laut und verlangten ungeduldig nach Ergebnissen, die Geld und Macht bedeuteten.

Das Feld oder der Garten erstreckte sich vierhundert Meter weit. An seinem hinteren Ende verlief eine weitere Röhre im rechten Winkel zu den beiden parallelen. Und an dieser Stelle gewannen die riesigen Schirmbäume ihre lebendige und glänzende blaugrüne Farbe zurück.

Die gesamte Anlage sah für Lane wie ein versunkener Garten aus. Die quadratische Anordnung der hohen Röhren schirmte den Wind und den Großteil der Felsit-Splitter ab. Die Wälle hielten die Wärme im Innern des Quadrats.

Lane suchte die Oberseite der Röhre nach kahlen Stellen ab, wo die metallenen Laufflächen des Raupenschleppers die Flechten weggekratzt hatten. Er fand keine, war jedoch nicht überrascht. Die Flechten wuchsen unter der Sommersonne unglaublich schnell nach.

Er schaute zum Boden auf der Gartenseite der Röhre hinab, wo die Mobile vermutlich heruntergekommen waren. Dort gab es ebenfalls keine Anzeichen für eine Durchfahrt der Mobile, denn die kleineren Schirme wuchsen bis auf zwei Fuß an den Röhrenrand heran, und sie waren nicht zerdrückt. Auch an den Enden der Röhre, dort, wo sie sich mit den parallelen Reihen verband, entdeckte er keine Spuren.

Er machte eine Pause, um seinen nächsten Schritt zu überlegen, und war überrascht, als er merkte, daß er gepreßt atmete. Eine schnelle Überprüfung seines Luftpegels ergab nicht etwa einen leeren Tank. Nein, es war die Vorahnung, dieses Gefühl des Unheimlichen, daß irgend etwas *nicht stimmte,* was sein Herz so schnell schlagen und nach mehr Sauerstoff verlangen ließ.

Wohin konnten zwei Mobile und vier Männer verschwunden sein? Und was konnte sie verschwinden lassen?

Konnten sie von einer intelligenten Spezies angegriffen worden sein? Wenn das geschehen war, dann hatten die fremden Wesen die Sechstonnen-Mobile entweder davongetragen oder weggefahren, oder aber die Männer gezwungen, sie wegzufahren.

Wohin? Wie? Von wem?

Die Haare in seinem Nacken richteten sich auf.

»Hier muß es passiert sein«, murmelte er vor sich hin. »Das erste Mobil hat gemeldet, diese Röhre zu sehen, dieses Hindernis, das ihm den Weg versperrt hatte, und es wollte sich nach zehn Minuten wieder melden. Das war das Letzte, was ich von ihm gehört habe. Der Kontakt zum zweiten ist in dem Moment abgerissen, als es auf der Röhre oben angekommen war. Also: Was ist passiert? Es gibt keine Städte auf der Marsoberfläche und keine Hinweise auf eine unterirdische Zivilisation. Das Orbitschiff hätte sonst Öffnungen zu einer unterirdischen Stadt durch sein Teleskop entdeckt ...«

Er schrie so laut, daß er fast taub wurde, als seine Stimme vom Rund des Helms zurückprallte. Dann verstummte er und sah zu, wie sich die Reihe basketballgroßer blauer Kugeln am anderen Ende des Gartens vom Boden erhob und rasch in den Himmel aufstieg.

Er warf den Kopf zurück, bis er den Widerstand des hinteren Helmbereichs spürte, und beobachtete die aufsteigenden Kugeln, wie sie den Boden unter sich ließen und anschwollen, bis sie hundert Meter Durchmesser zu haben schienen. Plötzlich verschwand die oberste wie eine Seifenblase. Die zweite in der Reihenfolge zerplatzte ebenfalls, nachdem sie die Höhe der ersten erreicht hatte. Die anderen folgten.

Die waren durchsichtig. Er konnte ein paar weiße Zirruswolken durch das Blau der Blasen sehen.

Lane bewegte sich nicht, sondern beobachtete die gleichförmige Folge von Kugeln, die aus dem Boden sprudelten. Obgleich erschrocken, vergaß er seine Ausbildung nicht. Er stellte fest, daß die Kugeln, abgesehen von ihrer annähernden Durchsichtigkeit, im rechten Winkel vom Boden aufstiegen und nicht im Wind davontrieben. Er zählte sie und kam bis neunundvierzig, dann tauchten keine weiteren mehr auf.

Er wartete fünfzehn Minuten lang. Als es so aussah, als würde nichts weiter geschehen, entschied er, die Stelle überprüfen zu müssen, wo die Kugeln aus dem Boden geplatzt zu sein schienen. Er machte einen tiefen Atemzug, beugte die Knie und sprang in den Garten hinaus. Er landete sanft, etwa vier Meter vom Rand der Röhre entfernt und zwischen zwei Pflanzenreihen.

Eine Sekunde lang begriff er nicht, was geschah, obwohl er merkte, daß etwas nicht stimmte. Dann wirbelte er herum. Oder versuchte wenigstens, das zu tun. Ein Fuß kam hoch, aber der andere sank tiefer ein.

Er machte einen Schritt nach vorn, und der vordere Fuß verschwand auch in dem dünnen Zeug unter dem rotgelben Staub. Inzwischen war der andere Fuß bereits zu tief eingesunken, um noch herausgezogen werden zu können.

Dann steckte er hüfttief fest und grapschte nach den Pflanzenstielen zu seinen Seiten. Sie waren leicht zu entwurzeln und lösten sich aus dem Boden.

Er ließ sie fallen und warf sich in der Hoffnung nach hinten, daß er seine Beine befreien und ausgestreckt auf dem gallertartigen Zeug liegen konnte. Vielleicht konnte er das Einsinken vermeiden, wenn sein Körper genug Fläche bot. Und nach einer Weile war er dann möglicherweise in der Lage, sich zu der Röhre hinüberzuarbeiten. Dort, hoffte er, würde der Boden hart sein.

Sein heftiges Bemühen hatte Erfolg. Seine Beine kamen aus der klebrigen Halbflüssigkeit hoch. Er lag ausgespreizt auf dem Rücken und schaute durch die transparente Wölbung seines Helms zum Himmel empor. Die Sonne stand links von ihm; wenn er den Kopf im Innern des Helms drehte, konnte er sie auf ihrer Wanderschaft vom Zenit heruntergleiten sehen. Sie stieg in einem geringfügig langsameren Tempo ab als von der Erde aus gesehen, denn ein Marstag war etwa vierzig Minuten länger. Wenn er wieder festen Boden erreichte, hoffte er, auf diesem ausharren zu können, bis der Abend anbrach. Bis dahin war dieser Morast so stark gefroren, daß er sich aufrichten und darauf gehen konnte. Vorausgesetzt, er kam hoch, bevor er selbst festfror.

In der Zwischenzeit würde er die anerkannte Methode befolgen, sich zu retten, wenn man in Treibsand gefangen war. Er würde sich schnell herumrollen und dann wieder alle viere von sich strecken. Wenn er dieses Manöver oft genug wiederholte, würde er schließlich den kahlen Bodenstreifen an der Röhre erreichen. Der Packen auf seinem Rücken hinderte ihn natürlich am Rollen. Die Gurte um die Schultern mußten gelöst werden.

Als er sie löste, fühlte er gleichzeitig seine Beine einsinken. Ihr Gewicht zog sie hinunter, wohingegen die Lufttanks im Gepäck, die an seinen Brustkorb geschnallten Luftflaschen und die Luftblase seines Helms dem oberen Teil seines Körpers Auftrieb gaben. Er drehte sich auf die Seite, packte das Bündel und zerrte sich hinauf. Natürlich wurde das Bündel unter die Oberfläche gedrückt. Aber seine Beine waren frei, wenn auch schlammig vor Nässe und staubverkrustet. Dann stand er auf der schmalen Insel des Packens.

Die dicke Gallerte kroch zu seinen Knöcheln herauf, während er über zwei Handlungsverläufe nachdachte.

Er konnte sich auf das Bündel hocken und hoffen, daß es nicht zu tief sank, bevor es von der ständig gefrorenen Schicht, die es geben mußte, aufgehalten wurde ...

Wie tief? Er war hüfthoch eingesunken und hatte nichts Festes unter den Füßen gespürt. Und ... Er stöhnte. Die Mobile! Jetzt wußte er, was mit ihnen geschehen war. Sie waren über die Röhre in den Garten gefahren — niemand konnte ahnen, daß diese fest scheinende Oberfläche einen Morast tarnte. Sie waren sofort weggesackt, und es war Greenbergs entsetzte Erkenntnis dessen gewesen, was unter dem Staub lag — sie hatte ihn aufschreien lassen, dann hatte sich das Zeug über dem Raupenschlepper und seiner Antenne geschlossen, und der Konakt war natürlich abgebrochen.

Er mußte seine zweite Wahlmöglichkeit aufgeben, weil sie nicht existierte. Den kahlen Bodenstreifen an der Röhre zu erreichen, wäre nutzlos. Er würde so nachgiebig sein wie der Rest des Gartens. Es war die Stelle, an der die Raupenschlepper eingesunken sein mußten.

Ein anderer Gedanke sickerte ihm in den Sinn: Die Marsmobile hätten eigentlich die saubere Anordnung der kleinen Schirme dicht an der Röhre zerstören müssen. Doch es gab keine Spur solch eines Geschehens. Deshalb mußte irgend jemand die Pflanzen gerettet und wieder aufgerichtet haben.

Das bedeutete, daß jemand rechtzeitig vorbeikommen könnte, um ihn zu retten.

Oder um mich zu töten, dachte er.

In beiden Fällen wäre sein Problem gelöst.

In der Zwischenzeit, wußte er, hatte es keinen Sinn, einen Sprung von dem Packen zum Boden an der Röhre hinüber zu wagen. Er konnte nur auf dem Bündel ausharren und hoffen, daß es nicht zu tief einsank.

Wie auch immer, das Bündel sank weiter. Die Gallerte stieg rasch bis an seine Knie, dann verlangsamte sich das Einsinken. Er betete — nicht um ein Wunder, sondern nur darum, daß der Auftrieb des Packens plus der Flaschen auf seiner Brust ihn davor bewahrten, vollständig unterzugehen.

Noch bevor er mit seinem Gebet fertig war, hatte er zu sinken aufgehört. Das klebrige Zeug war ihm nur bis zur Brust gestiegen und hatte die Arme freigelassen.

Er keuchte vor Erleichterung, fühlte sich aber nicht von Freude überwältigt. In weniger als vier Stunden war die Luft in seinen Flaschen aufgebraucht. Wenn er keinen anderen Tornister aus dem Bündel herausbekam, war er erledigt.

Er stemmte sich kräftig auf dem Bündel unter sich ab und warf die Arme hoch in die Luft und in der Hoffnung nach hinten, daß seine Beine wieder hochkommen würden, und er sich von neuem ausspreizen konnte. Wenn ihm dies gelang, dann stieg das von seinem Gewicht befreite Bündel vielleicht wieder zur Oberfläche empor. Und er konnte einen Reservetank herausholen.

Aber seine von der Klebrigkeit behinderten Beine stiegen nicht weit genug, und sein Körper, der als Reaktion auf das Abstoßen davonkippte, entfernte sich ein kleines Stück von dem Packen. Er war gerade weit genug außer Reichweite, daß seine Beine, als sie unvermeidlich von neuem sanken, keinen Halt mehr fanden. Jetzt mußte er sich ganz auf den Auftrieb seines Lufttanks verlassen.

Er reichte nicht aus, um ihn auf der vorherigen Höhe zu halten. Dieses Mal sank er ein, bis Arme und Schultern fast untergetaucht waren und nur mehr sein Helm herausragte.

Er war hilflos.

Irgendwann in vielen Jahren würde die zweite Expedition, wenn es sie je gab, möglicherweise die Sonne auf seinem Helm glitzern sehen und seine Leiche finden, die in diesem Morast feststeckte wie eine Fliege im Leim.

Wenn das geschieht, dachte er, dann bin ich wenigstens zu etwas nützlich gewesen. Mein Tod wird sie vor dieser Falle warnen. Aber ich bezweifle, daß sie mich finden werden. Wahrscheinlich hat mich bis dahin jemand oder etwas entfernt.

Dann spürte er ein Hereinfluten der Verzweiflung, und er schloß die Augen und murmelte einige der Worte, die er gestern abend in der Basis gelesen hatte, obwohl er sie so gut kannte, daß es keine Rolle spielte, ob er sie kürzlich gelesen hatte oder nicht.

Fürwahr, und ob ich schon wandle im finsteren Tal,
Fürcht' ich kein Leid, denn Du bist bei mir …

Dies zu wiederholen schwemmte die Last der Hoffnungslosigkeit nicht fort. Er fühlte sich ganz allein, verlassen von jedem, sogar von seinem Schöpfer. So groß war die Einsamkeit des Mars. Aber als er die Augen öffnete, wußte er, daß er nicht allein war. Er sah einen Marsianer.

Ein Loch war in der Röhrenwand zu seiner Linken erschienen. Es war ein runder Ausschnitt von einem guten Meter Durchmesser, und es war eingesunken, gleich einem Stöpsel, der nach innen gezogen werden konnte, was es auch tatsächlich war.

Einen Moment später erschien ein Kopf in dem Loch. Er war von der Größe einer Wassermelone aus Georgia und geformt wie ein Football und so rosa wie ein Babyhintern. Die beiden Augen waren so groß wie Kaffeetassen, und jedes einzelne war mit zwei senkrechten Lidern ausgestattet. Das Wesen öffnete die beiden papageiähnlichen Schnabelhälften, schob eine sehr lange, röhrenförmige Zunge heraus, zog die Zunge zurück und klappte den Schnabel zu. Dann huschte es aus dem Loch hervor und offenbarte einen Körper, der ebenfalls wie ein Football geformt und nur dreimal größer war als der Kopf. Der rosafarbene Körper wurde einen Meter über dem Boden von zehn spindeldürren, spinnenhaften Beinen, fünf auf jeder Seite, getragen. Seine Beine endeten in breiten, runden Ballen, auf denen es über die Oberfläche des Gallertsumpfes rannte und nur leicht einsank. Hinter ihm strömten mindestens fünfzig weitere heraus.

Sie hoben die kleinen Pflanzen auf, die Lane bei seinen Anstrengungen durcheinandergebracht hatte, und leckten sie mit schmalen, runden Zungen sauber, die mindestens einen halben Meter weit hervorschossen. Durch die Berührung ihrer Zungen schienen sie auch zu kommunizieren, wie dies Insekten mit ihren Fühlern tun.

Da er zwischen zwei Reihen lag, war er nicht in das Aufstellen der losgerissenen Pflanzen verwickelt. Mehrere von ihnen ließen ihre Zungen über seinen Helm gleiten, aber es waren nur wenige, die ihn überhaupt beachteten. Allmählich ließ seine Furcht nach, sie könnten ihn mit ihren kräftig aussehenden Schnäbeln angreifen. Dafür brach ihm jetzt bei dem Gedanken der Schweiß aus, daß sie ihn völlig ignorieren könnten.

Genau das taten sie. Nachdem sie die dünnen Wurzeln der Pflänzchen behutsam in das klebrige Zeug eingebettet hatten, stürmten sie zu dem Loch in der Röhre davon.

Von Verzweiflung überwältigt, rief Lane ihnen nach, obgleich er wußte, daß sie ihn durch seinen Helm und die dünne Luft selbst dann nicht hören konnten, wenn sie Hörorgane besaßen.

»Laßt mich hier nicht sterben!«

Trotzdem — das war es, was sie taten. Der letzte sprang durch das Loch, und die Öffnung starrte ihn an wie das runde, schwarze Auge des Todes persönlich.

Er mühte sich ab und versuchte mit aller Kraft aus dem Schlamm hochzukommen, aber er erschöpfte nur seine körperlichen Reserven, was ihn jedoch nicht kümmerte.

Abrupt hörte er auf zu kämpfen und starrte das Loch an.

Eine Gestalt war herausgekrochen, eine Gestalt in einem Druckanzug.

Jetzt brüllte er vor Freude. Ob die Gestalt nun marsianisch war oder nicht — sie war wie die eines Vertreters des Homo sapiens gebaut. Man konnte also annehmen, daß sie einem intelligenten und somit neugierigen Wesen gehörte.

Er wurde nicht enttäuscht. Das Wesen in dem Anzug erhob sich auf zwei Halbkugeln aus glänzend rotem Metall und setzte sich mit einem gleitenden Gang auf ihn zu in Bewegung. Als es ihn erreichte, gab es ihm das Ende eines Plastikseiles, das es unter dem Arm trug.

Er ließ es beinahe fallen. Der Anzug seines Retters war durchsichtig. Schon der erste, oberflächliche Blick auf den Körper des Wesens schockierte ihn, aber der Anblick der beiden Köpfe im Innern des Helms ließ ihn erbleichen.

Der Marsianer schlitterte zu der Röhre, von der Lane heruntergesprungen war. Leichtfüßig sprang er aus den beiden Halbkugeln hinauf, landete auf der Oberseite der einen Meter hohen Röhre und machte sich daran, Lane aus dem Morast zu ziehen. Langsam, aber stetig glitt er heraus und pullte sich Hand über Hand an dem Seil voran. Als er den Fuß der Röhre erreicht hatte, wurde er emporgezogen, bis er die Füße in die beiden Schalen stellen konnte. Es war leicht, von ihnen aus zu einer Stelle neben dem Zweibeiner hinaufzuspringen.

Er schnallte zwei weitere halbkugelförmige Schalen von seinem Rücken, gab sie Lane und ließ sich dann auf die beiden im Garten hinuntergleiten. Lane folgte ihm über den Sumpf.

Als er durch das Loch stieg, befand er sich in einer so niedrigen Kammer, daß er sich ducken mußte. Offenbar war sie von den Zehnfüßlern und nicht von seinem Begleiter gebaut worden, denn auch er mußte Rücken und Knie beugen.

Lane wurde von ein paar Zehnfüßlern auf die Seite gedrängt. Sie hoben den dicken Stöpsel hoch, der aus demselben grauen Material gemacht war wie die Röhrenwände, und verschlossen den Eingang damit. Dann spien sie Strähne um Strähne von einem grauen, spinnwebartigen Zeug aus ihren Mündern und dichteten den Stöpsel ab.

Der Zweibeiner winkte Lane, zu folgen, und er huschte einen Tunnel entlang, der in einem Winkel von fünfundvierzig Grad in die Erde hinunterführte. Er beleuchtete den Gang mit einer Taschenlampe, die er aus seinem Gürtel nahm. Sie kamen in einen großen Raum, in dem sich alle fünfzig Zehnfüßler aufhielten. Sie warteten regungslos. Der Zweibeiner schien Lanes Neugier zu spüren, denn er zog seinen Handschuh aus und hielt ihn vor mehrere kleine Öffnungen in der Wand. Lane zog seinen Handschuh ebenfalls aus und spürte warme Luft aus den Löchern strömen.

Offenbar war dies hier eine Druckkammer, von den zehnbeinigen Dingern gebaut. Aber ein solches Indiz intelligenter Konstruktion bedeutete nicht, daß diese Wesen die individuelle Intelligenz eines Menschen hatten. Es konnte sich auch um Gruppenintelligenz handeln, wie sie etwa irdische Insekten besitzen.

Nach einer Weile war die Kammer mit Luft gefüllt. Ein anderer Stöpsel wurde herausgezogen. Lane folgte den Zehnfüßlern und seinem Retter einen weiteren Fünfundvierzig-Grad-Tunnel hinauf. Er schätzte, daß er sich nachher im Innern der Röhre befinden würde, aus welcher der Zweibeiner vorhin herausgekommen war. Er behielt recht. Er kroch durch ein anderes Schott hinein.

Und ein Schnabelpaar pickte auf seinen Helm herunter und schnappte nach ihm!

Automatisch versetzte er dem Ding einen Stoß, und

unter der Wucht seines Schlages ließ der Zehnfüßler von ihm ab und wirbelte über den Boden, ein Bündel strampelnder Beine.

Lane machte sich keine Sorgen darüber, ob er ihn verletzt hatte. Er wog nicht sehr viel, doch mußte sein Körper robust sein, um, ohne Schaden zu nehmen, aus dem hohen Luftdruck innerhalb der Röhre in die fast stratosphärischen Bedingungen draußen wechseln zu können.

Wie auch immer — er griff nach dem Messer an seinem Gürtel. Aber der Zweibeinige legte ihm die Hand auf den Arm und schüttelte einen seiner Köpfe.

Später sollte er herausfinden, daß der Biß ein unglücklicher Zufall gewesen sein mußte. Denn die Beinlinge ignorierten ihn völlig — bis auf diese eine Ausnahme.

Er sollte auch erfahren, daß er Glück gehabt hatte. Die Beinlinge waren hinausgekommen, um ihren Garten zu inspizieren, weil sie durch eine unbekannte Feststellungsmethode registriert hatten, daß die Pflänzchen zerwühlt worden waren. Der Zweibeiner hätte sie normalerweise nicht begleitet. Jedoch war heute seine Neugier erregt worden, weil die Beinlinge innerhalb von drei Tagen dreimal hinausgegangen waren, also hatte er beschlossen, nachzusehen.

Der Zweibeiner schaltete seine Taschenlampe aus und winkte Lane, ihm zu folgen. Unbeholfen gehorchte er. Es gab Licht, jedoch war es schwach, ein Dämmerlicht. Seine Quelle bestand aus den vielen Wesen, die an der Deckenröhre hingen. Diese waren etwa einen Meter lang und fünfzehn Zentimeter dick, zylindrisch, rosahäutig und augenlos. Ein Dutzend farnwedelähnlicher Gliedmaßen winkte beständig, und ihre Bewegung ließ die Luft in dem Tunnel zirkulieren.

Ihr kaltes Glühwürmchenleuchten sickerte aus zwei kugelförmigen, pulsierenden Organen, die zu beiden Seiten des runden Maules mit den lockeren Lefzen am unteren Ende der Kreatur hingen. Schleim tropfte aus dem Maul und zu Boden oder in eine schmale Rinne, die am niedrigsten Teil des schrägen Bodens entlang verlief. Wasser gluckerte in der fünfzehn Zentimeter tiefen Rinne dahin, das erste einheimische Wasser, das er sah. Dieses Wasser sammelte den Schleim und trug ihn ein kleines Stück mit sich, bevor er von einem Tier verschluckt wurde, das am Grunde der Rinne lag.

Lanes Augen gewöhnten sich an das Zwielicht: Er konnte den Wasserbewohner sehen. Er war torpedoförmig und ohne Augen oder Flossen. Zwei Öffnungen klafften in seinem Körper; eine saugte offenbar Wasser ein, die andere stieß es aus.

Er begriff sofort, was das bedeutete. Das Wasser am Nordpol schmolz während der Sommerperiode und floß in das hintere Ende des Röhrensystems. Mit Hilfe der Schwerkraft und der pumpenden Betätigung einer Reihe von Tieren im Kanal wurde das Wasser vom Polrand zum Äquator befördert.

Beinlinge rannten auf rätselhaften Botengängen an ihm vorbei. Mehrere von ihnen hielten jedoch unter einigen der herabhängenden Organismen an. Sie erhoben sich auf ihre hinteren fünf Beine, und ihre Zungen schossen hervor und in die offenen Mäuler der leuchtenden Kugeln hinein. Sofort dehnte sich der Feuerwurm — wie Lane ihn bezeichnete — mit wild zuckenden Flimmerhärchen auf das doppelte seiner vorherigen Länge aus. Sein Maul wuchs dem Schnabel des Beinlings entgegen, dann fand zwischen ihren Mäulern ein Austausch von Materialien statt.

Ungeduldig zupfte der Zweibeiner an Lanes Arm. Er folgte ihm die Röhre entlang. Bald erreichten sie einen Abschnitt, in dem bleiche Wurzeln aus Löchern in der Decke heruntertasteten und sich an den gekrümmten Wänden entlang ausbreiteten, sie umfaßten und schließlich zu einem Netzwerk aus vielen haarfeinen Würzelchen wurden, die über den Boden und ins Wasser des Kanals krochen. Hier und dort kaute ein Zehnfüßler an einer Wurzel und eilte dann fort, um den Mäulern der Feuerwürmer einen Bissen davon anzubieten.

Nachdem sie mehrere Minuten unterwegs gewesen waren, überquerte der Zweibeiner den Strom. Er ging nun so dicht wie möglich an der Wand entlang und schaute währenddessen besorgt zur anderen Tunnelseite hinüber — dorthin, wo sie vorhin gegangen waren.

Lane spähte ebenfalls hinüber, konnte jedoch nichts sehen, was ihn hätte beunruhigen sollen. Am Fuß der Wand gähnte eine große Öffnung, zweifellos der Eingang in einen Tunnel. Dieser Tunnel, nahm er an, führte unterirdisch in einen oder mehrere Räume, denn viele Beinlinge flitzten hinein und heraus. Und etwa ein Dutzend, größer als der Durchschnitt, marschierten wie Wachtposten vor dem Loch hin und her.

Als sie die Öffnung etwa fünfzig Meter hinter sich gelassen hatten, entspannte sich der Zweibeiner. Er führte Lane zehn Minuten lang weiter, dann hielt er an. Seine nackte Hand berührte die Wand. Er beobachtete, daß diese Hand klein und zart geformt war, wie die einer Frau.

Ein Bereich der Wand schwang heraus. Der Zweibeiner drehte sich um und bückte sich, kroch in das Loch hinein, wobei er weiblich gerundete, wohlgeformte Gesäßbacken und Beine offenbarte. In diesem Augenblick ging er dazu über, ihn als ein weibliches Wesen anzusehen. Doch die Hüften waren, wenngleich mit Fettgewebe gepolstert, nicht breit. Die Knochen waren nicht weit genug voneinander getrennt, um das Austragen eines Kindes zu ermöglichen. Trotz ihrer Wölbung waren die Hüften etwa so schmal wie die eines Mannes.

Hinter ihnen schloß sich die Öffnung. Die Zweibeinerin schaltete ihre Taschenlampe nicht ein, denn am Ende des Tunnels gab es eine Lichtquelle. Der Boden und die Wände bestanden nicht aus dem harten, grauen Material, auch nicht aus festgestampfter Erde. Sie wirkten glasig, wie durch Hitzeeinwirkung glasiert.

Sie wartete schon auf ihn, als er von einem einen Meter hohen Sims in einen großen Raum hinunterrutschte. Ein paar Sekunden war er von dem hellen Licht geblendet. Nachdem sich seine Augen daran gewöhnt hatten, hielt er nach dessen Ursprung Ausschau, konnte ihn jedoch nirgends entdecken. Er beobachtete, daß es in diesem Raum keine Schatten gab.

Die Zweibeinerin nahm ihren Helm ab, zog den Anzug aus und hängte beides in einen Spind. Die Tür glitt auf, als sie darauf zu trat, und schloß sich, als sie sich davon entfernte.

Sie bedeutete ihm, daß er seinen Anzug ablegen konnte. Er zögerte nicht, Obwohl die Luft giftig sein konnte, hatte er keine Wahl. Sein Tank würde bald leer sein. Darüber hinaus war anzunehmen, daß die Erde genügend Sauerstoff enthielt. In diesem Moment hatte er die Funktion der Blätter der Schirmpflanzen begriffen, die auf den Oberseiten der Röhren wuchsen: Sie absorbierten Sonnenlicht und Kohlendioxyd. Im Innern der Tunnels saugten die Wurzeln Wasser aus dem Kanal auf und absorbierten die große Menge Kohlendioxyd, die von den Zehnfüßlern freigesetzt wurde. Die Macht des Sonnenlichts wandelte Gas und Flüssigkeit in Glukose und Sauerstoff und gab sie in die Tunnel ab.

Selbst hier, in dieser tiefen Kammer, die unterhalb und auf einer Seite der Röhre lag, durchstieß eine dicke Wurzel die Decke und breitete ihr dünnes, bleiches Netz über die Wände aus. Er stand direkt unter dem fleischigen Auswuchs, als er seinen Helm absetzte und seinen ersten Atemzug Marsluft nahm. Gleich darauf machte er einen Satz. Etwas Nasses war auf seine Stirn getropft. Als er hochblickte, sah er, daß die Wurzel aus einer großen Pore Flüssigkeit absonderte. Er wischte den Tropfen mit dem Finger ab und kostete davon. Er war klebrig und süß.

Nun, dachte er, normalerweise müßte der Baum Zukkerwasser ausscheiden. Und dies schien er tatsächlich und schnell zu tun, weil sich bereits ein anderer Tropfen bildete.

Dann fiel ihm ein, daß dies vielleicht so war, weil es draußen dunkel und somit kalt wurde. Die Schirmbäume pumpten das Wasser in ihren Stämmen möglicherweise in die warmen Tunnel hinunter. Dadurch vermieden sie es, in der bitterkalten Nacht zu erfrieren, aufzuquellen und weit aufzuplatzen.

Das schien eine vernünftige Theorie zu sein.

Er blickte sich um. Der Raum schien halb Wohnunterkunft, halb biologisches Laboratorium zu sein. Da standen Betten und Tische und Stühle und mehrere nicht identifizierbare Gegenstände. Einer war ein großer, schwarzer Metallkasten in einer Ecke. Daraus quoll in regelmäßigen Abständen ein Strom winziger blauer Blasen hervor. Sie stiegen zur Decke auf und wurden dabei ständig größer. Nachdem sie die Decke erreicht hatten, hielten sie nichf einfach an oder zerplatzten, sondern durchdrangen die Glasur einfach, als würde sie gar nicht existieren.

Jetzt kannte Lane die Herkunft der blauen Kugeln, die er aus der Oberfläche des Gartens hatte auftauchen sehen. Aber ihr Zweck lag noch immer im dunkeln.

Ihm wurde nicht allzuviel Zeit gelassen, die Kugeln zu betrachten. Die Zweibeinerin nahm eine große, grüne Keramikschüssel aus einem Schrank und stellte sie auf einen Tisch. Lane beobachtete sie neugierig, wobei er sich fragte, was sie vorhatte. Inzwischen hatte er gesehen, daß der zweite Kopf zu einem völlig separaten Lebewesen gehörte. Dessen schlanker, über einen Meter langer Körper, in rosafarbene Haut gehüllt, lag um ihren Hals und Rumpf gewickelt; sein winziger, flachgesichtiger Kopf war Lane zugewandt; seine schlangenhaften, hellblauen Augen funkelten. Plötzlich öffnete sich sein Maul und offenbarte zahnlose Kiefer, und seine säugetierartige, überhaupt nicht reptilhafte, hellrote Zunge stieß heraus.

Die Zweibeinerin, die den Tätigkeiten des Wurms keine Beachtung schenkte, hob ihn von sich. Sie gurrte ein paar Worte in einer sanften, vokalreichen Sprache und legte ihn sanft in die Schüssel. Er streckte sich darin aus und wand sich wie eine Schlange in einer Grube rings um die Krümmung.

Die Zweibeinerin nahm eine Kanne von einem roten Plastikkasten. Obwohl der Kasten nicht mit einer sichtbaren Energiequelle verbunden war, schien er ein Ofen zu sein. Der Krug enthielt warmes Wasser, das sie in die Schüssel goß und damit halb füllte. Unter dieser Dusche schloß der Wurm seine Augen, als würde er in lautloser Wonne schnurren.

Dann tat die Zweibeinerin etwas, was Lane erschreckte.

Sie beugte sich über die Schüssel und erbrach sich hinein. Er trat auf sie zu. Er hatte die Tatsache vergessen, daß sie ihn nicht verstehen konnte, und er sagte: »Ist Ihnen schlecht?«

Mit einem Lächeln, das ihn beruhigen sollte, entblößte sie menschlich aussehende Zähne und entfernte sich von der Schüssel. Er starrte auf den Wurm, der seinen Kopf aus dem Erbrochenen tauchte. Plötzlich war ihm schlecht, denn er war sicher, daß er sich von diesem Gemisch ernährte. Höchstwahrscheinlich fütterte sie den Wurm regelmäßig mit wieder herausgewürgtem Essen.

Es besänftigte seinen Ekel nicht, sich vor Augen zu halten, daß er bei ihr nicht so reagieren sollte, wie er das bei einer Irdischen tun würde. Er wußte, sie war vollkommen fremdartig, und es würde unvermeidlich sein, von einigen ihrer Verhaltensweisen abgestoßen, vielleicht sogar schockiert zu werden. Vernunftmäßig wußte er dies. Aber wenn ihn sein Gehirn anwies, zu verstehen und zu vergeben, so riet sein Bauch: ekeln und ablehnen.

Seine Abneigung wurde nicht sehr verringert, als er sie genau betrachtete, während sie in einer in die Wand eingelassenen Kabine duschte. Sie war etwa gut einsfünfzig groß und so schlank, wie eine Frau schlank sein sollte, mit zarten Knochen unter wohlgerundetem Fleisch. Ihre Beine waren menschlich; in Nylons und Stöckelschuhen wären sie aufregend gewesen. Wenn jedoch die Schuhe vorn offen gewesen wären, so hätten ihre Füße viel Gerade hervorgerufen. Sie hatten nur vier Zehen.

An ihren langen, schönen Händen waren fünf Finger. Diese schienen wie die Zehen keine Nägel zu besitzen, obgleich ihm eine spätere Betrachtung zeigte, daß sie doch rudimentäre Nägel aufwiesen.

Sie trat aus der Kabine und begann sich abzutrocknen, jedoch erst, nachdem sie ihm bedeutet hatte, seinen Anzug auszuziehen und ebenfalls zu duschen. Er starrte sie fordernd an, bis sie ein kurzes, verlegenes Lachen ausstieß. Es klang weiblich, überhaupt nicht tief. Dann sprach sie.

Er schloß die Augen und hörte das, wovon er geglaubt hatte, er würde es jahrelang nicht mehr hören: die Stimme einer Frau. Ihre war außergewöhnlich rauh und honigsüß zugleich.

Doch als er die Augen wieder öffnete, sah er sie als das, was sie war. Keine Frau. Kein Mann. Was? Ein Es? Nein. Der Impuls, von ihr als weiblichem Wesen zu denken, sie als *sie* zu akzeptieren, war zu stark.

Und dies trotz ihres Mangels an Brüsten. Sie hatte zwar eine Brust, jedoch keine Brustwarzen, weder ansatzweise noch sonstwie. Ihr Brustkorb war der eines Mannes, muskulös unter der Fettschicht, die sich leicht wölbte und so den Eindruck vermittelte, daß darunter ... Brüste knospten?

Nein, nicht bei diesem Wesen. Sie würde niemals ihre Jungen säugen. Sie trug sie nicht einmal aus, *wenn* sie sie überhaupt trug. Ihr Bauch war glatt, ohne die Vertiefung eines Nabels.

Glatt war auch der Bereich zwischen ihren Beinen, haarlos, nicht gespalten, so bar jedes Organs, als wäre sie eine für ein viktorianisches Kinderbuch gezeichnete Nymphe.

Es war dieses geschlechtslose Verbindungsstück der Beine, das so entsetzlich war. Wie der weiße Bauch eines Frosches, dachte Lane schaudernd.

Gleichzeitig wurde seine Neugier noch stärker. Wie paarte und vermehrte sich dieses Ding?

Wieder lächelte sie mit fleischigen, blaßroten, menschlich nach außen gewölbten Lippen, zog die kurze, leicht nach oben gebogene Nase kraus und schob ihre Hand durch dichtes, glattes, rotgoldenes Fell. Es war ein Fell, keine Haare, und es zeigte einen leicht öligen Schimmer, wie das eines im Wasser lebenden Tieres.

Das Gesicht, wenngleich seltsam, hätte als menschlich durchgehen können, aber eben nur durchgehen. Ihre Wangenknochen saßen sehr hoch und ragten auf nichtmenschliche Weise nach oben. Ihre Augen waren dunkelblau und völlig menschlich. Das hatte nichts zu bedeuten. Das waren die Augen eines Kraken auch.

Sie ging an einen anderen Schrank, und als sie sich davon wieder entfernt hatte, sah er abermals, daß die Hüften, obwohl sie wie die einer Frau geformt waren, nicht mit der Beckenverschiebung einer menschlichen Frau schwangen.

Die Tür klappte augenblicklich auf und offenbarte die an Haken aufgehängten Kadaver mehrerer Zehnfüßler — jedoch ohne Beine. Sie nahm einen heraus, legte ihn auf einen Metalltisch, nahm aus dem anderen Schrank eine Säge und mehrere Messer und fing an zu schneiden.

Weil er darauf brannte, die Anatomie des Zehnfüßlers zu sehen, näherte er sich dem Tisch. Sie winkte ihn zur Dusche. Lane zog seinen Anzug aus. Als es ans Ablegen des Messers und der Axt ging, zögerte er, da er jedoch befürchtete, sie könnte ihn für mißtrauisch halten, hängte er den Gürtel mit seinen Waffen neben den Anzug. Allerdings zog er seine Kleider nicht aus, weil er fest entschlossen war, die inneren Organe des Tieres zu betrachten. Hinterher würde er duschen.

Der Beinling war trotz seines spinnenhaften Aussehens kein Insekt. Jedenfalls nicht im irdischen Sinn. Auch war er kein Wirbeltier. Seine glatte, haarlose Haut war die eines Tieres, so hell pigmentiert wie die einer blonden Schwedin. Aber obgleich er ein Endoskelett besaß, hatte er kein Rückgrat. Statt dessen bildeten die Körperknochen einen runden Käfig. Seine dünnen Rippen strahlten von einem knorpelartigen Kragen aus, der sich an den Hinterkopf anschloß. Die Rippen krümmten sich nach außen, dann nach innen, so daß sie am Hinterteil beinahe zusammentrafen. Im Innern des Käfigs saßen Bauchlungen, ein relativ großes Herz und leber- und nierenähnliche Organe. Drei Arterien — anstelle der zwei beim Säugetier — führten aus dem Herzen heraus. Bei einer so eiligen Untersuchung konnte er sich nicht sicher sein, aber es sah so aus, als würde die Rückenschlagader wie bei einigen irdischen Reptilien zugleich reines und verunreinigtes Blut transportieren.

Da gab es noch andere Dinge zu bemerken. Das Außergewöhnlichste war, daß der Beinling, soweit er feststellen konnte, kein Verdauungssystem aufwies. Ihm schienen sowohl Eingeweide wie auch Anus zu fehlen, es sei denn, man würde den Schlauch, der von der Kehle aus geradewegs abwärts und bis zur Hälfte in den Körper hinein verlief, als Eingeweide bezeichnen. Des weiteren gab es nichts, was man als Fortpflanzungsorgane bezeichnen konnte, obwohl dies nicht hieß, daß er sie nicht besaß. Die lange röhrenhafte Zunge des Wesens, die von der Zweibeinerin aufgeschnitten wurde, enthielt einen Kanal, der die gesamte Zungenlänge von deren offenen Spitze bis zu einer Blase an der Wurzel durchlief; offenbar bildete dies einen Teil des Ausscheidungssystems.

Lane fragte sich, was den Beinling befähigte, die großen Druckunterschiede zwischen dem Innern der Röhre und der Marsoberfläche auszuhalten. Gleichzeitig erkannte er, daß diese Fähigkeit nicht wunderbarer war als der biologische Mechanismus, der Walen und Seehunden die Fähigkeit verlieh, unbeschadet den gewaltigen Druck tausend Meter unter der Wasseroberfläche auszuhalten.

Die Zweibeinerin sah ihn mit runden und sehr hübschen blauen Augen an, lachte und griff dann in den zerhackten offenen Schädel und holte das winzige Gehirn heraus.

»*Hauaimi*«, sagte sie gedehnt. Sie zeigte auf ihren Kopf, wiederholte: »*Hauaimi*«, und zeigte dann auf seinen Kopf. »*Hauaimi.*« Er ahmte sie nach, zeigte auf den eigenen Kopf. »*Hauaimi.* Gehirn.«

»Gehirn«, sagte sie und lachte wieder.

Sie ging dazu über, die Organe des Beinlings zu benennen, die den ihren entsprachen. Dadurch gingen die Vorbereitungen für das Mahl rasch vonstatten, und er wandte sich von dem Leichnam ab und anderen Gegenständen im Raum zu. Als sie das Fleisch gebraten und Streifen des membranartigen Blattes der Schirmpflanze gekocht und auch aus Dosen verschiedene exotische Lebensmittel hinzugefügt hatte, kannte Lane schon vierzig Wörter und deren Bedeutung. Eine Stunde später konnte er sich noch an zwanzig erinnern.

Noch etwas gab es zu lernern. Er zeigte auf sich selbst und sagte: »Lane.«

Dann zeigte er auf sie und blickte sie fragend an.

»Mahrseeya«, erwiderte sie.

»Marsia?« wiederholte er. Sie korrigierte ihn, doch ihm war diese Ähnlichkeit so nachhaltig in die Erinnerung gebrannt, daß er sie später immer so nannte. Nach einer Weile würde sie es aufgeben, ihn die richtige Aussprache zu lehren.

Marsia wusch die Hände und füllte ihm eine Schüssel mit Wasser. Er benutzte die Seife und das Handtuch, das sie ihm reichte, dann ging er an den Tisch, neben dem sie stand, und wartete ab. Darauf stand eine Schüssel mit dickflüssiger Suppe, ein Teller mit gebakkenem Hirn, Salat aus gekochten Blättern und einige unidentifizierbare Gemüse, ein Teller Rippen mit dikkem, dunklem Beinlingsfleisch, hartgekochte Eier und kleine Brotlaibe.

Marsia bedeutete ihm, sich zu setzen. Offenbar erlaubten es ihre Sitten nicht, sich zu setzen, bevor ihr Gast dies tat. Er ignorierte seinen Stuhl, trat hinter sie, legte die Hand auf ihre Schultern, drückte sie hinunter und schob gleichzeitig mit der anderen Hand einen Stuhl unter sie. Sie wandte den Kopf und lächelte zu ihm herauf. Ihr Fell glitt nach hinten und entblößte ein spitz zulaufendes Ohr. Er bemerkte es kaum, denn er war zu sehr mit der halb abstoßenden, halb herzbeschleunigenden Empfindung beschäftigt, die ihn durchfuhr, als er ihre Haut berührte. Es war nicht die Haut selbst, die dies verursachte, obwohl sie weich und warm wie die eines jungen Mädchens war. Es war die *Vorstellung*, sie berührt zu haben.

Ein Teil davon, dachte er, als er sich setzte, liegt auch in ihrer Nacktheit begründet. Nicht weil sie ihr Geschlecht offenbarte, sondern weil sie dessen Mangel klarmachte. Keine Brüste, keine Brustwarzen, keinen Nabel, keine Schamfalte oder Ausbuchtung. Das Fehlen dieser Attribute schien falsch, sehr falsch, beunruhigend. Es lag etwas Anstößiges in der Tatsache, daß sie nichts hatte, was sie hätte schamhaft verbergen müssen.

Ein wirklich eigenartiger Gedanke, sagte er sich. Und ohne besonderen Anlaß strömte Hitze in sein Gesicht.

Marisa blieb dies verborgen: Aus einer schlanken Flasche goß sie dunklen Wein in ein Glas. Er kostete ihn. Er schmeckte erlesen, zwar nicht besser als ein Spitzenwein von der Erde, jedoch genauso gut.

Marsia nahm einen der Laibe, brach ihn in zwei Stücke und reichte ihm eines. Während sie das Weinglas in der einen Hand und das Brot in der anderen hielt, senkte sie den Kopf, schloß die Augen und begann zu singen.

Er starrte sie an. Das war wohl ein Gebet, ein Tischgebet. War es die Einleitung zu einer Art Abendmahl, demjenigen auf der Erde so ähnlich, daß es geradezu verblüffend war?

Doch selbst wenn es so war, brauchte er nicht überrascht zu sein. Fleisch und Blut, Brot und Wein: Der Symbolgehalt war einfach, logisch und konnte durchaus universell sein.

Wie auch immer — es war gut möglich, daß er Parallelen zog, die gar nicht existierten. Genausogut konnte sie ein Ritual vollziehen, dessen Ursprung und Bedeutung mit etwas zu tun hatte, das er sich nicht einmal in seinen kühnsten Träumen vorstellen konnte.

Wenn das so war, dann war das, was sie als Nächstes tat, ebenso zur Fehlinterpretation geeignet. Sie knabberte an dem Brot, nippte an dem Wein und lud ihn dann deutlich ein, dasselbe zu tun. Er tat es. Marsia nahm eine dritte und leere Schüssel, spuckte ein Stück weingetränktes Brot hinein und bedeutete ihm, er solle sie nachahmen.

Nachdem er das getan hatte, spürte er, wie sich sein Magen zusammenzog. Denn sie mischte das Zeug aus ihren Mündern mit dem Finger und reichte ihn dann zu ihm herüber. Offenbar sollte er den Finger in seinen Mund stecken und davon kosten.

Diese Zeremonie war also gleichermaßen physisch

wie metaphysisch. Das Brot und der Wein waren das Fleisch und Blut irgendeiner Gottheit, die sie verehrte. Darüber hinaus wollte sie, nachdem sie jetzt von Körper und Fleisch des Gottes erfüllt war, ihren und den des Gottes mit seinem Körper vereinen.

Was ich vom Leib des Gottes esse, das werde ich. Was du von mir ißt, das wirst du. Was ich von dir esse, das werde ich. Jetzt sind wir drei eins geworden.

Lane war weit davon entfernt, von dieser Vorstellung abgestoßen zu sein — er war vielmehr aufgeregt. Er wußte, daß es vermutlich viele Christen gab, die es abgelehnt hätten, an diesem Abendmahl teilzunehmen, weil das Ritual nicht den gleichen Ursprung wie das ihre hatte oder gar damit übereinstimmte. Vielleicht hätten sie sogar geglaubt, sich durch diese Hingabe einem fremden Gott zu verschreiben. Solch einen Gedankengang betrachtete Lane nicht nur als engstirnig und unflexibel, sondern auch als unlogisch, unbarmherzig und lächerlich. Es konnte nur einen Schöpfer geben; welche Namen die Schöpfung dem Schöpfer gab, das spielte keine Rolle.

Lane glaubte ernsthaft an einen persönlichen Gott, an einen, der von ihm als Individuum Notiz nahm. Er glaubte auch, daß die Menschheit der Erlösung bedurfte und ein Erlöser zur Erde gesandt worden war. Und wenn andere Welten der Erlösung bedurften, so hatten auch sie ihren Erlöser — oder würden ihn bekommen. Er ging damit vielleicht einen Schritt weiter als seine religiösen Miteiferer, denn er bemühte sich wirklich, seinen Nächsten zu lieben. Unter seinen Bekannten und Freunden hatte ihm das allerdings den Ruf eines Fanatikers eingetragen. Er war jedoch zurückhaltend genug, um niemandem lästig zu werden, und seine echte Warmherzigkeit hatte ihn trotz seiner Absonderlichkeit zu einem gern gesehenen Gast gemacht.

Noch vor sechs Jahren war er ein Agnostiker gewesen. Sein erster Ausflug in den Raum hatte ihn bekehrt.

Diese überwältigende Erfahrung hatte ihm niederschmetternd klar gemacht, was für ein unbedeutendes Wesen er war, wie ehrfurchtgebietend kompliziert und gewaltig das Universum war, und wie sehr er ein Gerüst brauchte, in welchem er sein und werden konnte.

Der seltsamste Begleitumstand an meiner Bekehrung war, dachte er, daß einer meiner Gefährten auf dieser Jungfernreise, ein strenger Gläubiger, nach seiner Rückkehr zur Erde seiner Sekte und seinem Glauben entsagte und ein überzeugter Atheist wurde.

Daran dachte er, als er ihren dargebotenen Finger in den Mund nahm und den Brei ablutschte.

Ihre Gesten befolgend, tauchte er dann selbst einen Finger in die Schüssel und steckte ihn zwischen ihre Lippen.

Sie schloß die Augen und saugte zärtlich an seinem Finger. Als er ihn zurückziehen wollte, hielt ihn ihre Hand an seinem Handgelenk davon ab. Er bestand nicht darauf, den Finger herauszunehmen, denn er wollte sie nicht beleidigen. Vielleicht war ein langes Verbleiben Bestandteil des Rituals.

Doch ihr Gesichtsausdruck wirkte so begierig und gleichzeitig so verzückt wie der eines hungrigen Babys, dem gerade die Brust gegeben wurde, daß er sich unbehaglich fühlte. Als er auch nach einer Minute noch nicht den Eindruck hatte, sie würde ihn von sich aus loslassen, zog er den Finger entschlossen heraus. Sie öffnete die Augen und seufzte, gab jedoch keinen Kommentar von sich. Statt dessen begann sie, ihm das Essen zu servieren.

Die heiße, dickflüssige Suppe war köstlich und kräftigend. Ihr Aussehen glich ein wenig der Planktonsuppe, die auf der hungernden Erde so populär war, aber sie hatte keinen Fleischgeschmack. Das braune Brot erinnerte ihn an Roggen. Das Beinlingsfleisch mundete wie das von Wildkaninchen, obgleich es süßer war und einen unidentifizierbaren Beigeschmack hatte. Er nahm nur einen Happen von dem Blattsalat und goß dann rasend schnell Wein durch seine Kehle, um das Brennen fortzuspülen. Tränen quollen ihm in die Augen, und er hustete, bis sie in besorgtem Tonfall auf ihn einsprach. Er lächelte zurück, weigerte sich aber, den Salat noch einmal anzurühren. Der Wein kühlte nicht nur seinen Mund, er erfüllte seine Adern auch mit einem Singen. Er sagte sich, daß er nicht mehr nachschenken sollte. Dennoch trank er auch den zweiten Becher leer, bevor er sich an seinen Entschluß, maßzuhalten, erinnerte.

Mittlerweile war es zu spät. Der hochprozentige Alkohol stieg ihm direkt in den Kopf. Er fühlte sich benommen und wollte lachen. Die Ereignisse des Tages, die Tatsache, wie knapp er dem Tod entronnen war, die Reaktion auf die Gewißheit, daß seine Kameraden tot waren, die Erkenntnis seiner gegenwärtigen Situation, die durch seine Begegnungen mit den Zehnfüßlern hervorgerufene Anspannung und seine unbefriedigte Neugier hinsichtlich Marias Herkunft und das Ausfindigmachen von anderen ihrer Art, dies alles ballte sich in ihm zusammen, erzeugte halb Benommenheit, halb Ausgelassenheit.

Er erhob sich vom Tisch und bot Marsia an, beim Abwasch zu helfen. Sie schüttelte den Kopf und stellte das Geschirr in eine Spüle. In der Zwischenzeit beschloß er, den Schweiß zweier Reisetage, die Klebrigkeit und den Körpergeruch abwaschen zu müssen. Er öffnete die Tür zur Duschkabine und stellte fest, daß es dort nicht genug Platz gab — er konnte seine Kleidung nicht darin aufhängen. Von Wein und Müdigkeit enthemmt und auch eingedenk dessen, daß Marsia schließlich *kein* weibliches Wesen war, zog er seine Kleider aus.

Marsia sah ihm zu, und ihre Augen wurden mit jedem abgelegten Kleidungsstück größer. Schließlich keuchte sie, trat zurück und wurde blaß.

»So schlimm ist es doch auch wieder nicht«, knurrte

er, wobei er sich fragte, was ihre Reaktion ausgelöst haben mochte. »Schließlich sind einige der Dinge, die ich hier gesehen habe, auch nicht leicht zu verdauen.«

Sie deutete mit einem zitternden Finger auf ihn und fragte ihn mit bebender Stimme etwas.

Vielleicht war es nur Einbildung, aber er hätte schwören können, sie gebrauchte denselben Tonfall, wie dies eine englische Sprecherin getan hätte.

»Bist du krank? Sind diese Wucherungen denn bösartig?«

Er fand keine Worte, mit denen er es erklären konnte; und er hatte auch nicht vor, die Funktion durch Anschauungsunterricht zu verdeutlichen. Statt dessen schloß er die Kabinentür hinter sich und drückte die Tafel, die das Wasser strömen ließ. Die Wärme des Duschwassers besänftigte ihn ein wenig, so daß er über Dinge nachsinnen konnte, die er sich nicht zu überlegen beeilt hatte.

Zuerst würde er Marsias Sprache lernen oder ihr die seine lehren müssen. Wahrscheinlich würde beides parallel vonstatten gehen. Einer Sache war er sich ganz sicher: Ihre Absichten ihm gegenüber waren — zumindest gegenwärtig — friedlicher Natur. Als sie das Abendmahl mit ihm geteilt hatte, war sie aufrichtig gewesen. Er hatte nicht den Eindruck, daß es Teil ihrer kulturellen Bildung war, mit einer Person Brot und Wein zu teilen, die sie zu töten beabsichtigte.

Dann verließ er die Kabine und fühlte sich besser, wenn auch noch immer müde und ein wenig betrunken. Zögernd griff er nach seinen schmutzigen Shorts. Dann lächelte er. Sie waren gereinigt worden, während er unter der Dusche war. Marsia beachtete jedoch sein Lächeln erfreuter Überraschung nicht, sondern bedeutete ihm mit grimmigem Gesicht, sich auf das Bett zu legen und zu schlafen. Doch anstatt sich selbst ebenfalls hinzulegen, nahm sie einen Eimer und machte sich daran, in den Tunnel hinaufzuklettern. Er beschloß, ihr zu folgen, und sie zuckte nur mit den Schultern, als sie ihn sah.

Sie traten in die Röhre hinaus, und Marsia schaltete ihre Taschenlampe an. Der Tunnel lag in völliger Dunkelheit. Ihr Lichtstrahl spielte über die Decke und zeigte, daß die Glühwürmer ihre Lichter gelöscht hatten. Es waren keine Beinlinge in Sicht.

Sie deutete mit dem Lichtpunkt auf den Kanal, damit er sehen konnte, wie die Düsenfische nach wie vor Wasser aufnahmen und wieder ausstießen. Bevor sie den Strahl abwenden konnte, legte er seine Hand auf ihr Handgelenk und hob mit der anderen Hand einen Fisch aus dem Kanal. Er mußte ihn mit einiger Anstrengung losreißen, was sich erklärte, als er das torpedoförmige Wesen umdrehte und die Fleischlappen an seinem Bauch hängen sah. Jetzt wußte er, weshalb der Rückstoß des hinausgepumpten Wassers sie nicht rücklings davonwirbeln ließ. Dieser Lappen an seinem Bauch fungierte als Saugnapf und hielt sie am Boden des Kanals verankert.

Ein wenig ungeduldig zerrte sich Marsia frei und ging rasch den Tunnel entlang. Er folgte ihr, bis sie an die Öffnung in der Wand kam, die sie vorhin so ängstlich hatte werden lassen. Gebückt trat sie in die Öffnung hinein, nachdem sie zuvor einige Beinlinge zur Seite schieben mußten. Es waren die großen mit den kräftigen Schnäbeln, die er den Eingang bewachen gesehen hatte. Jetzt waren sie auf ihrem Posten eingeschlafen.

Also, überlegte er, muß das Ding, das sie bewachen, ebenfalls eingeschlafen sein.

Was war mit Marsia? Wie paßte sie in ihre Vorstellung? Vielleicht paßte sie überhaupt nicht in ihre Vorstellung. Sie war vollkommen fremdartig, etwas, worauf die instinktive Intelligenz der Beinlinge nicht vorbereitet war und das sie deshalb ignorierten. Das würde erklären, weshalb sie ihn nicht beachtet hatten, als er in ihrem Garten im Dreck gelegen hatte.

Doch mußte es eine Ausnahme von dieser Regel geben. Marsia hatte die Aufmerksamkeit der Wachtposten nicht auf sich lenken wollen, als sie diesen Eingang vorhin passiert hatten.

Einen Augenblick später fand er heraus, weshalb. Sie betraten einen gewaltigen Raum, der mindestens zwanzig Quadratmeter groß war. Er war so dunkel wie die Röhre, mußte jedoch während der Wachperiode sehr hell gewesen sein, denn an der Decke ballten sich die Glühwürmer.

Marsia ließ den Lichtfinger im Raum herumhuschen und zeigte ihm einen Haufen schlafender Beinlinge. Dann hielt sie plötzlich inne. Er erhaschte nur einen einzigen Blick, und sein Herz raste. Die Haare in seinem Genick richteten sich auf.

Vor ihm lag ein Wurm von sieben Metern Länge und einem Meter Durchmesser.

Ohne nachzudenken packte er Marsia und wollte sie davon abhalten, näher heranzugehen. Aber kaum hatte er sie berührt, da ließ er seine Hand wieder sinken. Sie mußte wissen, was sie tat. Marsia zeigte mit der Taschenlampe auf ihr Gesicht und lächelte, wie um ihm mitzuteilen, daß er sich keine Sorgen machen brauchte. Und sie berührte seinen Arm mit einer schüchternen, liebevollen Geste.

Einen Wimpernschlag lang wußte er nicht, warum. Dann verstand er, daß sie glücklich war, weil er an ihr Wohlergehen gedacht hatte. Überdies zeigte ihre Reaktion, daß sie sich von ihrem Schock, ihn unbekleidet gesehen zu haben, erholt hatte.

Er wandte sich von ihr ab und betrachtete das Monstrum. Es lag schlafend auf dem Boden, die großen Augen hinter senkrechten Schlitzen geschlossen. Es hatte einen riesigen Schädel, footballförmig wie die der kleinen Beinlinge ringsum. Sein Schlund war groß, aber die Schnabelhälften waren nur sehr kleine, hornartige Auswüchse auf den Lefzen. Der Körper war jedoch der einer Raupe — ohne Haare. Zehn kleine, nutzlose Beine ragten aus seinen Seiten hervor, zu kurz, um auch nur den Boden zu erreichen. Seine Flanken wölbten sich, als wären sie voll Gas gepumpt.

Marsia ging an dem Monstrum vorbei und hielt an dessen hinterem Ende an. Hier hob sie einen Hautlappen hoch. Darunter bildete ein Dutzend lederhäutiger Eier, durch ein klebriges Sekret zusammengehalten, eine klumpige Masse.

»Jetzt habe ich es kapiert«, murmelte Lane. »Natürlich. Die eierlegende Königin. Deshalb haben die anderen keine Fortpflanzungsorgane — oder aber nur in so rudimentärer Form, daß ich sie nicht entdecken konnte. Die Beinlinge sind Wirbeltiere, sicher, aber in manchen Dingen ähneln sie irdischen Insekten.

Dennoch erklärt das noch lange nicht, weshalb auch das Verdauungssystem fehlt.«

Marsia legte die Eier in ihren Eimer und machte Anstalten, den Raum zu verlassen. Er hielt sie zurück und bedeutete ihr, er wolle sich noch ein bißchen umsehen. Sie zuckte mit den Schultern und führte ihn herum. Beide mußten sie aufpassen, damit sie nicht auf die Zehnfüßler traten, die überall verstreut herumlagen.

Sie kamen an einen offenen Verschlag, der aus demselben grauen Material gemacht war wie die Wände. Sein Inneres enthielt viele Regale, auf denen Hunderte von Eiern lagen. Streifen des spinnwebartigen Stoffes bewahrten die Eier vor dem Herabfallen. Ganz in der Nähe befand sich ein anderer Behälter, der Wasser enthielt. Auf dessen Grund lagen weitere Eier. Darüber flitzten elritzengroße Torpedogestalten im Wasser herum.

Lanes Augen weiteten sich, als er dies sah. Die Fische gehörten keiner anderen Art an, sondern waren die Larven der Beinlinge. Also konnten sie nicht nur in den Kanal gesetzt werden, um dort ihren Unterhalt mit dem Pumpen von Wasser zu rechtfertigen, das vom

Nordpol herunterkam, sondern auch um zu wachsen, bis sie zur Metamorphose ins Erwachsenenstadium bereit waren.

Marsia zeigte ihm jedoch einen weiteren Behälter, der ihn seine erste Theorie teilweise revidieren ließ. Dieser Behälter war trocken, die Eier lagen auf dem Boden ausgebreitet. Marsia hob eines hoch, schnitt die zähe Schale mit ihrem Messer auf und leerte sich den Inhalt auf die Handfläche.

Jetzt wurden seine Augen wirklich groß. Dieses Geschöpf hatte einen winzigen zylindrischen Körper, einen Saugnapf an einem Ende, ein rundes Maul am anderen und zwei kugelförmige Organe, die neben dem Maul hingen. Ein junger Glühwurm.

Marsia schaute ihn an, um zu sehen, ob er begriff. Lane streckte die Hände aus und krümmte die Schultern zu einer Versteh-ich-nicht-Geste. Sie winkte ihm und ging zu einem anderen Behälter und zeigte ihm weitere Eier. Manche waren von innen aufgerissen worden, und die kleinen Kerlchen, deren Schnäbel das vollbracht hatten, taumelten auf zehn Beinen schwach umher.

Energisch vollführte Marsia eine Folge von Pantomimen. Noch während er ihr zusah, begann er zu verstehen.

Die Embryos, die in den Eiern verblieben, bis sie sich voll entwickelten, durchliefen drei Hauptmetamorphosen: das Düsenfisch-Stadium, das Glühwurm-Stadium und schließlich das Baby-Zehnfüßler-Stadium. Wenn die Eier von den erwachsenen Kinderschwestern in einer der ersten beiden Stadien geöffnet wurden, blieb der Embryo in dieser Gestalt fixiert, obschon er natürlich größer wurde.

»Und wie ist das mit der Königin?« fragte er sie, indem er auf den monströsen, eiergeschwollenen Körper zeigte.

Zur Antwort hob Marsia eines der frisch geschlüpften Wesen hoch. Es strampelte mit seinen vielen Beinen, protestierte aber auf keine andere Weise, da es, wie alle seine Artgenossen, stumm war. Marsia drehte es um und wies auf eine Falte an seinem Hinterteil. Dann zeigte sie ihm dieselbe Stelle bei einem der schlafenden Ausgewachsenen. Das Hinterteil des Ausgewachsenen war glatt, ohne die Falte.

Marsia machte Essens-Gesten. Er nickte. Die Kreaturen wurden mit rudimentären Geschlechtsorganen geboren, aber diese entwickelten sich nie. In der Tat verkümmerten sie sogar völlig, wenn man den Jungen keine besondere Kost fütterte, wodurch sie zu Eierlegern reiften.

Aber dieses Bild war nicht vollständig. Wenn es Weibchen gab, dann mußte es auch Männchen geben. Es war zu bezweifeln, daß so hoch entwickelte Tiere sexuell autonom waren oder sich parthenogenetisch vermehrten.

Dann erinnerte er sich an Marsia und begann zu zweifeln. An ihr gab es auch keine Spur von Fortpflanzungsorganen. Konnte ihre Spezies Selbstbefruchter sein? Oder war sie eine Marsianerin, deren natürliche Erfüllung durch eine ganz bestimmte Ernährung beseitigt worden war?

Das erschien ihm nicht sehr wahrscheinlich, doch er konnte nicht sicher sein, ob solche Dinge in ihrer Wesensanlage nicht doch möglich waren.

Lane wollte seine Neugier befriedigen. Ohne ihr Verlangen zu beachten, diesen Raum zu verlassen, untersuchte er jeden der fünf Baby-Zehnfüßler. Alle waren potentielle Weibchen.

Plötzlich lächelte Marsia, die ihn ernst beobachtet hatte, und nahm seine Hand und führte ihn in den hinteren Bereich des Raumes. Während sie sich einem weiteren Gebilde näherten, bemerkte er hier einen intensiven Geruch, der ihn an Chlorgas erinnerte.

Im Näherkommen erkannte er in dem Gebilde keinen

Verschlag, sondern einen halbkugelförmigen Käfig. Dessen Gitter bestanden aus dem harten, grauen Material, und sie krümmten sich vom Boden aufwärts, um sich an einem zentralen Mittelpunkt zu treffen. Es gab keine Tür. Offenbar war der Käfig um das Ding herumgebaut worden, und sein Bewohner mußte darin bleiben, bis er starb.

Marsia zeigte ihm bald, weshalb diesem Ding keine Freiheit gestattet war. Es — er — schlief, doch Marsia griff durch die Stäbe und schlug ihm mit der Faust auf den Schädel. Das Ding reagierte erst, als es weitere fünfmal geschlagen worden war. Dann öffnete es langsam seine seitlichen Lider und zeigte große, starr blikkende Augen, hell wie frisches Arterienblut.

Marsia warf eines der Eier nach dem Schädel des Dings. Sein Schnabel öffnete sich hastig, das Ei verschwand, der Schnabel klappte zu, dann folgte ein geräuschvolles Schlucken.

Nahrung erweckte es zum Leben. Es sprang auf seine zehn langen Beine hoch, klapperte mit dem Schnabel und warf sich immer wieder gegen die Stäbe.

Obgleich Marsia nicht in Gefahr war, wich sie vor der Mordlust in den scharlachroten Augen zurück. Lane konnte ihre Reaktion verstehen. Es war ein Riese, fast einen Meter größer als die Wachtposten. Seine Rückenpartie war so hoch wie Marsias Schultern, seine Schnabelhälften hätten ihren Kopf in die Zange nehmen können.

Lane umrundete den Käfig, um einen guten Blick auf das Hinterteil zu bekommen. Verwunderte machte er einen zweiten Rundgang, ohne jedoch ein Attribut von Männlichkeit zu entdecken — abgesehen von der wilden Raserei, die an das Verhalten eines während der Paarungszeit in einen Stall eingesperrten Hengstes erinnerte. Und abgesehen von seiner Größe, den roten Augen und einer Afteröffnung sah er wie einer der Wächter aus.

Er versuchte, Marsia seine Verwunderung mitzuteilen. Mittlerweile schien sie seine Wünsche zu ahnen. Sie vollbrachte eine weitere Reihe von Pantomimen, von denen manche so energisch und komisch waren, daß er lächeln mußte.

Zuerst zeigte sie ihm zwei Eier auf einem nahen Sims. Diese waren größer als die anderen und mit roten Flecken gesprenkelt. Vermutlich enthielten sie männliche Embryos.

Dann zeigte sie ihm, was geschehen würde, wenn das erwachsene Männchen freikam. Indem sie ein Gesicht zog, das grimmig wirken sollte, ihn jedoch nur belustigte, mit den Zähnen klapperte und mit den Händen krallte, ahmte sie nach, wie das Männchen Amok lief. Es hätte jeden in Sichtweite getötet. Jeden, die ganze Kolonie, Königin, Arbeiter, Wächter, Larven, Eier. Es biß Köpfe ab, zermalmte sie, fraß sie alle auf, alle. Und aus dem Schlachthaus würde es in die Röhre hinausstürmen und jeden Beinling töten, den es traf, es würde die Düsenfische verschlingen, die Glühwürmer von der Decke reißen und sie zerfetzen, sie fressen, die Wurzeln der Bäume fressen. Töten, töten, töten, fressen, fressen, fressen!

Das ist alles schön und gut, gestikulierte Lane. Aber wie ...?

Marsia bedeutete ihm, daß die Arbeiter einmal am Tag die Königin durch den Raum zum König rollten, buchstäblich rollten. Dort wurde sie so ausgerichtet, daß sie ihr Hinterteil ein paar Zoll von den Stangen und dem aufgebrachten Männchen entfernt darbot. Und obgleich das Männchen keinen anderen Wunsch kannte, als seinen Schnabel in ihr Fleisch zu rammen und sie auseinanderzureißen, war es plötzlich nicht mehr Herr seiner selbst. Die Natur übernahm die Herrschaft; sein Wille wurde von seinem Nervensystem verraten.

Lane nickte und zeigte so, daß er verstand. In seinen

Gedanken tauchte das Bild des Beinlings auf, der zerlegt worden war. Bei ihm hatte sich am inneren Ende der Zunge ein Schlauch befunden. Wahrscheinlich besaß das Männchen zwei, einen für Exkremente, den anderen für Samenflüssigkeit.

Plötzlich erstarrte Marsia, die Hände vor sich ausgestreckt. Sie hatte die Taschenlampe auf den Boden gelegt, damit sie sich frei bewegen konnte: Der Lichtkegel badete ihre erbleichende Haut.

»Was ist los?« fragte Lane und trat auf sie zu.

Marsia wich zurück, wobei sie die Hände vor sich ausgestreckt hielt. Sie sah entsetzt aus.

»Ich tue dir nichts«, sagte er. Er blieb jedoch stehen und signalisierte auf diese Weise, daß er nicht näher an sie heranzukommen beabsichtigte.

Was beunruhigte sie? Nichts rührte sich in dem Raum, nichts — außer dem Männchen, und das befand sich hinter ihr.

Dann zeigte sie erst auf ihn, schließlich auf den tobenden Zehnfüßler. Als er dieses unmißverständliche Zeichen der Identifizierung sah, begriff er. Ihr war klargeworden, daß er, wie das Ding im Käfig, männlich war, und jetzt erkannte sie seine Gestalt und Funktion.

Aber warum sollte sie sich deshalb vor ihm ängstigen? Ekeln, ja. Ihr Körper und dessen scheinbare Geschlechtslosigkeit hatte bei ihm ein Gefühl der Abscheu hervorgerufen, das an Ekel grenzte. Es war nur natürlich, wenn sie auf seinen Körper ähnlich reagierte. Allerdings schien sie über ihren ersten Schock hinweggekommen zu sein.

Warum dieser unerwartete Wandel, dieses Grauen vor ihm?

Hinter ihm sprang das Männchen gegen die Stangen, und der Schnabel schloß sich mit einem harten Schnappen.

Dieses Schnappen hallte durch seinen Geist.

Natürlich — die Mordlust des Monstrums!

Bis sie ihm begegnet war, hatte sie nur ein männliches Wesen gekannt. Das war dieses Ding im Käfig. Jetzt hatte sie ihn abrupt mit dem Ungeheuer gleichgesetzt. Ein Männchen war ein Killer.

Weil er fürchtete, sie würde gleich vor lauter Panik aus dem Raum flüchten, gab er ihr verzweifelt Zeichen, daß er nicht wie dieses Monstrum war. Er schüttelte den Kopf: nein, nein, nein. Er war nicht so, er war nicht so, er war nicht so!

Marsia, die ihn scharf beobachtete, begann sich zu entspannen. Ihre Haut gewann ihre rosa Farbe zurück. Ihre Augen öffneten sich wieder zur normalen Größe. Sie brachte sogar ein mühsames Lächeln zustande.

Um ihre Gedanken in eine andere Richtung zu lenken, deutete er an, er hätte gerne gewußt, weshalb die Königin und ihr Gemahl Verdauungssysteme besäßen und die Arbeiter nicht. Zur Antwort griff sie in das herabhängende Maul des an der Decke festgeklammerten Wurms. Als sie ihre Hand zurückzog, war sie mit einem Sekret beschmiert. Nachdem sie ihre Faust beschnuppert hatte, streckte sie sie aus, damit er ebenfalls riechen konnte. Er ergriff sie, wobei er ihr leichtes und wahrscheinlich unfreiwilliges Zusammenzucken — als sie seine Berührung spürte — ignorierte. Das Sekret hatte einen Geruch, wie man ihn von vorverdautem Essen erwartete.

Dann ging Marsia zu einem anderen Wurm. Seine beiden Lichtorgane waren nicht rot gefärbt, wie bei den anderen, sondern hatten einen grünlichen Ton. Marsia kitzelte mit dem Finger seine Zunge und streckte die zu einer Schale geformten Hände aus. Flüssigkeit sickerte hinein.

Lane roch an der Pfütze. Kein Geruch. Als er die Flüssigkeit trank, stellte er fest, daß es sirupdickes Zukkerwasser war.

Marsia erklärte mit weiteren Gesten, daß die Glühwürmer für die Arbeiter als Verdauungssystem fungierten. Sie speicherten auch Nahrung für sie. Die Arbeiter bezogen einen Teil ihrer Energie aus dem Traubenzucker, der von den Baumwurzeln ausgeschieden wurde. Die Proteine und pflanzlichen Stoffe in ihrer Kost bezogen sie aus den Eiern und aus den Blättern der Schirmpflanze. Streifen von den zähen, membranartigen Blättern wurden von Erntetrupps, die sich während der Tagesperiode hinauswagten, in die Röhren eingeholt. Die Würmer verdauten Eier, tote Beinlinge und Blätter bis zu einem gewissen Grad und sonderten sie dann in Form eines Sirups aus. Dieser Sirup wurde, wie der Traubenzucker, von den Arbeitern geschluckt und durch die Kehlenporen weitergegeben — oder sickerte in den langen, geraden Schlauch, der die Kehle mit den größeren Blutgefäßen verband. Die Abfallprodukte wurden durch die Haut ausgeschieden oder durch den Zungenkanal entleert.

Lane nickte und verließ dann den Raum. Anscheinend erleichtert, folgte ihm Marsia. Als sie in ihre Unterkunft zurückgekrochen waren, legten sie die Eier in einen Kühlschrank und füllte zwei Gläser mit Wein. Sie tauchte ihren Finger in jedes der beiden Gläser, berührte dann mit dem Finger zuerst ihre und schließlich seine Lippen. Sanft tippte er die Fingerspitze mit seiner Zunge an. Dies war ganz offensichtlich ein weiteres Ritual, vielleicht eines zur Schlafenszeit, welches bekräftigte, daß sie eins und friedfertig waren. Möglicherweise hatte es auch noch eine tiefere Bedeutung, aber wenn das zutraf, dann war sie ihm entgangen.

Marsia überprüfte die Sicherheit und das Wohlbefinden des Wurms in der Schüssel. Mittlerweile hatte er seine gesamte Nahrung gefressen. Sie nahm den Wurm heraus, wusch ihn, wusch die Schüssel, füllte sie zur Hälfte mit warmem Zuckerwasser, stellte sie auf einen Tisch neben dem Bett und legte das Geschöpf wieder hinein. Dann ließ sie sich auf dem Bett nieder und schloß die Augen. Sie deckte sich nicht zu und rechnete offensichtlich auch nicht damit, daß er eine Decke erwartete.

So müde Lane auch war, er konnte nicht einschlafen. Wie ein Tiger im Käfig ging er auf und ab. Er konnte das Rätsel Marsia nicht aus seinem Sinn verbannen — genausowenig wie das Problem, wie er zur Basis und schließlich ins Orbitschiff zurückkommen sollte. Die Erde mußte erfahren, was geschehen war.

Nachdem er eine halbe Stunde so zugebracht hatte, setzte sich Marsia auf. Sie blickte ihn forschend an, als versuche sie, den Grund seiner Ruhelosigkeit herauszufinden. Als sie dann offenbar spürte, was nicht stimmte, stand sie auf und öffnete ein Schränckchen, das an der Wand hing. Darin befanden sich eine Anzahl Bücher.

Lane sagte: »Ah, vielleicht bekomme ich jetzt irgendeine brauchbare Information!« und er blätterte sie alle durch. Ungestüm vor Eifer wählte er drei aus und stapelte sie auf das Bett, bevor er sich setzte, um sie durchzusehen.

Natürlich konnte er die Texte nicht lesen, aber diese drei enthielten viele Abbildungen und Fotografien. Der erste Band schien eine Weltgeschichte für Kinder zu sein.

Lane starrte die ersten Bilder an. Dann sagte er heiser: »Mein Gott, du bist genausowenig vom Mars wie ich.«

Marsia, durch das Staunen und die Eindringlichkeit in seiner Stimme verblüfft, kam zu seinem Bett herüber und setzte sich neben ihn. Sie beobachtete ihn, wie er die Seiten umblätterte, bis er ein bestimmtes Foto erreichte. Unerwartet vergrub sie das Gesicht in ihren Händen, und ihr Körper bebte unter tiefen Schluchzern.

Lane war überrascht. Er wußte nicht, weshalb sie solchen Kummer hatte. Das Foto war die Luftansicht einer Stadt auf ihrem Heimatplaneten — oder einem

Planeten, auf dem ihr Volk lebte. Vielleicht war es die Stadt, in der sie — irgendwie — geboren war.

Wie auch immer — es dauerte nicht lange, bis ihr Kummer in ihm eine Reaktion hervorrief. Ohne jede Vorwarnung weinte er ebenfalls.

Jetzt wußte er es. Es war Einsamkeit, eine Einsamkeit von der Sorte, die auch er erfahren hatte, als er von den Männern in den Marsmobilen keine Nachricht mehr bekommen und sich für das einzige menschliche Wesen auf dem Antlitz dieser Welt gehalten hatte.

Nach einer Weile versiegten die Tränen. Er fühlte sich besser und wünschte, sie wäre auch erleichtert. Offenbar spürte sie seine Sympathie, denn sie lächelte ihn durch Tränen hindurch an. Und in einem unwiderstehlichen Ausbruch von Verbundenheit und Zuneigung küßte sie seine Hand und steckte dann zwei seiner Finger in ihren Mund. Dies mußte ihre Art sein, Freundschaft auszudrücken, dachte er. Oder war es möglicherweise Dankbarkeit für seine Anwesenheit? Oder bloß pure Freude. Auf jeden Fall, überlegte er, mußte ihre Gesellschaft eine stark orale Ausrichtung haben.

»Arme Marsia«, flüsterte er. »Es muß schrecklich sein, sich jemandem zuwenden zu müssen, der so fremdartig und unheimlich ist, wie ich das wohl für dich bin. Und dann noch jemandem, bei dem du dir vor einer Weile kaum sicher warst, ob er dich nicht frißt.«

Er zog seine Finger zurück, aber als er ihren unzufriedenen Blick merkte, nahm er impulsiv ihre in den Mund.

Seltsamerweise rief dies einen weiteren Tränenausbruch hervor. Allerdings stellte er rasch fest, daß es ein glückliches Weinen war. Nachdem es geendet hatte, lachte sie leise, als wäre sie erfreut.

Lane nahm ein Taschentuch, wischte ihre Augen trokken und hielt es an ihre Nase. Sie schniefte.

Frisch gestärkt, war sie jetzt wieder in der Lage, bestimmte Abbildungen hervorzuheben und ihm durch

Gesten Hinweise darauf zu geben, was sie bedeuteten.

Dieses Kinderbuch begann mit einem Bericht über die Frühphase des Lebens auf ihrer Welt. Der Planet drehte sich um einen Stern, der nach einer vereinfachten Karte im Zentrum der Galaxis war.

Das Leben hatte dort ganz genau wie auf der Erde begonnen. In seinen frühen Stadien hatte es sich in ungefähr denselben Bahnen entwickelt. Aber es gab einige ziemlich verwirrende Bilder von primitivem Fischdasein. Lane war sich seiner Deutung allerdings nicht sehr sicher, denn diese setzte recht viel voraus.

Sie zeigten deutlich, daß die Evolution dort die biologischen Mechanismen, mit denen sie ihre Entwicklung vorantrieb, völlig anders als auf der Erde ausgewählt hatte.

Fasziniert verfolgte er den Weg von Fischen über Amphibien, Reptilien und warmblütigen, jedoch nichtsäugenden Wesen zu einem aufrecht gehenden, bodenbewohnenden, affenähnlichen Geschöpf und schließlich zu Wesen wie Marsia.

Dann veranschaulichten die Bilder verschiedene Aspekte des prähistorischen Lebens dieser Wesen. Später das Aufkommen der Landwirtschaft, der Metallbearbeitung und so weiter.

Die Geschichte der Zivilisation war eine Folge von Bildern, deren Bedeutung er nur selten begreifen konnte. Es gab einen großen Unterschied zur Geschichte der Erde. Das war das offensichtliche Fehlen von kriegerischen Auseinandersetzungen. Die Dschingis Khans, Cäsars und Hitlers schien es bei ihnen nicht gegeben zu haben.

Aber da gab es noch mehr Unterschiede, viel mehr. Die Technologie entwickelte sich trotz eines Mangels an Reizimpulsen durch den Krieg fast so wie auf der Erde. Wahrscheinlich sogar viel schneller als auf meiner eigenen Welt, dachte er. Er gewann den Eindruck, daß sich

Marsias Volk viel früher bis zu ihrem gegenwärtigen Stadium entwickelt hatte als der Homo sapiens.

Ob das stimmte oder nicht — heute übertrafen sie die Menschen. Sie konnten fast so schnell wie das Licht reisen, vielleicht sogar schneller, und sie hatten den interstellaren Flug gemeistert.

In diesem Moment zeigte Marsia auf eine Seite, auf der mehrere Fotografien von der Erde abgebildet waren, offenbar von einem Raumschiff aus verschiedenen Entfernungen aufgenommen.

Dahinter hatte ein Künstler eine schattenhafte Gestalt gezeichnet, halb Affe, halb Drache.

»Das bedeutet die Erde für euch?« fragte Lane. »*Gefahr? Nicht landen?*«

Er suchte nach anderen Fotos von der Erde. Es gab viele Seiten, die sich mit anderen Planeten befaßten, aber nur auf einer war seine Heimat abgebildet. Das war genug.

»Warum beobachtet ihr uns nur aus der Ferne?« wollte Lane wissen. »Ihr seid uns doch technisch gesehen so haushoch überlegen, wie wir den australischen Ureinwohnern. Wovor habt ihr Angst?«

Marsia erhob sich und starrte ihn an. Plötzlich fletschte sie bösartig die Zähne, knirschte damit und krümmte ihre Hände zu Krallen.

Er spürte ein Frösteln. Dies war dieselbe Pantomime, die sie gebraucht hatte, als sie den geistlosen Tötungswahn des männlichen Beinlings im Käfig demonstriert hatte.

Er senkte den Kopf. »Eigentlich kann ich dir nicht einmal einen Vorwurf machen. Du hast völlig recht. Wenn ihr Kontakt mit uns aufnehmen würdet, dann würden wir euch eure Geheimnisse stehlen. Und dann nehmt euch in acht! Wir würden den ganzen Weltraum unsicher machen ...«

Er machte eine Pause, biß sich auf die Lippe und fuhr fort: »Trotzdem gibt es bei uns ein paar Anzeichen von

Fortschritt. Seit fünfzehn Jahren hat es weder einen Krieg noch eine Revolution gegeben; die UN haben Probleme gelöst, die früher zu einem Weltkrieg geführt hätten; Rußland und die USA sind noch immer aufgerüstet, stehen aber nicht mehr annähernd so dicht am Rande eines Konflikts wie damals, als ich geboren wurde. Vielleicht ...?

Weißt du, ich wette, du hast noch nie einen leibhaftigen Erdenmenschen gesehen. Vielleicht hast du noch nicht einmal ein Bild von einem gesehen, und wenn, dann waren sie bekleidet. In diesen Büchern gibt es keine Fotos von Erdenmenschen. Vielleicht hast du gewußt, daß wir männlich und weiblich sind, aber das hatte nicht viel zu bedeuten, bis du mich vor der Dusche gesehen hast. Und die plötzlich erkannte Parallele zwischen dem männlichen Zehnfüßler und mir hat dich erschreckt. Und dir ist klargeworden, daß dieses Wesen das einzige auf dieser Welt ist, das dir Gesellschaft leisten kann. Fast so, als wäre ich auf einer Insel gestrandet und würde feststellen, daß der andere Bewohner ein Tiger ist. Aber das erklärt nicht, was du hier machst, allein in diesen Röhren unter den eingeborenen Marsianern. Oh, wie gerne würde ich mich mit dir unterhalten können!

Mit dir zu reden«, sagte er und erinnerte sich an die Zeilen, die er in der letzten Nacht in der Basis gelesen hatte.

Sie lächelte ihm zu, und er sagte: »Nun, wenigstens kannst du deinen Schrecken überwinden. Ich bin wohl doch kein so übler Bursche, oder?«

Sie lächelte erneut, ging an ein Schränkchen und nahm Papier und Bleistift heraus. Damit machte sie eine einfache Zeichnung nach der anderen. Während er ihre flinken Striche beobachtete, verstand er langsam, was geschehen war.

Ihr Volk hatte seit langer Zeit — seit langer, langer Zeit — eine Basis unterhalten, und zwar auf der erdabgewandten Seite des Mondes. Als jedoch die ersten Raketen von der Erde in den Raum vorgedrungen waren, hatten die Angehörigen ihres Volkes alle Spuren der Basis beseitigt. Eine neue war auf dem Mars errichtet worden.

Als dann offensichtlich wurde, daß eine irdische Expedition zum Mars geschickt werden würde, war auch dieses Basis zerstört und eine weitere auf Ganymed errichtet worden.

Allerdings waren fünf Wissenschaftler in diesem einfachen Quartier zurückgeblieben, um ihr Studium der Zehnfüßler abzuschließen. Obwohl Marsias Leute diese Geschöpfe bereits seit einiger Zeit studierten, hatten sie noch immer nicht herausgefunden, wie ihre Körper den Unterschied zwischen Röhrendruck und dem Druck auf der Oberfläche des Planeten aushalten konnten. Die vier glaubten, diesem Geheimnis dicht auf der Spur zu sein und hatten die Erlaubnis erhalten, bis kurz vor der Landung der Erdenmenschen zu bleiben.

Marsia war tatsächlich eine Eingeborene — jedenfalls in dem Sinne, daß sie hier geboren und aufgewachsen war. Sie lebte bereits seit sieben Jahren hier, deutete sie an, indem sie eine Skizze vom Mars auf seiner Umlaufbahn um die Sonne zeigte und daraufhin sieben Finger hochhielt.

Das bedeutet, sie ist etwa vierzehn Erdenjahre alt, schätzte Lane. Vielleicht erlangten diese Leute ihre Geschlechtsreife ein wenig schneller als seine. Vorausgesetzt, sie ist überhaupt geschlechtsreif. Es war schwer zu sagen.

Entsetzen verzerrte ihr Gesicht und weitete ihre Augen, als sie ihm zeigte, was in der Nacht, bevor sie zum Ganymed hätten aufbrechen sollen, geschehen war.

Die schlafende Gruppe war von einem ausgebrochenen männlichen Beinling angegriffen worden.

Es kam selten vor, daß ein Männchen ausbrechen konnte. Aber manchmal geschah es eben doch. In einem solchen Fall zerstörte es meist die ganze Kolonie und alles Leben in der Röhre, wohin es auch kam. Es fraß sogar die Wurzeln der Bäume, so daß sie abstarben und kein Sauerstoff mehr in den jeweiligen Tunnelabschnitt kam.

Es gab nur eine Möglichkeit, wie eine alarmierte Kolonie ein amoklaufendes Männchen bekämpfen konnte — eine einzige gefährliche Methode. Und diese war, ihr eigenes Männchen freizulassen. Sie wählten ein paar aus, die zurückblieben und ihr Leben opfern und mit einem Säuresekret aus ihrem Körper die Stangen auflösten mußten, während die anderen flohen. Die bewegungsunfähige Königin starb ebenfalls. Doch wurden genügend ihrer Eier mitgenommen, so daß woanders eine neue Königin und ein neuer Gemahl hervorgebracht werden konnten.

Man hoffte, die Männchen würden sich in der Zwischenzeit gegenseitig töten, oder aber der Sieger ging so verkrüppelt aus dem Kampf hervor, daß ihm die Soldaten den Rest geben konnten.

Lane nickte. Der einzige natürliche Feind der Zehnfüßler war ein entflohenes Männchen. Könnten sie sich ungehindert vermehren, so würden sie bald die Röhren verstopfen und Nahrung und Luft erschöpfen. So unerfreulich es war — die gelegentliche Flucht eines Männchens war das einzige, was die Marsianer vor dem Verhungern und vielleicht vor dem Aussterben bewahrte.

Wie auch immer es sein mochte — für Marsias Leute jedenfalls war der Amokläufer kein verkleideter Segensbringer gewesen. Drei waren im Schlaf getötet worden, noch bevor die beiden anderen erwachten. Einer hatte sich der Bestie entgegengeworfen und Marsia zugerufen, zu fliehen.

Obwohl fast wahnsinnig vor Angst, hatte sich Marsia von ihrer Panik dennoch nicht zum Davonrennen verleiten lassen. Statt dessen war sie an einen Schrank gestürzt und hatte sich eine Waffe geholt.

Eine Waffe, dachte Lane. Darüber muß ich mehr erfahren.

Marsia spielte ihm vor, was geschehen war. Sie hatte die Schranktür aufbekommen und nach der Waffe gegriffen, als sie spürte, wie sich der Schnabel des Amokläufers um ihre Beine schloß. Trotz des Schocks, den der tief in Blutgefäße und Muskeln schneidende Schnabel hervorrief, hatte sie es geschafft, die Mündung der Waffe gegen den Körper des Männchens zu pressen. Die Waffe tat ihre Schuldigkeit, denn das Männchen sackte zusammen. Unglücklicherweise lockerten sich die Schnabelhälften nicht, sondern behielten ihren Oberschenkel direkt über dem Knie in ihrem schrecklichen Griff.

An dieser Stelle versuchte Lane Beschreibung und Funktionsprinzip der Waffe zu erfragen. Marsia ignorierte seine Bitte jedoch. Anscheinend wollte sie nicht antworten. Sie vertraute ihm nicht völlig, was verständlich war. Wie könnte er ihr das vorwerfen? Sie wäre ein Dummkopf, wenn sie sich mit einer so unbekannten Größe wie ihm behaglich fühlen würde. Schließlich kannte sie die Spezies, der er angehörte, und wußte, was von ihr zu erwarten war, auch wenn sie ihn persönlich nicht sonderlich gut kannte. Es war sowieso überraschend, daß sie ihn nicht im Garten hatte sterben lassen und dieses Abendmahl aus Brot und Wein mit ihm geteilt hatte.

Vielleicht deshalb, dachte er, weil sie sich so einsam fühlte und jede Gesellschaft besser war als überhaupt keine. Oder es konnte sein, daß sie auf einer höheren ethischen Stufe als die meisten Erdenmenschen handelte und den Gedanken nicht ertragen konnte, ein anderes intelligentes Wesen sterben zu lassen — auch wenn sie es für einen blutrünstigen Wilden hielt.

Vielleicht hatte sie auch andere Pläne mit ihm, zum Beispiel, ihn gefangenzuhalten.

Marsia setzte ihre Geschichte fort. Sie war ohnmächtig geworden und irgendwann erwacht. Das Männchen hatte sich bewegt, deshalb tötete sie es diesmal.

Ein weiterer Anhaltspunkt, dachte Lane. Die Waffe ist in der Lage, unterschiedliche Verletzungsgrade zuzufügen.

Obwohl sie unterwegs immer wieder besinnungslos geworden war, hatte sie sich zum Medikamentenschrank geschleppt und behandelt. Innerhalb von zwei Tagen war sie wieder auf den Beinen gewesen, und nach einigen Tagen Hinken waren die Narben langsam verschwunden.

Sie müssen uns in allem weit voraus sein, dachte er. Nach dem, was sie gesagt hatte, war ein Teil ihrer Muskeln durchtrennt worden. Doch sie sind an einem einzigen Tag wieder zusammengewachsen.

Marsia deutete an, daß ihre Genesung, der gesamte Heilungsprozeß, eine ungeheure Menge Nahrungsmittel erfordert hatte. Die meiste Zeit hatte sie mit Essen und Schlafen zugebracht. Regeneration, ganz gleich, ob sie in normalem oder beschleunigtem Maße stattfand, erforderte immer dieselbe Energiemenge.

Mittlerweile war von den Leichen ihrer Begleiter und des Männchens ein schlimmer Verwesungsgeruch ausgegangen. Sie hatte sich überwinden müssen, sie zu zerschneiden und im Müllverbrenner zu beseitigen.

Tränen quollen in ihre Augen, als sie dies berichtete, und sie schluchzte.

Lane wollte sie fragen, weshalb sie sie nicht begraben hatte, doch er überlegte es sich anders. Auch wenn es bei ihrem Volk nicht Sitte war, die Toten zu begraben — ausschlaggebender mochte gewesen sein, daß sie alle Zeugnisse ihrer Existenz hatte vernichten wollen, bevor die Erdenmenschen den Mars betraten.

In der Zeichensprache fragte er sie, wie das Männchen trotz des Tunnelschotts in den Raum gelangt war. Sie veranschaulichte, daß dieses Schott normalerweise nur geschlossen wurde, wenn die Zehnfüßler wach waren oder wenn ihre Gefährten und sie schliefen. Aber einer von ihnen war an der Reihe gewesen, in der Kammer der Königin Eier zu sammeln. Wie sie es rekonstruierte, war der Amokläufer in dieser Zeit erschienen und hatte den Wissenschaftler dort getötet. Daraufhin hatte er in der noch schlafenden Kolonie gewütet und war die Röhre entlanggestürmt und hatte das Licht aus dem offenen Schott herausleuchten sehen. Den Rest der Geschichte kannte er.

Weshalb, gestikulierte er, hatte das entflohene Männchen nicht wie alle seine Artgenossen geschlafen? Dasjenige in dem Käfig schlief offenbar zur gleichen Zeit wie seine Gefährten. Und die Wächter der Königin schliefen ebenfalls in dem Glauben, vor einem Angriff sicher zu sein.

Das stimmt nicht, erwiderte Marsia. Ein Männchen, das aus einem Käfig entkommen war, gehorchte nur dem Gesetz totaler Übermüdung. Wenn es sich bei einem Fressen und Töten erschöpft hatte, legte es sich zum Schlafen nieder. Aber es spielte keine Rolle, ob es die reguläre Zeit dafür war oder nicht. Wenn es ausgeruht war, stürmte es weiter durch die Röhren und hörte nicht eher auf, bis es abermals zu müde zum Weitertoben war.

Damit wäre also auch das Areal toter Schirmpflanzen auf der Röhre erklärt, dachte Lane. Eine andere Kolonie zog in den verwüsteten Bereich ein, legte den Garten im Freien wieder an und pflanzte die jungen Schirmlinge.

Er fragte sich, weshalb weder er noch die anderen seiner Gruppe während ihrer sechs Tage auf dem Mars die Zehnfüßler draußen überrascht hatten. Es mußte für jede Kolonie mindestens eine Druckkammer und einen Ausstieg geben. Und zwischen diesem Punkt und dem in der Nähe der Basis mußten mindestens fünfzehn Kolonien in den Röhren existieren. Vielleicht lautete die Antwort so, daß sich die Blätterschneider nur gelegentlich hinauswagten. Jetzt, wo er darüber nachdachte, fiel ihm noch etwas auf: Weder er noch irgend jemand sonst hatte Löcher in den Blättern bemerkt. Das bedeutete, die Bäume mußten schon vor einiger Zeit abgeerntet worden sein und waren jetzt für eine weitere Ernte bereit. Wenn die Expeditionsteilnehmer nur noch ein paar Tage gewartet hätten, bis sie in ihren Marsmobilen losgefahren wären, dann hätten sie die Zehnfüßler gesehen und nachgeforscht. Und die ganze Geschichte wäre anders verlaufen.

Es gab andere Fragen, die er stellen wollte. Was war mit dem Schiff, das sie zum Ganymed bringen sollte? War es irgendwo außerhalb versteckt, oder wurde eines geschickt, um sie abzuholen? Falls eines geschickt werden sollte, wie konnte man mit der Basis auf Ganymed Kontakt aufnehmen? Funk? Oder mit einer — für ihn — unvorstellbaren Methode?

Die blauen Kugeln? dachte er. Konnten sie ein Medium sein, das Nachrichten übermittelte?

Er wußte es nicht, und er grübelte auch nicht weiter darüber nach, weil ihn die Erschöpfung übermannte und er einschlief. Seine letzte Erinnerung war, daß sich Marsia über ihn beugte und ihn anlächelte.

Als er widerstrebend erwachte, schmerzten seine Muskeln, und sein Mund war so trocken wie die Marswüste. Er stand rechtzeitig genug auf, um Marsia aus dem Tunnel rutschen zu sehen, einen mit Eiern gefüllten Eimer in der Hand. Als er das sah, stöhnte er. Das bedeutete, sie war bereits wieder in der Kinderstube gewesen — und er hatte rund um die Uhr geschlafen.

Er taumelte hoch und in die Duschkabine. Als er sehr erfrischt wieder herauskam, war der Tisch gedeckt. Marsia vollführte das Abendmahlritual, dann aßen sie. Er vermißte seinen Kaffee. Die heiße Suppe schmeckte gut, bedeutete jedoch keinen zufriedenstellenden Ersatz. Es gab eine Schüssel mit gemischtem Getreide und Obst, beides stammte aus einer Dose. Es mußte einen hohen Kaloriengehalt haben, denn es machte ihn hellwach. Hinterher machte er eine Zeitlang Konditionsgymnastik, während sie den Abwasch besorgte. Obwohl er seinen Körper beschäftigt hielt, dachte er an Dinge, die nichts mit seiner momentanen Beschäftigung zu tun hatten.

Wie sollte sein nächster Schachzug aussehen?

Seine Pflicht verlangte von ihm, daß er zu der Basis zurückkehrte und Meldung erstattete. Und was er für eine Nachricht zum Orbitschiff durchgeben würde! Diese Geschichte würde von dem Schiff aus nach Hause, zur Erde, eilen. Der ganze Planet würde in Aufruhr sein.

Es gab nur einen Haken an seinem Plan, Marsia mitzunehmen.

Sie würde nicht mitkommen wollen.

Mitten in einer tiefen Kniebeuge hielt er inne. Was war er nur für ein Dummkopf! Er war zu müde und zu verwirrt gewesen, um es zu durchschauen. Sie hatte ihm gegenüber die Ganymed-Basis ihres Volkes erwähnt, daher rechnete sie also nicht damit, daß er diese Nachricht zu seinem Sender zurückbrachte. Es wäre dumm von ihr gewesen, ihm das zu sagen, wenn er später die Möglichkeit hatte, alles der Erde zu melden.

Das mußte bedeuten, ein Schiff war unterwegs und würde bald hier ankommen. Und es würde nicht nur sie, sondern auch ihn mitnehmen. Wenn er hätte getötet werden sollen, dann wäre er jetzt bereits tot.

Lane wäre nicht ausgewählt worden, Teilnehmer der ersten Marsexpedition zu sein, hätte es ihm an Entschlußkraft gemangelt. Fünf Minuten später hatte er sich entschieden. Seine Pflicht war klar umrissen. Deshalb würde er sie ausüben, selbst wenn es seine persönlichen Gefühle für Marsia verletzte und ihr Schaden zufügte.

Zuerst würde er sie fesseln. Dann würde er ihre beiden Druckanzüge einpacken, die Bücher und alle Werkzeuge, die klein genug zum Tragen waren, damit sie später auf der Erde untersucht werden konnten. Er würde sie durch die Röhre vor sich hermarschieren lassen bis sie an die Stelle gegenüber der Basis kamen. Dort würden sie ihre Anzüge anlegen und hinaus — und zur Kuppel hinübergehen. Und so bald wie möglich würden sie beide mit der Rakete zum Orbitschiff hinauf starten. Dieses Unternehmen war der gefährlichste Teil, denn es war für einen einzelnen Mann äußerst schwierig, die Rakete zu steuern. Theoretisch war es zu schaffen. Er mußte es schaffen.

Lane biß die Zähne zusammen und bezwang das Zittern seiner Muskeln. Der Gedanke, Marsias Gastfreundschaft zu verletzen, bestürzte ihn. Doch sie hatte ihn nicht aus einem völlig selbstlosen Grund so gut behandelt. Nach all dem, was er wußte, führte sie sogar etwas gegen ihn im Schilde.

In einem der Schränke befand sich ein Seil, dasselbe geschmeidige Seil, mit dem sie ihn aus dem Sumpf gezogen hatte. Er öffnete die Tür des Schranks und nahm es heraus. Marsia stand in der Mitte des Raumes und sah ihm zu, während sie den Kopf des um ihre Schultern gewickelten blauäugigen Wurms streichelte. Er hoffte, sie würde dort bleiben, bis er nahe genug herangekommen war. Offensichtlich trug sie keine Waffe — sie trug überhaupt nichts — bis auf das Kuscheltier. Seit sie ihren Anzug ausgezogen hatte, war sie ständig nackt gewesen.

Als sie sah, daß er sich ihr näherte, sprach sie in besorgtem Tonfall auf ihn ein. Er brauchte keine große Sensibilität, um zu wissen, daß sie ihn fragte, was er mit dem Seil vorhatte. Er versuchte sie beruhigt anzulächeln, aber das mißglückte. Dafür wurde ihm schlecht.

Einen Augenblick später war ihm gewaltig übel. Marsia hatte nur ein einziges Wort laut ausgesprochen, und es war, als hätte es ihn in die Magengrube getroffen. Übelkeit packte ihn, er begann zu sabbern, und nur durch einen schnellen Satz in die Dusche konnte er es vermeiden, den Boden mit Erbrochenem zu verschmutzen. Das Seil hatte er fallengelassen.

Zehn Minuten später fühlte er sich gründlich ausgespült. Aber als er versuchte, zum Bett zu gehen, drohten seine Beine nachzugeben. Marsia mußte ihn stützen.

Im stillen fluchte er. Diese plötzliche Reaktion auf das fremde Essen ausgerechnet in einem solch entscheidenden Moment! Das Glück stand nicht auf seiner Seite.

Vorausgesetzt, es war Zufall. Da war etwas so Seltsames und Zwingendes an dem Tonfall gewesen, in welchem sie das Wort ausgesprochen hatte. Konnte es sein, daß sie — hypnotisch oder sonst irgendwie — über dieses Wort einen Reflex ausgelöst hatte? Das wäre unter Umständen eine wirksamere Waffe als eine Pistole.

Er war nicht sicher, aber es erschien ihm doch seltsam, daß sein Körper das fremde Essen bis zu diesem Augenblick akzeptiert hatte. Hypnose schien nicht wirklich die passende Antwort darauf zu sein. Wie konnte sie derart leicht auf ihn angewendet werden, wo er doch kaum mehr als zwanzig Worte ihrer Sprache verstand. Sprache? Worte? Sie waren nicht nötig. Wenn sie ihm eine hypnotische Droge in sein Essen getan und ihn dann aus seinem Schlaf geweckt hatte, konnte sie mimisch darstellen, wie er notfalls auf ihr Kommando reagieren sollte. Sie konnte ihm das Schlüsselwort beigebracht und dann dafür gesorgt haben, daß er weiterschlief.

Er kannte sich mit Hypnose gut genug aus, um zu wissen, daß das möglich war. Ob seine Verdächtigungen nun stimmten oder nicht, jedenfalls war er aufs Kreuz gelegt worden. Allerdings war noch nicht aller Tage Abend. Er lernte zwanzig weitere Worte, und sie machte noch viele Zeichnungen für ihn. Er stellte fest, daß er durch seinen Sprung in den Gartensumpf buchstäblich in die Suppe gefallen war. Die Substanz, in der die jungen Schirmbäume angepflanzt worden waren, war eine Zoogloea, eine leimartige Masse aus einzelligen Pflanzen und geringfügig größeren anaerobischen Tierlebewesen, die sich von den Pflanzen ernährten. Die Wärme der vollgestopften, vom Wasser angeschwollenen Körper hielt den Gartenboden warm und bewahrte die Pflanzen auch in den Hochsommernächten bei vierzig Grad unter Null vor dem Erfrieren.

Nachdem die Bäume ins Dach der Röhre verpflanzt waren, um die abgestorbenen Ausgewachsenen zu ersetzen, hätte die Zoogloea nach und nach in die Röhre zurückgebracht und in den Kanal geworfen werden sollen. Hier hätten die Düsenfische einen Teil umgewandelt und einen Teil gefressen, während sie Wasser vom Polarende der Röhre zum Äquatorialende pumpten.

Gegen Ende des Tages probierte er etwas von der Zoogloeasuppe und schaffte es, sie bei sich zu behalten. Ein wenig später aß er ein bißchen Getreide.

Marsia bestand darauf, ihn zu füttern. Es war etwas so Weibliches und Zartes an ihrer Besorgtheit, daß er nicht protestieren konnte.

»Marsia«, sagte er, »vielleicht bin ich im Unrecht. Es könnte durchaus Wohlwollen und Einvernehmen zwischen unseren beiden Rassen geben. Sieh uns an. Wirklich, wenn du eine richtige Frau wärst, dann wäre ich in dich verliebt.

Natürlich kannst du vorhin dafür gesorgt haben, daß ich umgekippt bin. Aber wenn du das getan hast, dann war es eine Sache der Zweckmäßigkeit, nicht der Böswilligkeit. Und jetzt kümmerst du dich um mich, deinen Feind. Liebe deinen Feind. Nicht, weil dir gesagt worden ist, du sollst — nein, du tust es ganz einfach.«

Sie verstand ihn natürlich nicht. Sie antwortete jedoch in ihrer Sprache, und es kam ihm so vor, als hätte ihre Stimme denselben Tonfall der Sympathie.

Als er einschlief, dachte er daran, daß Marsia und er vielleicht doch die beiden Botschafter sein würden, die ihre Völker in Frieden zusammenführten. Schließlich waren sie beide hochzivilisiert, im Grunde ihres Wesens pazifistisch und streng gläubig. Es gab nicht nur so etwas wie eine Bruderschaft der Menschheit, sondern vielmehr eine Bruderschaft aller intelligenten Wesen im Kosmos, und ...

Der Druck auf seiner Blase weckte ihn. Er öffnete die Augen. Decke und Wände dehnten sich aus und zogen sich wieder zusammen. Seine Armbanduhr sah er verzerrt. Nur mit äußerster Willensanstrengung konnte er die Augen genügend konzentrieren, um die Zeiger seiner Uhr gerade zu bekommen. Dieses Stück, konstruiert, den knapp längeren Marstag zu messen, zeigte Mitternacht an.

Taumelnd stand er auf. Er war sicher, daß man ihn unter Drogen gesetzt und er noch schlafen würde, wenn der Schmerz in der Blase nicht so heftig gewesen wäre. Wenn er nur etwas hätte, das der Droge entgegenwirkte, dann könnte er jetzt seine Pläne durchführen. Aber zuerst mußte er auf die Toilette.

Um dorthin zu gelangen, mußte er dicht an Marsias Bett vorbei. Sie bewegte sich nicht, sondern lag mit ausgebreiteten und über die Bettkante hängenden Armen auf dem Bett, den Mund weit geöffnet.

Er blickte weg, denn es kam ihm unsittlich vor, sie im Schlaf anzusehen.

Aber irgend etwas stach ihm ins Auge — eine Bewegung, ein Lichtblitz wie von einem glänzenden Juwel in ihrem Mund.

Er beugte sich über sie, sah hin und prallte entsetzt zurück.

Ein Kopf erhob sich zwischen ihren Zähnen.

Er hob die Hand, wollte das Ding packen, erstarrte

jedoch mitten in der Bewegung, als er den winzigen vorgeschobenen Mund und die kleinen blauen Augen erkannte. Es war der Wurm.

Zuerst glaubte er, Marsia sei tot. Das Ding hatte sich in ihrem Mund nicht zusammengeringelt. Sein Körper verschwand in ihrer Kehle.

Dann sah er, wie sich ihr Brustkorb leicht hob und senkte und daß sie offenbar nicht in Schwierigkeiten war.

Er zwang sich, näher an den Wurm heranzukommen, obwohl sich seine Magenmuskeln wanden und seine Halsmuskeln zitterten, und er brachte die Hand dicht an dessen Lippen.

Warme Luft streichelte seine Finger, und er hörte ein leises Pfeifen.

Marsia atmete durch ihn!

Heiser sagte er: »Jesus« und schüttelte ihre Schulter. Er wollte den Wurm nicht berühren, weil er fürchtete, er könnte etwas tun, das sie verletzte. In diesem Schreckensmoment hatte er vergessen, daß er jetzt seinen Vorteil hätte nützen können.

Marsias Lider hoben sich leicht. Ihre großen, graublauen Augen starrten ihn ausdruckslos an.

»Reg dich nicht auf«, sagte er beruhigend.

Sie schüttelte sich. Ihre Lider schlossen sich, ihr Hals krümmte sich zurück, und ihr Gesicht verzerrte sich.

Er konnte nicht sagen, ob diese Fratze durch Schmerz oder etwas anderes verursacht wurde.

»Was ist das … das … für ein Monstrum?« fragte er. »Ein Symbiont? Ein Parasit?«

Er dachte an Vampire, an Würmer, die einem im Schlaf in den Körper krochen und dort Blut saugten.

Plötzlich setzte sie sich auf und streckte ihm die Arme entgegen. Er ergriff ihre Hände und sagte: »Was ist es?«

Marsia zog ihn an sich und hob gleichzeitig ihr Gesicht dem seinen entgegen.

Aus ihrem offenen Mund schnellte der Wurm, der Kopf zielte auf sein Gesicht, die kleinen Lippen waren zu einem O geformt.

Es war ein Reflex, ein Reflex der Angst, der Lane veranlaßte, ihre Hände fallenzulassen und zurückzuspringen. Er hatte das nicht tun wollen, aber er konnte nichts dafür.

Plötzlich war Marsia hellwach. Der Wurm ließ sich vollständig aus ihrem Mund plumpsen und fiel in einem Haufen zwischen ihre Beine. Dort peitschte er einen Moment lang um sich, bevor er sich wie eine Schlange zusammenrollte. Sein Kopf ruhte auf Marsias Oberschenkel, seine Augen waren auf Lane gerichtet.

Es bestand kein Zweifel daran, Marsia war enttäuscht, frustriert.

Lanes ohnehin schwache Knie gaben nach. Allerdings schaffte er es, zu seinem Ziel weiterzugehen. Als er wieder herauskam, ging er nur bis zu Marsias Bett, wo er sich setzen mußte. Sein Herz pochte hart gegen die Rippen, und er keuchte schwer.

Er setzte sich hinter sie, denn er wollte nicht dort sein, wo ihn der Wurm berühren konnte.

Marsia bedeutete ihm, er solle in sein Bett zurückkehren, worauf sie dann alle schlafen würden. Offenbar, dachte er, findet sie nichts Erschreckendes an diesem Vorfall.

Aber ihm war klar, daß er nicht eher ruhen konnte, bis er irgendeine Art Erklärung dafür bekommen hatte. Er reichte ihr das Papier und den Stift vom Nachttisch und machte dann wilde Gesten. Marsia zuckte mit den Schultern und begann zu zeichnen, während Lane ihr über die Schulter sah. Nach fünf Blatt Papier hatte sie ihre Botschaft mitgeteilt.

Seine Augen waren geweitet, und er war noch blasser geworden.

Also war Marsia *tatsächlich* ein weibliches Wesen.

Weiblich zumindest in dem Sinne, daß sie Eier — und manchmal Junge — in sich trug.

Und da war der sogenannte Wurm. Sogenannt? Wie konnte er ihn nennen? Er konnte nicht unter einer speziellen Kategorie eingeordnet werden. Er war viele Dinge in einem. Er war eine Larve. Er war ein Phallus. Er war auch ihre Nachkommenschaft, von ihrem Fleisch und Blut.

Aber nicht von ihren Genen. Er stammte nicht von ihr ab.

Sie hatte ihn geboren, und doch war sie nicht seine Mutter. Sie war keine von seinen Müttern.

Die Benommenheit und Verwirrung, die er empfand, waren überhaupt nicht von seiner Übelkeit verursacht. Die Dinge entwickelten sich zu schnell. Er dachte wie rasend nach, versuchte diese neue Information zu verarbeiten, aber seine Gedanken kreisten hin und her, hin und her und kamen zu keinen Ergebnissen.

»Es gibt keinen Grund, die Fassung zu verlieren«, sagte er sich. »Schließlich ist die Aufteilung der Wirbeltiere in zwei Geschlechter nur eine der auf der Erde praktizierten Fortpflanzungsmöglichkeiten. Auf Marsias Welt hat die Natur — Gott — für die höher entwikkelten Lebewesen eben eine andere Methode entwikkelt. Und nur er weiß, wie viele andere Arten der Vermehrung er auf vielen anderen Planeten entwickelt hat.«

Trotzdem war er aus der Fassung geraten.

Dieser Wurm, nein, diese Larve, dieser Embryo außerhalb seines Eies und seiner Sekundärmutter... Nun, nennen wir ihn ein für allemal Larve, denn schließlich verwandelt er sich später.

Diese spezielle Larve allerdings war dazu verdammt, in ihrer gegenwärtigen Gestalt zu existieren, bis sie an Altersschwäche starb.

Es sei denn, Marsia fand eine andere erwachsene Aaltau.

Und vorausgesetzt, sie und diese andere Erwachsene empfanden Zuneigung zueinander.

Dann würden sich — entsprechend der Skizze, die sie gezeichnet hatte — Marsia und ihre Freundin oder Liebhaberin zusammen niederlegen oder setzen. Sie würden sich — wie das auch Liebende auf der Erde tun — zärtliche, schmeichelnde und erregende Worte zuflüstern. Sie würden sich streicheln und küssen, ganz so, wie es Mann und Frau auf der Erde tun, obgleich man es auf der Erde durchaus nicht als schmeichelhaft betrachtete, wenn man den Geliebten Großmaul nannte.

Dann würde, anders als bei dem terranischen Brauch, ein Dritter in diesen Bund eintreten, um ein hochbegehrtes und wirklich unerläßliches und ewiges Dreieck zu bilden.

Die Larve würde, blind, hirnlos ihren Instinkten folgend, durch gegenseitiges Berühren der beiden mit dem Schwanz voran in die Kehle einer der zwei Aaltau hinunterkriechen. Im Innern der einen Liebenden würde sich ein fleischerner Verschluß auftun und den schlanken Leib der Larve aufnehmen. Ihre offene Spitze würde den Eierstock der Wirtin berühren. Die Larve wüde, wie ein Zitteraal, einen ganz geringen Stromstoß abgeben. Die Wirtin würde in Ekstase geraten, da ihre Nerven elektrochemisch stimuliert waren. Der Eierstock würde ein Ei abspalten, nicht größer als eine Nadelspitze. Es würde in der offenen Spitze des Larvenschwanzes verschwinden, um dort über einen Kanal bis zur Körpermitte hinauf eine Wanderschaft zu beginnen, vorangedrängt von der Muskelkontraktion und dem Flattern der Flimmerhärchen.

Dann glitt die Larve aus dem Mund der ersten Wirtin und tauchte mit dem Schwanz voran in die andere hinein, um dort denselben Vorgang zu wiederholen. Manchmal sammelten die Larven Eier ein, manchmal nicht, was davon abhing, ob in dem jeweiligen Eierstock eines voll herangereift war, das abgespalten werden konnte.

War dieser Vorgang erfolgreich, trieben die beiden Eier aufeinander zu, trafen sich jedoch nicht.

Noch nicht.

Es mußten weitere Eier in dem dunklen Inkubator gesammelt sein, paarweise gesammelt, wenn auch nicht unbedingt von ein und demselben Spenderpaar.

Insgesamt mußten etwa zwanzig bis vierzig Eierpaare zusammenkommen.

Dann würde eines Tages die geheimnisvolle Chemie der Körperzellen der Larve mitteilen, daß sie genügend Eier gesammelt hatte.

Ein Hormon wurde freigegeben, die Metamorphose begann. Die Larve schwoll gewaltig an, und die Mutter legte sie, wenn sie dies sah, zärtlich an einem warmen Ort nieder und fütterte sie mit sehr viel vorverdautem Essen und Zuckerwasser.

Unter den Augen ihrer Mutter wurde die Larve dann kürzer und breiter. Ihr Schwanz zog sich zusammen; ihre im Larvenstadium weit auseinanderliegenden knorpelartigen Wirbel schoben sich dichter zusammen und verhärteten sich. Ein Skelett entstand, Rippen, Schultern. Beine und Arme sprossen und wuchsen und nahmen humanoide Gestalt an. Sechs Monate vergingen, dann lag ein Etwas in dem Kinderbett, das einem Baby des Homo sapiens ähnelte.

Ab diesem Zeitpunkt wuchs die Aaltau bis zu ihrem vierzehnten Lebensjahr und entwickelte sich ganz wie ihr terranisches Gegenstück.

Das Erwachsenenstadium leitete jedoch weitere eigenartige Veränderungen ein. Hormon um Hormon wurde freigesetzt, bis das erste Paar Keimzellen, die in diesen vierzehn Jahren passiv gewesen waren, zusammentrafen.

Die beiden verschmolzen miteinander, so daß sich das Chromatin der einen mit dem Chromatin der anderen vereinigte. Aus dieser Einheit löste sich — ein einzelnes Wesen, wurmartig, zehn Zentimeter lang, in den Magen seiner Wirtin.

Daraufhin: Übelkeit. Erbrechen. Und schließlich, vergleichsweise schmerzlos, das Hervorbringen eines genetisch neuen Wesens.

Und dabei handelte es sich um diesen Wurm, der Foetus und Phallus gleichermaßen sein würde und der Ekstase vermitteln und die Eier sich liebender Erwachsener in seinen Körper aufnehmen und sich verwandeln und Säugling, Kind und Erwachsener werden wollte.

Und so weiter und so weiter.

Er stand auf und ging zittrig zu seinem Bett hinüber. Dort setzte er sich und hielt den Kopf gesenkt, während er vor sich hinmurmelte.

»Wollen mal sehen. Marsia hat diese Larve geboren, hervorgebracht oder erbrochen. Aber die Larve selbst trägt keine von Marsias Genen in sich. Marsia war nur ihre Wirtin.

Wenn nun Marsia eine Liebhaberin hat, wird sie ihre Erbanlagen durch diesen Wurm weitergeben. Dieser Wurm wird zum Erwachsenen werden und Marsias Kind hervorbringen oder erbrechen.«

Er hob voller Verzweiflung die Hände.

»Wie rekonstruieren die Aaltau ihre Abstammung? Wie behalten sie ihre Verwandten im Auge? Oder kümmern sie sich überhaupt nicht darum? Wäre es nicht einfacher, die Patenmutter, die Wirtin, als echte Mutter anzusehen? Etwa in dem Sinne: Sie hat dich geboren, sie ist es!

Und was haben diese Leute für einen sexuellen Kodex? Er kann dem unseren nicht sehr ähnlich sein, würde ich meinen. Auch gibt es keinen Grund, warum das der Fall sein sollte.

Aber wer ist dafür verantwortlich, die Larve und das Kind aufzuziehen? Seine Pseudomutter? Oder hat die

Liebhaberin an den Pflichten teil? Und was ist mit den Eigentums- und Erbschaftsgesetzen? Und, und ...«

Hilflos blickte er Marsia an.

Sie streichelte liebevoll den Kopf der Larve und erwiderte seinen Blick.

Lane schüttelte den Kopf.

»Ich habe mich getäuscht, Aaltau und Terraner könnten sich niemals auf freundschaftlicher Basis verständigen. Mein Volk würde auf deines wie auf ekelhaftes Ungeziefer reagieren. Ihre tiefsten Vorurteile würden aufbrechen, ihre stärksten Tabus wären verletzt. Sie könnten nicht lernen, mit euch zu leben oder euch auch nur annähernd als menschlich zu betrachten.

Und was das angeht, könntet ihr mit uns leben? War der Anblick meiner Nacktheit nicht ein Schock für dich? Ist diese Reaktion einer der Gründe, weshalb ihr keinen Kontakt mit uns aufnehmt?«

Marsia legte die Larve nieder und stand auf und kam zu ihm herüber und küßte seine Fingerspitzen. Obwohl Lane gegen ein sichtbares Zurückzucken ankämpfen mußte, nahm er ihre Finger und küßte sie auch. Leise sagte er zu ihr: »Doch ... Individuen könnten lernen, einander zu respektieren, Zuneigung zueinander zu empfinden. Und Massen bestehen aus Individuen.«

Er legte sich wieder auf das Bett. Die für eine Weile durch seine Erregung beiseite gedrängte Benommenheit kehrte zurück. Er konnte den Schlaf nicht mehr lange abwehren.

»Schönes, edles Gerede«, murmelte er. »Aber es bedeutet nichts. Die Aaltau wollen überhaupt nichts mit uns zu tun haben. Und wir drängen — ohne das zu wissen — zu ihnen hinaus. Was wird passieren, wenn wir bereit sind, den interstellaren Sprung zu machen? Krieg? Oder werden sie davor Angst haben, uns überhaupt so weit kommen zu lassen — werden sie uns vorher vernichten? Eine einzige Kobaltbombe würde immerhin schon reichen.«

Er blickte Marsia wieder an, das nicht ganz menschliche, jedoch schöne Gesicht, die glatte Haut ihrer Brust, des Bauches und der Lenden, denen Brustwarzen, Nabel oder Schamlippen fehlten. Von weither war sie gekommen, von einem möglicherweise füchterlichen Ort über fürchterliche Entfernungen hinweg. An ihr gab es wenig, das fürchterlich, aber viel, das warm, großzügig, edel, attraktiv war.

Als hätten sie nur darauf gewartet, daß ein Schlüssel gedreht wurde — und jetzt war dieser Schlüssel gedreht worden —, fielen ihm die Zeilen wieder ein, die er in dieser letzten Nacht in der Basis vor dem Einschlafen gelesen hatte.

Es ist die Stimme meines Geliebten, der anklopft und spricht: Mache mir auf, meine Schwester, meine Taube, meine Unbefleckte …

Unsere Schwester ist klein
Und hat keine Brüste;
Was sollen wir mit unserer Schwester tun,
Wenn man um sie werben wird?

Mit dir zu reden — und die Zeit ist mir entfallen,
Alle Jahreszeiten, und ihr Wandel, finden gleichen Gefallen …

»*Mit dir zu reden*«, sagte er laut. Er drehte sich herum, kehrte ihr den Rücken zu und schlug mit der Faust auf das Bett.

»Oh, lieber Gott, warum hat es nicht so sein können?«

Lange Zeit lag er da, das Gesicht in die Matratze gepreßt. Irgend etwas war geschehen; die überwältigende Müdigkeit war verklungen; sein Körper hatte aus einem unbegreiflichen Reservoir Kraft bezogen. Als er dies merkte, setzte er sich auf und winkte Marsia, wobei er gleichzeitig lächelte.

Sie erhob sich langsam und schritt auf ihn zu, aber er

signalisierte ihr, daß sie ihre Larve mitbringen sollte. Zuerst blickte sie verwundert. Dann hellte sich ihr Gesichtsausdruck auf, wurde von Verstehen ersetzt. Erfreut lächelnd ging sie auf ihn zu, und obwohl er wußte, daß es ein Streich seiner Phantasie sein mußte, schien es ihm, als würde sie wie eine normale Frau mit den Hüften schwanken.

Sie hielt vor ihm an, beugte sich zu ihm herunter und küßte ihn liebevoll auf die Lippen. Ihre Augen waren geschlossen.

Er zögerte für den Bruchteil einer Sekunde. Sie — nein, es, sagte er sich — sah so vertrauensvoll, so fraulich aus, daß er es nicht tun konnte.

»Für die Erde!« stieß er wild hervor und schlug ihr die Handkante kräftig gegen die Halsseite.

Sie brach nach vorn gegen ihn zusammen, wobei ihr Gesicht über seine Brust glitt. Lane fing sie auf, packte sie unter den Achselhöhlen und legte sie mit dem Gesicht nach unten auf das Bett. Die Larve, die aus ihrer Hand und zu Boden gefallen war, ringelte sich wie verletzt. Lane ergriff sie am Schwanz, hob sie hoch und schlug damit — in einer Raserei, die ihre Gewalt der Furcht verdankte, daß er nicht fähig sein könnte, es zu tun — wie mit einer Peitsche zu. Ein Knacks war zu hören, als der Kopf auf den Boden krachte und Blut aus den Augen und Mund spritzte. Lane setzte seine Ferse auf den Kopf und trat zu, bis nur noch ein flacher Matsch unter seinem Fuß war.

Dann rannte er schnell, bevor sie wieder zur Besinnung kommen und irgendwelche Worte aussprechen konnte, die ihn krank und schwach machen würden, zu einem Schrank. Er riß ein schmales Handtuch heraus, stürmte zurück und knebelte sie. Danach band er ihr mit dem Strick die Hände auf den Rücken.

»Jetzt, du Weibsstück!« keuchte er. »Jetzt werden wir sehen wer, wer aus diesem Spiel als Sieger hervorgeht! Du würdest das doch auch mit mir tun, oder? Du verdienst es, und dein Monster hat sogar den Tod verdient!«

Wütend begann er zu packen. Nach fünfzehn Minuten hatte er die Anzüge, Helme, Tanks und Lebensmittel zu zwei Bündeln zusammengerollt. Er suchte nach der Waffe, die sie erwähnt hatte, und fand etwas, das entfernt danach aussah. Es hatte einen Kolben, der in seine Hand paßte, einen Mechanismus, der ein Regler oder Gradmesser dessen sein konnte, was es abfeuerte, und am vorderen Ende eine Art Birne.

Die Birne, hoffte er, strahlte die Betäubungs- und Tötungsenergie ab. Natürlich konnte er sich täuschen. Das Ding konnte auch einem völlig anderen Zweck dienen.

Marsia hatte ihr Bewußtsein wiedererlangt. Sie saß auf der Bettkante, die Schultern gebeugt, den Kopf gesenkt, und Tränen rannen ihr über die Wangen in den Knebel vor dem Mund. Ihre geweiteten Augen starrten auf den zerschmetterten Wurm vor ihren Füßen.

Grob packte Lane ihre Schultern und zerrte sie hoch. Sie funkelte ihn wild an, und er versetzte ihr einen leichten Stoß. Er fühlte sich innerlich krank, weil er wußte, daß er die Larve getötet hatte, obwohl das nicht nötig gewesen wäre, und daß er so gewalttätig mit ihr umging, weil er Angst hatte — nicht vor ihr, sondern vor sich selbst. Wenn ihr blindes Tappen in seine Falle ihn angeekelt hatte, so nur deshalb, weil er trotz seines Ekels diesen Akt der Liebe hatte begehen wollen. Begehen, dachte er, das ist das passende Wort. Es hatte einen kriminellen Unterton.

Marsia wirbelte herum und verlor wegen ihrer gefesselten Hände beinahe das Gleichgewicht. In ihrem Gesicht arbeitete es, würgende Geräusche quollen hinter dem Knebel hervor.

»Sei still!« brüllte er, wobei er sie wieder schüttelte. Sie stürzte zu Boden, aber bewahrte sich nur deshalb davor, auf das Gesicht zu fallen, weil sie sich auf die

Knie warf. Wieder riß er sie hoch und bemerkte, daß ihre Knie wundgeschlagen waren. Statt ihn zu besänftigen, machte ihn der Anblick des Blutes nur noch rasender.

»Reiß dich zusammen, oder es ergeht dir noch schlimmer«, fauchte er.

Sie warf ihm noch einen fragenden Blick zu, ruckte den Kopf in den Nacken und ließ ein seltsames, würgendes Geräusch hören. Augenblicklich nahm ihr Gesicht eine bläuliche Färbung an. Eine Sekunde später fiel sie schwer zu Boden.

Erschrocken drehte er sie herum. Sie erstickte.

Er fetzte den Knebel weg und griff in ihren Mund hinein und packte die Zungenwurzel. Sie entglitt ihm, und er ergriff sie wieder, nur um sie sich gleich wieder entgleiten zu fühlen, als wäre sie ein lebendiges Tier, das ihm trotzte.

Dann hatte er ihr die Zunge aus der Kehle gezogen. In ihrem Vorsatz, sich selbst umzubringen, hatte sie sie verschluckt.

Lane wartete. Als er sicher war, daß sie sich erholen würde, legte er ihr den Knebel wieder an. Gerade als er in ihrem Nacken den Knoten binden wollte, hörte er auf. Was hatte es schon für einen Sinn, damit weiterzumachen? Wenn er ihr zu sprechen erlaubte, sagte sie das Wort, das ihn erbrechen lassen würde. Geknebelt würde sie ihre Zunge wieder verschlucken.

Er konnte sie nur ein paarmal retten. Schließlich würde es ihr doch glücken, sich zu töten.

Die einzige Möglichkeit, sein Problem zu lösen, war zugleich auch die einzige Möglichkeit, die er nicht nutzen konnte. Wenn ihre Zunge an der Wurzel abgeschnitten wäre, konnte sie weder sprechen noch sich umbringen. Manche Menschen hätten es vielleicht getan; er konnte es nicht.

Darüber hinaus gab es nur eine weitere Möglichkeit, sie still zu halten: sie umzubringen.

»Ich kann das nicht so kaltblütig tun«, sagte er laut. »Wenn du also unbedingt sterben willst, Marsia, dann mußt du das selbst erledigen — dann begehe Selbstmord. Ich kann dich nicht daran hindern. Komm hoch. Ich hole dein Bündel, dann verschwinden wir von hier.«

Marsia lief blau an und sackte zu Boden.

»Dieses Mal helfe ich dir nicht mehr«, rief er, aber er ertappte sich dabei, daß er wie rasend versuchte, den Knoten zu lösen.

Gleichzeitig begriff er, was für ein Dummkopf er war. Natürlich! Er würde ihre eigene Pistole gegen sie verwenden — das war die Lösung! Den Regler auf Betäubung drehen und sie paralysieren, sooft sie das Bewußtsein wiedererlangte. Solch ein Vorgehen würde bedeuten, daß er sie und ihre Ausrüstung auf dem Dreißigmeilenmarsch durch die Röhre bis zu einem Ausgang in der Nähe der Basis zusätzlich schleppen mußte. Aber er konnte es schaffen. Er würde eine Art Tragegestell zusammenbasteln. Er würde es schaffen! Nichts konnte ihn aufhalten. Und auf der Erde ...

In diesem Moment hörte er ein Geräusch und schaute auf. Dort standen zwei Aaltau in Druckanzügen, und eine weitere kroch aus dem Tunnel. Jede hielt eine Pistole mit Birnenspitze in der Hand.

Verzweifelt griff Lane nach der Waffe, die er hinter den Gürtel gesteckt hatte. Mit seiner linken Hand drehte er den Regler an der Seite des Kolbens hoch — in der Hoffnung, dies würde ihn auf volle Leistung stellen. Dann richtete er die Birne auf die Gruppe ...

Er erwachte flach auf dem Rücken liegend, bis auf den Helm mit seinem Anzug bekleidet und auf eine Trage geschnallt. Sein Körper war gelähmt, doch er konnte den Kopf drehen. Das tat er und sah viele Aaltau den Raum ausräumen. Diejenige, die ihn mit ihrer Pistole betäubt hatte, bevor er schießen konnte, stand neben ihm.

Sie sprach ein Englisch, das nur die Spur eines fremden Akzents enthielt. »Beruhigen Sie sich, Mr. Lane. Ihnen steht eine lange Reise bevor. Sie werden in eine bequemere Lage gebracht, wenn wir in unserem Schiff sind.«

Er öffnete den Mund, wollte sie fragen, woher sie seinen Namen kannte, schloß ihn jedoch wieder, als ihm klarwurde, daß sie die Eintragungen im Logbuch in der Basis gelesen haben mußte. Und einige Aaltau waren sicherlich in Erdsprachen ausgebildet. Seit über einem Jahrhundert hörten ihre Raumschiff-Vorposten Funk und Fernsehen auf der Erde mit.

In diesem Augenblick sprach Marsia mit der Aaltau, die offenbar der Captain war. Ihr Gesicht war verzerrt und vom Weinen und durch Abschürfungen gerötet.

Die Dolmetscherin sagte zu Lane: »*Mahrseeya* bittet Sie, ihr zu erklären, weshalb Sie ihr ... Baby getötet haben. Sie kann nicht verstehen, weshalb Sie meinten, das tun zu müssen.«

»Ich kann ihr darauf keine Antwort geben«, erwiderte Lane. Sein Kopf fühlte sich sehr leicht an, fast so, als wäre er ein sich ausdehnender Ballon. Und der Raum begann sich langsam zu drehen.

»Ich werde ihr sagen, warum«, antwortete die Dolmetscherin. »Ich werde ihr sagen, daß dies die Natur der reißenden Bestie ist.«

»Das stimmt nicht!« schrie Lane. »Ich bin kein bösartiges wildes Tier. Ich habe es getan, weil ich es tun mußte. Ich konnte ihre Liebe nicht erwidern und trotzdem ein Mensch bleiben! Nicht diese Art von Mensch ...«

»*Mahrseeya*«, sagte die Dolmetscherin, »wird dafür beten, daß Ihnen die Ermordung ihres Kindes vergeben wird und Sie eines Tages unter unserer Anleitung nicht mehr fähig sein werden, so etwas zu tun. Sie selbst vergibt Ihnen, obgleich sie mit Trauer um ihr totes Baby geschlagen ist. Sie hofft, daß Sie sie eines Tages als ...

Schwester betrachten werden. Ihrer Meinung nach steckt selbst in Ihnen ein guter Kern.«

Lane preßte die Zähne zusammen und biß sich auf die Zungenspitze, bis sie blutete, während man ihm den Helm aufsetzte. Er wagte nicht zu reden, denn dann hätte er schreien, immerzu schreien müssen. Er fühlte sich, als wäre ihm etwas eingepflanzt worden, als hätte dieses Etwas seine Schale durchbrochen und würde nun zu einer Art Wurm heranwachsen. Es fraß ihn auf, und was geschehen würde, bevor es ihn ganz verschlungen hatte, das wußte er nicht.

Der Müllkutscher

DER MÜLLKUTSCHER:

Originaltitel: THE ALLEY MAN

(erstmals erschienen im ›Magazine of Fantasy & Science Fiction‹, Juni 1959); mit freundlicher Genehmigung des Autors
Aus dem Amerikanischen übersetzt von Irmhild Hübner

»Der Mann vonner Klapsmühle war heute morgen hier«, sagte Gummy. »Während du draußen am Angeln warst.«

Sie ließ das Stück Maschendraht fallen, das sie gerade mit Hilfe von Bindfaden über einem Loch in dem rostigen Fensterrahmen befestigen wollte. Fluchend und grunzend wie ein Schwein in der Suhle beugte sie sich vor und hob es auf. Sich wieder aufrichtend, schlug sie heftig auf ihre nackte Schulter.

»Verdammte Moskitos! Da draußen müssen Millionen sein, die alle vonnem brennenden Müll wegwollen.«

»Klapsmühle?« fragte Deena. Sie wandte sich von dem verbeulten Kerosinofen ab, auf dem sie geschnittene Kartoffeln, Barsche und Kaulköpfe briet, die im eine halbe Meile entfernten Illinois River gefangen worden waren.

»Ja!« knurrte Gummy. »Has' ja gehört, was der Alte sagt. Irrenhaus. Anstalt. Also ... der Kerl vonner Klapsmühle hieß John Elkins. Er hat all die Tests mit dem Alten gemacht, als se ihn letztes Jahr eingesperrt ham. Der dünne kleine Knilch mit'm Schnurrbart, der dir nie inne Augen sieht und grinst wie'n Stinktier. Der Kerl, der dem Alten den Hut weggenommen hat un' ihn nich' zurückgeben wollte, bis der Alte ihm versprochen hatte, lieb zu sein. Weißte's jetzt wieder?«

Deena, groß, dünn, nur mit einem weißen Frottee-Bademantel bekleidet, sah aus, als hätte man einen überraschten, strengen Kopf auf einen Stock gesteckt. Das große, dunkelrote Muttermal auf Wange und Hals hob sich scharf von ihrer blassen Haut ab.

»Wollten sie ihn wieder zurück in die Landesklinik bringen?« fragte sie.

Gummy, die sich in dem großen, zersprungenen Spiegel betrachtete, der an die Wand genagelt war, lachte und zeigte ihre zwei Zähne. Ihr krauses, gelblichbraunes Haar war kurz geschnitten. Ihre kleinen blauen Augen lagen tief in den Höhlen, die von zwei vorspringenden Knochen gebildet wurden, ihre Nase war sehr lang, unglaublich breit und die Nasenspitze leuchtend rot von geplatzten Äderchen. Ihr Kinn war nicht vorhanden, und ihr Kopf war ständig vornübergebeugt. Sie trug lediglich einen schmutzigen, einst weißen Slip, der ihr bis zu den geschwollenen Knien reichte. Wenn sie lachte, schwabbelten ihre riesigen Brüste, die wie Wackelpuddinge auf ihrem aufgedunsenen Bauch ruhten. Aus ihrem Gesichtsausdruck konnte man ablesen, daß sie nicht unzufrieden war mit dem, was sie in dem gesprungenen Glas sah. Sie lachte wieder. »Nee, sie sin' nich' gekommen, um ihn wegzuholen. Elkins wollte nur diese junge Mieze vorstellen, die bei ihm war. Eine hübsche Kleine mit braunen Haaren un' mit großen braunen Augen hinter ganz dicken Brillengläsern. Sie sah genau aus wie'n Kollitsch-Mädchen, un' das war se auch. Die Mieze hat'n Doktor oder so in ... Sexologie ...«

»Psychologie?«

»Vielleicht war's Sozichologie ...«

»Soziologie?«

»Hm. Vielleich'. Egal, die Brillenschlange macht 'ne Studie oder so für 'ne Stiftung. Sie will mit dem Alten rumziehen, zusehen, wie er seinen Müll sammelt, welche Gassen er langfährt, was seine, äh, Gewohnheiten sin', un' rausfinden, was für 'ne Erziehung er gehabt hat ...«

»Der Alte wird das niemals zulassen«, explodierte Deena. »Du weißt, daß er es nicht ausstehen kann, von einem aus dem Falschen Volk beobachtet zu werden.«

»Hm. Vielleich'. Jedenfalls sag ich ihnen, daß der Alte es nich' mögen wird, wenn se sich über ihn lustig machen wollen, aber se sagen rasch, is' nich' zum Lustigmachen, is' für die Wissenschaft. Un' se woll'n ihn für seine Mühen bezahlen. Sie ham nen Zuschuß vonner Stiftung. Also sag ich, dann wird der Alte das wohl mit anderen Augen sehen, un' dann sin' se wieder rausgegangen ...«

»Du hast sie *ins Haus* gelassen? Hast du den Vogelkäfig versteckt?«

»Warum denn? Sein Hut war nich' drin.«

Deena machte sich wieder daran, ihren Fisch zu braten, sagte aber über ihre Schulter noch: »Ich glaube nicht, daß der Alte dieser Idee zustimmen wird, was meinst du? Es ist ziemlich entwürdigend.«

»Spinnste? Wer is' denn noch unterm Alten? Höchstens 'ne Schlange. Klar, wird er ja sagen. Er wird ein Auge auf die Brillenschlange werfen, sicher das.«

»Sei nicht so dumm«, gab Deena zurück. »Er ist ein schmutziger, stinkender, einarmiger Mann in mittlerem Alter — der häßlichste Mann auf der Welt.«

»Ja, er is' der häßlichste Mann vonner Welt, klar. Un' er stinkt wie 'ne Ziege, die inne Senkgrube gefallen is'. Aber der Gestank kriegt se rum. Er hat mich rumgekriegt, dich, un' noch 'ne ganze Reihe anderer. Sogar die feine Gesellschaftsdame, bei der er Müll abgeholt hat ...«

»Halt den Mund«, keifte Deena. »Dieses Mädchen muß ein gebildetes, intelligentes Mädchen sein. Sie wird den Alten als eine Art Affe betrachten.«

»Du kennst diese Affen ja«, sagte Gummy, ging zu dem altmodischen Kühlschrank und nahm ein kaltes Bier heraus.

Sechs Bier später war der Alte noch immer nicht nach Hause gekommen. Der Fisch war kalt und fettig geworden, der große Juli-Mond aufgegangen. Deena patrouillierte wie eine abgemagerte, schmutzigweiße, nervöse Straßenkatze auf einem Hinterhofzaun in der Hütte auf und ab. Gummy saß auf der Bank, die aus Latten gezimmert war und kauerte über ihrem Bier. Schließlich erhob sie sich taumelnd und schaltete das schon beschädigte Fernsehgerät ein. Als sie jedoch das

Poltern und Rumpeln eines alten Motors in der Ferne hörte, stellte sie es wieder ab.

Das Gepoltere und Gerumpel wurde unmittelbar vor dem Haus zu einem Brüllen. Anschließend ertönte ein heftiges Schnaufen, als ob ein alter Roboter hustet, der beidseitige Lungenentzündung in seinen eisernen Lungen hat. Dann Stille.

Die aber nicht lange anhielt. Als die zwei Frauen noch stillstanden, ohne sich zu rühren, und angestrengt lauschten, hörten sie eine Stimme wie das Rumpeln eines fernen Donners.

»Nimm's leicht, Kleines.«

Eine andere Stimme, leise, schläfrig murmelnd.

»Wo ... wir?«

Die donnergleiche Stimme: »Zu Hause, wo wir Schlaf finden.«

Heftiges Husten.

»Is' der Rauch von dem brennenden Müll, Kleines. Stülpt einem glatt den Magen um, was? Schau nur. Der Rauch steigt zum Vollmond auf wie die Gespenster von Männern, die schon so verfault sin', daß selbst die Gespenster noch besudelt sin'. He, Küken, has' nich' gedacht, daß der Alte so schwere Worte wie ›besudeln‹ kennt, was? Das kommt vom Leben im städtischen Müll. Ich hör' das Wort immer von den hohen Herrn, die herkommen un' den Gestank hier untersuchen, damit sie den Gestank im Rathaus vergessn. Ich bin nich' ungebildet. Ich hab' nen Fernseher. Ha, ha, ha!«

Es gab eine Pause, und die beiden Frauen wußten, daß er seine Knie beugte und seinen Körper zurücklehnte, damit er hinauf zum Himmel schauen konnte.

»Ah, du guter, guter Mond, Braut des Alten Herrn im Himmel! Der Tag wird kommen, ram-pa-da-damm, ein Tag, ich schwör's, du Alte Frau des Alten Herrn im Himmel, wenn du mir hilfst, die langverlorene Kopfbedeckung von König Paley zu finden, die ich und meine Vorfahren schon seit fünfzigtausend Jahren suchen, hilf mir, und der Alte Paley wird das frische Blut einer Jungfrau vom Falschen Volk für dich vergießen, so daß du dich wie auf einen roten Teppich drauflegen kannst oder dich hineinwickeln kannst wie in ein rotes Kleid. Un' dann brauchst du nich' mehr deine lieblich schimmernde Nase über mich zu rümpfen un' mich mit deiner silbernen Spucke anzuspucken. Das verspricht dir der Alte, so sicher, wie sein guter Arm eine Tochter vom Falschen Volk hält, 'ne Jungfrau, glaube ich, un' sie mit zu sich nach Hause nimmt, wenn es auch noch so bescheiden ist, wir werden also sehen ...«

»Sternhagelvoll«, flüsterte Gummy.

»Mein Gott, er bringt ein Mädchen hier mit rein«, sagte Deena.

»*Das* Mädchen!«

»Doch nich' das Kollitsch-Balg?«

»Will der Idiot unbedingt gelyncht werden?«

Der Mann draußen bellte: »He, ihr Weiber, hebt eure fetten Ärsche un' macht die Tür auf, bevor ich sie eintrete! Der Alte kommt mit 'ner Handvoll Dollars nach Hause, im Arm 'n schlafendes Lamm, den Bauch voll Bier. Kommt zurück nach Hause wie 'n Held und erwartet gefälligst auch so 'ne Bedienung!«

Deena, die plötzlich wieder fähig war, sich zu rühren, öffnete die Tür.

Aus der Dunkelheit ins Licht schlurfte etwas Untersetztes und Klobiges, das eher einem zum Leben erwachten Baumstamm ähnelte als einem Mann. Es blieb stehen, und die Augen unter dem riesigen schwarzen Homburg blickten glasig. Selbst der große Hut konnte die verlängerte, brotlaibähnliche Form des Schädels nicht verbergen. Die Stirn war abnorm niedrig, über den Augen lagen vorspringende Knochenbögen. Diese waren besetzt mit Augenbrauen wie Spanisches Moos, das die höhlenähnlichen Vertiefungen, in denen die kleinen blauen Augen lauerten, noch betonte. Seine Nase war sehr lang und sehr breit, mit weit offenen

Nasenlöchern. Die Lippen waren dünn, aber vorgestülpt durch die darunterliegenden, nach vorn drängenden Kieferknochen. Ein Kinn gab es nicht, und Kopf und Schultern waren praktisch ohne Unterbrechung durch einen Hals miteinander verbunden, jedenfalls sah es so aus. Ein gekräuselter Wald rostroter Haare quoll aus seinem offenen Hemd.

Über seiner Schulter, gehalten von einer Hand so groß und knorrig wie ein Korallenzweig, hing die schmale Gestalt einer jungen Frau.

Er schlurfte auf eine seltsame Art in den Raum, mit gebeugten Knien, auf den Außenkanten seiner dicksohligen Stiefel gehend. Plötzlich blieb er stehen, schnüffelte tief und grinste, wobei er dicke, gelbe Zähne entblößte, die zum Zubeißen wie geschaffen waren.

»Jesses, das riecht gut. Nimmt den elenden Müllgestank. Gummy! Haste dich mit dem Parfüm eingesprüht, das ich innem Aschehaufen am Ufer gefunden hab'?«

Gummy kicherte und sah schüchtern drein.

Deena sagte scharf: »Sei nicht dumm, Gummy. Er versucht, dir Honig um den Bart zu schmieren, damit du vergißt, daß er das Mädchen mitgebracht hat.«

Der Alte Paley lachte rauh und ließ das schnarchende Mädchen in eine Hängematte nieder. Dort lag es ausgebreitet, der Rock war ihr bis über die Hüften hochgerutscht. Gummy gackerte, aber Deena beeilte sich, den Rock herunterzuziehen und dem Mädchen auch die dicke Hornbrille abzunehmen.

»Himmel«, sagte sie. »Wie ist denn das passiert? Was hast du mit ihr gemacht?«

»Nichts«, brummte er plötzlich finster.

Er nahm eine Flasche Bier aus dem Kühlschrank, biß mit seinen Zähnen, die massig und verwittert wie alte Grabsteine waren, in den Kronkorken und riß ihn ab. Hoch ging die Flasche, vorwärts seine Knie, zurück sein Körper, der sich von der Flasche wegbeugte, und hinunter floß die bernsteinfarbene Flüssigkeit, gurgel, gurgel, blubb. Er rülpste und grölte dann: »Da war ich, der Alte Paley, ging meinen verdammten Angelegenheiten nach, packte 'n Bündel Zeitungen und Magazine, die ich gefunden hatte, und da kommt ein 51er blauer Ford Sedan mit Elkins, dem Doktor, ausser Irrenanstalt. Un' diese kleine Brillenschlange hier, Dorothy Singer. Un'...«

»Ja«, sagte Deena. »Wir wissen, wer sie sind, aber wir wußten nicht, daß sie dich gesucht haben.«

»Wer hat dich gefragt? Wer erzählt die Geschichte? Jedenfalls sagt er mir, was sie wollen. Un' ich wollte nein sagen, aber die kleine Kollitsch-Göre hier sagt, wenn ich ein Papier unterschreibe, daß ich einverstanden bin damit, daß sie mit mir rumzieht un' sogar 'n paar Abende bei uns zu Hause bleibt un' ganz normal mit uns lebt, zahlt se mir fünfzig Dollars. Ich sag' ja! Alter Herr im Himmel! Das sin' hunnertfünfzig Flaschen Bier! Ich habe Prinzipien, aber die sin' weggeschwommen in einer solchen schäumenden Flut von Bier.

Ich sag' ja, un' der nette kleine Käfer gibt mir das Papier zum Unterschreiben, un' gibt mir zehn Dollar Vorschuß und sagt, den Rest krieg' ich in sieben Tagen. Zehn Dollar in meiner Tasche! Un' dann klettert sie auf'n Sitz in meinem Lastwagen. Un' dann parkt dieser dämliche Elkins seinen Ford un' sagt, er glaubt, er sollte mal mit uns fahren, um zu sehen, daß alles in Ordnung is'.

Aber dem Alten kann er nichts vormachen. Er is' hinter der Brillenschlange her. Wenn er sie anguckt, fallen ihm immer fast die Augen aussem Kopf. Also sammle ich Müll für'n paar Stunden un' rede die ganze Zeit. Un' zuerst hat se Angst vor mir, weil ich so verdammt häßlich bin un' komisch. Aber nach 'ner Weile fängt se schon an zu lachen. Dann bin ich mit'm Wagen in die Gasse hinter Jacks Taverne inner Ames Street.

Sie fragt mich, was ich mache. Ich sag, ich halt' an für'n Bier, wie jeden Tag, un' se sagt, sie könnt' auch einen vertragen. Also ...«

»Bist du wirklich mit ihr hineingegangen?« fragte Deena.

»Nee. Hatte ich zuerst vor, kriegte dann aber's Zittern. Un' ich mußte ihr sagen, daß ich es nich' konnte. Sie fragte mich warum. Ich sag, ich weiß nich'. Immer schon, seit ich kein Kind mehr bin, kann ich es nich'. Sie sagt, ich hätte ... irgendwas wie 'ne Blume, wie heißt das?«

»Neurose?« meinte Deena.

»Hm. Nur, daß ich es ein Tabu nenne. Also gehen Elkins un' die Kleine rein zu Jack un' kommen mit nem kalten Sechserpack wieder, un' wir fahren wieder ...«

»Und?«

»Un' so fahren wir weiter von Ort zu Ort, bleiben aber immer in den Gassen, un' sie hält es für 'nen tollen Spaß, an der Hintertür von Kneipen zu laden. Dann fang ich an, doppelt zu sehen, un' mir war alles egal, un' ich kriegte wieder Angst, also gingen wir inne Circle Bar. Un' sin' in eine Schlägerei verwickelt worden. Mit so 'nem Hillbilly mit seinen Koteletten und Lederjacke, der da rumhing un' versuchte, die Brillenschlange anzumachen.«

Beide Frauen rangen nach Luft. »Sind die Bullen gekommen?«

»Wenn, dann sin' se zu spät gekommen. Ich hab den Hillbilly mit meinem einen Arm — dem stärksten Arm der Welt — an der Lederjacke gepackt un' ihn quer durch den Raum geschmissen. Un' als seine Kumpels sich dann mit mir anlegen wollten, hab' ich wie ein verdammter Gorilla mit meiner Faust auf meiner Brust rumgetrommelt un' ihnen Grimassen geschnitten, un' plötzlich ziehen sie alle den Schwanz ein un' hören wieder ihre Hillbilly-Musik. Un' ich nehme die Kleine — die sich vor Lachen krümmt —, un' Elkins, weiß wie 'ne

Wand, is' hinter mir her, un' weg waren wir, un' hier sind wir.«

»Ja, du Idiot, hier bist du!« rief Deena. »Das Mädchen in dem Zustand hierherzubringen! Sie wird sich die Seele aus dem Leib schreien, wenn sie aufwacht und dich sieht!«

»Ach, halt den Rand!« knurrte Paley. »Zuerst hatte sie Angst vor mir un' versuchte, sich von mir fernzuhalten. Aber sie hat angefangen, mich zu *mögen*. Kann ich dir sagen. Un' sie mag auch meinen Geruch. Ich wußte, daß sie das tun würde. Tun doch alle, was! Diese Weiber vom Falschen Volk können nicht mehr nein sagen, wenn sie uns einmal geschnuppert haben. Wir Paleys haben das nun mal im Blut.«

Deena lachte und meinte: »Du meinst, du hast es im Kopf. Himmel noch mal, wann hörst du endlich auf, uns mit diesem Unsinn vollzuquasseln? Du bist ja verrückt!«

Paley brummte. »Ich hab dir schon oft gesagt, du sollst nich' sagen, daß ich spinne.« Und er schlug ihr quer über die Wange. Sie taumelte zurück und krachte gegen die Wand, hielt ihr Gesicht und schluchzte. »Du stinkender, häßlicher, blöder Affe, du schlägst mich, mich, die Tochter von Leuten, denen du eigentlich die Stiefel küssen müßtest. *Du* hast *mich* geschlagen!«

»Ja, un' sag nur noch, du bis' nich' froh darüber«, sagte Paley mit einer Stimme wie ein sich ankündigendes Erdbeben. Er schlurfte hinüber zur Hängematte und legte seine Hand auf das schlafende Mädchen.

»Ha, fühlt mal. Ganz straff alles, ihr beiden welken Ziegen.«

»Du Untier!« kreischte Deena. »Ein hilfloses kleines Mädchen auszunutzen!«

Wie eine Straßenkatze schlug sie mit ausgefahrenen Krallen nach ihm.

Er lachte heiser und umklammerte ihr eines Handgelenk und drehte es so lange, bis sie in die Knie sank und die Zähne zusammenbiß, um nicht vor Schmerz aufzuschreien. Gummy kicherte und reichte dem Alten ein Bier. Um es zu nehmen, mußte er Deena loslassen. Sie stand auf, und alle drei setzten sich, als ob nichts geschehen wäre, an den Tisch und fingen an zu trinken.

Gegen Morgen weckte ein tiefes, animalisches Knurren das Mädchen. Sie öffnete die Augen, konnte das Trio aber nur schemenhaft erkennen. Ihre Hände tasteten nach ihrer Brille, konnten sie jedoch nicht finden.

Der Alte, dessen Knurren sie aus ihren Träumen hochgeschreckt hatte, brummte wieder: »Ich sag dir, Deena, un' ich rate dir im Guten, lach nich' über den Alten, lach nich' über den Alten, un' ich sag es dir zum dritten Mal, lach nich' über den Alten!«

Sein unglaublicher Baß hob sich zu einem hohen Wutgekreisch.

»Wassis bloß mit deinem Kopf los? Ich gebe dir Beweis über Beweis, un' du sitzt da in deiner Blödheit wie eine dumme Gans, die ihre Eier zerquetscht hat un' nich' zugeben will, daß es ihre Schuld war. Ich — ich — Paley — der Alte Paley, kann beweisen, wenn ich sage, daß ich zum Wahren Volk gehöre.«

Plötzlich wirbelte seine Hand über den Tisch zu Deena hin.

»Fühl mal die Knochen in meinem Unterarm! Die sin' nich' so gerade und schmächtig wie die Knochen von euch vom Falschen Volk. Sie sin' so dick wie'n Fahnenmast, un' sie sin' voneinander weggekrümmt wie die Buckel von zwei Katzen, die sich um nen Fischkopf ausser Mülltonne streiten. Sie sin' so gemacht, damit sie wirklich starke Anker für meine Muskeln sein können, die viel größer sin' als bei euch vom Falschen Volk. Komm schon, fühl mal.

Un' guck dir mal meine Augenbrauen an. Wie die Ränder von den Hornbrillen, die diese Intellektuellen immer tragen. Wie anner Brille vonner Uni-Maus da.

Un' fühl mal die Form von meinem Schädel. Nich' so'n Ball wie bei dir, sondern wie 'n Laib Brot.«

»Fossiles Brot!« schnaubte Deena. »Hart wie Stein, durch und durch.«

Der Alte röhrte weiter. »Fühl mal meine Halsknochen, wenn du stark genug bis', durch meine Muskeln durchzufühlen! Sie sin' nach vorn gebogen, nich' ...«

»Oh, ich weiß, daß du ein Affe bist. Du kannst nicht nach oben schauen, um zu sehen, ob es ein Vogel oder nur ein Regentropfen war, ohne dir den Hals zu brechen.«

»Affe, verdammt! Ich bin ein Mann vom Wahren Volk! Fühl meine Fußknöchel! Sin' sie wie deine? Nee! Sin' anders gebaut, wie meine ganzen Füße!«

»Deswegen müssen du und Gummy und eure ganze Brut wohl auch wie Schimpansen laufen?«

»Ha, ha, ha!«

»Ich lache und lache. Weil du nämlich eine Mißgeburt der Natur bist, ein Monster, dessen Knochen schon im Mutterleib falsch gewachsen sind, weil du dir dieses phantastische Märchen ausgedacht hast, daß du von den Neandertalern abstammst ...«

»Neandertaler!« flüsterte Dorothy Singer. Die Wände drehten sich um sie herum, sahen in dem Dämmerlicht krumm und schief aus, wie ein Raum im Fegefeuer.

»... der ganze Unsinn über den verlorenen Hut von Old King«, fuhr Deena fort, »und daß, wenn du ihn jemals findest, du den Fluch bannen kannst, der euch sogenannte Neandertaler auf die Müllkippen und Hinterhöfe verbannt, ist selbst alles Müll und nicht sehr appetitlich ...«

»Und du«, rief Paley, »willst wohl wieder Prügel?«

»Genau das willse«, murmelte Gummy. »Mach schon. Schlag sie. Dann wird se ihre Mucken los, un' sie hört auf, dir auf die Nerven zu fallen. Un' wir können alle noch 'ne Mütze voll Schlaf nehmen. Außerdem weckst du die Mieze auf.«

»Die Mieze wird ein Erwachen kriegen wie noch nie, wenn der Alte sie in seine Pfoten kriegt«, brummte Paley. »Herr im Himmel, is' das nichts, daß wir uns kennengelernt haben un' sie jetz' hier ist? So sicher wie 'n altes Hemd stinkt, wird sie sich nich' von mir losreißen können.«

»He, Gummy, vielleich' kriegt sie ein Kind für mich, was? Wir haben schon seit zehn Jahren kein Balg mehr hiergehabt. Vermisse meine Gören irgendwie. Du has' mir sechs geschenkt, alle vom Wahren Volk, obwohl ich mir bei diesem Jimmy nie ganz sicher war, er sah mir O'Brien zu ähnlich. Aber jetz' biste ausgetrocknet, so trocken, wie Deena schon immer war, aber du kannse immer noch aufziehn. Wie würde es dir gefallen, das Balg von der Uni-Mieze aufzuziehn?«

Gummy grunzte und trank ihr Bier aus einem angeschlagenen Kaffeebecher. Nachdem sie laut gerülpst hatte, brummte sie: »Weiß nich'. Du bis' noch verrückter als ich dachte, wenn du meinst, daß diese kleine Brillenschlange was mit dir zu tun haben wollte. Un' selbs' wenn sie bescheuert genug wäre, um es zu tun, was für ein Leben is' das hier schon für 'n Kind? Aufzuwachsen auf 'ner Müllkippe? 'ne häßliche alte Ma un' 'nen häßlichen Pa zu haben? So häßlich aufzuwachsen, daß niemand nichts mit ihm zu tun haben will, un' so komisch zu riechen, daß alle Hunde hinter ihm her sin'?«

Plötzlich begann sie zu heulen.

»Nich' nur die Neandertaler müssen im Dreck leben. Auch die Krüppel, die Kranken, die Blöden un' die Bekloppten müssen da leben. Un' sie werden genauso Neandertaler wie wir vom Wahren Volk. Kein Unterschied, kein Unterschied. Wir sin' alle häßlich un' hoffnungslos un' vergammelt. Wir sin' alle Neander ...«

Die Faust des Alten krachte auf den Tisch.

»Nenn mir solche Namen nich'! Dasis ein G'yaga-Name für uns Paleys — vom Wahren Volk. Laß mich nie wieder nich' den andern Namen hören! Der is' nich' für Menschen, sondern für so 'ne Art von hochklassigen Gorillas.«

»Guck doch mal in den Spiegel!« rief Deena.

Die verwirrende und erschreckende Unterhaltung mit Gezänk, Gepoltere und Gebrüll wurde noch weitergeführt, aber Dorothy Singer hatte ihre Augen geschlossen und war wieder eingeschlafen.

Einige Zeit später erwachte sie. Sie setzte sich auf, fand ihre Brille auf einem Tischchen neben sich, setzte sie auf und sah sich um.

Sie befand sich in einer geräumigen Hütte, die aus allen möglichen Holzteilen zusammengezimmert war. Sie hatte zwei Räume, von denen jeder ungefähr zehn Quadratmeter maß. In der Ecke des einen Raumes stand ein großer Kerosinofen. In einem riesigen Kessel kochte Speck. Die Hitze des Ofens ließ Schweiß auf ihre Stirn treten und über ihre Brille laufen.

Nachdem sie ihre Stirn mit einem Taschentuch getrocknet hatte, besah sie sich die Möblierung der Hütte genauer. Das meiste davon entsprach ihren Erwartungen, aber drei Dinge überraschten sie. Das Bücherregal, die Fotografie an der Wand und der Vogelkäfig.

Das Büchergestell war hoch und schmal und aus irgendeinem dunklen Holz, das arg zerschrammt war. Es war vollgestopft mit Comics, Abenteuerromanen und Pulpmagazinen, von denen manche ihrer Schätzung nach mindestens zwanzig Jahre alt sein mußten. Einige Bücher gab es, deren zerrissene Rücken und wasserfleckige Umschläge darauf schließen ließen, daß sie aus Aschehaufen hervorgezogen worden waren. Haggards *Allan and the Ice Gods,* Wells *Outline of History,* Band I, und sein *The Croquet Player,* ebenso *Gog and Magog, A Prohecy of Armageddon* von Reverend Caleb G. Harris. Borroughs *Tarzan the Terrible* und *In the Earth's Core.* Jack Londons *Beyond Adam.*

Das gerahmte Foto an der Wand stellte eine Frau dar, die Deena sehr ähnlich sah und etwa um 1890 aufgenommen sein mußte. Es war sehr groß, bräunlich gefärbt und zeigte eine aristokratische gutaussehende Frau von etwa fünfunddreißig Jahren in einem hochgeschlossenen Samtkleid. Ihr Haar war streng zu einem Knoten auf dem Oberkopf zusammengefaßt. Ein Juwelencollier ruhte auf ihre Brust.

Das Merkwürdigste war der große Papageienkäfig. Er stand auf einem hohen Gestell, das mit Nägeln am Fußboden verankert war. Der Käfig selbst war leer, aber die Tür war mit einem langen, schmalen Fahrradschloß verschlossen.

Ihre Spekulation darüber wurde unterbrochen durch die beiden Frauen, die sie von ihrem Platz am Ofen her ansprachen.

Deena sagte: »Guten Morgen, Miss Singer. Wie fühlen Sie sich?«

»Mein Kopf brummt fürchterlich«, antwortete Dorothy. »Und meine Zunge fühlt sich an wie ein nasser Lappen. Könnte ich etwas Wasser haben, bitte?«

Deena nahm einen Krug mit kaltem Wasser aus dem Kühlschrank und füllte daraus eine Tasse.

»Wir haben kein fließendes Wasser. Wir müssen unser Wasser von der Tankstelle unten an der Straße holen und es in Eimern herschleppen.«

Dorothy sah zweifelnd aus, aber sie schloß ihre Augen und trank.

»Ich glaube, mir wird schlecht«, sagte sie. »Tut mir leid.«

»Ich bringe Sie nach draußen aufs Örtchen«, sagte Deena, legte ihren Arm um die Schultern des Mädchens und hob es mit erstaunlicher Kraft hoch.

»Wenn ich erst draußen bin«, sagte Dorothy schwach, »geht es mir bestimmt besser.«

»Oh, ich weiß«, meinte Deena. »Es ist der Gestank. Der Fisch, Gummys billiges Parfum, der Schweißgeruch des Alten und das Bier. Ich habe ganz vergessen, wie es mir damit zuerst ergangen ist. Aber draußen ist es nicht besser.«

Dorothy antwortete nicht, aber als sie durch die Tür trat, murmelte sie: »Oh!«

»Ja, ich weiß«, sagte Deena. »Es ist schlimm, aber es wird Sie nicht umbringen ...«

Zehn Minuten später kamen Deena und eine blasse, schwache Dorothy wieder aus dem baufälligen Häuschen.

Sie kehrten in die Hütte zurück, und jetzt erst merkte Dorothy, daß Elkins mit dem Gesicht nach oben auf dem Sitz des Lastwagens ausgebreitet lag. Sein Kopf hing über den Sitz, und Fliegen summten um seinen offenen Mund.

»Das ist ja schrecklich«, fand Deena. »Er wird sehr zornig sein, wenn er aufwacht und herausfindet, wo er ist. Er ist so ein respektabler Mann.«

»Soll er seinen Rausch ausschlafen«, sagte Dorothy. Sie ging in die Hütte, und einen Augenblick später schlurfte Paley in den Raum, eine Woge von Bierdunst und sehr seltsamen Schweißgeruch vor sich hertreibend.

»Wie gehts?« brummte er in so tiefem Tonfall, daß sich ihre Nackenhaare sträubten.

»Schlecht. Ich glaube, ich gehe nach Hause.«

»Sicher doch, aber probiers erst mal damit.«

Er reichte ihr eine halbleere Flasche Whisky. Widerstrebend nahm Dorothy einen großen Schluck und trank Wasser hinterher. Nach einem kurzen Aufbäumen ihres Magens fühlte sie sich besser und nahm noch einen Schluck. Dann wusch sie ihr Gesicht in einer Wasserschüssel und trank einen dritten Whisky.

»Ich glaube, ich kann jetzt mit Ihnen gehen«, sagte sie. »Allerdings ist mir nicht nach Frühstück.«

»Ich hab' schon gegessen«, gab er zurück. »Wir müssen los. Nach der Uhr an der Tankstelle isses halb elf.

Meine Gegend is' wahrscheinlich jetz' schon geräumt. Die anderen Lumpensammler stehlen sich immer in mein Gebiet, wenn sie glauben, ich bleibe zu Hause. Aber du kanns' drauf wetten, daß sie jedesmal die Hosen voll haben, wennse auch nur 'n Schatten sehen, weil sie glauben, es sei der Alte, un' er würde sie pakken un' ihre Rippen zerquetschen mit seinem einen guten Arm.«

Er lachte heiser und unmenschlich, und es schien, als stamme dieses Lachen eher von einem schrecklichen Troll in der Tiefe seiner Höhle. Dann öffnete er langsam den Kühlschrank und nahm sich noch ein Bier.

»Ich brauch noch eins, um mich einzustimmen, ganz zu schweigen davon, was ich noch der verdammten störrischen Ziege geben muß, Fordiana.«

Als sie hinaustraten, sahen sie, wie Elkins dem Häuschen zutaumelte und der Länge nach durch die offene Tür fiel. Er lag reglos auf dem Boden, seine Füße ragten aus der Türöffnung. Beunruhigt wollte Dorothy nach ihm sehen, aber Paley schüttelte den Kopf.

»Er is' alt genug, er kann auf sich allein aufpassen. Wir müssen Fordiana holen un' dann los.«

Fordiana war der verbeulte, rostige Pritschenwagen. Er stand vor Paleys Schlafzimmerfenster, damit der Alte nachts jederzeit hinausschauen und überprüfen konnte, ob nicht jemand irgendwelche Teile oder gar den ganzen Lastwagen stahl.

»Nich', daß ich mich um sie sorgen müßte«, brummte der Alte. Er trank dreiviertel des Biers in vier mächtigen Schlucken, schraubte dann den Tankdeckel ab und schüttete den Rest des Biers in den Tank.

»Sie weiß, daß sie von keinem sonst Bier kriegen würde, deshalb glaube ich, daß, wenn einer der Klaubrüder, die hier an der Kippe leben oder in den Hütten unten an der Biegung, versuchen würde, was von ihr zu klauen, daß sie dann hupen un' fehlzünden un' Öl verspritzen würde, damit der Alte aufwacht un' den diebischen Kerlen das Fell über die Ohren ziehn kann. Aber vielleich' auch nich'. Sie is' 'ne Frau. Un' Frauen kannste nie trauen.«

Er ließ den letzten Tropfen in den Tank fallen und röhrte: »So! Un' jetzt wags bloß nich' un' spring nich' an! Du klaus' mir das gute Bier, das ich auch selbst hätte trinken können! Wenn du auch nur eine Fehlzündung has', wird der Alte dir die Flausen mit dem Schmiedehammer austreiben!«

Mit großen Augen aber schweigend, kletterte Dorothy auf den verschlissenen Vordersitz neben Paley. Der Anlasser drehte sich, der Motor stotterte.

»Kein Bier mehr, wennde nich' spurs'!« rief Paley.

Ein Bong, ein Zisch, ein Stottern, ein *Whop, Whop, Whop,* ein Krachen von Gängen und ein monströses, triumphierendes Zähnefletschen des Alten, und dann rumpumpelten sie über den unebenen Fahrweg.

»Der Alte weiß, wie man mit diesen ganzen Weibern umgehen muß, ob aus Fleisch oder aus Blech, zweibeinig, vierbeinig oder auf Rädern. Ich schwitze Bier un' Leidenschaft un' verspreche ihnen 'nen Tritt innen Hintern, wennse sich nich' benehmen, un' das schafft sie alle. Ich bin so verdammt häßlich, daß es ihnen den Magen umdreht. Aber wennse einmal von meinem Nicht-von-dieser-Welt-Gestank gerochen haben, sin' se hin und fallen vor mir zu meinen großen behaarten Füßen auf die Erde. So isses immer gewesen zwischen uns Paley-Männern un' den *G'yaga*-Weibern. Deshalb ham ihre Männer Angst vor uns, un' deshalb ham wir soviel Ärger gehabt.«

Dorothy sagte nichts und Paley schwieg, als der Lastwagen die Kippe verließ und auf die Route 24 kam. Er schien in sich zusammengesunken, als ob er versuchte, so unauffällig wie möglich zu sein. Während der drei Minuten, die der Wagen von der Kippe zur Stadtgrenze brauchte, wischte er sich dauernd seine schweißnassen Hände an seinem blauen Arbeitshemd ab.

Aber er versuchte nicht, die Anspannung durch Flüche zu erleichtern. Statt dessen murmelte er Zeilen von etwas, das Dorothy wie Unsinns-Reime vorkam.

»Ene, mene, mine, mu. Sei ein Braver, hilf mir, du. Hula bula, tini wini, ram se dam se, alter Hobo, stop se, block se, sing a go go.«

Er entspannte sich erst, als sie ein gutes Stück in der Stadt Onaback waren, von der Route 24 abbogen und in ein Seitensträßchen kamen.

»Puh! Das is' 'ne Qual, un' so gehts mir schon, seit ich sechzehn bin, un' das is' schon paar Jahre her. Scheint heute noch schlimmer als sonst zu sein, vielleich', weil du da bis'. *G'yaga*-Männer können es nich' leiden, mich mit einer ihrer Frauen zu sehen, besonders, wenn es so ein nettes Küken is' wie du.«

Plötzlich lächelte er und verfiel in ein Lied über etwas mit »Voller Veilchen, süßer als Rosen«. Er sang noch andere Lieder, von denen manche Dorothy erröten ließen, obwohl sie gleichzeitig kichern mußte. Als sie eine Straße überquerten, um von einer Gasse in eine andere zu kommen, brach sein Gesang mitten in einer Zeile ab, und er nahm ihn auch nicht eher wieder auf, bis sie die andere Seite erreicht hatten.

Als sie den Westteil erreichten, verlangsamte er den Lastwagen zum Schrittempo, während seine kleinen blauen Augen die Ascheimer und Mülltonnen auf der Rückseite der Häuser musterten. Plötzlich hielt er an und kletterte hinaus, um einen Fund zu inspizieren.

»Himmel noch mal, das fängt ja gut an! Sieh mal! Ein paar alte Roste vonnem Kohleofen. Un' ein Haufen Cola- und Bierflaschen, alle mit Pfand drauf. Komm runter, Dor'thy — wenn du wissen willst, wovon wir Müllkutscher leben, mußte mitkommen un' mit uns schwitzen un' schuften. Un' wenn du irgendwelche Hüte findes', sag mir ja Bescheid.«

Dorothy grinste. Aber als sie vom Wagen stieg, stöhnte sie.

»Wassis los?«

»Kopfschmerzen.«

»Die Sonne wird sie schon vertreiben. Hier, so sammeln wir, verstehste? Die Ladefläche vom Wagen is' in fünf Teile geteilt. Dieser Teil hier is' für Eisen un' Holz. Der hier für Papier. Der hier für Kartons. Für die Kartons kriegt man mehr Geld. Der hier für Lumpen. Dieser für Pfandflaschen, die wir zurückgeben können. Wenn du irgendwelche interessanten Bücher oder Zeitschriften findest, leg sie auf'n Sitz. Ich entscheide dann, ob ich sie behalte oder zum Altpapier tu.«

Sie arbeiteten rasch und fuhren dann weiter. Ungefähr einen Block weiter wurden sie an einem weiteren Müllhaufen von einer Frau angehalten, die der Wind der Zeit zerzaust und gebeutelt hatte. Sie hinkte von der hinteren Veranda eines großen dreistöckigen Hauses mit geschliffenen Scheiben in Fenstern und Türen und Türmchen an den Ecken. Mit einer weinerlichen Stimme erklärte sie, daß sie die Witwe eines Rechtsanwaltes sei, der vor fünfzehn Jahren gestorben wäre. Erst heute hätte sie sich dazu entschließen können, seine Sammlung von Gesetzestexten und Papieren wegzuwerfen. Sie wären alle ordentlich in Kartons verpackt, die überhaupt nicht schwer wären.

Nicht einmal, fügte sie hinzu, während ihre blassen, wässerigen Augen von Dorothy zu Paley schweiften, nicht einmal für einen armen, einarmigen Mann und ein junges Mädchen.

Der Alte nahm seinen Homburg ab und verbeugte sich.

»Klar, Ma'am, meine Tochter und ich freuen uns, Ihnen bei Ihrem Hausputz behilflich sein zu können.«

»Ihre Tochter?« krächzte die alte Frau.

»Sie sieht mir zwar überhaupt nicht ähnlich«, antwortete er. »Kein Wunder, sie is' meine Stieftochter, das arme Mädchen, sie is' 'ne Waise geworden, als sie noch in den Windeln lag. Mein bester Freund war ihr Vater.

Er starb, als er mir das Leben rettete, und als er sein Leben in meinen Armen aushauchte, bat er mich, so für sie zu sorgen, als ob es mein eigen Fleisch un' Blut wäre. Un' ich hielt mein Wort, hielt meinem toten Freund das Versprechen, seine Seele ruhe in Frieden. Un' wenn ich auch nur ein armer Lumpensammler bin, Ma'am, ich habe immer mein Bestes getan, um sie zu einem anständigen, gottesfürchtigen, gehorsamen Mädchen zu machen.«

Dorothy mußte auf die andere Seite des Wagens laufen, wo sie sich den Mund zuhalten und in Lachkrämpfen winden konnte. Als sie sich wieder unter Kontrolle hatte, erklärte die alte Dame Paley gerade, wo die Bücher waren. Dann hinkte sie zurück auf die Veranda.

Aber statt ihr über den Hinterhof zu folgen, blieb der Alte an dem Zaun stehen, der die Gasse vom Hof trennte. Er drehte sich um und sah Dorothy mit einem Blick voller Verzweiflung an.

»Was ist los?« fragte sie. »Weshalb schwitzen Sie so? Und zittern? Und Sie sind so blaß.«

»Du würdest lachen, wenn ich es dir sage, un' ich mag nich' ausgelacht werden.«

»Sagen Sie es. Ich lache nicht.«

Er schloß die Augen und begann zu murmeln. »Macht nichts, is' nur im Kopf. Macht nichts, dir geht's gut.« Er öffnete die Augen und schüttelte sich wie ein nasser Hund.

»Ich kanns. Ich schaffe es. Die ganzen Bücher bedeuten eine Menge Geld für Bier, das ich nich' kriege, wenn ich nich' in die Hölle hinabsteige un' sie hole. Herr im Himmel, gib mir den Magen einer Ziege un' die Nerven eines palästinensischen Schweinehändlers. Du weiß', daß der Alte kein Feigling is'. Is' der verdammte Fluch vom Falschen Volk, der auf mich wirkt. Komm schon, los geht's, los, los.«

Tief einatmend trat er durch das Tor. Kopf gesenkt, die Augen auf das Gras zu seinen Füßen gerichtet, schlurfte er zur Kellertür, wo die alte Dame stand und ihn ansah.

Vier Schritte von der Kellertür entfernt blieb er wieder stehen. Ein kleiner schwarzer Spaniel war um die Hausecke herangesprungen und kläffte ihn an.

Der Alte warf plötzlich den Kopf zur Seite, schloß die Augen und nieste absichtlich.

Kläffend floh der Spaniel wieder um die Ecke, und Paley stieg die Stufen hinunter, die in den kühlen, dunklen Keller führten. Währenddessen brummte er: »Damit verhänge ich einen Fluch über ihre elenden Köter.«

Als sie alle Bücher auf dem Lastwagen gestapelt hatten, nahm er seinen Homburg wieder ab und verbeugte sich noch einmal.

»Ma'am, meine Tochter un' ich danken Ihnen vom tiefsten Grund unserer armen, bescheidenen Herzen für die Schätze, die Sie uns überlassen. Un' wenn Sie je wieder etwas haben, was Sie nich' mehr wollen, un' einen starken Rücken un' einen schwachen Willen, es rauszuschaffen ... nun, dann bitte denken Sie daran, daß wir hier in dieser Gasse jeden Montag un' jeden Freitag vorbeikommen, wenn die Sonne dreiviertel über dem Himmel is'. Vorausgesetzt, es regnet nich', weil der Alte Herr im Himmel Tränen in sein Bier vergießt über uns arme Sterbliche, was für Narren wir doch sin'.«

Dann setzte er seinen Hut auf, und die beiden stiegen in den Lastwagen und zockelten wieder los. Sie hielten noch an einigen anderen vielversprechenden Stellen, bevor er ankündigte, der Wagen sei nun vollgeladen. Er war in Feierstimmung, vielleicht sollten sie hinter Mikes Taverne anhalten und sich ein paar Bierchen genehmigen. Sie antwortete, daß sie vielleicht einen Drink vertragen könnte, wenn sie einen Whisky haben durfte. Bier würde ihr nicht gut bekommen.

»Ich hab etwas Geld«, grölte der Alte und knöpfte

mit langsamen, ungeschickten Fingern seine Brusttasche auf und zog eine Rolle zerknitterter Geldscheine heraus, während die Wagenräder brav in der ausgefahrenen Spur blieben.

»Du has' mir Glück gebracht, also wird der Alte dir heute einen draufgeben, ich meine ausgeben, ha, ha, ha!«

Er brachte Fordiana hinter einer kleinen Kneipe zum Stehen. Ohne darum gebeten worden zu sein, nahm Dorothy die zwei Dollar, die er ihr hinhielt, und ging hinein. Sie kehrte mit einem Flaschenöffner, zwei Flaschen Bier und einer kleinen Flasche Whisky zurück.

»Ich hab was von meinem Geld draufgelegt. Ich kann billigen Whisky nicht ausstehen.«

Sie setzten sich auf die Ladefläche, tranken und unterhielten sich, wobei der Alte den größten Teil des Gesprächs bestritt. Es dauerte nicht lange, bis er ihr von den Zeiten erzählte, als das Wahre Volk, die Paleys, in Europa und Asien gelebt hatte, Seite an Seite mit wolligen Mammuts und Höhlenlöwen.

»Wir verehrten den Alten Herrn im Himmel, der sagt, was der Donner sagt, un' der im Osten auf dem höchsten Berg der Welt lebt. Wir drehten die Schädel unserer Toten nach Osten, damit sie den Alten Herrn sehen konnten, wenn er kam, um sie zu holen, damit sie mit ihm in den Bergen lebten.

Un' lange Zeit ging es uns gut. Dann kam aus dem Osten das frauenanbetende Falsche Volk mit seinen langen, geraden Beinen un' langen, geraden Hälsen un' platten Gesichtern un' donnerkeilrunden Köpfen un' ihren Bogen un' Pfeilen. Sie behaupteten, daß sie die Söhne der Göttin Mutter Erde wären, die eine Jungfrau wäre. Aber wir sagten, in Wahrheit hat sich eine Krähe mit Bauchschmerzen auf einen Baumstumpf gesetzt, und als sie wieder fortflog, hat die heiße Sonne sie ausgebrütet.

Nun, eine Weile konnten wir sie schlagen, weil wir stärker waren. Selbs' unsere Frauen konnten ihre stärksten Männer in Stücke reißen. Aber sie hatten ja noch Pfeil un' Bogen un' drängten uns weg, un' wir gingen immer weiter zurück, un' gingen so lange zurück, bis wir nach ziemlich kurzer Zeit mit dem Rücken am Meer standen.

Dann hatte eines Tages ein großer Boß von uns eine tolle Idee. ›Warum machen wir uns nicht auch Pfeil und Bogen?‹ fragte er. Un' das machten wir dann auch, aber wir waren ungeschickt darin, die zu machen un' auf sie zu schießen, weil unsere Hände so groß waren, wenn wir auch schwerere Bögen spannen konnten als sie. So liefen wir also immer weiter weg von unseren guten Jagdgründen.

Eins gab's allerdings, das zu unseren Gunsten hätte sein können. Wir haben die Frauen vom Falschen Volk mit unserem Geruch wild gemacht. Wir stinken wie ein Schwein, das es mit einem Ziegenbock auf 'nem Misthaufen getrieben hat. Aber irgendwie waren die Frauen von den Falschen deswegen ganz durcheinander in ihrer Chemie, ich glaube, so heißt es, weil sie alle ganz aufgeregt waren un' närrisch, wennse 'ne Nase voll von uns gerochen hatten. Wenn wir mit ihnen allein gewesen wären, hätten wir die Falschen von der Erde runter verdonjuanen können. Wir hätten unser Blut so lange mit ihrem gemischt, daß man nach einer Weile keinen Unterschied hätte feststellen können. Vor allem, weil die Kinder immer ihren Pa's ähnlich sahen, Paley-Blut is' so viel stärker.

Aber deswegen war klar, daß immer Krieg zwischen uns sein würde. Vor allem, nachdem unser König, Old King Paley, mit der Tochter vom Falschen König, King Raw Boy, geschlafen hat un' sie dann fortschleppte.

Himmel, du hättes' die Aufregung sehen sollen! Raw Boys Tochter war verrückt nach Old King Paley. Un' sie flüsterte ihm auch die tolle Idee ein, alle kräftigen Paleys, die noch übrig waren, zusammenzurufen un' sie zu einer großen Armee zu machen. So ungefähr, wie alles auf eine Karte zu setzen, aber es schien eine gute Idee zu sein. Jeder Mann, der groß genug war, um einen Knüppel zu halten, zog hinaus mit einer großen Masse anderer, zur Operation ›Massaker am Falschen Volk‹. Un' wir fielen in jede kleine Stadt von den Frauenanbetern ein, die wir fanden. Un' brachten sie alle um. Un' wir rösteten die Herzen der Männer un' aßen sie, un' manchmal nahmen wir auch einen Happen von den Frauen un' Kindern.

Dann, ganz plötzlich, kommen wir auf eine große Ebene. Un' da is' eine Armee vom Falschen Volk, gesammelt von Old King Raw Boy. Sie sin' viel mehr als wir, aber wir fühlen, daß wir es mit der ganzen Welt aufnehmen können. Vor allem weil die magische Kraft der *G'yaga* in ihren Frauen liegt, weil sie einen weiblichen Gott verehren, die Alte Mutter Erde. Un' wir haben ihre Oberpriesterin, Raw Boys Tochter.

Alle unser eigene persönliche Kraft is' vereint in Old King Paleys Hut — in seiner magischen Kopfbedekkung. Wir Paleys haben immer geglaubt, daß die Kraft un' die Seele eines Mannes in seiner Kopfbedeckung is'.

Wir lagerten in der Nacht vor der großen Schlacht. Im Morgengrauen ertönte ein Schrei, der Tote hätte aufwecken können. Er jagt uns Paleys fünfzigtausend Jahre später noch immer einen Schauer den Rücken runter. Es is' King Paley, der brüllt un' schreit. Wir fragen ihn, warum. Er sagt, daß diese schmutzige, hinterlistige, kleine Hure, Raw Boys Tochter, seine Kopfbedeckung gestohlen hat un' damit zum Lager ihres Vaters gelaufen is'.

Unsere Knie wurden weich wie Pudding. Unsere Männlichkeit war in den Händen unserer Feinde. Aber wir gehen zur Schlacht, voran unsere Hexenmeister, die mit ihren Kürbisflaschen rasseln, ihre Rinderknochen wirbeln und beten. Un' hier kommen die Medizinmänner der *G'yaga* un' machen dasselbe. Nur, ihre Herzen sin' in dem, was sie machen, weil sie die Kopfbedekkung von Old King Paley auf einem Speer stecken haben.

Un' zum ersten Mal haben sie auch Hunde im Krieg eingesetzt. Hunde haben uns noch nie gemocht, genausowenig wie wir sie. Un' dann trafen wir aufeinander. Päng! Wupp! Krach! Peng! Rums! Ahh! Un' sie machten uns fertig, sie uns. Un' wir waren nie wieder dieselben, für immer fertig. Sie hatten die Kopfbedeckung von Old King Paley un' damit unsere Magie, weil wir alle Seelen von uns Paleys in diesen Hut getan haben.

Der Geist un' die Kraft von uns Paleys waren gefangen, weil dieser Hut gefangen war. Un' das Leben wurde verdammt hart für uns Paleys. Die, die nich' abgeschlachtet un' gefressen wurden, waren froh, sich auf den Misthaufen der erobernden Falschen niederzulassen un' mit den Hühnern ums Überleben zu picken, was manchmal nur das Zweitbeste war.

Aber wir wußten, daß der Hut von Old King Paley irgendwo versteckt war, un' wir organisierten eine Geheimgesellschaft un' schworen, seinen Namen am Leben zu erhalten un' nach dem Hut zu suchen, un' wenn es ewig dauern würde, was schon fast passiert is, so lange is' es schon her.

Aber obwohl wir dazu verdammt waren, in Barakkenstädten zu wohnen un' uns von den Straßen fernzuhalten un' die Abfallhaufen in den Gassen zu durchstöbern, haben wir nie die Hoffnung aufgegeben. Un' als die Zeit dahinging, kamen einige der Taugenichtse von den *G'yaga,* um mit uns zu leben. Un' wir hatten Kinder mit ihnen. Bald waren die meisten von uns untergegangen in dem Blut der elenden *G'yaga.* Aber es hat immer eine Paley-Familie gegeben, die versucht hat, das Blut rein zu halten. Kein Mann kann nich' mehr tun, was?«

Er sah Dorothy an. »Was hältste davon?«

Etwas lahm entgegnete sie. »Nun, ich habe noch nie etwas Ähnliches gehört.«

»Gottverdammich!« schnaubte der Alte. »Ich erzähle dir eine Geschichte, länger als der Traum einer Nutte, eine Geschichte, über fünfzigtausend Jahre, die geheime Geschichte einer langverlorenen Rasse. Un' alles, was dir dazu einfällt, is', daß du noch nie etwas Ähnliches gehört has'.«

Er lehnte sich zu ihr herüber und legte seine große Hand auf ihren Oberschenkel.

»Brauchst nich' vor mir zurückzuzucken«, sagte er wütend.

»Oder deinen Kopf wegzudrehen. Klar, ich stinke, ich beleidige deine zimperliche Nase un' dreh dir deinen blöden Magen um, aber was is' schon eine Minute von meinem Gestank für dich im Vergleich zu mir, wo ich den ganzen Müll der Welt mein ganzes Leben lang vor der Nase hab', un' den Mund voll mit Sachen, die du nich' mal aussprechen würdes'? Was sagste dazu?«

Sie sagte kühl: »Bitte nehmen Sie Ihre Hand weg.«

»Klar, wollte doch gar nichts damit. Hab' mich bloß hinreißen lassen un' meinen Platz inner Gesellschaft vergessen.«

»Jetzt schauen Sie mal«, sagte sie ernsthaft. »Das hat nichts mit Ihrer sogenannten gesellschaftlichen Position zu tun. Es ist nur, daß ich niemandem erlaube, sich irgendwelche Freiheiten mit meinem Körper herauszunehmen. Vielleicht bin ich lächerlich viktorianisch, aber ich will mehr als Körperlichkeit. Ich möchte Liebe und ...«

»Okay, verstehe schon.«

Dorothy stand auf und sagte: »Ich bin bloß einen Block von meinem Apartment entfernt. Ich glaube, ich gehe zu Fuß nach Hause. Ich habe von dem Schnaps Kopfschmerzen bekommen.«

»Ja«, knurrte er, »biste sicher, daß es der Schnaps war un' nich' ich?«

Sie sah ihn fest an. »Ich gehe jetzt, aber wir sehen uns morgen früh. Beantwortet das Ihre Frage?«

»Okay«, grunzte er. »Wir sehen uns. Vielleicht.«

Sie ging sehr rasch davon.

Am nächsten Morgen, kurz nach Tagesanbruch, parkte eine verschlafene Dorothy ihren Wagen vor der Paleyschen Hütte. Nur Deena war zu Hause, Gimmy fischte am Fluß, der Alte war draußen. Dorothy nutzte die Gelegenheit, sich mit Deena zu unterhalten und stellte fest, daß diese — wie sie vermutet hatte — eine Frau mit guter Bildung war. Obwohl sie höflich war, blieb sie jedoch verschlossen, was ihre Herkunft anbetraf. In dem Bemühen, die Unterhaltung fortzusetzen, bemerkte Dorothy, sie hätte einen früheren Anthropologie-Professor von ihr angerufen und ihm von der Möglichkeit erzählt, daß der Alte ein echter Neandertaler sei. Da erst vergaß Deena ihre Zurückhaltung und fragte eifrig, was der Professor dazu meinte.

»Nun«, sagte Dorothy, »er hat gelacht. Er erklärte mir, es wäre völlig unmöglich, daß eine kleine Gruppe, selbst eine tief in den Bergen beheimatete, isolierte Gruppe, ihre kulturelle und genetische Identität über fünfzigtausend Jahre hätte erhalten können. Ich habe mich mit ihm gestritten. Ich habe ihm gesagt, der Alte bestehe darauf, er und seine Leute hätten in dem Dorf Paley in den Pyrenäen gelebt, bis Napoleons Männer sie gefunden und versucht hatten, sie zu rekrutieren. Dann flohen sie nach Amerika, nach einem Aufenthalt in England. Und seine Gruppe wurde im Bürgerkrieg zersplittert, und aus den großen Städten vertrieben. Er wäre, soweit er wüßte, der einzige noch Reinrassige, während Gummy ein halbes Viertelblut sei.

Der Professor hat mir versichert, daß Gummy und der Alte Fälle von Drüsenfehlfunktionen seien, von Akromegalie. Sie besäßen vielleicht eine erstaunliche Ähnlichkeit mit Neandertalern, aber ein Anthropologe würde den Unterschied auf den ersten Blick erkennen. Als ich dann etwas zornig wurde und ihn fragte, ob er da nicht einen etwas unwissenschaftlichen und voreingenommenen Standpunkt einnähme, wurde er leicht ärgerlich. Unser Gespräch endete etwas frostig.

Aber ich bin am gleichen Abend noch zur Universitätsbibliothek gefahren und habe alles darüber gelesen, was den *Homo neanderthalensis* vom *Homo sapiens* unterscheidet.«

»Es hört sich fast an, als ob Sie glaubten, daß der private kleine Mythos vom Alten wahr sei«, meinte Deena.

»Der Professor hat mir beigebracht, mich nur von Fakten überzeugen zu lassen und nichts für unmöglich zu halten«, antwortete Dorothy. »Wenn er seine eigenen Lehren vergessen hat — ich nicht.«

»Na, der Alte kann aber auch überzeugend reden«, sagte Deena. »Er könnte noch dem Teufel eine Harfe und einen Heiligenschein verkaufen.«

Der Alte, nur mit Blue jeans bekleidet, betrat die Hütte. Zum erstenmal sah Dorothy seine nackte Brust, die ausladend war und bedeckt mit einem Gestrüpp aus langem, rotgoldenem Haar, das dem Fell eines Orang-Utans nicht unähnlich war. Sie achtete jedoch nicht auf seine Brust, sondern in erster Linie auf seine Füße. Ja, die großen Zehen standen weit auseinander, und er neigte wirklich dazu, auf den Außenkanten seiner Füße zu gehen.

Auch sein Arm wirkte abnorm kurz zu den Proportionen des Rumpfes.

Der Alte grunzte einen guten Morgen und sagte eine Zeitlang nicht viel. Aber nachdem er sich durch die Straßen von Onaback geschwitzt, geflucht und gesungen hatte und sie sicher die Gassen im Westen erreicht hatten, entspannte er sich. Vielleicht half ihm dabei der große Berg Lumpen und Zeitungen, den sie unterwegs fanden.

»Na, hier haben wir Arbeit, also versuch ja nich', dich zu drücken. Spring, Dor'thy! Im Schweiße deines Angesichts sollst du dein Bier verdienen.«

Als die Ladung auf dem Wagen war, fuhren sie weiter. Paley fragte:

»Na, wie gefällt dir dieses Leben ohne Ärger? Gut, wie? Magst du die Gassen?«

Dorothy nickte. »Als Kind mochte ich die Gassen lieber als die Straßen. Und sie haben noch immer etwas von ihrer früheren Anziehungskraft für mich. Es machte mehr Spaß, dort zu spielen, es war nett und gemütlich. Die Bäume, Sträucher und Zäune lehnten sich an dich, und manchmal hatte man das Gefühl, daß sie Hände hätten, mit denen sie dich berührten, als ob sie dein Gesicht fühlen wollten, um zu sehen, ob du schon einmal dagewesen warst und sie sich an dich erinnerten. Du hattest das Gefühl, als ob du ein Geheimnis mit den Gassen teiltest. Aber Straßen, nun, Straßen waren immer gleich, und man mußte aufpassen, daß man nicht von Autos überfahren wurde, und die Fenster in den Häusern waren voller Gesichter und Augen, die ihre Nase in deine Angelegenheiten steckten, falls man sagen kann, daß Augen Nasen haben.«

Der Alte schrie und schlug sich so fest auf den Schenkel, daß er gebrochen wäre, wenn er Dorothy gehört hätte.

»Du mußt eine Paley sein! Wir fühlen auch so! Wir dürfen nicht in den Straßen herumhängen, also machen wir die Gassen zu unseren Königreichen. Sag, schwitz' du auch, wenn du nur eine Straße überquers', von einer Gasse zur anderen?«

Er legte seine Hand auf ihr Knie. Sie blickte darauf, sagte aber nichts, also ließ er sie dort, während der Lastwagen weiterzuckelte, den ausgefahrenen Spuren der Gasse folgend.

»Nein, ich fühle überhaupt nicht so.«

»Ja? Na, als du noch ein Kind wars', warste auch

nich' so häßlich, daß du von den Straßen wegbleiben mußtest. Aber ich war trotzdem nich' so ganz glücklich innen Gassen wegen der verdammten Hunde. Sie bellten un' bissen mich immer un' immer wieder. Also fing ich an, ihnen den Beelzebub mit einem großen Stock auszutreiben, den ich immer bei mir hatte. Aber nach einer Weile fand ich es raus. Ich mußte sie nur auf 'ne ganz bestimmte Art ansehen. Wuff, wuff, wuff, rannten sie kläffend davon, wie der schwarze Spaniel gestern. Warum? Weil sie wußten, ich würde ihnen böse Geister an den Hals fluchen. Damals begann ich zu ahnen, daß ich nich' menschlich bin. Natürlich hatte mir mein Alter das schon immer erzählt, seit ich reden konnte.

Als ich älter wurde, fühlte ich jeden Tag, wie der Fluch von den *G'yaga* stärker wurde. Ich bekam immer dreckigere Blicke vonnen Leuten innen Straßen zugeworfen. Un' wenn ich durch die Gassen ging, hatte ich das Gefühl, daß ich da wirklich *hingehörte.* Schließlich kam der Tag, an dem ich keine Straße mehr überqueren konnte, ohne feuchte Hände, kalte Füße, 'nen trockenen Mund un' Herzklopfen zu bekommen. Das war, weil ich ein ausgewachsener Paley wurde, un' der Fluch der *G'yaga* immer stärker wird, je mehr Haare du auffer Brust kriegst.«

»Fluch?« fragte Dorothy. »Manche Leute nennen das eine Neurose.«

»Es is' ein Fluch.«

Dorothy antwortete nicht. Wieder sah sie auf ihr Knie hinab, und diesmal nahm er seine Hand weg. Er hätte es sowieso tun müssen, weil sie zu einer gepflasterten Straße gekommen waren.

Auf dem Weg zum Altwarenhändler fuhr er mit dem Thema fort. Und als sie zur Hütte kamen, schmückte er es aus.

Während der Tausende von Jahren, in denen die Paleys auf den Komposthaufen der *G'yaga* lebten, wurden sie gut beobachtet. So war es in den alten Zeiten der Brauch gewesen, daß sich die Priester und Krieger des Falschen Volkes sich zu den Müllhaldenbewohnern herabließen, wann immer ein starker und ungebärdiger Paley erwachsen wurde. Und sie hatten ihm ein Auge ausgestochen oder ihm eine Hand oder ein Bein oder ein anderes Körperteil abgeschnitten, um sicher zu sein, daß er nicht vergaß, was er war und wohin er gehörte.

»Deswegen habe ich diesen Arm verloren«, brummte der Alte und schwenkte den Stumpf. »Die Angst der *G'yaga* vor den Paleys hat mir das angetan.«

Deena heulte vor Lachen und sagte: »Dorothy, in Wahrheit lag er eines Abends betrunken auf den Eisenbahnschienen. Ein Güterzug fuhr über seinen Arm.«

»Sicher, sicher, so isses gewesen. Aber es wäre nich' passiert, wenn die Falschen nich' mit ihrer bösen, schwarzen Magie gearbeitet hätten. Statt uns offen zu verkrüppeln, benutzen sie heutzutage Bannflüche. Sie haben nich' mehr die Traute, es selbst zu machen.«

Deena lachte verächtlich und meinte: »Diese ganzen psychopathischen Ideen hat er aus den Comics, den Horrorheftchen, diesen verrückten Büchern und dieser Fernsehsendung: *Alley Oop und der Dinosaurier.* Ich kann Ihnen jede Geschichte nennen, aus denen er eine Idee geklaut hat.«

»Du Lügnerin!« donnerte der Alte.

Er schlug Deena auf die Schulter. Der Schlag warf sie zurück, aber sie lehnte sich dann wieder vor, wie gegen einen starken Wind. Er schlug sie wieder, diesmal über ihr dunkelrotes Muttermal. Ihre Augen glühten, und sie beschimpfte ihn. Da schlug er sie noch einmal, hart genug, um wehzutun, ohne zu verletzen.

Dorothy öffnete den Mund, wie um zu protestieren, aber Gummy drückte eine fette, schweißige Hand auf ihre Schulter und legte den Finger an die Lippen.

Ein besonders heftiger Schlag warf Deena zu Boden.

Sie stand nicht wieder auf. Statt dessen erhob sie sich auf Hände und Knie und kroch zu ihrer Zufluchtsstätte hinter dem großen eisernen Ofen. Sein nackter Fuß strich über ihren Rücken, so daß sie aufs Gesicht fiel. Sie stöhnte, und das lange, strähnige, schwarze Haar fiel ihr über Gesicht und Muttermal.

Dorothy machte einen Schritt nach vorn und hob ihre Hand, um den Alten zu packen. Gummy hielt sie auf und murmelte: »Is' schon gut. Laß sie in Ruhe.«

»Seht nur, wie sich das dumme Frauenzimmer jetz' freut«, schnaubte der Alte. »Weißte, warum ich sie so grün un' blau schlagen *muß*, obwohl ich doch nur in Ruhe un' Frieden leben will? Weil ich aussehe wie ein verdammter Höhlenmensch, un' weil die angeblich ihre Nutten immer so prügeln.«

»Du bist ein verrückter Lügner«, sagte Deena leiser hinter dem Ofen, und es schien, als pflege sie langsam und träumerisch ihren Schmerz wie die Erinnerung an die Liebkosungen eines Liebhabers. »Ich kam her, um mit dir zu leben, weil ich so tief gesunken war und du der einzige Mann warst, der mich haben wollte.«

»Sie is' nämlich ausser guten Gesellschaft, Dor'thy«, sagte Paley. »Du hastse früher nie ohne langärmeliges Kleid gesehen. Weil ihre Arme voller Narben sin'. Ich wars, der ihr die Flausen ausgetrieben hat. Ich hab' sie geheilt mit der Magie unner Weisheit vom Wahren Volk, wo man den bösen Geist austreibt, indem man ihn hinausredet. Un' seitdem lebt se mit mir. Kann se nich' loswerden.

Jetz' guck dir mal diese zahnlose Alte da an. Die hab' ich noch nie nich' geschlagen. Das zeigt, daß ich kein frauenprügelnder Bastard bin, oder? Ich schlage Deena, weil sie es will, weil es ihr Spaß macht, aber Gummy schlage ich nie. He, Gummy, das is' auch nich' die Art von Behandlung, die dir gefällt, wie?«

Und er lachte sein unglaublich heiseres *har, har, har.*

»Du bis' 'n alter Lügner«, sagte Gummy über die

Schulter hinweg, weil sie vor dem Fernseher kniete und mit den Knöpfen herumspielte. »Du has' mir die meisten Zähne ausgeschlagen.«

»Ich hab' dir 'n paar verfaulte Stümpfe ausgeschlagen, die du sowieso verloren hättes'. Das hatteste nu' davon, daß du mit diesem O'Brien in seinem grünen Hemd rumgezogen bis'.«

Gummy kicherte und sagte: »Glaub nur nich', daß ich mit ihm Schluß gemacht hab', weil du mich 'n bißchen vermöbelt has'. Ich hab' mit ihm Schluß gemacht, weil du 'n besserer Mann bis'.«

Gummy kicherte wieder. Sie stand auf und watschelte durch den Raum zu dem Regal, auf dem eine Flasche ihres billigen Parfüms stand. Ihre riesigen Messingohrringe baumelten, und ihre breiten Hüften schwangen vor und zurück.

»Guck dir das an«, sagte der Alte. »Wie 'ne Schüssel Pudding bei Sturm.«

Aber seine Augen folgten ihr mit liebevoller Anerkennung, und als er sah, wie sie die durchdringende Flüssigkeit auf ihren melonengroßen Busen schüttete, umarmte er sie und vergrub seine große Nase in dem Tal zwischen ihren Brüsten und schnupperte begeistert.

»Ich komm' mir vor wie 'n Hund, der einen alten Knochen findet, den er mal vergraben un' das bis jetz' vergessen hat«, grölte er. »Arf, arf, arf!«

Deena schnaubte und sagte, sie müsse an die frische Luft, sonst käme ihr das Abendessen hoch. Sie nahm Dorothys Hand und bestand darauf, daß sie mit ihr spazierenging. Dorothy, die aussah, als sei ihr schlecht, ging mit.

Am nächsten Abend, als die vier um den Küchentisch herum saßen und Bier tranken, streckte der Alte plötzlich seine Hand aus und berührte Dorothy zärtlich. Gummy lachte, aber Deena erstarrte. Jedoch sagte sie nichts zu dem Mädchen, sondern begann Paley statt dessen vorzuwerfen, daß er schon zu lange nicht mehr gebadet hätte. Er nannte sie eine flachbrüstige Bohnenstange und eine Lügnerin, weil er jeden Tag ein Bad nähme. Deena antwortete, das möge schon sein, aber erst, seit Dorothy auf der Bildfläche erschienen sei. Ein Streit entbrannte. Schließlich stand er vom Tisch auf und drehte die Fotografie von Deenas Mutter mit dem Gesicht zur Wand.

Jammernd versuchte Deena, sie wieder umzudrehen. Er stieß sie von dem Bild weg, schlug sie aber trotz der Beschimpfungen nicht, mit denen sie ihn bedachte. Selbst als sie heulte, er sei es nicht wert, ihrer Mutter die Schuhe zu küssen, beließ er es dabei, das Porträt nur durch seine Berührung zu verunglimpfen.

Des Streits müde, verließ er seinen Posten bei der Fotografie und schlurfte zum Kühlschrank.

»Wenn du es wags', sie rumzudrehen, ehe ich's dir erlaube, werfe ich sie innen Fluß. Un' du wirs' sie nie wieder sehen.«

Deena kreischte auf und kroch auf ihre Decke hinter dem Ofen, wo sie sich hinlegte, schluchzte und ihn leise verfluchte.

Gummy kaute Tabak und lachte, während ihr ein brauner Bach über den zahnlosen Unterkiefer rann. »Diesmal hat Deena ihn zu weit getrieben.«

»Ach, sie un' ihre verdammte Mutter«, schnaufte Paley. »He, Dor'thy, du weiß', wie sie über mich lacht, weil ich glaube, daß Fordiana 'ne Seele hat. Un' weil ich den bösen Geist über die Hunde bringe? Un' weil ich glaube, daß es die Erlösung für uns Paleys sein wird, wenn wir herauskriegen, wo der Hut von Old King versteckt is?

Na, denk mal drüber nach. Hier haste diesen intelektuellen rotgesichtigen Drachen, diese ehemalige feine Dame, diese alte keifende Ziege, die einen Zuchtmeister brauch'. Sie is' nämlich die, die abergläubisch is'. Sie glaubt, ihre Mutter is' ein Gott. Un' sie betet zu ihr un' bittet sie um Verzeihung un fragt sie, was in Zukunft passieren wird. Un' wenn sie glaubt, sie is' allein, redet sie mit ihr. Hier is' se un' betet ihre Mutter an wie die Alte Frau der Erde, die die Feindin vom Alten Herrn is'. Un' sie weiß, daß das den Alten Herrn wütend macht. Vielleich' hat er mir deshalb noch nich' erlaubt, die langverlorene Kopfbedeckung von Old King zu finden, obwohl er weiß, daß ich in jedem verdammten Aschehaufen zwischen hier un' Gott-weiß-wo suche, un' hoffe, daß irgendein *G'yaga*-Idiot sie mal wegwirft, ohne zu wissen, was es is'.

Also, bei allem, was heilig is', das Bild bleibt mit seinem häßlichen Gesicht zur Wand. He, sei still, Deena, ich will *Alley Oop* sehen.«

Kurz darauf fuhr Dorothy nach Hause. Von dort rief sie noch einmal ihren Soziologie-Professor an. Ungeduldig erklärte er ihr Einzelheiten. Er sagte, ein Grund dafür, weshalb die Geschichte von einem Krieg zwischen den Neandertalern und dem sich ausbreitenden *Homo sapiens* höchst unwahrscheinlich sei, wäre die Tatsache, daß nach neuesten Beweisen der *Homo sapiens* schon vor dem Neandertaler in Europa lebte. Aus diesem Grund müsse man den Neandertaler als Eindringling betrachten.

»Keine Eindringlinge im modernen Sinn«, erklärte der Professor. »Die Einwanderung einer neuen Spezies oder Rasse oder eines Stammes nach Europa während des Paläolithikums wäre eine sporadische Wanderung kleiner Gruppen gewesen, eine Einwanderung, die vermutlich tausend bis zehntausend Jahre gedauert hatte.

Und es ist mehr als wahrscheinlich, daß *neanderthalensis* und *sapiens* Jahrtausende mehr oder weniger friedlich Seite an Seite lebten, weil beide Parteien viel zu sehr damit beschäftigt waren, ums Überleben zu kämpfen. Aus welchem Grund auch immer, wahrscheinlich, weil er in der Minderheit war, wurde der Neandertaler von den ihn umgebenden Völkern absorbiert. Einige Anthropologen vermuten, die Neandertaler waren blond und vererbten ihr helles Haar direkt den Nordeuropäern.

In welche Richtung die Mutmaßungen und Überlegungen auch weisen«, schloß der Professor, »es wäre für solch eine deutlich differenzierte Minderheit unmöglich, ihre besonderen physischen und kulturellen Charakteristika über einen Zeitraum von fünfzigtausend Jahren zu erhalten. Paley hat diesen persönlichen Mythos erfunden, als Kompensation für seine außerordentliche Häßlichkeit, seine Unterlegenheit, sein Gefühl des Abgelehntwerdens. Die Elemente dieses Mythos stammen aus Comics und dem Fernsehen.

Jedoch«, endete der Professor, »in Anbetracht Ihrer jugendlichen Begeisterung und Ihrer Naivität werde ich mein Urteil noch einmal überdenken, wenn Sie mir einen physischen Beweis seines Neandertaler-Ursprungs bringen. Sagen wir, Sie können mir zeigen, daß er Taurodont-Zähne hat. Ich wäre platt, um es gelinde auszudrücken.«

»Aber, Professor«, bat sie, »warum können Sie ihn nicht einmal persönlich untersuchen? Ein Blick auf die Füße des Alten würde Sie überzeugen, dessen bin ich mir sicher.«

»Meine Liebe, ich bin keineswegs wild darauf, Hirngespinsten nachzujagen. Meine Zeit ist kostbar.«

Das war das. Am nächsten Tag fragte sie den Alten, ob er jemals einen Backenzahn verloren hätte oder die Zähne hätte röntgen lassen.

»Nein«, sagte er. »Ich hab' mehr gute Zähne als Verstand. Un' ich werde sie auch nich' verlieren. Solange ich meinen Hut habe, behalte ich auch meine Zähne, meine Verdauung un' meine Männlichkeit. Un', was noch wichtiger is', ich behalt auch 'nen klaren Kopf. Die Knochenbohrer vonner Landesklinik haben mich richtig durchgeschüttelt, vor un' zurück, rauf un' runter, hin un' her, die ganze Nacht lang, bloß keine Eile. Un' sie haben bewiesen, daß ich nich' bekloppt bin, auch wenn sie sich sogar die Haare rauften und meinten, da würde irgendwas nich' stimmen. Vor allem nach dem Theater wegen meinem Hut. Ich wollte nich', daß sie mir Blut abnehmen für die Untersuchung, weißte, weil ich dachte, sie wollten es mit Wasser mischen — *G'yaga*-Magie — un' mein Blut in Wasser verwandeln. Irgendwie kriegte Elkins raus, daß ich meinen Hut tragen mußte — weil ich ihn nich' abnehmen wollte, als ich mich für die Untersuchung ausziehen mußte, glaube ich —, un' er schnappte sich meinen Hut. Un' da war ich erledigt. Meinen Hut stehlen heißt, meine Seele stehlen, denn alle Paleys tragen ihre Seelen in ihrem Hut. Ich mußte ihn wiederhaben. Also backte ich kleine Brötchen, ließ sie mich pieken un' mein Blut nehmen.«

Es gab eine Pause, in der Paley tief atmete, um genug Luft für einen weiteren Wortschwall zu haben. Dorothy, der eine Idee gekommen war, fragte: »Wo wir gerade bei Hüten sind, Alter, wie sieht dieser Hut aus, den die Tochter von Raw Boy eurem Old King gestohlen hat? Würdest du ihn erkennen, wenn du ihn sähest?«

Der Alte starrte sie einen Moment lang mit seinen blauen Augen an, bevor er explodierte.

»Würde ich ihn erkennen? Würde ein Hund, der auf'n Schienen sitzt, seinen eigenen Schwanz erkennen, wenn der Zug ihn abgefahren hat? Würdes' du dein eigenes Blut erkennen, wenn dir jemand ein Messer innen Bauch gerammt hat, un' es mit jedem Herzschlag aus dir herausspritzt? Natürlich würde ich den Hut von Old King Paley erkennen! Jeder Paley bekommt sozusagen schon mit der Muttermilch eine genaue Beschreibung davon. Willste von dem Hut hören? Dann hör gut zu, Kleine, un' ich werde dir jeden Zentimeter von dem Hut beschreiben.«

Dorothy sagte sich mehr als einmal, sie sollte ihm nicht zuhören. Wenn der Alte ihr vertraute, war sie in gewissem Sinn ein falscher Freund. Aber, beruhigte sie sich, in anderem Sinn half sie ihm auch. Sollte er den Hut finden, würde er aufblühen, sich von den Tabus frei machen, die ihn an die Müllkippen, die Gassen, die Angst vor Hunden und an die Überzeugung banden, er wäre ein minderwertiger, unterdrückter Bürger. Außerdem, sagte sie sich, würde es ihren wissenschaftlichen Studien zugute kommen, wenn sie seine Reaktion darauf beobachten konnte.

Der Präparator, den sie anheuerte, um das notwendige Material zu suchen und in die gewünschte Form zu bringen, war neugierig, aber sie erzählte ihm, es sei für eine anthropologische Ausstellung in Chicago und handle sich um die Kopfbedeckung eines Medizinmannes einer indianischen Geheimgesellschaft, die phallischen Mysterien anhingen. Der Präparator kicherte und sagte, er würde sonstwas darum geben, diese Zeremonien zu sehen.

Dorothys Absichten wurden durch die Glückssträhne unterstützt, die der Alte bei seinen Gassenfunden hatte, während sie mit ihm fuhr. Triumphierend schwor er, daß er dazu bestimmt war, einen außerordentlichen Fund zu machen. Er könne genau fühlen, wie sein Glück sich aufbaute.

»Das wird einschlagen«, sagte er und grinste mit seinen großen, weit auseinanderstehenden Grabstein-Zähnen. »Wie'n Blitz.«

Zwei Tage später stand Dorothy noch früher auf als gewöhnlich und fuhr zu einem Platz hinter dem Haus eines bekannten Arztes. Sie hatte auf der Gesellschaftsseite gelesen, daß er mit seiner Familie Ferien in Alaska machte. Sie konnte also sicher sein, daß er sich nicht über eine schon volle Mülltonne und einen großen Karton mit alten Kleidern wundern würde. Dorothy hatte den Abfall aus ihrem eigenen Apartment mitgebracht, um es so aussehen zu lassen, als sei das Haus bewohnt. Die alten Kleider hatte sie, mit einer Ausnahme, bei der Heilsarmee erstanden.

Gegen neun Uhr an dem Morgen fuhren der Alte und sie auf ihrer vorgesehenen Route durch diese Gasse.

Der Alte war zuerst von dem Lastwagen geklettert; Dorothy hielt sich zurück, um ihn die Entdeckung machen zu lassen.

Der Alte nahm die Kleider nacheinander einzeln aus dem Karton.

»Hier is'n Samtkleid, das Deena tragen kann. Sie jammert schon lang, daß sie ewig kein neues Kleid mehr hatte. Un' diese Bluse un' der Rock hier sin' groß genug für einen Elefanten. Gummy kann das anziehen. Un' hier ...«

Er hob einen großen, konischen Hut hoch, der eine breite Krempe hatte sowie zwei Kugeln aus Roßhaar, die an dem Hutband befestigt waren. Es war eine seltsame Kopfbedeckung, gefertigt aus rötlichem Pferdehaar über einem Gerüst aus gespaltenen Knochen. Sie mußte die einzige ihrer Art auf der Welt sein und wirkte völlig fehl am Platz in einer Seitenstraße einer Stadt mitten in Illinois.

Die Augen des Alten traten hervor. Dann rollten sie nach oben, und er fiel zu Boden, als hätte ihn der Schlag getroffen. Den Hut hielt er jedoch noch immer fest umklammert.

Dorothy erschrak. Sie hatte jede andere Reaktion erwartet, aber nicht diese. Wenn er nun einen Herzschlag erlitten hatte, war das ihre Schuld.

Glücklicherweise war der Alte nur in Ohnmacht gefallen. Als er das Bewußtsein wiedererlangte, geriet er jedoch nicht in Ekstase, wie sie erwartet hatte. Statt dessen sah er sie mit grauem Gesicht an und sagte: »Es kann nich' sein! Es muß ein Streich sein, den mir die Alte Frau der Erde spielt, damit sie zuletzt über mich lachen kann. Wie könnte das der Hut von Old King Paley sein? Haben die *G'yaga,* die ihn die ganze Zeit in ihrer Familie hatten, etwa nich' gewußt, was das hier is'?«

»Wahrscheinlich nicht«, antwortete Dorothy. »Schließlich glauben die *G'yaga,* wie Sie sie nennen, nicht mehr an Magie. Oder vielleicht weiß der augenblickliche Besitzer gar nicht, was das wirklich ist.«

»Vielleich'. Aber wahrscheinlicher isses, daß er aus purem Zufall beim Hausputz rausgeworfen wurde. Du weißt, wie dumm die Weiber von denen sin'. Jedenfalls, wir nehmen ihn, un' dann los. Vielleich' hatte der Alte Herr im Himmel seine Hand dabei mit im Spiel, un' dann isses besser, keine Fragen zu stellen. Gehn wir.«

Der Alte trug den Hut nur selten. Wenn er zu Hause war, stellte er ihn in den Papageienkäfig und versperrte die Tür mit dem Fahrradschloß. Nachts hing der Käfig an seinem Haken, tagsüber stand er auf dem Sitz des Lastwagens. Der Alte wollte ihn immer dort haben, wo er ihn sehen konnte.

Dieser Fund hatte ihm einen enormen Optimismus eingeflößt, einen Glauben, daß er alles vollbringen könne. Er sang und lachte gar noch mehr als früher, und es gelang ihm sogar, sich einige Stunden lang in den Straßen aufzuhalten, ehe das Schwitzen und Zittern einsetzte.

Als Gummy den Hut sah, grunzte sie lediglich und machte eine vulgäre Bemerkung über dessen Aussehen. Deena grinste grausam und sagte: »Warum sind die Roßhaare und Knochen nicht schon längst verrottet?«

»Dassis genau 'ne Frage, die ein *G'yaga*-Dummkopf wie du sie stellen würde«, sagte der Alte giftig. »Wie kann dieser Hut verfaulen, wenn eine Million Paley-Seelen darin zusammengepfercht sin' wie Sardinen? Da is' nich' mal genug Ellenbogenfreiheit für Bazillen. Außerdem werden das Roßhaar un' die Knochen zusammengehalten vonner Kraft un' dem Glanz aller Paleys, die gestorben sin' vor unserem Kampf mit Raw Boy, un' von all den Seelen, die seitdem gestorben sin'. Er brodelt richtig vor Seelen-Energie un' kocht nur wegen dem *G'yaga*-Fluch nich' über.«

»Paß lieber auf, daß er uns nich' alle umpustet un' rausfegt«, sagte Gummy kichernd.

»Jetzt hast du den Hut, was hast du nun damit vor?« fragte Deena.

»Ich weiß nich'. Ich muß mich mit 'nem Bier hinsetzen un' die Situation überdenken.«

»Mein Gott, du denkst seit fünfzigtausend Jahren über diesen Hut nach, und jetzt, wo du ihn endlich hast, weißt du nicht, was du damit anfangen sollst. Na, ich sage dir, was du tun wirst! Du wirst anfangen, größenwahnsinnig zu werden, schön? Du wirst die Welt erobern und sie von dem Falschen Volk befreien, schön! Du Idiot! Selbst wenn deine Story nicht die Ausgeburt eines Verrückten ist, wäre es trotzdem zu spät für dich! Du bist allein! Der Letzte! Einer gegen zwei Milliarden! Keine Angst, Welt, dieser lumpensammelnde Attila, dieser Hinterhof-Alexander, dieser Müllkippen-Julius-Cäsar, wird dich nicht erobern! Nein, er wird seinen Hut aufsetzen und sich weiterentwickeln? Und zu was?

Zu einem Catcher im Fernsehen, das ist es! Das ist der Höhepunkt seiner närrischen Ambitionen! Bekannt zu werden als der Einarmige Neandertaler — der schreckliche Affenmensch. Das ist der Höhepunkt von fünfzigtausend Jahren, ha, ha, ha!«

Die beiden anderen blickten ängstlich zu dem Alten hinüber, in der Erwartung, daß er Deena schlagen würde. Aber der nahm nur den Hut aus dem Käfig, setzte ihn auf und ließ sich mit einer Flasche Bier am Tisch nieder.

»Hör mit dem Gegacker auf, du dumme Gans«, sagte er. »Ich habe meine Denk-Kappe auf.«

Am nächsten Tag war Paley, trotz eines Katers, sehr guter Laune. Er quasselte den ganzen Weg über bis zum Westteil der Stadt und hielt den Lastwagen sogar einmal an, um auf der Straße auf und ab zu gehen und Dorothy zu zeigen, daß er keine Angst hatte.

Dann, nachdem er geprahlt hatte, es mit der ganzen Welt aufnehmen zu können, fuhr er den Wagen eine Gasse hinauf und hielt in dem Hinterhof eines großen, aber irgendwie heruntergekommenen Anwesens. Dorothy sah ihn neugierig an. Er deutete auf das urwaldähnliche Gesträuch, das eine Ecke des Hofes überwucherte.

»Sieht aus, als käme nich' mal 'n Karnickel da durch, was? Aber der Alte kennt Dinge, die die Karnickel nich' kennen. Komm mir nach.«

Den Hut im Käfig in der Hand, ging er zu dem Gestrüpp, ließ sich auf alle dreie nieder und zwängte sich langsam durch einen sehr schmalen Spalt. Dorothy blieb stehen und blickte zweifelnd auf das Gesträuch, bis eine heisere Stimme aus dessen Tiefen zu ihr drang.

»Angst? Oder is' dein Hintern zu fett, um hier durchzukommen?«

»Ich probier's einfach mal«, verkündete sie fröhlich. Einen Augenblick später robbte sie durch das Dickicht und kam plötzlich auf eine kleine Lichtung. Der Alte stand aufrecht dort und blickte auf eine rote Rose in seiner Hand. Der Käfig stand zu seinen Füßen. Sie hielt den Atem an. »Rosen! Päonien! Veilchen!«

»Klar, Dor'thy«, sagte er und warf sich in die Brust. »Paleys Garten Eden, sein geheimes Gewächshaus. Entdeckte diesen Platz vor'n paar Jahren, als ich einen Ort suchte, wo ich mich verstecken konnte, falls die Bullen mich suchten oder wenn ich einfach allein sein wollte, ohne irgend jemand, mich selbst eingeschlossen.

Ich hab' diese Rosenbüsche hier un' diese anderen Blumen gepflanzt. Ab un' zu komme ich her, um sie zu pflegen, zu besprühen un' zu beschneiden. Ich nehme nie welche mit nach Hause, obwohl ich Deena gern welche geben würde. Aber Deena is' nich' dumm, sie würde wissen, daß ich sie nich' aus einem Mülleimer habe. Un' ich will ihr einfach nichts von dem Ort hier sagen, oder sonst jemandem.«

Er sah ihr offen ins Gesicht, als wollte er jeden Muskel dort beobachten, um auch die unterdrücktesten Gefühle wahrnehmen zu können.

»Du bis' der einzige Mensch außer mir selbs', der von dem Platz hier weiß.« Er hielt ihr die Rose hin. »Hier. Sie gehört dir.«

»Vielen Dank. Ich bin stolz, wirklich stolz darauf, daß Sie mir diesen Platz gezeigt haben.«

»Ehrlich? Das finde ich schön. Wirklich großartig.«

»Es ist erstaunlich. Das alles hier, dieses Fleckchen Schönheit. Und ... und ...«

»Ich sage den Satz für dich zu Ende. Du hättest nie gedacht, daß der häßlichste Mann der Welt, ein Müllkutscher, ein Mann, der nich' einmal ein wirklicher Mann oder 'n menschliches Wesen is', ein — ich hasse das Wort — ein Neandertaler, die Schönheit einer Rose richtig schätzen könnte. Nich' wahr? Nun, ich habe sie aber gezüchtet, weil ich sie liebe.

Schau, Dor'thy, sieh dir diese Rose an. Sie is' rund, aber nich' wie 'n Ball, sondern irgendwie abgeflachter ...«

»Oval.«

»Genau. Guck dir die Blütenblätter an. Wie sie sich ineinanderfalten, wie sie angeordnet sin'. Wie ein Ring von roten Türmen, der den nächsten Ring von roten Türmen beschützt. Sie schützen den goldenen Kelch im Innern, die kostbare Quelle des Lebens, einen Schatz. Oder vielleich' isses das goldene Haar der Prinzessin aussem Schloß. Vielleich'. Un' sieh dir die leuchtendgrünen Blätter unter der Rose an. Schön, nich'? Der Alte Herr wußte genau, was er tat, als er so was gemacht hat. Er war ein Künstler.

Aber er muß einen bösen Katzenjammer gehabt haben, als er mich gemacht hat, was? Seine Hände haben an dem Tag gezittert. Un' nach 'ner Weile hat er's aufgegeben und sich auch nie darum gekümmert, mich fertigzumachen, sondern hat sich lieber mit anderen Sachen beschäftigt.«

Plötzlich füllten sich Dorothys Augen mit Tränen.

»So dürfen Sie nicht fühlen. Sie haben Schönheit, Empfindsamkeit, ein echtes Gefühl unter ...«

»Unter dem?« sagte er und zeigte mit dem Finger auf sein Gesicht. »Sicher. Vergiß es. Schau dir lieber diese grünen Knospen an diesen kleinen Rosen an. Hübsch, nich'? Frisch un' voller Versprechen der kommenden Schönheit. Sie sin' geformt wie die Brüste einer Jungfrau.«

Er trat einen Schritt vor und legte seinen Arm um ihre Schulter. »Dorothy.«

Sie legte ihre Hände auf seine Brust und versuchte sanft, sich von ihm zu lösen.

»Bitte«, flüsterte sie. »Bitte nicht. Nicht nachdem Sie mir gezeigt haben, wie Sie wirklich sein können.«

»Was meinst du damit?« fragte er, ohne sie freizugeben. »Is' das, was ich mit dir tun möchte, nich' 'ne genauso schöne un' feine Sache wie diese Rose hier? Un' wenn du wirklich was für mich übrig has', dann möchtest du, daß dein Körper sagt, was dein Verstand denkt. Wie die Blumen, die sich der Sonne öffnen.«

Sie schüttelte den Kopf. »Nein. Es geht nicht. Bitte. Ich fühle mich scheußlich, weil ich nicht ja sagen kann. Aber ich kann nicht. Ich ... Sie ... da sind so große Unter ...«

»Na klar sin' wir unterschiedlich. Gehen in verschiedene Richtungen, biegen um eine Ecke — rums! — laufen ineinander, und legen unsere Arme um uns, damit wir nich' fallen.«

Er zog sie an sich, so daß ihr Gesicht fest an seine Brust gedrückt war.

»Siehste!« brummte er. »Es gefällt dir. Jetz' atme tief. Dreh den Kopf nich' weg. Un' rümpf nich' die Nase. Drück dich an mich, als wären wir aneinandergeklebt, un' nichts könnte uns trennen. Atme tief ein. Ich hab' meinen Arm um dich, wie die Bäume um diese Blumen. Ich tu dir nich' weh. Ich gebe dir Leben un' schütze dich. In Ordnung? Atme tief ein.«

»Bitte« wimmerte sie. »Tu mir nicht weh. Sei bitte sanft.«

»Sanft isses. Ich werde dir nich' weh tun. Nich' zu sehr. So isses richtig, halt dich nich' so steif gegen mich, als ob du 'n Stock wärs', schön, schmilz wie Butter. Ich zwinge dich nich', Dor'thy, denk daran. Du willst es, nich' wahr?«

»Tu mir nicht weh«, flüsterte sie. »Du bist so stark, mein Gott, so stark.«

Zwei Tage lang erschien Dorothy nicht bei den Paleys. Am dritten Morgen stürzte sie vor dem Frühstück zwei doppelte Whisky hinunter, um sich Mut zu machen. Als sie zur Kippe kam, erzählte sie den beiden Frauen, daß sie sich nicht wohl gefühlt hätte. Aber sie wäre zurückgekehrt, weil sie ihre Studien beenden wollte, da diese fast abgeschlossen wären und ihre Vorgesetzten ungeduldig auf ihren Bericht warteten.

Obwohl er nicht lächelte, als er sie sah, sagte Paley nichts. Er starrte sie jedoch ständig aus den Augenwinkeln heraus an, wenn er sich unbeobachtet fühlte. Und obwohl er den Hut im Käfig bei sich hatte, schwitzte und zitterte er wie früher, wenn sie die Straßen überquerten. Dorothy blickte ausdruckslos vor sich hin und antwortete nicht auf die wenigen Bemerkungen, die er machte.

Schließlich fluchte er unterdrückt, gab die Anstrengung auf, sich normal zu verhalten, und fuhr zu dem versteckten Garten.

»Hier sin' wir. Adam un' Eva kehren nach Eden zurück.«

Er schielte unter seinen knochigen Augenbrauen hervor zum Himmel hinauf. »Wir sollten schnell reingehen. Sieht aus, als wär der Alte Herr heute mit'm falschen Fuß aufgestanden. Es wird Sturm geben.«

»Ich gehe nicht mit dir hinein«, sagte Dorothy. »Weder jetzt noch irgendwann.«

»Selbs' nach dem, was wir getan haben, selbst' nach dem du mir gesagt has', daß du mich liebs', mach ich dich noch krank?« fragte er. »Du has' dich damals wirklich nich' so benommen, als würde dich Quasimodo krank machen.«

»Ich habe seit zwei Nächten nicht geschlafen«, sagte Dorothy tonlos. »Ich habe mich tausendmal gefragt, warum ich es getan habe. Und jedesmal konnte ich mir nur sagen, ich weiß es nicht. Irgendwas ist von dir auf mich übergesprungen und hat mich überwältigt. Ich war machtlos.«

»Du wars' sicher nich' gelähmt«, sagte der Alte und legte seine Hand auf ihr Knie. »Un' wenn du machtlos wars', dann warstes, weil du's sein wolltes'.«

»Es hat keinen Zweck, darüber zu reden«, sagte sie. »Du wirst nie wieder eine Gelegenheit haben. Und nimm deine Hand von mir. Es schüttelt mich.«

Er ließ seine Hand fallen.

»Schon gut. Zurück zum Geschäft. Wieder anderer Leute Abfall durchsuchen. Laß uns hier verschwinden. Vergiß, was ich gesagt hab'. Vergiß auch diesen Garten. Vergiß das Geheimnis, von dem ich dir erzählt hab'. Erzähl' niemandem davon. Die anderen Lumpensammler würden mich auslachen. Stell dir das vor, der Alte Paley, der einarmige Kandidat für die Klapsmühle, der Flüchtling aus der Steinzeit, züchtet Rosen und Päonien! Was für'n Gelächter, was?«

Dorothy antwortete nicht. Er ließ den Wagen an, und als sie auf die Gasse hinauskamen, sahen sie die Sonne hinter den Wolken verschwinden. Sie kam auch für den Rest des Tages nicht wieder hervor, und der Alte und Dorothy sprachen nicht mehr miteinander.

Als sie nach dem Abladen beim Altwarenhändler

wieder auf der Route 24 waren, wurden sie von einer Streife angehalten. Dem Alten wurde ein Bußgld aufgebrummt, weil er keinen Führerschein hatte, und man befahl ihm, mit in die Stadt aufs Revier zu kommen. Dort mußte Paley eine Strafe von fünfundzwanzig Dollar bezahlen. Zu jedermanns Überraschung zog er diese aus seiner Tasche.

Als ob das noch nicht genug wäre, mußte er auch noch den Spott der Polizisten und Müßiggänger erdulden. Offensichtlich war er schon öfter auf der Wache gewesen und dort als *King Kong, Alley Oop* oder einfach *Schimpanse* bekannt. Der Alte zitterte, ob vor unterdrückter Wut oder aus Nervosität, konnte Dorothy nicht erkennen. Aber später, als Dorothy ihn nach Hause fuhr, stand ihm bei einem gewaltigen Wutausbruch fast Schaum vor dem Mund. Als sie in Sichtweite seiner Hütte kamen, brüllte er, daß man ihm seine Lebensersparnisse genommen hätte und alles nur ein übler Trick der *G'yaga* sei, um ihn in den Hungertod zu treiben.

Im selben Moment erstarb der Motor des Lastwagens. Fluchend öffnete der Alte die Motorhaube so heftig, daß eine der rostigen Aufhängungen brach. Dadurch noch mehr in Rage gebracht, riß er die Haube ganz ab und warf sie in den Straßengraben. Da er die Ursache nicht finden konnte, nahm er einen Hammer aus der Werkzeugkiste und fing an, auf die Seiten des Wagens einzuschlagen.

»Ich bring' sie schon zum Laufen, ja, ja, ja!« schrie er. »Oder sie wird sich noch wünschen, daß sie es getan hätte! Lauf, du Miststück, rumpel schon, sauf Sprit, laß deine Eingeweide brummen, sauf Sprit, aber lauf, lauf, lauf! Oder dein Ex-Liebhaber, der Alte, verkauft dich auf'm Schrottplatz, ich schwörs dir!«

Fordiana war beeindruckt. Sie rührte sich nicht.

Schließlich mußten Paley und Dorothy den Lastwagen durch den Straßengraben verlassen und zu Fuß nach Hause gehen. Als sie die lebhaft befahrene Straße überqueren wollten, um zur Halde zu gelangen, mußte der Alte plötzlich zurückspringen, um nicht von einem Auto überfahren zu werden.

Er schüttelte die Faust dem davonrasenden Wagen nach.

»Ich weiß, daß ihrs auf mich abgesehen habt!« heulte er. »Aber ihr kriegt mich nicht! Ihr versucht's schon seit fünfzigtausend Jahren un' habt es immer noch nich' geschafft! Wir kämpfen immer noch!«

In diesem Augenblick öffneten die tiefhängenden schwarzen Wolken ihre Schleusen. Die beiden waren durchnäßt, noch bevor sie vier Schritte gemacht hatten. Donner grollte, und Blitze fuhren krachend in die Erde auf der anderen Seite der Kippe.

Der Alte zitterte vor Angst, aber als er sah, daß ihm gar nichts passierte, hob er die Hand gegen den Himmel.

»Okay, okay, du has' also auch was gegen mich. Versteh' schon. Okay, okay!«

Tropfnaß erreichten die beiden die Hütte, wo er sein Bier öffnete und zu trinken begann. Deena nahm Dorothy hinter einen Vorhang, gab ihr ein Handtuch, damit sie sich abtrocknen konnte, und einen weißen Frotteemantel von ihr zum Anziehen. Als Dorothy wieder hinter dem Vorhang auftauchte, öffnete der Alte gerade sein drittes Bier. Er warf Deena vor, sie würde den Fisch nicht richtig zubereiten, und als sie ihm eine scharfe Antwort gab, warf er ihr jeden Fehler vor, groß oder klein, echt oder eingebildet, der ihm einfallen wollte. Fünfzehn Minuten später hing das Porträt ihrer Mutter mit dem Gesicht zur Wand, und Deena lag wimmernd hinter dem Ofen und streichelte sanft die Stellen, wo er sie geschlagen hatte. Gummy protestierte, und er schickte sie hinaus in den Regen.

Dorothy zog sofort ihre durchnäßten Kleider wieder an und erklärte, sie müsse jetzt gehen. Sie würde die

Meile bis zur Stadt zu Fuß zurücklegen und dann den Bus nehmen.

Der Alte schnarrte: »Geh! Du bis' sowieso zu fein für uns. Wir sin' nich' von deiner Sorte, das isses.«

»Gehen Sie nicht«, flehte Deena. »Wenn Sie nicht da sind, um ihn zurückzuhalten, behandelt er uns schrecklich.«

»Es tut mir leid«, sagte Dorothy. »Ich hätte schon heute morgen nach Hause gehen sollen.«

»Jawoll, das hätteste«, grollte er. Und dann fing er an zu weinen, seine vorgewölbten Lippen zitterten wie Vogelflügel, sein Gesicht war verzerrt.

»Geh, eh' ich mich vergesse un' dich hinauswerfe«, schluchzte er.

Dorothy schloß leise die Tür hinter sich. Ihr Gesicht zeigte Mitleid.

Der nächste Tag war ein Sonntag. An diesem Morgen rief ihre Mutter an. Sie wollte von Waukegan kommen, um sie zu besuchen. Ob sie wohl bis Montag bleiben könnte?

Dorothy sagte ja und rief dann seufzend ihren Vorgesetzten an. Sie erzählte ihm, daß sie alles nötige Material für den Paley-Bericht beisammen hatte und sie bald anfangen würde, ihn zu tippen.

Am Montagabend, nachdem sie ihre Mutter zum Zug gebracht hatte, beschloß sie, den Paleys einen Abschiedsbesuch zu machen. Sie konnte nicht noch eine schlaflose Nacht ertragen, in der sie mit dem Verlangen kämpfte, immer wieder aufzustehen und sich sauberzuschrubben. Und da war auch noch die Angst, Paley und die beiden Frauen am nächsten Morgen wiederzusehen. Sie glaubte, wenn sie den Paleys Lebewohl sagte, konnte sie auch diesen Gefühlen Lebewohl sagen, oder wenigstens käme sie dann schneller über sie hinweg.

Als sie den Bahnhof verließ, war der Himmel wolkenlos und sternenklar gewesen. Aber als sie die Müllkippe erreichte, zogen sich von Westen her Wolken zusammen, und ein heftiges Gewitter ging über der Stadt nieder. Während sie über die Brücke fuhr, sah sie im Licht ihrer Scheinwerfer, daß der Kickapoo Creek in den zwei Regentagen zu einem kleinen Fluß angeschwollen war. Sein schlammiges, schäumendes Wasser gurgelte an der Kippe vorbei, in den eine halbe Meile entfernten Illinois River.

Der Bach war so hoch gestiegen, daß sein Wasser die Türschwellen der Hütten umspülte. Die Lastwagen und anderen Vehikel, die davor parkten, waren hochbeladen mit Haushaltsgegenständen, und ihre Besitzer waren auf dem Sprung, jede Minute fortzuziehen.

Dorothy parkte ihren Wagen etwas abseits von der Straße, weil sie nicht im Matsch steckenbleiben wollte. Bevor sie die Hütte der Paleys erreichte, war sie bis zu den Waden mit Dreck bespritzt, und es war Nacht geworden.

In dem Lichtschein, der aus einem Fenster fiel, stand Fordiana, die der Alte offensichtlich wieder in Gang gebracht hatte. Im Gegensatz zu den anderen Fahrzeugen war sie nicht beladen.

Dorothy klopfte an die Tür und wurde von Deena eingelassen. Paley saß in dem alten Lehnstuhl. Er war nur mit einer verblichenen, geflickten Blue jeans bekleidet. Ein Auge war umrahmt von einem schwarz-blaugrünen Veilchen. Der Roßhaarhut von Old King war fest auf seinen Kopf gestülpt, und die Hand umklammerte eine Flasche Bier, als wolle er sie erwürgen.

Dorothy sah neugierig auf das blaue Auge, stellte aber keine Fragen. Statt dessen wollte sie wissen, warum er nicht für den Fall einer Überschwemmung gepackt hatte.

Der Alte winkte mit seinem Armstumpf zu ihr herüber.

»Macht alles der Alte Herr im Himmel. Ich hab zu

dem alten Idioten gebetet, er solle es aufhören lassen zu regnen, aber's regnet nur noch mehr. Also stelle ich mir vor, daß es in Wirklichkeit die Alte Frau der Erde is', die für'n Regen verantwortlich is'. Der Alte Herr is' zu schwach, um sie aufzuhalten. Er braucht' Kraft. Also ... hab' ich dran gedacht, das Blut von 'ner Jungfrau für ihn zu vergießen, damit er es auflecken kann un' seine Muskeln davon wiederkriegt. Aber das hab ich wieder aufgegeben, weil's keine mehr gibt, jedenfalls nich' im Umkreis von hundert Meilen.

Also ... hab ich dann weiter gedacht, rauszugehen un' das nächstbeste zu tun, nämlich ein oder zwei Flaschen Bier für ihn auf die Erde zu schütten. Was die alten Griechen nennen: Den Göttern ein Trankopfer bringen ...«

»Laß ihn bloß nich' das billige Bier trinken«, warnte Gummy ihn. »Dieser Regen is' schon schlimm genug. Ich will nich', daß ein Gott auch noch alles vollkotzt.«

Er schleuderte die Flasche nach ihr. Sie war leer, denn er würde nicht so weit gehen, eine auch nur halbvolle Flasche zu vergeuden. Aber sie zersplitterte an der Wand, und da noch ein Cent Pfand darauf war, beschuldigte er Gummy der bösartigen Verschwendung.

»Verdammt, wenn du stillgehalten hättes', wäre sie nich' kaputtgegangen.«

Deena schenkte der Szene keine Aufmerksamkeit. »Ich freue mich, daß Sie gekommen sind, mein Kind«, sagte sie. »Aber es wäre vielleicht besser gewesen, wenn Sie heute abend zu Hause geblieben wären.«

Sie zeigte auf das Bild ihrer Mutter, das immer noch mit dem Gesicht zur Wand hing. »Er hat mit der Pistole eins übergezogen bekommen. Von dem jungen Limpy Doolan, der in dem Kartonhaus lebt, das mit dem Jantzen-Badeanzug auf der Seite, als Limpy nur aus Spaß versucht hat, Old Kings Hut vom Kopf des Alten zu stiebitzen.«

»Ja, er wollte ihn grabschen«, sagte Paley. »Aber ich hab fest auf seine Hand gehauen. Dann zieht er mit der anderen Hand 'nen Revolver aus der Manteltasche un' schlägt mir mit'm Kolben ins Auge. Aber das macht mich noch nich' fertig. Er sieht mich auf sich zukommen, wie wenn ich spät dran bin zur Arbeit, un' er sagt, er knallt mich ab, wenn ich ihn noch mal anfasse. Mein alter Herr hat keine dummen Söhne großgezogen, also laß ich's. Aber ich krieg ihn schon, früher oder später. Un' dann wird er auf beiden Beinen humpeln, wenn er überhaupt noch laufen kann.

Aber ich weiß nich', warum ich immer nur Pech hab', seit ich den Hut gefunden hab'. Es sollte eigentlich nich' so sein. Er sollte mir eigentlich alles Glück bringen, das die Paleys jemals hatten.«

Er starrte Dorothy an und sagte: »Weißte was? Ich hatte so lange Glück, bis ich dir den Ort gezeigt hab', du weiß' schon, die Blumen. Un' danach, du weiß' schon, wonach, ging alles schief. Was has' du getan? Haste mir mit dem, was du getan has', alle Kraft genommen? Hat dich die Alte Frau der Erde zu mir geschickt, damit du mir Muskeln un' Glück un' Leben wegnehmen kanns', falls ich den Hut finden würde, den der Alte Herr mir in den Weg gelegt hat?«

Er erhob sich mühsam aus dem Lehnstuhl, nahm zwei Flaschen Bier aus dem Kühlschrank und stapfte zur Tür.

»Kann den Gestank hier drin nich' aushalten. Sagt mal was zu *meinem* Gestank. Ich dufte nach Veilchen, verglichen mit 'n paar von euch hier drin. Ich geh' raus, wo die Luft frisch is'. Ich geh' raus un' rede mit dem Alten Herrn im Himmel un' höre, was der Donner mir zu sagen hat. Er versteht mich, er schert sich keinen Deut darum, daß ich ein häßlicher alter Mann bin, der ein halber Affe is'.«

Deena rannte zu ihm hinüber und baute sich wie eine magere, wütende Straßenkatze vor ihm auf.

»Also das ist es! Du hattest also die Unverfrorenheit, dieses junge Mädchen zu besudeln! Du widerliches Biest!«

Der Alte blieb stehen, schwankte und stellte die beiden Bierflaschen auf den Boden. Dann schlurfte er zu dem Bild von Deenas Mutter hinüber und riß es von der Wand. Die Nägel knirschten, ebenso Deena.

»Was hast du vor?«

»Etwas, was ich schon lange tun wollte. Nur, daß ich Mitleid mit dir hatte. Jetz' habe ich's nich' mehr. Ich werde dieses Idol von dir in den Fluß werfen. Weißte warum? Ich glaube, sie is' eine Abgesandte der Alten Frau der Erde, der Feindin vom Alten Herrn. Sie is' hergeschickt worden, um mich zu beobachten un' der Alten Frau zu berichten, was ich tue. Un' du wars' es, der sie ins Haus gebracht hat.«

»Nur über meine Leiche wirfst du sie in den Fluß!« kreischte Deena.

»Wie du wills'«, grollte er, schlurfte vorwärts und drängte sie mit der Schulter zur Seite.

Deena griff nach dem Bilderrahmen, den er in seiner Hand hielt, aber er schlug ihr damit über die Fingerknöchel. Dann stellte er das Bild auf die Erde und hielt es mit dem Knie fest, damit es nicht umfiel, während er sich bückte, und nahm die beiden Flaschen Bier in seine Riesenhand. Er hielt sie fest und beugte sich vor, bis sein Armstumpf auf gleicher Höhe mit der Oberkante des Bilderrahmens war. Er klemmte sich den Rahmen unter den Stumpf, erhob sich, schlurfte zur Tür und war im nächsten Augenblick im strömenden Regen draußen, unter zuckenden Blitzen.

Deena starrte einen Moment lang in die Dunkelheit, dann rannte sie ihm nach.

Wie vom Donner gerührt, sah Dorothy sie gehen. Sie war nicht erst in der Lage, sich zu rühren, als Gummy murmelte:

»Sie werden sich umbringen.«

Sie lief zur Tür, schaute hinaus und kehrte dann zu Gummy zurück.

»Was ist denn in ihn gefahren?« rief sie. »Er ist so grausam, und doch weiß ich, daß er ein weiches Herz hat. Warum muß er so sein?«

»Wegen dir«, antwortete Gummy. »Er dachte, es wäre egal, wie er aussieht, was er macht, er wäre trotzdem ein Paley. Er dachte, sein Schweißgestank würde dich genauso einfangen wie all die anderen Käfer, mit denen er angegeben hat, egal wie hochnäsig sie auch waren. Un' du has' ihn verletzt, als du nich' auf ihn reingefallen bis'. Vor allem, weil er von dir mehr gehalten hat als von sons' jemand.

Warum glaubste, is' unser Leben so mies, seit er dich gefunden hat? Zum Teufel, ein Mann is' ein Mann, er hat immer Augen für die Mädchen, nich? Deena kann das nich' verstehen. Deena haßt den Alten. Aber Deena kann auch nich' ohne ihn sein ...«

»Ich muß sie aufhalten«, sagte Dorothy und eilte hinaus in die schwarz-weiße Welt.

Unmittelbar vor der Tür blieb sie unschlüssig stehen. Hinter ihr strömte Licht aus der Hütte, und im Norden war ein schwacher Schimmer von Onaback zu sehen. Aber überall sonst herrsche Dunkelheit, außer, wenn ein Blitz für eine erschreckende, verwirrende Sekunde die Nacht erhellte.

Sie lief um die Hütte herum zum Kickapoo, der knapp fünfzig Meter entfernt war — die beiden mußten sich dort irgendwo am Ufer des Baches befinden. Auf halbem Weg dorthin zeigte ein weiterer Blitz ihr eine weiße Gestalt am Ufer.

Es war Deena in ihrem Frotteemantel. Deena, die jetzt im Schlamm saß, nach vorn gebeugt und unter ihren Schluchzern bebte.

»Ich bin vor ihm auf die Knie gefallen«, klagte sie, »vor ihm, vor ihm! Und ich habe gebettelt, daß er meine Mutter verschont. Aber er sagte, später würde ich ihm dafür danken, daß er mich davon befreit hätte, eine falsche Göttin anzubeten. Er sagte, ich würde ihm die Hand dafür küssen.«

Deenas Stimme erhob sich zu einem schrillen Kreischen. »Und dann hat er es getan! Er hat meine gesegnete Mutter in Stücke gerissen. Sie in den Fluß geworfen! Ich bringe ihn um! Ich bringe ihn um!«

Dorothy berührte Deenas Schulter. »Schon gut. Schon gut. Sie sollten besser ins Haus gehen und sich abtrocknen. Es ist schlimm, was er getan hat, aber er ist nicht ganz bei Sinnen. Wo ist er hingegangen?«

»Zu der Pappelgruppe, dort drüben, wo der Bach in den Fluß mündet.«

»Sie gehen zurück«, sagte Dorothy. »Ich werde mich um ihn kümmern. Ich schaffe das.«

Deena griff nach ihrer Hand.

»Bleiben Sie weg von ihm. Er versteckt sich jetzt im Wald. Er ist gefährlich, gefährlich wie ein verwundeter Eber. Oder wie einer seiner Vorfahren, wenn er von uns verletzt und gejagt wurde.«

»Uns?« fragte Dorothy. »Sie meinen, Sie glauben seine Geschichte?«

»Nicht ganz. Nur Teile. Dieses Märchen von der Masseninvasion in Europa und King Paleys Hut ist Unsinn. Oder zumindest durch Gott weiß wie viele Jahre völlig verändert. Aber es ist wahr, daß er wenigstens teilweise Neandertaler ist. Hören Sie zu! Ich bin tief gesunken. Ich bin nur die Nutte eines Müllkutschers. Nicht einmal das mehr — der Alte faßte mich nicht mehr an, außer um mich zu schlagen. Und das ist nicht seine Schuld, wirklich nicht. Ich brauche das, ich bitte ihn darum.

Aber ich bin nicht schwachsinnig. Ich habe Bücher aus der Bibliothek, habe gelesen, was darin über Neandertaler stand. Ich habe den Alten sorgfältig studiert. Und ich *weiß*, er muß einfach sein, was er zu sein behauptet. Gummy auch, sie ist mindestens ein Viertelblut.«

Dorothy entwand ihre Hand Deenas Griff.

»Ich muß gehen. Ich muß mit dem Alten reden, ihm sagen, daß ich mich nicht mehr mit ihm treffen werde.«

»Bleiben Sie weg von ihm«, flehte Deena und griff wieder nach Dorothys Hand. »Sie gehen, um zu reden, und werden bleiben, um zu tun, was ich getan habe. Was viele andere auch getan haben. Wir haben mit ihm geschlafen, weil er nicht menschlich ist. Aber wir haben feststellen müssen, daß der Alte so menschlich ist wie jeder andere Mann, und einige von uns sind geblieben, nachdem die Lust vergangen war und Liebe eintrat.«

Dorothy löste Deenas Finger sanft von ihrer Hand und ging langsam fort.

Schon bald kam sie zu der Pappelgruppe am Ufer, wo der Bach und der Fluß sich trafen. Dort blieb sie stehen.

»Alter!« rief sie in einer Pause zwischen dem Donnergrollen. »Alter! Ich bin's, Dorothy!«

Ein Knurren wie von einem Bär, den man in seiner Höhle gestört hat, antwortete ihr, und eine Gestalt wie ein zum Leben erwachter Baumstumpf trat aus der Finsternis zwischen den Pappeln hervor.

»Warum biste gekommen?« fragte er und trat so dicht an sie heran, daß seine enorme Nase die ihre fast berührte. »Du will's mich so, wie ich bin, den Alten, den Nachkommen vom Wahren Volk — Paley, der dich liebt? Oder biste gekommen, um den bekloppten alten Müllmann zu beruhigen, so daß du ihn wie'n Lamm bei der Hand nehmen kanns' und ihn zurück zur Schlachtbank führen kanns', zur Klapsmühle, wo sie ihn stechen un' ihm rausreißen, was ihn zu 'nem Mann macht un' nich' zu 'nem Ochsen.«

»Ich bin gekommen ...«

»Ja?«

»Deswegen!« rief sie, riß ihm den Hut vom Kopf und rannte weg, hinunter zum Fluß.

Hinter ihr erhob sich ein Gebrüll wie aus Todesangst, so laut, daß es sogar den Donner übertönte. Füße platschten laut auf, als er die Verfolgung aufnahm.

Plötzlich rutschte sie aus und fiel vornüber in den Matsch. Gleichzeitig fiel ihre Brille herunter. Jetzt war es an ihr, Angst zu haben, weil sie in dieser düsteren Halbwelt ohne ihre Brille außer den zuckenden Blitzen nichts sehen konnte. Sie mußte sie wiederfinden. Aber wenn sie Zeit verbrauchte, um nach ihr zu suchen, verlor sie ihren Vorsprung.

Sie schrie vor Freude auf, als ihre tastenden Finger fanden, was sie gesucht hatten. Aber dann verschlug es ihr den Atem, und sie ließ die Brille wieder fallen, als ein schweres Gewicht auf ihren Rücken fiel und sie halb erdrückte. Unklar nahm sie wahr, daß ihr der Hut abgenommen wurde. Einen Augenblick später, als ihre Sinne wiederkehrten, merkte sie, daß sie hochgehoben wurde. Der Alte hielt sie in seiner Armbeuge, ein Teil ihres Gewichtes ruhte auf seinem Bauch.

»Meine Brille. Bitte, meine Brille. Ich brauche sie.«

»Du wirstse 'ne Zeitlang nich' brauchen. Aber mach dir keine Sorgen um sie. Sie steckt in meiner Hosentasche. Der Alte paßt auf dich auf.«

Sein Arm schloß sich so fest um sie, daß sie vor Schmerz aufschrie.

Rauh sagte er: »Du bis' von der *G'yaga* hergeschickt worden, um den Hut zu holen, nich' wahr? Aber es hat nich' geklappt, weil der Alte Herr heute den Himmel reitet, un' er schützt die Seinen.«

Dorothy biß sich auf die Lippen, um ihm nicht zu sagen, daß sie den Hut hatte zerstören wollen, weil sie gehofft hatte, damit die Schuld zu tilgen, ihn überhaupt gemacht zu haben. Aber sie konnte es ihm nicht sagen. Wenn er wüßte, daß sie einen falschen Hut gemacht hatte, würde er sie in seiner Wut umbringen.

»Nein. Nicht noch einmal«, sagte sie. »Bitte. Tu's nicht. Ich schreie. Sie werden dich kriegen. Sie werden dich in die Klinik bringen und dich für den Rest deines Lebens einsperren. Ich schwöre dir, ich schreie.«

»Wer soll dich denn hören? Nur der Alte Herr, un' der hat bestimmt seinen Spaß daran, dich so zu sehen, weil du 'ne Falsche bis', un' weil du den Inhalt von meinem Hut un' mich mit deiner Magie von den Falschen holen wolltes'. Aber ich hole zurück, was mein und sein is', genauso wie du's mir genommen has'. Es funktioniert nach beiden Richtungen.«

Er blieb stehen und legte sie auf einen Haufen nasser Blätter nieder.

»Hier sin' wir. Der Wald, wie er in den alten Zeiten war. Keine Angst, der Alte Herr beschützt dich vor dem Höhlenbär un' dem Auerochsen. Aber wer beschützt dich vor dem Alten, he?«

Ein Blitz schlug so nahe bei ihnen ein, daß sie einige Sekunden lang sprachlos und wie geblendet waren. Dann rief Paley: »Der Alte Herr tobt sich heute abends aus wie früher! Blut un' Mord un' Bosheit reiten heute durch die Nacht!«

Er trommelte mit seiner riesigen Faust auf seine breite Brust.

»Der Alte Herr un' die Alte Frau sollen es heute nacht auskämpfen. Sie werden uns nich' stören, Dor'thy. Nich' solang der haarige alte Gott innen Wolken mich nich' mit einem Blitz verbrennt, eifersüchtig, weil ich hab', was er nich' haben kann.«

Blitze fuhren zur Erde hinab, und Blitze schossen zum Himmel empor aus der aufgewühlten Erde. Der Regen fiel noch schwerer als zuvor, als ob alle himmlischen Schleusen direkt über ihnen geöffnet worden wären. Aber von Zeit zu Zeit schlugen die Blitze nicht so dicht bei den Pappeln ein. Dann zerriß ein weiterer Blitz die Nacht unmittelbar neben ihnen und betäubte sie.

Und Dorothy, die über die Schulter des Alten blickte, dachte, sie würde vor Angst sterben, weil ein Geist hinter ihnen stand. Er war groß und weiß, und sein Gewand flatterte im Wind, und seine Arme waren zu einer Geste wie zu einem Fluch erhoben.

Aber es war ein Messer, das er in seiner Hand hielt.

Dann erlosch das Licht, das wie ein Kreuz die Gestalt beleuchtet hatte, und die Nacht senkte sich wieder herab.

Dorothy schrie. Der Alte grunzte, als hätte ihm etwas den Atem geraubt.

Er erhob sich auf die Knie, stammelte etwas Unverständliches, und kam langsam auf die Füße. Er drehte Dorothy den Rücken zu, so daß er das Ding in Weiß sehen konnte. Wieder zuckte ein Blitz. Noch einmal schrie Dorothy auf, als sie das Messer in seinem Rükken stecken sah.

Dann war die weiße Gestalt auf den Alten zugerannt. Aber statt ihn anzugreifen, fiel sie auf die Knie, versuchte, seine Hand zu küssen und bettelte um Vergebung.

Kein Geist, kein Mann. Deena, in ihrem weißen Frotteemantel.

»Ich habe es getan, weil ich dich liebe«, rief Deena.

Der Alte schwankte und schwieg.

»Ich bin zurück in die Hütte gegangen, um ein Messer zu holen, und hergekommen, weil ich wußte, was du tun würdest, und ich wollte nicht, daß du Dorothys Leben ruinierst, und ich haßte dich, und ich wollte dich töten. Aber ich hasse dich nicht wirklich.«

Langsam griff Paley hinter sich und faßte den Griff des Messers. Ein Blitz tauchte alles um ihn herum in weißes Licht. In seinem kurzen Aufleuchten konnten die Frauen sehen, daß er sich die Klinge aus dem Fleisch zog.

Dorothy jammerte: »Es ist furchtbar, entsetzlich. Alles meine Schuld. Alles meine Schuld.«

Sie tastete sich durch den Schlamm, bis ihre Finger an die Jeans des Alten kamen und an seine Gesäßtasche, in der ihre Brille steckte. Sie setzte die Brille auf, nur um festzustellen, daß sie wegen der Dunkelheit nichts sehen konnte. Dann, und erst dann, kam es ihr in den Sinn, ihre Kleider zu suchen. Auf Händen und Knien durchsuchte sie das Gras und die nassen Blätter. Sie wollte schon aufgeben und zu dem Alten zurückgehen, als ein weiterer Blitz den Stapel zu ihrer Linken erleuchtete. Mit einem Freudenschrei kroch sie darauf zu.

Aber ein erneutes Aufleuchten zeigte ihr etwas anderes. Sie schrie und versuchte aufzustehen, rutschte jedoch aus und fiel vornüber.

Der Alte, das Messer in der Hand, kam langsam auf sie zu.

»Versuch nich' wegzulaufen!« brüllte er. »Du wirs' nie davonkommen! Der Alte Herr läßt für mich seine Blitze zucken, damit du dich nich' in der Dunkelheit davonmachen kanns'. Außerdem leuchtet deine Haut im Dunkeln wie ein verfaulter Giftpilz. Du bis' am Ende. Fertig. Du has' mir den Hut weggenommen, um mich hier draußen schutzlos zu lassen, damit Deena mich erstechen konnte. Du un' sie ihr seid Falsche Hexen, das weiß ich verdammt gut!«

»Was meinst du, was tust du da?« fragte Dorothy. Sie versuchte wieder aufzustehen, aber sie konnte es nicht. Es war, als ob der Schlamm sie mit Fingern an Händen und Füßen festhielt.

»Der Alte Herr schreit nach dem Blut von *G'yaga*-Frauen. Un' er wird alles Blut kriegen, das er will. Das is' nur fair. Deena hat mir das Messer in den Rücken gestochen, un' die Alte Frau hat was von meinem Blut zu trinken bekommen. Jetz' bis' du dran, um dem Alten Herrn etwas von deinem zu geben.«

»Nein!« schrie Deena. »Nein! Dorothy hatte nichts damit zu tun. Und mir kannst du nichts vorwerfen, nach allem, was du ihr angetan hast.«

»Sie hat mir alles angetan. Ich bringe dem Alten Herrn jetz' das letzte Opfer. Dann habe ich wenigstens einen Augenblick als Angehöriger des Wahren Volkes gelebt.«

Deena und Dorothy schrien beide. In der nächsten Sekunde zerriß ein Blitz die Dunkelheit um sie herum. Dorothy sah, wie Deena dem Alten auf den Rücken sprang und ihn niederriß. Dann, wieder Nacht.

Ein Stöhnen. Wieder ein Lichtstrahl. Der Alte lag auf den Knien, zusammengekrümmt, jedoch so, daß Dorothy den Griff des Messers sehen konnte, das in seiner Brust stak.

»Oh, Jesus!« jammerte Deena. »Als ich ihn gestoßen habe, muß er in das Messer gefallen sein. Ich konnte den Knochen in seiner Brust brechen hören. Jetzt stirbt er!«

Paley stöhnte. »Ja, jetz' haste es geschafft, jetz' haste es mir heimgezahlt, nich' wahr? Has' mir heimgezahlt, daß ich dich befreit un' dich die ganzen Jahre versorgt hab.«

»Oh, Alter«, schluchzte Deena. »Ich wollte es nicht tun. Ich wollte doch nur Dorothy retten und dich vor dir selbst. Bitte! Gibt es denn nichts, was ich für dich tun kann?«

»Klar, kannste. Stopf die beiden großen Löcher in meinem Rücken un' in meiner Brust zu. Mein Blut, mein Atem, meine wahre Seele strömen aus mir raus. Herr im Himmel, was für'ne Art zu sterben! Umgebracht von einer verrückten Frau!«

»Sei still«, sagte Dorothy. »Spar deine Kräfte. Deena, lauf zur Tankstelle. Sie hat noch geöffnet. Ruf einen Arzt.«

»Geh nich', Deena«, sagte er. »Es is' zu spät. Ich hab nur noch 'nen Zipfel von meiner Seele fest in der Hand, in einer Minute muß ich ganz loslassen, un' sie wird aus mir rausspringen wie'n Hund hinter 'nem Karnikkel her.

Dor'thy, Dor'thy, hat dich die Bosheit der Alten Frau dazu gebracht? Ich muß dir doch irgendwas bedeutet haben ... unter den Blumen ... vielleich' is' es besser ... ich hab' mich wie'n Gott gefühlt, damals ... nicht als das, was ich wirklich bin ... ein verrückter alter Lumpensammler ... ein Müllkutscher ... aber denke daran ... fünfzigtausend Jahre hinter mir ... viel älter als Adam un' Eva ... un' jetz', das ...«

Deena begann zu weinen. Er hob seine Hand, und sie ergriff sie.

»Laß los«, sagte er schwach. »Ich wollte dich grün un' blau schlagen für dein Geschwätz, wie eine vom Falschen Volk ... brings' mich um ... dann weinste ... du has' mich nie gemocht ... wie Dor'thy ...«

»Seine Hand wird kalt«, murmelte Deena.

»Deena, begrab diesen verdammten Hut mit mir ... das mindeste, was du tun kanns' ... He, Deena, wen wirste um Hilfe bitten, wenn du den Affen vor deiner Tür schnattern hörs', he? Wen ...?«

Plötzlich, noch ehe Deena und Dorothy ihn zurückhalten konnten, setzte er sich auf. Gleichzeitig schlug in der Nähe ein Blitz ein und zeigte ihnen seine Augen, die an ihnen vorbei in die Nacht starrten.

Er sprach, und seine Stimme klang stärker, als ob das Leben durch die Wunden in seinem Fleisch in ihn zurückgeflossen wäre.

»Der Alte Herr gibt mir'n guten Abgang. Blitz un' Donner. Da is' nichts Billiges dran, he? Warum auch nich'? Er weiß, daß ich am Ende meines Weges bin. Der letzte seiner Anbeter, der letzte der Paleys ...«

Er sank zurück und sprach nicht mehr.

Interview mit Philip José Farmer

von

Darrell Schweitzer

Copyright © (Foto)
by Wörlham-Archiv Wolfgang Jeschke

INTERVIEW MIT PHILIP JOSÉ FARMER:

Aus dem Amerikanischen übersetzt von Joachim Fuchs

Philip José Farmers erste Science Fiction-Story erschien 1952 in der Augustausgabe von *Startling Stories,* und dieses eine Mal wurde jenes drittklassige Pulpmagazin seinem Namen gerecht. Bei der Geschichte handelte es sich um *The Lovers,* eine einfühlsame und bizarre Novelle (die später zu einem Roman ausgebaut wurde), die erste seriöse Abhandlung zum Thema Sexualität innerhalb des Genres. Die Reaktion war sensationell. Farmer gewann aufgrund dieser Story den Hugo als vielversprechendster neuer Autor im Jahre 1953. Seit damals ist er eine der wirklich führenden Persönlichkeiten im Feld der SF, ein Autor, der immer wieder die ausgetretenen Pfade verläßt und dennoch mit großer Stichhaltigkeit Ideen abhandelt, die selbst für dieses Genre manchmal etwas zu »far-out« erscheinen. Wer sonst würde einen ernsthaften Roman mit dem Titel *Jesus on Mars* schreiben?

Eine wichtige Serie in Farmers Werk befaßt sich mit der *Flußwelt,* einem rätselhaften Ort, an dem alle Menschen wiedergeboren werden, die je gelebt haben. Der erste *Flußwelt*-Roman, *Die Flußwelt der Zeit,* gewann 1972 den Hugo-Award. Die anderen sind in chronologischer Folge: *Auf dem Zeitstrom, Das dunkle Muster* und *Das magische Labyrinth.* Weitere wichtige Romane von Philip José Farmer sind: *Der Sonnenheld; Die Welt der Wiyr;* die fünfbändige *World-of-Tiers*-Serie (die in Deutschland in einem Band unter dem Titel *Die Welt der tausend Ebenen* erschien); *Als die Zeit stillstand; Die synthetische Seele; Das Tor der Zeit* und zuletzt *The Unreasoning Mask.*

FRAGE: Sie haben viele Romane geschrieben, wie erst vor kurzem *A Barnstormer in Oz,* in denen Sie beliebte fiktive Welten neu bearbeiten. Was reizt Sie gerade an dieser Sache?

FARMER: Ich glaube, damit erfülle ich in erster Linie eigene Kindheitsphantasien. Ich hatte schon immer den

Philip Jose Farmer

Philip José Farmer

Wunsch, Schriftsteller zu werden, und als ich die Bücher über Tarzan, das Land Oz und Sherlock Holmes las, um nur einige zu nennen, wollte ich die Handlungen über ihre Grenzen hinaus weiterführen. In den letzten Jahren verwirklichte ich jedoch diese Ambitionen. Allerdings habe ich in der Zwischenzeit so lange gelebt und so viel gelesen, daß die Resultate keine echten Fortsetzungen mehr darstellen. Die Bücher sind Ausdruck meiner Einstellung zu diesen Serien, mein Wunsch, könnte man vielleicht sagen, sie noch besser, aber nicht realistischer zu gestalten. Ich begann mit der Opar-Serie, die ich wahrscheinlich bald beenden werde — anfangs sollten es zwölf Bücher werden, dann kürzte ich die Serie auf neun, dann sieben; nun werden es wohl nur noch fünf. Und vielleicht schreibe ich noch ein Buch über Oz. Und, wie Sie wissen, habe ich über Tarzan, Doc Savage und Sherlock Holmes sowie eine Menge anderer Leute geschrieben. Ich würde es nicht Vergangenheitsbewältigung nennen. Es sind nur meine Kindheitsvorstellungen und der Wunsch, so etwas wie ein Oz-Buch zu schreiben — das sich natürlich stark von allem unterscheidet, was Baum geschrieben hat. *A Barnstormer in Oz* ist Science Fiction. Ich versuchte die Widersprüche in den Oz-Büchern zu erklären, und, man kann sagen, ich rationalisierte bestimmte Stellen, die Baum unerklärt ließ. *Er* schrieb Fantasy und glaubte daran. Wenn wir annehmen, daß das erste Oz-Buch von Baum wahr ist, müssen wir erklären, warum diese Dinge wahr sind, wie der Blecherne Holzfäller oder die Vogelscheuche und so weiter, und wie diese magische Welt funktionieren kann. Aber dann brachte ich es fertig, eine meiner anderen Vorlieben mit dieser Geschichte zu kombinieren, die Kindertage der Fliegerei. Der Held fliegt in einer Jenny durch das grüne Tor nach Oz. Nun, es gibt natürlich noch eine Menge anderer Kombinationsmöglichkeiten. Aber in den Welten anderer Schriftsteller bewege ich mich nur, wenn mir diese Welten gefallen. Ich tue niemandem damit weh, und sehr viele Leute genießen es.

FRAGE: Schätzen Sie sich nicht auch sehr glücklich, daß Sie mit so viel schriftstellerischem Talent geboren wurden, um Ihre Kindheitsphantasien verkaufen zu können?

FARMER: Ja, natürlich. Das ist selbstverständlich. Ich habe nie darüber nachgedacht. Wenn ich nicht schon vorher Schriftsteller gewesen wäre und nicht mit diesen Dingen begonnen hätte, hätte ich es wahrscheinlich nie getan.

FRAGE: Welche Bücher haben Sie damals besonders beeindruckt?

FARMER: *Die Schatzinsel.* Als ich noch sehr jung war, bekam ich das Buch von meinen Eltern und las es einige Male. Ich glaube, es war von N. C. Wyeth illustriert, wenn ich mich recht erinnere. Oder Louis Reed. Jonathan Swifts *Gullivers Reisen* beeindruckten mich ebenfalls sehr stark, wie auch die Arbeiten von Mark Twain. Jack London. Die Oz-Bücher. Edgar Rice Burroughs. A. Conan Doyle. Jules Verne. Und ein Buch, das mir auch die ganze Zeit im Kopf herumspukte, war John Bunyans *Pilgrim's Progress.* Als Kind besaß ich eine riesige illustrierte Ausgabe davon. Die Illustrationen waren von Doré. Ich wurde durch viele Literaturbereiche beeinflußt, aber natürlich waren Fantasy und Science Fiction meine große Leidenschaft. Die meisten Kinder, die *Gullivers Reisen* lesen, sehen darin nur die Wunder, die fremdartigen Dinge, doch auf mich machte auch Jonathan Swifts Einstellung gegenüber der Menschheit einen nachhaltigen Eindruck. Dies mag teilweise der Grund für meine heutige semizynische Weltsicht sein. Auf der anderen Seite glich *Pilgrim's Progress* das durch seinen Optimismus aus. Es ist ein religiöses Buch, und auch dies beeindruckte mich stark. Dann las ich auch verschiedene Teile der Bibel, die Teile, die ich verstehen konnte, als ich noch sehr klein war.

FRAGE: Wann entdeckten Sie die Science Fiction als eigenständige Literaturgattung, im Gegenstz zu den einzelnen Büchern, die Sie damals mochten und die man im nachhinein auch als SF bezeichnen könnte?

FARMER: Das ist leicht. Das war 1929, als die ersten Ausgaben von Hugo Gernsbacks *Air Wonder Stories* und *Science Wonder Stories* erschienen. Ich sah diese Magazine in einem Drugstore, und die Cover von Frank Paul faszinierten mich. Weil wir aber in dieser Zeit kaum Geld besaßen, mußte ich viel Energie entwickeln, um etwas Geld von meinem Vater loszureißen, damit ich diese Dinger kaufen konnte, wenn sie am Stand erschienen. Das war mein erster Kontakt mit der Magazin-SF. Ein wirklich glorreicher Tag, als ich diese Magazine zum erstenmal sah.

FRAGE: Wurden Sie auch von diesem technologischen Optimismus angesteckt, den diese Magazine ausstrahlen? Vielleicht auch nur für kurze Zeit?

FARMER: Ja. Gernsback und viele seiner Leser und Schriftsteller dachten, wir könnten alle unsere sozialen und wirtschaftlichen Krankheiten durch neue Technologien heilen. Das wäre auch tatsächlich möglich, wenn die Menschen sich rational verhielten.

FRAGE: Wurden Sie diesbezüglich irgendwann einmal in irgendeiner Weise enttäuscht?

FARMER: Bis ungefähr 1952, als ich *The Lovers* schrieb, war ich, was Wissenschaft und Technik als Lösung der

Probleme der Menschheit anbelangt, ein Optimist gewesen. Um diese Zeit wurde mir langsam klar, daß die Dinge nicht den Lauf nehmen würden, den die Technokraten und Hugo Gernsback ihnen geben wollten. Jetzt sehe ich alles etwas anders: Überall dort, wo wir die Möglichkeiten haben, unsere Probleme zu lösen, stehen ökonomische, politische, religiöse, nationalistische und individuelle menschliche Faktoren im Weg. Daher wursteln wir uns nur durch und werden so lange damit fortfahren, bis irgend etwas Großes passiert. Viele Leute haben Angst vor dem Atomkrieg, und diese Angst ist berechtigt, aber ich rege mich deswegen nicht auf. Entweder passiert es, oder es passiert nicht. Wovor ich unter anderem Angst habe, ist der ansteigende Verlust von Anbauflächen, der der immer noch ansteigenden Bevölkerungszahl zuwiderläuft. Die Wachstumssteigerung nimmt immer mehr ab, während die Bevölkerung zunimmt. Daraus kann man zwei Kurven ableiten, die sich in zwanzig, vielleicht dreißig Jahren schneiden werden. Dann ist der Punkt erreicht, wo wir nicht mehr genügend Agrarfläche haben, um die Menschen zu ernähren. Ich spreche hier nicht nur von den Vereinigten Staaten, sondern meine die ganze Welt. Von dieser Voraussetzung kann man dann bittere Wahrheiten ableiten. Angesichts unserer Ernteüberschüsse mag dies im Augenblick etwas lächerlich wirken, aber wenn nicht innerhalb der nächsten dreißig Jahre etwas Unvorhergesehenes passiert, wird eine allgemeine weltweite Hungersnot eintreten.

FRAGE: Gernsback glaubte, die Science Fiction besäße einen gewissen Propagandawert, mit dem man die Zukunft in bestimmte Bahnen lenken könne. Glauben Sie, daß die Science Fiction diese Fähigkeit besitzt?

FARMER: Ich glaube, der einzige Einfluß, den die Science Fiction je hatte, war die Vorhersage der Raumfahrt.

Möglicherweise sind sogar deutsche Wissenschaftler durch die Science Fiction angeregt worden. Ich meine, sie gab der gesamten Bevölkerung ein Gefühl der Vorahnung. Verstehen Sie, wenn die Raumfahrt ohne Warnung plötzlich dagewesen wäre, hätte man sie als große, wundervolle Sache begrüßt, aber durch die Science Fiction-Bücher und die sogenannten Science Fiction-Filme war die Öffentlichkeit darauf vorbereitet. Wir wissen nun, daß einige U.S.-Militärs gegen die Idee der Raketen angekämpft hatten, selbst dann noch, als die Deutschen mit der V-2 einige ihrer Möglichkeiten aufgezeigt hatten. Erst als die Russen ihren Sputnik in den Raum schossen, krochen die Militärs aus ihren Schneckenhäusern und beschritten den neuen Weg. Aber ich bin ganz sicher, daß die Science Fiction die Bevölkerung hierzulande auf diese Weltraumwunder vorbereitet hat. Aber obwohl noch so etwas wie eine Aura der Erregung über der Raumfahrt schwebt, glaube ich, daß die Mehrheit der Leute diesen Dingen eher apathisch gegenübersteht. Der erste Mensch auf dem Mond war ein großes Ereignis, aber die Leute sagten: »Ja, sie sind zum Mond geflogen. Sicher, das haben wir im Fernsehen gesehen.« Eigentlich sehen die SF-Filme realistischer aus als das, was wir im Fernsehen gesehen haben.

Frage: Einer Umfrage nach soll ein Großteil der Amerikaner gar nicht daran glauben, daß die Mondlandung tatsächlich stattgefunden hat. Diese Leute glauben, die Mondlandungen wären alle Fälschungen, weil sie im Fernsehen gezeigt wurden und die ganze Sache nicht besonders spektakulär aussah. Doch davon abgesehen, es scheint doch so, als würden wir in der Zukunft der Science Fiction der dreißiger Jahre leben, mit Mondlandung, Atomkraft, Transatlantikflügen, Fernsehen und ähnlichem ... Frank R. Paul hat nur einige Details ausgelassen. Meinen Sie, daß es mit der Science Fiction so weitergehen kann? Ohne die Stories zu berücksichtigen, die ohnehin eindeutig moralisierende »Warnungen« enthalten, wäre es denn möglich, die Bevölkerung von der abnehmenden Nahrungsmittelversorgung in Kenntnis zu setzen, indem man einfach so viele Stories darüber schreibt, bis das Problem allgemein bekannt ist?

FARMER: Der Nachteil dieser Methode ist, daß ein gegenteiliger Effekt eintreten würde: Der Leser würde durch das Überangebot gelangweilt reagieren. Die wollen nicht über solche Dinge nachdenken. Ich glaube nicht, daß Science Fiction-Stories mit dem Thema Übervölkerung die Welt davon überzeugt haben, Maßnahmen zur Geburtenkontrolle einzuführen. Die Kontrollmaßnahmen entwickelten sich ganz natürlich und wurden meist von Leuten eingeführt, die wußten, was Übervölkerung bedeuten kann. Die wurden nicht durch Science Fiction-Stories gewarnt. Ihre eigenen Gedanken leiteten sie. Ich glaube nicht, daß die Science Fiction in Zukunft einen großen Einfluß auf die Allgemeinheit haben wird, allein schon aus dem einfachen Grund, weil die Mehrheit der Bevölkerung keine Science Fiction liest. Was sie in den Filmen, bis auf wenige Ausnahmen, sehen, ist keine echte Science Fiction. Das sind Geschichten, Abenteuer, die wirkungslos bleiben.

FRAGE: Seit wann wollten Sie Science Fiction-Schriftsteller werden?

FARMER: Als ich zwischen zwölf und dreizehn war, wußte ich, ich würde eines Tages Schriftsteller werden. Aber nicht unbedingt Science Fiction. Ich interessiere mich für die Mainstreamliteratur. Ich kam nur dazu, weil ich eben seit 1926 ein leidenschaftlicher Leser der Buch- und Magazin-Science Fiction bin. Ich habe es aber nicht aufgegeben, Mainstreamautor zu werden.

FRAGE: Können Sie Ihre Science Fiction leichter verkaufen, und bleibt diese länger im Druck? Ich weiß, Ihr Mainstreamroman *Fire and the Night* ist nicht mehr im Handel, während man *The Lovers* noch überall bekommt. Ist dies ein Zufall, oder liegt es am Genre?

FARMER: Ich glaube, wenn ich einen sehr guten Agenten gehabt hätte, als ich *Fire and the Night* schrieb, wäre es vielleicht als Hardcover erschienen, und wenn es dann durch einen ordentlichen Werbeetat unterstützt worden wäre, hätte es ein Bestseller werden können. So wie die Sache war, fiel es halt unter den Tisch. Aber selbst wenn es ein Bestseller geworden wäre, hätte es nicht unbedingt eine Neuauflage gegeben. Das ist eine schöne Seite an der Science Fiction: Obwohl man selten soviel Geld wie ein Mainstreamautor verdient oder einen größeren Bekanntheitsgrad erreicht — so war es jedenfalls bis vor ein paar Jahren —, erscheinen sehr viele Neuauflagen, und das mit steter Regelmäßigkeit. In anderen Literaturgattungen kann man dieses Phänomen kaum beobachten. Auf lange Sicht bringt das einem Autor gutes Geld, und seine Stories bleiben im Druck. Das war ein Vorteil der Science Fiction, an den ich allerdings nicht gedacht hatte. Wirklich, ich hatte die SF immer geliebt und steckte voller Ideen, daher schrieb ich 1952 *The Lovers,* was jede Menge Kontroversen auslöste und mir beim Start half. Möglicherweise hat mich mein Unterbewußtsein gewarnt, so lange zu warten, bis ich lange genug gelebt und genug gesehen hätte, um Mainstream, allgemeine Belletristik, wirklich schreiben zu können. Wenn ich hier nun über Mainstream spreche, meine ich Romane, die mit unserem »Heute« zu tun haben, mit Menschen. Ich weiß nicht, ob ich bei diesem projektierten Roman Science Fiction-Techniken benutzen werde. Einige der Leute, die Science Fiction-Romane geschrieben haben, wie Kurt Vonnegut, der aber genau das abstreitet, werden von verschiedenen

Akademikern als Autoren charakterisiert, die Mainstream schreiben, aber Science Fiction-Techniken benutzen. Das ist alles Unsinn. Andere wiederum werden zu Science Fiction-Autoren mit Mainstreamtechniken erklärt. Nun, Tom Robbins und Thomas Pynchon benutzen das, was ich als Science Fiction-Techniken innerhalb ihrer Mainstreamliteratur bezeichnen würde. Vielleicht ist es auch eine Fusion von beidem. Ich weiß es nicht. Wie war noch mal die Frage? (Lacht.)

FRAGE: Ob es in der Natur der Science Fiction liegt, länger im Druck zu bleiben als Mainstreamliteratur?

FARMER: Das ist eine lustige Sache. H. G. Wells schrieb natürlich seine Scientific Romances, aber mit dem richtigen Ernst ging er nur bei seinen propagandistischen Werken zur Sache. Kurioserweise überlebte der Stoff, den die Kritiker in seinen Tagen bewunderten, seine soziologischen Romane und Traktate, nicht. Nur wenige Leute lasen seine anderen Bücher. Aber gerade die, seine Science Fiction, haben überlebt. Ich denke gerade über andere Autoren nach, bei denen auch nur die Science Fiction überlebte, obwohl sie keine echten SF-Autoren waren.

FRAGE: Robert W. Chambers ist ein gutes Beispiel.

FARMER: Richtig, Chambers. Neulich dachte ich noch darüber nach, aber jetzt fallen mir die Namen nicht mehr ein. Manchmal besteht gerade das nicht den Test der Zeit, was die Kritiker preisen, und das, was sie verreißen, erfreut noch spätere Generationen. Die besten Stoffe, die H. G. Wells geschrieben hat, waren seine wissenschaftlichen Abenteuerromane. Und wie ich schon bemerkte, Edgar Rice Burroughs, zum Beispiel, war nicht gerade der Welt größter Schriftsteller, trotzdem brachte er eine der größten Romanfiguren hervor

— Tarzan. Seine Bücher werden immer wieder neu aufgelegt, während viele der Bücher, die in seinen Tagen hochgelobt und Bestseller waren, vollkommen in Vergessenheit geraten sind. Tarzan gibt es immer noch. Es ist etwas dran, wenn man sagt, Science Fiction und Fantasy besäßen Standvermögen.

Frage: Abgesehen davon, daß hundert Jahre später niemand mehr die Kritiken liest, scheinen die Kritiker sich mit Vorliebe auf Bücher einzuschießen, die die Leute gern lesen wollen. Die Kritiker mochten Sherlock Holmes nicht, dennoch werden seine Abenteuer heute mehr denn je verschlungen.

Farmer: Genau das ist es. Es ist das, was die Leute lesen wollen, und nicht das, was die Kritiker ihnen vorschlagen. Das sind die Bücher, die überleben.

Frage: Als Sie *The Lovers* und andere Geschichten in den fünfziger Jahren schrieben, rüttelte dies viele Leute auf. Taten Sie das absichtlich, weil Sie um die Stagnation der SF wußten und ihr eine Horizonterweiterung verordneten, oder waren Sie von dem Echo selbst überrascht?

Farmer: Ich hatte natürlich das Gefühl, die Science Fiction sollte alle Aspekte des menschlichen Lebens berühren. Das Thema Sex wurde jedoch in keinster Weise angeschnitten, nicht einmal auf eine einfältige oder unreife Art und Weise. Die Science Fiction mußte aber doch alles behandeln können, Religion, Politik, einfach alles. Als ich *The Lovers* schrieb, wußte ich, daß ich unter Umständen mit der Veröffentlichung Schwierigkeiten bekommen könnte. Und wirklich, wie ich es schon unzählige Male vorher erzählt habe, wischten Campbell und Gold die Geschichte mit dem Kommentar vom Tisch, sie sei ekelerregend. Ich hatte großes Glück, daß

Sam Mines und Jerry Bixby, die Herausgeber von *Startling,* sich etwas empfänglicher zeigten. Ich glaube, sie sahen das Potential der Story. Sie waren zu einem Risiko bereit, und nachher stellte sich heraus, daß es gar kein Risiko gewesen war. Ich glaube, die meisten der Leser waren für die Geschichte bereit gewesen. Es war der *Zeitgeist,* der den Ankauf ermöglichte. Hätte ich die Geschichte 1942 herumgeschickt, dann hätte kein Magazin sie gebracht.

Frage: Hatten Sie danach das Gefühl, daß Mines der bessere Herausgeber war? Ich habe den Eindruck, *Startling* war in dieser Zeit *Galaxy* oder *Astounding* in mancher Hinsicht überlegen. Es war innovativer, und dort wurde ja auch die Geschichte »*What's it like Out There?*« von Edmond Hamilton publiziert, die wohl zu realistisch war, um früher verkauft zu werden. Er schrieb sie in den dreißiger Jahren, konnte aber keinen Markt dafür finden, weil sie wirklich zu gut war.

Farmer: Für Sam Mines bedeutete die Science Fiction nicht das Ein und Alles wie für Campbell und Gold. Er war an allen Literaturgattungen interessiert. Er schrieb zwar einige Science Fiction-Stories, aber im Grunde war er ein Westernautor. Für ihn zählte nicht sosehr der Eindruck, den die Geschichte auf den Leser machte, wie das bei Campbell und Gold der Fall war. Er dachte: »Okay, hier haben wir eine Story, die wirklich eine Sensation werden könnte. Veröffentlichen wir sie einmal und schauen, was passiert.« Sie kam gut an. Ich glaube, er wollte einfach mehr Chancen nutzen als die anderen beiden. Natürlich wollte auch Campbell etwas riskieren, aber in anderen Bereichen, niemals in bezug auf Sex.

Frage: Hatten Sie irgendwelche Probleme mit Moralaposteln? Oder gab es damals keine ähnliche Gruppierung?

FARMER: Die waren überall stark vertreten, aber sie lasen damals natürlich keine SF. Nun ja, es gab einige Leute, die man zur moralischen Mehrheit zählen könnte, und von denen bekam ich auch einige Briefe. Sam übrigens auch. Aber es waren nicht viele. Wenn ich in einem großen Magazin wie etwa der *SATURDAY EVENING POST* erschienen wäre — selbstverständlich ein Ding der Unmöglichkeit —, es hätte einen unglaublichen Aufschrei gegeben. Aber wen hat damals schon interessiert, was in der Science Fiction vor sich ging?

FRAGE: Allgemein schreibt man Ihnen zu, diese Bereiche für die SF geöffnet, Tabus gebrochen zu haben. Halten Sie sich für einen Wegbereiter?

FARMER: Ich war ein Wegbereiter, weil ich es als erster tat. Ted Sturgeon hatte natürlich auch viele Ideen, aber er kam damit oft nicht zum Zug. Als *The Lovers* akzeptiert wurde, öffnete dies auch die Türen für Ted, nicht nur mit neuen Stories, sondern auch mit solchen, die er früher geschrieben hatte. Es gab natürlich noch viel Widerstand, als ich *Mother* kurz nach *Die Liebenden* schrieb. Campbell und Gold wollten die Geschichte nicht. Und als ich *»Open To Me, My Syster«* schrieb, das später als *»My Sister's Brother«* herauskam, war Sam Mines nicht mehr bei *Popular Publications* (die Herausgeber von *Startling*), da dieser Verlag in Konkurs gegangen war. Daher schickte ich die Story Bob Mills, dem Redakteur von *The Magazine of Fantasy and Science Fiction*. Der war kein bißchen abenteuerlustig und sandte sie postwendend zurück. Dann kaufte Leo Margulies die Story. Er hatte vor, sie als Titelstory in einem Magazin namens *SATELLITE* zu bringen. Die Druckfahnen waren schon gesetzt, aber in der Zwischenzeit hatte Bob Mills über die Geschichte nachgedacht. Sie war ihm nicht mehr aus dem Kopf gegangen. Als dann SATELLITE eingestellt wurde, kaufte er sie von Margulies zurück und entschloß sich zur Publikation. Mehrere meiner Geschichten wurden von Herausgebern zuerst abgelehnt und dann später doch noch gekauft. Das ist ein Phänomen, das nicht allzuoft vorkommt.

FRAGE: Wie war die Reaktion auf das Erscheinen der Geschichte in *Fantasy and Science Fiction*?

FARMER: Ich habe keine Ahnung. In dem Magazin gab es keine Leserbriefkolumne. *Startling* und *Thrilling Wonder* hatten große Leserbriefkolumnen; in ihnen konnte man die Reaktion der Fans ablesen. Aber diese Geschichte? Ich weiß es nicht.

FRAGE: Hatte die *Flußwelt*-Serie nicht auch ihre Ursprünge in jener Zeit?

FARMER: Das ist schon fast selbst eine Story. Ich schrieb den ersten *Flußwelt*-Roman 1952 für einen Wettbewerb. Wenn ich mich recht erinnere, war es der International-Fantasy-Award-Wettbewerb. Das hätte ein gutes Geschäft werden können. Irgendein Spezialverlag begann mit der Produktion der Hardcoverversion, und Pocket Books sollte mit der Taschenbuchausgabe folgen. Damals gab es nicht viele SF-Romane, besonders nicht im Taschenbuch. Pocket Books brachte das meiste Geld auf, aber der 4000-Dollar-Scheck, damals wirklich eine Menge Geld, hat mich nie erreicht. Dann stellte sich heraus, daß der Hardcoververlag das Geld für eine andere Sache abgezweigt hatte. Pocket Books war der Meinung, dieser Verlag besäße das Manuskript, und sie konnten nicht verstehen, warum sie es nicht von ihm bekamen. Ich beauftragte schließlich eine Agentin, die schließlich herausfand, was passiert war. Der Hardcoverlag hatte mir das Manuskript zur Überarbeitung zurückgeschickt, mit der Aussage verbunden, Pocket Books wünsche eine Neufassung. Aber dort hatte man das Manuskript noch gar nicht gesehen. So lief alles durcheinander: Der Verlag ging bankrott, ich bekam das Geld nicht, und Pocket Books hatte die Nase von diesem Geschäft so voll, daß sie lange Zeit überhaupt keine Science Fiction mehr machten. Da ich den Roman neu schreiben mußte, beziehungsweise dachte, es zu müssen, war ich nicht in der Lage, mich anderen Dingen zu widmen. In Erwartung des Geldes hatte ich darüber hinaus meinen Beruf aufgegeben und den Sprung ins freie Schriftstellertum gewagt. Das ruinierte meine Karriere für einige Jahre. Ich begann wieder mit normaler Arbeit. Dann, nach ein paar Jahren, begann ich wieder zu schreiben. Aber der Roman hatte die ganzen Jahre nur in Manuskriptform herumgelegen, daher entschloß ich mich, ihn einfach Ballantine zu schicken. Betty Ballantine sandte ihn mit dem Kommentar zurück, es handle sich doch nur um einen Abenteuerroman. Ich glaube nicht, daß sie sich näher damit beschäftigt hat. Dann sandte ich ihn Fred Pohl, der damals *Galaxy* herausgab. Er schrieb mir, das Konzept sei selbst für einen 500-Seiten-Roman zu ausgedehnt, und riet mir, eine Serie daraus zu machen. Ich schaute mir alles noch einmal an und stimmte ihm zu. Ich übernahm einige Personen des Originalmanuskriptes, doch nur wenige der Episoden, änderte die Handlung sehr stark und behielt dennoch das Grundkonzept bei. Gleichzeitig schrieb ich einige Novelletten für Fred Pohls *Worlds of Tomorrow* und *If*. Die legte ich dann zusammen, baute sie aus und produzierte den ersten Roman, *Die Flußwelt der Zeit*, danach den zweiten, *Auf dem Zeitstrom*. Einige Jahre später schrieb ich dann *Das dunkle Muster* und setzte dessen Handlung in *Das magische Labyrinth* fort. Nun arbeite ich an dem fünften Flußweltroman, der wirklich der letzte sein wird und auch die Art Mainstreamstory, die mir immer vorschwebte. Warum ich weitermache, ist ganz einfach. Als ich *Das magische Labyrinth* schrieb, ließ ich mir im letzten Abschnitt noch ein Hintertürchen offen, von dem ich nicht wußte, ob ich es benutzen würde oder nicht. Dann habe ich eine Weile darüber nachgedacht, über diese acht Menschen in dem Turm am Polarmeer. Sie verfügen über mehr Macht als jedes andere menschliche Wesen auf der Erde. Können sie der Versuchung widerstehen? Werden sie die Macht zum Guten benützen, oder werden sie dadurch korrumpiert? Das ist die grundsätzliche Frage dieses Buches.

Frage: Selbst wenn man das alles in Betracht zieht, ist das Originalmanuskript nicht dennoch ein unveröffentlichter Flußweltroman?

Farmer: Ja, das stimmt, aber unglücklicherweise besitze ich nur noch Teile davon. Folgendes war geschehen: Ich besaß einen Durchschlag davon, aber das Original stellte ich einem SF-Con zur Verfügung. Ich weiß nicht mehr, welcher es war, aber er fand irgendwo an der Westküste statt. Jemand von der Ostküste hat es dann ersteigert. Erst vor kurzem haben sich einige Spezialverlage danach erkundigt, die den Originalroman, sozusagen als Kuriosum, drucken wollten. Aber ich weiß nicht mehr, wer ihn gekauft hat. Phantasie Press hat den Käufer ausfindig zu machen versucht. Ich habe noch einen Durchschlag von der zweiten Fassung, der Neufassung, und vielleicht veröffentlichen sie diese. Aber sie unterscheidet sich stark von dem, was in späteren Jahren herauskam. Ich benutzte nur einen kleinen Teil der Handlung und lediglich vier oder fünf der Charaktere. In der Zeit zwischen der Originalfassung und der Zeit, als ich die Novelletten schrieb, die danach Teile der Serie wurden, waren die Ideen und Vorstellungen in verschiedene andere Richtungen gewachsen. Aber Fred Pohl hatte recht. Ich konnte dieses Konzept unmöglich in einen 500-Seiten-Roman pressen. Ich brauchte mehr als 1000 Seiten.

Frage: Können Sie kurz den Inhalt des fehlenden Romans beschreiben?

Farmer: *Die Flußwelt der Zeit* beginnt mit dem Tag, an dem die Menschheit an den Ufern der Flußwelt plötzlich wieder aufersteht. Der Originalroman beginnt aber erst zwanzig Jahre später. Burton war der Hauptheld, Mark Twain tauchte erst später auf, und wenn ich mich recht erinnere, kamen Leute wie Cyrano de Bergerac und Hermann Göring überhaupt nicht vor. Joe Miller trat auf und Lothar von Richthofen, der Bruder des Roten Barons. Das ist ungefähr die Liste der Leute, die im ersten Roman vorkamen und auch später wieder auftauchten. Ich wechselte die weibliche Hauptperson aus; in der zweiten Version war es Alice, in der ersten jemand anderes. Ich habe auch das Ende geändert. Das Ende von *Das magische Labyrinth* ist nicht mit dem Ende des Originalromans identisch. Ich benutzte einige Teile hier und dort, speziell die, welche mit Joe Miller zusammenhängen, aber ansonsten unterschied es sich sehr stark in Schreibweise und Handlung. Eine Reihe von Ideen, die in *Die Flußwelt der Zeit* auftauchen, waren im Original nicht zu finden. Wenn ich mich recht erinnere, lautete der Originaltitel damals *Owe for the Flesh*, später änderte ich den Titel in *Owe for the River* für die zweite Version. »I owe for the flesh« ist ein Zitat aus *Moby Dick*.

Frage: War der erste Roman auf Fortsetzungen angelegt, oder wurden am Ende alle Fragen geklärt?

Farmer: An eine Fortsetzung habe ich überhaupt nicht gedacht. Anscheinend entwickelte sich alles von selbst. Aber Sie müssen verstehen, als ich mich zur Teilnahme an dem Wettbewerb entschloß, hatte ich nur einen guten Monat Zeit, um das Manuskript fertigzustellen. Ich schrieb also die ganze Geschichte innerhalb eines Monats, und so schnell wie ich den Rohentwurf festlegte und mein Gekritzel umarbeitete, tippte Betty, meine Frau, ganze Teile neu, ebenso ein Freund, der nebenan wohnte, und — wohnte Randall Garrett damals schon hier? — und Randall tippte auch. Drei oder vier verschiedene Leute tippten das Manuskript so schnell, wie ich liefern konnte. Ich arbeitete jeden Tag bis in die Nacht hinein. 500 Seiten in einem Monat sind eine ganze Menge. (Lacht.) Vielleicht nicht für einen Pulpvielschreiber der alten Schule, aber für mich war es schließlich der erste Roman. Ich hatte wahrlich keine Zeit, um über so etwas wie Fortsetzungen nachzudenken. Ich begann mit dem Anfang der Geschichte — zwanzig Jahre nach der ersten Auferstehung — und kämpfte mich geradewegs durch, bis ich am Ende das Geheimnis des Turms löste. Fortsetzungen sind mir nicht in den Sinn gekommen. Aber Sie müssen bedenken, daß die gegenwärtige Flußweltserie in Wirklichkeit ein einziger langer Roman ist. Ich habe dabei lediglich den Anfang zur ersten Auferstehung vorverlegt und mich dann durchgearbeitet. Der Roman hat natürlich beträchtlichen Umfang, aber es handelt sich ja auch um einen langen Fluß.

FRAGE: Das führt unweigerlich zu der Frage, welcher Methode Sie sich beim Schreiben bedienen. Gehen Sie lediglich von einem Entwurf und einigen Änderungen aus, oder schreiben Sie vorher ein Exposé?

FARMER: Heute schreibe ich mittlerweile ein Exposé, einschließlich Kurzgeschichten. Manchmal benötige ich zwei oder drei Exposés für einen Roman. Ich fertige ein Rohexposé an, dann schreibe ich noch eines, wobei ich mehr ins Detail gehe und Korrekturen vornehme, und dann folgt manchmal noch ein drittes, genaueres Exposé. Ich verbringe erheblich mehr Zeit mit der Durchsicht und Verbesserung, als ich eigentlich sollte. Nach dieser Methode kann ich mich natürlich heute nicht mehr hinsetzen und 500 Seiten in einem Monat schreiben. Aber damals war ich noch jung.

FRAGE: Halten Sie sich eng an Ihre Exposés, oder sind sie nur Berührungspunkte für etwas, das spontan kommt?

FARMER: Man muß ein Exposé ausfüllen. Das ist das Entscheidende. Dabei passiert es ziemlich oft, daß mir mitten im Exposé ein neuer Gedanke kommt, der mit der ursprünglichen Fassung unvereinbar ist. Dann ändert sich natürlich alles. Wenn Sie eine Idee haben, die wirklich radikale Veränderungen nach sich zieht, und man ist, sagen wir mal, mit der Hälfte des Exposés fertig, dann muß der Rest völlig neu geschrieben werden. Es ist auch gut möglich, daß Sie zurückgehen müssen, um den ersten Teil des Exposés neu zu skizzieren. Ich benötige für die Exposés sehr viel Zeit. Aber wenn man sie einmal gemacht hat, sind sie nur noch eine Art Gedankenstütze, da das endgültige Abfassen des Romans viele Details mit sich bringt, an die man beim Erstellen des Exposés überhaupt nicht denkt. Es ist nicht so wie beim Hausbau. Wenn dort das Gerüst steht, weiß man genau, wie man weitermacht. Da geht es dann sehr schematisch zu. Mit einem Romanexposé hat man zwar ein Gerüst, aber man weiß nicht genau, was für ein Haus daraus wird: ein viktorianisches, ein Sozialbau, eine Villa oder gar ein Wolkenkratzer. Manchmal will man nur einen einstöckigen Bungalow bauen, und dann kommt das Empire State Building heraus.

FRAGE: An was arbeiten Sie gerade? Was wird als nächstes von Ihnen erscheinen?

FARMER: Wie ich schon gesagt habe, arbeite ich an einer Fortsetzung zu *Das magische Labyrinth.* Des weiteren habe ich einen Vertrag mit Putnams über einen Roman mit dem Titel *Dayworld,* der auf derselben Gesellschaft basiert, die ich in meiner Kurzgeschichte *Die Welt, die Dienstag war* darstellte, wo ich eine recht ungewöhnliche Idee zur Lösung des Übervölkerungsproblems entwikkelte. Ich mußte einfach darüber nachdenken. In der Kurzgeschichte wird die Gesellschaft natürlich sehr skizzenhaft umrissen. Die Probleme, die diese Gesellschaft mit sich brachte, waren so gewaltig, daß ich zwei verschiedene Plots ausarbeitete. Bei der Vorlesung an der Universität von Illinois erzählte ich sogar einmal meiner Zuhörerschaft von dieser Idee, da ich bestimmte Probleme hatte. Dann fragte ich: »Nun, was halten Sie davon?« Einige von ihnen gaben Antworten, andere brachten neue Probleme zur Sprache, die ich mit berücksichtigen mußte. Wenn meine eigene Perspektive zu eng ist, können andere Leute möglicherweise Dinge sehen, die ich nicht erkenne. Nur in diesem einen Fall habe ich jemals andere Leute gebeten, mir bei der Erstellung eines Romans behilflich zu sein, aber ich dachte mir, sie seien möglicherweise daran interessiert, das Problem der Übervölkerung theoretisch in den Griff zu bekommen. Sie waren es tatsächlich, und sie waren sehr davon gefesselt. Daher wird *Dayworld* mein nächstes Werk sein. Anschließend möchte ich einen Mainstreamroman mit dem Titel *Pearl-Diving in Old Peoria* schreiben, der in den frühen fünfziger Jahren spielen soll.

Frage: Wird es neben der Hauptserie noch weitere Flußweltbücher geben?

Farmer: Ich hatte zwei weitere geplant. Ich weiß noch nicht genau, ob daraus ein oder zwei Bücher werden. Der Grund dafür war, daß ich infolge des Tempos der Romane und der Umfangbegrenzungen nicht in der Lage war, die vielen speziellen und scheinbar unbedeutenden Details, die zur Konstruktion einer lebendigen Gesellschaft nötig sind, oder die vielen Probleme, die sich zwangsläufig ergeben, auszuloten. Deshalb wollte ich sozusagen einen »Nebenfluß« der Flußwelt beschreiben und einen Roman veröffentlichen, in dem keine Charaktere aus dem Hauptzyklus auftauchen, dafür jedoch andere Leute, und dann mit dem ersten Tag beginnen und zeigen, wie ein spezielles Individuum sich in solchen Gesellschaften, die sich aus dem Chaos gebildet haben und sich in vieler Hinsicht von allem bisher auf der Erde Dagewesenen unterscheiden, verhält und reagiert. Es gab da noch viele Probleme, die ich mit hineinbringen wollte, aber dann hätte ich wohl besser eine soziologische Abhandlung geschrieben. Wenn man einen Spannungsbogen in eine Geschichte bringen möchte, muß man sie mit Geheimnissen und Abenteuern schmücken. Das darf man nie dabei vergessen.

FRAGE: Was werden Sie voraussichtlich machen, wenn diese ganzen Projekte beendet sind?

FARMER: Ich habe einige Ideen für weitere Romane, dann habe ich aber auch früher schon einige Serien begonnen, die ich fertigstellen sollte. Irgendwann habe ich einmal nachgezählt und bin auf 15 angefangene Serien gekommen. Viele Leute wissen allerdings gar nicht, daß die eine oder andere Kurzgeschichte den Anfang einer Serie darstellt. Ich weiß es jedoch. Ich habe zwei weitere Bücher in der *Worlds of Tiers*-Serie begonnen und hoffe, sie auch beenden zu können. Dann stehen noch drei Romane der *Opar*-Serie aus. Außerdem hab ich einmal einen Roman mit dem Titel *Der Steingott erwacht* geschrieben, der als erster Teil einer Trilogie gedacht war. Ich glaube, daß ich sie fertigstellen sollte. Da ist noch so viel — wenn ich nur daran denke, wird mir ganz schlecht. Ich kann sie nicht alle beenden, aber ich würde gerne wenigstens die Serien beenden, die vielen Leuten am Herzen liegen, wie beispielsweise den *World of Tiers*-Zyklus. Vor vielen Jahren begann ich eine Serie über einen katholischen Priester der Sterne, Pater John Carmody. Ich ließ den armen Kerl seit 20, 25 Jahren im Raum hängen, mit einem Ei, das aus seiner Brust wächst. Das würde ich gerne fertigstellen, da ich noch etwa drei weitere Erzählungen zu dieser Serie hätte. Dann schrieb ich eine Geschichte über einen superintelligenten deutschen Polizeihund, Ralph von Wau-Wau. Diese Kurzgeschichten sollten alle einen Abschluß finden. Ich habe jede Menge unvollendetes Material.